水滸戲曲集成

二

孫琳　輯校

鳳凰出版社

第二編

新編林冲寶劍記

【劇目簡介】

傳奇，明代李開先作。《遠山堂曲品》《曲品》《曲海目》《今樂考證》《曲録》《曲海總目提要》等多有著録，現存明代嘉靖二十八年(1549)刻本。小説《水滸傳》第七回《花和尚剪徑赤松林　豹子頭誤入白虎堂》至第十二回《梁山泊林沖落草　汴京城楊志賣刀》敘林沖故事，有類似劇情，但細節處多有所不同。

嘉靖刻本題目作“新編林冲寶劍記”，篇後正名作“惡濟惡二虞候，毒加毒是高俅，苦中苦錦兒替，死不死貞娘愁，義逢義花和尚，冤報冤豹子頭”，署“中麓放客撰”，有序二篇和《書〈寶劍記〉後》一篇。上下二卷，共五十二出，每頁十行，每行二十字。

劇演林冲原曾立功爲征西統制，因上諫本被陷害奪職，在張叔夜薦舉下成爲禁軍教師，雖胸懷大志，却報國無門，只得屈居下僚，閑時賞玩家傳寶劍。眼見得童貫、高俅等人欺君誤國，再次上書，却惹得童、高不滿，設計誘使林冲攜寶劍進入白虎節堂，并誣告他欲圖行刺，林冲無奈，只得認罪，生命危在旦夕。林妻貞娘自寫訴狀，冒死擊登聞鼓鳴冤，朝廷令開封府楊清審理，改判爲奪職發配滄州。解差按高俅意欲在野猪林加害林冲，魯智深挺身相救并一路護送。高俅之子高朋在三月三廟會上調戲林冲娘子不成，反患相思之癥，派人加害林冲。倉官百般爲難林冲，恰欽差公孫盛與林冲相識，及時救下。風雪之夜，陸謙等火燒草料場，林冲奮起反抗殺了兩個虞候，徐寧奉命前來追捕，伽藍神及時報信，助林冲逃得一難，上了梁山，被宋江收留。高朋逼嫁，林母上吊而亡，侍女錦兒代替出嫁，後自殺身亡，貞娘借機逃走。高朋令王進攜寶劍追拿貞娘，王進出於義氣，反將寶劍交還貞娘，自己投奔延安經略府而去。貞娘路遇亂兵，只得在白雲庵中出家。朝廷接受侯蒙的奏議，降旨招安宋江、林冲等人，并令洪太尉押高俅父子到軍前，林冲大仇得報，又到白雲庵拜謝伽藍神，因寶劍而與貞娘重逢，夫妻團聚，共慶升平。

第一出

（末上。白）

【西江月】秋月照窮今古，春花開滿樓臺。春花落盡更還開，秋月年年長在。惟有浮生若夢，須知逝水難廻，得時歡笑且啣盃，鏡裏朱顔易改。

【鷓鴣天】一曲高歌勸玉觴，閑收風月入吟囊。聯金綴玉成新傳，换羽移宫按舊腔。誅讒佞，表忠良，提真托假振綱常。古今得失興亡事，眼底分明夢一塲。

試問當行作家：今日扮演那本傳奇？（内應）扮的是《林冲寶劍記》。呀！原來是此本故事，聽道出處：

【滿庭芳】義士林冲，孝妻張氏，早年子母孤孀。遭逢殘害，倚勢乱綱常。幸遇賢明府尹，憫英雄發配遐方。義聚梁山豪傑，剪惡表忠良。佳人多薄命，釵梳典盡，終養姑嫜。不慕權豪富貴，女替真娘。千里尋夫逃難，虎狼叢失伴愴惶。白雲菴夫妻相遇，寶劍永傳揚。

高殿帥縱子淫亂，楊府尹决斷分明。

張真娘冰霜守節，林武師寶劍傳名。

第二出

（生上。唱）

【風入松】【引】儒冠誤我甚堪悲，篤志玩兵機。煙塵萬里平胡騎，勲業徒勞心力。襪線未能補衮，寸草且報春暉。

（白）[鷓鴣天]脱却儒衣掛戰袍，學文争似習龍韜。才冲霄漢星芒動，嘯倚崆峒劍氣高。悲賊子，笑兒曹，争誇朱紫占中朝。十年塞北勞千戰，汗馬秋風尚未消。下官姓林名冲字武師，本貫汴梁人氏。父乃林臯，官拜成都太守。不幸早亡，撇俺子母孤孀。娶一房媳婦真娘張氏，躬操井臼，甘旨養親。林冲早承父業，習讀詩書，争奈時遭坎坷，身值亂離。方臘入寇，黄榜招賢，吾乃仗劍投於軍門。生擒斬首，次第成功，授我征西統制之職。因見圓情子弟封侯，刑餘奴輩爲王，小人撥弄威權、盜竊名器，因諫言一本，乃被奸臣撥置天子，坐小官毁謗大臣之罪，謫降巡邊總旗。幸蒙張叔夜舉薦，做了禁軍教師，提轄軍務。今日朝回，喜遇母親壽旦。昨日分付娘子，安排酒果，爲母慶壽。娘子，請母親出來！

（旦上。唱）

【三段子】【引】春夢闌珊，簾幙海棠風散。

（見介。生白）母親有請！

（貼上。唱）

霧暗星眸，霜侵鶴髮，庭前喜列斑衣。

（生白）母親，孩兒拜揖！（貼拜）孩兒免禮。（旦拜。貼白）孩兒，今日無事請我老身出來爲何？（生白）上告母親得知：不孝林冲，夙承慈訓，得列官階。奈無厚禄孝養，喜得家室和平。當此春景，聊陳盃酌，以介眉壽。（貼白）孩兒，盃酒盤飱足矣，何必羅列多品。既有酒殽在此，可請王媽媽過來，共同爲樂。（旦白）使錦兒去請，敢待來也。

（浄、旦上。唱）

【前腔】一年好景春爲最，奈斜陽西下難追。一盃春酒，莫惜沉醉。

（與衆相見了）老身無物稱壽，特具粗帕一方，聊表鄰舍薄情，望乞笑留。（貼白）孩兒，將酒過來！（生白）母親，待孩兒酌酒。（唱）

【錦堂月】仙苑春長，北堂景暮，欣逢日吉時良。海屋添籌，南山壽祝無疆。但能勾菽水承歡，何足羨珍羞供養。

（合）

同歡賞，愿一門永遠團圓，共飲霞觴。

（旦唱）

【前腔】頡頏，喜效鸞凰。和協琴瑟，春風初試羅裳。南極星輝，畫堂佳宴方張。休看那桃李爭妍，且喜的萱花無恙。

（合前）

（錦唱）

【前腔】年芳，烈女貞良。恩同海岳，銘心刻骨難忘。翠袖慇懃，頻頻侍奉高堂。遇晚景海宴河清，樂餘年身康躰壯。

（合前）

（净、旦唱）

【前腔】思量，撚指韶光，催人易老，何須日夜奔忙。趁此青春，花間且放顛狂。無窮事少要鋪排，有限盃不勞謙讓。

（合前）

（貼唱）

【前腔】空房，半世孤孀。貧無生計，舊業早已荒凉。花落春歸，嘆而今老景相將。愧合熊訓子無功，笑畫虎虛名空望。

（合前）

（生唱）

【醉翁子】自想，蚤歲椿庭先喪。愧學業無成，家私飄蕩。

（旦唱）

聽講，喜如今夫貴妻榮，四海聲名已顯揚。

（合）

親壽享，愿松柏延年，日月悠長。

（生唱）

【前腔】豪放，匣中寶劍無塵障，知何日誅奸黨？自奬，雖不能拜將封侯，也當烈烈轟轟做一場。

（合前）

【僥僥令】花香撲酒缸，鳥語間笙簧。舞低楊柳樓心月，歌女韻悠揚，聲遶梁。

【前腔】金爐爇寶香，玉盞泛瓊漿，直喫的滿身花影人扶醉，銀燭正輝煌，月轉廊。

【尾聲】一盃春酒齊歌唱，願祝萱堂壽永昌。管取今朝入醉鄉。

碧桃花底奏笙簧，一曲高歌酒一觴。

縱使百年渾是醉，無過三萬六千場。

第三出

（末上。白）日傍侯門豈憚勞，半生辛苦侍權豪。井蛙自謂遊龍窟，籬鷃争知有鳳巢？吾乃是高殿侍府中一箇都管。往來帥府，出入朱門，專主内外公私，善分上下應對。若説太尉富貴：官居一品，位列三台。赫赫公車，晝長鈴鎖静；潭潭相府，漏定戟枝齊。林花剪彩賽長春，簾幙垂珠光不夜。芬芬馥馥，獺髓新調百和香；隱隱層層，龍紋古篆千金鼎。衾擁半床翡翠，枕欹八寶珊瑚。振珮玉丁東，傳燈金錯落。虎符玉節，門庭甲仗寒；象板銀箏，傀儡排場熱。終朝謁見，無非公子王孫；逐歲追遊，盡是侯門戚里。雪兒歌發，驚聞麗曲三千；雲母屏開，忽見金釵十二。平鋪荷芰，遊魚沼内不驚人；高掛樊籠，嬌鳥簷前能對語。那里解調和燮理，衡一味趨諂逢迎。談笑有戈矛，吹嘘驚海岳。假旨令八座大臣拱手聽，巧辞使九重天子笑顔開。當朝無不寒心，烈士爲之屏息。真箇是：輦下權豪第一，人間富貴無雙。道猶未了，大公子到來。

（小外上）

【匝地錦】【引】幸喜雙親未老，洪恩賴托皇朝，一門富貴多榮耀，快樂無煩惱。

（白）吾乃高朋是也。我父親做着太尉，職掌天下兵權。今日早朝，天子喜賜櫻桃一盒。爹爹分付花園亭子上排酒，與奶奶嘗新。叫管家外邊叫个厨子來，竈下使用。

（末上。叫）小人去叫。厨子何在？

（净上。白）二十年前造下殃，而令始得近君王。昨日殿前宴文武，都道牛厨手段强。（末白）你真箇姓牛？（净白）不瞞姪子説，我就姓牛。(末白)你我年貌相等,如何叫我賢姪?(净白)你叔叔有這樣口病。(末白)你有口病,見你父親,如何不叫?(净白)我見你恰似我大哥的兒子一般,因此纔失口。(末白)休得閑説!如今高老爹叫你做活,你若手段不濟,不要你去。(净白)若説起我的手段來,你站也不敢站。自小生來聰俊,父母見我不倴。御厨學了十年,師父打勾千頓。會燒一把紅火,若做别的休論。(末白)你是个燒火的厨子?去不的!(净白)我做的好割切。(末白)我問你:割切怎麽樣做?(净白)聽我説,有《西江月》爲証:"肉要十分爛軟,略加五味調和。殺猪按羯幼曾學,燒鴨烹鷄善作。細煑雲中過鴈,休論天上飛鵝。麒麟獅象與熊駝,曾在御前切過。"(末白)你説謊!熊駝獅象世間有,那得麒麟肉來?(净白)小家子骨頭!我拿着麒麟肉,只當家常下飯喫。(末白)這箇也罷。我問你:湯水怎麽樣做?(净白)我也有《西江月》爲証:"能造五辛湯水,合成百味珍羞,綺羅宴上御香浮,白玉碗中光溜。要識湯清有味,須知肉軟無油。君王宰相與公侯,一碗通身汗透。"(末白)是好手段。去見大叔去來。(净見)(小外白)叫箇好的來。這厨子看這等嘴臉,會做甚麽?(净白)大叔,不可以顏貌取人。這竈下倴漢生活,何難之有?(小外白)着他進去。做的好便罷,若是不好,送錦衣衛打四十問罪。(净)喏喋!(下)(小外白)爹爹、奶奶有請!

(老外上。唱)

【西地錦】日近君王語笑,愧無犬馬功勞。

(老貼旦上)

【引】聞道後園宴櫻桃,喜一家同得歡樂。

(白)老相公萬福!(外白)夫人有禮!(小外白)爹爹、奶奶有禮!(老外白)孩兒少禮。(外白)獨秉權衡鎮帝都,蟒衣玉帶掛金魚。誰知今日爲官好,只恨當時少讀書。下官高俅是也。今日早朝,叨蒙聖恩,賜我櫻桃一盒。不敢輕用,欲與夫人、公子共享。高朋,將酒過來,與夫人遞上一盃。夫人請酒!(外唱)

【畫眉序】聖主賜櫻桃,萬顆匀圓世間少,喜承恩多幸無福難消。捧金盤滿座光輝，飲玉斝合家歡樂。

（合）

興豪，終日笙歌鬧，盡今生富貴逍遥。

（老貼白）老相公，請酒！（唱）

【前腔】白髮不相饒，莫把光陰虛度了，趁豊年稔歲月夜花朝。穩情受霞珮珠冠，且喜的金花鸞誥。

（合前）

（小外白）爹爹、奶奶滿飲一盃。（唱）

【前腔】春色醉仙桃，莫惜金罇盡傾倒，托賴着君王洪福父母權豪。雖然是假虎張威，誰不避豺狼當道。

（合前）

（末唱）

【前腔】花外鳥聲嬌，樂處須知人易老。聽詞歌金縷，樂奏雲璈。果然是家在蓬壺，分明的人遊仙島。

（合前）

（外唱）

【滴溜子】金盃捧，金盃捧，罇前共酌。玉山頹，玉山頹，花陰醉倒。喜新篁池閣，相對南薰，解葛衣蘭湯浴澡。

（合）

只喫的日沉海底，月上花稍。

（衆唱）

【前腔】受皇恩，受皇恩，荷蒙聖朝。恃威權，恃威權，勢壓百僚。占斷人間榮耀。百年連夜飲，歡娱恨少。

（合前）

【雙聲子】（衆唱）夜將闌，夜將闌，聽漏轉佳人頻報。花枝動，花枝動，宿鳥踏胭脂零落。天街静，天街静，人漸悄。玉繩低度，金鼓頻敲。

【餘文】兩行銀燭紗籠罩，幾陣香風環珮揺，一派笙歌歸畫閣。

頓覺春歸又夏來，小園終日綺筵開。

莫憂身外無窮事，且盡生前有限盃。

第四出

（生上。唱）

【引】【酹江月】曉風吹雨戰新荷，可惜明珠迸碎。閑啓寶匣看古劍，紫電照人睛碧。僭榻妖狸，渡河胡馬，眼見的太平非昔。空懷忠義氣，爲君等閑流涕。

[武陵春]弓掛扶桑無用處，英雄人已白頭。虎鬬龍争箇箇休，不如一笑得封侯。堪恨當年奸佞者，接踵亂神州。胡塵風起暗龍樓，長嘆爲君憂。下官林冲，幼讀經史，長學兵書，止知忠君愛國，不解附勢趍時。方今在朝高俅等，撥置天子，採辦花石，荒淫酒色，寵幸妓女李師師，致使百姓流離，干戈擾攘。每懷苦諫之心，媿少回天之力，又恐老母躭憂，因此心上不樂。叫家童將我那寶劍來，飽翫一會，以遣愁懷。

（末上。白）伏東人，寶劍在此。（生白）此劍是祖公公林和靖傳留，乃朝庭所賜之寶。香檀欛龍鱗密砌珠，沙魚鞘虎口雙吞玉；金錯落盤花扣結，碧玲瓏鏤玉粧束。掛二尺壁上飛泉，響半夜床頭驟雨。世無麟血倩誰磨？背有龍紋光自吐。五陵俠客袖中携，萬乘高皇馬上取。及到林冲之手，又不能指揮將士，掃除邊疆，虚負此劍，今非一日！（唱）

【懶畫眉】太平不用買吴鈎，抛擲床頭紫電流。等閑期斬月支頭。恐失英雄手，反惹慵夫刻畫舟。

（白）[歌曰]豊獄塵埋兮光犯斗，青天暗霳兮悲風吼。午夜懸門兮魑魅走，爲主提歸兮豪俠手。五陵遊兮藏入袖，三尺芒兮破窮寇。倚天兮撑白晝，沉淵兮化龍鬬。劍兮劍兮等高價，人兮人兮奈時候。我將寶劍賞翫一會，又見葵榴争放，花影入簾。不覺的困倦了。（唱）

【前腔】日高花影入簾幽，那管紅稀與緑稠。倚門兒女羨葵榴，争比芝蘭秀，幽谷無人香自浮。

（作盹介）

(旦上。唱)

【三疊引】池塘争放蓮堪折,柳外鶯聲啼徹。試看海棠花,應見緑添紅卸。

(白)官人在此賞劍,已困着了。奴家向前,將寶劍試弾上一弾。(生醒介)呀!娘子在此,有失迎接。(旦白)聞官人在此賞劍,奴家特來問候。(生白)不敢起動娘子。(旦白)每見官人懷抱不開,却是爲何?(生白)爲慮國家信用高俅等,非奸黨不容,無貲財難進,引誘朝廷採辦花石,建造宫室,逼迫的天下荒荒,胡馬南渡,因此弾劍作歌,以瀉心事。(旦白)常見官人弾劍,未見官人舞劍。(生白)你婦人家曉的甚麽?古人云:"勇劍敵一人,智劍敵萬人。"况此劍頓閑日久,安足爲舞?(旦白)此劍鈍錯無光,要他何用?(生白)娘子,劍有用處,但不遇時!(唱)

【桂枝香】不逢雷焕,空愁王粲。揩磨的雪刃光芒,提舞着星紋燦爛。

(白)娘子,此劍貴如干將,價抵連城。(唱)

干將最罕,干將最罕,連城休换。戳開地府,斬斷天山,醜虜迎頭破,奸臣透膽寒。

(旦白)官人此劍,既有大用,有一樁故事你知否?(生白)娘子,我不知是那樁故事,請娘子説來我聽。(旦白)妾聞後漢朱雲,願請上方斬馬劍,斷一佞臣頭。上問爲誰,曰:"安昌侯張禹也。"朝廷大怒,使人執引朱雲下殿,要行斬首。雲迺攀折殿檻,高呼曰:"臣愿從龍逢比干,遊於地下足矣。"官人,你讀聖賢書,所學何事?(唱)

【前腔】朱雲折檻,天顔輕犯。你既讀古聖詩書,須要把名賢師範。切休意懶,切休意賴,即當直諫。攬衣起舞,拔劍頻看,你道止許英雄珮,不是英雄不與弾。

(生白)賢哉!娘子説的是。我有心條陳國事,進賢退不肖,争奈官小言輕,又老母在堂,所以不敢上諫。(旦白)朱雲漢之槐里小吏,尚然不避權奸;官人官居提轄,雖當進忠,争奈老母年高,夫婦終養天年,勝似你争名奪利。(生白)娘子,我有許多汗馬功勞,豈不愛做大官?且如馮唐善文,遇武帝好武;李廣善武,遇文

帝好文。二賢各不遇時。我林冲春夏讀書，秋冬演武，學的文武全才，遇着高俅等，擋住賢路，與古人不遇，真果一般！（唱）

【梁州序】恒存臣節，非干君禄，徒使荆人泣玉。

（白）娘子，如今不用才智。上下懷利，惟錢而已。（唱）

賢如顏孟，無錢困守茅廬。只用閒閒小子，義士忠臣，輕棄如塵土。誰能徵版築，弔耕鋤，賢者歸來釣五湖？

（合）

思往聖，非畐富。你看太公伊尹扶真主，只用三尺劍，六韜書。

（旦白）天下英雄，不得志者多，不止官人一人。（唱）

【前腔】鴻儒賢士，雄文壯武，多少山林埋没。危邦不入，權時韞匱藏珠。上有萱堂老景正好承歡，菽水斑衣舞。人臣學荆軻，效專朱，烈士成名信不虚。

（合前）

（生唱）

【前腔】埋輪的因何緣故？掛冠的爲誰歸去？只恐豺狼當路，虚張聲勢，朝市怎安居？又有心非口是、行濁言清，此輩真穴鼠！天下人皆醉，倩誰扶？笑倒三閭楚大夫。

（合前）

（旦唱）

【前腔】志清高何須顧禄，避名利如同棄物。但得無榮無辱，林泉舒嘯，騏驥老鹽車。乘興探春乍柳，載酒尋花，名不上功勞簿。從此辭官去，伴田夫，口不談兵穩跨驢。

（合前）

（生唱）

【節節高】平生愛坦途，不隨俗，路逢險處難迴馭。時不遇，待價沽。賢門杜，英雄多被功名悮。

（合）

只恐今非大舜時，瑶琴誰把南薰奏。

（旦唱）

【前腔】言高瞻氣矗，害身軀。無言不被人嫉妬。屠龍計，打虎術，皆虚譽,潛身莫走長安路。

(合前)

【尾聲】仗龍泉不由人側目。只怕棄丘陵鑾輿南渡,兀的不痛殺豪傑大丈夫。

憂君心已煉成丹,欲進忠言奈小官。

學大不如錢力大,進身難似讀書難。

第五出

(净上。唱)

【水底魚兒】子弟家風,半生花酒中。幫閑走空,只爲一囊空。

(丑上。唱)

【前腔】暮四朝三,迎機總妄談。將人坑陷,且鮮口頭饞。

(白)哥哥作揖!(净白)兄弟作揖!小子從來豪氣,原是將門襲替,爺爺曾任驛丞,家父見當皂隸。我生自幼顛狂,只好諸般博奕。不會買賣營生,那管耕田種地。幫閑糊口生涯,賭博養身活計。兄弟,你做的甚麼生理?(丑白)家無立錐之地,日有百錢之費。舊布衫難得離身,破草鞋常餘幾對。曲膝兒軟似羊羔,巧舌頭甜如蜂蜜。打勤勞却會逢迎,憑小心不過諂媚。光着手使人的錢財,刷着鍋等人家米麥。唱的們箇箇欽服,百姓每人人廻避。(净白)他怕你怎的?(丑白)他怕我狐假虎威。(净白)他也怕我。(丑白)他怕你怎的?(净白)他怕我狗仗人勢。(丑白)哥,這幾日無錢使用,何不在高大叔那里討些便宜?(净白)遠遠的望見大叔來了。

(小外上。唱)

【甲馬引】有酒且噑今日醉,莫管他年興廢。富貴榮華,生前修積。若不及早歡樂是呆痴。

(白)酒滿金罇花滿枝,人生莫負少年時。罇前有酒須當醉,老去攀花悔後遲。自家高朋是也。父任太尉之職。吾所好者浪酒、閑花。府中有兩箇心腹虞候陸謙、傅安,這兩日如何不來見我?

(净、丑同白)大叔,陸謙、付安來見。(外白)起來,你兩箇這两日不來厮見,所幹何事?(净白)小的老婆養了箇娃子。因在家裡操了些柴米,所以不得來見大叔。(外白)叫管家的,着人送两石米與他去。(净白)多謝大叔重賞。(外白)傅安,你在家做甚麽來?(丑白)小人老子死了,爲了使者,纏着小的老婆,家裡要傒樂神。無錢使用,操東操西的,因此來見大叔遲了。(小外白)叫管家,拿一两銀子,與他買紙燒去。(净白)多謝大叔重賞。(小外白)這两日心間悶倦,你兩箇有甚麽本事、博戲耍一耍?(丑白)小人會踢氣毬。(小外白)這是我心愛的事,况有家傳。你説來我聽。(丑白)大叔聽我説,有《西江月》爲証:"巧匠裁成雲錦,幫閑子弟堪誇。緑楊深處襯平沙,低拂花稍謾下。過論穿𦡆可愛,丢頭對泛無差,一尖斜挑迸寒霞,不數高臺戲馬。"(小外白)好,好!這箇正是你我子弟家風。(净白)你那氣毬何足道哉?我下的好棋子,人稱爲"兩京無對手,四海總寒心"。也有《西江月》爲証:"出手車能衝蕩,當頭砲有輸赢。魏河八戰要留情,精選桃源取勝。誰識四封有力,須知千里獨行。金鵬妙變使人驚,天下都聞名姓。"(小外白)這氣毬、棋子,堪可釋悶。叫左右,看茶來,與他兩箇喫。(净白)甚麽茶里,酒里?(小外白)就忘了二位喫酒。看酒與他兩箇喫。(丑白)甚麽酒里,飯里?(小外白)二位饑了,看飯來與他二位喫。(净白)休看飯,小人昨日喫了飯了。(小外白)你不喫,教他喫。(丑白)小人也飽了。(小外白)你在那里喫飯來?(净白)小人纔打十字街過來,見那食店内,燒鷄、燒鵝、粉湯包兒,障着小人眼,看了一頓來了。這的是"癩象嗑瓜種,眼飽腹中饑"。(小外白)還不曾喫飯來。看酒飯來與他喫!(末白)酒飯在此。(小外唱)

【皂羅袍】自想桃源無路,串妓館把酒携壺,花邊醉倒玉人扶,樽前笑指紅裙舞。

(合)

朱顔易改,白頭甚速,有花須折,無酒且沽,錦堂風月休辜負。

(净唱)

【前腔】公子有田文丰度，盡富貴勢壓皇都，朱門遠近客追趨，畫堂飲宴人豪富。

（合前）

（丑唱）

【前腔】須信爲仁不富，百般計總是啚謀。世人笑我是狂愚，我嗟人世空勞碌。

（合前）

（小外唱）

【前腔】走馬章臺幾度，慣追隨柳巷花衢，歡娛錦帳臥氍毹，慇懃彩袖傳鸚鵡。

（合前）

半生酒困并花迷，花酒從來惹是非。

正是酒淹衫袖濕，果然花壓帽簷低。

第六出

（末上。白）一自登雲上九霄，攀龍長近赭黄袍。不因對策三千字，安得金門候早朝。文共武，盡英豪。天顔喜色醉仙桃。金爐香盡螭頭暗，玉佩聲來雉尾高。吾乃朝廷黄門官是也。今日官裏升殿，内有傳奉，外有奏章，俱是下官理會。只得在此伺候，看有甚麼人到來。

（生上。唱）

【謁金門】【引】時衰絶，當朝誰是英傑？敢在君傍剪妖孽，忠心真箇切。願濺一腔腥血，疏獻九重宫闕。

（白）惶惶仰北辰，恨未面天子。言及救蒼生，忠臣不怕死。朝廷聽信高俅撥置，遣朱緬等大興土木，採辦花石，搔動江南黎庶，招致塞上干戈。此輩反稱賀時世太平，不管閭閻塗炭。我林冲職居僚末，爲國傷情，忘其固陋，寫就這一統表章，舍生望闕，奏上一本。（拜唱）

【滴溜子】祝皇家，祝皇家，既壽永昌。保蒸民，保蒸民，年豐歲康。願君親賢遠佞,花石且暫停,休招外擾。因此狂言,誤奏上方。

(末白)那奏事官,先將副本讀過一遍,我替你傳達聖上便了。(生白)表曰:提典羽林軍提轄官臣林冲謹奏,爲朋黨要君、釀招災異事,伏以施德行仁,沛甘霖於旱歲;納言受諫,熙帝載於清時。民相恊功,神人共喜。今宣尉使童貫,乃刑餘小人;太尉高俅,實斗筲末器。濫叨重任,不輸蹇蹇之忠;久玷清班,大肆訾訾之計。奸細結爲心腹,賢良視若寇讎。欺君悮國,奸比趙高;擁衆盜兵,權傾董卓。異卉珎禽,蠱惑聖志;土工木作,糜費民財。以斂星彗衝天,旱蝗遍地。禍將不測,事豈宜遲?伏愿皇上,或加兩觀①之誅,或效三苗之竄,以廻天變,以答人心。臣誠惶誠恐,稽首頓首上言。(拜唱)

【前腔】念林冲,念林冲,身生草莽。荷天恩,荷天恩,羽林做長。望重瞳,山呼萬歲,臣因國難憂,非求受賞。豈敢丹墀,對主調謊!

(末白)那奏事官,前日給事中方尋奏事,竄發嶺南;陳過廷見監大理寺,没來由的事,不奏也罷。(唱)

【鮑老催】官人細詳:當朝省院遭禍殃,直言不免多磨障。你是忠良將,不須講。將跪與你達玉堂,天顔有喜加官賞。

(下)(生白)黄門大人去的遠了,我這里望闕再拜幾拜。(拜唱)

【滴溜子】望龍顔,望龍顔,驚惶拜仰。聽綸音,聽綸音,傳宣未央。愿吾皇聽微臣短諫,從今禮俊英,剪除逆黨。一旦浮雲净掃,重開日光。

(末上。唱)

【玉交枝】實封今上,喜明君親拆諫章,重瞳看了龍眉放。

(白)奏事官將耳來。(唱)

童大王切齒君傍,高俅叩首告吾皇,説你小官敢把勳臣謗。早隄防漫天下綱!

(白)官人你錯了。你官不在監司,職不居言路,你惹他怎的?(生白)黄門大人,我林冲職分雖微,聖上寵恩難報。今日死且不避,懼那奸黨怎的?萬歲不納表章,臣請面奏。(生作荒介)(末

---

① 應爲"觀"。

作攔介)聖旨既已留中,誰敢再奏!(生唱)

【漁家傲】君不見四海蒼生水火間。紛紛滿目權奸,哀哉可嘆,悮國殃民,那更開邊患。天條輕犯,致生民苦遭塗炭,趲家業有似丘山。顧微臣欲不全忠,有何顔見比干?條陳事登聞在日邊,鉄錚錚忠言直諫。

(末白)朝廷喜怒不同,只怕你早晚有些虧損。(唱)

【前腔】將頸血一腥腥把龍袍濺,望天顔不由我一聲聲分辨。中原賴何人保全?宗祖丘陵,官民本源!

(生唱)

招灾旱,見如今流移未還。要説起心寒,不由人兩淚潸潸。爲國忘家,剪惡除奸,那無端,一昧里欺君逆天。

(白)大人,你看天下荒荒,人民逃散,生不能安,死不能葬,却不傷感人也!(唱)

【撲燈蛾】奈何逃亡屋,流離可痛酸。不照覆盆地,光明豈是偏?

(末唱)

都是讒言佞言,一箇箇猫鼠同眠。只啚他一身貴顯,民貧國難兩徒然。

【尾聲】愿君從此用忠賢,早把非人退遠,社稷安康億萬年。

欲效愚忠草諫章,只因口直犯貂璫。

舌頭好似鈎和線,平地争知起禍殃。

第七出

(外上。唱)

【出隊子】官居帥府,蒙恩久珮兵符,朝隨豹尾近龍輿。丈夫得志豈無毒?

(白)飽煖閑争氣,饑鳥護奪食。人無害虎心,虎有傷人意。我想那林冲,當初做統制之時,上表奏劾童大王,宦官不許封王,棄太原失守河界,結怨遼金,敗祖宗之盟,失中國之信,創開邊釁等事,上怒謫降做提轄小官。昨日又奏我輩朋黨要君之事。封王封侯，又不曾做着他家里官？這厮再三無禮。左右，昨日有童大王書來，教我尋法殺害林冲這厮。休得泄漏了消息！（小末白）蒙老爹看顧，怎敢泄漏消息！（外唱）

【剔銀燈】説林冲他是箇惡黨，使奸謀將咱壓量。今番休當饑鷹養，貌像英雄心似虎狼。思量，將他早防，則怕縱虎遺灾反受殃。

（小外唱）

【前腔】這些事何勞念想？敢輕生將爹爹毁謗！當朝兵馬獨職掌，不怕他有機關才高智廣。思量，有一日飛禽落網，傾刻間教他命亡。

職掌朝綱寵幸新，小官焉敢謗勳臣。

欲向月中擒玉兔，先將鈎線釣金鱗。

第八出

（末扮僧上。白）大厦難支勢已傾，英雄四海亂縱横。吾徒不是空門客，要削人間事不平。念我是經略府提轄官魯達，今已棄職在相國寺爲僧。昔曾征土番，軍中與林冲八拜爲交。常恨兄弟剛不屈人，奮不顧身，常欲直言强諫。萬一有禍，争奈老母躭憂？不免去尋訪兄弟，勸戒則箇。兀的一簇人馬來，敢是武師兄弟來也。我且避在這廊下，看他認的我不認的？（躲介）

【高陽臺】（生上。唱）待漏隨朝，鳴鞭宿衛，旌旗隊里排列。带甲持戈，望廷燎曉披星月。朝回緩步歸青瑣，紅塵動馬蹄蹀躞，更名繮利鎖苦自捽拽。

（白）遠遠望見，好似智深大哥。呀，從何而來？仁兄，似你爲僧好，爲官好？（僧白）武師兄弟，朝中宰相五更寒，鐵甲將軍夜度關。山寺日高僧未起，筭來名利不如閑。兄弟老母在堂，定是納福。（生白）未向朝中拜聖君，先來堂上問慈親。欲干微禄榮終養，只恐金門老侍臣。（僧白）好，好！兄弟忠孝两全，貧僧可也放心。請兄弟往相國寺幽静去處，叙幾句朋友情話，如何？（生白）仁兄請，小弟願往。（同行）（僧白）小行者何在？

（丑和尚上。白）返蟻難尋穴，歸禽易舊窝。满堂僧不厭，一箇俗人多。老師父，貧僧在此伺候。（僧白）那小行者，不要放進人來，俺這里消遣一會。外邊有好酒，沽一瓶來，我與兄弟酬酢幾盃。（和尚白）小僧去取酒來。（僧白）近聞兄弟，志在興革天下利害？（生白）不敢。但見奸黨盈朝，英雄喪氣，變亂祖宗成法，傷離天下人心，誰似仁兄退休名利，可謂高見。（僧白）吾不得已而爲之。朝廷信用浮蕩子弟高俅，天下豪傑，皆有不平之氣。你我十載邊關，千辛萬苦，都是這幾箇奸黨撥置，把汗馬功勞，都做了一場春夢。（生白）仁兄，便是如此說。（唱）

【高陽臺】想着那萬里烟塵，十年烽火，戎服馬上不卸。白草黄雲，那更衝冒風雪。磨拆①，一身歷盡千戰苦，恨不得氣吞胡羯。要啚箇身畫麒麟，到做了夢遶蝴蝶。

（僧唱）

【前腔】吁嗟，想那李廣難封，馮唐易老，堪憐世道衰絶。寶劍塵埋，空將驥伏鹽車。顛越，孫陽歐冶而今遠，亂紛紛不辨龍蛇。論功勞赤心報國，總是饒舌。

（生唱）

【前腔】休説，報主丹衷，除邪諫草，空懷義氣忠節。志落奸謀，危巢且守鳩拙。英烈，三十功名塵與土，仗寶劍空弾明月。凭闌處瀟瀟風雨，都因愁結。

（僧唱）

【前腔】難捨，契結金蘭，情投膠漆，我合你死生交結。故國相逢，也不須苦苦咨嗟。歡悦，與君且盡盃中酒，心事也謾勞悲切。有一日雲開天顯，管教他燭隨風滅。

（生唱）

【前腔】妖孽，燕雀掀簾，狐狸升榻，鬼魅晝遊天闕。弄柄操权，任他每顛倒豪傑。虚設，朝廷衮服誰争補？近龍顔滿目奸邪。數十年懷冤結憤，好教我一時難雪。

（僧唱）

---

① 應爲“折”。

【前腔】曾别，托跡烟霞，棲身山水，因此暫投藍若。夢覺邯鄲，安眠處一枕寧貼。山寺日高僧未起，着緇衣輕似披鉄。利名途車多顛嶮，不須你再踵前轍。

【餘文】残孤病矢休輕射，閣淚分毡從此别，遥指白雲歸去也。

二十年來醉夢間，只今打破利名關。

因過竹院逢僧話，又得浮生半日閑。

第九出

（老外上）

【出隊子】君恩雖厚，也爲身家兒女憂。思量昨日那緣由，縛虎之心肯罷休？

（白）白虎堂高鎖碧空，珠簾不捲玉玲瓏。侯門曾授君王勅，到此遭刑反寇同。前日蒙童大王書來，着下官謀殺林冲。今夜想起來，童大王説的是："吾觀此人，英雄智勇，豈久屈下於人？不若趁早畐之，以除後患"。我想了一條計策：這白虎堂是朝廷封過節堂，我使人以看寶劍爲由，賺入此間，拿送軍司，照依聖旨，"擅入節堂者斬"，問這厮斬罪。他往那里分辨！下邊站的承局是誰？

（末上。白）堂上一呼，堦下百諾。有問即對，承局是我。（老外白）昨日分付的事，你曉的麼？（末白）昨日分付的事，小人曉的。（老外白）你既知道，我先伏下甲兵在白虎堂廊下，你喚他來，説我要他那寶劍作箇比樣，着他自己帶來。賺入白虎節堂，就着甲兵拿問。（末白）謹領鈞旨。（老外白）你須要記心，休當小事。前來聽我分付！（唱）

【四邊静】與我准備牢籠扣，兵甲冷颼颼。莫教外人知，休得輕泄漏。思量可憂，疾去莫遲留。他若肯來時，教他一命休。

（末唱）

【前腔】小人聽説這緣由，相公不須憂。賺虎入深穴，怎肯輕撒手。思量莫愁，疾去敢遲留？他若肯來時，教他一命休。

平生做事不糊塗，信道無毒不丈夫。

若無萬丈深潭計，怎得驪龍頷下珠？

第十出

（生上。唱）

【霜天曉角】【引】半生無用，往事如春夢。自想虛名薄利，白髮老英雄。

曉起無言常自省，時乖百怪總欺人。欲將心事陳親耳，夢里黄粱恐未真。今夜做一夢不祥，心上憂疑不定。請娘子出來商議則箇。娘子有請！

（旦上。唱）

【前腔】日移花影，曉起臨粧鏡。問親堂上，蓮步謾輕盈。

（白）官人萬福！（生白）娘子拜揖！（旦白）官人呼唤奴家，有何話説？（生白）我今夜做一夢不祥，請娘子出來解一解。（旦白）官人所夢何事？説與奴家知道。（生唱）

【畫眉序】今夜正三更，燭暗香消酒未醒。我夢見鷹投羅網，虎陷深坑。損折了雀畫良弓，跌破了凌花寶鏡。此情，心上全無定，空教人疑慮難明。

（旦唱）

【前腔】春夢杳無形，青草池塘隨慮生。豈不聞巫娥妄想，槐蟻難憑？再休疑蕉鹿迷真，且莫信蝴蝶虚景。此情，禍福應難定，不須苦苦憂驚。

（生白）此夢不祥，叫家童外邊叫箇筭命先生來，與我圓夢。（末白）小人就去。遠遠見一箇先生來了。

（净上。唱）

【牧犢歌】年來運拙苦無依，講命爲生撇了妻。一任傍人講是非，得便宜處旦便宜。

（白）若論小子家世，祖輩耕田種地。連年水稻不收，老幼離鄉討喫。只俺兄弟人多，都有隨身手藝：大哥捏塑神祇，二哥打造首飾，三哥畫影傳神，四哥行醫診脉，惟我自幼讀書，學了子平周易。正爲囊無分文，逐歲冲州撞邑，費了草履麻鞋，受盡跋涉氣力。舊網巾前低後高，破布衫纏腰裹膝。鹽荳兒隨路乾糧，乾魚頭客邊口味。近來命蹇時乖，所事營生不濟，十日不見一文錢，三日不曾得飯契。（末白）這等的不餓死你了？（净白）存得性命還鄉，也是争名奪利。（末白）先生，我請你去圓夢。（净白）誰家請我？（末白）林老爹家請你。（净白）是豹子頭林冲家？（末白）①（見介）禀老爹，叫的先生來了。（净白）筭命的與老爹叩頭。（生白）先生起來。曉的《周易》麽？（净白）我連子平都曉的。（生白）先將賤造看一看，然後圓夢。（净白）請老爹説貴造來。（生白）乙亥年、壬午月、乙丑日、丙子時。（净作恰筭科）莫論往年休咎，且評今後行藏。八歲行運，三十三歲，正在東方卯運。運入比肩，號曰背路逐馬。有四句斷語不好：命犯刑星必主低，身輕煞重有災危。時日若逢真太歲，就是神仙也皺眉。（生白）命既如此，再把我夢中詳細斷一斷。（净白）請老爹説來。（生白）我夢見鷹投羅網，虎陷深坑；損折了雀畫弓，跌破了菱花鏡。（净白）鷹投羅網，恐有牢獄之災；虎陷深坑，難免奸讒之言；雀畫弓折，勳業一朝虚廢；菱花鏡破，夫妻指日分離。此夢總然不好。（生白）有解處麽？（净白）白虎當頭攔路，喪門鬼怪生災，神仙也無解，太歲也難捱。造物已定，神鬼莫移。（生白）叫家童打發先生回去。與他二錢銀子。（末白）銀子在此。（净白）謝老爹重賞。（下）（生唱）

【前腔】啓口問前程，解取青囊看子平。他説我時逢劫煞，命犯天刑。三日裡必有災危，八字中全無吉慶。此生，萬事皆前定，不由我感嘆傷情。

（旦唱）

【前腔】造化本生成，何必區區問五行。想天分晴晦，月有虧盈，富與貴兩字從天，生和死百年由命。此生，天已安排定，何須苦問前程。

---

① 此處應有“正是”之類的回答。

(生白)娘子説的是。我林冲仰不愧天,俯不怍人,忠君孝親,何足爲慮?(唱)

【撲燈蛾】平生日所爲,將心自思省。俯仰但無虧,萬事從天分付也。

(旦唱)

我和你鸞凰共影,只憂愁好事難成。

(生唱)

念萱親時當暮景,立身行孝,何必苦勞形。

【尾聲】居官豈若無官好,鉄衣不似綵衣輕,誰使風波競利名?

卦裡陰陽仔細尋,無端閑事莫關心。

平生積善天加慶,心不欺天禍不侵。

第十一出

(末扮承局上。白)倉忙終日爲官差,此去如何敢打捱。太尉今成縛虎計,林冲難免目前灾。小人是箇新來的承局。今日高太尉差我去誆林冲,將帶寶劍來看,欲害他性命。兀的來到林冲門首,我索叫他一聲。林武師在家否?

(生上。唱)

【帝臺春】【引】丹心耿烈,平生未曾屈節。苦遭逢多妖孽,淹滯人中豪傑。壯志空懷臣子恨,惟酌酒高歌弾鋏。看桃李争妍,風中隨開隨卸。

(白)擐甲持戈趁早朝,歸來門巷甚寂寥。昨宵北斗龍光現,知是匣中劍氣高。呀,府中承局呼唤,不知爲何?(末白)武師拜揖!如今聖上要造寶劍十口,着落太尉老爹監造。聞武師有寶劍一口,帶去作箇比樣。恐武師不放心,就請帶劍同去,取了様子就拿回來。太尉在堂久等。(生白)請承局先行,我帶劍自去。(末下)(生白)娘子,將我寶劍過來。

(旦上。唱)

【夜行船】【引】曉起窻前照鸞影,樂北堂親享遐齡。小院清幽,重門寂静,更喜一家吉慶。

(白)官人,你要寶劍往那里去?(生白)朝廷欲造寶劍十口,高太尉要我這劍做箇比樣。我若不去,又恐他在駕前過舌,要將劍去。人言:"寶器玩物,不可示於權豪;古劍名琴,常要藏之櫃櫝。"尤物生灾,古人大戒。(旦白)官人,本管索取,如何敢違?(生白)高俅久慕此劍,恐有去路,無回路。(唱)

【三學仕】則爲你氣吐長虹冲斗宫,指望着剪惡除凶。不争落在奸人手,費我十年磨鍊功。

(合)

假若時來君見寵,鼓波濤欲化龍。

(白)娘子不知此劍,非别物可比。高祖傳留到今,如我之手足一般。數十年南征北戰,何曾離他一時?(唱)

【前腔】曾與吾皇頗效忠,二十年相伴英雄。蘇秦未遇酬高價,韓信將來立漢功。

(合前)

(旦白)此劍是身外之物,直甚麽?豈不聞:"識時物者爲俊傑。"官人當以身家爲念,休將微物愛惜。(唱)

【前腔】烏鵲傷弓見曲木驚,你要早見惺惺。他當朝見掌阿衡柄,鉗口無言最是能。

(合)

假若時來逢順境,美聲名海内稱。

(白)他勢如烈焰,愿勿唐突。老母在堂,望官人自保。(唱)

【前腔】白髮萱親當暮景,你休要重物輕生。

(白)我想古人也重此劍,也輕此劍。(生白)不知是那幾箇古人?説來我聽。(旦唱)

伍員笑解酬漁父,季札高懸重友生。

(合前)

(旦白)官人此去,小心在意。(生白)娘子不必囑付,我自有道理。(旦下)(生白)賢契還在此等我?(末白)太尉嚴命,只得在此伺候。(生、末同行)此問是殿師府前。(生白)還不見老爹?(末白)老爹有令,在政事堂坐里。(生白)政事堂還不見老爹?

（末白）政事堂老爹不在，想是退在宴賓堂了。（生白）宴賓堂還不見老爹？（末白）宴賓堂老爹不在，想是坐在白虎堂上。我與你進去。（生驚白）呀！此間是白虎節堂，朝廷有旨“擅入者斬”，莫不是承局啜賺我？

（老外上。唱）

【滿庭芳】【引】玉帶金魚，輕裘肥馬，恩榮幸托皇家。權傾京國，大纛共高牙。堪笑前朝宰相，當時不競奢華。雖是月宫有路，能幾箇泛浮槎？

（白）獨秉當朝宰相權，金甌名字不須看。两班多少文和武，難得君王有笑顔。那丹墀下是甚麽人？（净白）老爹問是甚麽人。（生跪，白）小官是本衙門禁軍教師林冲。（外白）叫他上來。你來此做甚麽？（生白）老爹令小官帶寶劍來作箇比樣。（外白）左右，拿上劍來我看。（外接劍，笑）好林冲，你敢持刃擅入節堂？我惱着你甚麽來，特地來行刺？（生白）老爹使承局唤林冲帶寶劍來作比樣，小官怎敢違令？（外喝白）你豈不知此處是朝廷議軍國事的去處？凡有軍民人等，有事只許在公堂參見。你敢故違聖旨，猶自饒舌。叫左右，拿下去綁了！（衆拿生介）禀老爹，綁起了。（外白）送軍司打着問他身帶寶劍，擅入白虎節堂，刺殺上官。具招繳報！（生白）老爹將就。（外喝。唱）

【甘州八犯】說不的平生氣節，休論那盖世豪傑。你軍門擅入心無怯，要學那專朱刺客，蹈襲着豫讓前轍。冤家路兒窄合當漏泄，在誰行巧語迴折！

（生唱）

【前腔】相公令從來密切，念林冲敢費唇舌？軍門誰敢輕來謁，自恨咱一時計拙，平白裡賺入虎窟龍穴。

（生起身介）

俺本是豪傑，又何須懼怯。我知道了！怪陳情要將你恨雪。

擅入封堂敢自欺，蒼天應不負男兒。

常將两眼觀螃蠏，看你横行到幾時！

第十二出

（净上。唱）

【步蟾宫】衣冠托賴吾祖宗，讀書懶去用功。人人笑我糊突虫，枉喫了皇家厚俸。

（白）自幼讀書甚懶，從來學武無成。選做本司軍政，上司愛我聰明。争鬬者猪首一箇，脱逃的好酒三瓶。直喫的醒而復醉，醉又還醒。那管轅門將令，不知營伍軍情。那軍司何在？叫他過來！（末白）軍司吏在那里？

（丑上。白）原是學中秀士，自小讀書不濟，提學大人來考，行移權當文字。憐我十分人才，陞在軍司做吏。律令條法不知，只會瞞官作弊。官人案下一言，人命死生所繫。如今鬼病淹纏，早晚身歸泉世。（末白）你叫箇太醫來看一看如何？（丑白）我也叫人看來，他道："諸般雜症好醫，惟有吏病難治。"軍司吏來見老爹。（净白）起來。把軍與我點查一點查。（作喬口点事，打諢介）

【前腔】（解生上）**【引】**天高日遠情難訴，無故將人裝誣。妻正青春親又老，誰與英雄做主？

（末白）這起犯人，是高老爹發下來。有批文在此，教你好生打着問明，取供解繳。（净白）那箇是木中？（末白）大人錯看了，他是林冲。（净白）林冲，你上來！如何持刃入白虎封堂，欲刺上官？你好好招來，我也不費心，你也不受刑。（生白）林冲曾讀儒書，頗知禮法。（净喝科。白）你既知禮法，如何白晝殺人？（生白）高殿師使承局唤我帶寶劍來看，引入白虎節堂，不容分辨，送與大人，陷害小官。（净白）我不信。既着承局唤你來，反坐你罪？叫左右，把這厮衣服剥了，着實打四十。（左右作打生科）（生白）大人息怒，聽我一言告訴：（唱）

【啄木兒】雖我這昆吾劍舉世無，怎敢無故持來入白虎？先因我唐突權門，因此上堕落奸謀。

（净喝科。白）猶自無禮，誰是奸謀？着實打！（生唱）

你只待百般非法將人誣，俺只有一點丹心終不屈，那怕你摘膽剜心刃剖腹！

（净唱）

【前腔】痴愚輩，無智徒，却不到欺官如抱虎。使不的巧語花言，必要你一一招伏。棲身肯自依喬木，寒門享盡無窮福。君不見官調朝陽反受誅？

（生唱）

【三段子】這場耻辱，告天庭終須擊鼓。千年冤苦，望恩官與我推情作主。

（净唱）

你做的甕兒无門路，風波誰敢輕帆渡！你如今船到江心漏難補。

（白）林冲，你畫了招罷，省的受苦。（生白）罷，罷！我也捱不過這等苦刑，我招了罷！（唱）

【歸朝歡】太山般，太山般，潭潭帥府。任從他，任從他不留寸土。他的威權，終有日天時錯午；我的忠心，自有神明鑒燭。

（净唱）

【尾聲】螳螂敢把車輪阻，似鉄人心也要你服，枉費萬語千言總是虛！

平人何故苦刑驅，可怪奸邪狠計謀。

饒你人心堅似鉄，怎熬官法熾如爐。

第十三出

（老旦上。唱）

【謁金門】【引】鸞鏡暗，曉起不堪照面。暗中不覺流年换，空對西風長嘆。

（小旦上。唱）

停針線，閑步梨花庭院。海棠零落鶯聲倦，且喜畫梁飛燕。

（白）婆婆，媳婦萬福！（老旦白）媳婦免禮。［浣溪沙］（白）門静人閑小院幽，日高花影上簾鈎。驚回曉夢燕聲柔，鸞鏡早分孤影瘦。蓬門空掩一天愁，自憐霜鬢已經秋。（白）媳婦，林冲半日不曾見他，往那里去了？（小旦白）兒夫早辰被高太尉使承局來唤，帶寶劍看去了，如今尚不見來。（老旦白）寶劍是高太尉所慕之物。孩兒性如彪虎，素有誅奸之志，倘致不測，你我母子怎生是好？（唱）

【宜春令】他爲中華，恨五胡，氣吞舟性如彪虎。少年豪氣，平生不把權臣屈。又只怕冒觸軍門，惹是非招愆取辱。我這里望西山，薄暮景，倚門凄楚。

（旦白）母親寬心，他去時自有分曉。（唱）

【前腔】休憂慮，莫嘆吁，且寬懷從容問卜。男兒漢必達時務，馬到了臨堐，可也須收步。他雖然志不容奸，也當憂堂前老母。料應他豈敢輕生，相挑怨府？

（老旦白）媳婦，你使人打探消息如何？（旦白）母親休慮，媳婦使錦兒去府前打聽，這早晚敢待來也。

（貼旦唱）

【前腔】從娘命，到帥府。列軍卒密排刀斧，不由我心中驚懼。只見市叢中一攢一簇，閙炒炒乱人言語，説林冲忠義賢良，駡高俅奸讒嫉妬。這消息阻隔軍門，無人傳出。

（僧上。唱）

【前腔】居官位，如抱虎，好難防把忠良凌辱。人有當時禍福，似這等冤情，教人如何分訴？到如今緣木求魚，他做了守株待兔。此事傷情，急急特來報母。

（白）母親，禍事了！早辰兄弟被高太尉哄入白虎堂，拿送軍司，屈打成招，問作死罪，送入南牢去了。（老旦哭倒介。白）天𠯗，怎生是好？兒𠯗！（唱）

【忒忒令】不争你無故將人苦禁囚，俺母子命難存久。枉捱了半生辛苦，干費了生受。不争你死去一身當，抛閃下七十娘、二旬少婦，如何斯守？

（旦唱）

【前腔】嚇的戰兢兢止不住腮邊淚流，我一身向那些兒求救？你撞着權奸巨寇，辨冤情，天又高，地又厚，如何開口？

（貼旦唱）

【沉醉東風】媽媽你高年少憂，母親你青春方幼，女孩兒嬌羞。嘆一家骨肉，這其間怎不悲愁？爲爹淚流，爲娘淚流，抛閃的孩兒何處投？

（僧唱）

【前腔】出家人合當自修，爲不平終來搭救。他雖是逢讎，想吉人天佑。你少熬煎，且將淚收，母親莫憂，娘子莫愁，我不殺奸臣誓不休！

（白）早與兄弟打進鋪陳，明日送早飯去。

無故將人苦禁囚，不防平地横波流。

閑中且自磨霜刃，斬却奸邪恨始收。

第十四出

（末扮禁子上）堂上忽聞報早衙，一身官事乱如麻。狼虎口中分酒食，是非叢裏作生涯。吾乃軍司守獄禁子是也。朝供刑具，夜伴囚徒。居白虎之方，坐喪門之地。牢門關鎖數十重，鉄壘墻高三丈五。點視廳前參太歲，天王堂上聚遊魂。墻頭棘芝蜈蚣形，門上獸吞犴狴古。幽魂泣積雨，饑鼠攛空梁。熱蒸蒸堦前積糞更兼腥，磣磕磕門外横屍猶帶血。靠身良友將軍柱，對面相知木伴哥。昏慘慘愁雲怨霧鎖長空，冷颼颼苦雨悲風迷曉日。殺威棒打一百下，犯由牌寫數千言。烏鴉過處高飛，草木逢春不長。綑非一法，苦有千般。猿猴獻果真難受，野狐抽絲不可當。但入天牢，即同地獄。受用盡骨朵荆杖，打熬些悶棍竹篦。永别酒日日沽來，長休飯時時造下。既在囹圄，休説平生豪氣；久居淹禁，總消盖世英雄。罪犯天條，那管軍民匠皂；刑依國法，不分貴賤賢愚。手内無錢，忍不過千般凌辱；眼中有淚，流不盡萬種悽惶。病臥黄塵，那得一根鋪草；饑捱白日，誰分半碗清湯？冤家無計得偷生，强鬼都因盆弔死。巡風獄卒，來的來，往的往，盡是些鉄石心腸；受罪囚人，哭的哭，叫的叫，那怕你金剛漢子。臨刑始信身無主，到此方知命在人。休言清晝驅馳，更看黄昏生受；雄糾糾司吏下監來，悪狠狠押牢持刃入。人人魄散運魂消，箇箇心寒膽戰。蓬頭裸體，有如豐都城走出的冤魂；苦貌愁形，恰似森羅殿解來的餓鬼。腰纏鉄鎖，一身拘急怎支吾；項帶長枷，兩手禁持難展掙。每遭鼠咬學猫叫，苦被蚊丁作狗跑。一盞孤燈，照盡愁人寂寞；數聲殘角，驚回曉夢凄凉。就里五星曾不照，此間六道是輪廻。憂成白髮恨天高，望斷青蝇愁日遠。賢如公冶應難免，聖似文王也莫逃。道猶未了，獄吏來也！

(浄上。唱)

【青天歌】我是刑曹一吏員，不管公文只要錢。今日該我來下監，除死無灾不怕天。

(白)念我刑曹吏，石虎是也。奉高太尉之命，着我就獄中陷殺林冲。叫那禁子過來！

(丑應。白)婆婆怎麽説？(浄白)林冲在那里？(丑白)林冲在老監里。(浄白)唤他出來！(丑白)林冲何在？疾忙出來！

(生上。唱)

【薄薄倖】犴狴風寒，囹圄地冷，恨奸毒屈打招承。今生命，怎能逃峻法酷刑？念萱親老病，淚盈盈。

匹馬西風渡界河，烟塵萬里定干戈。海門斗絶曾平步，就地狂風萬丈波。我林冲報國忠心，養親孝力，不料有今日之報。三两日不見母親之面，萬千廻難消凝望之私。忽聽有人呼唤，想是家人到來。原來是提控先生。先生，林冲作揖！(浄白)你膝下有金，跪不的我一跪？(生白)先生，我林冲膝下無金，腰間有金。念我一官仍在身，將就些兒箇。(浄白)你還誇官？這里是甚麽去處？管山的燒柴，管河的喫水。自到這監中，不見一文燈油錢，你在這青堂瓦舍里坐的，到也自在！你這等涎皮賴臉的，俺這管監的喫風？(生白)先生，我林冲不死，還有辨處。何用發此言？(浄白)他還不覺死！高老爹奏准朝廷，説你帶劍謀殺上官，犯了偌大罪名。高老爹分付："三日以裏，打發你回去；若有違限，照依軍情發落。"你還在我跟前説嘴？叫禁子過來！(末應介)(浄白)把他採上榧床，先打一百狼頭，就打發他回去！(末採生上榧介)(生白)天！我林冲爲國忘家，今日落在奸賊彀中。怎得見九重

天子，懇訴下情？（唱）

【朝元歌】想我半生苟延，歷盡風波險。十年磨劍，未遂英雄願。爲國忘家，要啚榮顯。

我好埋怨！（末白）事到頭來，休得埋怨。（生唱）

我埋怨高俅、童貫，他是悮國奸讒。孤忠同死追伍員，頭掛在高杆，丹心日月懸。

（合）

天高日遠，教人在那搭分辨？

（内作"梆鈴""小心"等語）（生唱）

【前腔】不想遭逢刑憲，難捱苦萬千，怎遣夜如年？對着一盞孤燈，半明半暗。相伴着些罪徒囚犯，喫苦招愆。英雄到此展挣難，肢體不禁寒，從教饑鼠飡。

（合前）

（丑、末白）林大人，事到頭來，不必煩惱。我打發你回去罷！（生白）牢頭大哥，林冲死亦不怕。罪當刑法，死而無怨。争奈老母年高，無人侍養，不得見面，以叙苦情。（唱）

【前腔】想起心中哀怨，萱親在老年，妻室正紅顔。我死在南牢，教何人看管？自恨風刀勢劍，斬斷子母團圓，教人怎不珠淚連？天若有循還，終須冤報冤。

（合前）

（白）牢頭大哥，我十載邊關，建立大功，不想有今日之苦。古人云："高鳥盡，良弓藏；敵國破，謀臣亡。"誠如此言！（唱）

【前腔】早知功成惹患，思量後悔難。不駕五湖船，如今馬到臨崖，收繮恨晚。可嘆韓侯功案，他在九里山前，太平不思量舊將壇。十載利名牽，真成抱虎眠。

（合前）

（末白）你我生在天地間，那里不是積福處？高衙限三日着他死，還有兩日，容留他妻母相見，有何方碍①處？（丑白）罷，罷！容

① 應爲"妨碍"。

你兩日,放你妻母見面,訴你子母情腸。(生谢净、丑)多感二位!

英雄不必痛傷神,人命關天豈在人。

惟有感恩并積恨,千年萬載不成塵。

第十五出

(旦上。唱)

【山坡羊】這冤情蒼天難告,想兒夫灾星相照。他如今身遭罪譴,俺一家兒將誰靠?倚勢豪,把人坑陷倒。南牢受苦,只恐怕親知道。我將悶海、愁山一担挑。難熬,飯似寒冰喫着不飽;難逃,命若遊絲湯着便了。

(白)夜淚紛難已,所憂在君子。鷄鳴着衣裳,問母向高堂。母憂常不食,有子在顛沛。所賴妾一身,形影實狼狽。我今問郎去,忍見郎身苦?瘡痍尚可痊,死尘應難卜!妾身張氏,兒夫林冲,被高太尉陷害,在南牢中,受盡千般苦楚。如今高衙分付!不許家人見面,婆婆有病在身,終朝垂淚,妾身何忍?將了這碗湯飯,抵死求見兒夫一面。早到南牢門首。奴家是林冲妻室,望大哥容我入去,見他一面。(丑白)送飯的將飯來,打進去。(旦白)望大哥容進去送飯!(丑白)胡説!他是該死的人,誰敢放你進去?(旦白)奴家這一根銀釵,與二位買茶喫,可憐奴家,進去看一看!(丑白)娘子進去急回。唤林冲,你娘子來看你!

(生白)不知是何人叫?呀!娘子從那里來?(哭介)(旦唱)

【前腔】看了你形軀羸弱,唬的我神魂飛落。只爲着披枷帶鎖,改變了堂堂貌。苦命招,無根由起禍苗。英雄盖世,走不出漫天套。这的是枯樹遭風,有上稍無下稍。權豪,你做權豪的情性兒惡;英豪,俺做英豪的名姓兒高。

(生白)娘子,我死一身不打緊,只慮一件。(旦白)官人,你憂慮那一件?(生唱)

【前腔】慮只慮萱親無靠,苦只苦嬌妻年少,恨只恨半生命蹇,悔只悔争名利無着落,枉自勞。死生事最小,但只念君親恩重,未盡忠和孝。

説甚麽禍福無門人自招？煎熬，巨鎖沉枷卸不了；號咷，峻拷嚴刑誓不饒。

（旦白）官人少的煩惱，喫些湯飯。（生白）娘子，我怎生咽得下去！（旦白）官人，你閘掙着喫些兒。奴家出去，自有分辨。（生白）娘子，如今高太尉那里，如同泰山般倒下來，你往那里分訴？外邊打聽着，我有些好歹，買一箇棺槨，擡在荒郊，將我這苦死的屍骸埋在土底，便是夫婦之情。上有老母無主，看我林冲薄面，侍養一年半載，歸世之後，娘子你年幼，那時節改嫁未遲。（旦白）官人，你放心。倘或有些吉凶之事，奴豈有再嫁之理？只是竭力養母。貞一無二之心，有一無二之言，官人不足掛念。（生唱）

【孝順歌】我無緣分你命薄，和你夫婦恩情休忘了。老母況年高，須把賢妻靠。朝夕不保，我有此身，尚憂强暴；你每孤苦伶仃，如何能忖料！

（合）

生死别，雨淚抛。這冤屈，向誰告？

（丑白）你只管哭啼怎的？娘子出去罷！（旦白）大哥且容片時，俺叙幾句夫妻情話。（旦唱）

【前腔】你休多慮，少要焦，奴家比不的閑花草。假若你命難逃，妾自有方略。你且將身自保，莫慮萱堂，景衰年老。但俯仰無虧，自有神明照。

（合前）

（生白）娘子，我也顧不的你了！（丑採生下）（旦唱）

【前腔】我言無盡他去了，一寸柔腸剌萬刀。傾刻間不相饒，依舊入南牢。離多會少，到此令人怎不煩惱！兩脚荒忙，顧不的傍人笑。

（合前）

邂逅相逢薄命郎，西風吹散兩鴛鴦。

歸家不敢高聲哭，只恐猿聞也斷腸。

第十六出

(旦上。唱)

【月雲高】晨光初散,誰道君門遠?露濕弓鞋小,風吹鬢雲亂。霧散烟消,日照紫微寒。到此心驚怕,生死應難免。咫尺龍樓接日邊,願把冤情往上傳。

(白)蓮步輕移不暫留,恐驚堂上老親憂。兒夫但得蒙寬釋,何惜今朝一命休。自恨兒夫在監,不勝苦楚,難逃性命,妾身避着婆婆,向燈前寫就一本冤詞,面訴聖上。暗藏小刀一把,去冤鼓樓前,自刎一刀,命盡驚動皇上,看了我這冤本,得放兒夫侍養老母,妾身死亦無恨。(唱)

【前腔】忍羞含怨,身自經危險。只爲親年老,急救兒夫難。擊鼓向金門,聲動朝陽殿。暗自持白刃,肯惜身遭譴?奴雖無織錦廻文献御前,以死終當冤報冤。

(白)冤屈!(擊鼓自刎)

(末扮錦衣上。白)誰家輕命者,擊鼓動金門?驚回青瑣夢,唬殺錦衣人。是甚麽人?(作奪刀介)報,報,有擊鼓的!

(外上。白)半夜挑燈梳白髮,平明騎馬走紅塵。我是金鑾殿上傳宣客,白玉堦前奏事臣。是甚麽人拚死擊鼓?(末白)是一箇女子。(外白)傷了性命不曾?(末白)未傷性命,項下猶帶血痕。(外白)待他蘇醒來,問箇端的。(旦哭介)(末白)那女子不要哭,大人問你。(旦跪介)(外白)那婦人是何人家女子,輒敢驚動聖上?(旦白)容奴伸訴冤屈!(外白)你有甚麽虧心事?說來我聽。(旦唱)

【鎖南枝】停嗔怒,聽訴冤。

(外白)你夫主是誰?(旦唱)

夫在京畿做武官。

(外白)你夫主是甚麽官?(旦唱)

我兒夫降謫提轄,結下高俅怨。

(外白)你是前者劾奏高太尉統制林冲的娘子?(旦唱)

他恃寵,太弄權,平地里將人陷。

(外白)他怎生陷害你夫主?(旦白)我兒夫昔守邊關。先因奏事,將統制降爲提轄;今又爲劾奏太尉等,挾讎指看寶劍爲由,賺入白虎堂,拿送軍司,誣坐持刃擅入白虎封堂,問成重罪。見在南牢,不久身亡。撇下七旬老母,朝夕哭泣。(旦唱)

【前腔】高堂老母單,終朝珠淚漣。教我如何過遣?夫在南牢,不久黄泉染。夫一身死,俺命所關。姑與奴,俱難免。

(外白)你丈夫負銜冤事,自有分辨處,如何舍生擊鼓?死而何益?(旦唱)

【前腔】奴愿死在御前,釋放兒夫侍老年。

(外白)你與高殿師折辨如何?(旦唱)

他如今勢壓中朝,誰敢與他相折辨?望恩官,賜可憐,與奴家,作方便。

(外白)嗐,嗐,原是林統制的娘子!他在邊關上建立大功,今日被人讒害,在於死地。好箇節義的娘子,起來,不必煩惱。(唱)

【前腔】休多慮,甚可憐。

你將冤本過來。

我與你轉達封章,面奏金鸞殿。聖明君,每受言,這冤情,必定有更變。

(白)那娘子回去將息,聽候旨意。

抱屈含冤氣怎舒,一聲擊鼓動鑾輿。

當權若不行方便,豈是男兒大丈夫。

第十七出

(老外上)

【四娘子】【引】朝暮近龍顔,謬掌萬里兵權。堪笑匹夫謀淺,挑怨速禍,輕生覓死,擊鼓動金鑾。

(白)縛虎在牢籠,誰能輕撒手?使碎自己心,笑破他人口。前日一計成功，捉住林冲，悔不速殺，被他娘子擊鼓訴冤。朝廷准批開封府辨理。府尹楊清，乃楊業之後，兼椒房之親。此人恃才傲物，守法奉公，這事必有反詞。我用心一場，害不死他，反被童官监笑話，可怎生是好？叫左右！

(丑應介)朝廷准林冲冤本，批行開封府。唤過林冲去了不曾？(丑白)唤過去了。(外白)既唤過去了，我有一箇簡帖，下與楊太守，着他照依原招科罪。他若故違，我和他面奏便了。(丑白)領鈞旨。(外唱)

【好姐姐】思量從前事端，打鼇魚頓脱鈎線，徒勞心教人空掛牽。那龍泉劍，幸得一朝將他賺，縛虎容易縱虎難。

(丑唱)

【前腔】朝廷分明勑宣，誰敢故違折辨？告相公不須掛牽。那龍泉劍，幸得一朝將他賺，入水容易出水難。

書封此去莫遲延，寄與楊清仔細看。
開口不如合口好，入頭容易出頭難。

第十八出

(外上。唱)

【鷓鴣天】【引】政行千里總春風，何慮閭閻赤子窮？荷聖德，際時雍，報答君恩必盡忠。

(白)[浣溪沙]一舉高科已十春，年年衣染帝京塵。紫誥重封雨露新，一點丹心惟爲國。數莖白髮苦憂民，愧無尺寸答楓宸。(白)下官楊清，字孝簾。官拜開封府府尹。昨蒙聖旨，批下林冲一干犯人，着下官問理。林冲冤本並原招，俱已解到。我想這件事，原是高太尉懷挾私讎，羅織其罪。高俅并童貫，内外交結，不知害了多少人命。今又累次書來，教下官裝害林冲。朝廷法度，豈敢狥私？下官須要從公問理。左右，林冲解到了不曾？(末白)解到了，外邊伺候里。(外白)叫他進來！(末白)犯人一起進來！

(生上。唱)

【引】【前腔】罹身壞堵苦遭逢,無語傷心只淚傾。心耿耿氣冲冲,思親何日出牢籠。

(白)望老爹洗冤!(外白)那林冲,你近前來,我問你:你如何故入白虎封堂,持刃刺殺上官?情真罪當,有何冤枉?(生白)老爹,容小官分訴!(唱)

【泣顔回】數載戰塵勞,曾與吾皇報效。有高俅童貫,復私讎陷我違條。朋奸用巧,仗天威倚勢强欺弱,假聖旨改揑虚詞,平地里撮起波濤。

(白)小官因政和二年,從征西羌,戰奪邊城,窮追殘寇,童貫妬能,汗馬功勞獨占,謬封王爵。小官具本上奏,結下冤讎。高俅亦被小官劾奏。兩家聲勢相倚,朋黨陷害小官。(外白)你如何輕自招承?(生唱)

【前腔】嚴刑苦拷,萬千般不容人分告。吝如山倒,眼睁睁怎出漫天套?用陰謀暗里掘坑,誣平人白晝持刀。

(外白)你有冤枉,只和他折辨,如何敢輕瀆天庭?(生白)老爹!林冲死而何恨,争奈老母年高,無人侍養,所以激切上聞。(唱)

【前腔】椿庭喪早,少年家業都零落;萱親又老,孤窮一子别無靠。若不是負冤情哀告鑾輿,争些兒屈死在南牢。

(外白)嗐,嗐!這幾箇奸讒,無功受禄,不思量報國盡忠,專一悮國欺君,虐害忠臣義士。(唱)

【前腔】無功受爵,不思量報主憂民存忠孝;心生奸狡,欺君悮國違公道。復私讎濫用淫刑,把忠良屈打成招。

【賺】聽了不平氣其實難消,我怎肯爲人情,枉陷了英豪?

(唱)

【撲燈蛾】忠良殺害了,信讒屈供招,暗里陰騭虧,子孫禍怎生逃?名公自保,頭直上莫謂天高?枉了他堂堂壯士,駡名兒千載作歌謡。

(白)林冲起來,與你番了供狀!(唱)

【尾聲】不防枳棘居官小,敢把英雄性命饒,表暴疑冤和他奏早朝。

(白)叫刑房過來!(丑應介)(外白)替他番了供狀。林冲,我替你奏聞天子，已勘問的：既是屬官軍門有令，難執擅入封堂之律；況係武職，什伍隨身，若論白晝持刀，亦自難合。林冲，我須從公問理。争奈高、童二家，乃朝廷寵臣，懷私積恨，今後須當廻避。（生白）蒙老爹再造之恩，敢不從教！

人情公道兩無虧，生死蒙君决是非。

當道莫栽荆棘樹，他年掛破子孫衣。

第十九出

（末扮吏上。白）虞羅雖密，尚多漏網之魚；日月有明，不照覆盆之地。昨日勘問的林冲一事，開封府楊知府老爹奏准朝廷，上情憐憫，宥復前職。又被高太尉、童大王奏准，將林冲僅饒死罪，削奪官職，刺發滄州充軍。高太尉下令，即時發遣，不許停留片時，若有遲滯者，與犯人同罪。須索打發他解出城便了。

（老旦上。唱）

【掛針兒】【引】離恨牽腸易斷，啼痕滿眼難乾。

（旦上。唱）

風送白雲，霜凋紅葉，偏動離人愁嘆。

（貼旦上）

慈母有懷千里夢，遊子不知何日還。

（旦白）婆婆，媳婦萬福！（老旦白）孩兒免禮。（白）[臨江仙]煙靄河橋東畔路，柳絲難繫行舟，數聲寒鴈度南樓。關山傷別緒，雲樹動離愁。（旦白）鏡破從教鸞影獨，征帆無計遮留，相思盡付水東流。紅塵千里夢，黄葉一天愁。（老旦白）媳婦，今日孩兒發配出城。早來到十里長亭，咱每在這里等候孩兒，相見一面。（旦白）兀的一簇人來，想必是了。

（生同净、末上。唱）

【縷縷金】離犴狴，出鄉原。形軀羸瘦盡，步行難。見説長亭近，慈親忍見？一家骨肉苦摧殘，教人怎留戀？

（净、末唱）

【踢鞦兒】急離了鄉井人行懶，山水跋涉空長嘆。西風落葉怎不悽慘！應是官差難自免，那管妻兒悲怨！

(生白)二位大哥，來到十里長亭。妻母在此，容留一見。(净白)上司有令，不許親人見面，亦不許停留片時。(生白)二位寬恕，此間無人知道。骨肉情腸，如何捨的？(末白)董大哥，此處無人知道，容他妻母見一面無碍。(生見老旦、旦，哭，抱倒)(生唱)

【楚江秋】前生遭惡緣，今世裡逢着業冤，一家骨肉生拆散。母親不必苦留連，少要熬煎，孩兒豈不將親戀！

(合)

不由我心痛酸，不由我淚暗弹，何時再得重相見？

(老旦唱)

【前腔】離腸似刃剜，愁眉何日展？兒行一步娘行遠，密將針線補征衫，只恐遲還，爲你哭的我雙眸暗。

(合前)

(旦唱)

【前腔】長亭柳带烟，一枝合淚扳。啼痕界破残粧面，德言分鏡幾時圓？遠水高山，眼睁睁棒打鴛鴦散。

(合前)

(貼旦唱)

【前腔】西風两鬢班，東林千葉丹。傷心去國人行懶，一盃别酒兩分難。謾唱陽關，愿爹早早收歸纜。

(合前)

(净白)悮了期限，只管哭怎麽？老爹訪知了，怎生是好？(生白)二位大哥，稍待片時，再叙幾句子母情腸。

(王婆上。唱)

【掛針兒】世間惟有别离苦，望長亭折柳提壶。衰草生愁，鳴蟬助恨，斜日怎留人去？

(見白)老安人，官人，拜了！恰纔家中有些小事，來送遲了。這伍錢銀子，送與官人途間買茶喫，聊表鄰舍微情。(生白)多谢鄰母！(王婆白)微物何足言謝。(老旦白)孩兒，我有幾句話囑付你：雨宿宜防夜，鷄鳴更相天；臨橋須下馬，過渡莫争船。小心在意。到滄州事了還家，答謝天地。(生白)母親休慮，我林冲一路水宿風飡，山行野渡，謹依慈训。若到滄州無事，得以回家事母，實廼萬千之幸。(唱)

【五更轉】恨别離，心最苦。割恩情，奔路途。不愁鬼門關上生難度，只怕親老家貧，無人作主。今日裡分鴛侶，將你悮。聊應此去，死生實難卜。則怕回首家園，早已親歸黄土。

(旦白)官人一路小心在意，早早回來。(唱)

【前腔】棄親幃，離鄉土。奉朝夕，只在奴。應知此去難留阻，但愿你早早還鄉，侍養老母。

(拜解子。唱)

途路里，望恩兄相看顧。登山涉水多凄楚，野店孤村，要你遲行早宿。

(生白)母親、賢妻，我去也！

遠辞鄉國度風塵，折柳長亭别老親。

流淚眼覷流淚眼，斷膓人送斷膓人。

第二十出

(僧上。唱)

【賀聖朝】俺本是披袍貫甲將軍，翻做披緇削髮僧人。不平事鬭起殺人心，因此上不避風塵。

(白)念我魯達是也。今日兄弟林冲解配滄州，必從野猪林經過。此處乃是箇險要的去處，高俅必遣奸細人來，害我兄弟性命。不免在此林中隱藏，若有奸細陷害時，我斷然有箇方略。

(净、末同生上)(唱)

【山坡羊】舉目雲山無數，回首家鄉何處？只見山危水嶮，急煎煎跳不出羊膓路。鳥乱呼，林深過客踈。形骸瘦盡，眼睁睁生難度。撇下白髮萱親正倚閭。音書，千里關山半字無；嗟吁，兩地思量一樣苦。

[鷓鴣天](白)一别慈親出汴京，相思日夜淚盈盈。故鄉回首知何處，遊子懷歸夢未醒。愁野渡，苦山行，幾聲哀鴈旅魂驚。白

雲流水青山外，好景留連倦客情。二位大哥，行過這山來，半日不曾見一箇人。你看那青山緑水，白雲紅葉，好傷感人也！（唱）

【一封書】山幽静鳥啼，助離人添慘悽。路彎曲客迷，動鄉情偏痛悲。白雲似水流將去，黄葉無情只自飛。想親幃，盼親幃，回首家園何日歸？

（白）二位，前邊是野猪林，和你進去歇息歇息再走。（净、末背白）臨行時，高老爹着陸謙、傅安與了你我白銀十兩，再三囑付，教咱兩箇在途中殺死林冲，揭取面上金印爲號。他豈不知咱兩箇是董超、薛霸？此間是人跡罕到的去處，正好下手。我將此劍出鞘三寸爲號，就下手罷。（净白）董大哥説的是。中下手了。（生白）二位大哥慢些。長途何必太緊！過到前邊酒店中，買些酒飯喫了再行。（净、末白）你還想前行？此間是你盡頭的去處了。（生白）薛大哥、董大哥，説那里話！（末白）你犯了朝廷法度，該當受苦。我們着甚麼來由？（生白）二位大哥乃是官差，豈是林冲負累？容的兩三日到了滄州，討了批廻，好見官府。（净白）只管和他説甚麽！無人知道，殺死便了。（生白）二位大哥，可憐見林冲與二位原無冤讎，殺我爲何？（末白）不干我事。你只怪高太尉。俺不殺你，怎敢回去見他？叫開刀罷！（生白）我林冲命，終不能脱汝之手！不想死在此地！（生唱）

【玉交枝】平生豪氣，爲皇家争南戰北。做英雄死在無名地，不由我感嘆傷悲。白頭母死無所歸，黄泉路上纔相覓。

（合）

這冤屈何年盡洗？

（白）二位大哥！我林冲走不了。鬆放我一隻手，拜告天地，知我林冲屈死。愿受一刀。（净白）我們不痴。豈不知你寸鉄在手，殺萬將無敵？俺怎敢放開你這手！（末白）也罷，且不殺你，容你拜謝天地。天，不干俺兩箇事，高俅殺他里！（生跪哭）（唱）

【前腔】蒼天聽啓：愿林冲死爲厲鬼，森羅殿上誅奸輩。那時節去報親幃。千里英魂不復歸，數莖殘骨終抛棄。

（合前）

(白)二位與我箇快性!

(僧上喝,白)甚麼人在此害人? 喫我一刀! (净、末跪白)師父,不干我事。是那一箇來! (末白)師父饒命,不干我事。(僧白)都不干你兩箇事,却是誰? (末白)都是高殿師①命令,教小人中途殺害林將軍,因此不敢違令。師父發慈悲,饒俺一命! (生白)哥哥,你在那里來救我性命? 休殺解人,有妻母在家,必然連累。到了滄州,再做商議。他日倘蒙赦宥,尚有還鄉之期。(僧白)我且饒你兩箇。(净、丑起身介)(生唱)

【前腔】流離顛沛,自别來全無信息。路途一命將傾逝,賴仁兄解救艱危。鬼門關上忽唤廻,南柯夢裡重相會。

(合前)

(僧唱)

【前腔】風塵不避,兩三朝專心盼你,只爲交結親兄弟。

(生白)哥哥,你來時見我母親不曾? (僧唱)

老安人苦苦悲啼,中途只恐遇奸賊,果然中了拖刀計。

(合前)

(白)且饒你不死。你兩箇前邊雇一輛小車,將我兄弟推到滄州,放你回去,説與奸賊高俅,我智深不久來要你這顆頭里。

中途一旦遇非灾,賊子謀成我怎猜?

萬事不由人計較,一生都是命安排。

第二十一出

(生上。唱)

【滿庭芳】茅店鷄鳴,江村犬吠,驚廻客夢闌珊。風塵滿目,愁踏曉霜寒。

(僧唱)

雲迷樵徑,霧鎖漁梁,風飡水宿,何日返家園?

---

① 應爲"帥"。

［鷓鴣天］（生白）汴國漁陽地不隣，乾坤何處問通津？三春花落曾經眼，盡日山行不見人。時運拙，路途貧，死生未卜遠囚身。一朝不是神明祐，骸骨應爲陌上塵！蒙哥哥再造之恩，又勞遠送。（僧白）兄弟，患難扶持，安恩抛棄。我須往前送上兩程，我便回去。（生白）哥哥，山川迢遞，途路艱辛，怎敢起動！（唱）

【甘州歌】征輪莫挽，嘆家私傾敗，骨肉摧殘。山藏歧路，更聞水流深澗。空憐去國王粲苦，誰念無家范叔寒？離鄉懶，行路難，斷腸聲里唱陽關。添新恨，改舊顔，相思不斷似連環。

（僧唱）

【前腔】鷄鳴客度關，望寒蟾將没，踈星猶燦。曾提軍務，當此際奔走朝班。何年再得趨帝闕？無福重登拜將壇！鄉心切，客思繁，消愁莫放酒盃乾。知音少，同志難，高山流水莫輕弹。

（生、末唱）

【前腔】豪遊興已闌，想當年粗戇，曾陳直諫，聲聞朝野，因此上觸忤權姦。簾前流影真要惜，世上浮名總是閑。何須慮，且放寬，此行休道不生還。心猶壯，鬢已班，劍光還射斗牛寒。

（净唱）

【前腔】霜凋葉正丹，見投林宿鳥，排空征鴈。江村蕭索，那堪途路艱難？罇中緑蟻頻自煖，路上黄花却耐寒。秋將暮，歲欲殘，白蘋紅蓼滿江干。風聲息，月影單，漁燈閃閃掩柴關。

【尾聲】投宿處，休遲慢。旅邸淹留兩鬢班，暫避今宵風雨寒。

迢遞關河思不禁，客邊無鴈寄家音。
夜雨滴殘千里夢，砧聲敲碎故鄉心。

第二十二出

（旦上。唱）

【齊天樂】香肌瘦減愁痛起，枕上汪汪淚漬。鉄馬驚風，寒砧敲月，總是傷情滋味。奈天涯人遠，塞鴻信斷，錦鯉書遲。况高堂病染，惆悵淚偷垂。

[木蘭花](白)一夜閑愁愁不徹,曉來還是愁時節。寶奩羞對鏡鸞孤,雲鬢懶釵鳳折。鴻鴈不來黄菊卸,佳期悮我中秋月。只將歸信慰慈顔,無可奈何衰病怯。(白)兒夫别後,杳無音信。抛俺子母凄凉,囊篋懸罄,朝飡暮飲,奴家强自支持。如今暮秋天氣,兒夫在外,受盡風霜之苦。一般愁恨,兩地相思,何日是了!天㗘!金釵慵整髴雲環,門掩清秋盡日閑,倚遍西樓腸欲斷,才郎遥憶隔關山!

【四朝元】關山遥憶,兒夫去不歸。望燕山信斷,瀛海書遲,魚鴈無消息。家貧空四壁,只見風捲珠簾,香裊金猊,冷落粧臺,蕭條琴瑟,愁事縈如織。㗘!我這里自思惟:欲待學姜女尋郎,母老應難棄。兒夫無返期,兒夫無返期,强梁屢見欺。千言萬語,叨叨絮絮,不知廻避。

殘燈挑盡夢難成,愁絶音書寄遠征。

欲問高堂天未曉,着衣仍坐待天明。

【前腔】天明早起,高堂問寢食。恨菱花鏡破,桑榆景逼,母子實狼狽。嘆家私零落,賣却金釵,典盡羅衣。親嘗湯藥,躬勤菽水,委实的難存濟。㗘!我這里自傷悲,既受他重託如山,我怎肯相違背。海深終見底,海深終見底,妾心亦匪石。千愁萬恨,清清冷冷,終朝垂涕。

緑窗獨坐思悠悠,放下金針只淚流。

殘雨斷雲俱不問,只將幽恨度清秋。

【前腔】清秋天氣,長空鴈到遲。我欲登高望遠,酌彼金罍,只怕霜露沾我衣。見疎林葉落,簾捲西風,人在天涯。蹙損春山,望穿秋水,處處催刀尺。㗘!我這里自支持,又聽的别館寒砧,敲的我柔腸碎。才郎身上衣,才郎身上衣,寒時誰拆洗?千山萬水,迢迢遠遠,怎生相寄?

半窗明月照黄昏,儂在幽閨暗斷魂。

盼盡斜陽人不至,相思和淚掩重門。

【前腔】重門深閉,青山日又低。見烏鴉棲樹,牛羊入院,偏你無歸計。夜長人静寂,只聽的鉄馬錚錚,玉漏遲遲。珊枕空餘,銀缸獨對,展轉難成寐。㗘!我這里自憂疑:想着無主的兒夫,莫不做了他鄉鬼?你那里凶與吉,你那里凶與吉,奴這里怎得知?千思萬想,悽悽慘慘,空流珠淚。

才郎別後已經秋，鬼病懨懨不奈愁。

遠信難憑鴻北至，閑情都付水東流。

第二十三出

（生上。唱）

【望遠行】西風瑟瑟，偏動天涯行客。

（僧上。唱）

愁遠家鄉，回首關山遥隔。

（净、末上。唱）

傷心故國，甚日挽廻征旆？

幾度風霜客里過，把人豪氣暗消磨。

關山歷盡紅塵苦，未卜前程事若何？

（生白）蒙哥哥遠來，送到滄州境界了。（僧白）兄弟，我欲要進城，恐怕還有高家奸細在内。（生白）哥哥，我隨身有紙筆，寫封書與我稍去。（僧白）寫書來，我稍去。（生白）這一封書，傳與我無主的老母、薄命拙妻。（唱）

【一封書】違膝下遠離，痛萱親將靠誰？到邊上早歸，使荆妻有所依。好把空房堅志守，休倚寒門苦自悲。想庭幃，盼庭幃，眼淚紛紛如雨飛。

（生白）哥哥到家時，見我無主的老母，説我林冲不久就回來，少得煩惱。哥哥厚恩，小弟死生難報。（唱）

【一江風】嘆别離，閣不住恓惶淚，吐不盡英雄氣。到親幃，一路平安，兩地相思，詳訴休瞞昧。還鄉定有期，從軍不用悲，纔是豪傑輩。

（僧白）我有餘錢幾貫，留作客中盤費。（唱）

【前腔】論相知，惟有咱交契，不説親兄弟。暫還歸，雖少黄金，留下青錢，聊表别來意。飛花襯馬蹄，輕塵染客衣，嘗盡途中味。

（白）那兩箇防送人，貧僧麤魯，休得見怪。此去見官，好看承我兄弟，異日相謝。

千里關山信不通，且將心事託歸鴻。
洒淚與君從此别，不知何日再相逢。

第二十四出

（外上。唱）

【菊花新】【引】闠扉鞠草不教除，晝静官閑訟自無。公道鬼神服，爲國憂民清苦。

（白）一舉成名姓字香，十年踪跡仕途忙。省刑薄斂民無怨，爲國懷憂鬢已霜。吾乃滄州太守是也。今日早衙無事，左右，你看外邊有投文倒解的，叫他進來！

（生同解上。唱）

【前腔】千山萬水奔程途，今日幸得臨配所。

（末唱）

一身歷盡風霜苦，回首重遮雲樹。

（生白）不覺已到滄州衙門首，申報一聲。

（丑白）那下批的，帶犯人進來！（外白）是那一起犯人？叫他進來！（凈白）是開封府解到一起犯人林冲。（外白）接上批來！（叫吏介）

（吏上。白）兵房房内辦，忽聞堂上唤。若有下批人，且管午間飯。（見介）（外白）此是開封府解來配軍林冲，打發批廻，着他回去。（吏白，作諢）（末脱衣見官，换吏衣，還解子）（外白）我看了你凛凛一箇男子，因何發配？你從實説來！（生白）老爹不嫌耳絮，聽我告訴：（唱）

【風入松】林冲原是宦門族。

（外白）你在家做甚麽生理？（生唱）

俺先人曾守成都。

（末白）你父親既做成都太守，你如何不學好人？（生唱）

我少年已被儒冠悮，因此上棄文就武。宋明君招軍征討，仗龍泉殺退强胡。

(外白)政和二年,童貫征進,有你來?(生唱)

【前腔】從征方臘競長驅,數十番戰退匈奴。功成總被元戎負,空躭閣雄韜壯武。甘受了千辛萬苦,只落的征袍上血模糊。

(外白)大功不賞,反有此禍?(生白)先從征進,累建大功,童貫占爲己有,欺瞞皇上。因此不平,上諫一本,謫降提轄。昨又數高俅十罪,奸黨連結,遂將林冲誣以擅入節堂,問成死罪。多賴楊太守奏聞聖上,免死流配。(生唱)

邊庭寧息返京都,托皇恩職典金吾。高俅倚勢行嫉妬,害忠良貪財受囑。若非是賢明府將咱發遣,險些兒無罪遭誅。

(外唱)

【前腔】男兒未遇古誰無,不須你苦苦嗟吁。奸臣反把忠良誣,善與惡難逃禍福。有時節皇恩天覆,惜人材放你還都。

(白)左右,將林冲送在牢城館驛,休得遠差重役,只許看守草廠,那里討些營運。取收管來回話!

英雄不必淚雙垂,生死窮通各有時。
善惡到頭終有報,只爭來早與來遲。

第二十五出

(浄、丑上。唱)

【金焦葉】遊手遊食,每日傍朱門求覓。妻兒孩子要穿喫,又不會半星兒活計。

(白)少年心性愛虛嚣,皮帽偏宜短布袍。(丑白)十五年前家已破,至今遊手未曾抄。(浄白)這幾日甚是艱難。今日托箇事故,訪高大叔走一遭。大行闊步,早到門首,不免叫一聲。高太叔!

(小外上。唱)

【花月引】家聲門第振京畿,倚仗爹爹權勢。酒債花錢,買盡了皇都富貴。

(白)你二人在那里來?(浄白)不瞞大叔說:街市上人笑我們遊手遊食,不作生理,我們發志氣,學了些轉錢的買賣,與傅兄走江南，販貨物。（小外白）你説甚麽手藝，販的是甚麽貨物？（净白）俺這生意，走到街市上叫一聲，傅兄後邊接一聲，驚動三街六市，回頭的不知誰是誰。（小外白）真是好營生，你説來我聽着！（净白）我賣焠燈，他賣燈草。（外笑。白）這營生養不的二口。（净白）大叔通知道養不的二口。昨日賣到晚間，我兩箇只賣了一文新錢。買了一塊糖糕，着我一口就喫了。傅兄來要就没了，其實養不的二口。（小外白）你説有甚麽好耍的去處？咱們去走一遭。（丑白）有一場好事：明日三月三，官院李施施，要來嶽廟里燒香，約大叔明日侵辰早去相會耍一耍。（外白）好，好！我心中久慕此人。你兩箇明日廟前伺候。（唱）

【大聖樂】吾家節制京畿，日當天尚未西，正是人間富貴真無比。鋪設着錦帳羅幃，憐香惜玉心無數，倚翠偎紅眼欲迷。

（合）

此事明朝會也，管取畫堂宴飲，如在瑶池。

（净唱）

【前腔】東君有宋玉丰儀，古風流奪第一。胸藏錦綉多才智，論富貴你爲魁，阿嬌金屋堪爲配，花壓烏紗醉不知。

（合前）

（丑唱）

【前腔】望官人早晚提携，使投東敢向西？看承不厭貧如洗，賴威權誰敢相欺？休説移花盗柳相推避，便是赴火投湯敢勇爲。

（合前）

（外唱）

【前腔】托心腹惟爾投機，歲寒心不改移。想陽臺雲雨何時得？全賴你每扶持。香醪造就同吾醉，駿馬捧來任爾騎。

（合前）

相逢喜得笑顔開，感謝東君共酒盃。
我醉欲眠君且去，明朝有意抱琴來。

第二十六出

(末上。白)道院清幽鶴夢長,黄庭誦罷更添香。自從識得玄中理,坐破石床不下堂。本廟觀主是也。今廼三月三日,本廟香火之辰。打掃乾凈,看有甚麽人來。

(凈上。唱)

【普賢歌】不爲商客不耕田,終日追遊只愛閒。老婆口又讒,孩兒要喫穿,倚靠高衙比泰山。

(丑上。唱)

【前腔】何人特地把門弾?多是隣家索酒錢。蛛絲簷外懸,鵲聲屋角喧,必定今朝得飽飡。

(凈白)老婆清閑孩子多,(丑白)一家憑我要騰那。(凈白)九日掙了三頓飯,(丑白)正是男子嘍囉妻快活。(凈白)昨日約定高太叔,東嶽廟相會,這早晚敢待來也。

(小外上。唱)

【匝地錦當】駿馬驕嘶慢着鞭,楊柳樓前月正圓。高歌一曲盡清歡,終朝沉醉櫬花眠。

(白)昨朝走馬到章臺,袖拂香塵醉眼開。花月已隨鶯與燕,啼鵑空喚不知回。(凈、丑白)小人久候大叔。爲何來遲?(小外白)今日是三娘子生日,偏飲了幾盃酒。(凈、丑白)小的不曾與嬸子磕頭。(外白)不勞。咱進廟去耍一會。(行介)

(叫道士。道白)陸大哥同誰來?(凈白)高大叔到此。打掃廟宇乾凈!(道白)不知大叔到此,有失迎接。(小外白)令閑人退後,我們瞻仰聖像。(道喝。白)閑人退後,大叔兩廊瞻仰!(小外白)陸謙,這是甚麽故事?(凈白)大叔不知,這是“鋸樹留隣”故事。(外白)何爲“鋸樹留隣”故事?(丑講,諢介)(道白)這是鋸解的地獄。在生不作生理,遊手好閑,幫閑鑽懶,死後受此果報。(凈打介)(外白)這箇是甚麽故事?(丑白)這是“張飛大鬧黑松林”。(凈講,諢介)(道白)不是這等講,這是刀山地獄。在生倚富欺貧，恃强凌弱，死後受此果報。（丑打介）（外白）大殿中三位甚麽神像？（浄白）關、張、劉先主弟兄三人。（道白）二位休褻瀆神聖。中間坐的是天齊仁聖大帝，左邊是九天司命真君，右邊是炳靈公：專一譏察人間善惡。（浄打）（外攔介）

（旦上。唱）

【西河柳】踏芳徑，遊女香肩並。廟貌巍峩，道門清浄。

（貼旦上。唱）

韶華未必留殘景，萱花愿祝多餘慶。落紅滿地，肯學揚花無定？

（旦白）［阮郎歸］小院清幽春晝長，鶯聲隔緑楊。東風滿地落紅香，雙雙蝴蝶忙。春已暮，自思量，燕雛出畫梁，遠書不至獨堪傷，殘夢破池塘。今是三月三日，人家都往嶽廟祭賽。錦兒，收拾香纸停當了不曾？（貼旦白）香紙在此，母親入廟燒香。（外白）道士，你殿上答應那女子去。（浄白）好箇俊俏的佳人！（外白）你每禁聲，聽他説甚麽？（旦跪。白）妾身張氏之女，來嬪林門，今已數年。因爲婆婆多病，曾許下每歲三月三日，敬赴嶽廟燒香乞祐。近因丈夫不幸，發配滄州，杳無音信，伏乞尊神保祐，母親病好，丈夫及早回鄉。（唱）

【香羅帶】焚香表志誠，聽奴細禀：萱親老景多愁病，兒夫在外保安寧。也敬把尊神告，顯威靈。明香再爇黄金鼎，願只願無難無灾，你那里安身逢順境。

（貼旦唱）

【前腔】邊庭信未行，高堂病轉增。一家老幼真薄命，人生禍福總無憑。也須賴神明照，那冤情。難捱困苦當暮景，願只願無是無非，俺這里安心寧奈等。

（浄白）娘子，你莫不是求兒女的？肯下顧小子，我與你做箇兒，一求一箇。（貼旦白）母親，喬人在此，咱家去罷。（外攔住。白）我乃高太尉之子，名是高朋。問你是何人家宅眷？小小的年紀，來此焚香，果爲公乎？爲私乎？（旦作怒。白）妾與你素不相識，何故誇張聲勢，索問姓名？你不曾看審刑院條例：調戲良家女子，有一行大大的罪名。今當盛世，禮法猶存，爾等縱慾刁姦，傷

風敗俗！夫廼職官，妾忝命婦。若將此情陳告，不怕你有權有勢！（唱）

【駐雲飛】家本賢良，何故褒弹短共長？打扮的喬模樣，做作些歪形像。强，倚勢乱綱常。自誇張，家富官高，事發了難輕放。不識堅貞鉄肺腸！

（並下）（小外白）他去的遠了，明日訪問他，再求一會。（唱）

【前腔】悮入仙鄉，回首桃源路渺茫。花本無心放，蝶廼閑相傍。當，何必羡劉郎。自思量，曾離天台，後會空懸望。花落無情枉断腸！

（净唱）

【前腔】夢破池塘，雲雨無成祇自忙。柳媚和風蕩，花落春波漲。傷，辜負好時光。杜韋娘，不得相親，業眼空凝望。惱斷蘇州刺史腸。

（丑唱）

【前腔】美玉深藏，何用人前自顯揚。粧扮的風流様，引惹起風魔状。狂，花月隔東墻。效張郎，惜玉憐香，反把人冲撞。好意番成惡肚腸。

欲入桃源路不通，那堪回首各西東。

有緣千里來相會，無緣對面不相逢。

第二十七出①

（净上。唱）

【窣地錦】【引】六年案牘做刑曹，一旦峥嶸著緑袍。只説爲官圖快樂，誰知今日受劬勞。

（白）小官名喚不濟，原是刑曹典吏。皮膚上打了三千，指頭上撈勾八百。九年三考成名，除任牢城館驛。終朝馬後車前，每日迎官接遞。受了些上司斥喝，啕了些使客閑氣。（末白）這等辛苦，做他怎的？（净笑。白）只見我外面驅馳，就里有些便益。雖然官卑職小，也赶按司权勢。（末白）休説大話，你管着誰？（净白）我使的是驢夫、馬頭，拘管着囚徒、人役。贖罪銀有進無支，見面

① 此出以後爲下卷。

錢來多去細。盖了些锦繡鋪陈，騎了些上等馬匹。不怕他買馬官錢，好喫的珍羞百味。（末白）上司知道，你怎麽了的？（净白）我經了無數官司，除不的許多奸弊。左右，昨日州裏送來的那林冲，他是高太尉、童大王的敵頭。汴京有書來，教我限十日裏要他死命，咱們都有陞賞。（末白）州裏老爹分付：好生看他，回京之日，還有官職。（净白）你胡説！豈不聞顺時者昌！如今高太尉、童大王勢壓中朝，權傾海内，倒不如州衙老爹？叫他出來！（末叫）林冲！

（生上。唱）

【步蟾宫】【引】一春魚鴈無消息，千里關山有夢知。靚在堂誰依倚，回首雲山遥隔。

（白）大人，林冲來見。（净白）林冲，你知罪麽？（生白）我林冲怎不知罪？（净白）如今領着高老爹風旨，傳奉朝命，説你罪大，獄内不可疎虞，速令本官枷號三箇月，去了你生性，方纔許供役。（生白）這是高衙陷害，那有傳奉之理？（净白）我不管，只要依法度行。左右，擡過枷來枷上！（生帶枷介）（净白）左右，晝夜仔細看守。萬一有失，你我惹罪非輕。（生白）天！我林冲讀書學武，指望顯姓揚名，不想有今日！爲國輸忠惹寇讎，追思日夜總悲愁。悲同夜雨千行淚，愁染西風兩鬢秋。報主空存蘇武節，思鄉懶上仲宣樓。天如留我殘軀在，不斬奸臣誓不休。高俅千方百計，要害我林冲性命。我那母親妻室，怎生得知這樣苦楚？（唱）

【鴈魚錦】鴈過南樓忽報秋，正離人酒醒三更後。惡思量萬種難禁受，夜迢迢捱不到五更頭。恨天涯逐歲漂流，寸心千里愁。想梁園舊景那能勾？終夜傷悲，曉來依舊。

（白）我林冲死也不怕，只是母親養育之恩，未曾報的！（唱）

難酬，恩重山丘，猛然想起雙眉皺。天長地久，有許多心事相迤逗。我爲親憂，一子遠遊；爲妻憂，數年困守；爲身憂，兩地難投。三様憂，攧斷的一夜白頭。長嘆邊方怎久留，一曾去國空勞夢，幾度思鄉懶上樓。悠悠，山水明眸，白雲望斷空回首。念我賢妻必能養母，只怕難逃賊子奸謀,好花將落他人手。節義休虧,死生未否。怎能勾清風明月爲三友,都做了野草閑花共一丘。雄心雖在龐兒瘦,總只爲眠霜臥雪,苦楚甘心受。有意待脱離邊庭,爭奈官差不自由。乾坤萬里家何在,漫凝眸,歸期難候,料應一命合休。誰將寶劍埋豊獄,空執金戈做楚囚。自窮究,從前事一筆都勾。屈死在滄州,再休題拜將封侯。俺諫言悮撞玉斗,你拜相名覆金甌,終報應,不須憂。淂行方便須方便,莫與忠臣作寇讎。

【餘文】幾時得禽離網,魚脱鈎,郊天大赦下皇州,重教骨肉歡歌滿畫樓。

(末白)林大人休得煩惱埋怨,恁的天色晚了,送你牢城館驛去罷。(生白)

苦楚難支客裏身,死生由命不由人。

既是忠臣不怕死,須知怕死不忠臣。

第二十八出

(小外上。唱)

【甘州引】夢兒裏夢見那俊才,心兒裏放不下裙釵。相思病兒因他害,那人兒心腸忒歹。

(白)一自祠前見玉容,無窮心事有誰通?雖然夢境常相會,醒後無緣得再逢。自廟中見了那女子,他生的千嬌百媚,雖是一時半霎,引惹起我萬想千思。害的我一絲、兩氣,三好、六惡,朝三、暮四,五勞、七傷,七顛、八倒,十生、九死。訪得是林武師的娘子。我日前使陸謙賫了十兩白銀,修了一封假書,去滄州牢城館驛,着驛丞結果了他,好在家中成此親事。這幾日事又不成,反進不的飲食。這相思病害殺我也!叫左右何在?(末白)小人在此伺候。(小外白)我身上不快,你去尋一箇好明醫來,看我一看。(末白)小人就去。趙太醫在家不在?

(净上。唱)

【前腔】喫緊的不識病名,再休題起死回生。藥材兒件件不知性,羞殺那叔和、仲景。

(白)念我太醫姓趙,門前常有人叫。只會賣杖摇鈴,那有真材實料?行醫不按良方,看脉全憑嘴調。要説治病無能,下手取積不妙。頭痛須要鑿開,害眼全憑艾醮,心疼定用刀剜,耳聾宜將針套。得錢一味胡醫,啚利不啚見效。尋我的少吉多凶,到人家有哭無笑。半積陰功半養身,古來醫道通仙道。(末白)趙太醫,高大叔叫你看病。(净白)就去。(行)(見介)(净白)大叔,趙太醫來見。試擡起頭來我看。(小外白)我也不須擡頭。(净白)醫家先觀氣色,次胗脉息,然後纔下藥。你不擡頭,我知道你是甚麽病?(小外擡頭介)(净白)你認的我麽?(小外白)我認的,你是趙太醫。(净白)不妨,死不了,還認的人里!(末白)你用心看,大叔重賞你。(净白)大叔,再擡頭來我看。(唱)

【憶多嬌】覷了你面皮,將左手來,診了你脉息,傷寒雜症難調理。

(小外白)你怎知道我是傷寒病?(净白)你的病,我豈不知道?(小外白)我也不是傷寒!(净唱)

却是胎前産後疾?

(末白)你看錯了,這是婦人病!(净白)不是婦人,那箇男子幹出這等事?(唱)

敢是奶飽傷食,夜卧驚啼?

(末白)胡説,這是小兒疾!(净白)不是小兒,那箇大人君子幹出來?我曉的了!(唱)

多管是中結、中結漏蹄。

(末白)這是畜生的病!(净白)不是畜生,那箇人幹出來?(小外白)不要與先生鬬嘴,叫他合些好藥與我喫。(末白)合藥與大叔喫。(净白)有藥。大叔你聽我説這藥材。(唱)

【朱奴兒】甘草、甘遂、硇砂,黎蘆與巴荳、芫花,人言調着生半夏,用烏頭、杏仁、大麻,齊加,藥丸兒一搗,用燒酒清晨送下。

(末白)這藥不藥殺人了?(净白)不藥殺這歪骨頭,要他做甚麽?(下)(小外白)這相思病害殺我也!(唱)

【黄鶯兒】春恨壓眉頭,爲殘花惹下愁,看看病的龐兒瘦。待休怎休,不憂反憂,今朝未了明朝又。爲風流,相思最陡,一日勝三秋。

(未唱)

【前腔】何必皺眉頭,勸東君且莫憂,必須人約黄昏後。邀明月上樓,插花枝對酒,萬千休把機關漏。這緣由,須教到手,成就了鳳鸞儔。

(白)大叔耐心服藥,管教你鶯傳燕侶、比目連枝。(外白)你不曉的我心間事。(唱)

【皂羅袍】設計策何曾成就,自思量怎肯干休?想殺人花燭洞房幽,盼殺人雲雨巫山秀。窈窕淑女,君子好逑。病而難料,藥也不投,則除是玉人兒一點靈犀透。

【尾聲】一身苦病甘心守,萬種思量何日休,這的是花自飄零水自流。

萬種春愁苦自擔,無聊閑事莫相關。

相思相見知何日,多病多愁損少年。

第二十九出

(净上。唱)

【菊花新】【引】萬民逃竄亂紛紛,處處干戈起戰塵。

(丑上。唱)

車馬往來頻,糧草看看盡。

(净白)走馬侵晨下草場,强如冷落坐空倉。糧儲若得支銷盡,兒子歸家也鬢霜。(丑白)你這厮誇言,取笑我倉官不如你草大使?你半夜偷了十擔草,不如懷揣一斗糧。場中有日遭天火,燒的你一家老小不還鄉。(净白)你做倉官有甚麽好處?(丑白)我有好處。朝廷除我來管糧,一家老小會監倉。米中插土心腸巧,穀里摻砂手段强。小麥將來買肉喫,細米拿去换衣裳。攬頭是我供給户,買頭是我好爺娘。老婆穿的身子乍,孩子喫的肚皮光。俺一家穿的也是糧,喫的也是糧。(净白)這箇有甚好處?不過偷盗倉糧而已。朝廷除我來管草,一家大小會番倒。大草抽腸是我能,小草鬆腰其實巧。賣的錢來買酒肉,换的布來做裙襖。老婆身邊不受寒,孩子肚中只要飽。俺一家穿的也是草,喫的也是

草。(丑打諢介)

(貼净上。唱)

【銀燈慢】【引】勸你每不須鬧攘,不干係錢物田桒。争强賣會自誇奬,有麝的自然香。

(白)二位官人休怪,聽我從頭勸戒:身邊有麝自然香,何必人前誇盛敗。莫逞能,各忍耐,朝廷法度多利害。大家息怒莫相争,誰敢與我打賭賽?我做驛丞無賴,有權有勢有人愛。出門駿馬揀着騎,夜晚宿卧好鋪盖。買東買西使官錢,點驢點馬是買賣。偷糧盜草不久常,驢馬站驛丞忒自在。二位官人,如今參軍公孫盛①老爹來也,快去迎接。(净、丑、貼净諢)(接介)

(外上。唱)

【菊花新】【引】馬蹄踏破楚山雲,滿目風霜客旅身。日日犯红塵,爲王事豈辭勞頓!

(各官拜見)倉官、草大使、驛丞來見。(外白)各官起去。那倉官、草廠官,各開糧草手册單目,不許將逃軍冒造,或指扣除,或名工價,搀插渣頭,高收斛面,縱容斗級作弊,通同攬頭欺公,兼放代支,弊端非一。但有犯露,罪不可逃。我今日途中勞倦,明日查考,一應開收、實在,舊管、新除數目,俱要明白。此係軍情急務,聽我分付:(唱)

【剔銀燈】奉聖旨朝廷差遣,歷風塵不辭勞倦。軍情事急休違慢,馬到處糧草預先。斯言,各當自勉,違吾令定招罪愆!

(衆官唱)

【前腔】大人奉皇王勑宣,來鄗郡駐節停驂。將軍令誰敢輕違慢,守法度陡風草偃。斯言,各當自勉,違軍令難逃罪愆!

(外白)各官回去,留下驛丞答應。那驛丞,早晚謹慎,不許閑人攪攘。(外下。作睡介)(貼净白)那驢馬夫,分付各處囚徒,不要喧譁。欽差老爹聽的,不得辞其責!(下)

(生上。唱)

---

① 多作"公孫勝"。

【一剪梅】霜冷風寒月影低，愁在朝夕，命在朝夕。白髮萱親緑鬢妻，盼望歸期，何日歸期。

（白）[浣溪沙]回首十年萬事空，只愁無計出牢籠。蒼天何事困英雄，侵雲楊柳由他緑。向日葵花空自紅，纔知鳥盡折良弓。驛使大哥，聊將枷鎖寬鬆片時，我向墻根下側一側。（末白）休得胡説！官差不自由，誰敢鬆放你！（生白）罷，罷！我林冲已定是死也！（内作打更介）呀！又早一更時分。見白露一天，銀蟾滿屋。我身上衣單，腹中食少，怎生捱到天明？想我家鄉遥遠，妻母孤恓，何日相見？

西風兩鬢總蕭騷，客邸更深轉寂寥。

欲問萱堂何處是，舉頭日近故鄉遥。

（唱）

【集賢賓】鄉山路遥江漢闊，跳不出地網天羅。堪恨奸臣情太惡，平地里就起風波，倉皇怎躲？嘆英雄眼底消磨，誰念我，空教人洒淚成河。

（内作打二更介）

斷腸何必聽啼猿，霜滿庭堦月滿天。

敗葉隨風秋自老，淚痕滿枕夜無眠。

【前腔】枕邊淚痕離恨闊，遭法網束縛難脱。更受風寒身似割，倚東墻業眼方合，忽聞擊柝。跳空梁飢鼠攛掇，惊夢覺，見冰輪低轉銀河。

（内作打三更介）

凌凌高節比松篁，豈肯偷生類犬羊！

向日自同葵藿性，蒙恩久欲報吾皇。

【前腔】皇恩有如天地闊，數十年重沐恩波。我不負君恩，君何負我？料残生未保存活，終傾葵藿。只争這奸詭攛掇，民恨多，他欺君罪瀰滿恒河。

（内作打四更介）

天空雲杳鴈書遲，兩地存亡總不知。

骨肉年來常間闊，人情到此可勝悲。

【前腔】人情喜合愁間闊，題起來刃刺心窩。白髮萱親只怕填溝壑。紅顔妻緣分何薄，將他躭閣。夢兒裡哭醒南柯，没奈何，望飛鴻信斷關河。

(内打五更介)

柝聲不斷促更籌,驚起離人萬斛愁。

霜落曉天凉似水,一輪明月轉西樓。

【前腔】西樓月低星漢闊,度長更寒苦難過。一夜愁添兩鬢皤,冷清清风景蕭索。霜天曉角,聽途中早客行歌。烟似潑,晨光散萬里山河。

耿耿星河欲曙天,夜長人静不成眠。

寒江有夢漁歌遠,魂逐西風上釣船。

(外醒上介。白)叫左右,這等大膽!昨已分付,不許閑人攪亂。我在客途辛苦,欲畐一覺稳睡,甚麽人半夜啼哭?與我即便拿來!(净、丑作荒,衆拿生介)(净白)你討死!欽差老爹在此,徹夜價哭的是甚麽?如今已是聽見,將我怪責。你跟我見去來!(生作見)(外白)這來的好似林武師兄弟!(作抱哭介)(唱)

【哭相思】相思两地隔英雄,不憶相逢客路中,共弹血淚洒西風。

(白)兄弟請起。你如何這般模様?左右,解了枷鎖,取一件綿衣來,與我兄弟穿。(贴净作拿,替生穿衣介)(生拜外)兄弟之事,哥哥盡知。今日受苦,一言難盡!(唱)

【憶多嬌】三兩日,絶粒食,性命存亡惟傾刻。無主殘骸,望兄收拾!

(合)

舉目凄凄,舉目凄凄,不由我傷心淚滴。

(外唱)

【前腔】悲遠離,無信息。邂迨①相逢在此地,生死窮通各有期。

(合前)

(白)我在邊關上聞知兄弟遭此毒手,不憶在這搭兒相遇,莫非命也!(生唱)

【鬪黑麻】命苦遭逢欺君逆賊,千里孤身驅馳遠配。抛鄉井,在顛危。也是爲國忘家,忠心無怨悔。

(合)

---

① 應爲"邂逅"。

捨生取義，忠臣死不避。争奈老母年高，桒榆景逼。

（外唱）

【前腔】想人生交情見死生緩急，思難相逢如何忍棄。寬懷抱，莫憂疑。便死在朝廷，亦當救你。

（合前）

（白）左右，叫那驛丞過來！這林冲是我兄弟，乃朝廷職官，罪犯一時，終有進身之日。爾輩敢與賊子同謀，故害平人，理法難容。争奈軍情緊急，不暇究治。爾當自今改過，以贖前非。（净磕頭介）（外白）叫草場官！你州中押帖一張，與我兄弟，充草場總秤，月給五斗米養贍。待我還朝，奏准天子，釋放他便了。（丑磕頭介）

患難相逢若有期，感兄恩德濟時危。
困如久旱逢甘雨，喜的他鄉遇故知。

第三十出

（小外上。唱）

【雙勸酒】病原有因，愁來無盡。想那貞娘可人，誰傳芳信？陽臺楚岫夢非真，空勞月老冰人。

（白）人生莫惜金縷衣，人生莫負少年時。見花欲折須當折，莫待無花空折枝。念我久慕貞娘，累次使人，將金珠寶貝去探問他。只説有他夫主見在滄州，堅執不嫁。教我朝思暮想，無計可啚。叫軍牢去唤陸謙、傅安來，我與他兩箇計議。（末白）陸謙、傅安，大叔叫你！

（净、丑上。唱）

【前腔】不離虎群，終朝鬼諢。酒館花門，聞風赶趁，全憑兩脚走慇懃，俺只待好處里安身。

（白）大叔，小的來見。（小外白）如今林冲見在滄州，你怎麼平白里使媒婆去説親事？我如今無計奈何，你每救我一命！（净白）我有一計，可成大功。（小外白）你有何計？（净白）大叔叫軍牢二十名,分付與我領着。到晚間,將張貞娘家房門打開,擡的來,獻與大叔。(小外白)這箇使不的。(丑白)我有一計,可成大功。(小外白)你有何計?(丑白)大叔肯賞銀五十兩,我同陸謙去滄州,夜晚拿住林冲殺死。如今先叫張貞娘的舅舅李不順,多許他些錢物,領着官媒婆,假説林冲死在滄州,子母無指望了。急到他使人去滄州看望,我每那里一定結果了他性命。(外白)此計大妙!你每今日就去幹事,事成報謝不淺。叫李不順,我分付他。

(貼丑扮李不順上。白)耳熱眼皮跳,門外何人叫?誰家得酒食,那箇送錢鈔?陸老兄,叫做甚麼?(見)(净白)高衙請你。(衆見介)(小外白)那李不順,我聞知張貞娘與你有親。林冲刺配滄州已死了,我心上要娶他,煩你去説親。事若有成,我與你共享富貴。(貼丑白)小的敢不應承!(外白)先賞他五兩白銀。(貼丑白)小的不敢受。(外白)不要推辭,即日就去。近前來,我説與你!(外唱)

【玉芙蓉】自從見玉貞,無路通音問。卓文君肯把相如憐憫,白璧黄金都不吝,畫閣蘭房總是春。

(合)

假若姻緣順,甘心許允,准備花紅羊酒謝冰人。

(貼丑唱)

【前腔】牽絲事有因,月老何須問。安排着洞房花燭相親。青鸞先透瑶臺信,巫女須離楚岫雲。

(合前)

(净唱)

【前腔】你是侯門將相孫,他有帥府夫人分,两相宜正好偕秦晉。憑你玉堂人物風流韻,也消得金屋阿嬌婍妮人。

(合前)

(丑唱)

【前腔】門楣有令聞,財物無驕吝,千金不惜欲求紅粉。肉屏列着風流陣,錦帳深藏富貴春。

（合前）

夙世姻緣線引針，全憑月老肯留心。

着意栽花花不發，無心插柳柳成陰。

第三十一出

（旦上。唱）

【天下樂】一片花飛減却春，風飄萬點正愁人。征鴈不來鶯漸老，只將幽恨度芳晨。

（白）重門晝不開，東風何處來？桃李本無言，如何燕鶯猜。傷哉薄命郎，骸骨不還鄉。夫死妾苟活，所憂在姑嫜。姑安貧亦足，肯慕他人富？郎非賣賦人，妾豈聽琴婦？勢劍與風刀，堅貞死不顧。君不見園中花，開时蜂蝶亂交加。又不見道傍柳，年年攀折行人手。春花嬌，春柳媚，一夜風霜轉憔悴；惟有岩前松與柏，歲寒不改舊顔色。斜風急雨慢相欺，妾心比松更堅持。自從兒夫别後，杳無音信，未知存活。高衙貪婪無禮，再三使人將寶物誘引。奴豈肯慕他富貴，行如狗彘？母親病體欠安，請出來問安則箇。

（老旦上。唱）

【前腔】天涯遊子不還鄉，愁添老病轉羸尫。畫堂寂寞魚書遠，鉄石之人也斷腸。

（旦白）母親，媳婦萬福！（老旦白）孩兒，免的使禮。（旦白）母親有病在身，少的煩惱。（老旦白）孩兒一去，音信無聞，存亡未卜。子母凄凉，光陰迅速，如何是好？（老旦唱）

【梧桐葉】從别後信音稀，望斷鴈南飛。每日把門兒獨倚，空教我淚偷垂。恨只恨朝東逝水，何日得西廻？盼不到關山萬里！

（旦唱）

【前腔】離魂逐落花飛，春去也幾時廻？好教我痴心望你，終日慣蹙愁眉。恨只恨啼鵑樹底，空報道不如歸，盼不到關山萬里！

（净扮媒婆上。唱）

【天下樂】我做媒婆最蹺蹊，人家有女我先知。

（丑上。唱）

東家喫酒西家醉，終朝兩足太奔馳。

（丑見旦，哭介）没主的姐姐㗏！（旦白）舅舅，在那里喫的酒醉？（丑白）姐姐無指望了！（老旦白）你舅舅有甚麽話説？（丑白）我聽的行路人説：林冲死在滄州，特來報知。姐姐早發付貞娘與他罷。（旦白）舅舅，有酒有肉你喫，你哭怎的？（净白）姐姐，你舅也説的是。我也聽的人説，林大人死去多時了。你子母孤寡難過，我領高太尉命，説娘子與大公子作箇專房。金珠無數，都是你的。心下何如？（旦白）奴家清白門第，何故妄言是非？（唱）

【桂枝香】清高門第，貞白家世。俺本是田舍寒微，怎與他侯門匹配？説甚麽金珠似水，自有箇糟糠賢贄。他便權傾京國，勢壓華夷，寧舉梁鴻案，羞擎董卓盃。

（净白）老夫人和娘子都説差了！人生有幾箇少年？（净唱）

【前腔】人生百歲，光陰有幾？趁着弱質芳年，早尋箇鸞交凰配。他是藍田玉種，當朝富貴，那更花嬌柳媚，莫怪他蝶使蜂媒。花有重開日，人無返少期！

（旦白）舅舅受高衙囑託，休信他説！（老旦唱）

【前腔】兒遭顛沛，妻當憂慽。雖然眼下無依，終有歸來之日。怎比閑花逐水，要學蒼松獨立。萬言不理，一志難廻。本是布襖荆釵婦，做不的椒房金屋妻。

（丑、净白）夫人，你孩兒實死了，休説回來的話。成了親事，你子母富貴不輕。（唱）

【前腔】他是公侯門第，权豪聲勢。他那里金屋爲居，只少箇阿嬌作配。想鵲橋已備，好與牛郎相會。佳期既逼，不必苦推。我已付青鸞信，你須酬紅葉媒。

（白）這十兩花銀，權爲紅定。既然不收，我回話去罷。（下）（老旦哭）（旦白）婆婆休得煩惱，奴家自有道理。

（王婆上。唱）

【天下樂】忽聞隔墻哭聲悲，急步荒忙問端的。若非隣母病狼狽，多因遠信到庭幃。

(王婆白)夫人,娘子,炒鬧爲何?(老旦白)王媽媽請坐,聽我訴說!(唱)

【玉包肚】高衙無禮,不安分一任亂爲。他則要放縱奸淫,全不顧傷敗倫理,不知何意。可怪乞婆强爲媒,平地將人架是非。

(王婆唱)

【前腔】安人聽啓,這因由我已盡知。

(白)老安人你將耳朵來!(唱)

他正是跋扈强梁,明欺負幼子孤妻。說與你其中就里,他把林郎苦逼受灾危,只爲傾城惹是非。

(旦唱)

【前腔】乞婆無禮,倚威權强留定禮。不怕他勢重如山,到頭來須索廻避。假若將奴逼迫,終拚一死在朝夕,免得傍人說是非。

門掩東風晝不開,春殘猶恐燕鶯猜。

無可奈何花落去,似曾相識燕飛來。

第三十二出

(小外上。唱)

【卜筭子】好事最難成,美貌無由得。使碎自己心,反被他人耻。

(白)巫娥不下楚臺雲,負我鶯花三月春。紅杏隔墻空着眼,折花須避看花人。(白)左右,我昨日使陸謙、傅安往滄州殺害林冲,去了不曾?(末白)還不曾起身里。(外白)與我唤他來,要分付他。(净唱)

【前腔】官司日夜忙,家事何曾息。

(丑上。唱)

十處欠下九處錢,白着眼皮兒由他索。

(小外白)你每還不去?(净白)明日早行。(小外白)你星夜到滄州,殺了林冲,與我除了後患,再得完成親事。我稟過爹爹重賞你。先拿两箇銀子作路費。左右,將酒來!(作遞酒介)(外唱)

【風貼兒】你到滄州將他殺訖，成就了婚姻佳匹。果然中了拖刀計，休泄漏這消息。早早回來重謝你。

（净、丑跪介。唱）

【前腔】大人將俺託倚，敢不盡心恊力。管教他一命難逃避，酬謝你大恩德。早早回來先報喜。

慇懃托汝重千金，及早回來報好音。

正是路遥知馬力，果然日久見人心。

第三十三出

（生上。唱）

【小重山】【引】更籌數盡夜無眠，半壁孤燈對客苦禁寒。柝聲剥啄不停閑，夢不到家鄉遥遠。

（白）暮鼓催残覺夜深，半窗明月苦寒侵。思鄉總是乘舟興，雪裏梅花無處尋。想我不幸，流配滄州，又被奸計害我死地。多謝故人公孫勝，救我不死，發付我看守草廠；日給斗粟，苟延歲月。今夜該我直宿。纔見天晴月朗，又早雲暗雪飛。此時甚是寒冷，用劍劈些柴薪，爊火烘烘身上。又覺肚中饑餒，我將這葫蘆去前村沽些酒來驅寒。把燈吹滅，將房門掩上。行不到幾步，天色昏暗，大雪不住，教我怎生消遣？（唱）

【駐馬聽】寒夜無茶，走向前村覓酒家。這雪輕飄僧舍，密洒歌樓，遥阻歸槎。江邊乘興探梅花，堂中歡賞燒銀蠟。一望無涯，有似灞橋柳絮，漫天飛下。

（白）這雪一發大了。雖然是國家祥瑞，好了富貴人家，紅爐煖閣、歌兒舞女，至於在家之人，偎妻抱子受用。怎生知道俺在外當差的苦楚？日間差撥無暇，夜裡提鈴喝號，逢熱熱一箇死，遇冷凍一箇死。（唱）

【前腔】四海無家，回首鄉園道路遐。這雪輕如柳絮，細似鵝毛，白勝梨花。山前曲徑更添滑，村中魯酒偏增價。纍墜天花，壕平溝滿，令人驚訝。

（白）出的門來，撞着這撲面的風雪，白茫茫不見村坊在於何處。此間乃是大聖廟，我且避一避再行。上聖，上聖！保護我林冲無灾無難，早見母妻之面！

（净、丑上。唱）

【駐雲飛】路嶮山危，虎嘯猿哀鳥亂啼。此事咱機密，莫遣人知會。飛，心急馬行遲，受盡驅馳。露冷風寒，夙夜何曾寐，指日成功喜笑廻。

（生白）呀！廟前有人作聲，我試聽上一聽。原來是高家奸細！我且站在廊簷下，聽他說甚麼話。（净白）兄弟，如今來到草廠門首。好大風！把草蔭灼了，你看好火，一發大了！我這一會，喜的我身上不覺冷了。（丑白）還虧了我。昨日到州裡要殺林冲，你不知這廝，寸鉄在手，殺萬將無敵。不如我這一計，將草圍了門，趁着這風勢放火，林冲會飛也出不來。縱然逃的性命，燒了大軍草廠，也是該死。好火，連草垜直房都蔭着了！（生出。白）誰想還來這里害我，少走！（净、丑白）饒命，饒命！（生白）喫我一劍！（作殺丑、净介）蒼天！我林冲命不合死，今夜神靈遣我到此。（唱）

【駐雲飛】賊子無知，仗勢欺人敢妄爲。百様没仁義，一味趨權勢。悲，狐假虎張威，以是爲非。寶劍光寒，纔正你瀰天罪，血染遊魂永莫歸。

（白）如今二更時分，兀那草廠内，燎天燎地，火猶未滅，又殺了這兩箇男女。此間不好久戀，趁着這雪影天光，須投柴皇親，尋箇出路罷！

量大福亦大，機深禍必深。
莫謂無知者，神明即是心。

第三十四出

（地方官上）

【引子】地方千里關心處，朝暮驅馳内外巡。半夜挑燈梳白髮，平明騎馬走紅塵。

(白)事不關心,關心即亂。小官是滄州捕捉官是也。今早大聖廟地方來報:廟前殺死二男子,各帶器械。身邊有印信文書,驗出是高太尉府中兩箇虞候。夜間又燒了大軍草廠。報説是東京流來的配軍林冲,殺人放火。此事不可隱諱,一面稟知本州,申呈上司,差人飛報高太尉。即便唤都頭、保甲,將死屍用土暫埋,排門捕捉凶犯。(末、丑白)小的理會的!

天網恢恢不是踈,殺人終久作囚徒。

深山不隱傷弓鳥,大海難藏漏網魚。

第三十五出

(外唱)

【風入松】天津橋上聽啼鵑,又唤起干戈擾亂。丹心爲國懷忠諫,朝奏九重夕貶。設餌苦貪禄位,不如歸去田園。

(白)進不前兮退不休,成功何愧不封侯。黄雲白草三千里,障霧蠻烟二十秋。荆棘紛紛迷馬路,塵沙滚滚暗龍樓。聖明不解非熊兆,塞北英雄盡白頭。下官公孫勝是也,官拜參軍之職。因梁山草寇作亂,朝廷差我催督各路糧草。因過滄州,救了兄弟林冲性命。不想如今他殺了高家奸細,被高太尉奏准朝廷,遣指揮徐寧領兵,着落下官要林冲,將功折罪;走了林冲,二罪同發。昨日官兵先渡黄河去了。我想林冲兄弟赤心報國,尚獲大罪;我若不早爲之計,性命如何可逃?不免將家小送入中條山隱居,一面飛報兄弟逃命。自嘆二十年身沉宦海,受了多少驚怕,今日得箇遠害全身,勾了我也。(唱)

【步步嬌】宦海風波時時嶮,富貴多灾譴,分明抱虎眠。固寵專權,積薪壘卵,天涯人被利名牽,不如早泛回頭岸。

【沉醉東風】千鍾禄羞咱素飡,四海内隨緣方便。歸去田園,再不對楚臺峯巫峽水,長安近遠。西湖駕船,東山種田,纔是俺知權達變。

(白)叫小的過來,將我這冠帶解下來罷!

（末上。白）奶奶説來，休去了冠帶。老爹去了冠帶，小的每倚靠何人？（外白）孩兒，你曉的甚麽？想我南争北戰，受盡了許多辛苦，今日一筆都鈎了罷手！（唱）

【忒忒犯】且讀過《黄庭》幾篇，我怎肯把荆玉三獻。愿做箇太平民，倒得箇天長地遠，就死呵，一身無玷。俺只怕恰封侯，忽賜死，朝遷暮貶。穿一領鶴衫，戴一頂鹿冠，不强如羅藍象簡。

【好姐姐】怎言，吾已興闌。休題起韓侯功案，未央宫受患，長吁兼短嘆。回頭看，莫待馬走臨崖收繮晚，船到江心補漏難。

（白）叫左右，將我冠帶收了！（唱）

【嘉慶子】未向那神武門投簪掛冠，先納了虎頭牌兵符鉄券。我雖無前賢高見，且免俺一家禍愆。

【雙蝴蝶】再不聽鷄鳴夜渡關，再不向金門待漏寒，再不想披金甲南争北戰，再不磨手内龍泉，再不得挽雕弓穿楊落鴈，再不去領雄兵聽皇家調遣。

【玉劄子】躲離了豹尾鵷班，拜辭了鳳樓鸞殿，跳出了虎窟龍潭。遥指白雲巔，揚鞭跨蹇，回首方知退晚。

【流拍】堪愛處緑水青山，竹籬草舍茅菴。看瓜棗，養桒蚕，汲清流，向澗泉。休笑我庄家漢，喫幾筋消停飯。

【錦衣香】才高管、晏，功過韓、范，筭來名利不如閑。守着山妻稚子，早晚團圞。嘯傲清閑，優遊散誕，四時佳景隨心玩。

【漿水令】到春來杏花滿園，到夏來荷風撲面，秋菊冬梅都堪羡。抵多少塞月邊塵，瘴雨蠻烟。渴時飲，餧時飯，大家閑事都休管，樂陶陶山巔水邊，終日里，終日里，詩酒盤桓。

【鴛煞尾】幾回沉醉歸來晚，喜得楊柳稍頭月半彎。唤兒童把柴門慢掩，常則是紅日三竿自在眠。

不做官來夢亦清，三竿日出尚難醒。

百年活計閑爲貴，四海交遊山有情。

第三十六出

（外上。唱）

【番卜筭】兵馬離京都，晝夜何曾息。林冲今日上梁山，兵寡應難敵。

（白）五百官軍出汴城，林冲造反事非輕。烟塵惹起梁山寇，四海生民不太平。吾乃金鎗手指揮徐寧是也。因林冲殺了官差虞候，高殿師奏准朝廷，遣我統領五百精兵，與參軍公孫勝一同捉拿。提師過了黄河，哨馬打探的林冲反上梁山去了；勾惹的水滸精兵，四面把路截了。公孫勝聞知消息，懼怕逃走，不知去向。寡不敵衆，欲待收兵，又違勑旨。須索向前追赶幾程，或請兵恊濟。叫左右，外邊傳令，即便起馬，追赶林冲下落！（末、丑應。傳令介）既是號令已傳，不必久住，即便起程。

號令風霆下九天，威聲摇動九嶷山。

旗翻北斗殘星冷，弓挽東洋曉月寒。

第三十七出

（生上。唱）

【點絳唇】數盡更籌，聽殘銀漏。逃秦寇，好教我有國難投，那搭兒相求救。

（白）欲送登高千里目，愁雲低鎖衡陽路。魚書不至鴈無憑，幾番欲作《悲秋賦》。回首西山日又斜，天涯孤客真難度。丈夫有淚不輕弹，只因未到傷心處。念我一時忿怒，殺死奸細，幸得深夜無人知覺，密投柴大官人庄上隱藏。昨聞故人公孫勝使人報知：今遣指揮徐寧領兵，滄州地界捉拿。虧承柴大官人，憐我孤窮，寫書薦達，徑往梁山逃命。日裡不敢前行，今夜路經濟州地界。恰纔天明月朗，霎時霧暗雲迷，况山路崎嶇，高低不辨，教我怎生行蓦？那前邊黑洞洞的，想是村店，只得緊行幾步。呀！原來是一座禅林。夜深無人，我向伽藍殿前暫憩片時。（生作睡介）

（净扮神上。白）生前能護國，没世號伽藍。眼觀十萬里，日赴九千壇。吾乃本廟護法之神。今有上界武曲星受難，官兵追急，恐傷他性命。兀那林冲，休推睡夢，今有官兵，過了黄河，咫尺赶上，急急起來逃命去罷！吾神去也。凡人心不昧，處處有靈神。但願人行早，神天不負人。（生醒。白）諕死我也！剛纔合眼，忽見神像指着道："林冲急急起來，官兵到了！"想是伽藍神聖指引迷途。我林冲若得一步之地，重修寶殿，再塑金身。撒開脚步去也！（唱）

【新水令】按龍泉血淚洒征袍，恨天涯一身流落。專心投水滸，回首望天朝。急走忙逃，顧不的忠和孝。

【駐馬聽】良夜迢迢，投宿休將門户敲。遥瞻殘月，暗度重關，急步荒郊。身輕不憚路迢遥，心忙柢恐人驚覺。魄散魂消，魄散魂消，紅塵悮了武陵年少！

【水仙子】一朝諫諍觸權豪，百戰勲名做草茅，半生勤苦無功效，名不將青史標。爲家國總是徒勞，再不得倒金罇盃盤歡笑，再不得歌金縷筝琶絡索，再不得謁金門環珮逍遥。

【折桂令】封侯萬里班超，生逼做叛國的紅巾、背主的黄巢。恰便似脱扣蒼鷹，離籠狡兔，摘網騰蛟。救急難誰誅正卯，掌刑罰難得皋陶。鬢髮蕭騷，行李蕭條，這一去博得箇斗轉天迴，須教他海沸山摇。

【鴈兒落】望家鄉去路遥，想妻母將誰靠？我這里吉凶未可知，他那里生死應難料。

【得勝令】呀！諕的我汗浸浸身上似湯澆，急煎煎心内類油調。幼妻室今何在？老尊堂恐喪了！劬勞，父母恩難報；悲嚎，英雄氣怎消？

【沽美酒】懷揣着雪刃刀，行一步哭號咷。拽長裾急急蓦羊腸路遶，且喜這燦燦明星下照。忽然間昏慘慘雲迷霧罩，踈喇喇風吹葉落，振山林聲聲虎嘯，遶溪澗哀哀猿叫，唬的我魂飄膽消，百忙里走不出山前古廟。

【收江南】呀！又只見烏鴉陣陣起松稍，數聲殘角斷漁樵。忙投村店伴寂寥。想親幃夢杳，空隨風雨度良宵！

故國徒勞夢，思歸未得歸。

此身無所託，空有淚沾衣。

第三十八出

（旦上。唱）

【憶秦娥】【引】東風急，東風急，無可奈何花狼籍。花狼籍，一半風殘，幾番雨逼。

（白）汴水河橋東畔路，别時記的郎行處。楊柳經今幾度春，依稀還似當年緑。昔時燕子更還來，前歲桃花今又開。才郎别去無消息，一日愁腸能九廻。這两日婆婆不安，兒夫無信。錦兒同去堂前問安則箇。母親有請！

（老旦上）

（貼旦上）

【引】【前腔】難存濟，難存濟，遊子不來苦顛沛。苦顛沛，望斷梅花，空抛珠淚。

（白）婆婆，媳婦萬福！（老旦白）孩兒免禮。（旦白）母親比前两日如何？（老旦白）這幾日身心恍惚，甚不寧貼。（旦白）母親想甚麽物喫，媳婦買辦。（老旦白）孩兒，我愁事牽腸，有甚麽心想物喫！（旦白）母親，你愁甚麽？（老旦白）孩兒，高衙强逼你爲婚，你丈夫死生未保，老身病又將危，似此，怎生不愁？（唱）

【對鏡畫娥眉】遊子在天涯，两地存亡總不知。恩情間隔，骨肉分離。長途人去三千里，老景誰憐七十稀。悲天遠，何日歸，只怕春光躭閣了少年妻。

（旦唱）

【前腔】芳草正萋萋，盻殺王孫歸路迷。奴只是堅貞自守，貧賤難移。願同翠柏凌霜雪，肯效閑花惹是非？親衰老，人未歸，多愁斷送了少年妻。

（貼丑上。唱）

【一封書】孤寒命幼妻，两三番曾勸你。婚姻事有期，百千廻不肯依。

光陰有限人易老，流水無情花自飛。要相隨，莫執迷，禍到臨頭悔後遲。

(白)報，報！夫人、娘子須知道：林冲無故殺公差，反上梁山爲寇盜。貞娘若不早回心，一家難免灾星照。(旦白)舅舅説甚麽？(貼丑白)姐姐，你還不知？林冲殺了高太尉府里幹辦公差虞候，反上梁山去了。指揮徐寧奏准，調發各路官兵追勦。你還推不知？一人造反，九族遭誅，高衙早晚來拿你一家老小。貞娘若肯嫁他，萬事俱無；敢道一箇“不”字，性命休想存留。(下)(老旦、正旦、貼旦抱哭倒)(旦白)母親，休的驚怕，有事奴家一身自當。(老旦白)孩兒，你弱質芳年，便死而何益？不如嫁了他，苟延性命，蒼天自有報應處。(旦白)妾與賊子，有不共戴天地之讎，豈可輕易許諾，有敗婦人之節！兒夫殺人之事，未見虛實。母親寬心，奴家打聽。(老旦唱)

【金鎖掛梧桐】孤子在他鄉，抛撇的俺無依仗。愁思在萬里天涯，怎知禍起蕭墻。三秋寂寞空勞想，難免今朝一命亡。只落的一堆白骨埋黄壤，誰向春風奠一觴？遭無妄，從天降下這灾殃！

(合)

空捱了半世淒凉，只落的虛名望。

(旦唱)

【前腔】禍福事難量，不必多勞攘。奴自保曾參，他非是殺人黨。他雖然忘了旧糟糠，須念白頭七十娘。任他無情風雨相摧折，零落花枝也自香。空惆悵，料蒼天不肯負忠良！

(合前)

(貼旦唱)

【前腔】聽説越愴惶，平地里遭風浪。被他奸謀，生逼的身家喪。誰將冤枉訴君王？自把衷腸祝上蒼。一門老幼遭磨障，緩急無人事可傷。添悲愴，兢兢戰戰怎逃藏？

(合前)

(老旦白)媳婦，休的掛慮老身，且從賊子，免一身之禍。我前日也打聽的人説，有此事了。(唱)

【流潑帽】你將身且自從奸黨，莫悮了弱質年芳。我今一死休慮想。

（合）

常言道禍不單行，方信這語非虚誑。

（旦唱）

【前腔】母親病體須自强，到頭事奴願承當，此身未必遭羅網。

（合前）

（貼旦唱）

【前腔】母親堅心必定無他向，媽媽何須苦苦悲傷！飛身跳不出漫天網。

（合前）

（老旦白）媳婦，你與錦兒去做些粥湯來我喫。待我在這里歇息片時，再作商議。（旦、貼並下）（老旦白）媳婦、錦兒回房去了。蒼天，蒼天！我一家無故遭此横禍！高衙苦逼媳婦爲婚，媳婦千萬顧戀老身，堅執不肯依。不如我尋箇自盡，孩兒也無掛念，老身也不受苦。罷！罷！（唱）

【哭相思】生前不得兒終養，死後無人爲舉喪。我這里自慘傷，欲哭吞聲淚两行。懸梁只用繩三尺，在世真如夢一場！

（作吊介。下）

第三十九出

（旦上。唱）

【玉瓏璁①】一春愁似織，風雨苦相摧，空使我寸心灰。

（貼旦上。唱）

老母心腸窄，懷抱幾時開，灾禍一齊來！

（旦白）［阮郎歸］夜來風雨急相摧，残紅落满堦。鶯啼燕語任疑猜，重門更不開。愁母病，憶多才，相思春又回。天涯音信幾時來？遲廻空自悲！（白）昨日婆婆聞了丈夫凶信，又見高衙逼迫，

① 鈔本此字作“瓏”。

奴家不從，想是病又沉重了。等待錦兒請出來，勉强進些湯水。（貼旦白）母親，嫣嫣自縊了！（旦、貼旦放老旦倒。哭）

（王婆上。唱）

【水底魚兒】空自疑猜，閉門何不開？哭聲可駭，連我也痛哉！

（白）你一家慌甚麽？（旦白）王媽媽，婆婆自縊了！（唱）

【山坡羊】病怯怯親年高邁，苦捱捱兒歸不待。實指望家庭聚首，母子重歡愛。準備擡，爲奴身作禍胎。恨只恨高衙父子，他两箇真無賴。生逼的老母懸梁也，這冤讎何日解？裙釵，手内無錢難剖劃；尸骸，眼下無兒誰葬埋？

（貼旦唱）

【前腔】孤兒身遭傾害，安人心難寧耐。撇了家緣縊死，這的是物在人何在！俺命乖，貌傾城惹下灾。心如刀攪，生割斷恩和愛，今後愁似高山悶似海。疑猜，在外軍身有日來；悲哀，屈死遊魂安在哉！

（王婆唱）

【前腔】我和你同隣同界，早共晚相親相愛，數十年恩情契好，彼此相依賴。苦命該，死將來難料測。看了你屍骸暴露，棺木也誰相貸？母子牽腸淚满腮。難捱，落網之魚怎挣摘；難猜，積善之家有禍灾！

（貼丑上。唱）

【牧郎歌】生死皆由命，何須苦痛哉！

（净上。唱）

黄河兒女淚，哭殺不回來。

（貼丑白）苦死姐姐，兄弟無投奔了也！孩兒休得煩惱，有喜事在邇。（旦白）我母親着你生逼死了，奴家傷感不暇，何喜之有！（净白）娘子，你舅也説的是。你今無碍手的人了，再不掛念婆婆。你夫主造反，罪及三族。高郎不念舊惡，今俻棺槨、衣衾，埋葬你婆婆。葬後迎娶過門，受用些花燭洞房春似海，脱離了殘機茅屋夜如年，却不是好？（旦白）多承舅舅！你且回去，説與高郎：殯葬之禮，奴已具俻，不勞送來！（貼丑白）孩兒，你嫁他不嫁他？我好回話。（旦白）舅舅，你聽我説！（唱）

【山坡羊】只除我志堅心耐，不怕他官高勢大。你便使安車駟馬，難得把奴身載。有横財，終須事不諧；縱有黄金貫斗，决不把綱常壞。我只待一死甘心也，肯受温郎玉鏡臺？安排，專等俺梁棟材；丢開，休題那謊喬才。

(貼净白)休得煩惱！這是高衙内十兩白銀，權且作棺槨之費。(旦白)喪具之禮，趁家有無。吾素分當以貧塟，何用非禮之助。(净白)娘子，你夫主是職官，老安人爲命婦，於禮不可薄塟。受此賻贈，亦不爲過。(旦作怒。白)奴與高郎，無寸絲之約。母死屍猶未冷，就來講婚禮，是可忍也，孰不可忍！疾快將去！(净白)你真箇不受？我回話去也。(净、貼丑下)(王婆白)你又不受禮，老安人屍骸暴露，問人揭債如何？(旦白)媽媽，奴家有這一對金釵，可買一口棺槨；這兩件衣服，作爲齋供之資。煩媽媽整理。(王婆白)娘子，金釵我拿去，替你買辦棺槨；衣服留下。供齋之物，俱是老身助辦。(旦白)多謝隣母！(唱)

【玉交枝】停屍難待，且隨緣將親塟埋，不須去揭他人債。有孩兒這對金釵，安貧休用不義財。爲僧要守佛家戒，望尊堂隨時辦買。

(王婆唱)

【前腔】窮通命在，何須你苦苦過哀。天長地久權寧耐，怕哭的形衰貌改。衣衾棺槨你致來，齋供品物吾當貸。望娘子聽咱勸解。

佳人不必淚雙垂，怎忍萱堂一命虧。

世上萬般哀苦事，無非死别共生離。

第四十出

(末扮宋江上。唱)

【虞美人】【引】屯兵欲剪滔天害，創立梁山大寨，英雄處處望風來。釜魚梁燕，暫求喘息不須猜。

(白)四方戎馬犯天廷，血染金鎗幾戰争。惟有至尊憂社稷，佞臣猶自賀昇平。吾乃梁山塞①主宋公明是也。只因着朝廷信任

① 應爲"寨"。

童、蔡、高、楊四賊在朝,不修邊備,專務花石。朱緬等輩,生事開邊。百姓生不能安,死不得壟,使天下豪傑各皆逃散。吾已糾合亡命四十餘萬。今日無事,叫小嘍囉,你在官道上哨探聲息,謹守關隘。看有甚麽人來,報我知道!(衆應"是"介)

(生上。唱)

【前腔】挺身撞破漫天網,回首君親遥想。尋思脱難總無方,忙投水滸暂潛藏。

(白)行了幾日,方纔脱的官兵。此間是水滸梁山道口。這一條性命,可是掙摘出來了。小嘍囉,你報知大王:有汴京林冲,賫着柴皇親的書來投見。(净、丑報)禀大王知道:有汴京林冲,賫着柴皇親的書來見。(末白)請進來!(見介)足下是東京禁軍八十萬教師否?(生白)不敢!小可沽名,污大王耳聽。(末白)久仰足下英雄盖世,今始識荆,可謂三生有幸。情願讓你作山寨之主。(生白)不敢!倘不見棄,願爲大寨厩夫足矣。(末白)請坐。動問朝廷有赦無罪詔書,又欲用賢退不肖,有是乎?(生白)請大王尊坐,聽小生告訴。(唱)

【降黄龍】念當今聖德明君,近龍顔往日那賢臣,他都掛冠封印。

(末白)朝中有程頤、程灝两賢儒,今仍在否?(生白)二賢恐群小誹謗,洛陽隱居去了。(唱)

戰兢兢懷才抱德,避世逃人。

(末白)當朝有陳禾、陳罐、陳過庭,最忠直,重用他不曾?(生白)三陳被蔡京貶發嶺南去了。

【前腔】衣巾衣巾,已喪斯文,盡被他讒言浸潤。貶群賢,貶群賢,安置遐方,陰懷私忿。

(末白)這些賢人不在,朝中爲相、爲將是誰?(生白)蔡京爲相,高俅爲將;童貫治内,朱緬治外。(唱)

絲綸絲綸,顯耀非人。舉薦姻親,都謬掌三台金印。將吾皇誘引,献花石,献花石,軸轤千里,競利殃民。

【前腔】邊塵邊塵,不日紛紛,因失了中原恩信。妄言仙道,妄言仙道,煉藥修真,魘魅的君王聽順。又献與烟花脂粉,共徵徭役,入私家不進公門。

【衮遍】邦民漸漸貧,府庫看看盡。海内灾傷,箝口無人問,爲人臣眼見的心何忍!

(末白)朝中有方給事中,他怎麽不諫諍?(生白)方軫切諫不納,蔡京將他下獄苦刑,竄發嶺南,因而殺害。天下人心不平,又搆惹的邊庭上不得寧静。(唱)

【前腔】邊聲不住聞,群小争求進。敢諫忠臣,不止流方軫。問忠良那一箇無虧損!姻親得縉紳,錢虜居方鎮。富者安閑,苦役皆貧窘。

【餘音】欺君悮國真堪哂,也只待利己私家不爲民。好教我一度憂君一愴神。

(末白)嗐,嗐!小可避亂逃灾,久在水泊之中,不知朝家有如此之變!兄弟既登罪地,此間山南馬兵漢寨,有十萬雄兵,今日就恭賀你做總領大將。帳下大小頭目,將香紙過來,與我兄弟對天盟誓,方許入夥。(生白)上蒼,上蒼!背主爲寇,非是林冲不忠,乃被高俅逼迫,略無喘息之地。龍居淺水真非計,終歸大海作波濤。專望招撫,再報君恩。不免望闕遥拜上幾拜。(唱)

【園林好】謝吾皇涵養林冲雨露仁,效犬馬要畾尺寸,生逼做不忠臣。遥拜我宋明君。

【前腔】念高堂八十母親,數十年斷機庭訓,兒不孝何曾報恩,干生受枉辛勤。

【沉醉東風】拜賢妻休將我怪嗔,分鴛侶前生無分。非是我不仁,救一時危困。這其間有家難奔,非敢背君逆親。只爲應天順人,拋閃糟糠枉斷魂!

(白)哥哥請坐,兄弟也拜上幾拜。(唱)

【前腔】拜哥哥慈而愛人,交朋友言而有信。氣吐風雲,志輕秦晉,撼乾坤九夷欲吞。非敢背君逆親,只爲應天順人。患難相交義氣伸。

君子相交不論財,友①朋仗義遠方來。

一朝運至蒙恩宥,解甲投降拜玉堦。

① 此字原文不清,疑爲"友"。

第四十一出

（旦上。唱）

【七娘子】遠人無望親先喪，扶柩日夜添悲愴。風木凄凉，神魂飄蕩，何日問寢親堂上！

（白）夫在他鄉歲月深，人亡財散兩傷心。青鸞信斷魚書遠，斜倚靈床痛不禁！母死三日，棺槨准備停當。王媽媽去請追薦僧人，尚不見來。

（貼旦上。唱）

【生查子】堂上白髮親，一旦歸黄壤。設祭表微誠，明朝須埋塟。

（白）母親，錦兒萬福！（旦白）孩兒免禮。齋供停當不曾？（貼旦白）停當已了。（旦白）孩兒，你父親在顛危之間，老母今又屈死，撇的你我形影孤單，怎生過遣！（唱）

【傍粧臺】最悽凉，萱花零落不禁霜。誰憐幼婦撐門户，遊子滯邊方？瑶臺路遠鴻音斷，華表雲深鶴夢长。腸千結，淚萬行，誰將凶信报林郎！

（貼旦唱）

【前腔】自悲傷，梧桐影裡月穿窗，不能照見親顔色，撓亂我衷腸。床頭忍見殘針線？架上空餘舊布裳。前生業，今世殃，愁如山壓好難當！

（旦、貼旦合唱）

【前腔】好恓惶，一天風露下銀床，高秋景物偏蕭索，骨肉更分張。慈親此日歸新隴，遊子終年望故鄉。焚香紙，奠酒漿，早間哭到月昏黄。

（旦白）錦兒，看王媽媽請僧人不見到來？（貼旦白）敢待來也。

（王婆上。唱）

【一封書】生和死兩厢，嘆浮生終日忙。兒和女滿堂，到無常衹自當。人如春夢終須短，命若風燈不久常。自思量，可悲傷，題起教人欲斷腸。

（白）娘子，這些米麪，聊爲齋供；這幾貫錢鈔，權作經資。（旦白）感蒙厚愛，何日報答！（王婆白）微禮不必掛齒。

（和尚上。唱）

【誦子】師徒三人共一居，大家一樣畫葫蘆。終須有日閻君唤，一頭騾子两頭驢。

（丑唱）

跳過墻去遇住持，他領丫環我拐妻。色即是空空即色，從今葫蘆大家提。

（净白）小僧法名皎月，心性從來决劣。幼年多病牽纏，父母送我僧舍。不會念佛看經，一味喬謅胡捏。好色有似餓鬼，遇酒如蝇見血，賭博手類飛蛾，跳墻身同落叶。惡瘡生了十年，色勞經今八月。生前那肯修行，死後閻王不赦。（丑白）你不修行，師兄如何度人？（净白）佛法只度别人，難免自家罪業。此間是林提轄門首，逕自入去。（旦白）師父如何不來？（净、丑白）師父隨後便到。

（末上。白）僧家不與俗人同，方便慈悲是本宗。要使一真元不染，須知四大本來空。徒弟何在？（見介）（末白）娘子、小姐焚香，貧僧宣卷。盖聞法初不滅，故歸滅以歸空。道本無生，每因生而不用。由法身以垂八相，由八相以顯法身。朗朗慧燈，長留世界；明明佛鏡，照破昏衢。百年光景賴刹那，四大幻身如泡影。每日塵勞汩汩，終朝孽識忙忙。豈知一性圓明，徒逞六根貪慾。功名盖世，無非大夢一場；富貴驚人，難免無常二字。風火散時無老少，溪山磨盡幾英雄！我如今十方傳句偈，八部會壇場，救火宅之焚燒，發空門之扃鑰。富貴貧窮各有由，只緣分定不須求。未曾下的春時種，空守荒田望有秋。（旦、貼旦哭）（净白）娘子，再上香奠酒。南儋部州大宋國汴梁開封府相國寺看經沙門，今據本府祥符縣住人孝婦張氏、孝女錦兒、合家眷等，是日焚香拜千①，伏爲追薦没世靈魂：天堂佛國，任意逍遥；寶地蓮池，隨心自在。伏！興！（末作打。白）你如何唱禮？（净白）你不知！秀才在我寺中讀書，我也學了些孔門之禮。（唱）

---

① 應爲“忏”。

【誦子】人命無常呼吸間，眼觀紅日墜西山。寶山歷盡空回首，一失人身萬劫難。百歲光陰瞬息回，此身必定化飛灰。誰人肯向生前悟？悟却無生歸去來。

【皂羅袍】佛寶圓明浩大，光乘照徹九品蓮臺。净瓶楊柳洒千灾，金鐸法鼓宣諸戒。

（合）

浮生若夢，光陰過客同登彼岸。脱離苦海，靈魂早早超三界。

（旦唱）

【前腔】自想從前恩愛，這愁如华岳，淚溢江淮。停柩不見故人來，倚門難把王孫待。

（合前）

（貼旦唱）

【前腔】信手焚香禮拜，見金燈不滅，寶樹花開。玉毫影裡現如來，碧雲深處聞仙籟。

（合前）

（王婆唱）

【前腔】波若身無挂碍，把黄金入櫃，白玉深埋。皈依九品紫蓮臺，懺悔一切諸毒害。

（合前）

無寂歸空性本真，一聲佛號出凡塵。
齋罷道場圓滿日，定然超度老夫人。

第四十二出

（旦上。唱）

【掛真兒】山色荒凉人静悄，獨看孤塚凄然。芳草生愁，杜鵑啼血，怎不教人哀怨！

（白）芳草牛羊伴土堆，思親無日不傷悲。明年寒食東風裡，誰向孤墳奠一盃。幸將老母殯埋已了，叵奈高衙苦逼成婚，奴家决死無生。且將一陌紙錢，去那母親墳邊拜辭了，痛哭上一場。遠望

見老母新墳，不覺傷情淚下。（唱）

【懶畫眉】山頭行過望牛眠，只見無主孤墳土未乾。昨朝子母共團圓，今日裡無由見，驀聽的枯木斜陽咽暮蟬。

【前腔】壺浆在手步行難，只見古樹寒鴉起暮烟。狐踪兔跡遶丘園，奴見了空嗟嘆，唤不起娘身長夜眠。

（白）早到墳前。母親一靈聽着：不孝媳婦，奠一盃漿水，焚一炷明香，愿祝母親早昇天界。保祐孩兒林冲，早回鄉井。（唱）

【前腔】哀哀匍匐哭墳前，一柱明香一陌錢。寸心積恨報終天，再不把椒漿奠，一滴何曾到九泉！

（白）奴家被人苦逼，命在旦夕。恨無三尺之童，報此千年之恨！（唱）

【前腔】天涯人遠幾時還，妻母殘生誰報冤？傷心淚眼似飛泉。今世裡恩情斷。母親呵！和你再結來生未了緣。

壺浆一滴奠慈親，日落香消痛殺人。

地下有情應入夢，歸家兀自掩柴門。

第四十三出

（旦上。唱）

【浣溪沙】簾捲東風白晝長，思親無日不凄凉。謾勞魂魄遶池塘，薄倖不來春已暮，殘紅落盡蝶空忙，爲誰清瘦減容光。

（白）兒夫上山，婆婆自縊，皆由妾身所致。奴久不死，但爲顧戀母親；母既辭世，高衙必來娶奴。奴豈肯背義偷生？寧可就義而死。就將三尺白練，尋箇自盡。（唱）

【綿答絮】兒夫别後杳無書，抛的我財散人離獨自居。恨無徒，强肆奸謀，他把萱堂苦逼，一命先殂。倘若背義偷生，萬古教人唾駡奴。

（白）過往神祇，保護奴家速死，得見舅姑於九泉之下。（唱）

【前腔】烏雲緊挽拽起襟裙，我這里拜謝神靈，愿賜光明照鑒奴。自躊躕，無計支吾，只將白練套結，命在須臾。愿學烈女懸梁，好向黄泉見丈夫。

（白）罷，罷！我自縊了罷！（作自縊介）

（貼旦上。唱）

【霜天曉角】【引】春將暮，燕子還尋舊屋，惟有死别一去無回路。

（白）我母親千尋思、萬尋思，哭了一會，這早晚不聞的聲息。（作見吊介。白）王媽媽救人來，我母親自盡了也！

（王婆上。白）死生無老少，誰保百年身！（放旦下）哎嚛！娘子你甦醒！（旦醒，哭。白）王媽媽，今日事勢逼矣。妾身豈肯依人富貴，有汚名節？（王婆白）娘子，事要善處。老身聞知林郎投入梁山，未知虚的。有條出路，娘子心下如何？（旦白）妾身願求教。（王婆白）林郎見在梁山。老身願陪娘子逃出汴城，同去尋訪，倘得團圓，可不强似糊塗尋死？（唱）

【前腔】人生虚度，死也莫要糊塗。念此身軀，幸喜懸梁死又甦。莫嗟吁，我有良啚。和你同隣共井，患難相扶。你急急整頓行囊，同往梁山訪丈夫。

（旦白）謝媽媽憐憫之情。只争高衙在外窺測，怎生逃的？（貼旦白）母親放心！小奴一計，可得脱身。（旦白）孩兒，你有何計？（貼旦白）今日賊徒來娶，小奴盛粧濃抹，一身待之，充爲母親。母親同王媽媽乘隙逃走，哄過一時。奴到高家，自有區處。（唱）

【前腔】何須憂慮？奈心兒自保殘軀。我願效凡鷄代鳳雛。寧教母抛奴，且救窮途。願效昭君出塞，身献單于。有一日夫婦榮歸，休教青塚無人草自枯。

（下）

（丑上。唱）

【夜游朝】判掌姻缘合男女，終朝两足奔馳。車馬臨門期在邇，早把粧奩收拾。

（白）娘子萬福！今日良辰吉日，高衙内使我來催粧。高郎亦自臨門，請娘子上轎。（旦白）夫犯天條，婆婆已死，此身再無撁掛。煩媽媽説與高郎，等待戌時。奴家有些殘針舊線，收拾停當就行，不須催促。（丑白）娘子，你且收拾，我回話去。雲鬟整罷下粧樓，耿耿銀河七月秋。萬丈鵲橋今已架，管教織女會牽牛。（下）

(貼旦上。白)母親,孩兒梳粧停當。趁此無人知覺,收拾行李,與王媽媽急急走罷!休得掛慮小奴。(旦白)你説的是甚麼話?我一身之事,豈肯連累孩兒?(貼旦白)古人云:"生子不生男,緩急非有益。"奴恨一家被害,願捨一身,欲畐一劍之報。母親堅執不依,事到如今,須得這等處!(旦哭。白)兒嚛,我怎生割捨的你!(唱)

【綿答絮】娘今别女得全軀,我和你子母情腸,怎忍將身棄半途?他本因奴,與你何辜?正是城門失火,殃及池魚。教娘反拜孩兒,異日焚香,把你上畫圖。

(丑上。唱)

【水底魚兒】千里姻緣,全憑一線捧。月明雲散,看渡鵲橋仙。

(白)高郎車馬臨門,先送宫錦一套。娘子即便梳粧,早偕鸞鳳,我報云也。襄王夢覺自疑猜,握雨携雲更不來。巫女有情須早降,免教宋玉走陽臺。(王婆白)娘子不必留戀,你且在後房躲避。老身在此發付孩兒。(旦哭。白)兒嚛,休得怨恨。此情此意,有報你處!(作挽衣,跪。白)姐姐,你受我一拜!(唱)

【五更月】多嬌你一身何苦,向深穴去探狼虎?也只爲重義輕生,把你青春悮。他埋伏着暗室干戈,那里有洞房花燭!思量此情此意難酬汝,但愿來生,轉與你爲兒女。恨眼底是别途,俺則怕韋氏從賊,有去路無回路。

(貼旦白)母親少得煩惱!路上與王媽媽,水宿風飡,小心在意。尋見爹爹時,是必休題錦兒之事,太平歸省,老奶奶墳邊,將我無主的錦兒題名,也奠上一盃殘漿剩水,便是子母情腸。你孩兒死在九泉之下,不敢忘了母親!(唱)

【前腔】母親不必掛慮,你放心前途去。我和你子母恩情,一旦分頭路。奴效展草垂繮,物也能知報主。情知此時此去無别故,我一死甘心,全你親骨肉。生和死,古誰無?端的是母爲兒亡,我爲娘身遭辱。

(白)母親,休忘今日别離之情!(旦下)

(小外擡轎,鼓樂導引上)(王婆白)此間陋室,不堪公子入坐。(小外白)不必坐。請娘子上轎!(貼旦盖面同下)

（旦上）（王婆白）娘子，趁此無人知覺，咱每疾忙出城去罷！

【尾聲】生離死別佳人苦，哭損柔腸淚眼枯，萬恨千愁一時難盡語。

（王婆白）娘子，急急走罷！

今朝子母各西東，兩地凄凉一樣同。

葵藿有心惟向日，楊花無力暫隨風。

第四十四出

（貼旦唱）

【懶畫眉】落花流水偶相逢，惡草佳禾自不同，休言落葉暫隨風。你要計就擒丹鳳，誤把山鷄鎖玉籠。

（白）綱常奴肯壞？愿棄一微軀。持節芳名在，偷生狗不如。妾一身替母往嫁高郎，幸得無人知覺。彼與我家有殺父之讎，安肯將我弱質青年，被他點污？但愿我母脱離賊網，奴家今夜尋箇自盡，是我一場事了。且將房門關上。奴家曾聞古人説的話："邀月聽琴千古臭，投崖斷背萬年香。"奴似落花流水春光短，蒼天呵！魂逐西風出畫堂。（下）

（小外上。唱）

【洞房春】【引】平生豪氣，不爲酒困花迷；一見貞娘嬌媚，引得我似醉如痴。三載相思，一朝匹配，正是一對好夫妻。

（白）三春虚負青樓約，此日方酬紅葉詩。花酒頓消心上恨，從今永不害相思。今日且喜與貞娘相會，纔是"人有善愿，天必從之"。丫頭，安排酒來，與你新娘作樂。娘子开門來。（貼旦内白）官人你且回去。豈不聞古人云："無測隱①之心，非人也。"妾身老母身亡，墳土未乾，屍骸未冷，就與官人忘哀作樂，心實不忍。待三日，與官人配偶，不爲晚矣！（小外白）今日早過了二日。我怎麽捱這三年來，這一日捱不的？我且回去。（下）

（貼旦上。白）進這房來，黑洞洞的。我將這窗簾揭起，見枕席寂

① 應爲"惻隱"。

寞。奴家虛負二八青年，今日捨生取義，人間夫婦之樂，終於不知了。（唱）

【鴈過沙】嘆春來花滿皇都，偏我爲春躭悮。可憐我二八虛度，一宵零落因風雨，故人回首知何處？只落的孤苦幽魂，無人作主。你要洞房花燭夜歡娱，俺只待荒郊野草自埋没。你錯認佳人金碧圖，枉污了淑女姻缘簿。襄王妄想陽臺雨，教你醒來一場虛夢無尋處。情知烏鴉伴，不得鳳凰雛，俺則怕奸賊點污了好名譽。我雖然上不的烈女圖，做不的貞節婦，寧將一命歸黄土，且免使傍人將奴笑語。

（白）這天不知多早晚了，我聽上一聽。（内打三更）呀，又早打三更了。罷！罷！此是奴家盡頭處。我將這三尺白練帶，高梁上自縊身死，免的玷辱奴身。（唱）

【前腔】不争偷生越禮强支吾，教人駡我貪淫不良婦。雖然不是他眼中人物，也難免一場污辱。總不如尋箇無常道路，留一箇芳名傳萬古。

紅顔一夕辭人世，青塚千秋卧壠頭。

第四十五出

（净扮丫頭上。唱）

【紅綉鞋】歲歲春光虛待，年年桃李空開，半生無夢到陽臺。白日間猶閑可，黑夜程怎生捱？跳不出侯門深似海。

（白）小女今年二十七，三九青春誰曉的？生來命蹇犯孤辰，因此姻緣多間隔。夜來手脚幾曾閑，曉起忙忙只到黑。（末白）你忙甚麽來？（净白）携壺燒火抱孩兒，挑水煎茶掃田地。緑窗有分侍蛾眉，坦腹無緣招貴婿。（末白）似你這等貌醜，誰要你？（净白）非干醜陋不出門，就里風流人不識。四寸三分玉笋纖，一尺二寸金蓮窄。鬢邊两朵野花香，胸前一對銀瓶墜。（末白）你這等風流，只是無衣服穿。（净白）短壽命！你怎麽曉的？我愛穿尋常粗布衣，最嫌脂粉污顔色。風流不在着衣多，有情那管人憔悴。昨日東人娶了箇新娘，不知他是甚麽意思，只是不容大叔進身寢歇，到把小奴躁了一身汗。奉東人的命，教我問候他飲食。這两日悶惓的荒了，我且無人處歌舞一會。争奈我身子不方便。（丑上。唱）

【前腔】堪嘆人生年少，有幾箇花燭良宵？似俺孤眠長夜怎生熬？要尋箇風流婿，喫緊的粉墻高，又只怕鶯花容易老。

（白）你在此間看着奴家歌舞，休笑話。（净白）你唱的妙字底下加三點。（丑白）怎麽説？（净白）妙，妙，妙！咱兩箇合唱一會，消遣春心，看新娘還未遲。（唱）

【月兒高】（□句□①）謾折長亭柳，

（小外上。唱）

【燭影摇紅】爲多嬌三年奈煩，爲多情一夜無眠，眼睁睁盼不到星兒散。今日要將他飽看。

（小外白）好丫頭！不聽你新娘使唤，在此耍甚麽？（净、丑跪。白）奴奉命來看，新娘還睡里！（小外白）你唤他起來歡會。（净唤。白）新娘起來了，在床前打鞦韆耍里！（小外白）胡説！再叫一箇看。（丑看介）新娘學提偶人耍里。（小外白）叫院子再看！（末看）呀，弔死了！（小外氣倒）（净、丑、末扶起）（末白）大官人，這箇女子不是貞娘！（小外白）氣死我也！是誰？（末白）貞娘生的端正窈窕，這箇身子瘦小，敢是他家使女錦兒。（小外白）你怎麽認的？（末白）小人與林冲家隔壁住，時常見他。（小外白）被這婦人倒謊過我了！叫丫頭，將那死屍拖出去！枉費了我一場心力，却怎生放得過他！（唱）

【緑柳摇金線】不由我心中埋怨。三載辛勤事枉然，生死兩無緣。俺從來精細伶俐，眼睁睁着鬼瞞。被他人啜賺，空費多少機關，婦人家倒哄了男兒漢。這番苦向誰言？這番苦向誰言？俏人兒幾時得見！

（末唱）

【前腔】不須嗟嘆，休道人去臺空鳳不還。此事有何難？總然飛騰去，只在茫茫海宇間。婦人機見，幾曾慣涉水登山？冒風塵更變不得桃

---

① 底本此處模糊不清。

花面，勸東人少要熬煎，勸東人少要熬煎，意中人管教重見。

(白)大官人不要煩惱！婦人脚小，走三日不過百里之程。馬上差人，連夜赶回，重諧花燭洞房之樂，有何不可？(小外白)誰人可去？(末白)虞候王進，新參五軍教師，早晚老爹處舉薦他一言，就着他下海，他可也去的。(小外白)快唤將過來！(末作唤科)

(外扮王進上。白)轅門空屈節，厚禄無由竊。曉起爲官差，軍裝常不卸。唤小人那壁厢使用？(小外白)如今反賊林冲妻張貞娘，受了我許多財禮，同鄰舍王婆，逃走上滄州，必奔梁山。你不憚鞍馬驅馳，連夜赶回來，自有重賞。(王進白)大人遣差，小人就去。(小外白)左右，將那寶劍來。這一口劍，原是林冲的，價直千金。你若赶回張貞娘來，將這劍就與你；他若不廻來，就將此劍誅之。(王進白)小人無不盡心。(小外白)與你這五两銀子，權作路費。你近前來，聽我分付！(唱)

【玉堂人】此事叮嚀託付你，莫憚馬上驅馳，手提寶劍忙尋覓，則怕紅粉佳人命有虧。

(合)

想必只在中途里，赶上飛星及早回。

(王進唱)

【前腔】且自寬懷莫憂疑，此去必有好消息。一朝華表鶴無跡，指日青鸞信有期。

(合前)

(末唱)

【前腔】多情一去無踪跡，望空山霧鎖雲迷。三春花信勞蝶翅，千里姻緣託馬蹄。

(合前)

莫憚陽關道路長，遂行不顧馬思鄉。
多情公子延禁待，管領佳人會畫堂。

第四十六出

（旦上。唱）

【天下樂】乍出閨門行步難，愁路崄，怯風寒。

（王婆上。唱）

千里尋夫渡遠山，須寧奈，莫熬煎。

（白）[雨中花]（旦白）薄倖不來春又暮，花落盡遭風雨。埋怨東皇無人作主，悶懷誰語？（王婆白）汴京門外天涯路，老景凄涼難度。離人遠抛骨肉，此恨憑誰訴？（白）娘子走動些，休得遲慢。（旦白）媽媽，孩兒乍出閨門，不曾行這山路。晚間離了汴京，三日不曾住脚，奴家足脛腫痛，教我怎生行的？（王婆白）娘子，没奈何，死生所繫，須索前進。（旦白）似這等村坊荒落，風雨凄涼，好傷感人也呵！（唱）

【錦庭樂】風兒催，雨兒疾，荒村人遠，芳草路漫漫。急煎煎心忙脚懶，不由人戰兢兢、愁怯怯、殘喘難延。行一步回頭顧看，捱一里如登天塹。

（合）

慴惶進步難，跳不出狐踪兔跡，虎窟龍潭。

（王婆唱）

【前腔】眼昏花，耳朦朧，時光漸短，白髮日拳攣。但行時吁吁嗽喘，怎教人驀紅塵、登紫陌、夙夜無眠？這光景怎禁磨難，這苦楚何曾經慣？

（合前）

（旦唱）

【前腔】山兒青，水兒緑，白雲冉冉，烟霧鎖重嵐。

（白）媽媽，這山又高，奴家怎生過的去？（王婆白）没奈何，將手携着過去。（旦唱）

轉危坡，將枯藤手攀，又怕那斷橋絶、深澗遶、石蹬彎環。好鳥在枝頭鳴唤，麋鹿在岩前跳攛。

（合前）

（王婆唱）

【前腔】上層巒，登絶壁，山危路嶮，澗溜水潺潺，望顛厓枯藤倒懸，蔽青雲、遮紅日、古木參天。聽林外樵歌呼唤，更隴上牧笛悲怨。

（合前）

（王進帶劍上。唱）

【急急令】穿雲度嶺出長安。赶，赶，赶，並頭蓮。嘶風駿馬更加鞭。晚，晚，晚，日啣山。

（白）住，住，住！高衙有令：不必走！使我請回娘子去；若還不去，就用劍將頭割了去。（旦、王婆跪哭）將軍，奴家生長天地之間，既不能報復讎家，又遠離鄉井，愿賜速死，得全節義，九泉之下，感德難忘！將軍將奴粉骨碎身，只在此地。（唱）

【普天樂】告英雄快把奴屍斷，死如歸是我心極愿。奴不欲棄綱常馬背雙鞍，奴只效虞姬規鑒，怎肯做文君濁亂？

（合）

傷心淚滿襟，就教我從容就死，亦不爲難。

（末白）你既不回去，將頭低過來！（王婆白）將軍休殺娘子，殺老身罷！（末白）我怎生殺你？（王婆白）小娘子有三從四德，節孝雙全；奴廼老朽無用之物，情願受死。（唱）

【前腔】老身軀雖微賤，替貞娘把閻君見。貧婆意，惜佳人緑鬢朱顔。告將軍將咱頭斷，放了他油頭粉面。

（合前）

（末白）嗐，世間有此節義婦人！高家父子姦惡，不知害死了多少好人。我擎髭帶髮，堂堂丈夫，不如這兩箇婦人節義，顛倒助桀爲虐？（末唱）

【前腔】請夫人，你把愁眉展，放寬心且把前途盻。我存仁義肯從他逆理違天？這一口吹毛利劍，稍與你東君爲念。

（合前）

（白）賢良媽媽，貞節娘子，請起來！我是禁軍教師王進，曾與你武師有交。不争我害了你，萬代駡我不仁不義！這口劍原是你丈夫的，你稍與武師，多道深意。我也不敢回京了，向延安府經略帳下，投差趓灾去也！

【尾聲】寒鴉聲裡夕陽晚，娘子你雨露荒村宜早眠，今夜里凄凉大家都難度遣。

兵火紛紛人跡稀，莫將清淚洒征衣。

頓開金鎖蛟龍走，捽碎玉籠彩鳳飛。

第四十七出

（末扮李逵上。白）家住沂水董店東，殺人放火慣行兇。好使短柄宣花斧，獨占山東黑旋風。自我是梁山泊好漢"黑旋風"李逵是也。只因聖上聽信小人，暴虐不已，科索江南、河北，軍民受倒懸之苦，逼迫俺英雄豪傑，嘯聚梁山爲寇。今有馬軍總領林武師，啓准宋大王，領五萬鉄甲嘍囉，要打汴京，捉拿高俅報讎。令我領三千勇士爲先鋒，一者掃清地界，二者救天下蒼生，三者與林大王報讎。小嘍囉，你看林大王來了不曾？

（生上。唱）

【水底魚】闊劍長鎗，人雄馬又强。連天風浪，威名振八方。

（白）怒髮冲冠殺氣横，出師今日有聲名。馬蹄到處天關破，霜刃磨來殺不平。我是梁山馬軍總領林冲是也。自從被高俅陷害的我無駐尺之地，不得已身陷绿林，到今半載。想起前事，可是傷情！大丈夫不能留芳百世，亦當遺臭萬年。人言説的好："過後思君子，無毒不丈夫。"使李逵先整搠五千人馬，報復冤讎。入山唾手生擒虎，括海撩衣活捉龍。小嘍囉，聽吾將令，即時下山！（唱）

【四邊静】英雄抱屈聚山丘，群小覔封侯，巧計竊君權，不肯爲民憂。

（合）

同擒四囚，先索高俅。扶持宋明君，必斬佞臣頭。

（李逵唱）

【前腔】豺狼當道逞奸謀，君子盡皆愁。妬國害生民，銅馬遍神州。

（合前）

(白)唤那前部先鋒過來,我分付你!(生唱)

【前腔】忠臣孝子不須憂,惡黨莫容留。節婦與高年,勸獎禮宣周。

(合前)

(白)傳吾將令:忠臣孝子,義夫節婦,自當禮待,不必驚疑;跋扈强良,當吾者死。風霆迅急,直抵汴京!

投鞭可使黄河斷,躍馬能將嵩岳平。

發號聲連金鼓振,殺人血染寶刀腥。

第四十八出

(旦上。唱)

【接雲鶴】風塵烟雨两三程,嬌柔不耐脚根疼。

(王婆白)娘子走動。捱到那箇村里,歇息歇息再行。(旦白)媽媽,遠看霜林似醉,雲鴈成行,一派好秋景也!(唱)

【集賢賓】淒凉滿懷思故里,望前村秋色雲迷。落盡殘霞孤鶩飛,正思鄉賓鴻天際。心如箭急,捱不到山前平地。無靠倚,萬苦千辛,總然爲你。

(王婆白)娘子,前邊烟林攢簇,鴉鵲哀鳴,那壁厢有賣酒人家。(唱)

【前腔】昏鴉數點投林亂飛,是誰家茅屋踈籬?日暮山空酒旆底。

(内作喊聲)(旦驚。唱)

驀聽的虜馬頻嘶,行人遁跡,轉山坡征旗畫戟。無靠倚,萬苦千辛,總然爲你。

(净、丑、末赶散)(旦下。唱)

【水紅花】征夫流水馬行疾,有冲天殺氣。敢勇兒郎排隊展旌旗,展旌旗也嚛!

【前腔】將軍躍馬吐虹霓,有把山虎势。敢勇兒郎排隊展旌旗,展旌旗也嚛!

(生白)前邊是甚麽去處?(净、丑白)馬哨到曹州地界了。(生白)不要安營,乘其敗势,直抵汴京!只因煞躍離金闕,故使罡星下九天。戰馬頻嘶楊柳外，征夫塞滿蓼花灘。

(旦上作哭。白)王媽媽，你往那里逃命去了？抛閃下奴家，進退無門，怎生是好？(唱)

【鶯啼序】忙忙緑野人跡稀，教奴逃生無計。嚇的我小脚兒難移，舍生合當取義。纔離了當途虎狼，又滿目荒原荆棘。

(合)

無依倚，萬死千生，總然爲你。

(唱)

招君①去國亦悲啼，那討這般滋味？嘆一身骨肉爲泥。雖然遭剛刀粉碎，願真魂重遊故鄉，遇祭掃還知寒食。

(合前)

【琥珀猫兒】南來征騎，北隨飛翼，西墜紅輪，東流逝水。休道死無知，神遊故國。

(合)

悲感，扯斷合歡，分析連理！

(白)奴家悔不在家尋箇自盡，同母一處塟埋。今遇賊兵隔散，王婆却往何處去了？我不如在此鴉林中，還尋一箇自盡。(唱)

【前腔】緑珠顛碎，銀瓶沉墜，紫玉塵埋，彩雲嘆息。苦恨難消，閑愁如織。

(合前)

(旦作吊)

(净扮尼姑上。白)舉頭三尺有神靈，報應無差月鏡明。昨夜夢中緣底事？柳腰紅粉託尼僧。夜來伽藍祖師，夢中唤老僧："今日年時三刻，林下有一節婦尋死，急急救他一命。若還有悮，难免雷誅。"我向林中看一看。呀！真箇松樹上有一箇娘子自縊！向前救他。(作放旦□②)(净白)娘子，似你這等如花似玉的，你如何在此尋死？(旦唱)

---

① 應爲"昭君"。

② 底本此字不清，應爲"介"。

【賺煞①】走的我渾身無力,叫的我一絲兩氣。王婆婆猛科裡因兵逃避,閃的我孤身無計,因此上捨生取義,因此上捨生取義。

(唱)

【掉角序】自從他鸞分鳳離,到如今鴈斷魚稀。有何人兔死狐悲,我怎聽燕語鶯啼?因此上似鴛鴦棒打散,也無會期。鮫綃淚濕,欲自盡在鴉林,效雲鴻死無再匹,麟筆名題。

【尾聲】好教我伴孤雲傷心垂涕,只落的對寒烟長吁短氣。方信道明月清風是奴舊相識。

(白)妾身是東京人家女子,同着隣母往滄州尋訪丈夫。路遇賊兵隔散,進退無門,因此尋箇自盡。(尼姑白)娘子,你好痴!豈不知螻蟻貪生,爲人何不惜命?況人生一死,再不得回來。你肯跟我白雲菴中出家,圖一箇流水白雲常自在,身心脱了俗家緣。(旦白)蒙師父慈悲,小妾情愿爲尼。

既入空門不畫眉,普陀烟裡現芳姿。
金刀一落人間髮,玉體全披下界衣。
明月殿堂持戒苦,清風庭院步蓮遲。
日長讀得楞伽罷,閑折花枝献祖師。

第四十九出

(外上。唱)

【顆顆珠】海内亂紛紛。天恩一布,招撫不臣民。

(白)下官乃是洪太尉。我想高俅父子,乃襪線微才,斗筲小器,假齊雲之伎,得依日之光;禄享千鍾,官居極品,意尚不足,罪豈勝誅?今被亳州太守侯蒙所奏:齊魏之患,本由太尉高俅所致;又讎害人豪,謀奪妻小,逼反林冲,糾合宋江等數萬,横行山東,官兵莫敢攖其鋒。奏准朝廷,詔旨下降:赦林冲等不死;除宋江

① 底本此字不清,應爲"煞"。

等安撫使，林冲加舊職二級；將讎人高俅父子，拿送軍司，問成死罪；着下官解送軍前，招致群雄，撫綏百姓。叫左古，高俅父子奉聖旨昨日已捉住了，送大理寺監候。問了不曾？（末白）禀老爹：招已明白，下囚車先往軍前去了。老爹奉聖旨不可延遲，即便起身。（外白）既是去了，下官即日起身。（唱）

【折桂令】猛驚回一枕蝴蝶，賢相無聞，逆黨堪嗟。緣木求魚，守株待兔，打草驚蛇。亂紛紛蠅蚊兢血，惡狠狠螻蟻争穴。

（白）想那林冲與高俅，（唱）

一箇豪傑，一箇奸邪。不如我且做痴呆，且做乜斜。

有權休恃權，有勢莫倚勢。

還着與本人，念彼觀音力。

第五十出

（生上。唱）

【金蕉葉】謀動干戈，要把金城打破。念九重天子舊恩波，不由我傷心淚落。

（白）千里長驅到汴京，喊聲動地鬼神驚。非傷往日君臣義，欲報生身子母情。念林冲驅兵長入，兩羸童貫，三敗高俅，已到黄河两岸，安營下寨，選日攻城。昨蒙恩詔下降，招安吾輩，各要加封；將高家父子送入軍前，許我報讎，因此不敢驚動萬乘。争奈高俅不見解來。左右，傳吾將令：兵不許前進，亦不許後退。看有甚麽人來？

（末上。唱）

【玉交枝】干戈不静，列長圍兵薄禁城。都只爲天樞要路生讒佞，九重宫天子憂驚，親傳聖旨詔群英。須當解甲趋朝命，請將軍疾忙罷兵。

（白）門候軍士，報知林將軍：朝廷遣官在轅門外邊。（生接見）（末白）皇上已知將軍忠心貫日，冤氣冲天，爲親復讎，非敢要主。昨日先頒恩詔，今日解送讎家，就當解甲休兵。大丈夫忠孝兩全，身名俱美。（生白）萬歲、萬歲、萬萬歲！（唱）

【剔銀燈】謝吾皇洪恩招撫！念林冲草芥微軀，背君罪犯身當戮；奈無知含冤負屈。丈夫要忠孝不孤，就死呵身安意足。

(白)洪大人，我林冲荷蒙聖上寬宥，敢不欽遵。争奈高俅與我有不共戴天之讎，尚未得雪，實乃小臣終天之恨。(末白)將軍放心！高家父子已拘囚在轅門外，聽候區處。叫左右押將過來！(净、丑绑外上。唱)

【懶畫眉】閭閻小子本微寒，一旦峥嶸握重權，想東門黄犬事堪憐。

(老外、小外抱哭介。唱)

今日父子臨刑憲，要想當年鋤菜難！

(净、丑白)拿高俅父子到來。(外作跪介)(生白)兀那高俅！你本是閭閻無賴，市井平民，專一趋謁豪門，浪遊京國。一丁不識，習弹唱以爲糊口之資；寸箭無功，仗圓情而作進身之路。既叨相位，敢竊君權！黷貨殃民，嫉賢害政，倒顛國是，敗懷官箴。逼的俺子母死别，夫婦生離，隣母驚散途中，女使含冤地下。只想你久常富貴，今日我也捉住你了！(外白)林大人，已拿住讎人了，煩惱怎的？(生白)大人請坐，聽我將這厮平日所爲，略説一遍。(唱)

【正宫】【端正好】享富貴受皇恩，起寒賤居高位。秉權衡威振京畿，怙恩恃寵把君王媚，全不想存仁義。

【滚繡毬】起官夫造水池，與兒孫買地基，苦求謀都尺爲一身之計。縱奸貪那里管越瘦秦肥？趋附的身即榮，觸忤的命必危。妬賢才喜親小輩，只想着復私讎公道全虧。你將那九重天子渾瞞昧，致令的四海生民總亂離，更不道天網恢恢！

【倘秀才】巧言詞取君王一時笑喜，那里肯效忠良使萬國雍熙？你只待顛倒豪傑把世迷。隔靴空揉痒，反症却行醫，滅絶了天理！

(白)洪大人，這厮欺君悮國，還勝似古時那幾箇奸黨。(外白)林大人，似那幾箇奸黨？(生唱)

【滚繡毬】你有秦趙高指鹿心，屠岸古①縱犬機。待學漢王莽不臣之

---

① 應爲"賈"。

意,欺君董卓燃臍。但行處絃管隨,出門時兵甲圍。入朝中百官悚畏,仗一人假虎張威。望塵有客趨奸黨,借劍無人斬佞賊,一任你狂爲。

【煞尾】金甌底下無名姓,青史編中有是非。你那知燮理陰陽調元氣?你止知盜賣江山結外夷!枉辱了玉帶金魚掛蟒衣,受禄無功愧寢食。權方在手人皆懼,禍到臨頭悔後遲。南山竹罄難書罪,東海□[①]乾臭不遺,萬古留傳教人唾罵你!

(白)還要駡你這厮幾句,恐防污了我好言語。小嘍囉,拖將出去,割腹剜心,碎屍萬斷!

怒執金戈離水滸,忽承丹詔下皇都。

冤讎若不分明報,枉作人間大丈夫。

第五十一出

(净扮尼姑上。白)臉是尼姑臉,心還女子心。空門誰得識?就里有知音。(末白)你是出家人,你知道甚麼音?(净白)你道我不知音?我記的"鎖南枝""山坡羊",鑽心的"清江引",也有一百箇。(末白)你就唱箇"清江引"我聽!(净白)我唱,你聽。(唱)

【清江引】口兒里念佛心兒里想,張和尚、李和尚、王和尚。着他墮業根,與我消灾障。西方路兒上都是謊。

(末打。白)好出家人,專想和尚!(净白)休打,休打!打墜了胎!佛説:"法輪常轉畨生育,佛會僧尼是一家。"(末白)出家人也説這風月的話?(净白)風月風月,隨心墮孽。後墻上送生,前門里接客。(末白)好尼姑,你也接客?(净白)短壽命的!我接的都是香客。(末白)香客不往東嶽廟、城隍廟去,他來這里做甚麽?(净白)世上有這等好事的人:小門閨怨女,大户動情妻。姻緣成好事,到此會佳期。(末白)你也還有師兄?(净白)師兄唤

---

① 鈔本此字不清,應爲"波"。《舊唐書·李密傳》記載李密數説隋煬帝的十大罪狀,其中有"罄南山之竹,書罪未窮;決東海之波,流惡難盡"之句。

做妙聰,自我便是妙好。自幼學些禅機,見性如同月皎。白牛兒纜在靈山,喂他波若溪邊水草。養的牛兒撒犇,極樂□①中厮擾,摽着阿南比丘,纏着沙彌長老。也是曇越知音,就把菩提樹放倒。手團着一顆摩泥,生死門中鏡寶。我和他採戰千廻,霎時間群魔净掃。那一會水底燈昏,醒來鉄饅頭難咬。不覺的色象成胎,我把舍利子活丢了多少。(末白)你這等好事,不如還俗了罷!(净白)恨起來也要還俗,争奈宿緣未了。短命的,休來這里胡行亂走,胡説亂道的!我這長老,是東京來的統制娘子出家。自從舊長老下世,如今他做了長老,把俺這白雲菴姑子,管的眼也不敢睁。往時拜認的乾爹、乾娘、乾兄、乾弟,好風月的遊僧,會敲打的五戒,都被他禁革了。因他利害,把俺這姑子們活活躁殺了!(末白)休妄言,你師父來了。(末下)

(旦上。唱)

【江波漫】【引】萬物總歸塵,未知誰是念佛人。妙體本來無處所,通身何必問根因?

(白)因果聲聞獨善身,寂然常定本非真。回頭頓入如來境,倒駕慈航送渡人。自離了東京,來到白雲菴出家,不覺三載。每日焚香拜斗,受戒參禅,打坐煉魔,修橋補路,獻花供果,喫齋念佛。祝讃亡故婆婆生天,從軍夫主早廻,替嫁錦兒生則受福,死則爲神。此時冬節,萬花凋落,止有梅花初綻。叫妙好折两枝梅來供佛。(净白)師父,梅花着了雪霜,不似前日好看。(旦白)你不曉的!這梅花與松竹爲友,想是他無有松竹作伴,恰似愁人清瘦了一般。(唱)

【二犯江兒水】梅花清瘦,這两日梅花清瘦,多因别故友。似香肌憔悴,改變了風流,我比花枝還瘦的醜。身心似拙鳩,看花面帶羞。到此淹留,夢遶魂遊,畫眉人不由我題在口。俗緣罷休,我待把俗緣罷休。愁懷依舊,頓不開愁懷依舊,把好姻緣做了寇讎。

(净打坐)(旦白)妙好,你做甚麽里?(净白)我這里參禅打坐。

---

① 鈔本此字不清,或爲“境”。

(旦白)你曉的甚麽禅機?(净白)先除六賊,然後証果。(旦白)你就説"先除六賊、然後証果"我聽!(净唱)

【前腔】六根清净,出家人六根清净,斬三屍斷七情。把諸塵不染,水底燈明,靈光顯時山無影。閑看幾卷經,饑湌一鉢虀。滄海互盈,皎月初生,指真空是極樂境。家公唤醒,幾回把家公唤醒。猿猴拴定,破工夫把猿猴拴定,念彌陀總歸如來境。

(白)師父,你看那壁廂離梅軒頗遠,有幾杆竹子,比梅花又瘦的磣。我折两枝來,插在净水瓶裡。(旦白)那竹子生來有節,出土凌雲,比梅花又傷感人也!(唱)

【前腔】蒼葯風韻,看了那蒼葯風韻,他因何染淚痕?爲湘妃心血,江水招魂。我比娥媓還可憫,蕭寺且潛身,龍香夜夜焚。風雨黄昏,静掩柴門,再不上晚粧樓調朱粉。夢中未真,憶才郎夢中未真。杳無音信,曾去了杳無音信,把好夫妻隔着戰塵。

(净白)師父且歸禅院,兀那一簇人來了!(旦白)真箇有人到來!

(並下)

(生上。唱)

【前腔】孤村茅店,恰離了孤村茅店,踈林淺水灘。過斷橋孤塚,古木寒烟,趲行車馬途路遠。不須辨那風旛,只見白鶴伴彩鸞,鍾磬聲喧,松竹陰繁,出家人委實的天性懶!

(末白)老爹,這去處就是華藏世界。(生唱)

人間洞天,分明是人間洞天。上方佛殿,早來到上方佛殿,對金身好將心愿還。

(白)不想今日又到白雲菴。想我往年單馬赶到此處,多虧神聖指引。曾許過"得安身之處、重重修整"。今日幸蒙朝廷赦我無罪,復加二級,官授統制之職,特來還我舊愿。左右,唤院主出來,打掃禅堂。請高僧誦經,叫各色匠役興工。院主何在?

(净上。白)老爹做好事,佛堂上停半日。待小尼打掃伽藍殿,請老爹上香。(生行,見劍。白)呀!此劍是我那寶劍,昔日被高俅白虎堂上奪將去了,把我戕害幾死。此劍因何在這塔里?覩物懷人,感起我無限之恨。想是菴中隱藏着高家奸細?唤那院主過來，我問箇端的！（净跪白）老爹，不干小奴家之事。（末喝叱）（净白）諕昏了我也！（生白）不干你事，却是誰？（净白）是我新長老的劍。（生白）你叫你那長老來，我問他。

（旦上。白）既赴龍華會，俱是佛家僧。住持參拜老大人！（生白）一見此僧，恰似面熟，不由我心上慘傷！兀那長老，你是那里人，因何出家，這劍那里得來？（旦白）相公問貧僧家鄉、姓名，出家緣故？相公請坐，貧僧告訴。（唱）

【**鶯集御林春**】你問我姓氏家鄉，説起令人痛傷。

（生白）不必煩惱，你一一説來我聽。（旦唱）

念我夫主，官居在汴梁。

（生白）親不親，故鄉人；美不美，故鄉水。覩物添新恨，還家感舊遊。這劍是何人的劍？（旦白）若題起寶劍根由，

則爲豺狼當路，更九重天上聽讒謗，把我分鸞侶，折鴈行。喪萱親在故園，因此上萬里長城覓范郎。歷盡了水遠山長，這凄凉斷腸，到處里士馬紛紛起戰場，因此上掛搭在禅堂。

（生唱）

【**黄鶯兒**】聽訴你衷腸，頓教人淚两行，誰知先把慈親喪！

（白）娘子，你看我是誰？（旦擡頭，哭）（生白）娘子，我就是林冲！（哭。唱）

娘子在這方，錦兒在那厢？從前受盡多磨障！

（合）

願糟糠，白頭斯守，永遠效鸞凰。

（旦唱）

【**前腔**】温郎鏡韓壽香，再相逢出綉裳，這場喜事從天降。盼良人孟姜，憶賢妻五羊，從今勾抹相思帳。

（合前）

【**尾聲**】歸家重整鮫綃帳，主杖相逢不下堂，和你滿斗焚香荅上蒼。

（生白）叫左右，伽藍殿番盖了不曾？（末白）禀老爹：伽藍殿番盖停當；粧修聖像，焕然一新；做了七晝夜羅天大醮，打發僧道俱已去了。（生白）既是停當了，收拾車馬，與你奶奶同回京去，追薦

我屈死的母親，并女使錦兒；酬謝大恩人智深哥哥及王婆、王進。

夫婦十年别鏡臺，相逢此處果奇哉。

人行好事天加福，自有前程暗裡來。

第五十二出

（末上。白）準備廳前應對，輪流車下招呼。勸君莫笑馬前卒，儘有上人看顧。小人乃是林統制家中一箇院子。今日三月清明佳節，老爹與奶奶，團圓歸故里，恩宥復前官，要在老奶奶墳上拜掃，使小人向祖塋享堂内陳設牲醴，準備筵席。一面請魯智深老師、隣母王媽媽，這早晚敢待來也。正是：宿草新墳驚夢短，落花流水占春長。粟陳貫朽成何濟？惟受兒孫一炷香。老爹來了。

（生上。唱）

【念奴嬌】孤雲歸岫鴈來巢，柳絮桃花零落。向日青山依舊好，更風流容貌。馬厩荒凉，麒麟環抱，兒女合當拜掃。

（旦上。唱）

親恩難報，紙錢燒盡還少。

（僧上。接唱）

鬢毛偏染霜華早，千里思鄉回棹。

（王婆上。唱）

經歲離别人易老，又早三秋過了。

（共作相見介）（生白）下官敬請哥哥、媽媽，何不早降？（僧白）貧僧聞知兄弟歸來日久，老母墳邊欠祭。（婆白）此一來與老安人燒一陌紙錢，就與官人娘子慶賀團圓，都要各遞一盃酒。（生白）偶得舍利子數珠一串、夜明珠一顆，送與哥哥。觸手鮮圓，正好臨鳳高念佛；通宵光亮，不須對月了殘經。敬備蒜條金二百两，奉酬鄰母。更有些微禮，差人往延安府，報謝王進去了。（唱）

【臨江仙】哥哥你看回首春光如昨，故園松菊猶存，門庭荒落暗消魂。花開新信息，香冷舊黄昏。

（僧唱）

千古念愁身是夢，三年無改家門。

(王婆唱)

飛花歷亂撲清罇，

(旦唱)

遊人分野酌，孝子奠孤墳。

(生白)叫院子，香紙祭儀，停當了不曾？(末白)祭儀停當，等老爹上香。(生白)將香過來！母親，不孝林冲，託明主之恩，復前人之業，已誅讎黨，得雪深冤。痛恨母親苦死，此乃不孝所致。養兒一場，只落的一陌黄錢，作何用處？愁耳怕聞猿聚嘯，紙灰化作蝶飛揚。(唱)

【綉帶兒】空蕭索荒原孤塚，何處去問親音容？可嘆你死葬東郊，却落得我淚洒西風。

(旦唱)

思窮，兩行清淚袖揾红，把前情向誰相控？

(生唱)

登先隴，難酬祖宗，愧人間空遺下林冲何用？

(僧唱)

【前腔】我和你金蘭契平生志同，也消得恩眷重重。紫霧生豹變岩前，彩雲飛龍出池中。相逢，與君思親意怎窮？淚盈盈爲娘悲痛。

(王婆唱)

空搬弄，人如偶棚，只落的墳前松楸棲鳳。

(生白)錦兒孤墳，恰好亦在此間，我每同祭奠上一盃。(生、僧、旦、王婆同唱)

【前腔】想着那别離日腮邊淚傾，急逼處替死從容。不苟效燕侶鶯儔，甘作伴兔跡狐踪。難同，青年貞烈氣吐虹，與天長瑞光飛動。驚春夢，牕前曉風，恨人生無多日眉峯難縱。

(外奉聖旨上。唱)

【太師引】皇恩重，丹書捧，荷朝廷聖旨秉至公。只因你一門忠孝，感天恩極品加封。忠臣節婦君見寵，也消得禄享千鍾。爲臣義與君建功，管取你瑶臺上附鳳攀龍。

(白)聖旨一道,跪聽宣讀!奉天承運,皇帝詔曰:朕惟帝王之經略天下,必以褒崇忠孝爲先。况孝者所以事君,忠臣多出於孝子之門。朕聞統制林冲,典兵機而屢成策集之勲,憤讒佞而兩上艱危之疏。幾不免於虎口,非故逆夫龍鱗。警化同儕宋江等,數萬來歸,心本無他,功有足録。特封尔爲都統,兼管軍務,破虜將軍。妻張氏奉姑於事勢窮迫之日,堅志於威權凌虐之餘,封爲洛陽郡夫人。殤女錦兒,視死如歸,代母無悔,封爲義烈真姬。母李氏,喪夫守節,教子成名,封爲賢德夫人。呜呼!萃忠孝於一門,播馨香於千古。臣子之道兼全,褒封之典宜舉。詔書到日,主者施行。望闕謝恩!(衆白)萬歲、萬歲、萬萬歲!(生唱)

【本序】如今不復嘆離鸞,雨露洪恩又得重霑。分破愁懷心已遂,髀肉還生何慚?堪憐,親卧佳城,兒歸故里,恨無一滴到黄泉!

(合)

惟祝願,君臣喜慶,夫婦團圓。

(旦唱)

【前腔】天轉,風和日暖,聖明時花草偏榮故園庭院。枯木逢春,方表咱忠孝長存一念。追遠,白髮慈親,清霜烈婦,荷恩畐寫上凌烟。

(合前)

(僧唱)

【前腔】重看,舜日堯天,男兒當自囊錐脱穎出人前。蒙聖德天降徵書,高官榮還。萬歲山呼,人臣喜慶,大家齊賀太平年。

(合前)

(王婆唱)

【前腔】尊前,刮目相看,離人重會故園松竹報平安。人事如花卸花開雲變。堪羡,節孝佳人,忠貞烈士,天教再整舊衣冠。

(合前)

(衆唱)

【古輪臺】慶合歡,鸞膠重整斷琴絃,並頭蓮長池塘面。雙飛彩燕,對舞玄鶴,幸喜共離患難。憶前春比梅清減,惡姻緣化作好姻緣。齊吹鳳管,共品鸞簫永盤桓。鴈行鴻續,夫隨婦唱;金盃勸酒,寶鼎爇沉烟。望天遥拜,五雲端,禎祥叠現。

【前腔】遭讒,豈料艱危得保全,從此後華星安居。玳筵留戀,暮樂朝歡,故舊親識相見。喜有紫誥朱纓,羅袍象簡,更那繡榻紗蹰伴玉仙。蓬萊閬苑,高歌把酒破愁顔。休辭沉醉,難逢一笑,無多歡宴,福壽永團圓。但愿人長遠,幾更滄海變桒田。

【尾聲】人君聖,輔臣賢,眼見的河清海宴,端的是日出雲開又見天。

【正名】惡濟惡二虞候,毒加毒是高俅。

苦中苦锦兒替,死不死貞娘愁。

義逢義花和尚,冤報冤豹子頭。

附：

《寶劍記》序

《琵琶記》冠絶諸戲文，自勝國已遍傳宇内矣。作者乃錢塘高則誠，闔關謝客，極力苦心，歌詠則口吐涎沫，按節拍則脚點樓板皆穿，積之歲月，然後出以示人；猶且神其事而侈其説，以二燭光合，遂名其樓爲"瑞光"云。予性頗嗜曲調，醉後狂歌，只覺"雁魚錦""梁州序""四朝元""本序"及"甘州歌"等六七闋爲可耳，餘皆懈鬆支漫；更用韻差池甚，有一詞四五韻者。是記則蒼老渾成，蹠麗款曲，人之異態隱情描寫殆盡，音韻諧和，言辭俊美，終篇一律，有難於去取者；兼之起引、散説、詩句、填詞，無不高妙者，足以寒奸雄之膽而堅善良之心，才思文學，當作古今絶倡，雖《琵琶記》遠避其鋒，下此者毋論也。但不知作者爲誰。

予游東國，只聞歌之者多，而章丘尤甚，無亦章人爲之耶？或曰："坦窩始之，蘭谷繼之，山泉翁正之，中麓子成之也。"然哉？非哉！聞其對客洒翰，如不經意，纔兩閱月而脱稿矣，固不待持久，亦不借燭光爲之瑞應也。果爾是，則詞林之幸，而中麓之不幸也。近見有貽中麓書者，其略曰："時從門下游者，候問行藏，云：'多注蹠古六經。'或云：'多通賓客歌舞酒奕，以自頽放；而其所著者，間或雜引謔噱之詞。'客或以此病之。然僕獨竊笑客之陋者，又非所揣於賢者之深微也。天之生才，及才之在人，各有所適。夫既不淂顯施，譬之千里之馬而困槽櫪之下，其志常在奮報也，不得不齧足而悲鳴，是以古之豪賢俊偉之士，往往有所托焉，以發其悲涕、慷慨、抑鬱不平之衷，或隱於釣，或乞於市，或困於鼓刀，或歌或嘯或擊筇，或喑啞，或醫卜，或恢諧駁雜之數者，非其故爲，與時浮湛者歟？而其中之所持，則固涸於世之耳目，而非其所見與聞者矣。"中麓復書曰："僕之蹤跡，有時註書，有時摘文，有時對客調笑，聚童放歌；而編揑南北詞曲，則時時有之。大夫士獨聞其放，僕之得意處正在乎是，所謂‘人不知之味更長’也。”觀此，則其無志於世可知也已。近因賢内之喪，嘆流影之似飛，悟生人之如寄，一切勞心事，罷棄不爲，小令且難見之矣，況乎文與經解？及如《寶劍記》數萬言耶！嘗拉數友款予，搬演此戲，坐客無不泣下沾襟。恐其累吾道心，酒半而先逃；然猶爲此言者，將以闡其微而表其素，有才如此，使之甘爲溝中之斷，不亦深可惜耶！過此以往，將與之嘘吸冲和，珍攝元液，以圖超出塵壒之外而遨遊蓬閬之區，不猶賢於徽逐騷壇、墮落苦海耶。聞者若以爲狂，則其狂滋甚矣！邑侯平岡，恐是記失傳，託刻之，盖政而兼文者也。誠心直道，以翰林清貴而出是官，勞心撫字，苦志辭章，不知身爲遷客，宜其有是舉也。繼此刻者，當不啻《琵琶記》之多。古有一藝成名者，以是刻名出高則成之上，較諸得志一時富貴，必不肯相博也。若是者，則又中麓之幸矣。

嘉靖丁未歲八月念五日雪蓑漁者漫題

《寶劍記》後序

或有問乎松澗子者："世鮮知音。何以謂之知音也?"曰："知填詞，知小令，知長套，知雜劇，知戲文，知院本，知北十法，知南九宫，知節拍指點，善作而能歌，總之曰知音。"問者乃笑曰："若是者，不惟世鮮，且無之矣。"予曰："子不見中麓《寶劍記》耶? 又不見其童輩搬演《寶劍記》耶? 嗚呼，備之矣！ 園亭揭一對語，云：'書箴古刻三千卷，歌擅新聲四十人。'有一老教師亦以一對褒之：'年幾七十歌猶壯，曲有三千調轉高。'久負詩山曲海之名，又與王渼陂、康對山二詞客相友善。壯年謝政，鎮日延賓。備是數者，謂之知音。盖舉世絶無而僅有者也。"問者更大笑絶倒曰："有才如此，不宅心經術，童子不使之讀書，歌古詩，而乃編詞作戲，與平日所爲大不相蒙，中麓將如斯已乎? 盍勸之火其書而散其童?"予曰："此乃所以爲中麓也。古來抱大才者，若不淂乘時柄用，非以樂事繫其心，往往發狂病死。今借此以坐消歲月，暗老豪傑，奚不可也? 如不我然，當會中麓而問之。"問又不之答，遂書之以竢知其心者。

嘉靖丁未閏九月同邑松澗　姜大成序

書《寶劍記》後

音律之學，余未之能深知也。罷官後，間嘗命筆，直以取快一時耳，非作家手也，乃對山康子持去刻諸梓云。往年乙己春，東山中麓李公以其所製傍粧臺百首寄余。余不自量，輒敢次韻，序而並刻之，不自知其不可也。後獲公序，其有西埜子樂府，品題南北下上今古，極爲精當。余聞之，殊增愧汗。自恨不獲早領公言，鹵莽至此，貽笑人人，固知其不能免矣。昔人謂“詞爲詩外一重天”，豈非然哉！豈非然哉！乃今使者至，辱公手書，以新製《寶劍記》見示，且命爲之序。乃倩歌之，憑几而聽之既，于是仰而歎曰：“嗟乎！至圓不能加規，至方不能加矩，一代之奇才，古今之絶唱也。”雪蓑子序之悉矣，余復曷言？出腹心，讓才美，書諸其後如此。公如不棄，得以托名不朽，幸矣幸矣！山林盲叟，復不自量，得隴望蜀，公之《六經注疏》，想已著成，凨便無惜見教，俾瀕朽之人得以飫聞至論，此生不虚，尤爲一大幸也。

嘉靖己酉秋九月九日，渼陂八十二山人王九思書

靈寶刀

【劇目簡介】

傳奇，明代陳與郊①作。《曲海目》《今樂考證》《曲考》《曲録》《曲海總目提要》等多有著録，現存明萬曆四十五年(1617)海甯陳氏原刻本。小説《水滸傳》第七回《花和尚剪徑赤松林　豹子頭誤入白虎堂》至第十二回《梁山泊林沖落草　汴京城楊志賣刀》敘林沖故事，有類似劇情，但細節處多有所不同，此劇本《寶劍記》而改作。

海甯陳氏原刻本系《詅癡符》内之一種。題目作"靈寶刀"，篇後正名作"毒上毒遭高俅父子，錯中錯結陸謙弟兄；苦則苦是錦兒孝義，死不死虧張氏孤煢；救過救花和尚魯達，冤報冤豹子頭林沖"，署"浙汜任誕軒重編"，有序一篇，書前有十六幅圖。上下二卷共三十五齣，每齣有四字標題，每頁九行，每行十八字。有眉批，多爲注音及聲調。

劇演禁軍提轄林沖屈居太尉高俅之下，與陸謙、魯智深結拜爲兄弟。高朋游春，看中林妻貞娘，陸謙不顧朋友之誼，爲其謀劃陷害林沖。林沖買到靈寶刀，被誘騙至白虎節堂并被誣爲行刺，在獄中受苦，貞娘冒死擊鼓鳴冤，開封府尹竹之有奉圣旨審問此案，寬釋林沖，判爲刺配滄州。魯智深在野猪林救下林沖并護送至滄州，陸謙則百般助紂爲虐逼嫁貞娘，無奈之下，侍女錦兒替嫁而亡，貞娘借機逃脱，王進奉令攜寶刀前來，却將刀送還貞娘，自己投奔延安經略府而去，貞娘在四化庵暫避一時。魯智深欲往梁山請兵助林冲復仇，在桃花山遇到李逵和周通，被介紹

① 亦有著録稱作者爲"高漫卿""任誕先"等。

到了梁山，宋江派一丈青前去贈金幫助貞娘。林冲在滄州被枷，竹之有辭官歸鄉，正遇陸謙前來放火，林冲救下恩人，并手刃仇人，徐寧奉令前來追趕，伽藍神報訊，林冲得以逃脱，并到梁山借山復仇。高俅與高朋領兵十萬前來征剿梁山，失敗被擒，林冲殺之報仇。宋江有意招安，派燕青再赴東京李師師處，乞得赦書，林冲等人被免罪封官，在四化庵與貞娘重逢，共慶團聚。

開　宗

【沁園春】優汝前來！悲懽離合，在爾安排。演林冲壯士，因刀釁起；張娘烈婦，擊鼓冤開。叵奈陸謙，挑唆高尉，兩次三番釀禍胎。看今古，那狼牙蠆尾，豈一謙哉！

人中人外難猜，有多少包天盖地材。更鄰居一嫗，堪依生死；路逢一傑，肯活裙衩。寫景教真，驚魂欲化，無負詞林着意裁。銀蠟下，庶當杯笑語，恍在蓬萊。

第一齣[①]　閒居宴友

【滿庭芳】（生冠帶扮林冲上）氣軼奔霄，心雄逐電，無端寄跡鹽車。八荒千里，筋力未全疏。豈戀三贏棧豆，痛英豪暗惜居諸。且隨分跰身踠[②]足，鹿豕暫爲徒。

元戎小隊踏芳行，北斗朱旗雪後明。直欲登封臨瀚海，匣中龍氣已縱横。小官林沖，字武師，汴梁人氏。身通六藝，力敵萬人；奈何運蹇時乖，在太尉高俅部下，做箇禁軍提轄。有妻張氏，名唤貞娘，休題一貌娉婷，且喜十分賢慧。今日踏青已罷，回到家中。錦兒，請娘子出來！

---

① 此劇底本標題中均作“齡”，現據文義改爲“齣”。

② 【眉批】跰音防，踠音遠。

【生查子】(旦扮張貞娘上)郎縱紫游繮,妾配文鴛縷。

(貼扮錦兒上)

深院啓扉時,點點芭蕉雨。

(相見科)[太常引](旦)男兒勳業古來難,(生)人世幾千般。(貼)一夢覺邯鄲,好看得浮雲等閒。(旦)官人,今日從何處去來?(生)適到一園,見一漢子,他手拔一垂楊大樹,好大力量也!我就與他酒肆中喫了一杯,結爲兄弟了。(旦)好,好,好!他比你前日拜弟兄底陸虞候如何?(生)較强似他些。

【集賢賓】翩翩俠氣輕設諸,一時邀醉當壚,取次論心如故素,立談間昆季相呼。平生伴侶,怎得似禪林飛兔?須記取,定兩下難①中相護。

【前腔】(旦)君家結義多丈夫,比向時虞候何如?

豈不聞蘇學士夫人曰:"新結某君,恐不能久。"大抵其與人鋭者,其去人必速。

易與人投還易去,背相傾是眼面相噓。官人肝腸自許,怕一日輕分吴楚。

(生)陸虞候或不可料,俺智深兄不然,不然!(旦、貼)

須記取,能幾箇難中相護?

(生)我年三十,尚未有兒。東岳廟十分靈應,你可去祈禱一祈禱。(旦)那里人雜,怎麽好去?(生)有錦兒隨侍,不妨。

(中浄扮陸謙上)幽徑薜蘿迷郭外,

(外扮魯智深上)上方鐘磬落雲間。(中浄)自家虞候陸謙底便是。(外)洒家魯智深便是。請了,虞候何往?(中浄)去看林武師。(外)也看俺兄弟林武師哩,同進去罷。(相見科)(生)娘子,見了二位伯伯。(旦見科)(生)你進去看酒餚來,款待伯伯。(旦、貼)拙宦僧醫治,閒情酒破除。(下)(外)虞候既在高太尉府中,太尉何如人?(中浄)他父子重賢輕色,第一箇好人。(外)恐未必!俺武師兄弟,這般抱負,只教他做箇提轄,那顯他重賢來?

---

① 【眉批】難,去声,下同。

【黄鶯兒】隻手握兵符，藐連城，混碔砆，可知黷貨淤賢路！王門好①竽，危坡困車。兄弟，何如早隱南山霧。細躊躇，民心國勢，宗社旋丘墟。

(中浄)不是這般説。太尉公整整有條，朝廷上安安無事。武師才調，委任非輕，豈須懆急如此？(生)承教！

(貼上，設酒下)(衆飲科)

【前腔】(中浄)太尉切翹車，

聞知近日將武師名姓，奏薦聖人去了。

重雄才，有薦書，垂魚佩玉登朝著。

公子常常説武師，要治具酒餚，命不才與武師一酌。

郎君慕渠，尊罍命予，旗亭小酌休推拒。

(外摇手科)(中浄)

漫躊躇，如魚得水，賓主正懽娛。

(生)小官何敢望此！

【琥珀猫兒墜】一官牢落，聊且謝巖居。敢望旌旗逐隼旟？未知堂屬竟何如？

(外)

徐徐，待着盡貂裘，再問犀渠。

【尾】村醪一琖談心緒，剪銀燈渾忘夜雨。明日侯門强曳裾。

(浄)錦帶騂弓結束輕，從來衛霍笑長纓。

(生)逢君貰酒因成醉，(外)醉後焉知世上情。

第二齣　蕩子春游

【霜天曉角】(丑扮高朋上)春心一撥，色膽天來大②。打動騰空慾火，因賽會幾聲鑼。

春日冶遊郎，終朝有底忙？泥融飛燕子，沙暖睡鴛鴦。自家高太

---

① 【眉批】好，去声。

② 【眉批】撥，音波，上声。大，音杜。

尉公子高朋底便是。俺太尉，童宫監肩下第一箇愛卿，宋天子殿頭第二家勢要。靠着俺父親氣焰，憑着俺自己風流，婢妾每少甚頑底，摟底，睡底，叵耐貪心似海；婦女輩但教説着，遇着，覷着，霎時色膽如天。昨日陸謙道東岳廟賽會迎神，滿城婦女都到廟中禮拜，勸我去飽看一廻。他先到那廂伺候俺者。小厮每，帶馬過來！

（衆上，應科）

【鮑子令】（丑）須教多帶小嘍囉，小嘍囉。單愁偏撞老虔婆，老虔婆。分付幫閒先替我，揀枝花朵作興他。

（合）

紅鸞天喜看如何，紅鸞天喜看如何。

【前腔】（衆）春遊没處没嬌娥，没嬌娥。來如朝湧去如梭，去如梭。狗頭煎盤干咽唾，瓜仁當飯飽人麽？

（合）

東奔西串枉奔波，東奔西串枉奔波。

岳廟過清溪，山花趁馬蹄。

雖然無意味，聊餵眼睛饑。

第三齣　燒香啓釁

（末扮道士上）道院清幽寉夢長，黄庭誦歇瑞爐香。自從識得玄中理，坐破蒼苔不下堂。自家本廟廟主底便是。今乃三月三日，本廟香火之辰，打掃乾浄，怕有人來瞻仰。

【普賢歌】（中浄上）不爲商旅不知耕，終日追隨靠作興。家室鍋和甑，妻兒斗與升，仗託官衙過半生。

自家陸謙底便是。昨日約定高大官人，在這東岳廟相會。這早晚敢待來也。

【窣地錦襠】（丑扮高朋上）驕嘶駿馬襯花行，楊柳樓頭月正明。高歌一曲暢游情，終日昏昏醉洛城。

（相見科）（中浄）小人候久了。（丑）進廟去耍耍來。（行科）道士那里？（道）不知大官人到此，有失迎接。（丑）這是什麽故事？（道）這是鋸解地獄。在生不作生理，遊手遊食，幫閑鑽懶底，死後受此果報。（中浄喝科）（丑）這是什麽故事？（道）這是刀山地獄。在生倚勢欺貧，恃强淩弱，死後受此果報。（丑喝科）（道士下）

【新水令】（旦上）逶蛇[1]仕女香肩竝。見廟貌巍峩，道門清浄。

（貼）

單爲祈餘慶。於路裏，肯趁逐柳花性！

（旦）官人擇定三月三日，教我往岳廟燒香，祈求子嗣。錦兒，香紙收拾停當不曾？（貼）停當多時了，請往廟燒香。（行科）（旦）鬬雀翻簷散，驚蟬出樹飛。（進廟上香科）（丑）殿上那女子，好一箇俊俏人兒！（中浄）聽他説什麽？（旦跪科）妾身張氏之女，來嬪林門，今已數年，尚無子嗣，望尊神早賜一兒。（丑、浄戲看科）

【香羅帶】（旦）一從諧鳳鳴，身無所生，忝嘗百年誰替承？門庭蕭索冷於冰，也多應奴福薄坐年庚。焚香禮拜禱告神明，望鑒微誠，也願則願早晚添一丁。

（貼）待錦兒也替娘禱告禱告。（丑、浄戲看科）

【前腔】（貼）專祈添一丁，箕裘俊英，無難無災公與卿。願情底夭折我螟蛉，也只要早叶徵蘭兆，門户好支撑，更雙雙夫婦齊百齡。親見箇撞破煙樓子，不枉了慇懃竈婢情。

（旦）你看後面這躲躲閃閃底，不像陸虞候麽？（貼）正是他，正是他！待我上前數落他幾句。

【駐雲飛】好箇良朋，廉耻全無却怎生，歹出狐狸景，放出豺狼性！聽，不記到門庭，時常酩酊，口口聲聲，道義與雷陳竝，戲謔家人太不情。

（旦、貼下）（丑）世上怎麽有這樣婦人，真箇天香國色，恨不一步步隨將他去。

【前腔】（丑）直恁娉婷，不娶來家誓不生。花縱無情興，蝶死圖徼倖。卿，蓮步更盈盈，金釵佯整。羡殺香塵，染惹羅巾領，教我一半昏迷一半醒。

---

[1] 【眉批】逶蛇，音威。

這相思病，只索害殺人也！（中浄）大官人，你道是那箇？（丑）那箇？（中浄）元來是林沖底妻子。林沖見在老相公門下，做箇提轄。待陸謙略施小計，不怕他不到大官人宅内來。

【前腔】部下提營，不怕高唐夢不成。管照上文鸞鏡，管醫可文園病。兄，目下且消停。非咱自逞，略使機關，月送花枝影，教你臥看牽牛織女星。

（丑）桃源路不通，流水各西東。

（衆）莫道蓬山遠，蓬山更萬重。

第四齣　權奸定計

【臨江梅】（浄扮高俅上）寵冠當朝權不淺。單緣子病沉綿，攬衣推枕不成眠。甚日安痊？甚計周旋？

一自逢迎拜寵光，十年權柄擅朝堂。不知宴罷宜春苑，猶問毬塲醉幾觴？下官太尉高俅是也。自家頗頗乖滑，官家頗頗寵幸，爵位頗頗尊崇，聲勢頗頗烜赫。争奈高朋兒近日染成一疾，十分沉重，不知爲着甚來。孩子每那里？

（從應上）你大官兒近日病勢如何？（從）三沉三浮①底，全不見好。（浄）唤陸謙過來，我自問他。（從）陸虞候走動。

（中浄）堂上聞呼唤，階前聽使令。老相公有何分付？（浄）大官兒底病症，你可知他來歷麽？（中浄）前日東岳廟見了林沖妻子，朝思暮想，想出這病來。（浄）怎麽好？（中浄）爲林沖妻子得底病，元要林沖妻子來醫。（浄）怎麽得他來？（中浄）待小人想一想。有了，將老相公底寶刀，尋一箇漢子，到閱武坊貨賣。林沖一見，必然要買，隨時便賣與他。過一日，另差人與他借刀，他必然親送刀來。一步步賺入白虎節堂，當時拏下，問他一箇行刺上官底死罪，那時林沖妻子不怕不來，大官人三沉三浮底不怕不好，老相公底憂悶不怕不除。此計如何？（浄）好計！好計！

---

① 【眉批】浮，音扶。

【瑣窻郎】孩兒自在神仙,惹春風鬼病淹纏。安排一計,出落三眠。賣龍泉,似埋伏九里山前十面。

那時節拏下了林沖,要他妻子也容易。

烏兔成擒,鶯燕儘消遣。

陸謙,這事情多託在你身上。

君就裏,要機變。

【前腔】(中浄)生平頂戴恩天,定仙方立退憂煎。

(浄)則怕不是相思病!(中浄)怎麽不是?

西厢小傳,東岳新編。

賺得他來,老相公要在意者。

節堂前,劃地教白虎青龍爻變。天喜臨身,何怕病符現,休露却這針線。

(浄)病爲戀名姝,(中浄)謀先戮丈夫。

(合)月中擒玉兔,日裏捉金烏。

第五齣　差賺寶刀

【懶畫眉】(生抱刀上)男兒何事買吴鈎,拋向牀頭紫電流,幾時能斬月氏①頭?恐失英雄手,反誤庸夫枉刻舟。

娘子在那里?

【前腔】(旦上)日高花影入簾幽,懶懶何心下小樓,無端東岳遇驢兜,他出盡狂朋醜,却笑兒夫鹿豕遊。

(相見科)(旦)官人,這刀何處得來?(生)適間看一朋友,到閲武坊買得底。

【桂枝香】天街訪友,龍泉求售。

(旦)刀有名麽?(生)昔魏太子曹丕鑄三刀:一曰靈寶,一曰含章,一曰素質。此靈寶刀也。(旦)使多少錢?(生)一萬貫。

千秋寶色驚眸,萬貫青蚨入手。問何方戰塵,問何方戰塵,風雲須遘,

① 【眉批】月,音肉。氏,音支。

今未遇時呵，

且與冰霜厮守。

(旦)刀也有到底埋没底麽？(生)

没來由，如何肯向豐城獄？却使虹光射斗牛。

娘子，你爲何悶悶不樂？(旦)昨日去岳廟燒香呵！

【前腔】拈香時候，廻廊左右，剛從古柏盤旋，驀遇狂且①僝僽。

(生)什麽人？(旦)陸虞候同着一箇閒遊浪子。(生)是了！是了！(旦)

是伊家素交，是伊家素交，窺花瞰柳，

(生)既認得，怎麽不呵叱他兩句！(旦)也被錦兒數落了一番，

出乖露醜。

記得前日，曾對你説來，他不像箇好人，雖然如此，只是我不該出去。

甚來由，假饒理繡凝香閣，那有輕煙撲翠樓！

(末上)臺前傳虎令，帳下索龍泉。林武師在家麽？(生)那箇？(出見科)(生)承局何來？(末)太尉聞武師買得寶刀一口，欲借一觀。恐武師不放心，就請明早親自送看，太尉自有報答。(生)曉得了。承局請回，我明早親送來也。(末下)(旦)承局來怎麽？(生)太尉欲借寶刀一觀，怕不放心，教我自家送去，説自有報答。(旦)官人，你還要忖度忖度。

【梁州序犯】(生)純鈎奇寶，元戎希遺，索取教休授受。華堂左側，親賫面遞何憂！他覷着光寒秋水，氣吐朝蜺，出匣青蛇吼，愛予神物也定綢繆。想請君王丈八矛，親幕下，侍車右，傳呼咫尺無虚謬。緣底事，苦窮究？

(旦)官人買刀，太尉何由便知？太尉取刀，何必要官人親送？或曾求售，論價不諧；或是慢藏，被人盜竊。倉皇追究，恐涉干連。

【前腔】纔聞承買，忙呼奔奏，怎識其中機彀。非關悔錯②，將無客盜

① 【眉批】且，音疽。

② 【眉批】錯，去声。

吴鉤?

官人親送之時呵,

便有陸剸犀兕,水截鯨鯢,五步難回首,故令親獻也事堪憂!

承局倘去不遠,你交與他去罷。

付與材官得自由。你則道親幕下,侍車右,傳呼咫尺無虚謬。緣底事,苦窮究!

(生)天生我這樣一箇漢子,終須大用,他怎生害得我來?

【節節高】平生望徹侯,困淹留,功名未到英豪手。拏雲袖,破浪舟,談天口,算來肯落他人後?區區太尉吾何有?

(旦)官人不要這般説,

只恐眉前九疑山,雲霧障天難參透。

(生)憑着你這般説來。

【尾】教人寸步難趨走。

(旦)

指機關竟不回頭,直到南冠泣楚囚。

(生)我是帳下官,不妨,不妨!

(生)高步長裾錦帳郎,親持靈寶又何妨。

(旦)君思借刅教操刅,則怕機鋒就裏藏!

第六齣　節堂拷陷

(末上)倉忙終日爲官差,撥賺如何敢打捱。太尉暗埋擒虎計,林沖難免捉刀災。承局蒙太尉差我去賺林沖,將帶寶刀來看,欲害他底性命。這早晚林沖敢來也。我且在這邊伺候,待它到此,一步步引入白虎堂,由他發落便了。

【神仗兒】(生上)東方未曉,東方未曉,雞兒初叫。怕轅門誤了,整束衣冠來到。

(沉吟科)

心忽跳,面如燒。心忽跳,面如燒。

(相見科)(末)太尉在政事堂。(生)政事堂怎不見相公?(末)政事堂不在，想在宴賓堂。（生）宴賓堂還不見相公？（末）宴賓堂不在，想在那堂，我與你進去者。（末暗下）（生驚科）呀！此間是白虎節堂。朝廷有旨，擅入白虎堂者斬！莫不是承局賺我麽？

【滴溜子】（浄擁衆上）珠簾内，珠簾内，花枝影摇。鈴閣外，鈴閣外，軍聲傳報。

（生抱刀跪科）（浄）

是誰潛身飛到？親持一利刀，傍徨跪倒。綁上墀墀，究問根苗。

（左右應，綁科）（浄）手持利刀，到此何幹？

【啄木兒】（生）蒙承局索寶刀。

（浄）何曾有承局來？（生）呀！怎麽承局也不見了？

他引入重門拔斷橋，送人投白虎嚴堂，陷咱干司馬明條。

（浄）明明刺我，你還要辯？這節堂内外，還我一箇，不是行刺底左證來？（生）並没有什麽左證。小人底真情，

則除是簷前畫楣知分曉；

小人底冤，

則除是階前草蟲能分剖①。

（浄）一劃胡説！（生）且不説林冲平生忠義，也頗頗識利害，知事體底，

肯向鴻鑪枉燎毛？

【前腔】（浄）非嚴拷，肯便招？

左右，替我拷訊起來！（衆應科）（浄）這賊子持刀行刺。你看古來刺客，那一箇得活了命？

聶政、荆軻命怎逃？

若是俺提兵出戰時，即時斬首。

在軍中立斬何難，在京中具奏非遥。

賊子，我倒還你一箇左證。

寶刀暗操何推托②？節堂擅窺何支調？舌借蘇張也枉勞。

---

① 【眉批】剖，音抛，上声。

② 【眉批】托，上声。

【三段子】(生)輕吞鼇釣！

我那妻，你倒有些見識，悔不聽你！

歎蘭房思着算着。待鳴雀角①，奈楓宸天高聽高。

(浄)

欲謀帥臣心不小，天關地軸圖顛倒。仰仗皇靈，陰謀露却②。

【歸朝歡】(生)明公底，明公底，左右㒺烋。縱行刺頭顱怎保？即要行刺，重門外，重門外，肯單身跪着？

就刺不着老相公，從人豈不傷一兩箇？若有他心呵，

怕不中副車一戳③？

(衆)

人贓見擒還囉唣。相公剖斷毫無錯④，天綱恢恢可怎逃？

(浄)叫掌案房取了供招，發到南牢去，秋後處决。(衆應科)

(浄)殘賊太猖狂，龍泉犯虎堂。

(生)蒼天憐屈陷，六月定飛霜。

第七齣　助惡申謀

【青歌兒】(丑)夢兒裏夢不離⑤紅樓，心兒裏放不下嬌羞，相思病兒長拖逗，那人兒如今着手。

林沖老婆，林沖老婆，只爲你千嬌百媚，害得我一絲兩氣，怎捱暮四朝三，弄做五勞六劇⑥，七顛八倒底心腸，十死九生底病勢。這兩日，林沖底死罪問了，陸謙底計策着了，我那病兒便好了。陸謙那里？(中浄)有，有，有！(丑)你與我就去娶那林沖底妻子

① 【眉批】角，上声。
② 【眉批】却，上声。
③ 【眉批】戳，音超，上声。
④ 【眉批】錯，上声。
⑤ 【眉批】離，去声。
⑥ 【眉批】劇，去声。

來。(中浄)大官人且從容,剛纔問得丈夫,就去娶他妻子,可不露了機括?(丑)也説得是,等到幾時?(中浄)大官人,你只要到手,待我輕輕騙他到樓上懽會何難?只怕露機,反誤了娶他大事。還思一計,暗暗底監中殺了那林沖,明明底娶到家,方纔乾浄。(丑)有理!有理!(中浄)大官人,這幾日身子比前怎麽?(丑)我前日爲那婆娘,

【黄鶯兒】春恨壓眉頭,爲殘花惹下愁,看看病得厖兒瘦。近日呵,圖瘳便瘳,躭憂不憂。

依你底計策罷,

從容娶過長消受,好風流。只一件,教咱怎等,一日勝三秋。

【前腔】(中浄)何必皺眉頭,暫教君意馬收,藁砧畢竟須秋後。

那時節呵,

駕香車道周,照紅燈畫樓。如今莫把機關漏。

你道虧了那箇?(丑)那箇?(中浄)虧了那把刀。

這風流,無過早晚,憑仗那吴鉤。

舊日憂煎近日痊,從新等待更憂煎。

相思相見知何日?多病多愁損少年。

第八齣　賢婦槖饘

(末扮禁子上)纔聞堂上報晨衙,官事臨身亂似麻。狼虎口中分酒食,是非叢裏作生涯。吾乃軍政司守獄禁子是也。朝供刑具,夜伴囚徒。居白虎之方,坐喪門之地。獅吞鎖鑰,小可有數十重;鐵壘牆垣,着處高三五丈。古人有語道:“業鏡臺前參太歲,森羅殿下聚遊魂。”烏鴉過處高飛,草木逢之不長。受用盡榔頭荆杖,打熬些悶棍竹皮。永别酒日日沽來,長休飯時時造下。説甚平生氣槩,隨他冠世英雄。手内無錢,忍不過千般淩辱;眼中有淚,流不幹萬種淒凉。病卧黄塵,那得一根草薦;飢號白日,誰分半碗清湯。巡風底來者來,往者往,盡是些鐵石心腸;受罪者哭底哭,啼底啼,那怕你金剛漢子。臨刑始信身無主,到此方知

命在人。休言清晝死捱，更看黄昏生受。雄糾糾下監司吏，悪狠狠持刃提牢。籠籠罩蓬頭裸體之魔王，箇箇押苦貌愁形之餓鬼。難扎掙腿纏鐵鍊，怎支吾項帶長枷？一盞孤燈，照盡羈魂寂寞；數聲殘角，驚回曉夢悲哀。世上天牢，人間地獄，真箇是賢如公冶應難免，聖似文王也莫逃！夥計那里？（浄）來了，來了！兄弟，我與你唤林沖出來，擺布他一番。（末）且從容。（浄）這幾日了，還要從容從容！林沖走動！

【金蕉葉】（生上）時遭運遭，諕得咱魂消魄消。捱不過禁持怎逃，夢不到網羅誰曉！

牢頭哥，唤我怎麽？（浄）靠山喫山，靠水喫水。你好自在！這監中不見一文燈油錢、藁薦錢，你在這清堂瓦舍，坐得到也自在。都像你這頑皮，叫俺管監底喝風？（生）大哥，我林沖不死，還有辯處，何用出此言語？（浄）你還不知死？高太尉分付三日以裹，打發你去；若違了限，照依軍政發落。你還在我跟前誇嘴！把他扯上枷牀，先打一百榔頭，就打發他去！（打枷科）（生）我林沖落在奸賊機彀中，也没奈何了！（打叫哭科）（末）天地間那里不是積福去處，高衙雖限三日，你我再寛他兩日罷！

【山坡羊】（旦）怨騰騰蒼天難告，哭哀哀青蠅誰弔！痛颯颯黄沙命傾，恨茫茫黑海波濤冒，脉脉思災星因寶刀。當時索取，索取孥原料。

丈夫若聽了孥家，

付與豪曹何懊惱！

如今也説不得了。

波濤，干①算着干陷着；天條，誰犯着誰砌着②！

牢頭哥，孥家是林沖妻子，望大哥放我進牢，見丈夫一見。（浄）放不得！放不得！（旦）孥有一碗飯，容孥家送與。（浄）胡説！他是該死底人，誰敢與他飯喫？（旦）孥家這一根釵，與二位買酒喫，可憐放孥家進去看一看！（末）既這等，娘子進去快出來。林

---

① 【眉批】干，空也。《禮記》“干祫”。

② 【眉批】着，音潮。

沖,你妻子來看你。(見,哭科)(生)呀!娘子從那里來?我好愁苦殺人也!

【前腔】愁只愁抛妻年少,苦只苦無兒承紹,恨只恨冤家毒深,悔只悔送劍添煩惱。一命傾三泉怨怎消?無端屈陷,屈陷難分曉。

或者是陸謙賊子底緣故?前日東岳廟數落了它一番,

多管讒夫傾陷倒。東郊,怕燒香是禍苗;南牢,怕遭刑是命招。

(旦)官人,不須煩惱,且喫些湯飯。(生)娘子,我怎生咽得下!(旦)官人,你勉强喫些兒。孥家出去,自有分辯。(生)娘子,如今高太尉底勢,如太山般倒下來,你往那里去分辯?外邊打聽得我有些不測,好歹買一口棺木,擡在荒郊,埋在土底,也是你一生夫婦之情。孝滿不孝滿,任從改嫁。(旦)官人,你放心,不論吉凶,豈有再嫁之理?你爲孥家呵!

【孝順兒】【孝順歌】都休慮,少要焦,孥家定不負英雄抱。儻君磨折倒,他道無夫無倚靠,算及孥曹。

【江兒水】那時孥自有方略①,如今你且將身保。

(生)

苦人莫把苦相告。兩苦交加,可知道淚流不了。

【前腔】(生)都命薄,休怨着②,一寸柔腸攪萬刀。我命我難曉,你那行藏我焉料。生别死抛,地府游魂敢知道!兩兩家悲啼顧不得傍人笑。

(旦)

離了牢門一步,何處教孥尋問得完夫飢飽。

(旦)露面牢中一見郎,(生)西風吹散兩鴛鴦。

(合)歸家不敢高聲哭,只恐猿聞也斷腸。

---

① 【眉批】略,去声。

② 【眉批】着,音潮。

第九齣　義女問卜

【宜春令】(貼)從娘命去問卜,那先生道白虎相將退伏①。文書旺午,何不奏進冤詞去擊登聞鼓?

　　孥家轉身時,

市叢中兩兩三三,官寺外一攢一簇,盡道高俅陷害,毒如狼虎。

　　呀!前面急忙忙走來底,好像魯伯伯。

【前腔】(外)在軍中如抱虎,怎防他包藏暗毒②?英豪困苦,常言道人有卒然底禍福③。

　　我雖是箇好漢,

空雙手如緣木求魚,歎一家似守株待兔。急急教他大嫂,別求分訴。

　　呀!錦兒,你那里去來?(貼)娘教我去卜卦來。(外)那卜卦底怎麽説?(貼)説凶星旋退,須向登聞鼓一擊,纔可辯冤。(外)我底意見,亦正如此!你催促娘,快快去奏鼓來。我自送鋪盖與你爹爹也。

　　　　(外)平地起風波,(貼)如今没奈何。
　　　　(外)忙將冤屈訴,(貼)可揭覆盆麽?

第十齣　擊鼓陳情

【月雲高】【月兒高】(旦)曙光初辨,行行午朝遠。曉露濕弓鞋,寒風吹鬢亂。霧散煙消,見日照紫微垣④。丈夫,你那裏愁難免,俺這裏心驚戰。

【渡江雲】咫尺龍樓在日邊,願把冤情往上傳。

---

① 【眉批】伏,房夫切。簇,上声。

② 【眉批】毒,平声。

③ 【眉批】福,平声。

④ 【眉批】垣,音圓。

步步彤墀近，迢迢玉漏終。獄沉雲影外，冤愬鼓聲中。貞娘爲兒夫在獄，夜來寫就一本，面訴朝廷。暗藏小刀，去登聞鼓下拚命自刎，驚動九重，倘放得丈夫出來，一死何恨！（旦叫科）冤屈！（擊鼓，自刎科）

（末、丑扮校尉上）誰家輕命者，擊鼓動金門。是什麽人在此擊鼓？（奪刀科）

（外冠帶上）夜半挑燈懸紫綬，平明騎馬走紅塵。金鑾殿上傳宣客，白玉堦前奏事臣。下官直鼓官是也。是什麽人在此擊鼓？（末）是一箇婦人，自刎哩！（外）傷了性命不曾？（末）未傷性命，項下帶有血痕。（外）唤他甦醒來，問箇端的。（衆救）（旦醒，哭科）（末）那婦人不要哭，老爹問你。（旦跪科）（外）那婦人，你是何人家婦女？輒敢持刀擊鼓，驚動九重！（旦）爲夫訴冤底。（外）説上來！

【鎖南枝】（旦）停嗔怒，聽訴冤。

（外）你夫主是誰？（旦）妾夫林沖。林沖買刀，太尉高俅借刀。兒夫送刀太尉前，平空底陷刺尊官。生打就，怎分辯？單恃寵，他兀底太弄權；夫主命兒慳，中毒箭。

（外）既是林沖底事情，已問成擅入節堂，行刺本官底死罪，如何辯得？（旦）婦人本上，一一辯明：若是行兇，豈肯捧刀獨跪？縱使擲刀不中，也該傷及傍人。老爹！

【前腔】持刀跪前面，非關行刺元了然。若是心懷不善，就令不中高公，血定從傍濺。坐上刑，真異冤。今日望明臺，救殘喘。

（外）那婦人，你且回去將息，下官與你轉奏朝廷，聽候勑旨。

（旦）拚命陳冤叩帝臺，登聞一擊九閽開。

（外）當權若不行方便，如入寶山空手回。

第十一齣　宸遊艮岳

【繞紅樓】（小生扮駕上）曉日融融景最饒，仙樂奏萬國來朝。

（末扮童貫上）

鳳閣龍樓，元供灑掃。

（浄扮高俅上）

蹴鞠侍丹霄。

（小生）厭道重華與放勳，於今別署紫陽君。却憐玉女裁春服，剪破湘山幾片雲。寡人政和天子是也。前者方士上言，因培艮岳，果有多男之應。早朝已罷，高俅童貫，聞得教坊中有一李師師，國色天香，姿容絶世，替寡人唤得進來！（末、浄跪應科）（浄）教坊司快宣李師師！（内應科）（外上）官序馮郎拙，冤情屈①氏多。直鼓官奏事。（内使）奏甚事來？（外）有一婦人擊登聞鼓陳奏。（内使）呈本上來！（駕覽科）這事情是高俅問底？（浄跪科）是臣問底。（駕）怎麽是這等草率！它本上説："若是行兇，豈肯捧刀獨跪？縱使擲刀不中，也該傷及傍人。"辯得來一一有理，着開封府看了來説。（内使遞奉，外領承旨下）

（貼扮李師師上）瑶池宴罷留王母，金屋裝成貯阿嬌。（見駕科）願爺爺萬歲，萬歲，萬萬歲！（駕）平身！果然國色天香也！今日風和日暖，賜汝花冠玉帶，隨寡人向萬歲山遊樂一回。（貼冠帶，謝恩科）（駕）童貫、高俅，你二人前往陳設，我與李師師慢慢遊來。（末、浄應，領旗將下）（内使）起駕！

【好事近】（小生、貼）艮嶽正花朝，喜遇輕雲籠繞，勝花人到，明皇笑道得寶。鸞輿指問玉堂梅，今日開多少？見山南萬樹參差，似雪壓絳霄樓倒。

（下）

【前腔】（浄、末擁衆上）迢迢，上下玉龍橋，教傳示縛帚兒童輕掃。栖霞吐月，叫孩子每把是處殿門開了。宫羞御膳，向千尋瀑布安排好。

（末）我和你領衆前驅，李師師倒侍宴。（浄）

領霓裳兩部前驅，不弱似海棠一酌②。

（下）（内傳）駕幸海棠川。

---

① 【眉批】屈，九勿切。

② 【眉批】酌，上声。

【千秋歲】(小生、貼上)鳳池西棹過龍江渚,一處處流碧環遶。漱玉軒前,漱玉軒前,又只見翠竹排雲覆沼。鴛鴦外,青蘋杳。鸞鶴①下,紅芽早,曲水漁舟小。看斜陽影裏,依稀晉笛秦簫。

(下)

【前腔】(末、浄上)午橋莊和那平泉館,止不過臣下娛老。那有皇朝,那有皇朝,籠海外怪石奇花圍繞。輕輕問,仙家島。低低道,天宫少。無論宸遊樂②,怕隨珠逐翠,福分難消。

(下)(内傳)駕幸西莊。

【越恁好】(小生、貼上)桑麻深處,桑麻深處,見牆頭過濁醪。儼田家老稚,逢社日半醉倒。滴溜溜酒幖,滴溜溜酒幖,更韻悠悠牧童兒吹過板橋。一叢叢藥苗,一家家緑蓑兒晾在短蒿。一囊詩,一幅圖,恰一似出相豳風好。願年年耕籍,在在温飽。

(下)

【前腔】(末、浄上)過莊還過澗,過莊還過澗,又桃花夾路饒。擷芳園那壁,陳九奏鬬百鳥。護蓁蓁紫貂,護蓁蓁紫貂,覷盈盈素娥兒舞着細腰。落紛紛翠鈿,鬧垓垓碧油車隨着絳袍。八仙岩,三秀閣③,游不盡華陽島。向山東候節,江左迎棹。

(駐候科)

【紅繡鞋】(小生、貼上)經無數玉寶金鰲,金鰲;閲無限鳳翔龍矯,龍矯。涉藥寮,穿研沼。陂側柏,嶂芳椒。瓊月映,瑞雲橋。

(末、浄隨行科)

【前腔】(衆)幾千攢倚翠凌霄,凌霄;幾百座丹楹刻桷④,刻桷。仰奎章,聯壁耀;雷門震,月窟坳。籠紗進,鳳蠟燒。

---

① 【眉批】鶴,平声。
② 【眉批】樂,去声。
③ 【眉批】閣,上声。
④ 【眉批】桷,上声。

【尾】太平天子多讙樂①，萬歲山前興轉豪。長松架壑②，指點蒼蒼人共老。

第十二齣　府主平反

【金雞叫前】（外扮竹之有上）千里春風早，賴朝廷政平民樂③。

秋水翻荷影，清霜脆柳枝。微官是何物？許日廢吟詩。下官竹之有，官拜開封府尹。昨蒙聖旨，批下林沖，着下官勘問。林沖冤本并原招，俱已解到。我想這事，原是高太尉羅織他底。童貫、高俅，内外交結，不知害了多少人性命，下官須要從公問理。左右，林沖解到了不曾？（末）解到了，在外邊伺候。（外）唤他進來！（末）犯人進來！

【金雞叫後】（生上）恨冤家，何太惡④！陷我南牢，只爲圖靈寶。

望相公洗冤！（外）林沖，你近前來，我問你：你故入白虎堂，持刀行刺上官，情真罪當，有何冤枉？（生）相公，容小人分訴！

【泣顔回】冤屈自呶呶，幸勑下明公細剖⑤。

（外）你到節堂時，刀出鞘不曾？（生）抱伏路隅，不曾出鞘。

持刀行刺，如何路伏鋒韜？

先一日，承局來借刀。那一日，承局教捧刀送進到政事堂；政事堂不在，又引到宴賓堂；宴賓堂不在，又引到中堂。

一步步賺入他堂奥。

（外）你平日與他有甚嫌隙來？（生）

往常時並不嬰鱗，陡然間故陷違條。

（外）禍根苗你豈不知？（生）有一虞候陸謙，常常與小人來往，慣

① 【眉批】樂，去声。

② 【眉批】壑，上声。

③ 【眉批】樂，去声。

④ 【眉批】惡，上声。

⑤ 【眉批】剖，抛上声。

會興風作浪,簸是揚非,想必他于中交搆。

【榴花泣】多應虞候生出禍根苗。遭嫉妬架波濤,魚腸扭做刺王僚。

(外)既這等冤屈,你如何便招了?(生)

怎當它萬打千敲,輕推重牢。

(外)怎不到我這里陳告?(生)

天臺有路人難到。叩朝廷禁鼓逢逢,幸公庭膽鏡昭昭。

【古石榴花】(外)羅鉗吉網,鍛鍊這供招,肯阿權要陷英豪?唯憑天理定天條,頭直上莫謂天高。高俅,高俅!

你假虎張狐心太惡①,料兒孫定應誅勦。

林沖,我改你"擅入節堂,故違明禁",刺配滄州便了。

管教你離西曹,脱南牢,親骨肉免號咷。

(生叩頭科)

【尾】(生)非嗟猛虎當權要,肯救傷禽脱鏇條。

(外)

立爲分明奏聖朝。

(外)人心天道兩無虧,(生)生死蒙君决是非。

(衆)當路莫栽荆棘樹,他年掛破子孫衣。

第十三齣　傾家送别

【縷縷金】(旦貼上)蒙恩府卷案反②,今朝夫出獄,赴關山。母女衙門側,壺簞迎餞。寒天遠道客衣單,周身與縫綻,周身與縫綻。

【前腔】(二解押生上)離狴犴背鄉關,形容羸瘦盡,步行難。欲見妻兒面,翻愁牽挽。一家骨肉幸生還,須臾又分散,須臾又分散!

(見,哭科)(生)娘子,不是你擊鼓,怎得有昨日!(旦)官人,不是府主爺開冤,怎得有今日?(生)正是,正是!我在獄中,日日焚香告天,祝願府主。(旦)我也在家中,日日與錦兒焚香告天,祝

① 【眉批】惡,上声。

② 【眉批】反,平声。

顧府主爺。今日我和你，在這搭兒撮土爲香，再拜一拜。（生）説得有理！（生、旦拜科）

【前腔】（生、旦）冤沉海恨積山，登聞雖奏下，見天難。

蒙府主爺呵，

霎時雲霧抉，盡反①成案。雙雙結草與銜環，何能報霄漢，何能報霄漢！

（生）娘子，你回去了罷！（旦）有錦兒陪伴，不妨送你到十里長亭。（行科）

（老旦扮王婆上）慌忙來送别，親戚不如鄰。（見科）林官人，老身家下適有些小勾當，來送遲了。三錢銀子，與官人路途中沽壺酒兒。（生）多謝鄰母！（老旦）好説。呀！元來是董超、薛霸哥！都是鄰舍家，一路上看看林官人。（末淨）曉得，曉得！（老旦）有幾分銀子，二位店中去坐坐。（末、淨下）（生、旦、貼、老坐地科）（生）此一去，未知生死怎麽，好苦殺人也！（旦）休要苦自家，也休要苦我兩口兒，如今見了天了。只把我前日送飯時，你分付我底景象思想一思想，十分苦也減了三分。涉水登山，小心在意。倘有天恩大赦，望你早早回來！

【五更轉】君跣行，孥魂去。

官人省煩惱，

比重牢，略少蘇，終須有日還鄉土。

（哭科）望只望官人，

寄紙書兒，鹹酸説與。我和兒，日日數，前途路，金雞早晚飛瀛滸。

（生）你兩口怎生過活？（旦）我兩口呵，

暮績晨炊，飢寒苦度。

（末、淨上）（淨）悮了期限，你只管哭怎麽？倘若高衙訪知，怎生是好？（生）二位大哥，稍待片時，容我再説一説。

【前腔】（生）恨别離，心最苦。割恩情，奔路途，不愁鬼門關上人難度，

---

① 【眉批】反，平声。

只怕母女孤貧,無人作主。今日裏,分鴛侶。將伊誤,料應生死終難卜①。

(哭科)我就不死時,

則怕回到家中,不見雙雙女母。

(末、浄逼生起)(生、旦抱哭科)

【江兒水】(貼)我那爹爹!南浦千行淚,西風兩鬢疏。急煎煎棒打鴛鴦侶,生剌剌風刮絲蘿附,哭啼啼不顧娘和女,兩下一般腸肚。

(合)

有日歸來,依舊是親父、親兒、親母。

【前腔】(老旦)陌上含煙柳,懷中反哺鳥,窮鄰聽不起傷心語。

(生、旦哭科)(老旦)官人,你休得哭壞了身子,

路迢迢還要向天邊去。

娘子,虧則虧你,

前日里烈轟轟擊動天家鼓,今日里網恢恢莫道天公錯②,三口暫寬悽楚。

(合前)

【鷓鴣天】(旦)夫戍蕭關妾夢家,一悲錦瑟一悲笳;閨中只歎邊庭月,馬上應憐故苑花。

(末、浄拽生科)(生)不要哭了,譬如我死了罷!

傾逝也,可留麽?莫遣青年鬢便華。

(下)(旦倒,老、貼扶旦科)(旦)還有句話兒不曾囑付得:

忘③囑異鄉牢記取,蜜時防劍酒防蛇。

第十四齣　遣媒强娶

(丑)人生莫惜金縷衣,人生莫負少年時。見花欲折須當折,莫待

---

① 【眉批】卜,上声。

② 【眉批】錯,去声。

③ 【眉批】忘,去声。

無花空折枝。陸謙何在?(净)小人在此!(丑)林沖老婆底事,如今林沖脱了死罪,配了滄州,這事怎麼了?(净)我有一計。(丑)有何計?(净)大官人叫軍牢二十名與我領着,到晚間將張貞娘家房門打開,將他擡來,獻與大官人何如?(丑)京城中强搶民婦,使不得!(净)還有一計。(丑)何計?(净)大官人賞我銀五十兩,我連夜去滄州拏林沖殺了,回來娶了張貞娘何如?(丑)好便好,只是應遲些。(净)有了,叫小底妻子,充作媒婆,到他家報説林沖到中途被賊殺死,與它説起親來,可不絶妙!(丑)這却好,唤你妻子進來。(净)妻子在外伺候多時了。(丑)這等體心底,唤進來!

(女净)夫能謀漢子,妻會做媒婆。(進見科)(丑)你聽我説:

【玉芙蓉】從咱見玉①貞,没路通音信。卓文君肯憐司馬懷春,黄金白璧都無吝,畫閣蘭房總是春。

(净)殘花敗柳,只怕不中②大官人。(丑)説那里話?

假若姻緣順,説甚麽新婚舊婚,准備着花紅羊酒謝冰人。

【前腔】(净)牽絲事有因,月老心須盡,安排着洞房花燭相親。青鸞先透瑶臺信,巫女須離楚岫雲。

我那妻子,好不靈利來!

(合)

管取姻緣順,説甚麽新婚舊婚,大官人准備着花紅羊酒謝冰人。

【前腔】(女净)伊稱將相門,他有夫人分,兩相宜好諧秦晉氤氲。憑着你玉堂人物風流韻,儘受用金屋嬌姿富貴春。

(合前)

(丑)全憑月老好留心,(净)夙世姻緣線引鍼。
着意栽花花不發,無心插柳柳成陰。

---

① 【眉批】玉,去声。

② 【眉批】中,去声。

第十五齣　良朋救厄

【賀聖朝】(外扮魯智深上)俺本是披袍貫甲將軍,翻做了披緇削髮僧人。事不平,兜起殺人心,因不避風塵。

洒家魯智深便是。兄弟林沖解配滄州,必從野猪林經過。此處乃是險要底去處,高俅必遣奸細於此,害我兄弟底性命,不免在林子裏隱藏,看他動静咱。(暗隱高岡科)

(末、浄扮二解,押生上)

【山坡羊】(生)舉目雲林無數,回首家鄉何處?只見山危水險,急煎煎跳不出羊腸路。鳥亂呼,林深過客疏。殘骸瘦削難挨步,旅邸憂愁怎破除?音書,千里關山半字無;嗟吁,兩地思量一樣苦。

二位大哥,前面是野猪林,和你歇息一歇息再走。(生坐地)(浄、末背科)(浄)咱兩箇是董超、薛霸。臨行時,高太尉着陸謙與我二人白銀十兩,再三囑付,教咱兩箇在路上殺死林沖,揭取它面上金印爲號。此間人跡罕到,正好下手。(末)説得是。起來,快走!(生)二位大哥慢些,長途何必太緊?到前面酒店中,買些酒飯喫了再行。(浄、末)你還想前行?此間是你底盡頭路了!(生)大哥,你説那里話?(末)你犯了朝廷法度,該當受苦,我每爲着什麽來?(生)二位大哥乃是官差,豈是林沖負累?容得一兩日,到了滄州,討了批廻回去,好見官府。(浄)只管和他説什麽?這里無人知道,殺死他便了。(生)二位大哥,可憐見林沖與二位無讎,何故殺我?(末)不干我事,你只怪高太尉。我若不殺你,敢回去見它?開刀罷!(生)我林沖性命終不脱汝二人之手,只不想死在此地!

【玉嬌枝】(生)平生豪氣,

高俅,高俅!

詐龍泉,謀毒①禍奇。皇朝未滅滄州配,已遭骨肉分離。金錢買教殺

① 【眉批】毒,平声。

路歧，冤讎似海深無底。到黄泉難輕放伊，縱白日須當見鬼。

二位大哥，我林沖死便死了，望乞鬆放我一隻手，拜告天地，知我林沖屈死，願受一刀。（净）我每不痴！豈不知你寸鐵在手，殺萬將無敵。我怎敢放開你這隻手？（末）也罷，且不殺你，容你拜謝天地。天，不干我兩箇事，是高俅殺他哩！

【前腔】（生哭拜科）拜酬天地。我林沖毫無是非，今朝枉殺豬林裏，髮衝冠口噴虹霓，

（打二解科）

無端賊徒貪恁底，森羅殿下難支對。到黄泉誰輕放伊，縱白日都教見鬼。

（外跳下）什麽人在此謀害人，喫我一禪杖！（净、末跪科）師父，不干我每事。（外）是那箇來？（末、净）是高太尉叫小人中途殺害林將軍，因此不敢違令。望師父慈悲，饒我二人。（生）哥哥，你來救我性命，休殺解人，到了滄州，又做區處。他日倘蒙赦宥，尚好還鄉。（外）我且饒你兩個。（净、末起）（生哭拜科）

【前腔】（外）死生兄弟，自别來從無信息。就中謀害知詳細，待飛來説與因依。豬林料應埋禍機，

不是您哥來，

幾乎中了拖刀計。

（生）哥，你説個緣故爲甚來？（外）

爲紅顔包藏虎皮，借白刃驅除犢鼻①。

（生）高俅謀害，您兄弟毫忽不知，哥哥怎説道爲紅顔來？（外）高朋自東岳廟見了您大嫂，染成一病。高俅要救他兒子，陸謙便獻一策，將一寶刀，教一漢子在閲武坊貨賣，賺得兄弟買了，次日差承局來借，賺入白虎節堂，要殺你性命，好奪你妻子。（生）元來如此！高朋，你好歹也！高俅，你好毒也！陸謙，你好險也！（外）兄弟，你這冤讎怎生報得？則須是您哥到梁山，請得兵來，殺了那三人，纔出得這一口氣。（生）此事非通容易也，哥哥請回

① 【眉批】鼻，去声。

罷!(外)我再送兄弟一程。(行科)

【甘州歌】(生)殘生已矣,賴仁兄搭救,暫脱阽①危。傾身相護,乃見死生交義。南柯夢中誰救醒? 東岳祠前復唤回。

(外)

程途遠,氣力微,解愁惟有醉如泥。

(生)

身雖病,志未灰,劍光猶射斗牛西。

【前腔】(外)交游宇宙稀,我一腔熱血,願酬知己。須從世外投身,别搆兵機,提鞭誓清君側虜,鞅掌何愁眼下遲?

(生)我那妻兒怎麽了?

投雞塞,痛鳳闈,蓬茅孤寡怎支持?

(外)你大嫂是有識見底,

何須慮,且謾疑,貞松秀柏料難欺。

(外)你二人項上,暫寄驢頭。好生伏事俺兄弟去!(末、净應科)

(生)哥哥,且不説高俅、高朋,最可恨底是陸謙賊子!

【尾】爲朋友,呼兄弟,設計施謀總是伊,不斬豺狼誓不歸!

萬里思鄉怎到鄉? 行多災難住無糧。

妻兒未保兄重别,不聽猿啼也斷腸!

第十六齣　窮閨謀替

【綿搭絮】(旦)兒夫别去,杳杳竟無書,家破人孤。無奈强徒相逼擄,自躊躇,無計支吾。只將白綾結果,命在須臾。願學那烈女捐生,好向重泉見丈夫。

岳面懸清雨,河心走濁流。死生宜自審,修短亦何憂! 丈夫又不知下落,高賊又不顧禮義廉耻,遣人凌逼。思想起來,敵又敵他不過,逃又没處可逃。罷! 罷! 罷! 不如將三尺白綾,尋箇自盡,上不玷夫名目,下不辱身,可不一了百當!(縊科)

① 【眉批】阽,音鹽。

【霜天曉角】(貼)春光將暮,燕子不來舊屋①。惟有生離死別,一去了無回路。

我母親千思量,萬思量,哭了一會,怎這早晚不聞得聲息?(驚見科)呀!不好了。王媽媽,救人來,我母親自盡了!(老旦)死生無老少,誰捨百年身。(放旦科)娘子甦醒!(旦醒,哭科)王媽媽,今日事勢逼矣,妾身豈肯從人,有污名節?(老旦)事要善處。林官人在滄州地面,老身和你逃出汴城,同去尋訪,可不强似糊塗死了?(旦)此計固好,只是高衙决定有人在外,怎生逃得?(貼)母親放心,孥有一計,可得脱身。(旦)你有何計?(貼)今日賊徒來娶,待孥盛粧濃抹,充作母親。母親同王媽媽乘機逃走,哄過一時。孥到高家,自有區處。

【綿搭絮】(貼)何須憂慮,勉强耐須臾。自保殘軀,願效凡雞代鳳雛。母抛孥,且救窮途。竊比昭君出塞,身獻單于。有一日夫婦還家,但休教青塚無人草自枯。

(貼下)

(女浄上)雲鬢早整下粧樓,耿耿銀河七夕秋。萬丈鵲橋今已駕,好教織女會牽牛。(見科)娘子萬福!良辰吉日,高衙内使我來催粧,高郎亦自臨門,請娘子上轎。(旦)夫已喪亡,妾無牽掛。煩媽媽轉達,孥有些殘針賸線,收拾一收拾就行,不須催促。(浄)娘子,你自收拾,我去回話。(下)

(貼更衣上)母親,孩兒梳粧停當,趁此無人知覺,你與王媽媽急急走罷!(旦)你説什麽話?我一身之事,豈肯連累孩兒!(貼)古人云:"生子不生男,緩急非有益。"孥家願捨一身,欲雪一劍之讎。事到如今,只合這等。(旦哭科)兒,我怎生割捨得你!(老旦)娘子不須留戀,且在後堂一躲,老身在此發付你孩兒。(旦哭科)兒,此義此情,那里有報你處!(扯貼衣,跪拜科)孩兒,你受我一拜!

---

① 【眉批】屋,上声。

【五更月】(旦)【五更轉】誰冤債，你替吾，向深穴去探虎，也只爲重義輕生，把你青春誤！埋伏着暗室干戈，那里有洞房花燭①？思量此情此意難酬汝，但願來生，轉與你爲兒女。

【月兒高犯】恨眼底，是别途。俺料着高氏賊徒，有去路無回路。

(貼)母親，休得煩惱，路上與王媽媽水宿風飡，小心在意。尋見爹爹時，是必休題錦兒之事。待太平歸日，將錦兒略奠一杯殘漿剩水，便是子母恩情；你孩兒在九泉下，也瞑目了！

【前腔】(貼)娘今日，休痛孥，且放心前途去。我和你子母恩情，一旦分頭路。孥自想展草垂繮，尚且識懷恩報主。情知此時此去無别故，我一死甘心要全娘骨肉②。生和死，古誰無？端的是母趁兒逋，兒肯爲娘身遭辱？

(旦下)

(丑、浄上，轎樂接親科)(老旦)此間陋室，不堪公子入坐，請娘子上轎便了。(衆行科)(俱下)

(旦上)(老旦)娘子，趁此無人知覺，我和你疾忙出城去罷！

【尾】生離死别娘兒苦，哭損柔腸淚眼枯，萬恨千愁，一時難盡語。

今朝母子各西東，兩地悽涼一樣同。

葵藿有心惟向日，楊花無力暫隨風。

第十七齣　捨生脱母

【懶畫眉】(貼)落花流水偶相逢，惡艸嘉禾自不同，休言落葉暫隨風。你要計就擒丹鳳，誤把山雞鎖玉籠。

麥隴圖飛雉，苔泉豈辨魚？牽衣千痛淚，投繯③一微軀。妾身替母來哄高衙，我與他有殺父之讎，安肯被他玷污？但俄延得一兩日，待母親遠離賊網，孥尋箇自盡，是我一場事了了。且將房門

---

① 【眉批】燭，上声。

② 【眉批】肉，借韻。辱，去声。

③ 【眉批】繯，胡犬切。

關上，看何動静來？（下）

（丑上）三春屢負青樓約，此日方酬紅葉詩。且喜貞娘娶到，纔是"人有善願，天必從之"。丫頭，安排酒來，我與貞娘合巹。娘子開門！開門！（貼内應科）官人，你且去。妾身夫服未除，再過三日，與官人配偶，亦不爲遲。（丑）今朝早過了二日了，我怎麽捱得這一日？且去，且去！（下）

（貼上）進這房來，黑洞洞底，我將這窻簾揭起。（揭簾科）唉，可憐！這一搭是我結果之地，這一會是我捨生取義之時！

【二犯梧桐樹】春光漾太空，壓我春愁重。杏蕊含芳，一夜風兒横①，明朝滿地紅冰擁，那些箇護惜花枝錦繡蘽？枉道是洞房花燭把鴛鴦送。眼見得野草荒郊，只有狐狸伴塜。

【浣溪紗】他指望孔雀屏飛，鏃中祥鸞鏡。舞影朦朧，相將雲雨襄王夢。頃刻星河織女空，權替哄。單要俺親娘兒離網外，自甘絶脰籠中。

【尾】拚花容，埋棘隴，也則是命輕恩重，那里望列女編名太史公。

紅顔一夕辭人世，青塜千秋臥隴頭。（下）

【燭影摇紅】（丑）爲多嬌、三年掛牽；爲多情、一夜無眠，眼睁睁眄不到星兒現，今日要將他死纏。

（末上）新娘自縊了！（丑驚科）有這等事？（净上）縊死底是一箇女子，不是貞娘。（丑又驚科）有這等事？（丑）被這婦人，到謊了我這幾日。叫丫頭，將那死屍拖出去埋了。（净應下）枉費了一場心力，怎生底放得過他！（末）大官人，不要煩惱，婦人家走三日，不過百里之程。馬上差人去，連夜趕回，重諧花燭，有何不可？（丑）何人可去？（末）虞候王進去得。（丑）就唤來。（末）王進那里？（下）

（小生上）唤小人那里使用？（丑）張貞娘受了我許多聘財走了，一定還上滄州。你可連夜趕他回來，自有重賞；如不肯回，割那驢頭回話。左右，將寶刀來。（付刀科）（丑）這一口刀，原是林沖行刺底刀，價值千金。趕得回來就將此刀賞你。（小生）小人無

---

① 【眉批】横，呼貢切。

不盡心。

【四邊静】(丑)佳人賣脱金蟬術,不過兩三日。仗劍好攔回,重諧那琴瑟。

(外)

淮陽想橘,刀頭想蜜。

(丑)

嬌豔到香閨,江淹恨纔畢。

【前腔】(小生)牝雞無福丹山匹,拋雛暗飛出。倘不赴滄州,撈針海難必。

(丑)

乍晴路濕,繡鞋步澀。

(合)

走上夜摩天,騰雲定追及。

(丑)一時心噴火,千里路非遥。(下)

(小生)夫婦災難脱,單緣那把刀。

第十八齣　仗義全貞

【天下樂】(旦)乍出閨門行路難,愁峻嶮,怯風寒。

(老)

千里尋夫度遠山,須寧耐,莫熬煎。

娘子,走快些!(旦)孥家離了汴城三日,足脛腫痛,我如何走得?(老)没奈何,死生所係,雖是難走,也索前進。(旦)似這等村坊荒落,好傷感人也!

【錦庭樂】雨兒催,風兒疾,荒村人遠,芳草路漫漫。急煎煎心忙脚亂,不由人戰兢兢,愁怯怯,殘喘難延。行一步回頭看,捱一里如天塹。

(合)

愴惶進步難,怎能彀跳出虎穴龍潭?

【前腔】(老)眼昏花,耳朦朧,時光漸短,白髮日拳攣。

(嗽科)

但行時吁吁嗽喘，怎教人驀紅塵，登紫陌，夙夜無眠。這暮景遭魔難，這苦楚曾經慣？

（合前）

【急急令】（小生上）穿雲度嶺出長安，趕、趕、趕，並頭蓮。嘶風駿馬更加鞭，晚、晚、晚，日銜山。

不要走，不要走！高衙有令，使我請回娘子。半聲不肯，就將刀割頭去。（旦哭科）將軍，拏家生長人間，頗知婦道，既已累夫冤枉，又不能報賊冤讎，願斷拏頭，少完拏節，九泉之下，萬感難忘，望將軍下手！

【小普天樂】望英雄把拏頭斷，赴幽宮拏元判。教我戀紅顔馬背雙鞍，不如借青鋒節義雙完。綱常肯刓？疾忙底到省拏怒髮衝冠。

（小生）既不回去，將頭低過來！（老）休殺娘子，殺我老身罷！（小生）你是什麽人？（老）是鄰母。（外①）我怎生殺你？（老）娘子夫冤未雪，婦道無虧，老奴婢風燭之年，願情代死！

【前腔】老身軀今朝願，把頭顱與貞娘换，放家人往訴悲酸。告將軍垂憐籌算，他讎深海般，又殺時轉教它怨氣漫漫。

（小生）唉！世間有此節義婦人。高家父子奸惡，不知害死了多少人性命！我飄髭戴髮，堂堂丈夫，倒不如這兩箇婦人義氣，顛倒助桀爲虐？二位請起來，聽我説：

【前腔】請夫人把愁腸緩，與鄰婆向窮途竄。枉生平七尺峨冠，聽説罷一時扼腕。

我來時，聞得你那錦兒已自盡了，怎忍又殺你兩個？（旦哭科）我那兒！（外②）

把雙雙命完。

這刀原是你丈夫底，你帶去也送還他，

道區區寄龍泉少助桓桓。

（旦）將軍請留下姓名，得見丈夫，也好備説。（小生）我也是禁軍

---

①② 應爲“（小生）”。

教師王進,曾與你林武師有交。領命前來,也是出于無奈。今日放了你去,不好回京,自投延安府經略帳下去也。前面四化菴,是尼姑,十分幽僻,你且向這菴中躲災去罷!(旦)曉得了。

【尾】(小生)寒鴉聲裏斜陽短,娘子,細雨荒村人亂,今夜裏受盡凄凉且自寬。

(旦)兵火紛紛去路迷,(小生)莫將清淚灑征衣。

(老)頓開金鎖教龍走,(小生)拍碎雕籠放鳳飛。

第十九齣　支郡憐冤①

【菊花新】(外官服上)圜扉鞠草不教除,晝静官閒訟自無。

一舉成名姓字香,十年蹤跡仕途忙。省刑薄歛民無怨,爲國躭憂鬢已霜。吾乃滄州太守是也。今日早衙無事,左右,看外面有投文倒解底,着他進來。(雜應科)

(生同解子浄、末上)

【菊花新後】(生)晝夜迸程途,今日得臨配所。

(生)不覺已到滄州衙門首了,申報一聲。(雜)下批底,帶犯人進來!(外)是那一起犯人?(浄)是開封府解到一起犯人林沖。(外)接上批來。叫兵房,開封府解來配軍林沖,打發批迴,着他回去。(吏打發科)(外)我看你好一個漢子,因何發配?你好好從實説來。

【風入松】(生)念林沖禁旅做提轄②,奈遭逢夙世冤家。

(外)冤家是誰?(生)是高俅!

安排罪犯天來大。蒙聖旨自天飛下,因改配,望相公詳察。訴不盡這波吒。

【前腔】(外)元來如此。聽英豪膺愬淚如麻,何須苦苦嗟呀!

從來受禍者未必非福,得福者未必非禍。

---

① 此齣後爲卷下。

② 【眉批】轄,平声。

“乘除禍福”先賢話，不記得“塞翁失馬”？冷眼看横行怎麽！權困守這山洼。

左右，將林沖放在牢城館驛，休得遠差。且待我申過上司，只教他看守草廠，向那里討些營運。先取收管來。（雜應科）

（末）英雄不必淚雙垂，自古窮通各有時。

（衆）善惡到頭終有報，只争來早與來遲。

第二十齣　空門悲痛

【破齊陣】（旦）【破陣子】簾捲曲欄人倚，屏開朝嶺雲飛。

【齊天樂】望眼難晴，離魂易斷，總是西樓滋味。

【破陣子尾】身在琳宫鴛幃杳，心在滄州雁字稀，知他夢也迷。

一夜深愁愁不徹，曉來還是愁時節。糕奩無鏡復無釵，兩鬢鬈鬆心寸折。孥家自從王虞候饒了我性命，又贈我這口寶刀，指引我躲在這四化菴。這菴中尼姑，近日又到補陀進香去了，王媽媽又將一兩件衣服央他典當糧米，好不凄凉。天那！雪衣霜履膩雲鬟，蘭若秋來盡日閒。倚遍西樓腸欲斷，才郎遥憶滯關山。

【風雲會四朝元】【五馬江兒水】關山迢遞，兒夫竟不歸。望燕雲縹緲，瀛海沉迷，魚雁無消息①。

（痛哭科）

【桂枝香】痛孩兒抛棄，痛孩兒抛棄！

【淘金令】惟與鄰母相隨，法侶相依；一劍燈前，三更夢裹。

【駐雲飛】愁緒渾如織②。嗏！我這里自思惟。

【一江風】欲待學姜女尋郎，怕再逢奸宄。良人無見期，孥家有誰倚？

（哭科）

【朝元令】今宵這搭，悽悽冷冷，不由流涕。

---

① 【眉批】息，上声。

② 【眉批】織，上声。

煢煢投繯①爲狂奴，愛女輕生脱鍛鑪。痛定自來偏覺痛，一絲殘命在荒途。

【前腔】荒塗逃避，風狂雨正疾。恨毒獸知風，利刀馳逼，不死不放你。賴王公仗義，賴王公仗義，其時見我拚生，反痛我夫妻。脱與豪曹，教投静室②，急難聊存濟。嗏！我這里自支持，

（哭科）

捱盡黄虀，滴殘清淚。我心良匪石③，海深終見底。

（哭科）

何須寄語，孤孤影影，没些巴鼻④！

蓬窻獨坐思悠悠，跌綻鞋尖只淚流。衰髩斷腸俱不問，只將幽恨度深秋。

【前腔】深秋天氣，長空雁到遲。我欲登高望遠，酌彼金罍，只怕霜露霑我衣。見疏林葉落，見疏林葉落，簾捲西風，人在天涯。蹙損春山，望穿秋水，處處催刀尺⑤。嗏！那些箇忖腰圍？

（哭科）

又别館寒砧，敲得柔腸碎。才郎衣怎底，許時誰拆洗？

（哭科）

千山萬水，迢迢遠遠，怎生將寄？

半窻殘月照黄昏，向在深閨尚斷魂。况是空門人寂静，孤身和淚掩柴門。

【前腔】柴門深閉，青山日又低。見烏鵶棲樹，牛羊入室⑥，偏你無歸計。歎夜長人寂，歎夜長人寂，只聽得鐵馬錚錚，玉漏遲遲。珊枕空餘，銀釭獨對，展轉難成寐。嗏！一會轉憂疑，

（哭科）

---

① 【眉批】繯，音眷。

②⑥ 【眉批】室，上声。

③ 【眉批】石，平声。

④ 【眉批】鼻，去声。

⑤ 【眉批】尺，上声。

想着俺無主底兒夫，莫不做了他鄉鬼？天那！你那里凶與吉，奴這里怎得知？

（哭科）

千思萬想，生生死死，兩難周濟。

陷戍征夫替母兒，兩頭生死總難知。

淚痕如線心如刺，夜夜空門只夢思。

第二十一齣　旅次鋤强

（外上）一口英雄氣，漫漫塞兩間。上山擒虎易，開口告人難。貧僧自野猪林送俺兄弟赴了滄州，途中作别，要投宋公明山寨請兵，與俺兄弟報讎。没人指引，前日相遇底“黑旋風”，聞得在這廂桃花山。一徑來尋，心急誤了宿頭。那林子裏一所莊院，不免投宿則箇。有人麽？

（末扮劉大公①上）（相見科）（末）師父何來？（外）貧僧從五臺山下來，借宿一宿。（末）請在耳房中安下。夜間嚷鬧，不可出來！（外）爲什麽？（末）老漢是劉大公，止生一女。此間桃花山，有一夥强盗，打家劫舍。前過老漢家，見了閨女，分付今晚到來入贅，老漢争不得。師父且自廻避。（外）洒家會説因果，便是鐵石人也勸得回心。（末）這等是我家有幸，遇活佛救了！（外）大公，可教你女兒别處藏了，俺就在你女兒房中勸他。（送僧入帳房科）（末下）

（衆鑼鼓引丑上）（末跪接科）（丑）你是我丈人，免禮！（末）老漢是大王治下，敢不跪接？（丑）我夫人在那里？（末）小女怕羞，在房裏哩。（丑入帳房科）怎底黑洞洞底，燈也不點？想是没油，明日叫嘍囉擡幾百斤油來。娘子，你不要害羞。（丑揭帳，僧揪打科）（丑）做什麽就打老公？（外）教你認一認老婆！

---

① 一般作“太公”。

【古輪臺】(外)怎消停，孥家禁不住這猙獰①。

(踢科)

金蓮起處頭顱迸。

你要娶孥呵，

誰爲媒證？誰送年庚？强索娶紅顔薄命。想帽光光，打着你蓬頭亂頸，那些花下拜三星！

即是要做親呵，

蜂邀蝶請，怎教伊喝號提鈴？

(丑)你是什麽人？(外)

問爹誰氏？西京提轄，智深魯姓，千里盡聞名。你那賊子圖僥倖，要金剛樣孟光家去替操井。

(丑)我且去，我且去！報了黑旋風，殺你賊秃。(下)(末)師父，你害我一家性命了！(外)大公休慌，俺是延安府老种經略相公門下提轄，打死了人出家，便是二三千人來，也不怕他，不要説這幾箇毛賊。

(浄扮李逵引衆上)那賊秃，早早出來决箇勝負。

(外拖杖出，喝科)教你認一認洒家！(浄)不要動手，那和尚不是魯智深麽？(外)馬上底不是李逵兄麽？(相揖科)(末)元來是一夥强盜，了不得，了不得！(外)久違了。且住，劉大公止生一女，這賊子强娶，是何道理？哥替他主張主張！(浄)這不妨。是我相識底周通，在此落草，幹這等没行止底勾當。叫嘍囉將聘物收回去罷了。(末叩頭科)(外)多謝了！(浄)哥此行何往？(外)俺有箇結義兄弟林沖，原是八十萬禁軍提轄，被高俅陷了死罪，改配滄州。前日在野猪林與他分别以後，聞得高俅兒子高朋，又要謀佔俺兄弟妻子，出不得這口氣，以此要到梁山泊請兵報讎。(浄)你去對俺大哥説，與俺一千人馬，管教殺取高俅父子，不難，不難！(外)聞得水滸寨非通容易到那里，仗兄指引。(浄)即這

---

① 【眉批】猙獰，音争能。

等，俺先回，通報大哥去。（外）大公，替我看酒餚來！（送酒科）

【催拍】（外）彌天霧何由掃清？及時雨將投闒啓。痛心知受冤屈陷天牢，枉戍邊庭。萬恨填胸，一劍横行。效終軍獨請長纓，誅白虎，救蒼生。

【前腔】（净）環海内聞公大名，荒寨裏惟咱敢行。肯涉遠相從，聚義梁山，雪怨京城。則要林君，協贊公明。料高俅几上餘鯖①，雙斧到，一天平。

欲除奸賊報林沖，一線須教信息通。

今日得君提掇起，免教人在污泥中。

第二十二齣　桎梏哀鳴

【梨花兒】（净扮驛官上）做了承差把驛宰撾，選將驛宰與承差駡。咱會弄人人弄咱，嗏！一翻一覆房上瓦。

小官名唤不濟，原是承差充吏。詐錢狠似豺狼，捞打不如狗彘。九年三考成名，除授牢城館驛②。終朝馬後車前，每日迎官接遞，受了些上司驚嚇，啕了些使客閒氣。（末）這等辛苦，做他怎底？（净）只見外面驅馳，就裏有些滋味。雖然官卑職小，也趕按司權勢。（末）休説大話，你管着誰來？（净）我使用底驢夫馬頭，拘管底是囚徒人役③。贖罪銀有納無交，見面錢來多去細。盖了些錦繡鋪陳，騎了些上等鞍轡。不怕他買馬錢糧，一箇箇除他分例。（末）上司知道，你怎麽了得？（净）我經過無數官司，除不得許多奸弊。左右，昨日州裏送來底林沖，他是高太尉底對頭。汴京有信來，道十日要了他性命，咱每都有陞賞。（末）州裏分付好生看他哩。（净）胡説！豈不聞“世情看冷煖，人面逐高低”？如今高太尉勢壓中朝，權傾海内，到不如州衙麽？叫他出來！

---

① 【眉批】鯖，音征。

② 【眉批】驛，作去声。

③ 【眉批】役，作去声。

（末叫科）

【喜遷鶯】（生包頭攔腰上）閒花閒酒，枉斷送端陽，蹉跎重九。砌冷紅泥，燈摇縹暈，蓬窻客淚難收。當日壯懷羞吐，近日苦心怎剖？歸夢斷，怕粉雲天末，化作離愁。

大人，林沖來見。（净）林沖，你知罪不知罪？（生）我林沖怎麽不知罪？（净）高爺傳奉朝命，説你罪大，獄内不可疏虞。枷着肘着一月，去了你底生性子，方才供役。（生）這是高俅陷害，那有傳奉之理？（净）我不管，只依法而行。左右，先看肘來。（末釘肘，生坐地科）（净）手下，晝夜仔細看守。萬一有些疏失，我和你惹罪非輕。（末應科）（净、末俱下）（生）天！我林沖攻文習武，指望顯姓揚名，不想有今日，家裏怎生知得這樣苦楚！

【雁魚錦】【雁過聲】南樓雁過忽報秋，正離人酒醒三更後。

（哭科）

思量着萬般難禁受，夜迢迢捱不到五更頭。恨天涯逐歲漂流，寸心千里愁。想梁園舊景那能够①？但終夜尋思，早起還依舊。

朝廷授我一提轄官，未曾報得。

【二犯漁家傲】難酬，恩重山丘。猛然想起雙眉皺，天長地久，有多少心事相迤逗！我爲君憂，群奸楚咻；爲妻憂，頻年兔守；爲身憂，荆棘總難投；三様憂，攛掇底一夜白②頭。

（哭科）

千愁，窮邊怎久留？每日家問天空彈淚，幾度裏思鄉懶上樓。

【二犯漁家燈】悠悠，山水迎眸，洛陽望斷空回首。痛念閨房，自甘井臼。陸謙賊！只怕難逃賊子奸謀，

（哭科）

終遭毒手。縱完節操，又慮死生未否。怎能够清風明月爲三友，都做了野草閒花共一丘。

【喜漁燈犯】雄心雖在，厖兒逾瘦，單因這眠霜臥雪，苦楚甘受。待脱

① 【眉批】够，音彀。

② 【眉批】白，平声。

離邊庭，争奈官差喝號提鈴不自由。乾坤萬里家何在？空凝望，歸期難候！

（哭科）

料應一命先休，誰將寶劍埋豐獄？自歎髡鉗泣楚囚。

【錦纏道犯】謾窮究，把從前一筆都勾。

（痛哭科）

屈死在滄州，再休題思量拜將封侯，悔殺俺手攉玉①斗。高俅，高俅！羞殺你名覆金甌，終報應，不須憂。

（末上）（生）牌頭，你上覆本官：

得行方便宜方便，莫與英雄作寇讎。

（後四曲末俱犯雁過聲）（末）曉得了。林官人休得煩惱，埋怨恁底！天色晚了，我送你進館驛中去罷。

（生）苦楚難捱定幾春，（末）死生由命不由人。

（生）當初恨不爲僧去，落得山林自在身。

第二十三齣　聞貞遣問

【新水令】（末扮宋江上）朝綱濁亂英雄起，憤世將傾，替天行義。

（小旦扮一丈青上）

一咤千夫靡，熊虎將誰信在鳳釵裏。

（末）四方戎馬亂天庭，血染金鎗幾戰争。惟有至尊憂社稷，佞臣猶自賀昇平。自家梁山寨主宋江底便是。這妹子是扈家一丈青。昨日魯智深上山，訴説林沖恁般冤屈，請兵救它。我已打發李逵下山哨探去了，智深又説，林沖底妻子張貞娘十分貞烈，不受高朋謀佔，逃在深村曠野，殊爲可憐，殊爲可敬！妹子，我要你扮作村中一婦，探訪他一遭。探着之時，多多將金寶相贈，緩緩對他説："你丈夫無恙，早晚或當會合。"好教它過遣些時。聽我説，那張貞娘自别他丈夫以來呵！

---

① 【眉批】玉，去声。

【玉包肚】(末)河梁分袂,那羅敷存亡未知。妹子你過村莊着處搜尋,遇街坊向人蹤跡①。

你可對他説:

兒夫有日放金雞,

且住,你不可説梁山一字,

莫露山中是與非。

(小旦)你妹子自有方略。

【前腔】短衫高髻,扮村姑投東迸西。喜相逢傾贈金資,縱深談自藏密意。問伊夫婿勸伊悲,管教他盡日盤桓定不疑。

薄俗輕名節,梁山意自良。

疾風知勁草,世亂識貞孃。

第二十四齣　報怨酬恩

【步步嬌】(外行服扮竹尚書上)宦海風波時時險,富貴多災譴,分明抱虎眠。一品朝端,十萬腰纏,都被利名牽,顧不了回頭岸。

進不前兮退不休,功名何愧不封侯。黄雲白草三千里,瘴霧蠻烟二十秋。荆棘紛紛迷馬路,塵沙滚滚暗龍樓。聖明不解②非熊兆,塞北英雄盡白頭。下官竹之有,自開封府尹,累蒙陞擢爲兵部尚書,都督川陜諸軍事。奈與童貫、高俅不合,况且近日朝廷恁般恁般,將相恁般恁般,臺省又恁般恁般,豈是賢者做官時節?我上了一本,望闕叩了幾頭,掛冠歸養。青山白雲,可不勾了我也!

(末扮官上)草場大使接相公。(外)你怎麽認得我?(末)小官元是老相公底辦官,今選在此。聞得老相公掛冠歸養,特來迎接。(外)生受你。(末)天色晚了,請老相公到場内安歇。(外)歇得麽?(末)有上房。(外)這等,攪擾你了。(末)小官應得伺候底。

---

① 【眉批】跡,上声。

② 【眉批】解,去声。

（下）（外行科）

【江兒水】（外）常想清平世，少壯年，蘭臺畫省開春宴。翩翩紫綬弘文館，巖巖白簡披香殿，洊沐恩波不淺。解組歸來，漢室疏公何羨！

【五供養】羅襴象簡，怕早晚官銜忽聽皇宣。承恩隨賜死，暮佞與朝賢。似淮陰供案，未央宫有誰評讞？好解了趨朝珮，好卸了出朝韉①，莫負了西陌南阡。

【川撥棹】頻游衍，新茅舍，舊桑田。不覷他虎色鳶肩，不愁他虎窟龍淵，儘受用雞肥蟹鮮。道"風流老狀元"，道"神仙小洞天"。

【錦衣香】隨分呼莊家漢，隨意飡田家飯。傲殺韓、彭，羞殺管、晏。但教時遇艷陽天，尋紅訪翠，蝶浪蜂顛。況青門不遠，戴一頂樵巾便，穿一領荷衣軟。鳳池鰲苑，如何换與鶴②林一片！

【漿水令】枉收拾諸姬别院，虚供養雜劇樓船。歸山不用買山錢，提壺挈榼，坐樹觀泉。抄幾段虞初傳，還臨幾紙蘭亭卷。黄茅下，黄茅下舊鶯新燕；清溪上，清溪上翠竹蒼煙。

【鴛鴦尾】從教酩酊歸途遠，楊柳梢頭月正圓。唤兒童把柴門静掩，常則是紅日三竿自在眠。

且到草場内歇息者。百年活計閒爲寶，四海交游山有情。（下）

（中浄陸謙上）自家陸謙，奉着高太尉差遣，教我來殺林冲。臨行時，又惱着竹尚書，教我趕着他一發害了。（笑科）事有湊巧，人有偶然。行到這厢，恰好竹尚書在草場借歇。放把火一燒，燒了這草場，既燒死了尚書，又不怕林冲不問死罪，可不是一舉兩得？（放火科）（下）

（生上）近日蒙州太爺撥官草場，得脱驛中苦楚。聞得大恩人竹尚書在此安歇，要進去磕箇頭。不知睡了不曾？（内報云）草場内燎天燎地火起了！（生驚科）我管草場，如何了得，走了罷！且住，我死是小事，大恩人在内，怎麽了？只得拚命向火裏救出它來。（作撲火忙走，一二轉下）

---

① 【眉批】韉，平声。

② 【眉批】鶴，平声。

(背上科)(外)你是什麽人？大火内捹命救我。(生)相公不認得了？小人就是林沖。(外)不記得！那箇林沖？(生)就是妻子擊登聞鼓奏辯底。蒙相公天心救拔，改配到此。(外)可是你麽？我當初是依理法放你，你今却捹性命救我，教我怎生當得？(生)相公説那里話！小人當日呵，

【錦纏道】陷圜牆，痛沉沉盆無覆光，

小人底妻子，

擊鼓訴君王。

那時節高俅什麽樣權勢！

仗明臺，放麋心不顧豺狼，霎時教晉鍾儀脱了桁①楊，可不道破冥冥立覩②蒼蒼。展草與垂繮，怎報答再生重長③。今朝向火場，捹七尺則要二天無恙。

(外)萬一煙障火烈，可不連你底命也害了？(生)

區區命一死又何妨？

【前腔】(外)謝賢良，我當初從公破網，你今朝乃輕身赴火探湯。况我又棄官歸養，你不但伍行人投金瀨漿，我不比漢王陵救伏鑕張蒼。俠氣恁昂藏，看你輕一死，真箇是先賢伎倆；要④離未易當，山林下有恁般慨慷！

古人云："知爾不能薦，羞稱獻納臣。"

使山人媿殺巖廊。

(二卒扭陸謙上)(卒)拏得放火賊在此。(生)呀，元來是陸謙！(外)陸謙什麽人？(生)也是箇虞候官，高俅惡黨。當時就是他，爲高朋要謀佔小人妻子，設計賣這寶刀，又差人借看這寶刀，賺入節堂，屈坐行刺上官底死罪。(外)就是他麽？天下有這等惡人！你爲何放火？看刑具來！(浄)不勞不勞！我實説罷：高太

---

① 【眉批】桁，音杭。
② 【眉批】覩，上声。
③ 【眉批】長，上声。
④ 【眉批】要，平声。

尉着我來殺林沖，又教我并刺尚書。聞得尚書正在草場安歇，這一把火却不兩得其便？（生）這賊子喫我一刀，還剥了皮，囊了草，鎖在廠前，與天下設謀陷殺人底做箇榜樣。（雜應下）（外）他既是虞候官，不曾明證得放火罪名，擅自殺訖，你所犯一發大了，怎麽好？（生）小人自有區處，相公放心。

提刀今日斬奸人，獨受恩多未殺身。

惟有感恩并積恨，萬年千載不成塵。

第二十五齣　女俠貽金

【生查子】（貼扮一丈青上）孤征不憚勞，霜雪滿弓刀。穴蟻逃何所？傷禽故隱巢。

自家扈三娘底便是。奉大哥將令，探問張貞娘。一路訪尋，並無下落。適問前村老嫗，説就在四化菴中。不免扣門則箇。（扣門科）

【前腔】（旦上）春寒澀剪刀，未剪淚先抛。瀛陽知遠近？無處寄征袍！

（開門相見科）大嫂何來？（貼）貞娘，我特來看你。（旦）拏家不是什麽貞娘。（貼）你被高俅父子逼勒，冤情苦事，一一知道底，不消謾①得。

【梁州小序】夫君征戍，娘行流落②，寄跡空門煩惱。

拏家特來看你。

鄉鄰太息，閒中探汝蕭條。

些小囊貲，助貞娘衣食之費。

黄金五十，紫貝三千，旦暮充温飽。

（旦）元無一面，敢受千金？（貼）些小不勞推托。（刀響科）（貼）那里什麽響？（旦）是刀響。（貼）刀，刀，刀！你不消這等悲號，不久雌雄自有會合處。

---

① 【眉批】謾，音瞞。

② 【眉批】落，去声。

壁間霜刃也謾悲號，會合延津定不遥。

（合）

懷俠氣，展方略[1]，冤山恨海須臾報，卿莫道女兒曹！

（旦）大嫂，你既悉苦情，又蒙厚贈，孥家也不敢謾昧了。大嫂家住那里，上姓、排行第幾？（貼）前村居住，兄弟每排來第三。

【前腔】（旦）裙釵相顧，英雄自表，敢不衷腸傾告。

那一日不是錦兒替嫁，孥家死也死了幾時了，那里還討張貞娘？虧殺那錦兒，

他輕身替死，乘機夜半潛逃。

那賊子又着王虞候追趕，賴得這虞候十分義氣，不惟不殺，反將這刀贈了孥家。

他仍飛紫電，立贈紅顔，救拔恩非小。三娘，你又倒囊投贈也福難消，浪説瓊瑶報木桃。

（合前）

（貼）借刀一觀。孥家也有一刀，看我試舞一廻。（脱衫，露披掛，舞刀科）

【節節高】（貼）它時跨寶刀，逞英豪。

（旦驚跪科）娘娘，你諕死孥家也！實實是什麽樣人？（貼）不消問，

掀天揭地纔分曉。你遭强暴，肯恕饒？當分剖[2]。

（旦）請問娘娘，你畢竟是什麽人？（貼）不是盗金盒底紅線，便是殺退千軍萬馬底錦繖夫人，

姓名難向卿卿道，

你夫婦團圓，都在俺弟兄身上，

天台管遣劉郎到。

（合）

---

① 【眉批】略，去声。

② 【眉批】剖，音抛，上声。

或恐滄州有波吒①,抉開羅網應須早。

【前腔】(旦)威神下絳霄,旅魂摇。皇天想念無依靠,資枯槁,僇獍梟,全忠孝,箇中消息真難曉。

(旦拜科)若使得我夫妻相會,我朝朝夜夜焚香,禮拜娘娘,

晨昏一柱明香報。

(合前)

【尾】(旦)想蒙天遣娘行到。

(貼)

這相逢别有根苗,不數千秋劍俠高。

(旦)愁雨愁風閉竹房,蒙過②蒙贈似高唐。

(貼)卿家莫謾驚無賴,曾歎煙塵學放狂。

第二十六齣　官兵追捕

(末扮徐寧上)五百官兵出汴城,林沖擅殺事非輕。計窮定走梁山泊,合起烟塵不太平。吾乃金鎗指揮徐寧便是。叵耐林沖殺了高差虞候,太尉遣我統領五百騎兵,前去勦捕。如今已過黄河,恐怕它走了,急急追上前去。

【劉滚】(末)忙追上,忙追上,休教走了林沖。

(衆)這里草塲了,不見林沖。

不在草塲,定在途中。山頭有微月,趁此朦朧。有人拏住,便算頭功。

號令下雲霄,旂摇北斗杓。

四更山吐月,一箭射飛鵰。

第二十七齣　窘迫投山

【點絳唇】(生)數盡更籌,聽殘銀漏。逃秦寇,好教我有國難投,那搭

---

① 【眉批】吒,音査。

② 【眉批】過,平声。

兒相求救?

我殺了陸謙,犯了天條大罪,只索上了梁山,再作區處。呀!恰才天明月朗,霎時霧暗雲迷,况山路崎嶇,高低不辨,交我怎生行得?那前面黑洞洞底,想是箇村店,只得緊行幾步。原來是座菴堂。深夜無人,且向伽藍殿前,暫憩片時則箇。(生作睡科)

(浄扮神上)生前能護國,死後號伽藍。吾乃四化菴護法之神。今有上界武曲星受難,官軍追急,恐傷他性命。林將軍,官軍過了黄河,咫尺趕上,急急起來去罷!吾神退也。(生醒科)諕死我也!方纔合眼,忽見神明向林沖道:"急急起來,官軍到了!"想是伽藍神聖指引迷途,待我看來。是"四化菴"。神明,神明!我林沖若得一步之地,重修寶殿,再塑金身。撒開脚步走也!

【雙調新水令】按龍泉血淚灑征袍,恨天涯一身流落①。專心投水滸,回首望天朝。急走忙逃,顧不得忠和孝。

【駐馬聽】寒夜蕭蕭,野店頻經離小閣。殘星耿耿,重關暗度出荒郊。身輕不怕路迢遥,心忙衹恐人知覺②。急煎煎魄散魂消,歎紅塵誤了、武陵年少!

【折桂令】指望封侯萬里班超,生逼做叛國黄巾,背主黄巢。恰便似脱扣蒼鷹,離籠狡兔,摘③網騰蛟。救急難誰誅正卯?掌刑罰難得臯陶。髩髮蕭騷,行李蕭條。這一去博得箇斗轉天廻,須教他海沸山摇。

【雁兒落】望家鄉去路遥,想妻女將誰靠?我這里吉凶未可知,他那里生死應難料。

【得勝令】呀!諕得我汗浸浸身上似湯澆,急煎煎心内似油熬。幼孩兒何着落④?病妻房恐喪了。迢遥,夢寐心難到;悲號,英雄氣怎消!

【沽美酒】想一回,怒𢙣烋;行一步,哭號咷。急急驀羊腸路兒遶,且喜底星兒照,又怕底天兒曉。

---

①④ 【眉批】落,去声。

② 【眉批】覺,上声。

③ 【眉批】摘,上声。

【太平令】昏慘慘雲迷霧罩，疏剌剌風吹葉落，振山林聲聲虎嘯，遶溪澗哀哀猿叫。諕得我膽消，想跑，轉蹺，百忙裹走不出山前古道。

【收江南】呀！又只見烏鴉陣陣起松梢，數聲殘角斷漁樵，忙投村店伴寂寥。想着俺家園夢杳，空隨風雨度良宵。

故國徒勞夢，它鄉未得歸。

無端投虎穴，空有淚沾衣。

第二十八齣　坐衙嘲戲

【中吕粉蝶兒】（浄扮李逵上）力辨雄雌，潑無徒一時捽死，俺輕輕底閃脱官司。一會家過山莊，經野店花封縣霎時來至。俺待把官人揪下堂兒，跪堦前索稱呼三百聲天使。

朝野紛紛亂似麻，殺人放火作生涯。相逢不用相迴避，世上于今半是咱。某"黑旋風"李逵便是。前日和魯智深上山訴説一遍，俺就與大哥討取一千人馬，去殺高俅。大哥道："你且下山打探。且待林沖自家來，問他詳細，纔好發付人馬。"偶與燕青到東岳廟，一時打死了任原，被俺殺退了官兵。一徑來到這里，人説是壽張縣，且待我進衙門去瞧一瞧來。（虚下）

（扮官引吏書、門皂上）（官）則俺是壽張縣縣官是也。左右，與我打鼓升堂。（報科）相公，梁山上强盜殺進來了！（官）怎麼好？走了罷！走了罷！（棄冠帶、手板走科）

（浄持兩斧上）官人那里去了？官到不在，官衣服在這里。待我穿戴起來。（冠帶手板科）左右都出來！出來！不出來，喫我一斧！

（衆上，跪科）（浄）我不來打攪你縣裏，請官人出來相見。（衆）官人見大王來，後門走了。（浄大笑科）既是官人走了，我權做一箇官人。（吏）大王做官，真箇"十年寃下無人問，一舉成名天下知"！（浄笑科）

【耍孩兒】(净)一朝美滿十①年志,可不費半張兒紙。雖然冠帶不多時,也是俺命到于斯。往常時黄虀淡飯輕酸子,今日裏白簡烏紗扮這廝,公案上權行事。

(吏跪科)稟相公!擡告牌出去,放告。(净)咄!

肯便學横②張官勢,濫受民詞!

【四煞】(净)排衙却怎生,升廳可甚時?

(吏)相公分付排衙!(衆作排衙,一轉,唱喏科)僉書公事!(二轉,唱喏科)合衙人馬平安!(三轉,唱喏科)左右分班伺候!(净大笑科)好、好、好!

僉文判事樁樁試。

(吏)没有聽審底。(净)扮起來,扮起來!(二人扮原、被科)(原)他罵了小人,小人告他。(被)他打了小人,小人訴他。(净)打罵是小事,趕出去!(吏稟科)相公怎麽就趕出去?那罵底該罰他五百,打底該罰他一千,送到水滸寨助工。(净)胡説!

誰容你指稱興作搜人户?誰許你撥置科錢污有司?教左右,休輕視。倒是假官員半星知法,不像真令尉一味貪私。

(吏)他自犯了相公底法,罰他是該罰底。况且興造官作,官支官用,還該出一紙發落牌,纔是法體。(净)咄,胡説!這些公曹,每翻着牌案内舊套兒,便道是法體,正像酸子每抄着漢、唐、宋舊話兒,便道是文章;官人每謄着人嚼了又嚼底舊本兒,便道是彈事。誰採你來?

【三煞】(净)儘着你巧計唆,佞舌支,功名肯賣與功曹市?

你不見咱行徑來?

金銀寨内周和濟,肯忘③了俸禄民間膏與脂?還剥削,豺狼耳!

這是什麽去處?(衆)是正衙。(净)兩傍呢?(衆)是從事衙。(净)

① 【眉批】十,平声。

② 【眉批】横,去声。

③ 【眉批】忘,去声。

明開着屠人大店，傍列着等賽叢祠。

（衆）俺縣裡老爹，不比别縣，極清廉，極愛惜百姓底，真箇是“民之父母”，况且極有才幹。（浄）好，好，好！

【二煞】賢愚信有之，幹局猶閒事，只要他清廉愛育民如子。假饒半米營官槖，

莫道黑爺爺輕輕底放過了他！

發付三更向鬼司，忙傳示：罷甘言和刀餂蜜，漫窮民當①繭抽絲。

（衆應科）（浄）擡着轎，擺着旗幟，送俺上山。（衆應）（擡送科）（衆）呀！外面又有許多大王每來了也！

【煞尾】（浄）車門列馬驢，山徑張旗幟。休傳報來將差三錯四，這一會黑旋風快活死。

第二十九齣　哭女思夫

【掛真兒】（旦）夫配兒亡身没主，空院宇又誰重顧？典盡衣衫，賣完簪珥，目下怎捱朝暮？

孥家自到菴中，前日那一位娘行忽然下顧，贈以金貲，也不知真是鄰家，也不知神差鬼使。這也不在話下。夜來一夢，夢見錦兒它牽了我衣袂，十分痛哭。兒，今日做碗羹飯與你。（哭科）兒，我想起你前日替嫁之時呵！

【九迴腸】【解三酲】（哭科）一從他更衣誑楚，救出我一夜亡吴。

前日王虞候説，你到那厢就自盡了。唉，替了娘，又不玷污②了你身子。

輕身替母身無污，孝和貞説甚羅敷！浮橋故作填河鵲，比翼佯飛反哺烏，

千虧萬虧，只是虧了你！

真辜負。

---

① 【眉批】當，去声。

② 【眉批】污，去声。

這兩日正是墓祭時節，兒！

【三學士】（哭科）孤墳何處，誰澆土？洒西風血淚將枯。

兒，你還有夢；你父親這兩日連夢兒也没有了！

兒從地府三更夢，父滯天涯七尺軀。

你父親若有還鄉日子，我兩口到埋你去處，羹飯也再做一碗，肯忘了你臨别語言麽？

【急三鎗】（哭科）還須向埋魂處，雙雙哭。

還替你立一通碑，描寫你底烈孝。肯辜負了你？

把碑銘樹，千載不教磨。

（老旦扮王婆上）天悲朝雨淚，野哭夜猿啼。娘子，你今日做羹飯與錦兒，哭得勾了，我勸你住了罷！

【一封書犯】（老）生和死兩途，數無逃，你怎麽？兒和女滿目，到無常，我怎那？人世隙駒元自促①，老命風燈可久扶？强支吾，强湔除，血淚潸潸眼欲枯。躊躇，脱網之魚意蹔舒；糊塗，積善之家禍有餘。

（旦）媽媽説得有理，只是我自家也勸解不下！

【前腔】（旦）一絲命脱虎，也須知權耐苦；一家散若雨，也難教權忍哭②。

我那兒！（解看合包，哭科）

雞嗦傷心殘線縷。

我那夫！

雁足穿眸没紙書。怎支吾，怎湔除？心掛刀頭眼掛珠！

（哭科）

窮途，手内無錢甚寄夫？孱軀，眼下無兒孰痛孥？

一夢亡兒一念夫，兩厢衣絮紙錢無。

早知今日腸千斷，不若當時一命殂。

---

① 【眉批】促，上声。

② 【眉批】哭，上声。

第三十齣　山寨借兵

【虞美人】(末扮宋江上)屯兵欲翦滔天害,創立梁山寨。

(外)

英雄四海望風來。滚滚游絲,梁燕不須猜。

(末)吾梁山寨主宋公明是也。(外)吾魯智深是也。(末)只爲朝廷上是非顛倒,清濁溷淆。權門希官監愛憎,言路論交遊同異。蔡京、童貫、朱勔、高俅,攪得不成世界,使天下英雄豪傑,在在離心。以此糾合亡命四十余萬,扎寨在此。今日無事,智深兄弟,你在官道上哨探聲息,看有什麽人來。(外)得令。

【前腔】(生)輕飛七尺黄塵界,一寸丹心在,單逃目下這陰霾。緑水青山,有日見天開。

行了幾日,方纔脱得官兵。此間是梁山,只這一條性命,可扎挣出來也!那箇在此?(生、外相見,相揖科)(外)兄弟,你早來了,待俺報覆大哥。(進報科)大哥,日前説底林沖兄弟來了。(末)道有請。(生入,相見科)(末)足下便是東京八十萬禁軍提轄麽?(生)不敢。小可微名,污大王尊聽。(末)智深道足下英雄盖世,今始識荆。情愿讓爲山寨之主。(生)不敢。容小可執鞭墜凳①足矣。(末)請坐。朝廷上近來動静,試説一番。(生)聽禀!

【降黄龍】棼亂如麻,不問賢愚,信口資牙。朝夷暮跖,忽異俄同,一似里嫗喳喳。嗟呀,他則道世間公論,總百歲都聾並瘂,使英雄無端喫盡鹹酸苦辣②。

(末)府上事請細説一番。(生)小可被高俅父子呵!

【前腔】冤家!屈陷賢良,圖佔妻孥,那些王法!斟量得失,惟落黨無憂,但有孔方不怕。天涯,奈無門可避;相投逩,望收麾下。倘得借三千士馬,洗净中華。

---

① 應爲"鐙"。

② 【眉批】辣,去声。

【前腔】(末)波吒①。我正爲綱紀都傾,罾鳳爲鴟,指鹿爲馬,因此上懷忠抱憤,聚義沙頭,團營山下。撐達,得君相助,又何愁朝市諠譁。從今後縱横豺虎,肯教甘罷?

【黄龍滚】(外)奸臣毒痛遐,奸臣毒痛遐,寨主威名大。濟困除殘顒,望提兵馬。扶持烈士,報復冤家。仗大義,僇元兇,誰不怕!

(生)那高俅流毒海内,宗社將危,謀殺小可一家,還是小事。

【前腔】(生)傾危豈一家,傾危豈一家,九廟非輕耍。爲國忘身,真替天行罰。看前茅到處,聲摇屋瓦。容末弟,佐軍中,清闕下。

(末)既如此,叫嘍囉看歃血盆過來,賢弟對天盟誓,方好發兵。(生歃血科)林沖敢有二心,有如此血!(起作面闕科)蒼天,蒼天!非是林沖背君爲寇,只爲高俅父子逼勒不過。早晚懸懸招撫,再覩天顔!(拜闕科)

【尾】(衆)朝廷焉敢相驚詫,僇權姦奠安區夏。

(生)妻,我如今也顧不得你了!

鴛侣輕抛莫怨咱!

(衆)英豪聚義在山林,只爲奸臣毒痛深。

(生)淺水蛟龍非本意,終騰霄漢作甘霖。

第三十一齣　羣雄四伏

【金錢花】(净、丑扮高俅父子領軍上)掀天陣勢嫖姚、嫖姚,連天殺氣烋烋、烋烋,陰風獵獵馬蕭蕭。趨水泊②,轉山椒;除草寇,搗鴟巢。

自家太尉高俅底便是。與孩兒高朋,統領十萬人馬,前來勦捕林沖。這里是梁山地方,衆將官,與我殺向前去!(衆應科)

除草寇,搗鴟巢;除草寇,搗鴟巢;

(下)

(生領二卒上。登壇科)天地日流血,朝廷誰請纓?一朝誅佞賊,

① 【眉批】吒,音查。鹿,平声。

② 【眉批】泊,音薄。

萬國賀昇平。林沖奉着俺大哥底將令，軍師底妙策，着俺與同衆兄弟統領五千人馬，四面埋伏。待高俅父子到來，詐敗佯輸，一步步引入梁山泊内，活捉這厮。林沖領着黄盔黄甲底將士，劄住中軍，不在話下。衆頭領，一一過來，聽者！

（副末扮燕青，執小青旗領軍上）

【仙吕】【青歌兒】（生）甲乙按青龍，甲乙按青龍，陣列蒼蒼，鼓聽鼕鼕。教陣面兒衝，教陣面兒衝，

則許你輸，不許你贏，

先引入投雲夢。

（燕）得令。（下）

（中浄扮李逵，執小紅旗領軍上）

【前腔】（生）朱雀按南宫，朱雀按南宫，赤羽如焚，火甲如龍。教陣面兒衝，教陣面兒衝，

則許你輸，不許你贏，

更引入蘆洲葑①。

（逵）得令。（下）

（外扮魯智深，執小白旗領軍上）

【前腔】（生）白虎引蒙茸②，白虎引蒙茸，白幟疑荼，白羽迷空。教陣面兒衝，教陣面兒衝，

則許你輸，不許你贏，

别引過梁山洞。

（魯）得令。（下）

（貼扮一丈青，執小皂旗領軍上）

【前腔】（生）玄武鎮崆峒，玄武鎮崆峒，皂甲玄旗，黑羽烏穜③。他陣面兒衝，他陣面兒衝，

你將聯環套索，二賊一時綑者。

---

① 【眉批】葑，去声。

② 【眉批】茸，音戎。

③ 【眉批】穜，音冲。

輕縛下休教縱。

(丈)得令。(下)

(生)茜紅巾插野花枝,不數鳴弓擐①甲兒。

陣上試看擒腐鼠,山中端合有雄羆。

第三十二齣　手戮雙梟

(高俅、高朋領軍上)

除草寇,搗鴟巢;除草寇,搗鴟巢;

(燕上戰科)(燕下)

(逵上戰科)(逵下)

(魯上戰科)(魯下)

(丈上戰)(擒俅、朋科)

(林率燕、逵、魯同上)(丈)高俅父子拏下了,請哥哥發落。(生)高俅!你本是閭閻無賴,市井細民,專一趨附豪門,浪遊京國。一字不識,習吹彈爲糊口之資;寸箭無功,仗蹴鞠作進身之路。既叨將位,敢竊君權;黷貨殃民,嫉賢害政。逼得俺夫妻逃竄,骨肉分離。你則想富貴貪淫,誰料也有今日!我將你這賊子平昔所爲,略説一遍。

【正宫】【端正好】享富貴,受皇恩,起寒賤,居尊位,秉權衡威振京畿。你只道將軍上下無天地,全不想有今日!

【滚繡毬】替官家擦②亂酶,替兒孫壘禍基。假軒昂都只是狐張虎勢,實貪婪那里管越瘦秦肥。依附底即孔、顔,觸忤底皆盧、李。裝大名炎涼小輩,快私讎公道全虧。你將那九重天子渾謾③昧,致令底四海生民總亂離,不道天網恢恢!

【倘秀才】則顧着巧言辭一時寵喜,那里肯任忠良萬國雍熙。你直待

---

① 【眉批】擐,音宦。

② 【眉批】擦,音察。

③ 【眉批】謾,音瞞。

顛倒英豪把世迷，都是些隔靴來揉癢，反症去行醫，那些綱紀！

【滚繡毬】秦趙高，指鹿姦；屠岸賈①，縱犬機。那管殷孤竹，坐以二心之罪；便遇漢張良，道四皓懷欺。但行處，絃管隨；出門時，兵甲圍。昧天理隨心攻擊②，藐天威信口嘲譏。望塵有客趨姦黨，借劍無人斬盜魁，任你狂爲！

【煞尾】黑心舌上無碑記，青史編中有是非。你只知擠排諫諍阿中貴，那里管盜賣江山結外夷，枉辱了象簡烏紗掛繡衣，借笑藏刀下井石③。權方在手人皆避，禍到臨頭悔後遲。南山竹罄難書罪，東海波乾怎洗欺？萬古流傳，教人唾駡你！

叫嘍囉拖他出去，割腹剜心，碎屍萬段者！（下）

第三十三齣　回營議撫

【懶畫眉】（末扮宋江上）五道分兵出山崖，飛捷懸懸不見來。

此舉不但爲兄弟林沖，欲爲海内誅此殘賊。高俅，高俅！

迷君誤國剥民財。

見如今百姓每呵，

千門涕淚刀頭灑，萬國關山笛裏哀。

【不是路】（雜扮報子上）放下旗牌，報與山中大帥來。

各位將軍呵，

庸羣策④，依山傍水安營寨，見髤髩，剛剛送死和門外，詐敗佯輸誘水涯。

那時節一丈青將軍，艷糍濃抹，在馬上賣箇俏兒哄它。

貪眉黛，回身套索輕輕摘⑤。

---

① 【眉批】賈，音古。

② 【眉批】擊，上声。

③ 【眉批】石，平声。

④ 【眉批】策，上声。

⑤ 【眉批】摘，上声。

林將軍把他父子兩箇數落了一會，一箇一刀，

盡皆殺害，盡皆殺害。

（鼓樂迎生、外、淨、貼、副末上）（相見科）（生）仰仗仁兄，大讎已報。（末）恭惟兄弟，姦賊都除。你每得勝緣由，適旗牌官備説，已知道了。快擺慶賀筵席。（雜應）（外送酒科）

【掉角兒】（生）仗天心冤讎盡排，犯天條死生難貸。替天朝電拆霜開，須天赦雷舒雨解。

（末）兄弟説底是。（魯）大哥，若要安撫赦書，必得御筆，童貫等方不敢番變。若要御筆，必得極寵幸底方敢奏請。

還須要向龍樓，從鳳闕，請蜂媒，邀蝶使，安排布擺。

（李、燕）大哥若要行這勾當，必須多帶金珠寶貝，又必須戴院長一行。

珠冠玉帶，輕賫暗埋，須仗託騰雲駕霧，撥轉天來。

（宋）我自有方略。

【尾】（宋）於中別有機關在，管向君王乞詔來。

（丈）林大哥，你前日在軍中説道，急難中虧了四化菴伽藍，理合酬謝。况且你到那廂，自有意外之喜。

好辦名香赴神聖側①。

（衆）草莽提兵誅佞賊，黔黎指日樂雍熙。（衆下）

（宋、燕弔場科）兄弟，我欲差你到一箇去處去。（燕）哥哥，往那里去？（宋）你且猜一猜。

【紅衲襖】（燕）敢待要走瑶池脱繡鞋？敢待要上天堂誆玉帶？敢待要三千里外邀跨鶴客②？敢待要十二樓前搆飛鳳臺？憑着咱心性乖，傍着伊聲價擡，須當要見景生情也，不怕蟠桃摘③不來。

（宋）都猜不着。我前者到李師師家，題一小詞於壁，曰："天南地北，問乾坤何處可容狂客？借得山東煙水寨，來買鳳城春色。翠

① 【眉批】側，上声。

② 【眉批】鶴，平声。客，上声。

③ 【眉批】摘，上声

袖圍香，鮫綃籠玉，一笑千金值。神仙體態，薄倖如何銷得。

想蘆葉灘頭，蓼花汀畔，皓月空凝碧。六六雁行連八九，只待金雞消息。義膽包天，忠肝盖地，四海無人識。閒愁萬種，醉鄉一夜頭白!”我想宣和主上，若讀到“金雞消息”，定鑒我“義膽忠肝”。如今我着你多帶金珠，密密底送與師師。待他收下，你自取箇方便，將討招安一節，再四央他。他若應承，宣和不怕不允。聽我説，

【前腔】單要你向京華將雁字揣①，單要你託平康求鳳詔裁。半紙招安到蓼花寨，一天雨露向煙水篩。不才兄，放下懷。太平筵，當②下擺，却纔完義膽忠肝也。

兄弟，你早去早回，

屈指歸程把望眼揩。

(燕)小兄弟一一都理會了也。

隱跡到平康，傾心託未央。

酒中如許諾，日下拜恩光。

第三十四齣　青樓乞赦

【步步嬌】(貼扮李師師引小旦上)繡幕珠簾輕寒透，香冷泥金獸。嬌鶯有甚愁? 獨坐無憀，却共垂楊瘦。

(小旦)

入眼少年游，放不下擎漿候。

(貼)一般桃李笑春風，纔護朱欄便不同。昨夜朦朧香閣夢，巫山不到到牆東。孥家李師師是也。自荷當今憐香恤玉，累蒙駕幸，醉月迷花。這也不在話下。那一日小張閒引領時員外到此。不説那員外，小張閒風流俊俏，且是着人，教我整整底想了這幾箇月。三兒，看外廂什麼人來?(應科)

---

① 【眉批】揣，平声。

② 【眉批】當，去声。

(副末扮燕青攜囊上)周身都刺鳳鸞章,曾伴風流到醉鄉。眉眼似蒙憐宋玉,機關因托救襄王。燕青奉着大哥差遣,帶了這金珠寶貝,潛到李師師家,央他恁般恁般。這里是他門首。有人麽?(小旦出見,報進)(相見科)俺員外自從别後,感念美情。將寶貝珍珠,并黄金三百兩,聊表微意。(師)怎敢當這樣厚禮?三兒,收了去,閤子下安排酒席。(小旦應,收禮下)(師)一自别來,時常想念。不惟員外厚雅,小閒哥,就是你這様多情多趣,何時不想!今日甚風兒吹得你來?怪道喜鵲傳聲,燈花結蕊哩!

【醉羅歌】夢遶夢遶春山岫,信斷信斷楚天秋。昨夜燈花没來由,整結至三更後。裴郎書到,慇懃杵投;劉郎身到,綢繆醉留。

你覰來,我爲誰害得這般様瘦了?

羅裙繡帶渾非舊!

(背科)

秋波溜,暮雨愁,今宵春暖絳霄樓。

(燕)實不敢謾①娘子説,小可不是張閒,是燕青。俺哥哥不是時雨員外,是宋公明。(師作驚科)(燕)娘子休驚。前日俺大哥來會娘子,非圖買笑。久慕娘子遭際當今,特來告訴衷曲。望將替天行道之心,上達天聽,早得招安,生死不忘大德。(師沉吟科)(燕)娘子不必沉吟。事到如今,若不替俺大哥委曲,一朝發露,兩下裏並犯天條。(師)也罷,也罷!只得隨機應變。到其間我自有箇區處。(師微笑科)燕小哥,我理會得了,你也要理會。(燕)俺大哥呵,

【前腔】流落流落鯨波久,躭誤躭誤鳳城游。怕一陣風來碧荷秋,抛閃下珍珠走。珠冠玉帶,些些少酬;巫雲楚雨,卿卿漫愁。

你周旋得那一椿,俺大哥自有來會你底時節。

賓鴻自有賓鴻候。

(師)你要人周旋,人也要你周旋哩。(燕閃背科)(燕)

流紅葉,出御溝,嘶非于佑敢輕收!

---

① 【眉批】謾,音瞞。

(師)聞得燕小哥偏體花紋,新奇絶世,請略借一觀。(師看臂,摸手)(燕閃避科)

【解三醒】(師)忘①不了眠花臥柳,忘不了皓齒明眸,忘不了銀筝錦瑟春風手,忘不了夜月歌喉,忘不了飛揚馬上嬌垂袖,忘不了賣弄尊前巧中鬮。天緣湊,喜栖香宿粉,蝶願鶯酬。

(燕背科)臨行時大哥怎麽樣分付我,戴院長又怎麽樣丁寧我,大丈夫肯爲心猿意馬拴束不定麽?我自有計較,鎖住那婦人一點春心便了。(向師科)娘子貴庚?(師)二十七。(燕)小弟二十五。既蒙錯愛,願拜爲姐姐。(燕拜,師答科)(燕)駕到之時,煩姐姐做箇方便,使小弟一見聖顔,告得御筆赦書,實出姐姐之賜。(師)管教一見,須有下落。(燕)如此,多謝姐姐!(又拜科)

【前腔】則圖箇念想前春雙鸞偶,則圖箇宛轉當今五鳳樓,則圖箇蓼花灘上黄雲覆,則圖箇玉露瀼瀼,則圖箇雛鶯弄舌把東皇誘,則圖箇稚鴿傳鈴向北里投。

(師)看酒來,我陪兄弟一盃。(燕)

何須酒,况盃中酒薄,着不得意外閒愁。

(俱下)

(小旦上)

【醒羅歌】(小旦)一箇踹翻花滿枝芳溜,一箇剪了棘半點難兜,一箇湘腰解珮圖消受,一箇全不向楚鬢凝眸,一箇花心顫顫望蜂兒採揪,一箇春情懶懶教鶯兒罷休,兩家搭不上鴛鴦扣。

姐姐,你動不動道我是含香荳蔻,怎比你這些倒路薔薇?今日呵,

薔薇綻,荳蔻羞,駡不得撩雲撥雨小丫頭。

(内報科)駕到!(小旦急下)

(内使提燈,引駕上)

【夜行船】(小生)萬里江山何所有,單落得百歲風流。幾日春花,一天秋月,歌舞許誰消受?

---

① 【眉批】忘,去声。下同。

(師冠帶接駕,俯伏科)(小生)偷出紫金城,暗向青樓道。看遍洛陽花,不似師師好。(師)臣妾房内設一小筵,望萬歲爺臨幸。(燈引進房科)(駕坐,師跪)(内承應進酒)(賜坐科)

【香柳娘】(師)荷鸞輿降游,荷鸞輿降游,龍光射斗,鳳膏麟脯安排就。笑沉香亭厮守,沉香亭厮守,便金母玉池頭,也不免紫燕黄驊驟。看須臾月窟,看須臾月窟,雲梯浪搊,霓裳在奏。

臣妾有箇姑舅兄弟,從小兒流落外方,今日纔歸,要見天顔,未敢擅便。(小生)既是你兄弟,便宣來。

(燕上,叩頭科)(師)兄弟頗知彈唱侑酒。(小生)寡人行幸妓館,正要聽時新豔曲。(燕彈唱科)

【滚繡毬】(燕)柳拖烟,翠黛愁;花帶雨,珠淚流。幾般兒趲人憔瘦,不由咱攬鏡含羞。鶯和鶯,相趁逐①;蜂共蝶,厮配偶。戲金波錦鴛交媾,倚雕欄清晝凝眸。他那里春風馬上扶殘醉,俺這里落日蟬聲送髩秋,剗地躭憂。

(小生)彈也彈得好,唱也唱得好。賞寶鈔三十錠。(燕叩謝科)(小生)叫内使,明日便補入教坊供奉。(雜應科)

【香柳娘】(小生)探名花弱柳,探名花弱柳,風流希遘。

且不説愛卿,就是你那兄弟呵,

巧言溢出如簧口。謾説道神仙好②遊,道神仙好遊,紺殿與青樓,良夜和清晝。會心處便優,會心處便優,則清揚一謳,要甚簫韶九奏。

(小生)你再彈一彈!

【滚繡毬】(燕)歎天南没處藏頭,借山東一時權宿③。辦着片濟人心,爲國分憂。蓼花灘枉了提兵,蘆花蕩誤了封侯,端的是懷忠義有誰參透?因此上鎮朝昏干自憂愁。縱横旅雁依梁渚,等待金雞下鄆州,則甚悠悠。

(小生驚科)何故有此一曲?(燕伏地科)(燕)臣自幼流落山東,

---

① 【眉批】逐,平声。

② 【眉批】好,去声。

③ 【眉批】宿,音秀,上声。國,音鬼。

被梁山泊擄去,今日走回來見姐姐。(小生)既在梁山,必知那里端的,奏上來!(燕)宋江旗上大書"替天行道"四字,日夜專望招安,與國家出力。(小生)是。我記得那一處見一小詞,道"六六雁行連八九,只等金雞消息",他每元是望招安底。只一件,寡人兩次招安,如何不服?林沖反殺了高俅?(燕)招安詔書,都被高俅改換。高俅又謀殺林沖妻女,又誣陷林沖,以此洶洶不平,海內盡思作亂。(小生)正是!我記得高俅曾陷林沖。我與愛卿同游艮岳之時,他妻子申奏。後來竹之有辯白,我已准奏,都饒了他了。(師)這是上位爺明見萬里。但高俅二次擅改詔書,自該萬剮。林沖一家受冤受苦,自該特赦。望上位爺親賜御筆,他每纔敢放心。(小生)愛卿説底是,取紙筆過來!(寫科)神霄玉府真主、宣和羽士、虛靖道君皇帝勑:特赦宋江等無罪,量受官職。其林沖候另旨行。(師)萬歲爺御書御押,强似御寶。兄弟,你過來,謝了恩!(燕謝恩科)(内使)回宫!

【尾】(小生)漫教笑破詩人口,道不及盧家有莫愁,可記長庚曾勸酒?

(駕下)(師送駕科)(燕)蒙姐姐大恩,俺弟兄每生死難忘,改日拜謝!(師)兄弟再住兩日。(燕)御札在身,不敢遲誤。

(燕)昨夜追歡出建章,今朝奉詔慰襄王。

(師)相思一夢情多少,地角天涯未是長。

第三十五齣　團圓旌獎

(丑扮尼姑、末扮道人上)(末)臉似尼姑臉,心還女子心。(丑)空門誰識我,就裏有知音。(末)你是出家人,知得什麽音?(丑)你道我不知音?我元是妓女出身,我記得底是"鎖南枝""山坡羊",鑽心底"清江引"也有一百箇。(末)你就唱箇"清江引"與我聽聽。

【清江引】(丑)口兒裏念佛心兒裏想,張和尚、李和尚、王和尚,看他墮孽根,與我消災瘴。西方路兒都是謊。

(末打科)好出家人,專想和尚!(丑)休打,休打,打墮了胎!

(末)休胡説！菴主張居士來了。(末下)

(丑隨旦上)

【二犯江兒水】(旦)梅花香射,這兩日梅花香射,幽幽透白氈①。與清風相傍,霽月相遮,比幽人不較些。

雖然如此,我也不羡他。

結子謾心熱②,横窻笑影斜。

梅花,梅花,你怎比得松竹來?

還笑你輸與�耶,輸却松耶。

(丑)怎見得梅便不如松竹?(旦)

他並不將詩客惹。

(丑)竹到像居士,梅到像我。(旦)怎麽?(丑)可不道:"竹似村姑遇節,略使淡粉;梅如老妓下梢,猶帶餘香。"(旦)不要多説。常言道:"若爲看去亂鄉愁。"

鄉愁怎疊③,怕説到羅浮夜。縱題着隴頭書,驛使賒。

(丑)兀那一簇人來了,菴主且歸禪院。(旦)真箇有人來了!(下)

(生戎服擁儀從上)

【前腔】(生)瓊花天借,

好大雪也!

喜遇着瓊花天借,瑶宫玉勒賒。看④疑白虎,想到青蛇,猛傷情心寸折。古木臥岩穴⑤,荒塗蔽軌轍⑥,誰辨高耶,誰悟低耶!又却如上山夜,路兒裏雲兒更遮。破着命敢圖休歇,怎知道有今朝,五方旗,駟馬車。

---

① 【眉批】氈,平声。

② 【眉批】熱,平声。

③ 【眉批】疊,平声。

④ 【眉批】看,平声。

⑤ 【眉批】穴,平声。

⑥ 【眉批】轍,平声。

(左右)到四化菴了。(生瞻禮科)往年在難,曾蒙神聖指迷,元許重修,今日特來了愿。(丑)小尼姑見爺。(生)菴主那里?(丑)菴主是掛搭底,不净頭,不敢出見。(生)也罷。這一百兩銀子付你。修盖伽藍寶殿,再塑金身。(丑領謝科)(丑)這是伽藍寶殿,請爺上香。(生行禮,起)(見刀科)呀!這是我靈寶刀,昔日被高俅奪去,誣陷幾死,如何又掛在這厢?莫不是菴中藏着高家餘黨,復圖刑害?(丑)没有這樣話,刀是菴主底刀。(生)快唤你菴主來。

(旦上)(生見,相哭科)(旦)官人怎麽得到這里?(生)我爲這菴中伽藍神聖脱我大災,今日特來了愿。你爲何也在此?(旦)高朋差人報道你在中途死了,要逼我爲婚,虧了錦兒挺身替嫁,我連夜和王媽媽脱逃。王媽媽也在這邊,快來!

(老上)一生冤苦事,今日訴衷腸。(見科)

【玉包肚】(旦)豺狼冤業,累孩兒身投虎穴①,賴王婆領我潛逃。

正行間,那賊子又着王虞候連夜追趕,

遣王公逐人犇夜。

那時節孥家願死,王媽媽又願替死,那王虞候感歎了一回,説:"錦兒也自盡了,我如何復害你兩人?"又説:"這刀元是你丈夫底刀。"也付與我了,又指點我到這菴中躲災。(生)你在菴中如何過活?(旦)忽有一娘行到菴,送了我許多金銀,又説我與你相會有日。

那一箇翻然相贈袖中蛇,又一箇驀地相周分外奢。

(生)這一定是扈三娘了。他昨日勸我酬謝伽藍,又説"你到那厢,自有意外之喜",是了,是了!(旦)他也説是三娘。(生)我與你分别之後,行到野猪林,不想解子受了高俅賄賂,正要將我結果,賴得魯智深哥哥救了性命。他對我説,這禍多是陸謙底毒計,教高朋殺了我好謀佔你。(旦)唉,陸謙底讎,如何報得?竹府尹底恩,又如何報得?(生)這恩讎我多報了。竹府尹做了尚

---

① 【眉批】穴,平声。

書,棄官歸養,經過草場安歇,那一晚陸謙放火,要一面燒死尚書,一面陷我一箇死罪。我拼命將竹尚書救出,把陸謙當下殺了。

【前腔】(生)畏途謀設①,賴仁兄潛蹤救者②。草場中背負恩公,黑影裏手誅冤業。

(旦)這等,高俅父子一發放你不過了!(生)我已請得梁山兵馬,將二賊盡皆殺訖。(旦驚科)又這等,朝廷怎放得你過?(生)不妨,不妨!我已託宋公明去討招安。此舉不但爲你我報讎,實爲朝廷驅除奸佞。

半懷孤憤半清闕③,一世奸雄一旦滅④。

(老旦)有天理!有天理!世上人莫道惡是好作底!

【前腔】(老旦)昧心蛇蠍,自燒香埋下鍪鐝⑤。蝴蝶夢要想强⑥挨,鳳凰翎思量活扯,蒼穹到底不饒些,白璧何曾肯污⑦耶!

(魯上)報,報,報!昨日燕青回了,朝廷賜了御劄,許了招安。大哥與我每俱授總管。道賢弟與賢弟婦義烈,另有褒封。使臣已到館驛中,快排香案伺候。兄弟,只是那三箇賊子,一死不足以盡其辜!

【前腔】(魯)虎狼難赦,設謀底尤毒⑧似蛇。

(生)到今日看來,做蛇蠍底枉做了蛇蠍何幹!(外)正是:

笑從前濁霧迷空,到今日青天朗潔。使臣銜命下鸞車,義士懽呼拜鳳闕⑨。

(内)朝使下!(生、旦更冠帶科)(末)詔書已到,跪聽宣讀!詔

---

① 【眉批】設,上声。
② 【眉批】者,音遮。
③⑨ 【眉批】闕,平声。
④ 【眉批】滅,平声。
⑤ 【眉批】鐝,平声。
⑥ 【眉批】强,平声。
⑦ 【眉批】污,去声。
⑧ 【眉批】毒,平声。

曰："咨爾林沖，狂逞陣前，跡雖犯順；掃清君側，心實匡時。爾妻誓九死以事夫，完如白璧；爾女赴三泉而代母，凜若清霜。今既撫安，更宜旌别，除宋江等各授總管外，兹特拜爾爲都統制，張氏封洛陽郡夫人，錦兒贈義烈貞娥。益篤忠貞，無辜洗蕩。謝恩！"（生、旦）萬歲，萬歲，萬萬歲！（末下）（生）冤讎已報，骨肉又圓；罪過已除，絲綸又渥。哥，你我一場事都了了，偶有舍利子數珠一串，夜明珠一顆，送與哥哥。黄金五十斤，奉與鄰母。唤尼姑。（丑上）（生）我夫人一向攪擾，又銀五十兩，與你早晚買香。（尼謝科）（生）另有些微薄禮，差人往延安府謝王虞候去。回至錦兒葬處，將銀千兩，與他樹一碑，盖一享堂，歲時祭奠不絶。

【漿水令】（生）始和終，仗禪林俊傑。

（旦）

住和逃，賴鄰婆帶挈。

（外）

死和生，痛孩兒義烈。

（老旦）

怨和讎，喜將軍報徹。

（合）

當權底肯把異冤雪，奉差底肯中途兩命捨。最毒底冸妻妾，最險底殺人無刃渾無血，挑唆底霎時間翻滾滾波濤捲舌，下手底背地里焰騰騰火走金蛇。

【尾】於今謾訝梁山也，煞①强似負心薄劣，休則顧外像兒趁人評者！

毒上毒遭高俅父子，錯中錯結陸謙弟兄。
苦則苦是錦兒孝義，死不死虧張氏孤煢。
救過救花和尚魯達，冤報冤豹子頭林沖。

［山東李伯華先生舊稿重加删潤。凡過曲引尾二百四支，内修者七十四支，撰者一百三十支。］

① 【眉批】煞，上声。

附：

序

自小説稗徧興而世遂多奇文、奇人、奇事。然其最，毋喩於《水滸傳》。而《水滸》林冲一段爲尤最。其婦奇，其婢奇，其夥類更奇，故表而出之，以爲傳奇。不獨此也，傳中有府尹，有孫佛兒，不憚熏天炙手之權謀，而能昭雪無罪，又奇之奇者也。故李卓吾曰："有國者自賢宰而下，不可一日不讀《水滸傳》。"

逢明生識

重校義俠記

【劇目簡介】

傳奇，明代沈璟作。《遠山堂曲品》《曲品》《曲海目》《今樂考證》《曲録》《曲海總目提要》等多有著録，現存明萬曆四十年(1612)金陵陳氏繼志齋重刻本，明末汲古閣《六十種曲》酉集内所收刻本。小説《水滸傳》第二十三回《横海郡柴進留賓　景陽岡武松打虎》至第三十二回《武行者醉打孔亮　錦毛虎義釋宋江》敘武松故事，此劇情節和人物與小説多有不同。

此輯録以繼志齋刻本爲底本，以毛氏汲古閣《六十種曲》刻本爲校本(簡稱毛本)。繼志齋刻本題目作"重校義俠記"，未署撰者姓名，卷前有序，書内有插圖十二幅。上下二卷，共三十六齣，每頁十行，每行二十字。有眉批音注。

劇演武松辭别柴進探視兄長，於景陽岡醉酒打死猛虎，在陽谷縣充當都頭，又與兄長武大相遇，遂住到兄長家中。嫂嫂潘金蓮百般勾引兄弟，武松怒斥其行爲，并搬離兄家。武松被安排前往遠處公干，不放心哥哥，再次到武大家提醒潘金蓮要守婦道。武松所聘賈氏在家孝順母親，守潔待嫁，却因家里被時遷和李鬼盗去財物，生活無着，只得與母親扮作道姑前往陽谷縣投奔武松。柴進因李逵打死殷天錫事發，被官府捉拿并要押解到高唐州，宋江帶花榮、顧大嫂等人于途中劫救，上了梁山。西門慶與潘金蓮勾搭成奸，武大捉奸反被踢傷胸口，因怕武松回來得知真情，西門慶和潘金蓮遂下毒害死武大。武松返鄉里，驚聞噩耗，心中懷疑，百般求證，得知真相，但告狀無門，只得自己復仇，殺了西門慶和潘金蓮。東平郡守陳文昭開脱武松重罪，將其發配孟州牢城。武松于發配途中上梁山拜望宋江和柴進，却不肯留在梁山。賈氏母女途經十字坡，經孫二娘相勸，遂到清真觀暫住。武松於十字坡結識孫二娘和張青，得知賈氏消息，但無暇顧及，拜托孫二娘夫妻加以照顧。施恩因快樂林被奪，心中甚爲憤怒，恰巧武松來到，遂與之結拜，武松借醉打倒蔣忠，奪回快活林。蔣忠躲到清真觀，又被孫二娘暴打一頓。張都監設計誣陷武松爲賊，武松大鬧飛雲浦，血濺鴛鴦樓，于張青店内遇到魯智深、一丈青等人，攜賈氏等衆人共上梁山。宿元景向朝廷建議招安宋江衆人，梁山全夥受招安，共賀太平。

第一齣　家門

（末上）①

【臨江月】眼見人生無百歲，何妨終日逍遥。花間席上暗香飄，和風春倚袖，明月夜聞簫。　今古英雄稱義俠②，報恩雪忿名高，請看名將出衡茅。談言微中處，莫將③滑④稽曹。

【沁園春】宋世清河，武松名氏，上應星文。自横海郡中暫辭柴進，景陽岡⑤上醉打山君。仗義除姦，報兄誅嫂，刺配從⑥容赴孟城。相逢處孫娘認義，夫壻識張青。　孟州喜遇施恩，濟弱鋤强受蹇迍。向飛雲浦裡提刀大鬧，鴛央樓内濺血餘痕。别館孤貧，孝姬苦節，正倚孫娘寄客身。還相聚夫妻，黨類同作宋朝臣。

景陽岡英雄打虎，陽穀縣奸黨遭刑。

孟州道恩讎兩報，梁山泊夫婦榮名。

---

① 毛晉《六十種曲》明末毛氏汲古閣刻本（後簡稱“毛本”）“末上”在曲牌後。

② 【眉批】俠，音歇。

③ 毛本作“認”。

④ 【眉批】滑，音骨。

⑤ 毛本皆作“崗”，後不贅。

⑥ 【眉批】從，音聰。

第二齣　遊寓

【中吕引子】①**【滿庭芳】**（生上）②幼習韜鈐，長閑弓馬，功名未遂鷹揚。片言然諾，結客少年塲。凛凛英姿義膽，論男兒俠骨生香。關情處，雁行斷影，何地隔參商。

[鷓鴣天]湖海元龍氣未平，相逢劇孟意方傾。百年此日看交態，千古誰人不世情。　　腰下劍，膝邊横，男兒本自重横行。寧爲紫塞千夫長，不作青衿一老生。小生姓武名松，本貫清河人氏。幼年不幸，父母雙亡，止有親兄一人，從幼失散。近聞他在陽穀縣居住，時常念想，未得依歸。我父母存日，曾聘賈氏爲配，因小生家業凋零，江湖飄泊，以此伉儷未諧。久聞鄆③城有箇宋公明，人稱爲"及時雨"，意欲投逩他去，只爲此間柴皇親意氣相合，不忍遽辭。他曾着人來約，説今日到此看我，想此時將到也。

（小生上）（末、小丑隨上）

【正宫引子】④**【緱山月】**（小生）⑤先代慶源長，横海衍天潢，青春緑髩氣昂昂。但論文講武，招賢好客，國士無雙。

小生柴進，世居滄州，籍金枝玉葉之榮，收虎略龍韜之俊。喜得武二哥遠來相顧，一向留在東庄，今日特往探望。迤邐行來，已到庄上了。家僮，快去通報。（末、小丑）理會得。（報云⑥）武二官人，我們大官人到了。（生）在那里？（迎見科⑦）（小生）武二哥拜揖。（生）大官人拜揖。（小生）這幾日家下多事，有失候問，今特與兄弟敍片時。（生）小弟蒙兄相留已久，即欲别兄前去尋

---

① 毛本無"【中吕引子】"。

② 毛本作"生戴青巾、布衣、鑾帶上"。

③ 【眉批】鄆，音運。

④ 毛本無。

⑤ 毛本"小生"在曲牌前。

⑥ 毛本作"報介"。

⑦ 毛本作"介"。底本中作"科"者，毛本中大多作"介"，後不贅。

訪宋公明，他日再來聚首。（小生）昨聞宋公明爲事出逃，想他必來看我，兄長再住幾日，就在此相會何如？（生）如此甚好。（小生）看酒來。（衆）有酒。（小生送酒科）

【正宫過曲】①【玉芙蓉】（生）想我②塵埃跡未彰，天地身何往。嘆窮途青眼，更誰相向。嗳，不平氣吐虹霓上，報德心懸日月光。

（合）

年方壯，論男兒當自强，漫學他楚囚悲憤泪沾裳。

【又】③（小生）時才若處囊，世態如翻掌，羡君家交誼古人不讓。虎頭自有封侯相，珠履寧同食客行。

（合前）

（小生）小弟告辭了，明日再來請教。（生）多勞了。（别科）

（生）飛揚跋扈爲誰雄，（小生）十載青春不負公。

（末、小丑）無限心中不平事，（合）一番清話又成空。

第三齣　訓女

【南吕引子】④【生查子】（老旦上）生計拙如鳩，庭院花如綉。

（旦上）

母訓自祗承，女德慚⑤閨秀。

母親萬福。（老旦）若真孩兒到來。［謁金門］空相憶，無計與傳消息。游子天涯常浪跡，寄書何處覓？（旦）春睡覺⑥來無力，落絮隨風颺⑦白。倚遍欄杆空日夕，斷腸芳艸碧。（老旦）老身清河縣魏氏之女，賈門之婦。良人早喪，止生一女，從幼許聘武二

①④　毛本無。

②　毛本無前襯字。

③　毛本作“前腔”。

⑤　【眉批】慚，音殘。

⑥　【眉批】覺，音叫。

⑦　【眉批】颺，音漾。

郎。奈因他父母俱亡,少年飄泊,我的兒,幾時是你于歸的日子?(旦)母親膝下無人,孩兒正好朝夕奉養。此事不須提起,請母親訓誨若真一番。(老旦)我的兒,

【南宫過曲】①**【三學士】**你四德三從雖自守,奈家徒四壁堪憂,寒門子母空凝望,芳艸王孫只浪遊。

(合)

苦樂終身猶未剖,從天降莫預謀。

【又】②(旦)烏鳥衷情尚未酬③,何心燕侶鶯儔,亂離時世誰相保,爭如我少小深閨不解④愁。

(合前)

【大迓鼓】(老旦)凝眸,上翠樓,何時得見子壻封侯?兒,你今春更比前春瘦,只怕他心不似你心頭。

(合)

莫把離情無端自兜。

【又】⑤(旦)忘憂,堂北頭,桑榆景暮門巷清幽。娘,兒孫有福兒孫受,你得優游處且優游。

(合前)

(旦)鶯啼綉户曉雲深,漸覺池塘有緑陰。

(老旦)但願應時還得見,果然勝似岳陽金。

第四齣　除兇

【商調過曲】⑥**【水紅花】**(浄、末獵户上)官司懸賞有明文,捕山君,看看着緊,咱們獵户受灾迍。枉艱辛,徘徊難進,退則恐違嚴限,進又恐亡身,算來總是命難存也囉。

①⑥　毛本無。

②⑤　毛本作"前腔"。

③　毛本作"酬"。

④　【眉批】解,音獬。

(末)我們是陽穀縣獵户,只爲景陽岡上有一吊晴白額虎爲害,本縣大爺立限与俺們,務要捉獲。但此虎猛惡異常,俺們如何拿得?(净)哥,俺們只得穿着虎皮,伏在嶺下,各處多擺些窩弓、藥箭,待他自來納命便了。(末)説得有理。正是:路狹難迴避,(净)官差不自由。(應①下)

(生上)道傍車馬日繽紛,行路悠悠何足云。未知肝膽向誰是,令人却憶平原君。俺武松久住柴皇親庄上,欲投宋公明去,恐他到此,又等了幾日,如今只得别了皇親,打聽宋兄消息。就在②陽穀縣尋俺哥哥,走一遭去也呵。

【北雙調】【新水令】老天何苦困英雄,二十年一場春夢。不能勾奮雲程九萬里,則落得沸塵海數千重,浪跡浮蹤,任烏兔枉搬弄。

説話中間,早來到景陽岡下。行路飢渴,這里有箇酒肆。酒望子上寫着"三碗不過岡",這怎麽説?且進去少坐一回。酒保那里?(丑應上)酒、酒、酒,有、有、有。賒、賒、賒,走、走、走。客官,裡面請坐。(生)且問你,怎麽唤做"三碗不過岡"?(丑)客官,俺這裡造得好酒,人若喫了三碗,就醉倒了,上這景陽岡不得,因此唤做"三碗不過岡"。(生笑介)待俺喫上十來碗,看過得岡過不得岡?(丑斟酒科)我這里只有一樣牛肉,只怕不中喫些?③

【折桂令】(生)又何須炙鳳烹龍?

(已下一句一碗)

鸚鵡盃浮,琥珀光濃。却不道五斗消酲,三盃合道,自有神功,

(丑)你喫過十二三碗了,就在此宿了罷。(生醉唱)

何用你虚擔怕恐?

俺偏要去。(走科)(丑扯云④)還了俺酒錢。俺有話對你説。(生背云)前日柴大官人送的盤纏,一路用來,剩不多了。酒保,

---

① 毛本作"隱"。

② 毛本作"往"。

③ 毛本作"只怕不中喫,用得些麽"。

④ 毛本作"介"。

連這包兒与你罷。

好教人羞殺①囊空。

你還有什麽話?(丑)你看前面榜文,爲這岡上有一吊睛白額虎爲害,但有單身客人,不許過岡,恐傷性命。(生做醒科。怒云)不説猛虎,俺便不去也罷。若説有虎爲害,不覺精神抖擻,毛髮倒竪,一定要去拿他。(丑)看你不出,倒是一個喫老虎肉的!俺勸你性命還是直錢的,不去罷。(生走科)嗳,

按不住惡氣忡忡,

(丑扯科)(生推丑一筋斗科②)(生)

則是行色匆匆。

(丑)他自要去送性命,干俺甚事?各人自掃門前雪,休管他家瓦上霜。(下)(生醉走唱③)

趁着這落日熹微,醉眼的這矇矓。

已到岡子上,爲何不見什麽大蟲?這厮們都是胡説,連那官府榜文也是誆帳。酒湧上來,待俺少睡片時。(做要睡科④)(内做虎嘯)(生醒科)呀,果然有個大蟲來了!

(虎跳上科)

【雁兒落】(生)覷潑毛團體勢兇,

(棍打在樹上,折科)呀!

這狼牙棍先摧迸。

(内鳴鑼,生略住口)(虎三撲,生三躲科)

俺這里趨前退後忙,這孽畜舞爪張牙横。

(内又鳴鑼,生又住口)(虎三撲,生三躲科)

【得勝令】呀,閃得他回身處撲着空,轉眼處⑤亂着踪。

(拿住虎,打科)

---

① 毛本作"澀"。

②③ 毛本作"介"。

④ 毛本作"做半睡介"。

⑤ 毛本此處有一襯字"又"。

這的是虎有傷人意，因此上冤家對面逢。

（内又鳴鑼，生又住口）（虎又撲，虎掙脱，走科）

你要顯神通，便做道力有千斤重。

（拿住虎，打死科）虎①，

你今日途也麽窮，抵多少花無百日紅，花無那百日紅。

虎已打死了，且乘這酒興，往前去罷。

（浄、末穿虎皮跳上）（生）呀，又有兩箇來了②！俺今番死也。

【沽美酒兼太平令】則索逞餘威鬪晚風，逞餘威鬪晚風。

（浄、末行走科）（生）呀，

則見雙舉步兩挪踪。

（浄、末）咄！你是人是鬼，敢在此獨行？（生）

俺是蓋世英豪唤武松。

（浄、末）你曾遇虎麽？（生）

試言他兇猛，

（浄、末）你試説一遍。（生）

負隅處恁威風，

（浄、末）咦！（生）

身一撲山來般重，

（浄、末）咦！（生）

尾一剪鋼刀般横，

（浄、末）咦！（生）

一聲高千人驚恐，

（浄、末）咦！（生）

數步遠衆生含痛，

（浄、末）咦！你怎麽不被他害了？（生）俺呵，

憑着這膽雄氣雄，空拳兒結果了這大蟲。

（浄、末）咦！如此多謝了壯士！（生）呀，

---

① 毛本無此“虎”字。

② 毛本作“虎來”。

教衆口將咱稱頌。

(浄、末)好教壯士得知,俺們是陽穀縣獵户。官府立了限期,要拿這大蟲,又近他不得,只得擺下窩弓藥箭,在此等候。既然壯士打死了他,如今在那里?(生)你們跟轉①來。(走回科)(浄、末遠望,怕科)

【鴛央煞】(生)早難道巖前虎瘦雄心横,

(浄、末)這等一箇大蟲,被你精拳頭打死了?就是卞莊、存孝也不如你!(生)

俺笑那卞莊、存孝皆無用。②

(浄、末)如今你來得去不得了!(生)怎麽説?(浄、末)少不得送你到縣裡去領③賞。(生)

俺本是逆旅經商,誰想着奏績呈功。

(浄、末)一定要你同去。(生背云④)少不得要往陽穀縣尋俺哥哥,便同去罷。(轉身云⑤)俺去是要去,

則怕那六巷三街,前遮後擁,沸沸揚揚,

教人道陽穀縣没人拿⑥得這虎,被清河縣人打死了。(浄、末相對)真箇,真箇,羞,羞!⑦(生)

把陽穀人譏諷。

(浄、末)壯士,你是天下豪傑,也教陽穀縣人認你一認⑧。(生)罷,罷,罷!(走科)

只得相從,怎當得他們恁趨捧。

(下)(浄)壯士先去了⑨,待俺打虎幾拳。(末)死的打他怎的?

---

① 毛本作"了"。

② 毛本唱詞作"提防鎮日無用"。

③ 毛本作"請"。

④⑤ 毛本作"介"。

⑥ 毛本作"打"。

⑦ 毛本作"(丑、末對介)真個羞"。

⑧ 毛本作"認一認"。

⑨ 毛本作"先走"。

（净）是這等①只會打死虎的。（擡虎下）

第五齣　誨淫

【南吕引子】②【小女冠子】（小旦上）**懨懨挨過傷春病，這永夏怎安寧？歎今生錯把鸞凰聘，幾時稱我風流興。**

［玉樓春］妾家陽穀城中住，小字金蓮潘氏女。芳年十五鬻豪門，主母無端生嫉妒。　自憐妾命一何苦，嫁作村郎箕箒婦。常將月老苦埋冤，半生錯配姻緣簿。奴家武大的妻子，只因向年私通家主，被主母妒恨，逼勒嫁差了對頭。這武大身長三尺，家無一椽，賃房居住，賣餅爲活，街坊上人口嘴叫他是"三寸丁谷樹皮"，又且喫醋撚酸，防閑得緊，教奴終日納悶。幸有隔壁王婆，常來耍笑，少遣悶懷。今日餅已炊熟，催他出去了罷。大哥那里？

（小丑做矮子上）

【南吕過曲】③【秋夜月】貌取憎，到處人不敬。命裡嬌妻前生定，無錢怎把家緣整，只靠着賣餅，怕時逢夏景。

（揖科）大嫂，大嫂。（小旦覆科）爲何怕逢夏景？（小丑）如今天氣漸熱，恐賣餅不完，明日不中用了。今後少炊些罷。（小旦）你如今這等知事，一發有些意思了。（小丑）我的意思，只要些茶兒喫。（小旦）爲何呢？（小丑）喫得餅多了。（小旦）不要閒説，餅已炊完，趁早出去賣罷。（小丑）就去，就去。（摇擺科。挑擔走唱④）

無錢怎把家緣整，苦惱**只靠着賣餅，**阿夜**怕時逢夏景。**

（小旦）怎麽這等摇擺？（小丑）你不曉得，矮子不擺便是寶，被你常叫我是寶，偏要擺一擺兒，羞你一羞。（小旦）啐！（小丑叫賣餅下）（小旦）這等腌臢村獸，却不氣死我也！且把前門閉上，叫

---

① 毛本作"我等"。

②③ 毛本無。

④ 毛本作"介"。

開了小門兒，請王婆過來閒講一回。（敲壁科）乾娘。

（丑應上）來了。

【又①】福分輕，半世常孤另，十七八箇丈夫都不剩，又無兒女堪承領，難捱這老景，把茶坊自整。

（小旦）乾娘萬福。（丑）娘子，娘子，每常見你鬱鬱不樂，今日一發着惱，敢是武大郎有甚挺撞你麽？（小旦）倒没有什麽挺撞。（丑）是了！只爲嫁差了對頭，以此不樂？（小旦長吁科）（丑）看了武大郎這箇模樣，不要説娘子着惱，就是老身也看不得。娘子，

【東甌令】你多嬌媚，忒娉婷，守着這區區三寸丁，山雞却与文鸞並，兩下裡不相稱。你看等閒春色易飄零，别圖箇美前程。

【又②】（小旦）夫雖醜，義非輕，一夜夫妻百夜恩③。

自古道爲人莫作婦人身，

百年苦樂由人定，想萬事皆天命。嗳，乾娘，任他春色自飄零，又圖甚美前程？

（丑）娘子，你不對我説，我已在隔壁聽得了。（小旦）奴家不曾説什麽？（丑）你不要瞒我，替你悄悄尋個主顧如何？（小旦笑云④）乾娘又來取笑。（内叫云⑤）乾娘，有人在此買茶喫。（丑）來了。（别科）

（丑）落盡紅芳又緑陰，（小旦）膩紅愁態静中深。

（丑）從今莫説三分話，（小旦）已自全抛一片心。

第六齣　旌勇

【雙调引子】⑥【夜行船】（外扮官，小生、老旦扮皂隸上）（外）時序推移如轉

①② 毛本作“前腔”。

③ 毛本作“情”。

④⑤ 毛本作“介”。

⑥ 毛本無。

首，環四野麥已先秋。馴雉無功，飛蝗不就，願猛虎渡河北走。

威鳳托鳩巢，徘徊惜羽毛。催科慚政拙，撫字識心勞。下官陽穀縣尹是也。景陽岡猛虎傷人，深爲憂慮，今早從人報説，有一壯士，獨自打死一個大蟲，實爲可驚可喜。叫左右。（皂應科）（外）獵户到來，即便通報。（皂）理會得。

（生上）

【又①】一虎何勞傳衆口，還須破百萬貔貅。

（浄、末擡虎皮上）

昨朝多懼多凶，今日無災無咎，都是那人成就。

②牌頭哥，煩你稟知，獵户與打虎壯士要見。（稟科）（外）着他進來。（生）打虎的磕頭。（外）起去③。（浄、末）獵户磕頭。這虎是他打死的。（外）虎且擡在一邊。（浄、末應科）（外）那壯士過來。你是何方人氏，叫甚姓名，多少年紀了？（生跪科）老爹聽稟：

【雙調過曲】④【鎖南枝】我年齡少，武略多，名松姓武能荷戈，一廛家世清河，争奈奔馳命多坷。

（外）你如今要往那里去？（生）

到此陽穀縣尋我哥，過景陽岡遇着虎爲禍。

（外）這等一個猛虎，你怎麽就打得他死？起來説。（生起唱⑤）

【又⑥】他⑦先一按，

（科）

又⑧一撲，

（科）説時遲，那時快，

①⑥　毛本作“前腔”。

②　毛本前有“（浄、末）”。

③　毛本作“起來”。

④　毛本無。

⑤　毛本作“介”。

⑦　毛本作“把他”。

⑧　毛本作“就”。

一掀，

(科)

一翦，

(簡)

勢甚速，讓他幾箇翻覆，他性兒自摧阻，鋭已竭，俺力尚足。

兵法有云，(外)怎麽説？(生)避其鋭氣，擊其惰歸。

打虎時是這機軸①。

【又②】(外)你心偏壯，計不疏，兼資勇謀一丈夫。愧咱職忝民牧，常恐煩苛猛於虎。伊長兄既居此都，便留伊長行伍。

我要補你做土兵都頭，在我縣裡答應，就与你哥哥完聚。意下如何？(生跪云③)多謝老爹擡舉。(外)既如此，叫該吏備花紅鼓樂，就着獵户擡了大蟲，迎這都頭与城中人看。(衆應科)(外)今日得吾提掇起，免教人在污泥中。快迎出去。(下)

(衆鼓樂与浄、末扛虎皮同上)(隨生行科)

【朝元歌】(衆)山村早收，白額當人吼，山行早休，白骨妨人走，自此舒眉，更無疾首。

(生)

這是明府仁深澤厚，民以無憂。

(衆)

你勞而不伐德更優，今日做都頭，看他年封列侯。

(生)

想分飛日久，兄和弟幾時輻湊。

(衆)

有時輻湊。

【又④】醉裡奇功成就，山靈也是愁，今古更誰儔。志欲凌雲，氣能衝斗，

---

① 【眉批】軸，音逐。

② 毛本作“前腔”。

③ 毛本作“介”。

④ 毛本作“前腔”。

自是雄風神授。電走星流，從容斃虎如擊牛，旌賞豈能酬，還須達帝州。

(小丑上。跑看科①)(生)

分飛日久，兄和弟幾時輻湊。

(衆)

有時輻湊。

(生)這跑來跑去的好似我②哥哥。(小丑)這個都頭好似我兄弟。(生)咄！你莫不是武大哥？(小丑)你就是武二郎麽？(跪抱，哭唱③)

【雙調引子】④**【玉井蓮】**(後半)⑤終朝念想愁煩，又怎知分襟再綰。

(小丑)兄弟，你新到此間，必無下處，就煩列位送到我家去，光輝令兄一番如何？(生)如此最好。(衆行，再唱⑥)

分飛日久，兄和弟此時輻湊，此時輻湊。

(小丑)此處已是，列位請回。(生)有勞了，明日相謝。(衆)不要都頭費心罷。笙簫歸院落，燈火下樓臺。(下)(生)哥哥請上，兄弟有一拜。(小丑)我也要拜賀你⑦。(對拜科)

【玉抱肚】(生)雁群折⑧散，影瀟瀟飄泊未還。念哥哥在此地安居，小兄弟特來相看。

(小丑)打虎一事，其實難得。(生)

偶因打虎出深山，邂逅相逢城市間。

哥哥，你在此營運如何？(小丑)你是曉得我的。

【又⑨】我身無材幹，守艱辛賃房幾間，靠渾家炊餅爲生。

---

① 毛本作“小丑跳上看介”。

② 毛本作“俺”。

③ 毛本作“介”。

④ 毛本無。

⑤ 毛本無此二字。

⑥ 毛本作“衆行介”。

⑦ 毛本無此句。

⑧ 毛本作“拆”。

⑨ 毛本作“前腔”。

(生)且喜已娶嫂嫂了。(小丑哭唱①)

到街坊被人欺慢,

(笑唱②)

你今到此我心安,

(咬牙出拳科)(生合)

管取他人另眼看。

(小丑)你嫂嫂在樓上,進去相見罷③。(生)哥哥先請。(小丑叫科)大嫂,快來接你叔叔。(内應科)曉得了。

(小丑)幾處移家逐轉蓬,(生)年來多難与兄同。

(小丑)今宵剩把銀缸照,(生)猶恐相逢是夢中。

第七齣　設伏

(丑王婆上)茶湯爲活計,漿水作生涯。勝如揚子江心水,賽過蒙山頂上茶。如今六月天氣,人都要喫些茶水,不免早開店面則個。自古道:"牙關不開,利市不來。"且先吃兩三碗。(喫科)好苦茶,好梅湯,好甜水。

(浄騎馬,末隨上)

【南吕過曲】④**【光光乍】**(浄)積祖富豪家,好酒又貪花。終日遊坊并串瓦,帽兒整得光光乍,

(末)

帽兒整得光光乍。

(浄下馬科)自家西門慶的便是。迤邐閒行,來到王婆茶坊門首。小厮拴了馬,待我進去喫碗甜水兒。(末接鞭云⑤)理會得。乾娘,大官人來了。(暫下)(丑)呀,大官人萬福。貴足躧賤地,有

---

①②⑤　毛本作"介"。

③　毛本作"了"。

④　毛本無。

甚分付？（浄）天氣炎熱，做一箇梅湯与我喫。（浄①）老身做了一世媒，只不曾与大官人做。（浄）我要梅湯，你却説了做媒？（丑）老人家聽差了，梅湯在此。（浄）乾娘，你既會做媒，也与我做一個，重重謝你。（丑）大官人要喫梅湯，只怕大娘子要喫醋。（浄）我們大娘子最好，如今也有幾個人②在我身邊，只是没有中意的。你若有好親事，與我説一頭兒，若會做馬百六③，我便費些錢也罷。（丑背云）隔壁那話兒倒是一主貨，且不要説破了，慢慢教他在老娘喉下取氣。你看我把些糖兒抹在這厮鼻子上，只教他餂④不着。大官人，遠不遠千里，近只在目前。（浄）在那里？（丑）奴家如何？（浄）又説譚話！

（小丑扮小厮提籃上）

【又⑤】奔走苦波查，覓鈔去安家，幾個瓜兒新摘下，滚來滚去光光乍。

賣瓜，賣瓜。（看科，笑科）我正要尋西門大官人，賣他幾文錢鈔，却在這里。（浄）鄆哥何來？（小丑）大官人作揖，乾娘作揖。（扯浄背云⑥）這婆子專會做馬百六⑦，哄别人錢鈔，大官人不要坐在他火囤裡。（丑聽得，怒科）小猢猻，你便常在大官人處綽抹些東西，倒説我哄人錢鈔，莫討我大栗暴鑿出去⑧。（小丑）老咬蟲，我賺便賺了大官人的，又不是你作成我的？你敢打我栗暴，

---

① 毛本作“丑”，此處應爲“丑”。

② 毛本作“妾”。

③ 《水滸傳》中作“馬泊六”，亦作“馬八六”。宋無名氏《張協狀元》有戲文：“撞見馬八六。”清褚人獲《堅瓠廣集·馬伯六》：“俗呼撮合者曰馬伯六，不解其義。偶見《群碎録》：‘北地馬羣，每一牡將十餘牝而行，牝皆隨牡，不入他羣……’愚合計之，亦每伯牝馬用牡馬六疋，故稱馬伯六耶？”意同“牽頭”，即所謂“拉皮條”者。此種角色通常皆是貪戀錢財、見慣世情的三姑六婆之類，是不少私通奸情不可或缺的關鍵人物。

④ 【眉批】餂，音忝。

⑤ 毛本作“前腔”。

⑥ 毛本作“白”。

⑦ 毛本作“馬扁”，即“騙”之意。

⑧ 毛本作“過來”。

我便撞殺你這老咬蟲。

【撲頭錢】(丑)小厮們直恁膽大，

(打科)

把老娘惹得性發。

(末上扯科)(丑)

大官人光臨賤地，他便來歪纏底答。

(浄、末)

休底答，休底答，當場時大家戲耍。

(合)

且戲耍，且戲耍，戲耍時都是半真半假。

【又①】(小丑)老咬蟲直恁强霸，動不動把人便打，對打時氣力不濟，

(浄科②)(末扯科)(小丑)

捹得個將他撞殺。

(浄、末)

莫撞殺，莫撞殺，當場時大家戲耍。

(合前)

【又③】(浄、末對丑唱④)常言道小不能敵大，

(對小丑唱⑤)

常言道男不和女打。

(丑踢瓜籃科)(浄、末)

休把他瓜兒打碎，

(小丑敲桌科)(浄、末)

休把他茶甌亂撒。

(丑)

你亂撒，

(小丑)

---

①③ 毛本作"前腔"。

② 毛本作"撞介"。

④⑤ 毛本作"介"。

我亂撒，

（衆）

當場時大家戲耍。

（合前）

（小丑哭云①）一籃瓜都打碎了。

（净）②覓便宜處失便宜，（末）講是非時惹是非。

（丑）好手之中逞好手，（小丑）喫拳須記打拳時。

第八齣　叱邪

（小旦上）

【中吕過曲】③**【縷縷金】**癡男子，假粧喬，我饞涎垂一縷，怎生熬？今日來家後，用心引調。恁從他鐵漢也魂消，須落我圈套，須落我圈套。

奴家一見武二，就看上了他。常把眼角傳情，話頭勾引，他却撇清粧假，只做不知。可惱！可惱！今日待他回來，好生打動他則個。

（生大帽、色衣、鑾帶上）

【中吕引子】④**【菊花新】**揮汗歸來罷曉衙，何日成名得建牙。

（小旦迎見科）叔叔，今日回來得早。（生揖唱⑤）嫂嫂，

我無事早還家，問兄長可曾歇下。

（小旦）你哥哥還早哩，請叔叔裏面坐罷。（生）嫂嫂請。（小旦閉門科）（生隨行科）（小旦）叔叔，脱了汗透的衣服，涼快些好。（与生解帶科）（生走開白⑥）我倒⑦不熱。（小旦）奴家浸得一壺涼酒在此，与叔叔飲三盃。（生）待哥哥同喫罷。（小旦）那里等得他。（斟酒科）叔叔滿飲此盃。（生）生受嫂嫂。（小旦）後生家喫

---

①⑤⑥　毛本作“介”。

②　毛本有襯字“這是”。

③④　毛本無。

⑦　毛本無此“倒”字。

箇成雙盃。(又斟科)(生)我喫就是,不勞嫂嫂多説。(生另斟科)武二回敬嫂嫂一盃。(小旦)多謝叔叔。今日没人在此,奴家有句話。(笑唱①)

【中吕過曲】②**【古輪臺】**要問伊家,聞你東街背地戀煙花,緣何不説知心話,攜③來家下。

(生)

我是風虎雲龍,怎肯去平康入④馬。

(小旦笑唱⑤)

客邸孤單,少年狂放,只怕你心頭不似嘴喳喳。

(生)嫂嫂,

我元非虚話。

(小旦)我只是不信。(生)

不信時待兄長還家,把咱行事,試將他問,可知真假。

(小旦)哎,

休説那冤家。這風流話,若他知道我怎嫌他?

(生背唱⑥)

【又⑦】嗟呀,教我懸望巴巴,這時節還不見兄歸。

嫂嫂,

且消停盃斝,天氣炎蒸,

(欲走科)

向門外臨風瀟洒。

(小旦扯云⑧)叔叔且住。(背唱⑨)

事到如今,機關用盡,怎肯輕輕便撇下。

---

①⑤⑥⑧⑨　毛本作"介"。

②　毛本無。

③　【眉批】攜,音携。

④　毛本作"走"。

⑦　毛本作"前腔"。

（笑唱①）叔叔，

且同消夏，怎生忒不撑達？

（生）

只爲奔馳勞頓，心慵意懶，好難禁架。

（小旦斟酒，先飲半盃，對生唱②）叔叔，

此意你知麽，伊休詐，把這盃殘酒飲乾咱。

（生奪酒潑科，怒唱③）

【撲燈蛾】嗳，怪伊忒喪心，怪伊忒喪心，羞慚總不怕，有眼睁開看。把武松特地詳察也。我是含牙戴髮，況先人清白傳家，怎生教敗倫傷化？

（怒云④）嫂嫂，你快不要想這等勾當。倘有些風吹艸動，我眼裏⑤認得是嫂嫂，拳頭却不認得。

我非誇，自從打虎手兒滑。

（小旦羞唱⑥）

【又⑦】笑伊直恁村，笑伊直恁村，不辨真和假，酒後聊相戲，怎便將人叱咤也。常言嫂如娘大，好知輕識重賢達，只會把至親欺壓。

（萬福科）（生背科）（小旦）叔叔，

總塗抹，從今兩意莫爭差。

【尾聲】（生）這回家醜堪羞殺。

（小旦背唱⑧）

自恨當初錯認他。

（生）嗳，我那哥哥，

只恐終須作話靶。

（小丑挑担上）清晨出去猶嫌晚，下午歸來汗未消。已到自家門首，爲何閉上了門？開門，開門！（旦背白⑨）呀，武大回來了！

---

①②④⑥⑧⑨ 毛本作"介"。

③ 毛本作"生奪酒潑地，怒介"。

⑤ 毛本作"面皮"。

⑦ 毛本作"前腔"。

待我開了門，徑往廚下收拾罷。（輕開門拴，急走白①）悔將我語和他語，未必他心似我心。（下）（小丑推開門，跌倒白②）你看我這老婆，故意悄悄開了門，閃我一跌。常言道“跌跌長”，有何不可？且進去看。（見生不語科）

【南吕過曲】③【五更轉】（小丑）呀，二哥，你甚時來④家裡，點心兒想是尚未喫。呀，緣何頻問都不對，敢是嫂嫂跟前慢憎着你？

若不是呵，

難説你却惹着官司氣，若還怪我，我就先陪禮。

（殺雞科）（生）哥哥不要問罷，

若是問起根由，与你粧些幌子。

（扶手科，下⑤）（小丑）兄弟忿忿而去了，大嫂必知其故。大嫂那里？

（小旦哭上）

【又⑥】蠢殺才不争氣，累奴家喫負虧。

（小丑）我的令正，我的拙荆，誰來欺你？（小旦）

情知只有武二居家内。

（小丑）他便怎麽？（小旦哭唱⑦）

我見他冒暑歸家備着酒漿茶水，誰知道他太不仁將奴戲。

（小丑）我的兄弟不是這樣人！他却爲何跑了去？（小旦）

他無顔在此必要遷居矣。

（小丑）他若搬了去，須被别人笑話。（小旦怒唱⑧）嗳，

你若要兄弟同居還我休書一紙。

（小旦⑨）大嫂且息怒，從容再作理會罷。

---

①②⑦⑧　毛本作“介”。

③　毛本無。

④　毛本作“歸”。

⑤　毛本作“竟走出介”。

⑥　毛本作“前腔”。

⑨　毛本作“小丑”，應爲“小丑”。

看你花憔粉悴恨難禁，（小旦）無奈强徒苦逼臨。

（小丑）須信路遥知馬力，（小旦）果然日久見人心。

第九齣　孝貞

【商調引子】①**【遶地遊】**（旦扶老旦上）（老旦）炎蒸初過，又早疏桐墮，病和愁兩眉常鎖。

（旦）母親，

你病體懨煎，須把愁城攻破。

（合）

歎人生爲歡幾何。

（旦）母親，你今日病勢稍可，但寬心排遣，從容服藥，自當全愈，免勞掛懷。（老旦）我的兒，今日是七夕佳節，我雖服藥，你也該喫酒肴瓜果，以應時令，不要爲我愁煩。（旦）嗳，我那娘，

【商調過曲】②**【集賢賓】**家家此時排酒果，笑兒女情多。你美景良辰愁裡過，我何心乞巧穿梭。

（對天萬福科）天呵，

願賜長生藥裹③，早消得娘親灾禍，誰似我与嫦娥對影婆娑。

（老旦）

【又④】追思少時此夕呵，正競巧看河。今日老景淒涼彈泪顆，再不能纖指穿梭。

我的兒，

想着你終身結果，悶似海天來愁大，誰似我被嫦娥笑殺雙皤。

（浄扮媒婆上）

【琥珀猫兒墜】一年一度，牛女會銀河，

老身趙媒婆便是。此間賈媽媽門首，不免徑入。（与二旦福科）

①②　毛本無。

③　毛本作“果”。

④　毛本作“前腔”。

(老旦)呀,趙媽媽,你來何幹?(净)

若要填河須是我。

(旦)走①! 又來胡説。(背轉科)(净)

春花秋月莫磋跎,無多,早尋個跨鳳乘鸞佳壻如何?

(老旦)媽媽,你還不知? 我女兒從幼已許武二郎了。(净)那武二郎在外飄蕩,久不回家。正是"馬上喫猪蹄,不知骨頭落那里"了。前巷有箇張百萬,要与他孩兒議親,你們姐姐許了他罷。

【又②】(老旦)他是一鞍一馬立志不差訛。

(净)

便跳箇槽兒無不可。

(旦)走!

你這笑刀腹劍女蕭何。

(二旦③)

張羅,爲甚的平地無端便起風波。

【尾聲】(净)冰清玉潔真難污④,笑有眼無珠是我。

(二旦)媽媽,

語話參差莫譴訶。

(净)既如此,今後再不敢來説了。(老旦)多感媽媽。(别科)

(老旦)春艸秋風老此身,(旦)柴門相送月華新。

(净)霸王空有重瞳目,有眼何曾識好人。

---

① 應爲"哇"。後多有此用法,不贅。

② 毛本作"前腔"。

③ 毛本作"老旦"。

④ 【眉批】污,上声。

第十齣　委囑

(小丑上)昨夜秋光入小庭,至今醉眼未曾醒。

(小旦上)嗳,天那,空階夜色涼如水,羞看牽牛織女星。(小丑捧小旦面科)大嫂,你這般模樣,賽得過天仙織女,不知我比得牽牛郎麽?(小旦)呸!你只好田裡去牽牛,倒①要比天上的牽牛,好没廉耻。方纔你買賣回來,不曾關得大門,快去關了。(小丑應科)(出望科)來的好似我兄弟。

(生上)(末、小生扮土兵捧盒跟上)

【雙調引子】②**【秋蕊香】**(生)半月不瞻兄面,何時不意惹情牽。

(揖科)(小丑)二哥,什麽好風吹得你來?(生)

欲把微芹别時獻,願兄嫂鑒愚意③。

(見小旦)嫂嫂拜揖。(小旦笑白④)叔叔萬福。(生對土兵白⑤)你們把這些東西往廚下整酒去。(小旦背白⑥)這厮前日搬了去,如今想着我,却又回來,正中我的意了。(小旦)昨夜是七夕,要請你來喫三盃,那里不尋得到。今日來得正好,怎麽要你費錢,且到樓上去坐。(土兵斟酒科)(生)你們去罷。(土兵應白⑦)正是:在他矮簷下,怎敢不低頭。(下)(生舉盃對小丑白⑧)哥哥在上,兄弟今日蒙本縣老爹差往東京公幹,須要五六十日纔回。有句話兒,哥哥若依得,滿飲此一盃。(小丑接在手云⑨)你的話無有不依。

【雙調過曲】⑩**【風入松】**(生)你從來心性軟如綿,

我不在家呵,

---

① 【眉批】倒,音到。

②⑩　毛本無。

③　毛本作"願兄嫂聞言意轉"。

④⑦⑧⑨　毛本作"介"。

⑤⑥　毛本作"云"。

你是箇隻手單拳，若被人欺壓遭人騙，我回來後將他消遣。

你從明日爲始，

遲出去早歸息肩，把門兒閉得安然。

（小丑）兄弟，這是金子話，我怎麼不依？（飲科）酒乾。（生接盃再斟酒在手，對小旦唱①）嫂嫂。

【又②】吾兄質朴命迍邅，仗伊家看覷周旋。

常言道“表壯不如裡壯”，

須教③裡壯纔堪羨，怕什麼男兒家柔軟，却不道夫禍少皆因婦賢，籬牢處犬難穿。

（小旦對小丑怒白④）你這腌臢村獸，有什麼言語，在⑤外人處説了，來欺負老娘！（對生怒白）你不要認差了人，我是個不帶網巾的男子漢，叮叮噹噹響的婦人家。拳頭上立得人，臂膊上走得馬，要⑥人面上走的人。

【急三鎗】自從我嫁⑦武大爲宅眷，便是一螻蟻也不進門前。

【又⑧】却有甚籬不固招外犬，你這胡言語休要把人冤。

【風入松】（生）嗳，嫂嫂，只怕你⑨心頭不似口頭言，若得伊如此心堅，何須武二頻頻勸，與兄長也争些門面。我一句句不忘你言，請將此酒酹蒼天。

（小旦怒云⑩）武二，我且問你，

【急三鎗】既是你多伶俐將人勸，不道長兄嫂自有父娘權⑪。

【又⑫】（背唱）我當日嫁武大元説無親眷，

---

①④⑩ 毛本作“介”。

②⑧ 毛本作“前腔”。

③ 毛本作“須知”。

⑤ 毛本作“向”。

⑥ 毛本作“要在”。

⑦ 毛本作“與”。

⑨ 毛本作“怕你”，爲曲詞。

⑪ 毛本作“彷彿父娘面”。

⑫ 毛本作“前腔”。

　　呸！那里這箇賊兄弟，

如是①真和假强來纏。

　　啐！（不吃酒科，下）（小丑斟酒對生唱②）

【風入松】二哥休記婦人言，我和你且自留連。

　　（生飲科）（小丑哭唱③）

人生難保常康健，

　　我萬一有些好歹呵，

你把一盃酒將咱澆奠。

　　（生拭泪云④）哥哥爲何説這不祥的話？兄弟去後，你便不做買賣也罷。（拜科）（生）

且只在家中自然，我常與你寄盤纏。

　　（小丑）曉得了。（别科）

　　　（生）一瓢長醉任家貧，（小丑）明日千山與萬津。

　　　（生）流泪眼觀流泪眼，（小丑）斷腸人送斷腸人。

第十一齣　遘難

【越調引子】⑤【金蕉葉】（小生上）（老旦、旦扮家僮隨上）憐才愛才，想風期何時可諧？志不在兩行玉釵，羡殺他三千劍客⑥。

　　樂莫樂兮心相知，悲莫悲兮遠别離。堂前空有三千士，他日報恩知是誰？我柴進爲何説此幾句？事因⑦前日武二哥苦死要去尋兄訪友，一時隨順了他，如今時常思念，無路追尋。枉了⑧許多食客在此，那里再有這般豪傑，只得且和他們閒講一回，以消殘

① 毛本作“怎知”。

②③④ 毛本作“介”。

⑤ 毛本無。

⑥ 【眉批】客，音楷。

⑦ 毛本作“只因”。

⑧ 毛本作“枉招”。

暑。家僮，請蘇州葉先生出來。（二旦）嗄，葉先生，大官人相請。（末上）世人結交須黄金，黄金不多交不深。縱令然諾暫相許，終是悠悠行路心。大官人拜揖。（小生）葉先生拜揖。昨因有事，不得奉陪，今日頗暇，請先生閒講片時。（末）多謝大官人青目。（小生）先生，貴地自古多産豪傑①，歷歷可數。（末）小子不知，請大官人略説一二。

【越調過曲】②**【祝英臺】**（小生）每神遊三讓里，屈指最多才。

（末）那幾箇呢③？（小生）

季札子游，慶忌要離，

（末）漢時有誰？（小生）

嚴助買臣爲儕，賢哉！

（末）還有幾個賢人？（小生）

朱張顧陸相承，四姓餘芬猶在。

（末）自古稱朱文張武，顧忠陸厚，至今尚爲望族。（小生）

怎如得文正忠宣絶代。

【又④】（末）光采，真箇地偏靈人傑出方策耀千載。

（小生）山水如何？（末）

玄墓洞庭，虎阜天池，澤藪具區弘開。

（小生）可惜不曾去游覽。（末）

難買，少年有限光陰，何不遨遊湖海。

（小生）（合）

待清秋須買扁舟南邁。

（老旦上）有事不敢不報，無事不敢亂傳。本州知寨殷天瑞，爲去年李逵在高唐州打了他兄弟殷天錫，如今彼處拿住李逵，行文到此，説大官人通同梁山泊反賊。即刻殷知寨領兵來拿了。

---

① 毛本作“英豪”。

② 毛本無。

③ 毛本作“那幾個是”。

④ 毛本作“前腔”。

(急下)(小生)呀！去年李逵元來曾在梁山入夥，況我有誓書鐵券在家，怕他怎麽？(末)什麽叫做鐵券？(小生)免死的執照。葉先生，事已急矣，你自走了罷。(末)大官人説了蘇州許多賢人，小子也要与蘇州争氣，決當爲朋友而死。(小生)嗳，難得，難得！

(浄領生、旦上)

【憶多嬌】賊殺才，忒弄乖，暗通强寇該不該，誰道今番露出來。

(浄)把柴進拿下。(衆應科)(小生)我有何罪，你來拿我？(浄)且去高唐州對理。(衆拿末科)(浄)你是他什麽人？(末)是朋友。(浄)也是賊黨，都綁了。(小生、末)皇天那，

驀地飛灾，驀地飛灾，鐵券丹青①怎揩。

(浄)走！你既説丹書鐵券，却不想國家厚恩麽？

【又②】(小生)恩豈衰，我常記懷。

(浄)咄！梁山泊李逵，你也記他在懷麽？(小生)

他昔年曾到庄上來，豈料如今爲賊帥？

(浄、生、旦合)

却又元來，却又元來，萬阻千推怎捱？

(浄)就此點兵押送，我親自解到高唐，聽我哥哥發落。(生、旦應科)(下)

(小生)百口難明此是非，(末)一身聊復共安危。

(浄)臨崖失馬收繮晚，(生、旦)船到江心補漏遲。

第十二齣　萌奸

【南吕過曲】③**【一江風】**(小旦上)恨冤家，聽兄弟臨行話，把我禁持怕。怎奈何他，索性做箇乖張早把簾收下，教他且信咱，教他且信咱。争

---

① 毛本作"丹書"。
② 毛本作"前腔"。
③ 毛本無。

知奚落他，有一日犬兒放入籬兒下。

呀！奴家要挑下這簾兒，却不曾帶得竹竿在手，不免進去取了出來。（暫下）

（浄上）

【又①】（浄）没台孩，午睡醒來快，步出門兒外。

（想科）

上心來，記得王婆許我姻親在，且行來紫石街，行來紫石街。

（小旦上）已取得竹竿在此，把簾兒挑下來。（浄偷看。唱）

誰家簾半開，

（竹竿打着浄帽）（浄見小旦科。背唱②）呀，

這回打動相思債。

（浄看科）

【又③】（小旦）告官人，

（萬福科）（浄回揖）（小旦）

休把奴嗔，恨我失手把竿兒褪。

（浄鞠躬科）不妨事，娘子請尊便④。

（丑婆⑤上，瞧科）（笑云⑥）大官人，

你忒殷勤，不在他簷下低頭，

打得好，

打你箇不淹潤。

（浄笑唱⑦）

應該打小人，娘子，還該打小人。

（小旦笑唱⑧）

---

①③　毛本作“前腔”。

②⑥⑦　毛本作“介”。

④　毛本作“自便”。

⑤　毛本作“王婆”。

⑧　毛本作“小旦反唱介”。

反①教奴難置身。

（浄揖唱②）

娘行不必多謙遜。

（丑）唱得好肥喏。（小旦萬福科）官人，是必不要見怪③。（浄）小人怎麽敢？（小旦）乾娘，奴家進去等你，你無事過來閒話片時。（丑）曉得了。（小旦）東邊日出西邊雨，道是無情却有情。（下）（浄）乾娘，我的骨頭都酥了，扶我到店中坐一坐。（丑）這箇娘子有火力，一根竹頭燒得你這等酥。（坐科）（浄）乾娘不要多説，你只説這箇雌兒是誰的老婆？（丑）他是閻羅大王的妹子，五道將軍的女兒，你問他怎的？（浄）嗳，和你説正經話。（丑）他的老公是縣前賣熟食的人，官人且猜一猜。

【紅衲襖】（浄）莫不是賣棗糕徐三的女艷嬌？

（丑摇手云④）若是他的，倒是一對好姻緣了。（浄）

莫不是銀擔子李二的親底老？

（丑摇手介）若是他的，也是一對好夫妻了。（浄）

莫不是花肐膊陸小四的家生哨⑤？

（丑）也不是。（浄）

莫不是賣粉團許大郎的留客標？

（丑）都不是！

説着時教伊也性焦，説出時教咱也好笑。他便是賣炊餅武大的渾家也，好一塊羊肉兒倒落在狗口嚼。

（浄）嗳，天那！有這等屈事？乾娘，

【又⑥】我愛殺他玉亭亭軀老兒嬌，

（丑）是好箇身材兒。（浄）

---

① 毛本無此“反”字。

②④ 毛本作“介”。

③ 毛本作“你不必要見怪”。

⑤ 毛本作“俏”。應爲“俏”。

⑥ 毛本作“前腔”。

愛殺他滴溜溜曦老兒好。

(丑)是好雙俊眼兒。(浄)

恨不曾看得他雙撇道①。

(丑)好對小脚兒。(浄)

幾時得抱着他細舞腰。

(丑)大官人説得枯渴了,

吃一盞濃熱茶兒把慾火澆,再吃一箇和合湯兒將佳識討。

(浄)如今正要吃了,早些拿來,嚥了他下去。(丑)一箇惡心吐了出來,怎麼處?(浄)乾娘,你是在行的人。畢竟怎麽計較,纔得上手?(丑笑云②)大官人,

最是那研光的兩字兒偏難也,直待要十分光纔湊着。

(浄)怎麽唤做"十分光"?(丑)但凡研光一事,極不容易,須得一分一分研上去,研到十分完全了,纔得上手。(浄)乾娘且數那十分看。(丑)你却依我説話,買一疋白綾,一疋藍紬,一疋白絹,十兩好綿,送与老身。這娘子做得一手好鍼線,我請他過來替我做送終衣服,大官人拿耳朵來。(低云)那時如此如此,這般這般便了。(浄笑白③)好計,好計!(浄揖唱④)乾娘,

【仙吕过曲】⑤【皂羅袍】謝你不推别故,一時間便有六出奇謨,九里山十面大埋伏,管取十二峯雲雨來朝暮。

(合)

千金莫吝,百年甚促,三生有約,兩情不孤,十分光做一箇姻緣簿。

(丑)大官人,不是老身誇口説,

【又⑥】這是我從來熟路,説不得許多敗壞風俗。只要去錢堆裹面做馬

---

① 撇道,即特指古代女性纏足而成的小脚。元王實甫《八聲甘州》套曲:"窄弓弓撇道,溜刀刀渌老,稱霞腮一點朱櫻小。"明朱有燉《仗義疏財》第三折:"我從來不慣喫裙帶上衣食,你看我撇道兒勾一尺。"

②③④ 毛本作"介"。

⑤ 毛本無。

⑥ 毛本作"前腔"。

百六,銀河穩把牛郎渡。

(合前)

(浄)今日回去,就差人送前項物件來。我明早來打聽消息,事成時白銀十兩相謝。(丑)大官人不要説謊,自古道:

有錢能使鬼推磨,一分錢鈔一分貨。

(浄)若還説謊負心時,難免天災與神禍。

第十三齣　奇功

【中吕引子】①**【遶紅樓】**(外扮宋江,老旦扮花榮,旦扮顧大嫂同上)(唱)一自江州脱死刑,衆兄弟將我要盟。

(二旦)

事有不平,鬬咱俠性,

(合)

只得且勤兵。

(外)吾乃宋江是也。因在江州配所醉後題詩,惹起禍端,幾致喪命。幸有衆兄弟劫歸山寨,纔得安生②。不上月餘,誰想滄州柴大官人遭此横禍。他向來与山寨中有恩,豈可不救?只得親自下山伏路,劫取柴大官人入夥。就假粧滄州人馬,往高唐州收③李逵回寨。花知寨,顧大嫂,聽我分付:(二旦應科)

【中吕過曲】④**【縷縷金】**人捲甲,馬藏鈴。

(二旦合)

山村稠密處,伏精兵,料想高唐去,别無蹊徑,那奸貪知寨合遭刑,親來自納命,親來自納命。

(俱下)

(浄、二丑押小生、末上)

---

①④　毛本無。

②　毛本作"安寧"。

③　毛本作"救"。

【正宫過曲】①【錦纏道】(浄、二丑)聽鳴鉦,解奸徒向高唐遠行。

(小生、末)

這冤苦對誰鳴?

(二丑打科)(小生、末)

怎當他無情短棍相淩。

(小生)葉子盈,

我遭逢時乖運梗,你爲甚也觸機落阱。

(末)

我非不想全生,臨危苟免還羞不義名。

(小生、末合)

自古傳聞道死生常變見交情。

(二丑)你這兩箇賊徒,走又不走,有這許多説話!(打科)

【普天樂】(浄、二丑)短長亭,崎嶇徑,早來到梁山境②,須加意、須加意防備賊兵。

(捲旗③急走科)

且銜枚疾走潛行,呀,見長林竣嶺,魂飛意轉驚。

(内鳴鑼科)(浄)

拚與他相持對壘,分箇輸嬴。

(俱下)

(外、旦、老旦上)

【山桃帶芙蓉】遠望見旌旗影,却又早人聲静。

(外)這厮必然用計,打小路上悄悄過去了。衆兄弟,快趕上去。

(二旦應科)

(合)

我這里鳴笳④伐鼓軍容競,前鋒後隊戎行整,閃得他獸奔猶豫魂不定,

---

① 毛本無。

② 毛本作"梁山頂"。

③ 毛本作"掩旗"。

④ 毛本作"鳴鐘"。

笑殺人犬羊却與虎狼争。

(趕下)

(浄、二丑急上)不好了,不好了,賊兵趕上來了!(浄)軍士們,取出軍器,擺開陣勢,待我作起法來。(披髪唱①)

【普天樂】普天下,諸神聖,聽殷天瑞虔誠請,都來到都來到助我陰兵,把强徒一掃俱平。

(外、二旦上)前面是何處軍校,好好歸降,饒你性命。(浄、二丑)我這里是神兵,特來收服你們艸寇。(混戰科)(浄、丑敗走)(浄在鬼門道作法②,做大風起科)(外)這厮妖法,待我把九天玄女所受③雲符去破他。(執劍書符科)(二旦合)呀!

看天罡曜炳,諸神總效靈,怕甚的邪魔厲鬼,厲鬼作法興兵。

(外、旦趕下④)

(浄、二丑奔上)罷了,罷了!被他破了法了!

(外、二旦趕上,混戰,殺浄,捉住二丑科)(外)如今柴大官人在那里?(二丑)躲在戲房内⑤。(外)咄!快扶他出來,饒你的死。(二丑磕頭科)(二丑)柴大官人有請。

(小生上)

【山桃帶芙蓉】夢欲斷重呼醒,

(末上)

死不了英雄命。

(外、小生抱哭科)(外)

前番請你全不應,

(小生)

---

① 毛本作“介”。

② 毛本作“浄仗劍登高作法”。

③ 毛本作“授”,應爲“授”。

④ 毛本作“趕上”。

⑤ 此處爲調侃,增加舞臺活躍度。

誰知忠義招災眚①。

（衆）

自來天定人難勝，笑殺他捕風捉影起刀兵。

（外）兄弟，此位是誰？（小生）這是吴下朋友葉子盈。（外）兄弟，你且上山調理，我一面差人請你家屬，一面往高唐州賺出李逵便了。（小生）多謝哥哥好意。（外）葉子盈，你肯上山麽？（末）小子因見大官人有難，不忍辭去，如今既已上山，小子就此告辭了。（外、小生）世間難得你這般好人。（末）不敢。（外）呀！② 小校取二十兩銀子，送葉先生做盤費。（末）嗳，將軍！你休將金寶餌英才，我今日原非爲利來。請了③。（外、小生）隊隊鞭敲金鐙響，（衆）一④聲聲齊唱凱歌回。（走唱⑤）

【普天樂】玄女法多靈應，早又把魔王屏。從今去，從今去，宇宙澄清，願皇圖萬載長寧。呀，把忠貞自秉，休教負此生，會有時龍荒振旅，振旅麟閣圖形。

第十四齣　巧媾

【南吕過曲】⑥【懶畫眉】（小旦上）昨日簾前事差迭，兩目相挑心共悦。重門一人暗傷嗟，水流何處花偏謝，路隔桃源雲萬疊。

且喜武大不在眼前，偶説出昨日心事。忽聽得小門兒响，想是乾娘來了。

（丑上）

【又⑦】庭院涼多暑消歇，

---

① 【眉批】眚，生上声。
② 毛本作“叫”。
③ 毛本無“請了”二字。
④ 毛本無“一”字。
⑤ 毛本作“介”。
⑥ 毛本無。
⑦ 毛本作“前腔”。

（見科）娘子，

想你玉手初親鍼線帖。

（小旦）乾娘，

我粧成未展綉文結①，你清晨何事臨寒舍。

（丑笑唱②）

欲請神鍼特造謁。

老身向年蒙一個財主布施了送終衣料，遇③着如今閏月，急要做完，没有好裁縫，斗膽央大娘子裁一裁，從容尋人做罷。（小旦）若不嫌奴家做得不好，就是我与乾娘做完。只不知今日日子好歹？（丑）娘子是一點福星，何用選日？就煩貴步同行則箇。（小旦）既如此，乾娘先請。

【又④】曲徑通幽省周折，

（過門，丑隨行科）（丑）

纔過門兒賓主别。

（坐科）（小旦）乾娘，

試將雲錦漫裁截，

（丑捧出唱⑤）

天孫妙手被人間借，

（小旦剪科）

願壽比萬縷千絲不斷絶。

【又⑥】鍼線初拈剪刀撇，

（縫科）

（浄盛服暗上，咳嗽科）乾娘，連日如何不見？（丑）

門外誰人聲響徹？

（萬福科）

---

① 毛本作“纈”。

②⑤ 毛本作“介”。

③ 毛本作“恰遇”。

④⑥ 毛本作“前腔”。

元來是壽衣施主偶相接。

來得正好,進來看一看。(淨、小旦相見科)(小旦背白①)就是昨日那人了。(淨看衣唱②)乾娘,

這般妙手難酬謝,

不敢動問,

此位是誰家宅内客?

(丑)就是間壁武大郎的娘子。(淨)小人只認得大郎,不信他有這等福分,招得這一位好娘子。(小旦)官人休要笑話。(淨)小人怎麽敢?(丑)娘子,你還不認得?這位西門大官人,是陽穀縣第一箇財主。本縣老爹也和他往來,家裡開箇大生藥鋪,極肯撒鏝③,這段疋就是他与我的。(小旦)奴家有眼不識。(淨)折殺了小人。(丑)常言道"一客不煩二主"。大官人便做箇主人,替老身与娘子澆手則箇。(淨)最妙。(取銀科)乾娘,你就去備些酒飯來。(小旦)不勞生受。(丑虛轉科)酒菜都有了。(淨斟酒遞小旦科)

【香柳娘】(淨)幸相逢舉觴,幸相逢舉觴,爲娘稱謝。

(丑)(合)④

愧無珍品堪陳設。

(小旦接酒唱⑤)

感伊家用情,感伊家用情。

(飲科)

淺量爲君竭,羞顔爲君撇。

(合)

料三生契結,歡情正奢,可能卜夜。

(丑)呀,可惜買得酒少了。娘子陪大官人吃一盃,老身直去縣前

① 毛本作"云"。

②⑤ 毛本作"介"。

③ 毛本作"撒漫"。

④ 毛本無"合"字。

買好酒來。有一會擔閣哩。(浄)還是小人奉陪大娘子。(丑縛門科)天上人間,方便第一。(下)(浄背白①)如今依了乾娘計策,把袖子拂那筯子落地,只做拾筯,捏他脚兒一捏看。(拂科)(捏科)(小旦)官人,你有心,我也先有意了。你對天罰了誓,我就依你。(浄對天揖科)

【又②】若忘伊此情,

(小旦)你要跪了罰。(浄跪唱③)

若忘伊此情,暫時抛捨,願天罰我遭磨折。

(小旦掩浄口,浄扯下)(浄)你也罰一箇誓。(同跪下)(小旦)天那,

聽金蓮誓言,聽金蓮誓言,

若忘了西門大官人呵,

願聖手不相遮,天誅更不赦。

(浄掩小旦口)(同拜科)

(合前)

(同下)

(小丑鄆哥上)

【又④】有風聲到耳邊,有風聲到耳邊,是女歡男悦,梅湯一盞爲媒蘗。

自家鄆哥便是。聽得街坊上人説,西門大官人要勾搭武大的妻子,每日在王婆店中。待我只做尋鬧,闖將進去,看了些動静,報与武大得知,出我前日那口氣。(看科)呀!

看門兒鎖却,看門兒鎖却,敢是計先設,藏人在房内也。

(窺科)

且潛身再窺,且潛身再窺,但見茶烟未絶,好似僧房客舍。

果然没人在裡面,且是回去,明日再來便了。王婆這老咬蟲,只教你"閉門家裡坐,禍從天上來"。(下)

---

①③ 毛本作"介"。

②④ 毛本作"前腔"。

【又①】(丑上,聽科)聽人聲杳然,聽人聲杳然,想在枕邊低説。

(開門科)你兩個做得好事!

(浄、小旦急上)(跪唱②)乾娘,

望你高擡貴手將人赦。

(丑)你們要官休,要私休?(浄、小旦起唱③)

要官休便怎麽?要私休便怎麽?任你怎的説,誰人敢逆也。

(丑)

要官休報武郎,

(浄、小旦相看,驚科)(丑)

要私休瞞武郎。

(浄、小旦)

願把私休管取④叩頭稱謝。

(丑)既如此,娘子,你從今日起,每日不可失約。(小旦)只依乾娘就是。(丑)大官人,你自不消我説得,所許之物,不可失信。你們若變了卦,我就与武大説知。(浄)乾娘放心,決不失信。(小旦)此時武大將歸了,奴家回去罷。(浄)娘子,《西厢記》説得好:"是必破工夫,明日早些兒來,小人在此專候。"(小旦)曉得了,不須囑付。

(旦⑤)心有靈犀一點通,(浄)休教宋玉望牆東。

(丑)結成鸞鳳青絲網,(合)碾就鴛鴦碧玉籠。

(下)

---

① 毛本作"前腔"。

②③ 毛本作"介"。

④ 毛本作"私休計設"。

⑤ 毛本作"小旦"。

第十五齣　被盜

【商調引子】①【憶秦娥】②空擷③暗，何時得享門楣蔭，④看看望斷飄蓬忒甚。

（旦上）

高堂日侍興和寢，婦功時自勤織紝，⑤中秋節屆寒食當任。

母親萬福！（老旦）孩兒到來。（旦）且喜母親貴體痊安，只是愁眉不展，今夜中秋佳節，請母親閒步玩月，以遣悶懷。（同步科）（老旦）我的兒，

【商調過曲】【金落索】你看澄波若漾金，散彩如鋪錦。

（合）

今歲閏却初秋，到此寒光凜。孤城擊柝時幾聲砧，刀尺空摇寒女心。

（老旦）我那女壻的兒，不知此時在何處？

愁殺我江間波浪兼天湧，愁殺我塞上風雲接地陰。情難禁，更無消息到如今。

（回步科）（旦）娘，

遇良宵且自開襟，

（合）

看滿地瑶華蔭。

（旦）

【又⑥】關山玉笛沈，樓閣冰壺浸。

（同步科）（合唱）

---

① 毛本無。

② 毛本有“（老旦上）”。

③ 【眉批】擷，跌同。

④ 毛本有二“門楣蔭”。

⑤ 毛本有二“勤織紝”。

⑥ 毛本作“又”。

驚起栖烏，遶樹疑還審，想嫦娥竊藥來悔應深，碧海青天夜夜心。

(旦)我的娘，

你窮途無奈衰遲恨，苦調休爲長短吟。

(背唱①)

愁難禁，那堪時序漸蕭森。

(回步科)(老旦)兒，

遇良宵且自開襟，

(合)

看滿地瑶華蔭。

(老旦)步月已久，和你收拾睡罷。(旦)謹依嚴命。(睡科)

(丑扮時遷上)梁上稱君子，人間唤小人。雞鳴与狗盜，曾救孟嘗君。自家時遷的便是。雖然是個好漢，只是生來要偷東摸西。今夜中秋之節，人多有喫醉的，②此時雲遮月暗，且做些買賣，有何不可？這是張百萬家，他們人手多，不要去；這是魏鄉宦家，他勢力大，不要惹他；這是賈媽媽家，只有兩個女人在内，正好偷他東西。(掘墻進科)雖是布衣服碎破家火，也是好的。(放在墻洞内，又偷科)

(浄扮李鬼上)莫把人心比人面，世情宜假不宜真。自家李鬼便是，每日假稱李逵，在山中剪徑爲活。今日回家，要尋些生意。方纔見時遷掘進這家去了，一定有些好處。(丑打嚏科)(浄)他是獨脚賊，我且在洞邊摸一摸看。(摸出科)正是賊偷賊物，偷得落得。(走科)(丑)已偷完了，鑽了出去罷。(出科)(摸科)呀！不知那個天殺的，都偷了我的去，我做人家的③，倒与你偷麽？一定是李鬼了！趕上前去。(暗中頭相撞，叫捉賊科)(下)

(二旦醒科)(老旦)呀，天將明了，爲何門窗大開在此？(旦)呀，

① 毛本作“介”。

② 毛本有“趁”字。

③ 毛本作“我做的人家”。

衣服、家火都被偷去①,如何是好?

【劉潑帽】(老哭唱②)偷兒直恁情毒甚,哭得我氣衰聲噤。

(旦背唱③)

恐傷親意偷悲喑,

(合)

何處尋,何處去相拘禁。

【又④】(旦)娘親病後空⑤安寢,怕憂思忿怒相侵。

(老旦)

恐傷兒意休悲喑,

(合前)(又唱云)⑥

正是⑦何處追尋,何處去拘禁。

(老旦)我的兒,如今家緣蕩盡,母子無依,聞知武二郎在陽穀縣,未知果否?且去投逩,我和你扮做道姑模樣,一路抄化便了。(旦悲科)但憑母親主意。

(老⑧)秋來相顧又飄蓬,(旦)風景蕭條舊業空。

(老⑨)屋漏更遭連夜雨,(旦)船遲又被打頭風。

第十六齣　得傷⑩

【雙調過曲】⑪【六么令】(小丑扮武大上)鄆哥曾講,我渾家心向情郎。

---

① 毛本作"被賊偷去"。

② 毛本作"老旦哭唱介"。

③ 毛本作"介"。

④ 毛本作"前腔"。

⑤ 毛本作"宜"。

⑥ 毛本無。

⑦ 毛本作"却是"。

⑧⑨ 毛本作"老旦"。

⑩ 毛本作"中傷"。

⑪ 毛本無。

約他同去闖茶坊,捉奸處定成雙。那時休想咱輕放,那①休想咱輕放。

阿呀,有這等事!昨日鄆哥說,那西門慶和我老婆勾搭上了,句句都有指實,我②却怎肯干休?已与鄆哥約了,他③打聽奸夫進了茶坊④,就把籃兒丢在街上,我便去捉奸也。如今且躲過一邊去。正是:假作痴呆漢,權爲懞懂人。(下)

(小旦上)

【玉抱肚】喬才虚謊,好教奴心中暗傷。料應他别戀歌樓,這時節還不到茶坊。

(浄上)

心慌路遠脚兒忙,一日如同隔幾霜,

娘子拜揖。(小旦不回礼,打浄掌科)(浄跪科)(小旦)你這薄倖的賊,昨夜中秋,想又在東街張惜惜家醉了?今日這等來遲!(浄)今日有新到廣東客人,說道來賣生藥,等得他久了。小人若是說謊,生箇碗大的疔瘡。(小旦扯起科)既如此,裡面去說話罷。

一日如同隔幾霜。

(攜手下)

【又⑤】(外扮客人上)來從東廣,把藥材到陽穀販行。今日裡約定成交,被他人偶爾相妨。

自家廣東生藥客人是也。西門大官要買我藥材,今日來得遲了,他鋪裡人說在紫石街王婆店坐地。(呼科⑥)王媽媽,西門大官人在此麼?(内應)十來日不曾來了。(外)

---

① 毛本作"那時",底本中漏"時"字。

② 毛本無"我"字。

③ 毛本無"他"字。

④ 毛本作"門坊"。

⑤ 毛本作"前腔"。

⑥ 毛本作"叫介"。

想他是箇富豪郎，只在章臺楊柳傍。

(下)

(小丑内叫)老咬蟲，打得我好！(丟籃科)

(小丑扮武大急上)

【六么令】鄆哥攔擋，老虔婆怎做隄防，我今便去打茶坊。

(丑内叫云①)大娘子，武大來了。

(浄、小旦急上)(拴門)(小丑推不開，怒云②)呀，

門拴住忿難當。

(浄輕開門，踢倒小丑科)(浄)

這回打破漫天網，這回打破漫天網。

(下)(小丑)阿呀，不好了，不好了！踢了我的小肚子，踢出許多跄瘩③來了。(小丑、旦扶科④)怎麽説？(小丑)矮子肚裏跄瘩多，怎麽不踢了些出來？快扶我進去。嗄，做得好事，做得好事！(扶下)

(小旦、丑復上)(小旦)乾娘，如今怎麽好？(丑)你們要做短夫妻，只⑤將息好了武大，與他陪了話，從今便散了夥。若要做長夫妻，娘子去贖一貼心疼藥來，大官人鋪裡取些毒藥，下在裡面。

【玉抱肚】送了這腌臢魍魎，一把火與他送喪。

(小旦)武二回來怎麽處？(丑)

那時節武二回來，没踪跡怎生無狀？

(小旦)好計，好計！(合)

管教他地久與天長，免得明來夜去忙。

(小旦)半世關情恨有餘，從今眉鎖定應舒。

(丑)不施萬丈深潭計，怎得驪龍頷下珠。

---

①② 毛本作“介”。

③ 底本此字作“踏”。

④ 毛本作“小旦扶小丑介”，底本詞序有誤。

⑤ 毛本作“且”。

第十七齣　悼亡①

【商調過曲】②【山坡羊】(生上③)遠迢迢他鄉傳信，慢悠悠英雄自哂。望巴巴到吾兄宅前，急煎煎欲把平安問。

今日門開在此，徑進去罷。(進門，看科)呀，怎麽到供箇靈位，寫着"亡夫武大郎之位"？

敢是我眼乍昏，夢魂中認不真？

待我唤嫂嫂出來問他詳細④。嫂嫂，武二回來了。

(小旦在内應)叔叔少坐，奴家就來也。(生)呀！

緣何應了行不進⑤，早難道叔嫂之間不當通問？

(小旦暗上)(解紅裙將白帕包頭，擦眼科)(生靠靈位哭云⑥)我的⑦哥哥，不信你真個死了！

自喪了雙親，骨肉相看只兩人。你做了亡魂，我形影相依只一身。

(小旦哭云⑧)我的天，你那里去了？我的天，只見你送兄弟，不見你接兄弟了。(生)嫂嫂且住了哭，我哥哥幾時死了，得什麽病症，喫誰的藥來？(小旦)自從你去二旬餘，偶患心疼不得除。問卜求醫俱不效，一朝身死痛如何。撇得我好苦！(生)我哥哥不曾有這心疼病，怎麽就死了？

(丑婆急上)都頭，天有不測風雲，人有旦夕禍福。那箇保得長没事的？(生)如今葬在那里？(小旦)没處尋墳地，三日後送出去燒化了。(丑)大娘子越説越苦，進去了罷。(小旦)我的天，你那

---

① 底本誤爲"第十九齣"。

② 毛本無。

③ 毛本有"路行介"。

④ 毛本無"詳細"二字。

⑤ 毛本作"上"。

⑥⑧ 毛本作"介"。

⑦ 毛本作"那"。

里去了！(丑扶下)(生)土兵那里？

(小生上)成人不自在，自在不成人。都頭有何分付？(生)你去買些酒肴、香燭之類，我就与哥哥做碗羹飯。(小生)理會得。(虛下即上)怕聽高聲哭，他人也斷腸。羹飯都完備了，請都頭行礼。(生哭拜白①)我那哥哥！

【又②】想我去匆匆程途忙迸，見你哭哀哀别離未忍。誰想生擦擦連枝鋸開，哀嚦嚦雙雁驚分陣。

我那哥哥！

你是軟弱人，只恐銜冤死未伸。若還果有終天恨，便在夢裡鳴冤，我去報仇雪忿。

(想科)方纔王婆的説話，

雖云，旦夕之間禍福分，

却又可怪。

何因，三日之間便火葬身？

(内打三鼓)呀，不覺已是三更了。土兵，你且收了去，就跟我在靈位前睡罷。(小生應科)一滴堦前酒，何曾到九泉？(下)(生睡科)

(小丑粧鬼哭上)兄弟，我死得好苦！(下)(生跳起，看科)呀！方纔似夢非夢，分明是我哥哥訴冤，這一死决不明白。

【黄鍾過曲】③**【賞宫花】**欲待來朝廣詢，

(内打四更科)④

願⑤樵樓更漏頻，秋夜偏長永，怨氣共氤氳。

(打五更科)好了，天將明了。

只説夜眠清早起，誰知我是不眠人。

---

① 毛本作“介”。

② 毛本作“前腔”。

③ 毛本無。

④ 毛本此句在“【賞宫花】”前，作“速打四更科”。

⑤ 毛本作“聽”。

嫂嫂，且問你，哥哥的棺木是誰買的？（小旦内云）央王乾娘買的。（生）誰擡出去呢？（小旦内云）就是團頭何九叔。（生）既如此，我自有主意。（行科）轉彎抹角，此間就是。何九叔在家麼？（末上）

【又①】誰來款門？

（對揖科）（末）

感都頭不弃貧。

（生扯住云）你只②實説，我哥哥屍首是怎的模樣，我便饒你。（末）都頭，待我進去，取件東西出來。（虚下）（復上）這是中毒的正見。

幾塊酥黑骨，

（生哭云③）可傷。（末）這是西門慶与小人的。（生）是有一個西門慶？（末）

十兩雪花銀。

只此便是實情了。都頭，

得放手時須放手，得饒人處且饒人。

（生）你只説奸夫是誰。（末）這箇不知，只聞得武大郎曾和鄆哥去捉奸，只問鄆哥就是。（生）你同我去尋那鄆哥。（末）當得。行行去去。（生）去去行行。（末）鄆哥出來了。④

（小丑上。揖科）

【又⑤】（小丑）都頭屈尊，我先猜八九分。只一件，我親老誰供贍，怎好離家門？

（生）好兄弟，我把五兩銀子与你安家。（付科）（小丑）如今就跟你去做證見，告那西門慶便了。（生）元來奸夫是西門慶！（小丑）

---

① 毛本作“前腔”。

② 毛本作“且”。

③ 毛本作“介”。

④ 毛本無“行行去去”等語，“當得”後直接“鄆哥在家麼”。

⑤ 毛本作“前腔”。

世上本無難做事，常言只怕有心人。

【又①】(生)相煩你們，

(扯二人同走科)

到官司訴此因。

呀，本縣老爹退堂了。

只得同回去，明日再評論。願把劍誅無義漢，

(對揖科)

還將金贈有恩人。

(生)不是冤家不聚頭，(末)干人何事網羅求。

(小丑)來朝更有新條在，(合)惱亂春風卒未休。

第十八齣　雪恨

(小旦上)下人得志逞英豪，走到衙門不值毫。

(丑上)撑駕小船歸大海，這回不怕浪頭高。(見科)(丑)娘子，今早武二往本縣告狀，且喜縣裡不准。如今請我和衆鄰舍喫酒，看他怎麽説？(小旦)既告不准，今後再没有話説了。

(生帶劍在内，穿布衣上)

【中吕引子】②【南粉蝶兒】一片熱心，且把冷氣虚情酬禮。

呀，王婆、嫂嫂拜揖。(丑)都頭萬福。(小旦)叔叔萬福。(生)嫂嫂，你在這裡陪王婆坐地。(請小旦對丑坐科)我去就來，列位高親有請。

(外扮老兒与小生、末同上)

荷相招設席銜盃，撥窮忙，辭别冗，翻成高會。

(見生与丑、小旦科)

(老旦、小丑扮土兵上)(衆合)

常言道遠親戚不如近邊鄰里。

---

① 毛本作“前腔”。

② 毛本無。

(生扯小生云①)姚二哥,你在王媽媽肩下坐了。(扯外云②)趙四老,你老人家在我嫂嫂肩下坐罷。(扯末云③)胡押司,你在姚二哥肩下坐了。(生与外、丑坐科)(生)你把前後門關了,快來斟酒。(老旦、小丑)理會得。(生)列位高鄰在上,今日三盃酒,休將作等閑。雖然相答謝,不爲解愁煩。胡押司,勞你從頭寫。(末)當得。(生)姚二哥,趙四老,憑伊證佐看。(外、小生)當得。(生脱衣云④)冤家非路窄,天理有循環。(老旦、小丑急收下⑤)(衆鄰驚科)(生拔劍指王婆科)

【中吕過曲】⑥【尾犯序】今日是冤債到頭日,老咬蟲!且從容與伊説個詳悉。

(對小旦唱)賊淫婦!

你把吾兄却便如何謀死?

(小旦)叔叔!

你⑦冤誰,伊兄死爲心疼病急,與奴家没些首尾。

(小旦哭唱⑧)(丑合)

夫和婦,似同林宿鳥限到兩分飛。

【又⑨】(生)從伊假痛與佯悲,也難饒徹地滔天之罪。

(指丑科)老猪狗!

快把真情一一向前説起。

(丑)

咨啓,怎消得都頭怒叱,容老妾將情訴知。

(生對末唱⑩)

真和僞,煩伊盡寫休得有差池。

(末手戰科)小人細細都寫就是。(外、末、小生)王婆,你,

---

①②③④⑧⑩　毛本作"介"。

⑤　毛本作"急先下"。

⑥　毛本無。

⑦　毛本作"恁你"。

⑨　毛本作"前腔"。

【又①】何必只恁推，試從頭實説倘得饒伊。

（生）

你不招時看我把淫婦淩遲。

（扯倒小旦，把劍在他面上磨科）（小旦）叔叔，

你停威，非是我生心故爲，

放我起來説。（生）且跪在靈位前説。（小旦指丑唱②）

都是你教唆到底。

（俯伏科）（丑背唱③）

成和敗，總是蕭何做出今日怎支持？

【又④】（生）淫婦，你從實訴口詞，莫藏頭换尾展轉那移。

（小旦跪，指丑唱⑤）

是他哄我成衣便入馬偷期，

（生）既偷情了，又是誰造意謀死我哥哥？（小旦指丑唱⑥）

也是他撥置，

（丑）都推在我身上？（小旦）

踢傷後只説藥醫，教我把毒藥將他灌死。

（生扯丑云⑦）你還不跪下！（生對靈座云⑧）哥哥魂靈不遠，今日二郎与你報仇雪恨。

兄和弟，人間地底恩義兩無虧。

（做殺小旦科）（外、末、小生驚跌科）（生）土兵，綁了這老猪狗。列位高鄰少坐，我去殺了奸夫就來也。（暫下）（老旦、小丑綁丑科）（外、末、小生合）

【駐雲飛】王婆，你討得多少便宜，着甚來由惹禍危。

（丑）罷，

都是牽頭罪，今日搥胸悔。

（老旦）（小丑）呸！

①④　毛本作“前腔”。

②③⑤⑥⑦⑧　毛本作“介”。

是你老奸賊，害了三人做鬼。便把一命償他，還是便宜你。

（丑拜衆科）

伏願恩官替解圍，

（拜天科）

還願龍天與護持。

（生提兩人頭上）

【又①】白刃輕揮，心事還應白日知。

（見衆科）（衆驚科）（生）列位高鄰，這是西門慶的首級。

纔正奸淫罪，纔吐男兒氣。

（外、末、小生）

噫，冤報不差池，似簷前滴水。

（丑指人頭唱②）

看他結髮相聯，

（拜生科）

不干我牽頭事。

（生）哇！

快口强辭任你爲，送到公庭你悔後遲。

土兵，先③押這老猪狗縣前去，待我把兩顆頭祭獻哥哥一番，燒化了靈座，隨衆④就來。（老旦、小丑）是如此。（丑叫）做馬百六的看樣。（下）（生放人頭在桌下科）（外、末、小生）我們也拜一拜。（與生同拜科）

【仙吕引子】⑤【鷓鴣天】（合）一劍分明慰旅魂，休將修短問乾坤。堪憐獨自成千古，但見依然舊四鄰。

（衆下）（生）我那哥哥，

---

① 毛本作“前腔”。

② 毛本作“介”。

③ 毛本作“你”。

④ 毛本作“後”。

⑤ 毛本無。

你隨逝水，散愁雲，我翻因雪忿重傷神。淒涼滿目無窮恨，慟哭秋原聞不聞。

（提人頭下）

第十九齣　薄罰①

【雙調引子】②【賀聖朝】（浄、老旦扮皂隸引外上③）十年淡飯黃虀，半生錦綬緋衣，男兒五馬貴應稀，把清慎堅持。

秩視古諸侯，君恩深未酬。雖云齊地薄，猶喜歲多收。下官東平郡守陳文昭是也。今早陞堂理事，叫左右的把投文牌擡出去。

（浄、老旦應科）

（小生扮皂上）投文人告進。（浄）進來。（小生遞文科）小的是陽穀縣遞公文的，解一起犯人在外。（外看云④）我已知道了，都帶進來。（小生）嗄。

（生囚服與末、丑、小丑同上）

【又⑤】（生）已蒙賢宰提携，未知本府從違。

（末、小丑）

干連何事苦奔馳，

（丑）

怕明鏡難欺。

（小生）犯人當面。（外）武松。（生）有。（外）何九。（末）有。（外）鄆哥。（小丑）有。（外）王婆。（丑）不在這里。（浄打云⑥）怎麽説？（丑）身子在這里，魂靈不在這里了。（浄）答應。（丑）

---

① 自此齣爲下卷。

② 毛本無。

③ 毛本僅作“外上”。

④ 毛本作“介”。

⑤ 毛本作“前腔”。

⑥ 毛本作“執問介”。

有。① （外）都帶過一邊去。唤那武松上來。你從實供招，不要隱諱。（生）老爹，

【商調過曲】②【玉交枝】我情願殺身成義，既殺人如何諱得，這事情呵，都是王婆撥置奸淫輩，將兄藥死焚屍。

（外）屍既焚了，有何憑據？（生遞物科）老爹，

請看賍物與骨殖，團頭何九堪質對。況生前捉姦是實，鄆哥兒悉知就裡。

（外）那鄆哥怎麽説？（小丑）小人呵，曾与

【又③】王婆合④氣，恨他們包藏禍機。我報知武大飜貽累，被奸夫踢倒昏迷。

小人此時就跑了去，以後都不知了。（外）那何九怎麽説？（末）

小人那時欲殮屍，西門慶買囑求遮庇，驗亡屍遭毒是實，這骨頭如何昧得。

（外）帶那王婆上來，打三十板⑤，慢慢問他。（浄、老旦打科）（外）你招也不招？

【又⑥】（丑）自家得罪，到頭來還欲賴誰？想從前原是不吉利，

（外）怎麽説？（丑）

把送終衣服爲媒。

（扯浄科）老爹，

西門慶是他粧做的，

（扯小丑科）

武大郎不死還搬戲。

（外）都是胡説，把這老賤人先下在死囚牢裡，聽候處決。（浄、老旦應科）（丑）

① 毛本無"（浄）答應。（丑）有"。

② 毛本無。

③⑥ 毛本作"前腔"。

④ 毛本作"嘔"。

⑤ 毛本作"先打二十板"。

謝青天把王婆斷訖，且到戲房中别作道理。

(押下)(外)何九、鄆哥，都發回本縣寧家。(末、小丑叩頭云①)謝老爹。(下)(外)武松過來。

【又②】看你英風高義，本待欲全然恕伊，況伊自首當除罪。但事關人命難悔，今依縣家原問的，

做你是祭獻亡兄，有嫂前來趕逐，以致死于鬪毆，

又有奸夫護嫂因誅死，據明條當杖脊四十，

這箇且饒你罷，

還要刺雙頰遐方配你。

我這等問了，你意下何如？(生)老爹饒了小人死罪，這活罪怎敢討饒？但憑所③斷便了。(外)今日就差解子張千。

(小丑應上)(外)解你到孟州牢城去。我這裡一面申文省院，待有明降④下來，就把王婆處決，決不輕恕了他，你放心去便了。(生)多謝老爹作主，生死不忘。

(外)任你人心似鉄，(二皂)須知官法如爐。

(生)惟有感恩積恨，(小丑)萬年千載難磨。

第二十齣　如歸⑤

【雙調過曲】⑥**【普賢歌】**(丑扮少年婦人上)老娘不是善人家，我父呼爲山夜叉。本非花木瓜，笑他井底蛙，十字坡頭我一⑦霸。

奴奴叫做孫二，只⑧有殺人手藝。嫁得好箇丈夫，張青是他名

① 毛本作“介”。
② 毛本作“前腔”。
③ 毛本作“聽”。
④ 毛本作“條”。
⑤ 毛本作“止觀”。
⑥ 毛本無。
⑦ 毛本作“獨”。
⑧ 毛本作“却”。

字。出去剪徑未回，老娘在家管事。但有過路客商，請他家中坐地。若無蒙汗藥酒，教我老娘喫屁。今日開張店面，看有什麽人來？正是：饒你奸似鬼，包①喫老娘洗脚水。（下）

（老旦上）

【商調引子】②**【十二時】**身世誰怜念，嘆母子客途抛閃。

（旦上）

步履趦趄，容顏羞忝。

（合）

只恐程途裡猜嫌，扮作道姑遮掩。

（老旦）我的兒，和你千辛萬苦，到得陽穀縣。誰想武二郎又做出這等事來。這是仗義之事，你我也不要怨他，聞他先行得一日，我們往前赶去便了。（旦）母親，只是若真鞋弓襪小，怎麽趲行得上？（老旦）我扶着你走罷。（行科）（旦）

【商調過曲】③**【黄鶯兒】**秋雨正霏霺，被金風將朔氣添。

（老④）呀，霎時間下起雪來了。

暮寒醸出冰花豔，

（旦）

不學楊花撲簾，

（老旦）

却似空中撒鹽。

（合）

等閒却把關河占，悶懨懨，何時苦盡有日也回甜。

【又⑤】（老⑥）雨雪又相兼，把衣裝取次霑。

（旦）娘，這會兒風越大了。

傘兒却被風招颭，

---

① 毛本作"也"。

②③ 毛本無。

④⑥ 毛本作"老旦"。

⑤ 毛本作"前腔"。

（老①）

損春葱玉纖，

（旦）

蹙春山翠尖，

（合）

旅愁都把柔腸占。

呀，好了！

望茅簷，前村近也籬外有青帘。

【簇御林】（丑上）風簷下獨捲簾，笑途人雨雪霑。

（二旦萬福科）娘子，我們是行路的，特來投宿。（丑背科）這等兩個道姑，身邊有什麽寶貨？不要留他。（轉身科）我們是屠户人家，不敬僧道，别處去罷。（老②）可怜見老身是尋女壻的，這就是我女兒。（丑）既如此，

娘行且請來村店，

（背唱③）

想應他來補我前生欠。

（合）

意謙謙，愁容變喜，賓主兩無嫌。

（丑）媽媽，你是何方人氏，如今你女壻在那里？（老旦）老身清河縣人，亡夫姓賈，若説我那女壻呵，

【又④】他狂遊去把婚禮淹。

（丑）原來小娘子還未成親。（老旦）

爲報兄讎被法鉗，孟州刺配名無玷。只愁我母子誰供贍，因此上出閭閻。

（二旦合）

千山萬水，不避路途嫌。

---

①② 毛本作“老旦”。

③ 毛本作“介”。

④ 毛本作“前腔”。

(丑)這等,你的女壻是箇義士了?他姓甚名誰?(老旦)名唤武松,曾在景陽岡上打虎的。(丑)不瞞你説,我夫妻也是江湖上好漢。(二旦驚科)(丑)常聞得武松是個豪傑。既是他的姻眷,且在小店權歇一宵。(二旦)多謝了。(丑)只是前面虎狼又多,盜賊生發,此間十里之内,有箇清真觀,觀中都是道姑,不若且在此住下,打聽義士消息,意下何如?(二旦)如此最好。(丑)明日雪消了,就送你去。

(老旦)一片花飛故苑空,(旦)隨風飄泊到簾櫳。

(丑)有緣千里來相會,(合)無緣對面不相逢。

第二十一齣　論交

【雙調引子】①**【寶鼎兒】**(外扮宋江上)網羅雖幸免,一度回首,一番長嘆。

(小生上)

何處訴高唐冤狀,

(末上)

休再提滄州公案。

(净上)

一自被緇來水泊,

(小旦上)

笑殺裙釵規範。

(小生)吾乃柴進是也。(末)吾乃林沖是也。(净)吾乃花和尚是也。(小旦)吾乃一丈青是也。(衆)大哥在忠義堂上,上前參見。(外合)

願歲歲重陽,兄弟無故,常擎金盞。

(外)衆兄弟,我這梁山泊上,一年兩個節令。(净)那兩箇節令?(外)可是清明三月三,重陽九月九。今日重陽佳節,有家的探

① 毛本無。

家，無家的在山賞紅葉黄花。（衆）得令。（外）叫僂囉。

（老旦、旦應上）（外）酒席完備未曾？（旦、老旦）完備了。（小生）看酒來。（与末、凈、小旦同遞酒與外科）

【雙調過曲】①【錦堂月】（小生）黄菊初繁，

（末）

清樽正滿，

（衆同飲唱②）

秋來暢懷無限。落帽粗豪，誰言未若龍山，愛疏林雨後丹楓，想故園霜前白雁。

（合）

時難挽，願取黄榜招安，爲國除患。

（凈、小旦）大哥，我

【又③】兇悍，寶劍生寒，雕弓恨軟，④誰堪採菊憑闌。士飽秋高，旄頭夜夜羞看。大哥，爲功名千里雲從，若困守萬夫星散。

（合前）

【醉翁子】（外）早晚，須有日天開隻眼，把我等冤情盡翻成案。

（衆）

休嘆，且豔舞嬌歌隨意金風玉露寒，開宴處，

（合）

看秋夜漫漫，甚時方旦。

（丑扮小校上）報，報，報！水亭上朱頭領號箭射來，說打虎的武都頭求見。（外）快請。

（生囚服，小丑跟上）

【又⑤】（生）難按，一片心要結交好漢。

---

① 毛本無。

② 毛本作“衆合”。

③ 毛本作“前腔”。

④ 毛本前有“料”字。

⑤ 毛本作“前腔”。

(外、小生)武都頭在那里?(生)宋公明、柴大哥在那里?(見衆科)(拜科)(生)

一班兒英雄豪傑,總多磨難。

(衆)

心懶,算古往今來,直道誰非行路難。

(遞酒科)

堪嘆處,似秋夜漫漫,甚時方旦。

(外、小生)請問都頭,爲何得此罪犯?

【僥僥令】(生)爲兄讎兵不反,

(小丑合)

官法案難翻,肯把百鍊鋼腸彈珠泪,匣底看金刀血未乾。

【又①】(衆)你浮萍千里泛,且②棲息一枝安,

(生)

念取雨露恩波應不盡,有日看刀開明月環。

(外)既如此,我們也不敢强留了。你如今配往那里去?(生)往孟州去。(外)孟州有一少年,唤做"金眼彪"施恩。吾聞其名久矣,今夜修書一封,明日都頭帶去,萬一彼處住得不穩便,与施恩同來聚義如何?(生)倘得天恩,大家③自有還鄉拜訪之日。只是久聞哥哥大名,纔得一會,又与柴大哥相别日久,明早就要分手前去,如何是好?

【尾聲】人生聚散皆虛幻,

(衆)

嘆此會明年誰健,把茱萸醉裡頻看。

(生)分飛休嘆明朝,(外、末)勸賞且同今夕。

(浄、旦)多多助与盤纏,(小丑)添与公差氣力。

(同下)

---

① 毛本作"前腔"。

② 毛本作"旦"。

③ 毛本作"大赦"。

第二十二齣　失霸

(丑上)新鷹初放兔初肥,即是關河朔雁飛。人世難逢開口笑,菊花須插滿頭歸。自家是施小管營手下一個火家。我們小管營開得好座酒店,真箇是店如星布,酒不雷同。卿相解金貂,不羡長安市上;神仙留玉佩,休誇黄鶴樓中。善助詩人錦綉腸,能添壯士英雄膽。糟皮落水,遊魚知味成龍;酒氣薰天,飛鳥聞香化鳳。劉伶問道誰家好,李白回言此處高。道猶未了,小管營早到。

【正宫引子】①**【七娘子】**(小生)**英姿俊骨誇身手②,少年時方逞狂遊。閑繫青驄,醉偎紅袖,從來不把眉兒皺。**

施恩是我姓和名,我父牢城做管營。快活林中稱地虎,安平寨内養家丁。自家從幼學得些鎗棒,孟州人起③我一箇諢名,叫做"金眼彪"。東門外有箇快活林,山東河北客人都來做買賣,有許多大酒店、大賭坊,自家領着百十箇囚徒,開一箇酒肉店,但有過路妓女,先來參見了,然後許他趕座頭。叫小厮。

(末上應)有。(小生)唤兩箇妓女答應。(末)理會得。妓女們走動。

(小旦上)舞愛前溪緑,歌怜子夜長。

(小丑上)翠眉縈曲度,雲鬢儼分行。(見末科)(末)大爺唤你,快去。(小旦、小丑)大爺磕頭。(小生)起來,小厮們看酒。(末)有酒。(小旦、小丑遞酒唱④)

【正宫過曲】⑤**【朱奴兒】裝百寶真珠臂韝,看宫錦舞罷纏頭。花擁絃歌人倚樓,料斷送一生惟酒。**

(小生合)

---

①⑤　毛本無。

②　毛本作"世"。

③　毛本作"題"。

④　毛本作"介"。

歡情湊，又何物是愁，天大事權落後。

（浄醉上）

【又①】我近日②來從潞州，張團練是我交游。聞得快活林中多粉頭，尋一箇前來行酒。

（撞進見科）（扯小丑云）你來，你來！

勞生受，權分箇座頭，休只把磚兒厚。

（小生）叫小厮，打這野狗出去。（浄）打誰？（打倒末科）（小生）你來，我和你比箇手段。（浄）爹正要尋你哩。（脱衣打科）

【四邊静】（小生）你們直恁不即溜，却來討僝僽，大膽步難行，自作自家受。

（浄合）

風塵邂逅，龍争虎鬭，眼下决雌雄，筵前便承受。

【又③】（浄）强中自有强中手，你還不見機走，讓了快活林，殘生尚能救。

（小生）

（合前）

（打倒小生科）（浄踏住云④）實對你説，爹就是本營張團練的好友蔣門神。爹的鎗棒掌脚，天下無雙，你快快搬了去，把這一方的買賣都讓与爹，就饒了你。（小生）大丈夫保身爲重。罷，我讓与你了。（浄）既如此，放你去。（放科）（末扶科）（浄）爹好洒落。（對小旦云）你元去接客。（對小丑云⑤）你就做爹的小娘子罷。（小丑）我跟了不要這等拳頭練練哩便好。（浄）走！（小旦）正是：笑啼俱不敢，（小丑）方信做人難。（浄）既肯甘心讓，還將善眼看。（俱下）

---

①③　毛本作"前腔"。

②　毛本無"日"字。

④⑤　毛本作"介"。

(小生吊場①上)

【朝天子】嗳,討得箇還將善眼看,今日回家去有甚顔?

(要走科)我再和那厮打一頓,

猛拚此去不生還。

(末扯科)大爺,

免摧殘,從今努力加餐,要復讎也不難,

(小生合)

要復讎也不難。

(末)勝負兵家不可期,包羞忍恥是男兒。

(小生)常將冷眼觀螃蠏,看你横行到幾時。

第二十三齣　釋義

【仙吕引子】②**【卜算子】**(生上)命蹇遭折挫,甚日能安妥。

(小丑)

前面看看十字坡,尋箇寬閒坐。

(生)和你起了箇五更,有些飢了,且到客店裡喫些酒飯,少敵寒色。(小丑)正是。店主人有麽?

(丑婆子)來了。造成春夏秋冬酒,醉倒東西南北人。(萬福科③)客官打多少酒?(生)酒只管④盪來,肉便切三五斤,好包子要二三十箇。(丑叫)小二,酒多盪些來,肉要三五斤,包子要二三十箇。

---

① 清李漁《閒情偶寄·演習·語言惡習》:"如兩人三人在場,二人先下,一人説話未了,必宜稍停以盡其説,此謂'吊場',原係古格。"即其他演員都已下場,留下一二人念下場詩;或一齣戲中一個場面結束,由某一演員説幾句説白,轉到另一個場面。

② 毛本無。

③ 毛本作"問介"。

④ 毛本作"顧"。

(净上,送下飯科)(生拍開包子云①)大娘子,這包子敢是人肉的?(丑)客官不要取笑!清平世界,那里有人肉饅頭?(小丑)都頭,我們又飢又寒,好歹且喫他一頓,不要疑心。(生)你不曉得,江湖上人常道:"孟州十字坡,誰敢輒經過。"

【仙吕過曲】②**【桂枝香】**只怕經過惹禍,寧擔饑餓,瘦的把去填河,肥者做饅頭包裹。

(丑)

這客官掉謊,客官掉謊,天來般大。

(小丑)

我口邊流唾,快盪酒來麽。

(丑付酒唱③)

杯中緑蟻頻斟滿,

客官在此安歇罷?

你看牕外青山薄暮多。

(生背云)這婦人不懷好意了,待我試他一試。大娘子,這酒淡薄,换些好的來。(丑)還有好酒,只是渾些,待我取來。(下)

【又④】(生背唱⑤)機關識破,看他如何藥我?

(丑持酒上。背唱⑥)

這賊徒要渾酒來嚐,當是老娘行貨。

客官,酒熱在此了。(小丑)

且斟來解渴,斟來解渴,

(飲科)(生)大娘子,我喫不得餓酒,

可再取點心幾箇,

(丑)

只怕你難存難坐,

---

①③⑥ 毛本作"介"。

② 毛本無。

④ 毛本作"前腔"。

⑤ 毛本作"云"。

(虛下)(生潑酒在地科)

(丑暗上,拍手云①)倒也,倒也!(小丑跌倒科)(生)呀,

却被醉魂魔。

(倒科)(丑)賊配軍,你説得好,

我把你肥的且做饅頭餡,瘦者填平坡下河。

小二快來。

(净上)來了,這箇瘦蠻子只好做水牛肉賣。(背下小丑)(丑)這箇大漢倒好做黄牛肉賣。待老娘親自動手。(提生科)(生扯住,按丑在地科)

【不是路】(生)潑賤虔婆,

(净上。亂跑科)(生捏拳唱②)

你要在太歲當頭動土麽?

(末急上)

好漢權饒過,其間就裡話兒多。

(净)好了,救星到了。(下)(末)

願聞你大名呵?

(生)

陽穀縣都頭武二,須知是我。

(末)

莫不是打虎英雄武大哥?

(生)

虛名播,

(末)

如雷貫耳威風大。

(揖科)(生放丑科)(末)

偶逢堪賀,偶逢堪賀。

這婦人就是小人的渾家,不知怎的觸犯了都頭,望乞恕罪。(生)

---

①② 毛本作"介"。

看你夫妻兩箇，也非等閑之人，願聞姓名則箇。（末）都頭請①坐，待小人禀告。

【皂角兒】念張青初來此坡，劫掠些單身客貨。遇一人年衰髩皤，却和他鬬力不過。

（生）這是誰？（末）這老兒元是緑林中有名的“山夜叉”孫元，他的女兒喚做“母夜叉”。

他見咱手兒活年方少，領歸家，招贅了還住山阿。

（丑合）

但見客商包裹，便張網羅，恰纔的後來誰能猜破。

（末）我渾家有眼不識泰山，却怎生起這片心來？

【又②】（生）見娘行把衣裝打睃，我心中已先識破。把濁膠③輕輕暗潑，却疑咱把他謀墮。因此上屈弓腰，舒猿臂，要降龍，思伏虎，没奈咱何，偶然推挫，無勞譴訶，幸相逢，

（与末、丑對拜科）

願容結義，做嫂嫂哥哥。

（丑）呀，我倒忘了，兩日前嬸嬸賈氏，跟着他母親來投遶叔叔，也到小店。問知緣由，送在左邊清真觀住下。如今可在④觀中一會麽？（生）武二若遇大赦，不久就得還鄉，那時却取他同去。如今既有兄嫂在此看顧，武二也放心得下了，不去看罷。（末）兄弟這等脱洒，豈不是箇豪傑！我且問你：

【又⑤】（末、丑）女娘們已先從此過，你緣何途中相左？

（生）

上梁山見公明大哥，往來間路途相蹉⑥。

（末、丑）

---

① 毛本作“且”。

②⑤ 毛本作“前腔”。

③ 毛本作“醪”。

④ 毛本作“往”。

⑥ 【眉批】蹉，去声。

既然是到梁山，歸水寨，入龍潭，探虎穴，怎不操戈？

（生）

我幾年坎坷，安心受他，怎教咱半生清白，一念差訛？

（末）既如此，此間有箇二龍山，也有許多好漢在內，不如殺了解子，領取家屬，我們一同上山罷。（生）説那里話？快與我救醒解子，明早就投孟州牢城去。（丑）叔叔立意如此，只得從命。

（生）十載談兵運未通，青春已過亂離中。

（末）一葉浮萍歸大海，（丑）人從何處不相逢。

第二十四齣　締盟

【南吕引子】①**【生查子】**（外上）一命老青袍，也是蒙恩造。

（小生包頭、絡手上）

天地有窮時，此恨何時了。

（外）孩兒，我在此做管營，誰敢欺了你？没來由要去争强，却被蔣門神這厮打傷了。他是張團練門下人，難与他理論，只得忍氣罷了。（小生）父親，孩兒死也要出這口氣。聞得昨日解到囚徒武松，是箇仗義的好漢，不在蔣門神之下。今日父親唤他來見，父親做歹，孩兒做好，饒了他這一百殺威棒，再把好意結納了他，那時用他去報讎，未爲遲也。（外）這也有理，叫牢子帶那武松過來。

（浄、小旦應科）

【南吕過曲】②**【宜春令】**（生上）身雖辱，氣自高，自不曾求人恕饒。

衆人説我没有見面錢送与管營，一定要擺佈我，如今看他怎麽？（浄、小旦）武松當面。（外）你那囚徒曉得麽？舊例但有新到配軍，先打你一百③殺威棒。牢子拿下去。（生）

---

①②　毛本無。

③　毛本作“頓”。

何須喧鬧①,任從要打咱多少。

(外)這是國法。(生)

既然是國法難寬,牢子們,你休得把人情賣了。

(外怒唱②)

快將他拖翻堦下,與咱嚴拷。

(淨、小旦應科)(小生)且不要動手。

【又③】父親,他言顛倒,容悴憔,料應他途中病着。

(外)武松,

怜你奔波潦倒,把殺威制棒權停了。

(生)

寄下時割肚牽腸,倒不若當時消繳。

(外笑唱④)

聽他胡言亂語,果是病軀狂躁。

牢子們且出去,留這武松在此答應罷。(淨、小旦)嗄。(淨背白⑤)這等一箇管營,見善欺逢惡⑥住的。(小旦)正是。(淨)今後若要打我,也拿一箇不怕与他使一使。(下)(小生跪科⑦)義士請起,這里不好説話,請到後邊亭子上去。(行科)(外)義士,既是小兒如此敬你,請受他四拜,拜爲長兄,意下何如?(生)小人年幼無能,況是囚犯,怎麼敢受小管營的拜?(外)説那裡話?(生与小生對拜科)

【又⑧】(生)蒙優待,願做刎頸交,若用咱時決不憚勞。

(外)

只爲欲將讎報,幸逢義士先結好。

(生)不知小管營有甚讎恨?(小生)

---

① 毛本作"據稱舊例"。

②④⑤ 毛本作"介"。

③⑧ 毛本作"前腔"。

⑥ 毛本作"硬"。

⑦ 毛本作"扶介"。

今日裡未敢明言，待兄長把病軀醫療，

(生怒唱①)噯，

笑伊把婦人女子，比咱輕巧。

你若不説，我就拜還了你四拜，從今絶交了。

【又②】(小生)哥哥，我羞難忍，恨怎消？

此處東門外有箇快活林，乃客商聚集之所。

往常間咱稱勢豪，忽逢惡曜，被蔣門神毒打强奪了。

(哭唱③)(外合)

如今兜着手包着頭兒，都爲那傷痕難療。

(生)

聽伊説知就裡，頓然焦躁。

(走科)待我就去打這廝。(小生扯云④)哥哥，今日晚了，明早和你同去罷。(生)這也使得，只是我，

落日心猶壯，(小生)高談病欲蘇。

(生)恨小非君子，(合)無毒不丈夫。

(同下)

第二十五齣　取威

(浄笑上)[西江月]一自施恩打倒，一方讓我爲尊。一片⑤酒店一紅裙，一世無愁無悶。　　一睡起來晌午，一天瑞雪繽紛。一壺家釀醉醺醺，一步不知遠近。自家蔣門神便是。今日雪天無事，留着小娘子在店中看管，步到前村債户人家去喫他一醉，有何不可？小娘子！

(内小丑應)(浄)我去去就來，你不要与人耍笑。(小丑内云)你這等一箇利害的，誰敢和我耍笑？(浄)説得有理。出得門來，好

①③④　毛本作“介”。

②　毛本作“前腔”。

⑤　毛本作“爿”。

一天大雪，待我做雪詩一首：淅淅索索往下竦，瓦棱兒裡漸漸槞①。呀，後二句來不得了！（想科）（内作狗吠科）有了，黑狗身上白，白狗身上腫②。（笑科）好一箇"腫"字，詩已做完，往前去罷。正是：酒債還如錢債廣，詩才可比將才高。（下）

【中吕引子】③**【燕歸梁】**（生）纔見彤雲四野排，大雪已盈街。

（小生）

定應雪恥中心懷，踏雪去醉歸來。

（揖科）（生）兄弟，今日出城去打蔣門神，只還我"無三不過望"便了。（小生）哥哥，怎麽是"無三不過望"？（生）但遇一箇酒店，就吃三碗，若無三碗，便不過望子去。（小生）東門外到快活林有十二三箇酒店，哥哥若喫了三十七八碗酒，只怕醉了，有悮大事。（生）你不知道，我有一分酒，增一分力氣，若不是酒醉，怎麽打得這隻大蟲？（小生）小弟却不知哥哥是這般的。小厮們！

（末、小旦應上）（小生）你們擡着酒肴，我和都頭慢慢喫將去。（末、小旦）理會得。（衆行科）（生）兄弟，

【中吕過曲】④**【泣顔回】**我和你對酒共開懷，此景尋常難買。

（衆合）

看瓊枝玉樹，偏將凍蕊争開。

（小生）哥哥，這雪好似蔣門神，

漫天蔽野，平白的占了人疆和界。

（末、小旦）已到一箇酒店了。（小生）看酒來。（遞与生飲科）（衆行唱）

有一日臘盡春回，被東君笑殺狂乖。

（小生）這也是村醪小店，哥哥喫酒麽？

---

① 毛本作"好去捧"。

② 明楊慎《升庵外集》載唐代張打油《雪詩》中有"江上一籠統，井上黑窟籠。黄狗身上白，白狗身上腫"之句。所用都是俚語，且頗爲詼諧，即所謂的"打油詩"。此處活用此詩句，富有俳趣。

③④ 毛本無。

【又①】(生)斟來,安問好和歪,但聞是酒須篩。

(飲科)(行科)(衆合唱)

人生不飲,似青山容易頭白。

(生)兄弟,這雪又比你我一般。

歲寒友誼,論心胸潔白無纖芥。

(小生)哥哥,遠望見那林子,就是快活林,那十字路口酒店是這廝强占的了。(生)既如此,待我再喫三碗,你和小廝别處躲罷。(小生)是如此。(生飲科)酒如此勾了。

命家僮不必携壺,

(小生别科)哥哥小心在意,

莫教他取②笑吾儕。

(小生、末、小旦俱下)(生)迤邐行來,已有六七分酒意了。且粧做十分醉的闖將去。(看科)遠遠見一箇大漢,在妓女門首走來走去,一定是蔣門神了。我且到他店裡去。呀,有一箇年少婦人在裡面,待我叫一聲。大娘子,買酒的在這里。

(小丑上)醉裡乾坤大,壺中日月長。那一箇叫老娘?來了。客官,要多少酒?(生)先打些來嚐看。(小丑)酒保,打些酒來客官嚐。

(丑上)來了,酒在此,客官你嚐。(生飲科)不好,换來。(丑换)(生飲科)也不好,快换來,便饒你打。(小丑)這廝醉了,倒來這里消遣老娘。(丑)眼見得是箇外路蠻子,胡亂打發他去罷。(生)哇!你駡誰?(打二丑科)

(末、外俱上,跪救)(生亂打科)

【太平令】堪笑奴儕,直恁痴愚惹禍災,教人氣忿如何耐,

(二丑、末、外俱走下)(生)

這一頓暢胸懷。

---

① 毛本作“前腔”。

② 毛本作“耻”。

那厮們必然去報蔣門神去了。待我接①將去，雪地上打倒他，教衆人笑一場。（行科）

（净急上）

【又②】那箇殺才，却向爹行惹禍灾。

（見科）（生將兩拳在净面上一影，生急走）（净赶科）

如何未打伊先敗？

（生轉身，踢一脚科）

正要你趕將來。

（净蹲科）（生又踢一脚，净臥倒，叫痛）（生打科）

【撲燈蛾】腌臢乞丐流，輒敢恁無賴。

（净）好漢，饒我性命。（生）

若要保殘生，須是守咱三戒也。

（净）休説三戒，便是三萬三千三百三十戒也依你。（生）

一要交還原主，

（净）依得。（生）

二要與施家陪禮大鋪排，

（净）依得。（生）

三要你③離孟州疆界。

（净）小人都依就是。（生）

若把言詞改，就將景陽岡虎做招牌。

（净）元來是打虎的武都頭！我的爺爺，你早説，要我小娘子也領了去。（生）走！誰要你的？

（小生、末上）

【又④】你熱心抱不平，到處除民害。

（生放净科）

今日且姑容，明日若伊還在也，那時休怪，你去快活林准備葬屍骸。

---

① 毛本作“候”。

②④ 毛本作“前腔”。

③ 毛本作“讓”。

(浄)小人交還了店中家火,連夜就去。

自恨我當初不揣,

(拜唱①)

蒙遮蓋,這條生命在死中來。

(下)(小生揖科)今日多虧了哥哥,謝不能盡。(生)這般小事,何足掛齒?

【尾聲】(衆)須知否極還重泰,雪後從前春又來②,燕喜頻將綺席開。

(生)失路笑駑駘,(小生)茲行更不回。

(衆)從前作過事,没興一齊來。

第二十六齣　再創

【仙吕過曲】③【浪淘沙】(小旦扮道姑上)清浄是家風,守在環中,嬰兒姹女總非功。一卷黄庭常展誦,傳得仙宗④。

小道清真觀觀主是也。今日臘月二十五日,乃玉皇下降之辰,本觀啓建道場,信女們都來瞻禮,不免請出拈香則箇。賈媽媽与小娘子陪了孫二娘出來。(丑上)

【又⑤】原不識丁東,跟着師兄,殺人罪業一時空。

(老旦、旦上)

幸有孫娘來倚重,不困途窮。

(見科)(小旦)香燭齋供,俱已完備。賈媽媽,請与二娘拈香。(老旦)是如此。

【北耍孩兒】(丑、老旦拜唱⑥)玉皇臨降人間世,將善惡分明察知。願從前罪過總休提,自今冬賜福扶危,二願佳兒佳壻諧連理,三願無是無非

①⑥　毛本作"介"。

②　毛本作"温煖來"。

③　毛本無。

④　毛本作"蹤"。

⑤　毛本作"前腔"。

得早歸。

（丑）

又願我興家計，堆金積玉，换套穿衣。

（净上）時來風送滕王閣，運去雷轟薦福碑。昨日被武松這厮打壞了，只得躲在清真觀裡，養病幾日，再作區處。道姑在那里？（小旦）是那箇？（净）蔣爹到此，不來迎接，還問是那箇？好打！（小旦）小道不知，失迎了。（净）這也罷了，今日爲何這等整齊？（小旦）今日是玉皇下降之日，施主們在此拈香。（净）拈一箇與爹看。（小旦）小娘子過來拈香。（旦拜科）（净）來同拜。（丑推科）（净將扇打丑）

【三煞】（旦）①念衰慈②在客途，願神天好護持，好人相逢非③人避。

（净）小娘子，爹可是好人麽？（丑）啐！（净打丑科）（小旦拜唱④）

願山門清浄無災咎，檀越皈依解禍危。

（净）爹也拜一拜。（低唱）

只願那冤家離，他天誅地滅我就展眼舒眉。

（丑）觀主，你領了他母子二人進去，待我打倒這厮。（小旦）二娘休要惹禍。（丑）不妨事。（老旦、旦）閉門不管窗前月，（小旦）分付梅花自主張。（下）（丑）你這厮便是蔣門神？敢來攪擾菴觀，你和老娘比比手段麽？（净背白⑤）活晦氣，又是一箇。來，來，來！（丑脱上衣，与净對打）

【二煞】（丑）我是母夜叉慣喫人，你是假門神只唬鬼。打你箇無端調戲良人配，打你箇豪强占盡他人産，打你箇狐媚公然假虎威，打你箇衝齋會。

（净輸科）（丑）

今日我與民除害，功德難及。

---

① 毛本作“丑”。

② 毛本作“顔”。

③ 毛本作“惡”。

④⑤ 毛本作“介”。

（浄跪拜）

【一煞】告娘行發善心，告娘行容懺悔，娘行持齋作福修行輩。

（丑）老娘打死了你這賊，就是作福了。（浄亂跪揖科）（丑趕打科）（浄）

從今不敢來喧嚷，自往他鄉去寄食。

（丑）你若説謊便怎麽？（浄跪唱①）

敢説那牙疼誓，他時遇見打我如泥。

【煞尾】（丑）既責伏，既責伏，權恕你，權恕你，只今朝疾往他鄉避，休放②我這醋鉢兒大的拳頭再提起。

（下）

（末上）有福之人人伏侍，無福之人伏侍人。（見浄，揖科）張團練老爹差小人請蔣爹到私宅調理，就此去罷。（浄）雖然如此，只得含羞而去。今日的事，你且不要説罷。（末）理會得。

（浄）孟州人忒欺生，夜叉打了門神。

（末）正是福無雙至，果然禍不單行。

（三旦復上）（小旦）惡人自有惡人磨，狹路相逢没奈何。（老旦）冷眼覷人煩惱少，（旦）熱心閒管是非多。（老旦）觀主，適纔孫二娘打的是什麽人？（小旦）我也不認得他，他自稱爲蔣爹，適纔有人説他是本州張團練的好友。他若与張團練説了，必然要難爲我們。（老旦、旦）這般説，我們在此住不得了，如何是好？（小旦）事已如此，説也徒然。只靠着孫二娘夫妻兩口便了。

【梧葉兒】我想孫娘處誼非疏，況張青是偉丈夫。

（老、旦合）

正③因他攬禍，隨他措處，不必憂虞，好歹靠孫張爲地主。

（老）雖然如此，那孫二娘也好没來由，自古道：退一步行安樂法，

---

① 毛本作“介”。

② 毛本作“教”。

③ 毛本無此“正”字。

(旦)道三箇好喜歡緣。① (小旦)人人若把心平等,(合)世上誰人喫大拳。(小旦)你們也不要害怕,(老、正旦)全仗觀主護持。(小旦)好説。(下)

第二十七齣　秘計

(小丑扮官,外扮皂上)

【南吕引子】②【臨江梅】(小丑)歲暮天寒難早起,午牌方始披衣,故人被難尚羈栖,欲請他歸,再與謀爲。

自家孟州張團練是也。只爲好友蔣門神,被施恩這厮,叫一箇囚徒武松,痛打一頓,是何躰面,怎肯干休?方纔有人報説,張都監要來拜我。待他來時,与他商議則箇。

(老旦扮皂跟丑上)

【又③】賞雪盃盤猶未洗,今朝又見寒梅。欲邀同志共銜盃,親往相携,且救朝饑。

已到團練門首,快去通報。(老)門上的,都監老爹相訪。(外禀)(小丑出迎科)(小丑)前日厚擾,未及面謝。(丑)連日雪阻,不得常會。

(末扶浄上)(浄)運退黄金失色,時來鉄也争光。(末)須信雪還怕日,休言嫩艸怕霜。禀老爹,蔣師父到了。(小丑)進來見了都監老爹。(浄見,笑云④)我的爺爺,幾乎不得見了。(丑)這是誰,爲何這等苦楚?(浄)小人是團練老爺門下的人。(小丑)台尊若問此緣由,不殺奸雄不肯休。只爲施恩圖霸業,却和武二恣邪謀。(浄哭)老爹不思打主看狗面⑤,(丑)打狗看主面!(浄)

---

① 毛本作"退一步行安穩處,耐心坐地喜歡緣"。

② 毛本無。

③ 毛本作"前腔"。

④ 毛本作"哭介"。

⑤ 毛本作"須念打狗看主面"。

正是！不思打狗看主面，説我妖狐弄鬼頭。團練故人先打了，都監漸漸也擔憂。(丑)這等可惡！我有計在此，待我取他到衙内使唤，陷他賊情，活敲死他。便是不死，刺配到烟瘴地方，路上斷送他便了。(小丑揖云①)多謝扶持。

【南吕過曲】②【鎖牕郎】(丑)論如今世界清夷，那强徒敢妄爲。冠裳首足，豈可那移；下人犯上，如何不治？

(衆③合)

定下擒龍縛虎萬全計，看他遭羅網怎生避。

【又④】(小丑)謝尊官妙算神機，與咱們出口氣。區區武弁，全仗扶持；上官體統，豈容輕廢？

(合前)

【又⑤】(浄)小人們雖則輕微，也是我恩官一故知。

(哭唱⑥)

他公然打我，是把團練相欺，要把都監欺侮，也須容易。

(合前)

(小丑)教人叵奈殺無徒，(丑)誰怕無謀一勇夫。
(浄)計就月中擒玉兔，(衆)謀成日裡捉金烏。

第二十八齣　厚誣

(生上)命運猶相阻，英雄不自由。在他矮簷下，怎敢不低頭。我与施小管營相處甚厚，昨被都監老爹差人取用，只得别他到此。誰想都監待我又好，且在此住過幾時。(想科)我倒好了，只是岳母與渾家在道姑觀中，不知怎生度日？料有張青哥嫂在彼，不致流落，我也只得付之無奈。正是：雖念故鄉生計好，受恩深處且

①⑥　毛本作“介”。
②　毛本無。
③　毛本無“衆”字。
④⑤　毛本作“前腔”。

爲家。言之未已，老爹、夫人早到。

（末扮院子跟丑上）

【黄鍾引子】①**【西地錦】**（丑）冬夜休衙無事，晝樓且泛金巵。

（小旦、小丑跟老旦上）（老旦）

一家安樂皆天賜，

（小旦、小丑）

追歡莫負良時。

（丑、老旦相見科）（丑）院子，唤武松上這鴛鴦樓來。（末）理會得。武松，老爹唤你。（生）老爹、夫人，武松作揖。（丑）看坐的來。（生）小人是箇囚犯，怎敢与恩相同坐？（丑）我敬你是箇義士，這里又無外人，一定要坐。（生揖云②）老爹、夫人，告坐了。（丑）叫芳蕙斟酒，楚蘭唱曲。（小旦、小丑）理會得。（小旦）

【黄鍾過曲】③**【滴溜子】**今日裡，今日裡且傾玉巵。

（衆④合）

明日裡，明日裡又生俗事。縱⑤後來名標青史，不如身健⑥時窮奢極侈，莫惜青蚨，被達人笑嗤。

（丑）楚蘭，你就送武都頭一盃。（小旦）是如此。（生揖科）

【又⑦】蒙恩相，蒙恩相待如父子。休將俺，休將俺小人折死。

（飲科）（丑）

敬伊是一時傑士，

夫人，擇箇吉日，

就將這楚蘭做他妻子。

（生）小人有媳婦⑧在家，不敢領命。（丑、老旦）

---

①③　毛本無。

②　毛本作“介”。

④　毛本無“衆”字。

⑤　毛本作“到”。

⑥　毛本作“捷”。

⑦　毛本作“前腔”。

⑧　毛本作“岳母同妻子”。

便做偏房，休得固辭。

(生)既如此，謝了老爹、夫人。(揖科)(丑)夜了，收拾了罷。(末、小旦、小丑應科)(丑)逢時對景莫磋跎，(小旦)須信人生能幾何。(生)遇飲酒時須飲酒，(末、小旦、小丑)得高歌處且高歌。(衆下)

(生吊場)難得這都監老爹一力擡舉我，又把花朵一般一①箇楚蘭許我爲妾。我如何報得他？

【啄木兒】雖不爲這頒緑蟻牽絳絲，想②他禮意殷勤誰若此。我是箇犯法囚人，他是箇本管監司。他敬咱氣魄真國士，我知恩不酬非君子，幾時得遂却區區圖報私。

(内喊捉賊科)(生)都監這等待我，既是後堂有賊，我須索去救護。(拿棍，行科)呀，賊在那里？

(浄、小丑扮軍上)(將繩絆倒生，綁住科)賊在這里！(生)是我！是我！(浄、小丑)你正是賊。(丑内叫云③)拿住賊了麽？(浄、小丑)就是武松，已拿住了。老爹有請。

(丑怒上)

【又④】這强賊窺重貲，悔殺我心思不到此。

拿過來。(浄、小丑)武松當面。(丑)你這賊，我怎麽樣擡舉你，你幹出這等事來？(生)

爲報恩替你除兇，

(丑冷笑云⑤)報得好恩。(生)

却把我妄拿誣指。

你還不曉得我？

我是立地頂天豪傑士，如何肯爲偷竊事？

若有此情呵，

① 毛本作“這”字。
② 毛本作“報”。
③⑤ 毛本作“介”。
④ 毛本作“前腔”。

甘把鋼刀來剉屍。

(丑)這賊嘴會賴,且押到他房裡去搜。(浄、小丑應科)(虛下)有賍了,藏在箱子内,衣服底下都是金銀酒器。(生怒云①)皇天,有這等屈事,這些器皿從何而來,我曉得了。

【三段子】有人主使,這翻覆我夢中也不思。

(丑)押他過來,

賊嘴有辭,這賍物你如何隱之?

左右,把這厮先打四十。(打科)(生不叫不哭)(生唱)

這場横灾從天至,呸!算來擒賊也非吾事,悔不拴上門兒睡一箇死。

(丑)賊配軍,賍証明白,回②了招罷,省得受苦。(生)罷,罷,罷!我也枉討這些刑罰,屈招了罷。

【歸朝歡】只因見,只因見金銀重貲,自不合被貪心所使,嗳,回天手,回天手教人怎施,枉英雄討得箇那眼睁睁待死。

(丑)

你這回要飛也難插翅,

(生)

囚龍檻虎争如死。

(丑)走③!

誰教你狗盜狼貪不三思。

今夜發在死囚牢裡,明日送到府上問罪。(小丑應)

(生)要与恩官出氣力,反將賍証誣爲賊。

(丑)渾身是口不能言,遍躰排牙説不得。

(押下)

---

① 毛本作"介"。

② 毛本作"畫",應爲"畫"。

③ 毛本作"唗"。

第二十九齣　全軀

【中吕過曲】①【駐馬聽】②（小生）一世英豪，

（末合）

威逼裝③誣把賊招，今日將他發配，誰把施恩怨忿重消。

呀，哥哥來了！

（生杻手，浄、小丑押上）（小生抱哭）（生不哭）（與小生合唱）

恨綿綿千載永難拋，浪悠悠四海將誰告。

（生）兄弟，你怎麽又是這般模樣？（小生）小弟又被蔣門神打了一場，依舊奪了快活林買賣。（哭科）連我父親也氣死了。（生）有這等事？可恨！可傷！（小生）今日聞哥哥發配恩州去，

特來送件綈袍，

（与生穿科）

不知何日，討得故人消耗。

（哭云④）哥哥此行，都是小弟累你。

【又⑤】（生）嗳，你小覷吾曹，却説今番相累了。士爲相知者死，何怕奸謀屈打成招。

（小生）

如今復見古人交，他時願效捐軀報。

（生）兄弟，你回去罷。（小生）哥哥自宜保重，嫂嫂那里，小弟常送盤費便了。只一件，（低唱）

這兩箇軍牢，怕不懷好意，你隄防須早。

（生）曉得了。（浄、小丑催科）

---

① 毛本無。

② 毛本有“小生包頭、兜手，末扶捧衣服上”。

③ 毛本作“賍”。

④ 毛本作“介”。

⑤ 毛本作“前腔”。

【中吕引子】①【菊花新頭】(生、小生)從此交期會面遥,英雄志各自懷着。

(小生、末下)(净、小丑)下午了,快走! 今夜是大年夜,没來由与你出路,却不是我們晦氣!(生)你們何不待明日起身?(净、小丑)便是官府緊急,你還説這自在話。(背白②)他兩箇怎麽不來了?(生暗聽,點頭科)

(丑、末持刀上)

【駐雲飛】腰下懸刀,師父差來走一遭,首級登時要,除夜回家早。焦③心急路偏遥,

(望科)

後邊來了,擦掌磨拳,只等寃家到。

(与净、小丑拱手科)(净、小丑)哥,

和你做伴同行莫暫抛。

(丑、末)是了,一路同去。(生)這里是那裡了?(净、小丑)你眼又不瞎,橋上須有牌坊,這不是"飛雲浦"三字?(丑、末)今冬立春得早,你看冰都解了。

【剔銀燈】(生)我飢又渴唇乾口焦,橋兒下冰都消了。

你們扶我到水邊去,

喫些河水如服藥,

(净、小丑扶生走)(丑、末遠看科)(生行唱④)

也與我解些枯燥,

(净、小丑)到水邊了,你自去喫。(生踢净下水科)

似蓬飄,

(踢小丑下水科)

也與你一交,

---

① 毛本無。

② 毛本作"云"。

③ 毛本作"(焦介)"。

④ 毛本作"介"。

（打折杻科）

枷和杻一齊脱了。

（生回身）（末驚跌倒，丑走科）（生打丑科）

【又①】一拳兒後心打着，奪將他朴刀來殺倒。

（做殺丑科）（拿住末科）

你這厮來此誰提調？

（末）

咱兩個是蔣師父差到。

張團練送了張都監許多錢鈔，定計害你，又差我們兩箇幫這解子動手。（生）如今蔣門神在那里？（末）今夜都在鴛鴦樓上喫酒，等我們回報。（生）

却難饒，也與你一刀。

（殺末科）

都葬在飛雲浦了。

雖然殺了這四箇賊男女，若不殺張都監、張團練、蔣門神，如何出得這口氣？況且留他在世，生事害人，天理也容不得。待我連夜趕回孟州，去殺了他罷。正是：

殺人可恕，情理難容。

冤家路窄，今夜相逢。

第三十齣　報怨

【南吕引子】【滿江紅】（丑上，末跟上）（丑）守歲開筵，先擺着清歌妙舞。

（小生扮皂引末、丑上②）

荷華堂招飲，早當趨赴。

（浄上）

雪忿還成傾蓋好，殺身難把恩人補。

① 毛本作“前腔”。

② 毛本作“小生扮皂隸接丑上”。

（末）團練老爹与蔣師父到了。（丑迎見科）（合）

看千尋鐵索鎖蛟龍，擒飛虎。

［浣溪紗］（丑）送臘迎春酒一巵，（小丑）安排眼望旌捷旗。（净）相公恩德与天齊，（丑）今夜大家除惡曜。（小丑、净）來朝相約慶良時，（末、小生）陰晴明日恐難期。（丑）我們從容守歲飲酒，就等飛雲浦消息，却不是好？（小丑、净）感謝不盡。（丑）看酒來。（末應科）

【南吕過曲】①**【梁州序】**（丑）欣逢佳客，忙催列炬。

（衆）

早把椒盤分付，條風何處，衝寒暖入屠蘇。但願新恩伊邇，舊職頻遷，改歲移新組。看萬民齊燕喜，醉模糊，總把新桃易舊符。

（合）

隔兩歲，分朝暮，減一年却道增一數，不快活，枉擔悮。

（小丑遞丑酒科）

【又②】叨居宗末，職分文武。

（揖科）

深感不遺愚魯，

（净合）

誅鋤强梗，蒙君患難相扶。

（丑）

雖是你費些金帛，用盡心機，他却也無生路。

（衆）

命該今夜死，怎支吾，却似爆竹聲中一歲除。

（合前）

（净遞丑酒科）

【又③】謝恩官計陷無徒，與柔弱冤民作主，誓銜環結艸，報恩末路。

（丑）

---

① 毛本無。

②③ 毛本作“前腔”。

若不爲吾宗弟，路見不平，怎肯抽刀助？

（小丑）

通家推分好，運奇謨，一似臘去春回物盡甦。

（衆合）

【又①】（末、小生）看謀成曉捉金烏，還許就宵擒玉兔。料那人此際，命歸陰府，只恐一靈不散，萬劫難除，怎避冤家路。

（丑、小丑怒云②）走③！（末、小生跪科）（二丑、净合）

欲圖生富貴，須下死工夫，地獄天堂知有無？

（衆合前）

（丑）小厮，下樓去取熱酒來。（末、小生應科）

（生帶劍上）（低唱）

【節節高】填胸氣怎舒，謾躊躇，潛踪密跡先偷覷。

（暗聽科）（丑）這時節正在那里下手了。（小丑）四箇人斷送他一箇，有何難哉？（净）小人已分付徒弟，只在飛雲浦結果了他，就來回報。（生）

聽聒絮，被業火驅，

（拔劍科）

難禁住，

（殺净科）

吴鈎一到便除奸蠹，

（殺丑科）

剉屍萬段猶難恕。

（小丑拿椅子打生，被生殺科）（生合④）

怒臂衝車笑螳螂，誰想鴛鴦畫樓還相遇。

這三箇奸賊都殺了。

---

① 毛本作“前腔”。

② 毛本作“介”。

③ 毛本作“唗”。

④ 毛本無“合”字。

【又①】今宵歲已除，我忿都舒。

（喫酒科）

玉壺金盞傾須注，把金盃舉，携玉壺，看樓前路，我那時喫盡冤屈處，你今有口也難分訴。

（合前）

待我割下他一片衣襟，醮着血水，題寫在壁上。（寫科）殺人者打虎武松也。

【餘文】出門一笑無覓處，枉教他大索路途，却不道鷹隼高飛不可呼。

此時不踰城而走，更待何時？正是：

半生心跡向誰論，先要分明怨与恩。

雙手劈開生死路，一身跳出是非門。

第三十一齣　解夢

【正宮引子】②【破齊陣】（老旦上）别館蕭疏冬夜，孤燈牢落覊魂，鄭圃殘蕉，邯鄲一枕，醒後偏縈方寸。

（旦上）

綺歲流光如彈指，客夢天涯頻愴神，

（福科）（合）

誰怜孤與貧。

［減字木蘭花］（老旦）他鄉歲暮，神遊故國歸無路。（旦）孤鳳將兒③身比鷦鷯寄一枝。（老旦）昨宵夢境，未知凶吉誰承願。（旦）何事憂疑，兒亦驚心欲訴知。（老旦）我的兒，你爲什麽驚心？（旦）若真夜來得一夢，不知主何吉凶，以此驚心。（老旦）有這等事？做娘的也得一夢，且請觀主出來，煩他講解一番。（旦）觀主有請。

① 毛本作"前腔"。

② 毛本無。

③ 毛本作"鷯"。

（小旦上）

【燕歸梁】萍水相逢意甚殷，寂寞共朝昏。

（見科）（老旦、旦）

娘兒夜夢總紛紜，今日裡試評論。

（小旦）媽媽與小娘子，説什麽夜夢紛紜？（老旦）便是。我母子二人俱有一夢，吉凶未明，特請觀主講解。（小旦）我這觀中有一箇瘸①子道姑，極會圓夢，待我唤他出來。瘸婆那里？

（丑）頭白清晨掃佛堂，無門訴苦只顛狂。百年三萬六千日，到底渾如夢一場。（見科）（小旦）瘸婆，這位賈媽媽与小娘子都得一夢，唤你出來圓夢一番。（丑）媽媽，且先説來。

【正宮引子】②【普天樂】（老旦）吉凶入夢難憑信，想應就裡機緘隱。

（丑）夢見什麽來？（老旦）

夢田間種玉光潤，分明照曜寒門。手掌上珠胎滚，猛可裡日光引得珠玉混，使愁人駭魄驚魂。夢醒後沈吟自忖，向娘行試將疑慮先訊。

（丑）曉得了。小娘子夢見什麽來？（旦）

【又③】從來夢境多安頓，只有昨晚神不穩。夢天邊鳳飛方迅，忽然降下山門。奴身已如風引，也化作一隻青鸞同飛奮，上云霄我也駭魄驚魂。夢醒後無言自忖，向娘行試將疑慮相訊。

（丑）觀主，你有什麽夢？一發説了罷。（小旦）没有。（丑）你有許多心上人，難道不夢見一箇兒？④（小旦）走⑤！又來胡説。（丑）媽媽，豈不聞女壻呼爲玉潤，兒女呼爲掌上之珠？你這夢兒呵，

【又⑥】應招子壻稱玉潤，會看愛女榮閨閫。

（老旦）這也解得好。（丑）小娘子，你曉得那雄鳥爲鳳，雌鳥爲

---

① 毛本作“跏子”“跏婆”，後不贅。

② 毛本無。

③⑥ 毛本作“前腔”。

④ 此處明顯調侃觀主，與劇情無絲毫關係，用於活躍演出氣氛。

⑤ 毛本作“咥”。

凰麽？

鳳求凰預傳芳信，相將共入青雲。

(小旦)

這語話堪憑准，

(丑)兩個都是好夢。(小旦)小娘子，

看有日命裡紅鸞交新運。

(老旦)

若新春果爾成姻①，

(旦)

便是返故里也難忘謝悃，

(衆)

論榮枯會合都是前因。

(老旦)老姑姑，多謝你了。(丑)不敢。

(老旦)世間都是夢，(旦)休問短和長。

(小旦)萬事分已定，(衆)浮生空自忙。

第三十二齣　挂羅

【越調過曲】②**【梨花兒】**(外、小生、浄、小丑上)手内無錢只好賭，賭錢輸了做穿窬，穿窬又道不能勾富，嗏，截道打家如餓虎。

(外)自家叫做"急三千"。(小生)我喚"慢八百"。(浄)我叫"米内蟲"。(小丑)我叫"飯裡屁"。(衆)我們都是十字坡張大哥手下新收的火家。連日賭輸了，去林子裡做些買賣，只在這土地廟後埋伏罷。正是：終日覓不得，有時還自來。(下)

(生急上)打破玉籠飛彩鳳，頓開金鎖走蛟龍。

【雙調過曲】③**【步步嬌】**(行科)托迹天涯空勞攘，舉世皆羅網。奇毛已被傷，幸脱樊籠，更欲何向？

---

① 毛本作"婚"。

②③ 毛本無。

（想科）我有箇去處了。

少不得早晚入梁山，十字坡先自潛踪往。

（内鳴鑼科）（生）前面有巡軍來了，且躲在一邊去。（下）

（浄、丑扮更夫上）

【山歌】孟州城裡人家忒煞閒，孟州城外更夫忒煞寒。都監團練老爹在鴛鴦樓上喫得煖熱蓬生介困，只教我裡小人家大年三十拆散子鴛鴦兩下單。

我們是巡夜的，今夜是除夕，巡了這二更天也勾了，各自回家去罷。（浄）何時得脱巡更苦，（丑）睡到人間飯熟時。（下）

（生復上）這一夥巡軍已過去了。趁此更深人静，撒開脚步，趲行前去。

【五供養】行行自想，此去還須暫阻鸞凰。丈夫懷遠略，豈肯戀閨房，他娘兒厮守，況地主常相依傍。

我又差了，

糊口猶無計，何暇想糟糠？且把愁懷暫時撇漾。

【江兒水】我來本是英雄漢，未去收成名利場。被天翻地覆多磨障，殺得地慘天愁伸冤枉。離了天關地軸纔疏放，奈心急步行不上。

（看科）

兩腿酸疼，猶恨無端喫棒。

【川撥棹】回頭望，這一條血路廣，染衣衫猶自淋浪①，染衣衫猶自淋浪，若被人窺須遭禍殃。只得苦宵行日隱藏，苦宵行日隱藏。

走了這一夜，身子困乏，棒瘡又疼，此處有箇土地廟，且進去歇息片時。（揖科）土地公公，願前途善人相逢，惡人遠避。（睡科）

（外、小生、浄、小丑上。低白）人有所願，天必從之。方纔一箇男子走進廟裡去。（瞧科）已睡着了，快把撓鉤套索來搭住了他，就綁了。（生驚起唱②）

【錦衣香】呀，你是甚人忒無狀，我平白的遭無妄。好將套索鬆寬，願把

---

① 【眉批】浪，唱作郎。

② 毛本作“介”。

行裝相讓。

（四人對生唱①）

這廝快口哄誰行，謀財致命兩不相妨。

（四人相對唱②）

看他們形狀，許多的血痕在衣上，劫殺留贓仗，與咱們看樣，且殺他一命，替那冤魂伸枉。

【漿水令】（生）怎當他一班鹵莽，枉教咱千般苦央。可憐身死不軒昂，死忠死孝也得名香。今絶望空悒怏，嗳呀，英雄到此成虚浪。

（四人唱）

孫娘處、孫娘處、定應重賞，這個肥白漢、肥白漢喜殺張郎。

（生）你們説什麽張郎、孫娘？

【尾聲】（四人走③）誰來與你多閒講，到那里存亡翻掌。

（生）

未知可是來時所遇孫、張？

（外、小生）倒拽横拖莫待遲，（浄、小丑）生擒活捉任施爲。

（生）龍居淺水遭蝦戲，虎落深坑被犬欺。

第三十三齣　首途④

【大石調引子】⑤**【東風第一枝】**（末張青上）斗柄初回，

（丑孫娘上）

條風乍轉，

（末、丑）

山家争賀新正。

（外、小生、浄、小丑押生上）（外、小生）

---

①② 毛本作“介”。

③ 毛本作“四人走唱”。

④ 毛本作“征途”。

⑤ 毛本無。

歲朝擒獲兇徒，

（净、小丑）

願一年財帛豐盈。

（生）

總來一死，悔不去首官廳。

（外、小生、净、小丑）

野店中日遠天高，慢勞追悔傷情。

（净、小丑先進見，揖云①）大哥，二娘，年年相見，歲歲相逢。我們五更伏路，拿得箇男子，身邊有些湯水。因大哥前日分付，不敢殺壞，活捉在門首。（末、丑）快送進來。（净、小丑應科）（生）呀！這裡是張青哥哥門首。且進去看。（押生見科）（末、丑）呀！這漢子好似武都頭。擡起頭來。（生看云②）果是張大哥、孫二嫂！（末、丑）果是武二哥！（衆驚，与末同來放綁科）（生、末跪③抱科）

【哭相思】（生）別後相思常引領，

（末、丑）

英雄氣翻悲哽④。

（作揖科）衆火家過來磕了頭，這就是打虎的武二哥。（外、小生、净、小丑）我們都是新來的，元不認得都頭，因連日賭輸了，出去尋些買賣。一時冒犯，望乞恕罪。（磕頭科）（生）你們既没錢去賭，我包裹内有碎銀，把十兩去，你們分了。（取付科）（外、小生、净、小丑揖云⑤）謝都頭重賞。（净、小丑對生説）銀不露白，我們店中小人多，你也要仔細些。（生）咄，胡説！（净、小丑）我們把這十兩銀子做了官主，賭了罷。（外、小生）這也使得。（俱下）（末）賢弟，你爲何這般模樣？

---

①②⑤　毛本作“介”。

③　毛本作“相”。

④　【眉批】哽，音耿。

【大石調過曲】①【催拍】(生)我到營中与施恩結盟,爲快活林把惡黨重懲。

那蔣門神是團練門下人,被他買囑了張都監呵,

商謀已成,商謀已成,把我取做親隨,陷我賊情。

(末、丑)嗳,有這等屈!(生)又是施恩呵,

上下營求,纔得刺配出城。

那三箇奸賊又差四人押送,要在飛雲浦殺我。

被我先下手都送殘生,又回身去雪冤情。

(末、丑)可曾殺得那三箇冤賊麼?(生)已都殺了。因此踰城逃命,暫投土地廟中歇息,被你火家綁了來。全仗遮庇則箇。(末、丑)你

【又②】自別來鱗鴻未憑,只道在孟州身安氣平,誰知災殃屢生③。

(末)

你醉打强徒,誰不心驚,此後風波,恨不同經。

(丑)叔叔,你還不知那蔣門神又來清真觀中攪擾。

被我打得他死裡逃生,

嬸嬸母子二人呵,

方始得暫安寧。

(生)多謝嫂嫂了。(丑)我已差人去請他母子,想必就來。

(老旦)

【又④】(旦上)在他鄉不覺歲更,寓琳宫今始出行。

(老旦)有人麽?(丑)是那箇?呀,媽媽、嬸嬸到了!請叔叔過來相見。(生揖科)(生)岳母,

幸喜長途體寧,長途體寧。

(老旦)賢壻,

慮你多艱,喜得全生。

---

① 毛本無。

②④ 毛本作"前腔"。

③ 毛本有二"災殃屢生"。

（生見旦，揖科）（旦背唱①）

驀②地相逢，愧色難勝。

（衆對天揖福科）（合）

今日裡困極方亨，相保護謝神明。

（小生施恩上）

【又③】我仁兄与張青締盟，料應在他家隱形。

（闖入，見生抱哭唱④）

兩下裡再生，

（生）

兩下裡再生。

（對揖科）（末、丑）此位是誰？（生）就是小管營。（末、丑揖、福科）

素仰英風，

（小生）

彼此同情。

此間是賈媽媽和我嫂⑤麽？（生）正是。（小生揖科）（老旦、旦）

仗托周旋，

（小生）

自愧飄零。

（生）兄弟，我一向不要你落草，不曾對你說，我來時宋公明有書寄⑥你入火，

和你從今去同死同生，

（小生）

① 毛本作“介”。

② 【眉批】驀，音麥。

③ 毛本作“前腔”。

④ 毛本作“與生抱哭介”。

⑤ 毛本作“嫂嫂”。

⑥ 毛本作“邀”。

同往見宋公明。

(生包裹中取書付小生科)兄弟,書在此。(小生看書唱①)

【一封書】宋江拜奉稟,稟施兄小管營。聞足下大名,少年塲稱俊英,千里神交無一面,若見都頭意自傾。是惺惺惜惺惺,同到山中共結盟。

(外扮火家上)報,報,報!門外一個胖和尚,一箇矮男子,領了箇長婦人,説是濟州來的,要往孟州去。來我店中造飯,大哥你自去回他。(生)莫非梁山泊的花和尚、矮脚虎与一丈青?待我看來。(出望科)

(浄、小丑、小旦上)

【又②】蒙軍令遠行,爲都頭義不輕。

(生)呀,果是三位將軍!請了。(揖科)(浄、小丑、小旦)

聞兄苦陷穽,向恩州刺配行。

(生)爲何山寨中就知道了?(浄、小丑、小旦)

先遣戴宗來打探,星夜前來作救兵。

(生)多謝列位將軍。武松已③殺了讎人,逃命在此了。(浄、小丑、小旦)既如此,就請上山罷。(生)且到裡面,認兩三箇恩兄。(進見科)(生對浄等云)此位是"金眼彪"施恩大哥,這是"菜園子"張青大哥,"母夜叉"孫二娘嫂嫂,這里就是武松的岳母、渾家。(衆揖科)(合)

是豪英識豪英,且自高歌結客行。

(末)兄弟,你臉上有金印,防護的人馬又少,路上怎麽行得?(生)却怎麽好?(丑)我有一計。往年軍中④壞了箇頭陀,遺下一箇鐵戒箍,一身衣服,一串人頂骨數珠,兩把鑌鉄戒刀,叔叔不若剪了些頭髮,裝做行者,跟着魯頭領,待王頭領、小管營和我丈

① 毛本作"介"。

② 毛本作"前腔"。

③ 毛本無"已"字。

④ 毛本作"店中"。應爲"店中"。

夫裝①做道友，做一起行。我与扈三娘伴着媽媽、嬸嬸，粧了②進香的婦人，做一起行。只説往泰山去的，路上必無攔阻了。(衆)此計最妙。(末)既如此，你与嬸嬸們先行，我們隨後來也。(生、末、净、小生、小丑)將軍不下馬，各自迯前程。(暫下)(丑)扈三娘、媽媽、嬸嬸請上馬。

【甘州歌】(小旦)元辰麗景，

(老旦、旦、丑合)

記頌椒行酒，曾樂昇平，塵衣風袂。

(老旦、旦)

消盡粉粧玉映，釵荆此時同被褐。

(丑、小旦)

裙布誰知伏短兵。

(合)

從軍去，跨虎行，木蘭楊孝敢誇能，鬟髯輩，巾幗③情，人間羞殺丈夫稱。

(下)

(生、净、末、小生、小丑復上)

【又④】羣雄結伴行，向水村山寨，且安身立命。

(生)

一身英武，落得個毁體殘形。

(衆)

奸邪血蘸雄劍飽，風雨時時龍一鳴。

(生、净)

披緇客，有髮僧，平心勝念佛千聲。

(末、小生、小丑)

---

① 毛本作“扮”。

② 毛本作“扮做”。

③ 【眉批】幗，音國。

④ 毛本作“前腔”。

英雄志，遊俠情，都將收拾付擔簦。

（下）

（三旦、丑復上）

【又①】村粧適體輕，問玉人何事，輕離鄉井。爲逐雞乘鳳，只索向路途馳騁。

（老旦、正旦②）

愁中日月籠内鳥，身外乾坤波上萍。

（合）

蒼山遠，班馬鳴，春風誰見綺羅情。狐狸語，豺虎争，忍聽山鳥自呼名。

（下）

（生、末、小生、浄、丑復上）

【又③】川原望裡平，漸梁山風物，相將遮映。中原兄弟，當此際正爾含情。

（浄）

杯浮野渡龍象擁，

（生）

錫響空山虎豹驚。

（合）

才難展，氣益增，逢人取次莫論兵。羞脱網，遠避矰，何時麟閣得標名。

【餘文】（衆）報國心天作證，暫時遁跡且偷生，聽取金雞天上聲。

（末、小生）紫陌紅塵拂面來，（浄、小丑）洗天風雨幾時開。

（生）鰲魚脱却金鈎去，（合）擺尾摇頭再不回。

---

①③ 毛本作“前腔”。

② 毛本作“旦”。

第三十四齣　訓旅①

【仙吕引子】②【劍器令】（外扮宋江上）地煞與天罡，一箇箇英豪爽朗。幾年③逆天嘯聚，甚時身顯名揚。

俺宋江本是鄆城小吏，文面罪人。自從亡命上山，賴衆兄弟同心協力，近日又得了武都頭，山寨中十分興旺。俺雖則嘯聚在此，日夜指望招安，要与國家出力。但④聞楊戩、童貫諸人，欺蔽多端，猜忌太甚，每每要与俺山寨中做頭敵，不免唤衆兄弟出來，把兵馬操練一番。衆兄弟們那里？

（生上）三尺龍泉萬卷書，

（小生上）皇天生我意何如。

（浄上）山東宰相山西將，

（小旦上）男丈夫兮女丈夫。（衆）大哥呼唤，上前參見則箇。（見科）（外）衆兄弟，近聞奸臣們要起兵与俺交戰，趁此新春無事，操練一番。（衆）大哥言之有理。小校們那里？

（二丑執旗上）晝刻分營早，春旗簇隊齊。小校磕頭。（外）起來，聽我分付：

【仙吕過曲】⑤【八聲甘州】皇恩祝網，

（衆）

論吾曹怎敢做怒臂螳螂，只爲微衷不諒，斷送得鼠竄獐狂。潢池赤子操白刃，只望彤庭降赦章。

（合）

有誰把丹心達上君王。

---

① 毛本作"振旅"。

②⑤ 毛本無。

③ 毛本作"幾年間"。

④ 毛本無"但"字。

【又①】鋪張，英雄伎倆，看旌旗日暖，袍袖風香。連營分帳，都是錦衣綉襖兒郎，天晴金甲橫空耀，幾時得日暮清笳出塞長。

（合前）

（外）衆兄弟聽令。一丈青，你可插了黑旗，領着水軍，專守山北。（小旦）得令。

【北雙調】【清江引】②便提兵守營出③寨北，勝似男兒輩。分開④玄武神，作⑤鎮天樞際，從此後水軍增壯矣。

（下）（外）花和尚，你可插了白旗，領着步軍，專守山右。（浄）得令。

【又⑥】便提兵去將山右守，謹備西方寇。分明白虎神，揮霍金風驟，從此後步軍爲諸寨首。

（下）（外）小旋風，你可插了紅旗，領着馬軍，專守山南。（小生）得令。

【又⑦】便提兵下營南界也，好把三關列。分明朱雀神，閃爍炎威射，從此後馬軍無挫折。

（下）（外）武都頭，你可插了青旗，領着標下精兵，兼守山左。（生）得令。

【又⑧】領標兵任兼山寨左，好把英風播。似青龍初降神，百類皆摧挫，新出匣太阿光似火。

（下）

【又⑨】（外）坐中央把杏黄旗自插。

（二丑合）

忠義盟心大，謀王斷國人，困守山林下，何日得穩騎天厩馬。

（俱下）

---

①⑥⑦⑧⑨　毛本作“前腔”。

②　毛本僅作“【北清江引】”。

③　毛本作“山”，據上下文意此處應爲“山”。

④　毛本作“明”，據上下文意此處應爲“明”。

⑤　毛本作“出”。

第三十五齣　廷議

（小旦扮黄門上）

【黄鍾過曲】①**【出隊子】**班聯丹陛，日日爐香染賜衣，朝無闕事諫書稀。不向青雲羨鳥飛，花覆千官，淑景正遲。

扈聖登黄閣，朝天向紫微。曉隨仙仗入，暮惹御香歸。自家宋朝中一箇黄門官，官裡陞殿，不免在此伺候。［鷓鴣天］正是：絳幘雞人報曉籌，尚衣方進翠雲裘。九天閶闔開宫殿，萬國衣冠拜冕旒。仙掌上，日華流，香烟欲傍衮龍浮。朝回染翰裁丹詔，珮聲歸向鳳池頭。説話中間，楊太尉早到。

【又②】（浄上）身無一技，依日之光寵遇奇，兵權掌握任施爲。水泊羣兇敢肆威，曾与相持，偶爾失機。

我楊戩③，官居太尉，寵冠百僚。争奈草寇宋江作亂，曾往征勦。（四望科。低白④）被他擒上山去，幸得放歸，已自瞞過官裡。今日早朝，再奏討雄兵十萬，掃清水泊，雪耻揚威，吾之願也。呀，宿太尉也來了！且聽他怎麽説？

（外上）處堂燕雀賀生成，誰念潢池久弄兵。獨⑤使至尊憂社稷，諸君何以答⑥昇平。自家太尉宿⑦元景是也。此時早朝時候，隨衆入朝。呀，楊太尉先已在此了。（拱手科）請了。（浄）請了。宿大人，今日所奏何事？（外）爲梁山泊宋江等作亂⑧。（浄）下官也奏此事，此寇只宜誅勦，不可姑息。（外）宋江等懷忠仗義，

---

① 毛本無。

② 毛本作“前腔”。

③ 【眉批】戩，音剪。

④ 毛本作“云”。

⑤ 【眉批】獨，讀作徒。

⑥ 【眉批】答，讀作打。

⑦ 【眉批】宿，須上声。

⑧ 毛本作“弗靖”。

被贓污羅織，嘯聚偷生，及早招安，必得其用；若行征勦，恐貽後悔，不可不可。（浄）還是誅勦。（外）還是招安。（浄）還是誅勦。（外）嗳，楊大人，比似你恁般誅勦呵，

【正宫過曲】①【北端正好】兀的不辱抹殺武和文，頽敗了卿和相。

（浄）我那些兒辱抹了朝廷來麽②？（外）

猶兀自傲睨班行，有天在你頭直上，俺和你就日難遮障。

（浄）你敢和我面奏麽？（外）俺和你去來。（進科）（小旦贊礼，外、浄舞蹈科）（小旦）官裡道來，二卿所奏何事？（外俯伏）（浄）太尉臣楊戩奏：

【南普天樂】爲梁山賊無狀，願詔許驅兵將。

（小旦）官裡道來，卿前番何不取勝？（浄）

前番去，前番去，避險深藏，一時間阻却騰驤。今若再往，定削平巢穴，歸奏明光。

（浄俯伏）（小旦）官裡道來，宿元景何獨無言？

【北滚綉球】（外）則願赦微臣萬死刑，儘教臣畫短長，省了些覆軍殺將，救了些困邑危邦。

（小旦）那宋江等罪犯可赦麽？（浄起云③）他們罪惡滔天，豈可輕赦？（又俯伏科）（小旦）宿元景怎麽道來？（外）

本懷忠仗義人，生逼他走四方。權守着緑林青嶂，遠盼着紫誥金章。願吾皇④當機獨決盈庭議，休要築室紛紜在道傍，子⑤細參詳。

（小旦）官裡道來，二臣退午門外，自有處分。（外、浄）萬歲！（退科）（小旦）暫辭⑥天仗去，還捧玉音來。（下）（浄）老宿，

【南玉芙蓉】你牢將舌劍藏，莫把兵鋒擋，享皇家爵禄，敢避戎行，莫不

---

① 毛本無。

② 毛本作“體面”。

③ 毛本作“介”。

④ 毛本作“主”。

⑤ 毛本作“仔”。

⑥ 毛本作“離”。

是潛圖不軌懷觀望？

（外）倒説我潛圖不軌，不知誰的是，誰的不是？（浄）

直恁無端惹禍殃，

你曉得立仗馬的故事麽？

看立仗，一鳴①時便不祥，那其間怎能終始侍君王。

【北倘秀才】（外）你待將漫天下網，誰許你呼朋聚黨，你待學林甫當年把言路妨。

（浄）你就是主招安的李逢吉，倒説我是李林甫？（外）

你只好齊雲稱社彩，却想蔽日擅朝堂，怎怪得傍人論講？

（小旦内云）聖旨下！（小旦扮黄門，正旦、老旦扮官人持節，小丑、末扮内臣同上）

【南山桃紅】看離照當空朗，掃却了浮雲障，日邊聽取金雞唱，山中脱盡羣龍網，片言悟主真賢相，抵多少鳴鳳在朝陽。

（小旦）官裡有道②：（外、浄跪）（小旦）准宿元景所奏，着中書省寫詔書一道，命殿前太尉陳元善，賫往梁山泊，招安宋江等諸人，其有名頭領，都賜冠服。楊戩曾被宋江生擒，挾讎妄奏，念係舊臣，姑容改過，謝恩！（外、浄）萬歲、萬歲、萬萬歲！（末、三旦、小丑）舍人退食收封事，宫女開函近御筵。（先下）（外、浄起身退）（浄）老宿，那宋江等有何好處，你主張招安他？

【北醉太平】（外）他一箇箇銜冤受枉，義勇忠良，則待削除邪佞整綱常，更才雄志廣。

（浄）他的志要怎麽？（外）

要把婺州方臘都驅蕩，北方田虎遊魂喪，淮西王慶捲旗降，把遼兵絶響。

【南尾聲】（浄背唱③）你便把明鎗躲，難將暗箭防。

① 毛本作"塢"。

② 毛本作"道來"。

③ 毛本作"介"。

（轉身唱①）

免得我戎機鞅掌，

（外、浄）

看兵氣銷爲日月光。

（外）兵喜殷王解網羅，天齊聖壽更須過。②

（浄）酒逢知己千鍾③少，（合）話不投機半句多。

第三十六齣　家榮④

（末上）青袍多少誤儒生，争似戎衣定太平。天子非常賜顔色，預開麟閣待勳名。自家“菜園子”張青便是。昨蒙大哥將令，今日大大的擺一箇喜筵，早已完備了。［西江月］正是錦帳屏開孔雀，華堂褥隱芙蓉，休言炮鳳與烹龍，滿座玉壺銀甕。　夫婦團圓偕老，弟兄榮貴無窮，君恩浩蕩比蒼穹，圖報好憑忠勇。道猶未了，大哥与衆兄弟早到。

（生、外、丑⑤、小生柴進各冠帶，同浄和尚上）

【雙調過曲】⑥**【窣地錦襠】**春風得志是男兒，一領宫袍酒一巵。何須金榜掛名時，花燭非同兒女私。

（末与衆俱相見科）（外）衆兄弟在此，今日黄道吉日，受國家招安赦書，就教兄弟武都頭夫妻完聚。且喜天使陳太尉，昨日先送冠服來了。兄弟們，曾在山下唤得掌礼人麽？（末）唤下⑦了。

（小丑粧⑧掌礼人上）用不着孔周礼樂，胡作成秦晉歡娛。（磕頭

① 毛本作“介”。

② 毛本有“（先下）”二字。

③ 毛本作“杯”。

④ 毛本作“恩榮”。

⑤ 毛本作“與”。

⑥ 毛本無。

⑦ 毛本作“來”。

⑧ 毛本作“扮”。

科）（外）快請新人。（小丑）理會得。［西江月］伏以娘子曾居尼寺，新郎先做頭陀。今宵歡會被兒窩，好似僧尼同臥。①（末）咄！揀好的説。（小丑）塲上名爲正旦，人間只叫賊婆。武家有箇做私窠，好把門風改過。（末打小丑下）

（旦上）

【中吕引子】②**【南粉蝶兒】**綵扇頻遮，羞面幾番難忍。

（老旦上）

看門闌③喜氣氤氳，

（丑孫二娘上）

到今朝成吉禮，交情方盡。

（衆④合）

但願永團圓共享太平福分。

（浄）待我做掌礼罷。（丑）你是出家人，不吉利。還是我做。（浄⑤）我倒忘了，阿弥陀佛。（丑唱"新人交拜"，又拜老旦科，又与宋江衆人對拜科）（外）小校們，看酒過來。（生遞酒与老旦，与外科）（生唱）

【中吕過曲】⑥**【山花子】**向來身世真堪哂，似飄蓬逐浪無根。

（對外唱⑦）

仗仁兄脱迹遠奔，

（對浄、末、小生唱）

賴羣雄骨肉俱存。

（合）

荷皇恩，把前非鼎新。男兒志欲酬聖恩，區區首功不足云，直掃燕然

---

① 此段純爲調侃，以增舞臺活躍效果。

②⑥ 毛本無。

③ 毛本作"間"。

④ 毛本無"衆"字。

⑤ 毛本有"摸頭介"。

⑦ 毛本作"介"。

萬里無塵。

(外、小生、浄、末)

【又①】英雄得志如鷹隼,

(衆)

秋風裡健翮摩雲。困重亨扶持有神,從今敢愛吾身。

(合前)

【又②】(老旦)雙玉種成,却喜門楣振。

(丑)

休嗟涉歷艱辛,

(旦)

幸萱花冰雪③再春,

(生背唱④)

猛思量夜壑萱椿。

(合前)

(小丑上)花迎喜氣皆知笑,鳥識懽情亦解歌。王英稟知主帥,陳太尉⑤到了。(外)快排香案。(老旦、旦暫下)

(小旦扮太尉上)

【又⑥】螭頭近臣,跋涉傳恩信,皆因報國忠君。

(衆排班跪科)

念蓬茅⑦逆天罪臣,喜恩波潤及枯鱗。

(小旦唱⑧俯伏興拜科)(衆拜唱⑨)

(合前)

(小旦)中書省傳奉勅旨:近聞宋江、武松等,犯罪皆非本懷,其情

①②⑥　毛本作"前腔"。

③　毛本作"霜"。

④⑨　毛本作"介"。

⑤　毛本作"太師"。

⑦　毛本作"山澤"。

⑧　毛本作"喝"。

實爲可憫。況歸順之心久矣，且報效之志凛然。今遣殿前太尉陳元善賫詔至梁山水泊，將宋江大小人員，併①家屬盡行赦免，照數給与金銀牌面②、紅緑宫錦及冠帶等項。赦書到日，早早歸降，必當重用，欽哉。謝恩！（衆）萬歲、萬歲、萬萬歲！（小旦与衆揖云③）下官告辭了。（外）太尉途中勞頓，少息片時。（小旦）多謝了。王者今無戰，書生已勒銘。（衆）壯夫偏感急④，恩詔更威靈。（小旦下）

（旦、老旦復上）

【大和佛】（衆合）此去同扶黄屋尊，丹心泣鬼神，斷金懷寶身許畫麒麟，萬古羨雷陳。念當初帝闕難瞻覲，誰想逢時遇主。寃抑已都伸，猶喜得騈蕃錫與恩不靳，直待掌元戎金印，羞殺那袖手空談正乾坤。

【紅綉鞋】今宵銀燭金尊⑤，金尊；明朝馬足車輪，車輪。把關隘除，寨基墾，旗幟改，戰袍新，從此後是王臣，從此後是王臣。

【意不盡】人生忠孝和貞信，聖世還須不弃人。卮言似假，千秋萬載垂正論⑥。

世情真假盡經過，傀儡塲中面目多。

忠義事存忠義傳，太平人唱太平歌。

---

① 【眉批】併，音並。

② 毛本作“記”。

③ 毛本作“對衆辭介”。

④ 毛本作“泣”，據上下文意應爲“泣”。

⑤ 毛本作“金樽”。

⑥ 【眉批】論，去声。

附：

《義俠記》序

松陵詞隱先生表章詞學，直剖千古之迷。一時吴越詞流，如大荒逋客、方諸外史、桐柏中人，遵奉功令唯謹。先生紅牙館所著傳奇、雜曲凡十數帙，顧人罕得窺。先是世所梓行者惟《紅蕖》《十孝》《分錢》《埋劍》《雙魚》凡五記，及考訂《琵琶》《南曲全譜》《南詞韻選》，予所梓行者惟《合衫》，半埜主人所梓行者惟《論詞》六則。唱曲當知及宋人之《樂府指迷》，乃予嘗從先生屬玉堂乞得稿本。如《義俠》《分柑》《桃符》《鑿井》《鴛衾》《珠串》《結髮》《四異》《奇節》凡九記，手授副墨，藏諸櫝中，而《義俠》則半埜主人索去已梓行矣。始先生聞梓《義俠》，貽書于予曰："此非盛世事，亟止勿傳。"既而曰："即梓矣，必盡校其譌而後可行。"今予任校偽之役，媿不能精閲，而世聞是曲已久，方欣欣想見之，又何所忌諱而欲强秘也？且武松一萑苻之雄耳，而閭里少年靡不侈談膾炙，今度曲登場使奸夫淫婦强徒暴吏種種之情形意態，宛然畢陳，而熱心烈膽之夫必且號呼流涕，搔首瞋目，思得一當以自逞，即肝腦塗地而弗顧者，以之風世豈不溥哉？彼世之轡珮章縫柔腸弱骨，見義而不能展其俠，慕俠而未必出于義媿武松多矣。然讀此不亦興起而有立志乎？昔李老子序水滸謂"嘯聚諸人皆大力大賢、有忠有義之儔，足爲國家干城腹心之選"。其持論抑何快也！嗟乎！艸莽江海之間不乏武松，第致武松之爲武松者，伊誰責也？若有武松而終收武松之用者，則柄國者空圖之矣。半埜主人博古好奇，羅布剞劂氏于廡下，日出秘籍行于四方，而于曲部首梓《義俠》，誠有感于老子之快論，而識先生風世之意遠也。先生諸傳奇命意皆主風世，曷盡梓行，以啖蔗境何如？

萬曆丁未中秋日東海鬱藍生題

壬子清明日陳大來手書重梓于繼志齋中

水滸記

【劇目簡介】

傳奇，明代許自昌作。《遠山堂曲品》《曲海目》《今樂考證》《曲録》《曲考》《曲海總目提要》等多有著録，現存明末汲古閣《六十種曲》申集内所收刻本，民國元年上海藜光社有《水滸傳傳奇》①。小説《水滸傳》第十四回《赤髮鬼醉卧靈官殿　晁天王認義東溪村》至第二十二回《閻婆大鬧鄆城縣　朱仝義釋宋公明》敘智取生辰綱、宋江私放晁蓋等故事，第三十九回《潯陽樓宋江吟反詩　梁山泊戴宗傳假信》至第四十回《梁山泊好漢劫法場　白龍廟英雄小取義》敘宋江題反詩、梁山劫法場、宋江上山等故事，此劇情節和人物與小説多有不同。

《六十種曲》本題目作"水滸記"，未署撰者姓名。上下二卷共三十二齣，每頁九行，每行十九字。

劇演宋江雖爲小吏，但胸懷壯志，不滿於奸佞滿朝的現狀，經常與晁蓋暢談天下大事。張文遠邂逅閻婆息，以借茶爲名行勾引之實。蔡九知府欲聯系梁中書一塊向蔡京進奉生辰綱，派戴宗前往傳信，并曉諭地方要嚴緝盜賊。劉唐得知生辰綱消息，欲聯絡晁蓋同行劫取，途中喝醉被捕頭拿獲，押往晁蓋莊上，被晁蓋救下，與吴用、公孫勝等共商奪取生辰綱之計。閻婆因家貧將女兒婆息嫁與宋江爲外宅，張明遠得知此事，心中怏怏不樂，因宋江不好女色，閻婆息最終與張文遠私通。梁山僂儸行劫，却

① 據傅惜華先生《水滸戲曲集》，另有明萬曆十八年(1590)金陵世德堂刻四卷本，但存於日本藏家手中，無緣一窺。民國刊本與此内容大體類似，以之爲校本，簡稱"藜本"。

發現是宋江之物,趕忙送回,宋江勸導他們要走正道。晁蓋等人從楊志手中智取生辰綱,公孫勝怕連累地方,專門讓白勝到官府出首,且準備到梁山落草。楊志因失落財物,到蔡九處報信後亦到梁山落草。宋江驚聞晁蓋事犯,火速前往報信,誰知晁蓋等人早已做好準備,在官兵到後火燒莊院,前往梁山,并慫恿林沖火併王倫,晁蓋成爲梁山之主。晁蓋特意派人送給宋江信和金子以表謝意,宋江未及處理,被閻婆硬拉到婆息房中,婆息發現晁蓋的書信,百般逼勒宋江,宋江一怒之下,刀殺閻婆息,逃往江州,遇到戴宗。酒後宋江寫下反詩,被黄文炳發現,告知蔡九後被捉到公堂,裝瘋又被識破,遂關入大牢。戴宗往梁山送信,晁蓋等派兵前往江州營救宋江。張文遠聽聞閻婆息被殺,到宋江家中假做好人,借機欲調戲宋江妻子孟氏,梁山僂儸及時趕到將孟氏劫救上山。閻婆息死後念念不忘張文遠,遂來勾魂,張文遠隨其而共赴地府。梁山衆人劫下法場,救出宋江、戴宗,宋江與妻子共聚梁山,静待招安。

第一齣　標目①

【玉樓春】(末上)東城漸覺風光好,皺縠波紋迎客棹,緑楊煙外曉雲輕,紅杏枝頭春意鬧。　　浮生常恨歡娱少,肯愛千金輕一笑。爲君持酒勸斜陽,且向花間留晚照。

(問答照常)

【滿庭芳】義士公明,輕財任俠,由來豪傑傾心。生辰綱起,保正集羣英。劫自黄泥崗上,風聞處脱手飛騰。梁山泊内,從此結喞深。
好施多軫恤,姻緣撮合,紅粉多情。青瑣偷香巧,劍底風生。激得有家難奔,相拯處變起江城。都因是罡纏水滸,忠義盡傳聞。

打得上情郎的閻婆息,擔得起忠義的宋公明。

---

① 藜本作"標題"。

梁山泊爲頭的晁保正,《水滸傳》做記的高陽生。

第二齣　論心①

【喜遷鶯】(生巾服上)晏嬰身短,祇自笑區區,質賦優旃。蓋世忠肝,包身義膽,然諾重似丘山。酬死士萬金立散,答君恩一劍時懸。且雌伏自功曹②,有日名垂鼎鉉。

[鷓鴣天]身賤多慚問姓名,氣狂羞與斗牛平③。側身天地更懷古,活得蒼生幾户貧?　　期郭解,效虞卿,劍横天外八風清,生平志業匡唐舜,還待中原致太平。小生宋江,表字公明,山東鄆城人也。氣壓三河,名傾六郡。非閭閻之豪右,設財役貧;豈今古之英雄,解紛排難。歌魚擊筑,堂前會列佳賓;屠狗椎埋,門下養成虎士。燕趙之聲名不朽,蕭曹之刀筆可投。正是:壯志凌青兕,精誠貫白虹。這也不在話下。小生吏隱公門,家中止有荆妻孟氏,不愧樂羊之婦,洵是梁鴻之妻。日來碌碌,未及歸寧;今日公門閒暇,不免到家中探望一回。(行介)説話之間,早已到自家門首了,不免逕入。呀,娘子在那裏?

(旦上)

【七娘子】香閨珠幕遮雲檻,鏡臺前菱花照妍。玉鳳雕釵,翠鈿貼靨,畫眉人對齊眉案。

(見介)(旦)外郎高步似神仙,(生)檢束酬知四十年。(合)寂寞春風花落盡,滿庭榆莢似秋天。(生)娘子,連日公務匆匆,無暇回家;且喜今朝稍有餘閒,特地來家中料理。不知有甚要經理的事麽?(旦)相公,只一室之事,何煩你料理?我看方今外寇不寧,内亂交作,那些腰金佩玉的,又只管肥家潤身,不顧民害;似你這等挺生豪傑,却又婆娑胥吏,困躓簿書,全不去經營,却來碎

① 藜本作"寧家"。
② 藜本作"且自雌伏功曹"。
③ 藜本作"争"。

聒家務，是何道理？（生）娘子，你道我宋江果是做押司麽？

【錦芙蓉】【錦纏道】我憶蕭曹，向公門，棲遲有年。六月息鵬摶，際風雲，功扶漢室無前。論英雄龍蛇機變，肯守着刀筆如椽？

【玉芙蓉】心懸念，待掃清海甸。暫歸寧，一時躡屩共盤桓。

【前腔】（旦）你生平氣凌霄，三河少年意在古人前。肯悠悠，飾蛾眉取世相憐？看當道豺狼無厭，怎不把梟獍都殲？私相勸，暫艱貞蒙難，待他年，縱橫江海效齊桓。

（外白髮、野服上）

【燕歸梁】俠骨嶙峋老更堅，看白髮，上冲冠。不屑封侯魯仲連，齎壯志，守林泉。

老夫晁蓋，鄆城縣一個保正便是。與宋公明意氣相投，謬稱知己。聞他回在家中，不免走去探望一回。早已到他門首，不免逕入。（見介）（生）自昔蕭曹任，難圖衛霍功。（外）未爲朱履客，（旦）已見白頭翁。（外）公明，你我意氣凌雲，肝腸貫日。有意棄繻，擊中流之楫；無因借劍，斬佞臣之頭。如何是好？（生）正是！我們且藏器待時，隨緣行事便了。晁兄，小弟見你平昔呵，

【芙蓉紅】【玉芙蓉】財疏鄧穴錢，義仗夷門劍。是千秋知己，同調相憐。論交豈爲黄金變，閲世惟將白眼懸。

【雁來紅】還堪念，鵬程未摶，淹公掾，非吾願。

【前腔】（外）奸臣弄主權，墨吏釀民怨。我把杞人憂切，漆室愁偏。怕田横倡義咸思變，陳涉憑陵遂揭竿。誰釀亂？瀕危不安。誅讒佞，酬吾願。

【前腔】（旦指外介）伯伯，你本待鷹鸇秋漢摶，

（指生介）相公，

你騏驥春風展。恨延津何事，兩埋龍劍！他妖狐空穴城隅畔，你怒馬終馳塞外山。休嗟怨，疇甘瓦全。佐王圖，真吾願。

（生）憐君一見一悲歌，（旦）世路無几①奈爾何？

（外）霄漢逼來心不動，（合）年年惆悵是春過。

① 藜本作“無知”。

第三齣　邂逅①

【似娘兒】(老旦、小旦同上)(老旦)弱息蕙蘭姿,緣分薄,歸妹愆期。

(小旦)

柳含烟翠拖金縷,韶光媚眼,鶯花入夢,撫景迷離。

[浣溪沙](老旦)水滿池塘花滿溪,亂香深裏②語黄鸝,東風輕輭弄簾幃。(小旦)日正長時春夢短,燕交飛處柳烟低,玉窗紅子鬬棋時。(老旦)老身閻婆,女兒閻婆息,色奪楚娃,美嬌宋豔。淡妝濃抹,無不相宜;斂笑含顰,舉皆得體。翠翰眉,蟬翼鬢,足令下蔡迷魂;束素腰,横波目,可使高唐賦夢。只是摽梅有待,夭桃未諧,如何是好?我的兒,我們這樣的人家,雖無附喬之蘿蔦,像你這樣的容貌,定有倚玉之蒹葭。你若肯行奸賣俏,何必獻笑倚門?你不惜目挑心招,無俟招摇過市。(小旦)母親的説話,奴家豈不知道?只是有意偷香,無因投珮;若非分淺,定是緣慳。只索自家寧耐。

【醉花雲】【醉扶歸】妝樓翠幌留春住,珠簾繡箔任風欹。年年桃李自成蹊,鶯花渺渺渾無主。那堪眉黛鏡臺施,莫教長袖闌干倚。

【四時花】棲遲!

【渡江春】芳草王孫歎路岐,朝日殘鶯伴妾啼。

(老旦)我的兒,我年紀高大,這事也不消説起了。

【前腔】豔陽眼底誰知己,難道老梅花吐舊相思?

只是可惜你這等青年,

誤佳期!朝朝暮暮迷芳樹,孤③負了摽梅眠柳及笄時。怎得箇迷花醉月風流壻?還思,若有日浴煖鴛鴦對對飛,那時節自在嬌鶯恰恰啼。

我有一句話兒,不知你肯聽我麽?我思量如今桂薪無計,玉粒堪

① 藜本作"借茶"。

② 藜本作"處"。

③ 應爲"辜"。

嗟，到不如尋着一個年少兒郎，潘安比貌、鄧通比財的，只説生計蕭條，要把你來戳幾十兩銀子使用，那時便下他箇迷魂陣，起發他些銀子。你若得意着他，便與他多往來幾時；若是不得意時節，一年半載之間，尋他幾個釁頭，大家撒開。你的意下何如？（小旦）孩兒的身子是母親養的，但憑母親便是。（老旦）這等，我到茶坊裏去，尋那王媽媽，與他計較，有何不可？正是：手栽桃李非無主，落盡春紅始見花。（下）（小旦）你看母親去尋王媽媽，奴家只在門前等他歸來便是。

【一封羅】【一封書】臨風半掩扉，悄含情，暫倚閭。只見那結伴尋芳花外屐，選勝攜樽陌上車。

【皂羅袍】教我惜春無計，春光暗移，惜花良苦，花期漸踰，鎮無言獨立長吁氣。

（浄巾服上）

【前腔】花閒鳥自啼，杜陵東，步屧移。

小生姓張，行三，與宋公明同爲掾吏。今日公門無事，宋公明又歸去了，獨立無聊，不免到街坊上散步一回。（見小旦）（小旦欲避不避介）（浄）呀！那女子生得十分標緻。你看他遮遮掩掩，那風韻一發動人哩。

隱約朱簾遮翠髻，掩映芳容倚繡扉。教我凝眸偷覷，神魂欲飛。看他含羞斂袂，天香暗霏。

（小旦見浄，避身低吁氣介）（浄）

似鶯聲嚦嚦偷吁氣。

（浄四顧介）且喜四顧偶然無人，待我上前去，看他怎麽？（小旦見浄，半躲偷覷介）（浄背介）你看他見了我，故意賣俏。待我只做借茶，走將過去。（浄見小旦，揖介）小生尋芳歸來，一時火動，渴吻不能寧耐，敢借香茶一杯，勝似瓊漿玉液。（小旦含笑側身介）你要茶噢，立在這裏等一等兒。正是：茗飲蔗漿攜所有，瓷罌無藉玉爲缸。（小旦回顧虚下①）（浄望介）你看那小姐進去了。

---

① 藜本作“回顧下”。

他叫我只在這裏等一等,我怎敢那移一步兒!(暗笑介)

【醉羅歌】【醉扶歸】徙倚徙倚緣階砌,延竚延竚望仙姿。依稀綽約洛川妃,烱含媚眼如秋水。

【皂羅袍】翾風宋禕,翩翩遇奇,陽城下蔡,悠悠思迷,只怕蝃蝀影阻高唐雨。

【排歌】(小旦持茶上)攜茗碗,整繡襦。

(浄見小旦,伸手接茶)(小旦放桌上介)(小旦)

爲憐鴻漸思依依。

(浄謝介)

【前腔】茗借茗借憐崔護,消渴消渴甚相如。瓊漿一飲自躊躇,怎邀玉杵酬高誼?

(小旦)相公,你説的話,都是偷情的故事。我好意借杯茶你喫,你到有這許多閒言閒語。我那裏睬你!我對你説,

蓬萊海外,去時路岐。姮娥月裏,望來眼枯。

(偷看浄,背介)

春山懵懂頻偷睨。

(浄背介)

我想他心私許,目亂迷,何期相見便相依。

(小旦)我母親回來快了,你自去罷!(浄)小生怎麽忍得就去了?

數尺游絲墮碧空,年年長是惹春風。
身無彩鳳雙飛翼,心有靈犀一點通。

第四齣　遣訊[①]

【生查子】(副浄扮戴宗上)瞬息繞天涯,信步騰雲駕。意氣欲横秋,俠烈聞天下。

身輕[②]一鳥過,鐵馬汗長趨。老驥思千里,飢鷹待一呼。自家戴

---

① 藜本作"催緝"。

② 藜本作"經"。

宗的便是。捷足堪誇，神行無比，勇能挾荆軻之劍，義堪提朱亥之椎。向往賢豪，歸依俠烈。久聞鄆城縣有個宋公明，慷慨①好施，人人稱爲“及時雨”。有意識荆，無緣御李，這也再作計較。只是寄跡公門，專供奔走。此時蔡九知府正當升堂時節，不免在此伺候則個。

（末冠帶，雜隨上）

【前腔】五馬喜通麻，相府威權大。紆紫坐黄堂，富貴傾天下。

當年好躍五花驄，玉珮成行引上公。身着紫衣朝北闕，捧持堯日慶雲中。自家蔡九知府的便是。籍父親蔭庇，爲朝廷命官，紫綬垂腰，幨帷出守，這也不在話下。今年父親生辰，例宜稱慶，括盡奇珍，搜遍異寶，差人獻納，名曰“生辰綱”。我姊夫梁中書在家，不免差人去約了他，一齊舉行，有何不可？戴宗在那裏？（副净應介）（末）我要差你到中書梁爺處，説太師爺的生辰近了，那生辰綱禮不可缺，作速置辦，免得臨期有誤。（副净）老爺，這生辰綱也要費多少金銀呢？（末）你那裏知道？

【瑣窗郎】論潭潭相府豪奢，覷金玉，等泥沙。若非世寶海岳精華，那堪鄭重綸扉獻納。

（合）

速探尋，奇珍不惜千金價，期上壽，得榮誇。

這生辰綱連年被劫，還要移文各郡，預先緝獲盜賊，不使猖熾。倘有疏虞，不當穩便。

【前腔】論年來劫掠堪嗟，剽寶玉，似摶沙。若非預清草澤根芽，怎能無恐台衡獻納？

（合）

速移文，都城預約三章法，期上壽，得榮誇。

相國台衡重，稱觴共比肩。

行將備禮樂，小醜未寧邊。

---

① 藜本作“慨慷”。

第五齣　發難①

(雜扮官軍上)羣盗尚如毛,官軍擁賊壕。自家鄆城縣捕盗的官軍便是。連日因蔡九知府移文各處,要緝獲盗賊,恐防今年的生辰綱,又像往常擄劫,不當穩便。故此本縣老爺差我們各地方緝獲,凡有面生可疑之人,即同保正恊拿送縣。我們今日尋訪到東村,是晁保正的地方了。那保正仗義疏財,我們都是受他青目的。不要去攪擾他,到前面寺院中安歇了罷。正是:暮角飄殘韻,狐狸奈若何。(下)

(丑赤髮、虬髯、便服上)燕南壯士吴門豪,筑中置鉛魚隱刀。感君恩重許君死,泰山一擲輕鴻毛。自家劉唐的便是。赤髮纓冠,丹心向日;千秋游俠,無愧英雄。一味粗豪,不設城府;落魄無賴,跅跎②不羈。近聞得蔡京生辰,年年有那生辰綱貢獻上京。劫掠將來,到也是一主③大錢,好供咱幾時賭博。只是咱一人幹不得這個勾當,欲待要去勾引宋公明,我思量他身在公門,斷然不敢做這等勾當。那東村的晁保正,爲人最直,義氣最高,不免勾合了他,同去劫這生辰綱也。呵!

【北醉花陰】俺落魄生平甚潦草,不知書,胸中分曉。還憑着膽氣豪,九死等鴻毛,問千秋,誰共調。

【北出隊子】看世情忻④然長笑,算將來眼睛前,若個豪。宋公明扶危濟困隱功曹,晁保正疏財將義好。他兩個呵,咱俛首低眉要爲他把肝膽效。

我一向要去見他們兩個,只是没個因頭。如今乘此機會,去投靠晁保正,有何不可?咱思量起那生辰綱,好生技癢哩!

---

① 藜本作"防劫"。
② 藜本作"弛"。
③ 藜本作"注"。
④ 藜本作"欣"。

【北刮地風】説起那權臣忒煞也勢甚驕，慣縱着心腹貪饕。那生辰綱載珍和寶，逐件件是民間剥下脂膏。只見那搜刮價把民財耗，又見那輸運價把民力擾。那着處兒買怨深，激變嚣，俺呵滿拚碎，塗肝腦，入虎穴把虎子掏，料不爲蠅頭激動得英豪。

【北四門子】俺仔細算將來，底事關非小，底事關非小。料區區怎能把黨羽招？及早向東溪保正密投醪，恁縱不貪財寶，料來聞言氣難消。仗義集英豪，生辰綱，把來輕輕擔上挑。那怕着官軍勢驍，干戈衛牢，霎時間攫取如拾草。

俺走得身子困倦，不免到村中去沽些酒喫再走，也未爲遲哩。正是：斷送一生唯有，破除萬事無過。（虚下）

（雜上）號山無定鹿，落葉有驚蟬。我們適纔遠遠望見一個赤髮虬髯的在村坊上經過，甚覺面生可疑。怎麽倏然又不見他了？不免再趕上去。正是：由他走上焰摩①天，脚下騰雲須趕上。

【北水仙子】（丑醉上）俺、俺、俺疲躡屩，怎、怎、怎，怎説得不飲從他酒價高。早、早、早，早已是價醉酕醄，强、强、强，强把村徑遶，苦、苦、苦，苦那迢迢跋涉遥。看、看、看，看那牛羊下，日没林臯，這、這、這，這虞淵漠漠，誰伴寂寥。見、見、見，見夕陽影裏傾頹廟，暫、暫、暫，暫借宿，度今宵。

（丑作入廟介）你看這殿上儘好睡哩。正是：尋常絶醉困，臥此片時醒。（作就地睡介）

（雜上）漏永沈沈静，燈孤的的青。你看這古廟中人跡不到，那個人一定躲在那裏邊。我們進去搜一搜看。（作入廟尋，見丑介）呀，這個人果然睡在這裏！我們拿了他，先去見晁保正，一同送他到官請賞，有何不可？（雜綁丑）（丑作夢中語介）是那一個？不要擾咱的睡夢便好。（丑）

【北尾】俺鼾鼾醉臥，恁休相攪。

（丑睁眼，見衆介）呀！

俺是個海内人豪，今日價一似失林的困鳥。

（雜擁丑下）

---

① 藜本作“雁摩”。

第六齣　周急[①]

【一江風】(老旦上)景龍鍾,舊是風流種,轉眼成殘夢。歎煢煢,子母相依,欲覓乘龍,向月下邀笙鳳。因此上行行柳市東,行行柳市東,迢迢曲徑通,遥瞻青帘迎風動。

老身閻婆,要把自家女兒戳財主幾十兩銀子,特來尋王媽媽做中。昨日遇他不着,今朝只得又到這茶坊裏來,不免問一聲看。王媽媽在家麽?

(丑上)烹葵邀上客,看竹到貧家。(相見介)(丑)原來是閻媽媽。昨日失迎,不知有甚麽事務,屢勞下顧?(老旦)老身生計蕭條,難以度日,欲把親生的女兒,在那財主人家戳數十兩銀子,歸家用度。待女兒有人來聘他時節,就把那聘禮來加利奉還。媽媽,你往來貴客甚多,特來央你做中。若得成就了這個事,中人錢加倍相謝便是。(丑)坊中來往的貴客雖多,要這等出錢的甚少。此事只怕有負所托,怎麽樣好?(老旦)媽媽,你聽我道來:

【前腔】泣途窮,老景多虚哄,鎮日愁眉擁。

止生得這一個女孩兒呵,

喜花容,未及承筐,有意牽紅,撮合憐悲鳳。

(丑)有到有一個財主,他又是不好女色的,怎麽樣區處呢?(老旦)是那一個?(丑)就是宋公明。

疏財邁古風,疏財邁古風,扶危氣概中,名聞天下都傾動。

若是見他不要,就説把女兒來戳銀子,只訴自家的苦楚,又説慕他的大名,特地來央我做中,與他借數十兩銀子。説到其際,就説道:“你若不信,我情願將親生的女孩兒,或戳或賣,與你做妾便是。”(老旦)這個説得甚妙。如今就勞媽媽同去見他,何如?(丑)他如今見做本縣押司,時常閒了就到我坊中來喫茶的。只

---

① 藜本作“託媒”。

消在這裏候他便是。

(生便服上)

【懶畫眉】自公退食過新豐，笑指生涯樹樹紅，只見那茶烟輕颺落花風。

(丑指生，向老旦介)那來不是宋公明？待我先拿茶去與他喫了①，再作計較。(生作入介)(丑)押司請坐。(生坐)(丑遞茶與生介)(生)

流霞滿汎親供奉，渴吻旋消春筍中。

(丑)押司，這位媽媽姓閻，他久聞押司大名，因目下生計蕭條，特來央老身哀求押司，要借幾十兩銀子。(生)他的丈夫在那裏，要他來借？(老旦)老身便是没了丈夫，止生一女，又不曾適人，因此兩口兒難以度日。要求押司見憐，若是押司不信的時節，老身情願把親生女兒，或戤在押司那里，或就賣與押司做妾，但憑押司的主意便是。(生笑介)這個却使不得。(丑)押司，你不知他的苦楚哩！

【前腔】西山日暮杳溟濛，生計蕭蕭向北風。

他久聞押司大名呵，

生平慷慨跨江東，

今日若得相憐，

不使他監河望貸成虚哄。

他情願把女兒與押司呵，

箕帚從容側室中。

(生)你既孀居，無所倚靠，我自然該周濟你的。若因這些小惠，就起謀心，貪圖你的女兒爲妾，這個豈是我們大丈夫的行事？你若這等説，連銀子我也不好借與你了。

【三學士】市義何分燕市東，便教倒篋無窮。

(生出銀介)

我衹憐伊蕭條生計傷頭白，豈爲那喜氣門闌愛燭紅。

(遞銀與老旦收介)

---

① 藜本作“好”。

伊需用，幸囊中未空，説甚枯魚起，彩鳳通？

(老旦謝生介)(老旦)

【前腔】歎息年來運未通，得君周急義何窮？

押司，你雖不貪老身的女孩兒，老身思量起來，就是替女孩兒擇壻，也難得遇着押司這等好人。押司，你休得推阻，老身要使他，終身有託諧連理，難道對面無緣類轉蓬？相欽重，你能敦古風，我自蛇銜切，鳳卜通。

(老旦)身在重霄鬢未華，窮途日日困泥沙。

(生)無地可歸堪種玉，何煩蘿蔓作交加。

第七齣　遥祝①

【番卜算】(浄冠帶上)樂廣在皇州，屈指懸弧候。南山高對泰山浮，遣祝華封壽。

明時帝用補山龍，日照新池鳳跡重。卑②散自知霄漢隔，若爲門下許從容。自家梁中書的便是。竊相府之權，藉郄家之蔭。一生富貴，止賴山妻；半世驕奢，惟憑岳丈。目今生辰在邇，稱觴不用蟠桃，獻壽豈徒華祝？連年舊例，搜括珠寶，獻納京師，叫做“生辰綱”。昨我舅舅③蔡九知府，特差戴宗到來，相約祝釐，又説連年被劫，要差的當的人押綱進京，庶不致臨期有誤。我府中止有幹辦楊志，這人可以重托，我一向也另眼看他，如今不免差他一往，有何不可？楊志那裏？

(生扮楊志上)養軍千日，用在一時。(見介)(浄)楊志，我太師爺生辰在即，例有生辰綱賫送京師，以祝遐齡。只是連年被劫，今歲必須一個的當的幹辦，押綱進京，庶可無虞。我府中惟你老成停當，我如今差你送去，好好回來，我自另行擡舉你。你不可違

---

① 藜本作“解綱”。

② 藜本作“朝”。

③ 藜本作“妻舅”。

誤，聽我道來：

【桂枝香】我玄黄輻輳，瓚璜駢偶，只是頻年剽劫堪虞。此際驅馳不苟，你莫沿途逗遛，莫沿途逗遛，落人機彀，臨岐僝僽，暗夷猶。我見你報主心常赤，圖成策更優。

(生)小人蒙老爺一向擡舉呵，

【前腔】承恩自舊，啣環已久。既蒙不棄駑駘，怎敢輒辭牛走？但區區遠遊，但區區遠遊，輜裝頗厚，不虞難救。

還要求老爺分付，凡運綱的人夫，早晚行止，都要聽憑小人的主意，不可執拗纔好。(净)這箇何難？我只要你小心在意，早去早回便了。(生)老爺，

你問行舟，不惜驅馳苦，還憑約束優。

(净)百花春隔景陽鐘，紅蠟香殘誥未封。

(生)無計歸心何日是，路邊戈甲正重重。

第八齣　投膠①

【絳都春】(外野服上)一方保正，喜今日，共推齒德皆尊。本分衣冠，隨緣耕鑿，安時論。猛按着腰間霜刃，發於新硎，問何年，遇事錚錚感奮。

勞生擾擾竟何能，鵬翅垂雲不自矜。得劍乍如添健僕，肯教世路日兢兢。老夫鄆城縣一個保正晁蓋的便是。年老無成，雄心未耗。乘時感憤，每思奮不顧身；見事風生，不憚親爲戎首。不輕然諾，果然季布千金；有意酬②知，直是侯嬴一劍。今早優游無事，不免向門前散步一回。(行介)你看遠遠有人來了，只得避跡門中則個。

(雜綁丑上)(行介)

【出隊子】(雜)沿村盤問，莫夜禪林照炁星，一朝雁爪共鷹擒。

(丑低介)

① 藜本作"賄差"。

② 藜本作"酬"。

俛首無言心自省。

（合）

轉過溪橋，天色乍明。

我們拿了這箇賊頭，要去請賞，不免報與保正得知。此間已是他門首了，待我把這賊頭縛在這株樹上，進去相見則箇。（縛丑，作進見介）（外）列位何來？（雜）我們是縣裏差來捕盗的，本不敢驚動保正，只是昨夜在村中古寺，拿得一個異人，赤髮虬髯，甚覺可駭。他醉臥在佛殿上，因此被我們拿了。及至問他，只是不應。本縣老爺原分付説，叫我們協同保正緝獲賊盗的，故此特來通與保正得知。

【鬧樊樓】緑林遍野多亡命，因此上各郡都效秦庭大索，漢時黨禁。

我們昨夜緝訪到貴村，不想遇着這一人呵，

紺宇藏身穩，面目真堪憎，更三緘聲窨，這行藏狐疑難定。特忙投照妖秦鏡。

（外）妙，妙！這樣古怪的，正該拿他。如今在那裏？（雜）如今見縛在保正門前樹上。

【滴滴金】（外背介）聞言暗把狐冰聽，

我這裏若有這等樣一個人呵，

管取荆州曾識認，牛衣影裏難懸問。

哦，我有計在此了。待我瞞過了他們，背地裏去問他一個端的。（轉身向雜介）列位，既是這等説，要老夫同到縣裏去，只是今日有些須小事。列位在此寬飲一杯，待老夫完事，即便同行。

念朝來，鞅掌甚，乞容整頓，效陳遵井中投轄穩，把村醪共傾，拚得沈沈酩酊。

（外）叫小使，快拿酒來。（雜飲介）（外潛出見丑介）（外）果然是個奇男子。我且問你：你是甚麽樣人，到這村裏來作何勾當？（丑睜眼看外介）（外）對我説不妨。（丑）我要見晁保正來的。（外）老夫就是晁蓋。（丑）我姓劉名唐，别號“赤髮鬼”。有一主①偌大財

① 藜本作“注”。

錢，特來送與保正。（外）這等，你且從容，待老夫送他們出來時節，你見了我，便叫舅舅救人。待老夫見你，假意發起怒來，提着棍只是打，這個叫做“苦肉計”，他自然放你了。（丑應介）（外轉，與雜坐，把盞介）列位，老夫失陪，切莫見怪。

【畫眉序】（外）草寇匿鄉村，想即鹿無虞未狂逞，賴窮搜穴兔，捷取饑鷹，又何須擊柝重門也，免得伏戎時警，此行功蹟貽荒徑。

（出銀與雜介）（外）

聊把青蚨相贈。

（雜收銀介）受之不當，卻之不恭，怎麽樣好？（外）這些須何足掛齒？（雜）這等多謝了。我們同到縣裏去何如？（外）老夫就此奉陪。（作出介）（丑見外介）舅舅，救我一救！（外見丑，怒介）呀，原來是你這畜生！（向雜介）這是老夫的外甥。（雜）既是令甥，得罪了！（放丑綁介）（外）一向漂流在外邊，你今日既回家來，就該來見我。怎麽又喫醉了酒，睡在那古廟之中？成何勾當！（提棍打丑介）

【啄木兒】（外）睛將裂，梃頓橫，羞説韓家宅相親，你果然訪戴臨岐，又緣何僵臥祇林？

我待不送你到官呵，

你行蹤詭秘誰能信？

我待送你到官呵，

一時枉國家聲隕，到不如杖下將伊一命傾。

（外又打丑）（雜勸介）（雜）保正，你請自息怒。

【三段子】（雜）他鼾眠梵林，又誰知擒同臂鷹。我疑爲緑林，又誰知竿驚隱鱗，蛇弓誤落杯中影。茫然造次真堪哂，幾送家禽淪陷阱。

（雜）我們告别。（外）列位，還是帶這不肖的到官，打死他纔是。（雜）豈有此理？（外又出銀介）這等，還有些須薄意，一發請收了。（雜收）（丑怒視介）（外向丑介）你只在這裏，待我送列位幾步轉來。正是：故里疏蕪獨掩門，春前爲送浣花村。（外同雜下）（丑）你看他們把我縛了這一番，又白白的得了晁保正的銀子去。我氣他們不過，趁着晁保正不曾回家時節，趕到前村去，殺了他

們,又奪了那銀子回來,方出得我的氣。(作急走介)

【鬭雙雞】胸中氣,胸中氣,斗牛怒噴。腰間劍,腰間劍,虹霓光奮。崗轉疑村,飛奔,行行未一程,相逢狹徑。

(雜)恩人相見,分外眼青;仇人相見,分外眼昏。(丑拔劍介)

怎顧得,怒當車螳蜋臂逞。

(丑)你好好還了我舅舅的銀子,萬事全休。不然,你看我這劍不是好惹的。(雜)這銀子是你舅舅與我們的,便是要還,也當面交與你的舅舅,没得與你。(丑)我偏要你與我。(雜)我偏不與你。(丑輪劍,雜抵介)

(小生綸巾、羽扇急上)古人稱逝矣,志在必騰騫。小生吴用,在此教學,見他們相鬭,不免去救一救則箇。(小生隔住丑、雜介)(小生)你們爲甚麼在此廝殺?(丑)小人到村裏來訪舅舅晁保正,不想多喫了幾盃,醉倒在古廟中。他每竟把我做賊,綁去見保正。保正見了小人,只是箇打,又送他們些銀子,因此我氣他們不過,趕來與他們討這箇銀子。他們不肯還我,不殺他更待何時?

【下小樓】(小生)暫停一朝之忿,謾關弓,類越人,

他們都是你舅舅的相識,

你何無愛屋及烏情?

(丑)干你甚麽事?要你多管!(小生)小生也是你舅舅的好朋友。

雖是鄉鄰相競,怎能閉户無聞?

(丑又輪劍向雜,小生止不住介)

(外急上)一心忙似箭,兩脚走如飛。這畜生,休得要動手!(丑住介)(小生)我也説,須得保正來勸一勸。(外)老夫送了列位轉去,再尋他不見。我料想一定是趕來與列位相争,故此急急趕來。你這畜生,果然在這裏胡行!(外向雜揖介)無知小子,一時冒犯,休得見罪。(雜)令甥趕來索取保正所賜之物,我們原對令甥説,面還保正,如今保正請收了。(雜出銀介)(外)列位又來了!

【鮑老催】他粗豪素性嗔,伊疏屬拘攣甚,馳驅祇欲抒小忿。但念薄分,且包籠,還含忍,區區不腆聊將敬。難道受餐返璧多遺恨,須知我生平長物何曾吝。

(雜)這等保正你且自請回,我們也告别罷了。日暮長堤更回首,一聲鄰笛舊山川。(雜下)(小生向外介)保正,你的親友,我都相識的,那裏又有這一位令甥哩?

【雙聲子】瞻行徑,瞻行徑,這親故非凡品。明詢問,明詢問,這蹤跡休容隱。

(外低向小生介)

他仗事因,仗事因,特訪尋,特訪尋,怕屬垣有耳,怎班荆相證。

(外)老夫那有這個外甥?這話只好瞞得他們。學究,難道瞞得你過不成?他姓劉名唐,説有天大一主①錢財,送與老夫,特地來的。老夫正要來請學究,共商此事,如今就同行罷。(小生)待小生放了這些蒙童就來,保正與劉兄先行。正是:暫去還來此,幽期不負言。(小生下)(外與丑行介)

【尾聲】(外)一朝邂逅多徼倖,

(丑)

我自分交誼期刎頸。

(合)

款款林皋並轡行。

(外)門館無私白日閒②,家僮不復掃柴關③。

(丑)異鄉一笑同酣醉,感會潛生氣概間。

---

① 藜本作"注"。

② 藜本作"間"。

③ 藜本作"門"。

第九齣　慕義①

（末、雜扮軍士扛箱上）斷磧簇烟山似米，野營軒地鼓如雷。（末）我們梁山泊内小僂儸的便是。昨日蒙寨主差我們到地方上搶擄，且喜得勝歸來。寨主還未升帳，不免在此伺候。你看這梁山泊，真好一箇形勝也。（雜）怎見得？（末）但見四山兀突，一水瀠洄，嶙嶙若海上神山，迥迥似江皐赤壁。影浮烟水，氣壓雲林，飄飄漾漾，依依稀稀，若遠若近，參差雁落平沙，紅蓼下列成陣勢；絪絪緼緼，霏霏亹亹，非烟非霧，縹緲雲歸遠浦，碧峯前插起旌旗。如雲如雨，如貔如貅，如狼如虎，糾糾桓桓，冲冲矯矯，前有茅，後有勁，右有突，左有衝，蓼兒洼内，義屯豪傑千千；如崇如墉，如櫛如比，如茨如梁，整整齊齊，累累若若，東有積，西有倉，南有府，北有帑，宛子城中，富積餱糧萬萬。青翰船，蒼隼船，先登船，飛鳥船，博昌船，潯陽船，大翼中翼小翼，載浮載沉，載翔載翱，破長風，衝巨浪，怕得那鯨鯢深伏寒潭；天竺驪，鄯國驪，識泉驪，知水驪，陽光驪，泉渠驪，上乘中乘下乘，倏奔倏逸，倏疾倏徐，吼外廐，鳴中陽，嚇得那麋鹿遠藏茂中。六軍所望，左青龍，右白虎，前朱雀，後玄武，若五牛，若四獸，若九仞，若六斿，蜿虹之垂天；認旗飄漾，緑楊影裏飛出黄雲，四介所旋，表東京，獻西宛，傾函夏，竭都城，若龍倪，若鸞盼，若雞目，若麐形，匹練之曳光。戰馬咆哮，青中叢中騰來紫燕。這壁廂持專諸所持，舞統陵所舞，銅口金頭，有那昆吾刀，鳴鴻刀，靈寶刀，含章刀，露陌刀，龍鱗刀，文身刀，水截鯨鯢，陸剸犀兕；那壁廂鑄歐冶所鑄，造辟閭所造，玉頭珠口，有這純鉤劍，湛盧劍，豪曹劍，魚腸劍，巨闕劍，干將劍，莫邪劍，氣沖牛斗，形轉鹿盧。曲灣灣的權弓、谿弓、貜弓、弸弓、角弓、雕弓、彤弓、墨弓，綉質緑沈，青檀墨幹，無非楚

---

① 藜本作“誤盜”。

之桃,越之棘,風高月影圓;直矗矗的枉矢、絜矢、殺矢、鍭矢、矰矢、茀矢、恒矢、痺矢,青鏃赤莖,白翎朱羽,無非夏之服,趙之韊,霜重麟膠勁。個個披堅,則穿的是浴鐵縲金,纓縢綴組,曰甲曰介,曰函曰鎧,韋人制縫,函師震椎,説甚麽繕京益趙;人人策肥,則執的是指天柱地,埋銅持鐵,曰鞭曰弭,曰策曰箠,埋自北山,種從南社,説甚麽楚令秦謡。列着亂叢叢、密札札、整齊齊,高的高、下的下、參的參、差的差,鬭栅營屯,如天險、如層巒、如連雲、如列棧,林路一樣森羅,不數那如礪的金城,百雉千雉;鑿着滉漾漾、浩蕩蕩、亂滚滚,深的深、淺的淺、灣的灣、直的直,溪澗流波,如鱣湍、如鯷壑、如蛟室、如鯨灘,水港一般磬折,不數那如帶的湯池,委水委輸。陸戰則乘墉伏莽,疊路開山,荷殳的、執戟的、操戈的、横槊的,五步六步,七步八步,鸞鈴一振,人人立馬峯尖;水戰則翻江擾海,破浪乘風,擊楫的、鼓枻的、扣舷的、操舵的,五伐六伐,七伐八伐,鼉鼓三撾,個個勒兵水次。静悄悄潛天潛地,攻不意,備不虞,伏路的不須盤蛇谷裹;喘吁吁倏往倏來,偵其虚,伺其實,哨馬的自有落雁坡前。輕輕重重,疾疾徐徐,清清濁濁,高高下下,聲振林木的,菰蒲忽起漁歌,那曉是轅門號令;咿咿啞啞,切切嗚嗚,繞繞繚繚,遠遠近近,響遏行雲的,荆棘陡聞牧笛。誰知是陣上金鉦,饒伊是孫臏,是張良,是諸葛,便有陰符黄石,説甚麽聚米能籌,終須閣箸;怕你是尚父,是廉頗,是韓信,總有大樹唾壺,説甚麽按圖可定,到底摧鋒。河自兖州迤邐而來,盤盤旋旋,環雷夏,帶雎沮,達濟漯,投鞭豈可斷流;山自泰岳迢遞而入,巃巃嵸嵸,聳天門,通日觀,傍石閭,靴尖安能踢倒。洵矣天塹之雄,進可攻,退可守,不讓那劍閣峥嶸;美哉山河之固,水難泛,陸難登,枉説那金陵鞏固。正是激水蛟龍三浪闊,拒人虎豹九關雄。道猶未了,寨主早到。

(浄扮王倫上)

【光光乍】措大泣窮途,投筆衽干戈。召英雄哨聚梁山泊,那怕官兵争勝負。

決志身殲軍務勞,家家壁上①有弓刀。雄應垓下收蛇陣,滯想溪頭伴豹韜。自家"白衣秀士"王倫的便是。哨聚山林,招徠豪傑,官兵不能直搗,商賈不敢私行。即此可以終身,舍是何必過分。日來糧餉不敷,差僂儸們到外村擄掠。怎麽還不見回報?(末、雜扛箱見介)稟元②帥,小僂儸每昨日到鄆城縣東村擄掠了一個人家金銀衣飾,請元帥親自檢點。(浄作看驗,得③劄付介)(浄)這是甚麽文書?(看介)阿呀!僂儸每擄掠差了,這是一紙劄付,上寫着宋公明的名字。這擄掠的一定是宋公明家裏了。他是個當今④好漢,我們正要去結識他,怎麽到去擄掠他的財物?我如今要你們拿去送還他。(雜)我們做賊的只恨擄掠得少,怎麽到要送去還人?(浄)你們那曉得?

【瑣窗繡】【瑣窗郎】及時雨名震皇都,是當今大丈夫。登龍附鳳,愧我無途,怎探囊胠篋,教他被虜。

【繡衣郎】(合)疾忙的璧還故土,疾忙的璧還故土。

(雜)小僂儸每,將這些擄掠來的一一送還他到不打緊,萬一他就把我們一時拿住,送到官府去時節,怎麽區處?(浄)你這個也慮得是,只是宋公明不是這樣的人。

【前腔】他慷慨仗義堪多,豈區區小丈夫。若負荆開罪,樂與爲徒,他怎肯乘機就計,輕收降虜。

(合)

疾忙的璧還故土,疾忙的璧還故土。

(雜)既是這樣好人,就此送去還他便了。

階平庭滿白皚皚,始信昆明有劫灰。

地僻尋常來客少,臨期終日獨徘徊。

---

① 藜本作"緊"。

② 藜本作"主"。

③ 藜本作"執"。

④ 藜本作"代"。

第十齣　謀成①

【點絳唇前】(小生上)羽扇綸巾,自誇多智天罡耀。參謀巧,帷幄供談笑。

思飄雲外物,律中鬼神驚。多病休儒服,悠悠滄海情。小生吴用,多謀足智,應變隨機。陳平之奇計先人,足參帷幄;諸葛之玄機役鬼,有裨韜鈐。雖然力不勝衣,自是術能籠衆。只是未逢知己,有謀無用,有奇不施,暫在村中做個塾師,訓誨蒙童,以消胸中磈磊。適纔晁保正約小生議事,蚤以放了這些蒙童,來到此間,寂無一人,不免唤一聲。晁保正有麽?

(外、丑同上)

【點絳唇後】密語關情,附耳言難了,羊求到,且匆匆屣倒,

(見介)(合)

功成借箸緣非小。

(小生)徐庶交高友,憐君如弟兄。(外)將期一諾重,(丑)欻使寸心傾。(小生)保正,那劉兄不知有甚麽事來相議?(外)劉兄因生辰綱一事,相約去劫他的。故此不憚遠來相訪。(丑)學究,你曉得那生辰綱麽?

【降黄龍】權相當朝,衹爲生辰,剥盡民膏,奇珍異玩,看輻輳,渾如米船多寶。

我思量那黄泥崗上,人跡罕到的所在。我們預先屯聚在那裏,不怕他走了天上去。

林皐,先張羅網,料千箱須臾籠罩。

(外)學究,你道這事如何?(小生)此事深合小弟的意思。(丑)保正,不要説劫將來可以肥家,就是供我們的酒資②,亦是好的。

我每苦杖頭告乏,取供潦倒。

---

① 藜本作"議劫"。

② 藜本作"貲"。

【前腔】(外)羣豪，傾蓋投歡，抵掌圖謀，應非草草。

只是有一件可慮，

他累年遭虜，到今日隄防必然周到。

學究，這箇定須用着你的計較。

難調，千鈞倚重，藉武侯錦囊機巧。

學究，據小弟愚見，此事又動不得干戈，使不得氣力。

怎能勾，將伊輜重，任吾傾倒。

(小生)這箇事有何難處？我們扮做山東販棗子的客商，先把幾輛車兒，裝了些棗子，也推在那崗上林子裏面躲下。那崗下有個白勝，專以賣酒爲生，待小弟去合他入夥。叫他等載生辰綱的上嶺來了，如此炎天，他們必然在崗上避暑，白勝挑兩桶酒上來，待我們先買他一桶喫了，只做要他找一瓢，强把瓢去兜他的酒起來，就把蒙汗藥放在酒內。白勝搶那酒，仍舊倒在桶裏，他見我們喫了一桶，決不疑心，一定也買這一桶喫的。那時他一齊跌倒，我們把車上棗子傾翻，將這生辰綱內財物，大家同載而歸，有何不可？(外笑介)妙計，妙計！

【前腔】(小生)龍韜，六出奇謀，縱智乏陳平。運籌差到，佯爲估客，似優孟權將叔敖相效。山椒，乘機應變，料難逃漫天圈套，管教似探囊取寄，使人絶倒。

(外)這等我們且自飲酒。叫院子，外面有人相訪，一概不見，不許通報。(作飲酒介)

(末道服上)

【前腔】逍遥，鶴氅摳趨，玉笈隨行，自雲龍山嶠。

貧道公孫勝，思量劫取生辰綱，特地來見晁保正。此間是他門首，待我問他一聲，裏面有人麽？

(雜上)衡門深似海，不許外人敲。呀，師父何來？(末)貧道有一事要見你主人的，可通報聲。

慕①緣羽士，欲覿面主人東道。

---

① 藜本作“募”。

(雜)主人今日在此議事,一概人來,分付説不相見。老師父不過要抄化的,待我拿些錢與米送你罷!何必定要見我主人?(末)貧道不爲抄化而來,要見你主人的。

遊遨,遠方跋涉,我自挾智囊相效。

(雜)你就要多布施些,也是容易的,我主人實没工夫相見哩!(末)你不肯與我通報,待我自進去罷。(末將入,雜攔阻,末怒推介)(末)

按不定雄心磊𡵨,把崑崙踢倒。

(雜跌倒,起,與末鬧)

(外出,相見)(小生、丑暫下介)(末)貧道公孫勝,在雲龍山裏,便聞得晁保正的大名呵,

【黄龍滚】當今一俊豪,當今一俊豪,遠躡芒鞋到。誰料你浪得虚名,那裏肯虚左夷門老。我向驪龍頷下,探珠計巧,今日裏,豈無因,相溷擾。

(外)老師父,既是有事相聞,請裏面坐談。(進介)(末)貧道爲那蔡京的生辰綱,思想去劫掠他的,特來叩見保正。

(小生潛上,聽)(外回見小生摇手介)(外)老師父,這是官物,我們平民怎麽好去劫掠他的?(末笑介)保正,你道是官物麽?你看如今百姓爲何窮了?你道平民不可行劫麽?你看如今的好漢,那一個不思倡亂哩?(小生)待我試他一試。(急出,把末扭介)你們在此思量劫掠官物麽?(末變色不語)(小生放末介)(外)實不相瞞,我們早已計定了。又得師父相助,正所謂"三人同心,其利斷金"。(丑相見介)

(合)

【前腔】羣雄聚義高,羣雄聚義高,羣策陰謀巧。俠骨槎枒,不覺寥天杳。爲嗔貪黷,故要把江翻海倒,豈止爲,利蠅頭,相溷擾。

(外)公孫師父與劉兄,都在舍下暫住幾日,一同到黄泥崗去便了。學究,你去約那白勝,不可有誤。(小生)這箇自然的了。

(外)今朝貰酒與君傾,我與汝曹俱眼明。

(合)遥想青雲丞相府,此中多恨恨難平。

第十一齣　约婚①

【上林春】(生、浄同上)(生)碌碌功曹掌公案,家園裏不遑分念。

(浄)

蕭曹協力同寅,管鮑交情金斷。

(生)悵望春襟鬱未開,心從到處即成灰。(浄)哎,公明!莫思身外無窮事,且盡生前有限杯。(生)張兄,你那裏知道小弟的心事?小弟不爲一家愁絶,止因萬姓心傷。奸佞盈朝,豺狼當道,不思爲民爲國,但要自利自私。小弟適纔接着紙文書,又是爲那生辰綱一事,既要差民轉運,又要委兵隄防。張兄,你只看因他一個生辰,驚動多少地方,刻剥多少小民?如今人人思亂,家家動摇,豈是個太平的景象?(浄笑介)公明,你又多事了!他們自家一身也顧不來這樣的事,管他做甚麽?(生)張兄説那裏話?

【小措大】城狐社鼠,擾朝廷,毒閭閻,今日轉輸,騷動何堪,不思民困時艱,衆心難按,因此上頻年劫掠滋變。

(浄)這盗賊就是太平時節也是有的,干上官甚麽事?(生)呀,張兄!你看如今爲盗的那裏盡是無賴所爲?

便是那豪傑人人甘作亂,膽欲寒,眼見中原不獲安。一木難將傾厦撼,杞人妄自憂天。

【不是路】(丑、老旦同上)攜手風前,糝徑楊花鋪白氈。蒼苔軟,萬家烟樹滿晴川,訪名賢。

(丑)早已到縣門首了。(老旦)

只見琴堂軒敞臨南面。

(丑)那邊廊下便是他的公廨。(轉介)

(合)

轉過迴廊公廨邊。

(丑指介)早已到他門首了。(看介)

---

① 藜本作"訂婚"。

（合）

門斜掩，只見他同心握塵①閒消遣。

（見介）（老旦、丑）

斂衽相見，斂衽相見。

（浄）王媽媽，這位是何人？秋娘雖老，丰韻猶存。（丑）張押司，你又來笑話了。這位閻媽媽，特來叩見宋押司的。（生）媽媽，又有甚麽事，來見小生呢？（丑）押司，請猜一猜！

【紅衲襖】（生）莫不是剡溪舟，乘興還？

（老旦）老身特地來的。（生）

莫不是豫章郵，乘風便？

（丑）我們又不是殷洪喬！（生）

莫不是桃源誤入迷劉阮？莫不是雀角縱横訟淑媛？

（老旦）都不是！（生）

莫不是慕河陽，看花遍？莫不是乞監河，摇尾憐？

（丑）一發不是了。（生）哦，這等我猜着你們了。

多敢是投桃思報，不忘戔戔也，今日同銜黄鳥環。

（丑）這個到有幾分猜着了。押司，老身實對你説罷，

【前腔】他怎敢再干求，冒那馮婦嫌？他怎敢妄思量，焚那馮驩券？他祇念感恩圖報骨空鐫，他祇念恩山義海盟難變。

如今押司與他令愛呵，

一個兒閨閣幽枉待年，一個兒館舍虚誰作伴。因此乞好逑君子暫詠關關也，花燭輝煌映玉環。

（浄）媽媽，你特地送一個如夫人來與宋公明？妙，妙！（生）這個豈有此理！我當日原對二位説，親事斷然不允的！哦，我曉得了，你們一定尋得一個郎君要嫁，恐怕我來取償夙負，故此先來盡我一個意思麽？（老旦）押司，那有這等説話？（浄）公明，他們送一個如夫人與你，這是尋也尋不來的，何故如此推三阻四？（生）張兄，你不知道，這位媽媽，當日央王媽媽與小弟借幾十兩

① 藜本作“管”。

銀子。小弟借他的時節呵，原是：

【大節高】【大勝樂】憐孤寡，仗義周旋，又何心，諧繾綣？丈夫意氣原非淺。

【節節高】那風流擔，衽席緣，婚姻眷，區區何足經吾念？

媽媽，我若因你窮的時節，借你幾兩銀子就貪圖了你的女兒呵，

乘機輒利私情便，質之公義甚堪慚。一時墮落千秋願。

(老旦)押司，這個不是你貪圖我的小女。老身爲小女擇配，情願送與押司的，況且不要説我，

【前腔】啣高誼薄雲天，

就是押司這樣一個大丈夫，

使小女效齊眉，相舉案，終身有託憐孏婉。

也好帶挈老身呵，

桑榆晚，釐織艱，龍鍾倦，相依白髮無憾①。

(浄)公明，適纔王媽媽説一個館舍虚，説得極有理。你②尊嫂在宅上管家，又到這裏來不得，你如今公廨中又没有個服事的人兒。

梅花紙帳眠孤館，

況且情之所鍾，正在我輩。

鍾情我輩又何嫌，鶼鶼莫負于飛願。

(生)王媽媽，你又再三求我，張押司又是這等勸我，我只得勉强從命。只是我公廨裏不便，就在閻媽媽宅上罷。(出銀與老旦介)閻媽媽，這是令愛的聘金，你先收了去。若是一應使費，待我明日送來。(丑)押司，這等幾時做親？(生)這個且從容。

【尾聲】(生)須擇日，開羅韉。

(合)

依稀犢子遇眉連，始信姻緣匪偶然。

一飲瓊漿百感生，玄霜擣盡見雲英。

藍橋自是神仙窟，何必崎嶇上玉京。

---

① 藜本作“原無憾”。

② 藜本無“你”字。

第十二齣　目成①

【熙州三臺】(浄上)日來公務蹉跎，無因訪問嬌娥。乘興暫相過，願天教瞥然遇他。

酒不醉人人自醉，色不迷人人自迷。我張三郎爲何道此兩句？前日無心走到街上，見一個女子，十分丰緻。我看他，他也看我，我因此與他借茶喫，他就進裏面拿茶出來我喫。我把言語調戲他，他甚是知音。一向忙忙的，不曾訪問他是甚麽樣人家。且喜今朝無事，閒步到他門首，看他若在，再去乘機調戲他一番；不然到他鄰舍人家，訪問個下落，也好用些計較，做些勾當。

(老旦上)計拙無衣無食，途窮仗友生。(浄見介)(浄)你是閻媽媽，在此何幹？(老旦)張押司，這是老身家裏了。(浄)哦，小生到不知道，這就是媽媽家裏。(背介)這等説，我前日見的那女子是他女兒。哎，到不想喫宋公明得了這等丰緻的女子！(老旦)押司，爲何到此？(浄)我出去拜個朋友，打從這裏經過，不想撞着媽媽。(老旦)這等舍下請坐，待了茶去。(浄)這等造次了。(老旦)好説。

【黄鶯學畫眉】【黄鶯兒】榮藉子猷過，奈衰殘應接疏，蛙居窄狹慚虚左。

女孩兒，有客在此，快拿茶出來。(浄)這位令愛，莫不就是許與宋公明的麽？(老旦)正是！(浄)青春多少了？(老旦)

年華不多，瓜期未過。

止有十六歲。(浄)正是二八佳人。(老旦)好説。前日多蒙押司攛掇，成就得這姻緣。

東牀賴贅東方朔。

(小旦持茶上)

---

①　藜本作“再訪”。

【畫眉序】堂前喚客嬌鸚鵡，捧龍團光映冰壺。

(小旦見浄，急轉身)(老旦過接茶)(小旦偷覷浄下)(浄見，背笑介)

【黄鶯穿皂羅】(浄)【黄鶯兒】看他拂袂似穿梭，俏身材輭玉搓，嬌羞一段真無那。

不要説别樣，你只看進去的時節，有許多光景哩！

他芳眸暗睃，我香魂欲蘇。

(老旦)押司，請茶。(浄喫茶介)(浄)

瓊漿飲自藍橋路。

【皂羅袍】(小旦偷覷浄，望介)(浄)看他遮遮掩掩，光生綺羅，霏霏拂拂，香穿綺疏。

哎，可惜他許嫁了宋公明！

教我芳菲有主空相慕。

(浄)就此告别。(老旦)且慢。(浄虚下)(小旦)母親，這個是甚麽人？(老旦)這個就是與你官人宋公明同房做押司的張三郎。(小旦)他前日也曾在這裏經過，問孩兒借茶喫哩。這個人倒也俊俏。

【猫兒墜玉交】【猫兒墜】隔簾偷覷，仿佛憶當初，鴻漸曾經駐玉珂，翩翩結束自婆娑。

(老旦)我的兒，你快不要説這樣話，我把你許嫁宋押司，原是貪他的錢財。

【玉交枝】盟姻祇是居奇貨，況檀郎風流不負，配嬌姿姻緣不錯。

(浄復上)有緣千里能相會，無緣對面不相逢。今日那女郎甚覺有情，只可惜他母親在坐。待我再走轉去，或者那媽媽進去了，他有小生的情，獨自在門前等，也不可知。

【猫兒墜桐花】【猫兒墜】他回頭一顧，留意在秋波。我欲向瑶宫問玉蜍，梧樹何年歇鳳雛。

(浄作入門)(小旦避老旦後介)(老旦)呀，押司，爲何又轉來？(浄)我失落了十數兩銀子，不知在那裏失落的？(老旦)這等，押司你自尋便是。(浄作低頭)(小旦避老旦後介)(浄背介)只見他，

【梧桐花】六幅瀟湘水半拖，我低回睨處金蓮露。

相見眼還明，香羅疊雪輕。

飲中相顧色，送後獨歸情。

第十三齣　效款①

【天下樂】(旦上)夜半妖星照水濱，遭逢樑上相驚，探蹤跡，憑閨闥，側望傷神不自禁。

萬事干戈裏，低垂氣不蘇。衣冠兼盜賊，饕餮用斯須。奴家昨夜門掩梨花，户扃魚鑰，不驚清夢，來既無蹤，劫盡黄金，去又無跡。今早起來，方纔知道偷兒相犯。如何是好？不免待相公回來，再做道理。

(生上)家山牢落戰塵西，匹馬偷歸路已迷。(生入見介)娘子，吾聞家中失盜，特地回來，不知昨夜那賊從那裏進來的？看得個蹤跡明白，便好教人緝獲。(旦)便是昨夜杳然不覺，今早起來方得知失盜。

【瓦盆兒】穿窬輕覷正，出花宫漏報嚴更。迷香夢，擁孤衾，那裏是無端揖盜自開門，端不爲謾藏疏，誨盜相侵。

(生)

我陡然間，侍琴堂，青鸞把信聞，忙慰你少原遺恨，塞馬去，無憑准，楚弓喪，何須問，況且那盜賊本王臣。

(雜扛箱上)將心感知己，萬里寄懸旌。我們是梁山泊的小僂儸，奉主帥之命，將昨日擄掠宋公明的財物，一一送還。此間已是他門首了，不免徑入。(入見介)(生)勇士何來？(雜)小校們是梁山泊上一夥僂儸。昨日不知潭府，偶然犯夜，今早檢點財物，見了押司劄付，方纔得知是押司宅上，不勝惶悚。特奉主帥之命，一來負荆請罪，二來送還財物。一毫不失，悉憑押司檢點就是。

【榴花泣】梁山水泊，聚義有羣英。

---

① 藜本作“還臟”。

(生)吾聞得寨主是個白面書生王倫,果然是麽?(雜)正是!

遵約束,稟王倫。

聞得押司的爲人呵,

大名遠播素欽承,輕干閫禁,擢髮罪不勝。

小校們此來呵,

負荆相請,便成擒我自甘心忍。

(送箱還介)(雜)

把珠還合浦重淵,更劍合豐城舊型。

(生)這區區長物,何必送還?只是你們寨主固係書生,列位僂儸亦皆人子,何苦抛離家業,哨聚山林?既犯不赦之條,更爲無藉之輩。何不棄去山寨,歸就耕耘?你們若無本錢的,就將這些須財物分爲資本,我決不吝惜。你們回去,可對你寨主説:

【喜漁燈】書生白面應知禁,怎學黄巢亡命。須知你每原屬良民,怎憑依綠林?綠林烏合猖狂甚,好勸你星散歸耕。金銀你權爲資本,我便罄囊中,曾無吝心。

【尾聲】(雜謝介)你言詞正,意可親,果不負生平有盛名,直教我感激自傾心。

(生)一談一笑俗相看,直道無憂行路難。

(雜)今日爐錘任君宰,强移棲息一枝安。

第十四齣　剽劫①

【香柳娘】(外、小生、末、丑俱扮商人推車上)早匆匆出門,早匆匆出門,驅馳前進。

我們都扮做販棗子的客商,來到此間,已是黄泥崗嶺下了。大家同上嶺去。(行介)

看森森樹蔭黄泥嶺。

(小生立顧指介)這林子裏面正好藏身,把車兒推進去。(推車介)

---

① 藜本作"劫綱"。

（合）

且推車入林，且推車入林，藏器待時行，圖謀預期定。

（外）白勝怎麼不見？（小生）我已約定他，等他們到了，白勝方纔挑酒來哩！

俟紛馳晝輪，俟紛馳晝輪，暫憩炎蒸，暗施勾引。

（衆虛下）

（生扮楊志，同衆載生辰綱上）

【前腔】向山前趲行，向山前趲行。

（生）

莫辭勞頓，須知日遠長安近。

（衆）

歎炎天困人，歎炎天困人。重負不能勝，微軀已將隕。

（衆共歇，倒地）（生催介）你看這個嶺上，人跡不到的所在，可是安歇得的？

念連遭緑林，念連遭緑林，怎在僻徑存身？我自先驅導引。

（衆）隨你怎麼樣，也要歇一歇兒。（生拔劍，嚇衆）

（小生上，見生介）（小生）你是何等樣人，提着刀在此嚇人？（生）干你甚麼事得？（小生鬭生）

（衆上介）

【劉滚】（小生）咱每是、咱每是經商自鄰郡，棗販安期，車踰峻嶺，溽暑不能行。婆娑疏影，你怎敢乘機，輒思翦①徑？

【前腔】（生）咱每是、咱每是公旬苦奔命，幾輛圖書，京華呈進。你們既是那估客憩林陰，何須窺影，蹤跡堪疑，莫非翦②徑？

（住鬭介）（小生）原來大家是行路的，正好作伴同行。你若疑心我們是歹人，請你看我們的棗子就是。（衆）如今既有伴兒，我們放心坐一坐去罷。

（旦扮白勝挑酒上）

---

①② 藜本作"剪"。

【吴歌】此酒釀成恰是有價個因，一味裏馨香，誰勿起子個貪心。要曉得麴蘖一時那價得容易，一擔挑來，雙手子價送與人。

(歇擔介)(小生)你這酒挑到那裏去的？(旦)我這酒挑過嶺去，賣與農莊人的。(小生)賣一桶與我們何如？(衆)我們也買他這一桶喫了罷。(生怒介)得知他這酒怎麽樣的，就要買他的喫！(旦)你這客官，好不達理！這個我是挑與主顧人家的，又不强要賣與你，你説這等話做甚麽？(挑酒行，小生扯介)(旦)不賣，不賣！這个酒是有毒藥的，你不要買他喫罷！(小生)他們只是這等説，也不衝撞你。況且説的又不是我們，怎麽就使起性來？我多與你幾個錢罷。(遞錢與旦)(小生、外、末、丑共飲，衆看介)(外、小生、末、丑)

【大研鼓】村醪比聖明，欲消渴吻，不必芳尊。價酬生樂何須論，我持螯兩腋便風生。

(小生把酒與生介)(小生)老兄，不妨事，喫一杯。

乘醉偏能信步行。

(生飲，衆飲，小生奉棗介)(丑)這酒我們要找兩瓢。(旦)你這客官，適纔説過了賣的，怎麽又要找起來？(丑)我偏要你找！(把瓢兜酒飲罷，又兜一瓢走林裏)(旦趕，奪酒傾桶内介)(旦)好没趣，找了一瓢，怎麽又來①兜？(衆向生介)你看這酒眼見得不妨事的了。難②道一桶是好的，一桶是有毒的不成？況且這一桶那位客官又喫過一瓢的了。你看：

【前腔】香醪噴鼻馨，教我們涎垂口角，汗漬周身，數杯未必沈沈困。

(生)這也説得是，隨你們罷！(衆買酒介)(衆)

把青蚨幾貫易縹清，酩酊何辭襬襶行。

(衆、生同飲)(小生看，笑)(旦挑桶下介)

【吴歌】(旦)此酒釀成，原自那個麴生，麴生價得售，好把大家傾。你便奸巧好像子個鬼，那亨子出得個劉伶造計深。

---

① 藜本作“要”。

② 藜本作“誰”。

(旦先下)(生、衆倒介)(小生)你看,倒也,倒也!我們一齊動手。(外、丑、末推車出,裝生辰綱介)

【金錢花】(合)堪憐一飲沈沈,沈沈,空教兩眼睁睁,睁睁,干戈不必用縱横。將杯酒,易車輪,齊拍手,快生平。

由你奸如鬼,喫了洗脚水。(小生、外、末、丑推車下)

(生先起,衆亦起,看介)這個事怎麽了,怎麽了?

【前腔】看他們呵呵齊下山林,山林,教我們茫茫何處追尋,追尋。須知竹葉鴆偏深,憑誰救,淚空横,天欲暝,暮雲平。

(生)我叫你們不要喫這個酒,你們不肯信,如今害得我上天無路,入地無門,怎麽樣了?(衆)如今我們趕上去,拿他便是。(生)也罷,趕得着時,是千幸萬幸了;若趕不着時節,只得先去見蔡九知府,叫他行文各處緝獲便了。正是:一心忙似箭,兩脚走如飛。(下)

(小生、外、末、丑推車上)

【引駕行】(合)怪他每遇生辰,便紛紛騷擾民生。

幸喜得今日呵,

大事圖謀已有成,乘夤夜載歸輪囷,有甚風聲,誰知影形。

(末)貧道還有一句話説,我們劫了生辰綱,少不得連累地方,又不是我們倡義的本意了。不若就叫白勝哥出首在本府,待本府來拿我們的時節,貧道設起法來,呼風唤雨,走石飛沙,把官兵驚得他魂不附體。我們竟逃到梁山泊水窪哨聚,豈不兩得其便?(衆)此計正合我們意思。

【前腔】(合)牽牛無妄堪矜,料伐國不問仁人。教他首匿潛同狄慶靈,那梁山泊水窪難進。我們預辦前程,堪藏影形。

當年膽氣已縱横,錦帶騂弓結束輕。

獨對一樽開笑口,十年身世一浮萍。

第十五齣　聯姻[1]

(净上)姻緣姻緣,事非偶然。謀事在人,成事在天。我張三郎半世風流,一生落莫。前日遇着那女郎,十分丰緻,十分有情,滿望偷香竊玉,與他鳳倒鸞顛,不意就是宋公明所定偏房。今日做親,叫我做了一場春夢,好生敗興,只得在此納悶閒坐。

(丑上)媒婆媒婆,兩脚奔波。成事時少,説謊時多。今日宋押司與閻婆息成親,閻媽媽因前日張押司攛掇成了這個婚事,叫我請他陪宋押司過門。此間已是他的公廨了。(見介)(丑)押司,爲何悶坐在此?(净)今日宋押司納寵,喜氣冲冲,你又不肯與我作伐,叫我不在此悶坐則甚?(丑)老身不曉得押司也要納寵,得罪。如今慢慢的與押司尋有丰緻似他的便了。(净)這閻婆息我曾見來,那裏還有丰緻如他的?可惜到喫宋公明先下手了。

【荷葉鋪水面】(净)思嬌豔,煞自憐,誰教祖生鞭着先。

只是宋公明,不是個知趣着人的人哩。

一朵奇葩,到把遊蜂採,野蝶穿,

我想他每今夜,兩個好不受用。

雀屏花燭焰,象牀鸞鳳顛。

(丑)正是他們今日成親,閻媽媽叫老身請押司陪宋押司過門。(净)我不去。(丑)押司怎麽不去?(净)我去時節,

對面無緣,有夢難成,睁睁衹懸雙餓眼。

(丑)押司,你還去一去兒。(净)這等,待了宋公明同去。

(生上)

【玉井蓮】館舍蕭然,良夜交歡嫣婉。

(見介)(丑)押司,老身在此候久了。閻媽媽請張押司奉陪過門。(生)既如此,即便同行。(行介)(丑)轉灣抹角,此間便是。(丑)

---

① 藜本作"定情"。

閣媽媽有請。

(老旦、小旦同上)

【前腔】虛左堂前,此日紅鸞光燦。

(相見介)(净覷小旦,歎)(小旦偷視净介)(老旦)今日蒙押司不棄葑菲,使小女終身有託,即備魯酒,以爲合巹之杯。女孩兒送酒。(小旦送酒)(净、小旦偷視介)

【海棠醉東風】【月上海棠】(合)酒合歡,杯浮琥珀光偏豔。

(老旦指生介)

看五陵俠少,裘馬翩然,幸蔦蘿附木纏綿,更兔絲從風婉轉。

【沈醉東風】念奴暮年,

(指小旦介)

念伊少年,影形弔處,相依有伯鸞。

【姐姐插海棠】【好姐姐】(小旦)枉然,小星光燦,妬娥眉入宫難免。

【月上海棠】怕形孤友鳳,影隻交鸞。

(净)尊嫂請自放心,宋公明不是這等的人。

喜今朝二姓交歡,管異日百年相眷。

(丑)

還須念我,月下冰邊,拈成繾綣。

(净)我們知趣些,別了罷。天上碧桃和露種,日邊紅杏倚雲栽。(净、丑、老旦下)(生、小旦弔場)(生坐,小旦移近生坐,笑介)相公,奴家種玉不虛,破瓜無負,今夜得侍君子,真是三生有幸,百歲多緣。(生笑,不語介)

【撥棹入江水】【川撥棹】(小旦)三生願,喜燈前,繡帳懸。

(又移近生,笑介)

擁鴛衾夢繞巫山,擁鴛衾夢繞巫山。

(貼生臉,笑介)

但豆蔻含胎可憐。

【江兒水】須要款款輕輕,呵護香温玉軟。

(生作倦,伸腰又坐介)

【玉枝帶六么】【玉交枝】(生)酒闌人倦,我眼朦朧神思黯然。

【六么令】娘子，你燈前絮語煞堪憐，奈樵樓鼓已催殘，那黑甜鄉里周公伴。

(小旦)正是。(摟生頸介)我們去睡罷。(生作睡在椅上介)(小旦)啐，遇着這等一個俗子！豈不孤①負了奴家的終身也。(掩淚背介)

【園林帶僥僥】歎今生緣慳分慳，到今宵情憐意憐，看他月思風情曾不諳，教我寂寞若爲妍，珠淚連。

(生醒，向小旦介)我們去睡罷。

(生)樓前鐘鼓遞相催，(小旦)温嶠終虚玉鏡臺。

(小旦)此夜斷腸人不見，(生)起行殘月影徘徊。

第十六齣　報變②

【海棠春】(末冠帶上)心懸輜重渾難定，但願得沿途寧静，何日到神京，偏怪鴉成陣。

事不關心，關心者亂。我蔡九知府，爲那生辰綱一事，日夜在心，昨戴宗自梁中書處回來，聞説已差的當幹辦楊志押送至京，可保無虞。雖然如此説，我只是放心不下，必待京中有回信出來，方纔安穩。叫左右，若京師有人到來，即便通報。

(生扮楊志上)有事不敢不報，無事不敢亂傳。我楊志押生辰綱到黄泥崗，被賊劫去，追趕不着，又不敢回到梁府中去。只得走到蔡九知府這裏來，求他緝獲賊盜。此間已是他門首了，不免逕入。(進)(末驚介)(末)楊志，你怎麼這樣光景？敢是生辰綱又被賊擄掠了？(生)便是。小人押這生辰綱到黄泥嶺上，人跡罕有，忽被一起强人，不知多少，在林子裏衝將出來，衆人俱已逃散，叫楊志一人難以抵當，竟被他們剽劫殆盡。小人不敢回去，特來求老爺作主，緝獲强人則個。

---

① 應爲“辜”。

② 藜本作“報劫”。

【六么姐兒】【六么令】途經兗城，黃泥鳥道，小憩炎蒸，乘墉誰料有黃巾？

【好姐姐】干戈鑫起，苦只苦無救兵。

【梧葉兒】虎口逃生，拯救求憐切人。

【前腔】(末)聞言頓驚，我因莊蹻充斥，叫他們刁斗時鳴。那濟州的北門鎖鑰屬何人，任伏戎于莽縱容毫不禁。

我如今不難移文到濟州府去，叫他緝獲便是。

限勒嚴明，那管詰捕頻驚邑人。

(末)楊志，我寫書與梁爺，一定不難爲你的，你自回梁府去便了。

(生應介)

辛苦賊中來，茫茫何所開。

不知滄海上，天遣幾時迴。

(生弔場)蔡九知府雖然寫書與我，叫我回去見本主梁中書。只是我自羞見江東父老，怎麽回去得？聞得梁山泊廣招豪傑，不如逃到那裏去存身幾時，再作道理。正是：明知不是伴，事急且相隨。(下)

第十七齣　義什①

【顆顆珠】(浄扮公差上)公務不容停，濟州匹馬，蚤已到鄆城。

自家濟州府緝事公差便是。連日因黃泥崗上劫了生辰綱，蔡九知府移文到府，要立刻緝獲這盜，報聞蔡太師。我本府老爺好不心焦哩。昨日黃泥崗白勝到府出首，説劫了生辰綱，中間有箇鄆城縣保正晁蓋在内。故此我本府老爺立刻僉了文書，叫我來鄆城縣下了公文，協拿晁蓋。星夜來到此間，天色尚早，縣主還不曾升堂，只得在這茶坊少坐一坐。

(生上)傲吏身閒笑五侯，人間不解重驊騮。(見浄介)客官何來？(浄)小子濟州府差來縣裏下公文的。(生)小生本縣掌案的功

① 應爲"釋"。藜本作"協緝"。

曹,有甚麼事,該對小生説知,少間纔好答應。(浄)押司,莫不是宋公明麽?(生)小生正是。(浄揖介)久慕,久慕!這等,小子便説與押司得知,料也不妨事的了。那黄泥崗上打劫了生辰綱,押司一定得知的。一向緝訪,再没下落,昨日有人出首在本府,特地行文到貴縣來拿人哩。

【馬蹄花】寇盜横行,爲劫生辰綱内珍,一向明懸象魏,督責功曹,廉訪無憑,陡然告訐喜分明。堯天不共驩兜穩。因此上向沙中博浪追蹤,還怕他做髡鉗季布潛身。

(生)這箇一定奉命,待縣主升堂,小生即便稟差幾箇的當人協拿便是。但不知是那幾箇?(浄)押司下問,不敢不説。(附生耳介)是本縣保正晁蓋。(生)是那箇出首的?(浄)黄泥崗居民白勝出首的。(生)少待,小生略有些小事,轉一身兒就來。(浄)押司不可誤事。(生)這個豈敢有違?

【前腔】胠篋堪嗔,況令甲森然敢不遵。

那人呵,

好似籠中窮鳥,釜底枯魚,頃刻成擒。

我們縣中百姓都是守分的,

那有朱家仗義屬明庭,那有鄰邦須賈藏孫臏,只是神君未涖琴堂,你從容此地安身。

(浄)正是鼎魚猶假息,穴蟻欲何逃。(生别浄出)(浄下)(生)不想劫生辰綱到是晁保正,我若不預先去通知他,叫他逃走,臨時怎能勾脱身?適纔賺了這緝事的出門,不免乘馬趕到他家裏去則箇。(上馬介)

【撲燈蛾】聞言膽戰驚,聞言膽戰驚,緝捕風聲緊,株及惜雷陳,欲待旁觀安忍也。那區區保正,真成一擲賭乾坤。效漁人,縱子胥星奔,驅馳傳信,早見馬足起紅塵。

(下馬,繫介)早已到他門首,不免奔將入去。晁保正在那裏?

(外上)日間不幹虧心事,半夜敲門不喫驚。(見介)(生)晁兄,你那黄泥崗上的事已露了,本府差人來縣中,叫添人協拿。小弟特來通知晁兄,爲今之計,古人説得好,“三十六着,走爲上着”。

(外)首人可是白勝麼?(生)他説是白勝。

【亭前送别】【亭前柳】倏見郅都鷹,舞爪攫鵰鶚,須傍那陽烏朝展翅,陰魄夜飛輪。

【江頭送别】倉忙快把征衫整,敢賣心知做負義君卿。

(外)小弟此舉,原不是一人做的。因劉唐來報信,隨後又有道者公孫勝贊助,故此與吴用商議定了做的。又恐連累平民,特地叫白勝到本府去出首。他們都在後花園内,逃奔之計,已布定在此。只要待差人到來,顯個手段與他看看,即便起程了。(生)原來是這等,小弟不知詳細,一時間聽得這個消息,到爲晁兄着忙了。(外)公明,你的高誼,我自然佩服的。

【雁過南樓】感君交,存故人,肯臨岐引手殷勤。

小弟們此舉,也不專爲些須財寶哩。

爲豺狼當塗擾民,英雄發憤,甘共叢神一逞。這其間參謀有人,今婆娑三徑,教你好把荆州識認。

(生)快請出來相見一面,縣主此時想已升堂快了①,小弟就要去答應哩。(外)學究那裏?

(小生、末、丑上)客到但知留一醉,盤中祇有水晶鹽。(相見介)(外指小生)這是吴兄。(指末)這是公孫師父。(指丑)這是劉兄。(小生)公明,小弟們,

【章臺前柳】【章臺柳】(合)瞻山斗,仰止殷,恨介紹無從御李膺。誰料天涯知已存,你仗義知非浪得名。

【亭前柳】入林把臂交盟訂。

(生)小弟就此告别,會晤無期,前途保重。(合)

賦别銷魂,早結伴,向通津。

關河萬里秋風急,望見香山不見家。(生别,作上馬,同下)

(净上)祇因與朋好,且得慰蹉跎。你看本縣將次升堂了,宋押司怎麽還不見到來?

(生上)往來星騎一相過,行盡清溪日已蹉。(見介)(生)小弟失

① 應爲"快升堂了"。

陪，得罪得罪！如今本縣將次升堂了，我們同去罷。

【尾聲】狂且運落生應隕，看敗露一朝難禁，管頃刻追蹤不暫停。

官曹崇重難頻入，第宅清閒且獨行。

敢請相公平賊後，暫攜諸吏上峥嵘。

第十八齣　漁色①

【秋蘂香】（小旦上）金井轆轤歷亂，渾驚覺珊枕捱殘。手攬寒衾窗内見，敗葉蕭蕭風翦②。

[蝶戀花]庭院碧苔紅葉遍，黄菊開時，已近重陽宴。日日露荷凋緑扇，粉塘烟水明如練。試倚涼風醒酒面，雁字來時，恰自層樓見。幾點護霜雲影轉，誰家蘆管吟秋怨。奴家閻婆息，雖嫁了這箇宋郎，鹵莽有餘，温存不足，那曉嘲風弄月，豈知惜玉憐香？夜月獨啣盃，孤③負梁鴻之案；秋雲空掩鬢，冷落張敞之眉。衾冷爐烟，説甚麽蜂交蝶戀；牀閒明月，那些箇鳳倒鸞顛。真箇可人期不來，俗子推不去，好生悶人！且門首閒步一回，消遣悶懷則箇。

【忒忒令】歎寂寞沈吟畫闌，暫徙倚徘徊雕檻。金風颯颯，景物增悽惋，悲摇落向誰言，悲摇落向誰言。嫁蕭郎也枉然，鎮愁凝淚臉。

【尹令】（净上）憶邂逅春風曲檻，又蹉跎秋風紈扇。

我思量那閻婆息呵，

他幾度秋波偷展，仿佛時惡④笑靨，教我魂蕩香閨，百尺遊絲夢裏牽。

小生爲這閻婆息，眠思夢想，意亂情迷。今日明曉得宋公明在縣中，只説去尋他講話，到他家裏，看閻婆息出來見我還是不出來，且去再作道理。呀，你看他早已在門首，不免闖將過去。（相見

① 藜本作“言挑”。

② 藜本作“剪”。

③ 應爲“辜”。

④ 藜本作“呈”。

介)(浄)宋公明在宅上麽?(小旦)今早到縣中去了,還不曾回來。(浄)小生與他同出縣門的,他又不知到那裏去了?(小旦)這等,押司且請在裏面坐了,等他便是。

【品令】(浄)須知子猷訪戴步蹁躚,誰知吕安題鳳惜留連。

蒙尊嫂留小生進裏面來坐,這箇都是看宋公明的分上,

屋烏推愛,一時相繾綣。

(小旦歎介)(浄)

你新婚正燕,況佳人莫愁字豔,因甚霧髩雲荒,翠黛顰含遠岫攢。

【豆葉黄】(小旦)眼兒前,落莫光景堪憐,怎教人瀟灑蘭閨,怎教人瀟灑蘭閨,只落得香愁玉怨,舞裙歌扇,塵埋可憐。

(浄)這等看來,多分是宋公明不知趣,不着人了?(小旦歎介)

好一似失羣的孤雁,好一似失羣的孤雁,形影淒然,爲着那風流扼腕。

(浄)呀!人常説道兒女情長,英雄氣短,宋公明爲人到是反這兩句話的,故此擔擱了尊嫂。

【玉交枝】(浄)錦衾羅韉,誤卿卿青春少年,芙蓉狼藉秋江畔。

若是小生得了尊嫂這樣一位美人呵,

妝成金屋闌斑,攜將阿嬌相貯偏,爲雲爲雨迷鶯燕。

只是你可惜差配了對頭,

歎紅蕖浪交野鴛,

只是我可惜緣分淺些,

嘆金梧不停彩鸞。

(小旦)押司,你休得要調戲奴家,奴家實對押司説:

【賽紅娘】紅顔,命淹蹇,鳳衾寒,秋風任冷落,悲團扇,祇自憐。

他雖然奚落奴家,奴家只是守他的閨門。

羅敷蚕把兔絲綰,難挽斷,宿瘤甘把翠鈿減,難逗亂。

(浄笑介)尊嫂雖是這等説,難道不曾聞古時節偷香竊玉的故事麽?

【雙蝴蝶】香偷羡,賈午青瑣褰,琴心司馬把緑綺彈。便匪石心難轉,聽關關鳥兒也相喚。若得神女繞巫山,香夢圓,便做韓重赴黄泉,鴛塚安。

(小旦)押司,你一發説得没理了,我只是不睬你。(小旦走入,浄追入)(小旦轉身介)押司,各有内外,你跟我走進來做甚麽?(浄笑介)只走進來這一次兒。(小旦)有你這箇涎臉!

【鶯踏花】你絮叨叨空煩巧言,笑吟吟空涎慢臉。

難道你家裏没有内眷的?只管在此胡行亂走麽!

便無衣綏狐堪念,那陌上褰裳可慚。

(浄)尊嫂還不知小生心事?小生自見了尊嫂的面呵,

【元卜算】從來意惹情牽,未及尋芳覓便。今日天憐念,教江妃逢洛川,難道隔蓬山?

(小旦)這等,你去把門閉上了,再作區處罷。(浄作閉門,摟小旦)(小旦作不肯,下介)

【窣地錦襠】(生上)外郎高步似神仙,壯志仍輸祖逖鞭。

呀,爲何門都閉上在此?

柴門深鎖緑楊天,細草侵階亂碧蘚。

(生作敲門)(浄慌介)(小旦)想是宋郎回來了。你且往我母親房裏躲一躲。(浄避)(小旦作開門,生進介)(小旦)相公曾喫晚膳不曾?(生)我在公廨裏喫了來的。媽媽在那裏?(小旦)出到親眷人家去,還未回哩。相公,你坐在這裏,待奴家去拿茶你喫。(生)這箇到好。(生坐)(小旦出介)張三郎出來。

(浄出介)(小旦)今日不能勾成事了,你去罷。

【十二嬌】(浄)今朝鴛侶驚散,何時鳳友團圞?

(小旦)明日你早些來就是,不可失信。

宓妃留枕君須念,休孤我,眼懸懸。

(浄)這箇怎麽敢遲時刻哩?

月下共星前,敢蹉跎這良緣。

(生)娘子在那裏?快拿茶我喫,我要睡哩。(浄驚介)(小旦)你去罷!(浄)牡丹花下簾鉤外,獨憑紅肌捋虎鬚。(下)(小旦持茶進介)(小旦)相公喫茶。(生)早識卧龍應有分,先判一飲醉如泥。(不顧,下介)(小旦)啐!你看他把奴家,

【尾聲】等閒相視司空慣,誰解憐香依玉軟。

哎，張三郎，張三郎！我一發要思量你了。

教人留意桑間。

城烏獨宿夜空啼，孔雀東飛向①處棲。

我寄愁心與明月，五雲仙佩曉相攜。

第十九齣　縱騎②

【六么令】(旦同雜扮士卒上)官差緊者，爲黄巾鉤黨嚴者。風行雷厲莫停者，怕鼠竄掉頭者。東溪望望忙行也，東溪望望忙行也。

我們鄆城縣官兵便是。蒙縣主之命，差往東溪村協拿晁保正，只索去走一遭哩。正是：上命公差，概不由己。(下)

【前腔】(外戎服上)田嘗客也，盡雞鳴狗盜人也。田横死士義高也，便官兵百萬也。臨岐怎出牢籠者，臨岐怎出牢籠者。

老夫晁蓋，只爲劫了生辰綱，府上移文本縣，來協拿我們。今日准備行裝，一齊起身到梁山泊逃躲。不免請衆兄弟們出來則箇。(小生、末、丑戎服上)(末)不薄今人愛古人，馬蹄空踏幾年塵。指揮能事回天地，訓練彊兵動鬼神。俺公孫勝，氣吞日月，掌握乾坤；風伯雨師，供吾呼唤；天兵神將，任我驅馳；一縱一横，九天九地。今日官兵到來，不免顯箇神通，使他膽戰心驚，那時節咱們長驅前往，可保無虞也呵。

【北新水令】一時舉義倡豪傑，到頭來怎能辭跋涉。不倩着齊關雞叫徹，管取那海島田横越。這些時苦費周折，猛可的怒懷起，壯心熱。

【南步步嬌】(外、小生、丑)悠悠往事休提者，孔亟③情何切，臨岐浪自嗟。預計前程，把行囊打疊。他怎肯網開三面謾相遮，教我掉頭鼠竄無寧帖。

(旦同雜持器械上)劍決浮雲氣，弓灣明月輝。此間已是晁保正

---

① 應爲“何”。

② 藜本作“亡命”。

③ 藜本作“急”。

門首。你看重門緊閉，我們先把四下裏密密圍定，然後打將進去。（呐喊介）（外）外面喊聲動地，一定是官兵到了。

【北折桂令】（末）怪他們敢肆兇劣，驀地裏顯箇神通，直教膽怯。那裏要矢石紛射，旌旗高揭，戈戟森列，子憑着運陰符鬼谷玄訣，煞强似役鬼神法和妖孽。不争差英雄送也，一任恁地網天羅，怎禁俺熟路輕車。

（外）待我到牆頭上望一望看。（立望介）你看，

【南江兒水】驍騎重重列，圍兵密密設，喊聲四下如雷徹。

（小生）保正，你看那官兵小覷我們哩。

他道子陽井底蛙堪滅，誰知道金蟬有計軀輕脱，談笑臨期，衹用着一時俠烈。

（末披髮仗劍作法介）

【北雁兒落帶得勝令】（末）俺仗着那晃晃的星劍光生月，俺噴着濛濛的法水壇霏雪，早見那封家嫂①一時林下徹，張超霧五里空中合。

（旦）阿呀，不好了！怎麼一時間狂風四起，烟霧漫天起來？（末）莽騰騰陣勢把軒轅設，顫巍巍牙纛把玄武列。

（雜扮鬼兵上）（末）

任官兵十萬親提挈，俺伎倆，何窮竭。

（外）這房子把火燒了罷。（放火介）（旦）阿呀，你看裏面火起了。

（末）

家業，都付那煨燼同消滅。

我們快出門去。

車轍，蚤趁着流星奔，飛電躡。

（鬼兵先殺出）（旦、雜驚下）（外、小生、末 丑行介）（鬼兵下介）

【南僥僥令】（外、小生、丑）五丁同夾盾，六甲共隨車。籓觸羝羊隨手決，一似白登圍，輕解脱，白登圍，輕解脱。

（旦同雜持器械復上）行人趕行人，一程又一程。我們適纔喫這些鬼兵驚散了，如今再趕上去。

【北望江南】（末）呀！早則是破重圍，前隊捷，

---

① 藜本作“姨”。

(外)追兵又來了。(末)

子又見逞窮追,後塵躡。

(又作法,鬼兵上介)(末)

驀地裏怪風獵獵走飛沙,黑雲渺渺彌原野。

(旦、雜慌介)(末)

管教恁殄絶,俺這裏天兵八部甚猖獗。

(旦、雜逃下)(外)你看這些官兵,逃的逃,死的死,我們如今可以縱意行走了。

【南園林好】(外、小生、丑)喜追兵一時隕滅,趁長驅一鞭輕捷,分明似蛟龍戰野。

(外)這也不干我們事,都是蔡京有甚麽生辰綱,激動我們的哩。

(外、小生、丑)

我們豈無端,造妖孽,衹因伊,釀冤業。

(小生)我思量今日公孫師父施了這等樣的神術,不要説本地方的官兵害怕,便是蔡京那廝①知道了,也不敢來摇動我們哩。

(外)正是。

【北沽美酒帶太平令】(末)他今日,心膽懾,他今日,心膽懾,怎敢再小覷英雄者。南北東西恁阻截,驅馳縱輗軏,早棄着家鄉舊業,好盼那關山明月,望梁山雲樹幾疊,計水窪烟波百折。忙發疾發,途路無停轍。呀! 難打熬一腔熱血。

(外)那宋公明呵,

【尾聲】我回思當日堪銜結,他爲人真箇能爲徹。

(小生)我們此行,那王倫不過一箇書生,無甚伎倆,見了我們這一夥,他還未必肯容留哩。

還怕那措大臨岐,把我們輕磨滅。

① 藜本作"厠"。

第二十齣　火併

【迎仙客】（净戎服，雜持禮上）事謀始，費商量，權在我，任主張。他們似虎更如狼，今日容情，到底有參商。

女無美惡，入宫見妬；士無賢否，入朝見忌。昨日晁蓋數人，相投山寨，本該留他，只是我區區一個書生，頗無過人謀略，他們人人勇敢，箇箇高强，若還留他在寨，這箇位兒，到底要讓那晁蓋坐了。這一時怎麽容得人情？（笑介）我是箇秀才出身，怎脱得秀才見識？不免請他們出來，打發他們起身便了。叫嘍囉，請晁保正上堂。

（外、小生、末、丑上）久客將歸失路蹊，家山牢落戰塵西。江春不肯留歸客，太白山前月欲低。（見介）（净）列位遠來，扶持山寨，不勝欣幸。只是山寨窄狹，不能容長者之車，聊具黄金綵段，以供從者裔裝，萬勿見笑。（外背向小生介）學究，這箇如之奈何？（小生）保正，不妨。小弟見衆好漢意思，甚是欣然樂從。憑小弟三寸不爛之舌，激動衆好漢，使他自相火併便是。（外、小生轉向净介）小弟們此來，思效犬馬，豈貪錙銖？既蒙見拒，自當遠遁，金帛一些也不敢拜嘉，只要請衆好漢一别，就起身了。（净）請衆好漢上堂。

（生、旦、雜戎裝上）殷勤相送出天台，不惜千金佐酒盃。（小生）小弟拜辭。（生驚介）列位到那裏去？（小生）適蒙寨主峻拒，只得拜辭。俗語説得好，"此處不留人，自有留人處"。（生）寨主，豈有此理？我們山寨方且要招賢納士，既承列位肯惠玉趾，方且扳轅不暇，怎麽到固辭列位，叫他們到那裏去？（净）你不曉得！（小生）正是，寨主自有主意。只小弟們此來呵，

【滚繡毬】端不爲那逐烏飛兔走忙，趁狼奔鼠竄慌。祇爲這些時梁山泊能收人望，因此上兄弟們結束裔裝，路迢迢，急煎煎，奔走相降。又怎料負虚名露出那書生伎倆？

（向生介）

恁那曉得費千金，馬骨有餘香，子是那篹篹①株守，邊幅小，難開廣。

（浄）果然山寨狹小，不能開廣，休得見罪。（小生笑介）小弟們自然去的，只因衆好漢們强留，故此是這等説。況此行呵，

料不就似臧獲亡羊泣道傍。

（向生介）只是梁山泊好漢，再不思量，要與人

論弱共争彊。

（外）小弟們就此告别。（生怒介）哎，那裏有這等事！（小生）小弟們初②來，也道没有相拒的事。如今眼見得的了，小弟們此行呵，好教那

【滚煞尾】英豪氣短，盡成虚謊。子落得裹足徘徊歧路傍，那討日月雙擎依末光。

（浄）山寨糧草不足，以後也自然不能勾招賢納士了。（小生目浄，小生向生介）

這是升斗規模煞可量。

只是可惜連累了衆好漢哩。

俺見箇箇争先誰敢當，今日價一概聲名隕四方，貽笑千秋氣不揚。

（生）説得是！寨上不留列位，小可偏要留列位。（小生）只怕義士做不得主麼？

令稟中軍怎主張？

（外）小弟們雖蒙義士固留，只是去罷。（生）去不得，去不得！若要去，大家同去。（浄怒介）這等，山寨一向的號令那裏去了？（生）甚麽號令？甚麽號令？你這樣人也做不得寨主哩！（外）我們只是去罷，不要傷了你們的和氣。（生）有甚和氣可傷？（浄）這等，你敢是要殺我哩！（生）我便殺了你，待何如？（浄）叫嘍囉，與我綁他出去，梟首示衆。（生拔劍扭浄介）我與你併個你死我活罷。（外佯解介）（小生）

你看衆叛親離盡反唐，禍起蕭牆都淪喪，

---

① 藜本作“戔戔”。

② 藜本作“出”。

（生殺净介）（小生）

他一事無成悲懊喪。

（生）么魔已喪，寨中不可一日無主，請晁兄坐了中軍帳。（外）小可怎敢？（衆）人望所歸，不是保正坐，是那個坐？（外）這等，小可權爲衆好漢效勞，以後再處。只是宋公明他在那裏懸望我們。我們既有了下落，不可不通知他。今夜就煩學究寫下一書，再備黄金五十兩，明早①差人到鄆城去。（小生）就是白勝，也該差人招他上山來纔是。（外）這等，明日一同打發人前去便了。

第二十一齣　野合②

【霜蕉葉】（净上）蝶攘蜂鬧，牽惹閒花草。整頓風情月調，又何愁桃源路遥。

秋來相顧尚飄蓬，一片西飛一片東。夜半酒醒憑檻立，錯教人恨五更風。張三郎爲那閻婆息，眠思夢想，廢寢忘餐，昨日纔有些兒好光景，不意又爲宋公明歸來，鴛鴦驚散，雲雨倏收。臨别的時節，承他約我今日相會。可恨縣中公務偏多，只得撇了去走一遭則個。（行介）

【小桃紅】日來營係苦無聊，不知是那一點紅鸞照，也喜孜孜的千金一刻在今宵。

（丑上）愁窺高鳥過，老逐衆人行。（見介）（丑）呀，張押司，你到那裏去？宋押司在我茶坊裏候你哩！（净）你對宋押司説，我不得工夫來。（丑）曉得。兩地無千里，因風寄數聲。（下）（净）哎，今日偏又遇着王媽媽。

這都是遇敲爻，還怕他遠相追，復相邀，仍相值，幸喜得這機會巧，也取次已到藍橋。

呀！你看怎麽閉上門兒在此？我只得從容等他。

---

① 藜本作“早早”。

② 藜本作“赴約”。

權延竚，暫徘徊，敢月下倣僧敲。

【下山虎】(老旦上)閒來無事甚逍遥，

(作開門，遇浄介)(老旦)

驀地裏衡門開處，遇果車縹緲。

老身見小女説，押司昨日也到舍下來哩。

你惠顧頻頻，慰伊寂寥。

押司裏面請坐，小女身子不自在，還睡在那裏。他聽得押司到此，一定就起來了。孩兒，張押司來了。

(小旦上)

帳掩流蘇香夢杳，忽被鸚鵡覺①，睡臉朦朧枕印俏。猛可的臨邛客，抱琴共調，斂袂相邀，

(見介)(小旦)

不語祇含笑。

(老旦)孩兒，你陪張押司在這裏寬坐一坐，待老身到市上沽一罇與押司消閒。(浄)這個怎麽好奉擾?(老旦笑介)如今是一家了，怎麽説個擾起來? 蓮花幙下風流客，試與温存譴逐情。(下)(浄)尊嫂今日要去關門麽?(小旦笑介)青天白日，關這門做甚麽?(浄)尊嫂昨日叫小生關門，故此動問。(小旦)昨日今朝事不同，昨日要關，今日要開在這裏。(浄)呀，尊嫂不要把這話兒説遠了。你記得昨日麽?(小旦)昨日便怎麽?

【山麻稭】(浄)昨日呵，被洞口，花相笑，笑我路入天台，棹阻藤稍。今朝，特地裏來踐你的鶯期燕約。

(小旦)這也難些。(浄)尊嫂……(小旦)甚麽尊嫂，尊嫂! 若説尊嫂，須知朋友妻不可戲了。(浄)這等要小生叫甚麽呢?(小旦)我要你叫娘。(浄笑介)這等我被蘇州人罵着了，説是“入娘賊”。(小旦笑)(浄摟小旦介)(浄)

喜乘機，纓冠掏李，納履攘瓜，傍朔偷桃。

【五韻美】(小旦)洧梁期，西厢約，無言息國娃恥效。

---

① 應爲“攪”。

三郎,你自思量,看你一向怎麽樣調戲我,我怎麽樣拒絶你。

見金夫幾度相推調,

那裏當得你這涎臉兒,

偏憐窈窕,適零露相逢蔓草,休做牆花覷,路柳嘲。

(小旦攜浄手介)(小旦)

直任你,翠被鴛衾,鸞顛鳳倒。

(將下)

(丑扮童子提酒上)流霞分片片,涓酒就徐傾。有人在麽?(浄、小旦驚,轉身介)(丑)你們媽媽叫我先拿這酒來。(小旦)這等,放在這裏,你自去罷。(丑看浄笑介)(丑)客至徒嗔不出迎,(下)(小旦向浄)今宵貰酒與君傾。(浄摟小旦下)

【蠻牌令】(老旦上)繡户静,畫簾飄。

(聽介)

房櫳閉,語聲嬌。三郎,你崑崙誰赤緊向郭府盗紅綃。

(浄)

忙整着衣裳顛倒,

(小旦)

忙整着釵髩蕭騷。

(小旦)母親,你來多少時候了?(老旦)已是來好一會。(向浄介)三郎,也勾你了,請坐。(浄、小旦、老旦坐飲介)

(合)

鴛鴦侣,鸞鳳交,這情蹤一時不覺逍遥。

(丑上)密垂珠箔晝沈沈,兩兩鴛鴦護水紋。(入見介)(浄背介)怎麽又撞着他?(丑)張押司,你説不得工夫,怎麽到在這裏?(浄)我因媽媽説宋押司要見我,特地來的。(丑)老身説宋押司在我茶坊裏,不曾説在閻媽媽宅上。(浄)這等,是我差聽了。(老旦)你們不要閒講,且坐了喫酒。(丑)滿堂憎不厭,一個俗人多。我自去了罷。(老旦)王媽媽,你説那裏話?(坐介)

【五般宜】(老旦)偶相顧,潘安車,儼然草茅,適相左,東方千騎,悵然寂寥,聊把這雞黍范張邀。

(丑)只是老身在此,不方便哩。(老旦)

謾説是男女雜坐,共相傾倒。

(丑)

這掩耳偷鈴堪笑,早露尾藏頭空巧。

(向小旦介)這本等不該老身管的,只是老身既曾作伐,不得不說。

你須念他是今日英豪,謾將他帷簿擾。

(小旦怒介)王媽媽,你怎見得我帷簿不修?説出這等話來!(衆起介)

【江頭送别】(小旦)聽伊語,聽伊語,心煩意惱,將奴做,將奴做,倚門獻笑。吾自愛吾連城寶,何必你舌鼓唇摇。

(丑)這等,老身多嘴了,就此告别罷。(净)我也要去了。酒逢知己千鍾少,(丑)話不投機半句多。老身不得陪押司同行,要往那一邊去哩。(分下)(净轉身,小旦招介)

【江神子】(净)轉身望綺寮,只見他笑臉相招。

(净攜小旦手介)

香風拂拂鮫綃,從容攜手欲魂消,

(老旦)三郎,適纔也勾了你了,你還要通宵!咦!你好受用的是

珠圍翠繞。

銀漢星回一道通,青鸞飛入合歡宫。(下)(丑)有冤報冤,有仇報仇。那閻婆息分明看上了張三,到在我跟前假狠,把我搶白了一場。我故此假意兒説要往那一路去,放張三一條門路,待他進去時節,我好捉他一個破綻。只得在此伺候則個。(内作狗叫)

(老旦提燈上)往往雞鳴巖下月,時時犬吠洞中春。甚麽人在此?狗這等叫得緊。(開門照見丑介)呀,王媽媽!你爲何在此?我曉得你了,你見我女兒搶白了你,你在此要捉他的破綻。媽媽到進去搜一搜,放心回去罷。(丑)我那有這等的心?不覺羣心妬,休牽衆眼驚。(下)

(净、小旦上)碧霄何路得相從,紫鳳啣花出禁中。呀,媽媽怎麽還不睡?(老旦)幾乎做出來!那王媽媽還在門前等你哩,幸得

狗叫，被我出來撞破了，他方纔去的哩。（浄）有這等的事？

【尾聲】（老旦）他潛蹤秘跡眠芳草，喜犬吠籬邊相擾。

三郎，你這遭來，到要謹慎些兒。

須防他一縷柔腸恨未消。

（小旦）羡爾優游正少年，（浄）謝娥行處落金鈿。

（老旦）情多最恨花無語，（合）忍委芳心與暮蟬。

第二十二齣　閨唔①

【三疊引】（旦上）朦朧早起芙蓉帳，籠裏家雞初放。夫壻滯花封，徙倚妝樓竚望。

［搗練子］明月下，白雲天，何處風光不眼前。遥爲晚花吟白菊，近炊香稻識紅蓮。奴家宋公明之妻，兒夫一向執役縣中，近則浹旬，遠幾一月，纔到家中料理一番。不憂我枕冷衾寒，只愁他形單影隻。好生放心不下哩！

【犯胡兵】蛾眉淡掃思張敞，情憐樂羊，縱然有婦糟糠，雞鳴成夢想，齊眉成孟浪。那曾教夫壻覓封侯，倚門凝望。

（丑上）一飯之德不忘，睚眦之怨必報。老身受了宋公明之恩，既不敢忘他；受了閻婆息之氣，又思量報他。不免到他大娘子面前，講些是非，叫他大娘子，移那閻婆息到了家裏來。那閻媽媽不得賣俏了，那張三郎也不得行姦了，有何不可？（見介）（旦）王媽媽，一向不見你來了，你今日爲何到我舍下來？（丑）老身因押司娶了個偏房，實不瞞大娘子説，是老身作伐的。恐怕大娘子見怪，故此不敢來相見。（旦）這個何妨？我們官人獨處在外邊，正該尋個人兒伏事他。

【前腔】他功曹暇日權偎傍，悠悠徜徉，緑衣黄裏何妨？只怕野鴛生妄想，管取小星光自朗。定不教江汜歎相抛，終身缺望。

（丑背介）我到要來講些是非，誰想他一味的好叫我説不入去。

---

①　藜本作“進讒”。

也罷,待我到押司面前説個明白,叫他不要睬他便是。(轉介)就此告别。(旦)你難得來的,在裏面喫了飯去。(丑)多謝。

(丑)已共江塵跡漸疏,(旦)風塵滿院稱幽居。

(合)秋光何處堪消遣,閒看江雲思有餘。

第二十三齣 感憤①

【駐馬聽】(雜便服上)遠到鄆城,敢置郵筒浮與沈。

自家梁山泊小嘍囉,奉晁寨主的命,送書與禮到宋公明處,説謝他前日恩德的。

報書神鵲,酬印靈龜,一飯千金。

寨主叫我在縣前茶坊内尋宋公明,你看遠遠望見那茶坊了。

遥瞻青帘漾風輕,行行步屧茶坊近。雙魚寄公明,尋蹤訪跡到衡門。

【前腔】(生上)緩步西鄰,白眼看他世上人。

(雜見介)相公不是宋公明麽?(生)小生便是。(雜附生耳介)晁蓋有書,拜上相公。(生)我正在此念他,

望風懷想,引領臨岐,

(雜遞書,生看書介)(生)

喜接鴻鱗。

保正好麽?(雜)

梁山協力迸王倫,揭竿高處星河近。

因此差小嘍囉送這金子來,

瓊瑶報聊伸,迢迢一介到衡門。

(生)這裏不是説話的所在,我與你到那邊酒肆裏去。

衡陽歸雁幾封書,

(雜)

欲報瓊瑶愧不如。

(下)

---

① 藜本作"殺息"。

【思園春】(老旦上)張敞無端滯此身,畫眉契闊已經旬。

宋公明一向不到我家裏來,多分是王媽媽講了些是非,我如今特地尋他歸去。各處尋不見他,只得在此等他一等。

(生上)

天外故人飛信,意氣死生親。

(見介)(老旦)呀,宋相公!你爲甚麽一向不到家裏來?我那裏尋你不到,不想你到在這裏閒走。

今日相看眼倍青,應憐繡榻滿埃塵。

我的女孩兒好不思量你哩!(生冷笑介)(老旦)我如今一定要與你同到家裏去。(生)那裏有這等閒工夫?今日縣中呵,

【粉孩兒】匆匆的案如山,旁午甚,怎偷閒頃刻,晏然安寢?

(老旦)相公説那裏話?

齊眉舉案岑寂深,倚紗窗望眼含顰。

(生背介)且哄這婆子去再處。(轉介)這等,媽媽你請先行,我到公廨去完了些事就來。(老旦)押司,老身若不與你同行,你一定又不來了。(扯生介)一定要你去。

促芳塵蚤趁膏車,憐閃得鴛瓦霜冷。

(行到介)(生作坐介)(老旦)我的兒,你心上的三郎在此,快些出來。(小旦内應介)母親,你問他,爲何這一向不來,與我先打他幾個耳光,待我再細細的問他。

【馬福郎】(小旦上)你閃得霜閨倩誰顧問,負芙蓉香傍鴛鴦瞑,真薄倖。

(見生,轉身介)啐!我只道是張三郎,原來是這個厭物!

你看他言無味,面堪憎,我藕已斷絲縈,他纏綿似葛牽藤。

(小旦不肯出,生不肯進介)(老旦)宋三郎不來,你又時刻念他。他來時你又怕羞怎麽?(又附小旦耳介)我的兒,一家的身衣口食,都要在他身上。我特去尋他來的,你也留些情兒與他纔是。(小旦)我好不耐煩。(老旦向生)相公,只是男子下氣與女娘纔是。他見你一向不來了,他怎肯下氣與你?(扯生介)還是你進去。(生進坐)(小旦向西泣,生向東介)

【紅芍藥】(老旦)我的兒,你收拾了此際檀痕,還須念舊日鴛盟。

（背向小旦介）

你把嘴弄虛脾，賣些甜浄，眼乜斜遞些風影。

（轉介）你們兩個怎麽一個向東，一個向西？

悠悠渾似陌路人。

相公，這也怪我女孩兒不得，你看他

没來由腰同瘦沈，也衹因夢斷梨雲。

你們兩個進去睡罷。（扯小旦、生進房坐介）

好兩兩鴛鴦睡穩。

（老旦附小旦耳介）你還是依我説，枕席上留些情兒與他。我自到房裏去哩。莫怪追歡笑語頻，情深應不厭家貧。（下）（小旦、生分坐，不語）（生伸腰介）

【耍孩兒】（生）倦體欠伸渾欲瞑，自覺無聊甚，聽簾外秋漏沈沈。寒燈，一任你背地空挑盡，我夢蝴蝶栩栩莊周寢，那顧得閒愁悶。

（生作掛釗文袋①睡介）（小旦起，背覷生介）

【會河陽】（小旦）對面無緣，撫心自矜，陰蟲切切不堪聞。短檠，照我寒衾，與黯然淚痕，偏不照情郎影，似含桃，顆顆我心頭滚，似吞刀，寸寸我心頭刃。

（内作雞鳴，生醒介）（生）你聽雞鳴了，不免起身到縣中去罷。氣衰甘少寐，心弱恨多愁。（忘取釗文袋，下）（小旦）你看那厭物去了，不免收拾睡罷。（把燈照見釗文袋介）這是那厭物的。（丢介）哎，你聽裏面甚麽響？（取看介）阿呀，到有許多金子在裏面。這是文卷，這是人與他的書了，待我看。（看介）阿呀！這是梁山泊上賊頭的書。好了，好了！他若嘴狠，待我拿將出來，不怕他不軟哩。我與他開交的機會都在這書上了。

【縷縷金】（笑介）甘唾井，恨無因，拾遺非衹幸，得兼金。他黨結梁山泊，反形足證，想天教籠鳥翩凌雲，把銀瓶落梧井。

（作睡介）

【越恁好】（生急上）楚弓遺影，楚弓遺影，慮禍甚關心。

---

① 即“招文袋”。

我起身得急了,把釗文袋遺失在房内。那金子到也不打緊,晁保正與我那封書,怎麽洩漏得的?只得轉來拿了去。(進房尋不見,摇小旦)(小旦做不醒)(又摇)(小旦醒介)(生)我有個釗文袋,你見在那裏,還了我罷。(小旦)你那一隻手交與我?到來問我討還?(生)

難道璧沈江漢無憑准,好返鎬池君。

(小旦)在到在我身邊。你做人狠得緊,我要留在此做欛柄的,没得還你。(生)甚麽欛柄?不過五十兩金子在裏面,你要就送了你。

黄金閃爍堪獻芹,贈遺何吝。

(小旦)難道只有金子在裏面?我今日要與你討個了當,省得明日做出謀反大逆的事來,連累着我母子。你好好寫一紙休書與我。(生)這個何難?我就寫。(生寫介)(小旦)中間要寫説,"任憑改嫁張三"。(生)哦,這等王媽媽説是真的了。我就寫這一句。(寫完付小旦介)(生)你如今好還我了。(小旦)我决没得還你的。(生奪得袋中刀介)你看我有刀,不怕你不還我。(小旦)我不還,難道殺了我不成?(生)

手兒内光閃閃,鋒難近,心兒内,氣憤憤,情難忍。

(小旦)四鄰八舍,宋江通了梁山泊,思量謀反,到要殺妻子哩!(生)這等可惡!(刺小旦倒在桌上介)(生)你看他已死了。待我把釗文袋掛在身邊,把被兒來覆了這屍骸,與閻媽媽説一聲兒去罷。

【紅繡鞋】一朝血濺紅裙,紅裙,一時粉碎青萍,青萍。把骸骨覆羅衾,把魚雁,袋釗文,

閻媽媽,你的女兒被我殺了,我如今自出門去哩。

把蠟履出柴門。

(老旦上)自不整衣毛,何須夜夜號?公明爲何要去得這般緊?(入見小旦死,哭)(扯住生介)我的女孩兒原不好,你該殺他的,只是你要養我的老便好。(生)這個何難?(老旦)只是他與公明做了一場夫妻，買口好些的棺木盛了他，也見你平日①的情。（生）這個使得。（老旦）這等，老身與公明同去。

【尾雙聲】（老旦）今朝相弔憐形影，誰伴桑榆悲晚景。

（攜小旦下）（老旦同生行介）（老旦）

陌上愁看淚滿巾，

（生）

管教你春草秋風老此身。

星河無夢夜悠悠，惱亂司空犯斗牛。

人世幾回傷往事，他生未卜此生休。

第二十四齣　鼠牙②

【碧牡丹】（丑上）茶肆邀冠蓋，傍市開，底事關心處，延頸待。因何聒耳，噪簷前，鴉可怪。

老身前日因閻婆息搶白了我，我在宋公明跟前說了他些勾當，宋公明竟一向不到他家裏去。昨日那閻媽媽親來拉他到家裏，不知怎麽樣了？待宋公明到來，便知端的。

【大齋郎】（老旦扯生袖上）向長街，步難捱，

（丑見介）呀，你們爲何做這個模樣？（老旦）他把我的女兒殺了。

一時紅粉痛塵埋。

哎，相公，相公！

啣恩非是奴心改，伸冤共你赴天臺。

（老旦）我實對你說，適纔孤身獨己，恐怕你走了，故此只說要你買口棺木盛他。如今到在縣前，我與你同去見縣主老爺，人命關天，料不怕你怎的。（丑）這等，待我做干證，我扯住他在這裏，你去叫屈就是。（老旦放生介）（丑）此時不走，更待何時？（生）驚

① 藜本作"昔"。

② 藜本作"喊冤"。

魚脱却金鉤釣，擺尾摇頭定不回。①（奔下）（老旦扯丑叫屈介）（浄上）從此時時春夢裏，一生遺恨係心腸。（見介）（浄）閻媽媽，你們爲甚麽在此叫屈？（老旦）張三相公，老身正要見你，那宋江昨夜竟把我的女兒殺了。（浄驚介）（老旦）我正結他到縣來，這王媽媽竟把他放走了。（浄）有這的異事？

【碧牡丹】聞訃堪驚駭，淚滿腮。

哎，宋江，宋江！

親手將人刃，三尺在，

閻媽媽，不怕他走到天上去，待我與你拿狀紙進去稟縣主老爺，着王媽媽身上要宋江便是。

管教勾治，

王媽媽，

禍臨頭，伊莫怪。

（浄）閻媽媽，你不消進來得，待我與你拿進去，就差人去拿便是。怒從心上起，惡向膽邊生。（虚下）（老旦）王媽媽，你也忒抱富欺貧。（丑）閻媽媽，你也忒忘恩負義。（老旦）他殺人償命，王法難逃。（丑）你欠債還錢，人心難昧。（老旦）宋公明怎對得過堂堂縣令？（丑）張三郎怎欺得過湛湛青天？（老旦）你如今没了這尴尬凶人，開不成茶肆。（丑）你如今死了那烟花潑賤，做不得鴇兒。（老旦）我自有冤報冤，于你何與？（丑）我也以德報德，替他解交。（老旦）你叫化不得，開這茶坊趁食。（丑）你打劫不來，叫這女兒騙人。（老旦）你一盃濁水，賺人幾貫青蚨。（丑）你兩片精皮，拐人無窮白鏹。（打介）

（浄同雜上）一朝權在手，便把令來行。你們不要争，不要争！（老旦、丑住介）（浄）公差出了，我們就要他到宋江家裏緝拿便是。（雜）曉得。

【大齋郎】（合）奉官差，稟鈞牌，追逋②頃刻疾如雷。臨岐若少相延捱，

---

① 藜本此句爲唱。

② 藜本作“捕”。

株連親黨到天臺。

(丑)漢陽窮鳥客,梁甫臥龍才。

(净)逋竄誠負累,迷津遽易回。

第二十五齣　分飛[①]

【一剪梅】(生急上)一時殺氣貫長虹,纔離孤鴻,又逐飛鴻。

(作到家介)娘子在那裏?

(旦上)

飛揚跋扈爲誰雄,適駭匆匆,試問匆匆。

相公,你爲甚麽慌慌張張的走將回來?(生)我新娶的那閻婆息,今早留住了我的剑文袋,不肯還我。一時怒發,把他竟自殺死了!那閻婆結我到縣中去,幸得王媽媽計賺,使我脱逃回來。

【柳南枝】【香柳娘】憤鴛鬮背風,憤鴛鬮背風,胸填洶洶,劍光落處紅顏送。那閻婆泣桑榆影窮,泣桑榆影窮,膝下霎時空,公庭亟相控。

【瑣南枝】我幸脱手趁轉蓬,怕追亡,逐飛鞚。

(旦)相公,這等怎麽樣好?依奴家説起來,只該及早走到他鄉外郡去住幾時。這官府裏,相公有的是銀子,待奴家上下使用,事平之後,回來也未爲遲。

【柳交枝】【香柳娘】歎蕭牆禍逢,歎蕭牆禍逢,勢難輕縱,天涯飛把東華控。料錢神可通,料錢神可通,公府好朦朧,私仇枉倥傯。

【玉交枝】莫遲疑,守株待窮,好驅馳,乘時御風。

(生)娘子,走到要走,只怕連累娘子。

【玉嬌娘】【玉交枝】我關河縈夢,離家園飄摇斷蓬,忍看掩泣牽衣送,教人心折臨風。你錦瑟無弦賦落鴻,我玉籠不鎖乘飛鳳。

【香柳娘】(合)痛風波乍逢,痛風波乍逢,話别情濃,分飛淚湧。

【園林柳】【園林好】(旦)向天涯冥鴻遠空,好隨機青鸞數通,免使我做泣麟悲鳳。

---

① 藜本作“出亡”。

(雜上)懽法朝朝樂,欺公日日憂。我們奉縣主之命,爲宋押司殺了閻婆息,特來拿他的。此間已是他門首,你看那門兒閉上在此,不免打門則個。(敲門介)

【香柳娘】(旦)叩雙環遽匆,叩雙環遽匆,怕縲絏相叢,把縑囊偷縱。

(生)這等,我與你只得分别了。(旦)相公,你打從後門走了罷。(生)雙手劈開生死路,一身跳出是非門。(下)(雜又作敲門)(旦開門,見介)公差何來?(雜)本縣因押司殺了閻婆息,特差我們來拿他的。(旦)不曾回來。

【劉潑帽】(雜)三章法約無私縱,奉官符覓跡尋蹤。

他若躲在家裏,叫他出來,這是躲不過的。

兔藏三窟成何用,莫朦朧,

他若不出來,要連累你哩。

城門火,池魚驚恐。

(旦)公差,你是曉得他的。他從來四海爲家,何況今日?到走在家裏來不成?他一向呵,

【秋夜月】氣概雄,論交四海芳名重,魏齊應有平原擁。

就不然的時節,

他做喪家之狗天涯哄,强似游魚就釜底,任區區擒縱。

公差請坐,待奴家拿幾貫青蚨送你們罷。

【東甌令】(浄上)乘機會,使牢籠,蕭何成敗笑談中。

我張三郎,財色上安命的,閻婆息在日,我愛他的色,如今死了,真個與宋公明有甚麽不共之仇不成?不免乘機去賺他的銀子用用,却不是好?(進見介)(浄)尊嫂,認得小生麽?(旦)你是張押司,與我相公同廊①,怎麽不認得?(浄背介)

他嬌柔旖旎雲鬟擁,

我張三郎偷香竊玉的心又動了,

再把風月機關用。

(轉介)尊嫂,我與宋公明呵,

---

① 藜本作“廨”。

同寅交誼久相從，忍使你今日泣途窮。

（浄）凡事有我在此，我坐在你家裏，他們自然不敢來鬧燥哩。（旦）如今這二位怎麽樣打發去？（浄向雜介）宋押司實落不在家裏，你們且去着，差使錢明日我到縣同你們回官的時節打發你們。（雜應介）正是：好放手時須放手，得饒人處且饒人。（下）（旦謝浄介）押司，我

【金蓮子】歎煢煢，多君惠顧邀靈寵，鼠牙雀角甚縱横，全仗你力周旋，這死生肉骨感何窮。

（浄）這個小生怎敢辭勞，凡事都在我身上。

【尾聲】我虚脾敢向相知弄，管及早彌縫終訟，

（背介）

我早見他心有靈犀一點通。

（旦）雖言千騎上頭居，一世生離恨有餘。

（浄）葉下倚窗銀燭冷，茂陵秋雨病相如。

第二十六齣　召釁①

【縧山月】（生上）忠信涉波濤，行矣莫徒勞。似孤雲無定鶴辭巢，盼梁山在望，鄉關在念，轉自牢騷。

［西江月］照野瀰瀰淺浪，横空暖暖微霄，障泥未解玉驄驕。東風淚零多少。　　可惜一溪明月，莫教踏碎瓊瑶。解鞍攲枕緑楊橋，杜宇數聲春曉。我自殺了閻婆息，别了妻子，水宿風餐，披星戴月，一路行來，再没安身所在。記得去年有個戴宗，曾到鄆城來，與我爲八拜之交。且到那裏去看，若是不能容身，只索要到梁山泊去哩。

【普天樂】離家來，雲山遶，回首處，松榆邈。望雲端怨氣成虹，按刀頭血痕猶繞。猛可的追想到，那好姻緣到把冤家造。閃得人水遠山遥，拚得箇雲深霧杳，憶交情，使人夢役魂勞。

---

① 藜本作“醉題”。

(副净扮戴宗上)越絶孤城萬里重,相逢之處草茸茸。(見生介)(副净)呀,公明,爲何獨自一個,到那裏去?(生)小弟只爲一口氣殺死了新娶的偏房閻婆息,如今縣中差人拿我,我只得逃走出來,要尋一個安身去處。(副净)小弟這裏那蔡九知府甚是利害,不可安身,怎麽樣好?如今且到潯陽酒樓中飲幾盃,以敍闊悰何如?(入店介)

(丑扮酒保上)店如星布,味不雷同。(見介)原來是戴院長。(副净)拿酒來。(丑擺)(生、副净坐介)(丑下)

【雁過聲】(副净)連朝,紫氣繚繞,欣逢着天涯故交。

小弟自昔年别後,

風塵荏苒音書杳,念空懸,夢徒勞。幸喬裝遠棹河潮,真天緣輳巧。

(生歎介)(副净)

開懷敍闊相傾倒,怕此去你行藏難預料。

【傾盃序】(生)波濤起,繡閫湧絳綃,遼海遠,投皂帽。

(副净)那閻婆息爲甚麽事,便激起兄長的怒來?(生)其時梁山泊晁保正寄小弟一書,那閻婆息拿了小弟的不肯還,小弟故此殺他的。

爲雲牋一幅,齊餽多金,嗔他堅執,激我焦燥,把紅顔一命,青萍三尺,霎時顛倒。因此學當年避秦,行李逐蓬飄。

【玉芙蓉】(副净)交情托寶刀,濁酒供談笑。歎馬周寥落,張儉飄飖,便縑囊不惜居傭保,複壁無緣慰寂寥。

(生)小弟要趕路行走,酒不喫了。(副净)

憐松紹,再盃傾幾瓢,謾催程,我心懸旆正摇摇。

盃盤狼藉,待小弟再到街上去買些下酒的物事來。正是:有客無酒,有酒無餚。(下)(生作醉介)哎!

【雁來紅】我雄心耗,恨怎消,醉顔酡,氣更豪,倘從牖下徒然老,腐朽同枯草。説甚麽雕鶚乘秋奮九霄,胸襟傲,托凌雲彩毫,寫生平攄懷抱。

且喜有筆硯在此,把我一腔的心事,做首絶句題在這壁子上。(生題)

(雜隨上,向生,背看寫介)(生)

心在山東身在吴,飄蓬江海謾嗟呀①。

他時得遂凌雲志,肯笑黄巢不丈夫。

鄆城宋江作。(閣筆睡介)(雜)有這等的事!不免去報與蔡九知府得知,拿他到京請功則個。朝野歡娱後,乾坤醉眼中。(雜下)(副浄上)海内存知己,天涯若比鄰。阿呀!宋公明醉倒在這裏了。(叫生醒介)(副浄)公明,天色已晚,前路去不及了,就在這江樓上借宿了,明日起身罷。只是小弟今晚輪該府中上宿,不得相陪,明早來奉送。如今我們且喫酒。

【朱奴兒】喜不盡樽中濁醪,更相侑盤内羊羔。燈火熒煌醉客豪,拚黄公酒壚共倒。

(生)小弟明日雞鳴,就要起身哩。

清宵杳,沈沈漏高,暫託宿,聽雞報。

燕趙悲歌士,相逢劇孟家。

寸心言不盡,前路日將斜。

第二十七齣　博執②

【接雲鶴】(末冠帶,衆隨上)么魔小醜甚狂猖,反詩題罷震江陽。

下官蔡九知府。昨晚已退堂就寢了,那無爲軍黄通判來,報宋江題反詩一事,終夜徬徨不寧,差人拿他去了,想必就到。看那厮見了我怎麼樣説?

(雜綁生上)(雜)瓮中捉鱉,手到奉承。(生背介)我醉後題了反詩,如今無以解釋,只得裝做失心瘋的罷。(轉介)天黑黑,地黄黄,休笑我肆猖狂。(雜)稟老爺,宋江當面。(生做不跪介)(末)你是宋江麼?如何不跪?(生)阿呀,不好了!天翻地覆了。(雜)稟老爺,是瘋子。(生作瘋顛介)

---

① 藜本作“吁”。

② 藜本作“下禁”。

【一盆花】(生)可惜乾坤浩蕩,看天翻地覆,

你看這許多牛馬,(笑介)

牛馬冠裳,

你看那邊龍起哩,

今朝龍戰血玄黄。

(生走,雜攔生介)(生)玉皇下降來請我,我要去,

看此際玉皇下降,鑒别忠良,任吾主張,任吾放曠。

你看好一條大白蛇,等我去斬了他。

恁道是劉季當年,斬蛇無狀。

(末)這個瘋是他無以解釋,假意妝的,不要信他。我對你説:

【前腔】今日昇平景象,看民安市井,武偃疆埸,更師師濟濟盡忠良。

(生作嘔介)(生)你看那個是甚東西?(末)

歎無知魍魎,罪犯無將,怎不審詳,怎不忖量。

(生作顛介)(末)

到今日,假肆佯狂,難彌反狀。

(末)也罷,且把他監在牢裏去。(雜應,押生介)天有不測風雲,人有旦夕禍福。(下)(末)戴宗那裏?

(副淨上)堂上一呼,階下百諾。稟老爺,有何分付?(末)我這一封書,你與我到太師爺府中去投下,不可有誤。(副淨應介)(末)朝來有鄉信,將寄萬里親。(末下)(副淨弔場)這事怎麽了?宋公明昨日説與梁山泊往來,如今不免先到監裏去,分付衆人,好好看他。只得就此到梁山泊去求救便了。

【油核桃】驀地裏教人魄喪,到此際救援誰仗?挾郵筒潛向梁山往,乞他們引手相匡。

何處問京華,悠悠水路賒。

此情不可説,愁結亂如麻。

第二十八齣　黨援[1]

【玉女步瑞雲】(外戎裝,衆隨上)結黨梁山,行道替天佐漢。

【瑞雲濃】看建幟忠義堂前。

馬掛征鞍將掛袍,柳梢枝上月兒高。男兒未掛封侯印,腰下常懸帶血刀。俺晁蓋自從投奔梁山,仗衆兄弟推戴,小嘍囉贊襄,義氣日深,軍容日壯,比王倫當日氣象,自是不同了。只是宋公明處,那日遣人通問之後,一向音信杳然,這也不在話下。山寨中招賢納士,凡有來投奔的即便報。

【前腔】(副浄急上)爲救金蘭,奔走直如飛電,取道到忠義堂前。

(副浄向雜介)我要見寨主的,可通報一聲。(雜引進)(見外坐介)(副浄)小可戴宗,非爲别事而來,爲宋公明見禁潯陽,危在旦夕,特來求救。(外驚介)有這等的事?快請軍師。

(小生上)坐謀資廟略,飛檄佇文雄。(見介)(外)宋公明有難,這位就是人傳説的"神行太保"戴兄,特來求救。(小生)戴兄,你且説那顛末與小可的聽。(副浄)公明爲衆好漢的書信,殺了閻婆息,逃難到潯陽。小可途次相值,就留在酒樓上坐一坐,那日晚了,借宿酒樓。宋公明醉後,題下反詩一首在壁上,有個黄通判報與蔡九知府得知,立時把宋公明拿去監禁。如今特差小可到京中去報信,此事非衆好漢不能救他,如今計將安出?小可那日與宋公明呵,

【獅子序】相逢在歧路間,向罏頭盤桓息肩。他糊塗一時,倏起波瀾,可惜他生死在轉盼,特懇你念交情,賜提攜,救迍邅,同心金斷,難道恝然不顧,袖手旁觀!

(小生)這等,那蔡九知府有書到京去麽?(副浄出書介)書有一封與他太師的,只不知怎麽樣寫哩?(小生接書,開看介)(小生)他書上寫説:"反賊宋江題反詩在潯陽江酒樓,已被擒拿,罪當取

---

① 藜本作"假書"。

決,或解京,或就本處棄市,悉憑尊裁”。這就有計了,竟假起蔡京回書,叫他解到京來,少不得路由梁山泊過,那時我們劫了上山,如同反掌哩。(副浄)只是筆跡不同,怎麽樣好?(小生)如今蘇、黄、米、蔡四家的字盛行于世,何難套寫的?(外)妙計,妙計!

【太平歌】乘機變,賴有此瑶函,那呼吸存亡懸寸緘。

(小生寫介)

把霞箋委曲行方便,喜點畫肖處渾無辨。

(合)

若得檻車促械就間關,籠鳥管翀天。

(小生付副浄書介)(副浄)小可就此告别。從空伸出拿雲手,救取天羅地網人。(急下)(小生)阿呀,這事不好了!倉卒之間,不及檢點,竟用了蔡京名字的圖書,萬一識破了時節,不但宋公明不能救取,連那戴宗也不免哩!(外)快追他轉來便是。(小生)他的行走,那個追得上的?

【賞宫花】恨謀疏萬全,憶圖書,覺惘然,敗露難胡掩,林木禍相延。他捷足飄飄如攝電,追蹤不逮使還轅。

(外)這等怎麽樣區處纔好?(小生)這也不難,我們起了大隊人馬,到潯陽江口探聽消息。萬一事有不虞,臨時殺入城去,救他便了。(外)這等,明日就起程罷。

【大聖樂】(小生)計疏虞,多費周旋,到頭來,終須離阱陷。

只是先打發個人去探信纔好,

乘機伺釁潛相探,庶先發制人便。若不是彫戈横處驚雞犬,怎能勾金鎖開來縱鳳鸞。

還有一件,宋公明宅眷必受窘迫,也須着兄弟們請了來,

多方展轉,須信道流離瑣尾,鰥曠堪念。

(外)這等,先打發一個健卒往潯陽探聽,打發一位女頭領,同幾個兄弟們,帶領一枝人馬,到宋家莊上,乘夜打到他家裏,搶了宋家嫂嫂上馬前來,一路上與他説個明白便是。

故人别後阻行舟,運去英雄不自由。

此日六軍同駐馬,無人解道取涼州。

第二十九齣　計迓[1]

【玉井蓮】(旦上)悶掩流蘇,鎮日懨懨獨坐。

悲莫悲兮生别離,怨遊子兮悵忘歸。路迢遥兮今焉薄,不得見兮心傷悲。奴家宋公明之妻孟氏。自丈夫偶罹風波,倏馳道路,鼠牙之胎未杜,馬首之塵難還,叫我情隨歸雁,悲托啼鵑,如何是好?况兼那張三郎在此,雖然爲我周旋衙門中的事情,只是此人常以言語來調笑奴家,奴家縱不睬他,終屬嫌疑。且喜事已稍稍平安,只不知我丈夫下落,如何是好?

【風入園林】【風入松】天涯游子逐鳴珂,深閨夢繞關河,我不爲啼殘夜月悲鸚鵡。

【園林好】怕不遇趙平原魏齊難躲,懸望處,鎖愁蛾,懸望處,鎖愁蛾。

(旦虚下)

(雜扮小校上)獵獵旌旗背晚風,身騎白馬萬人中。我們是梁山泊内的嘍囉,奉晁天王之命,來取宋公明宅眷。叫我們不要打話,搶了就走。早已來到鄆城,只是日間不好動手,待更深時分,再作區處。正是:計就月中擒玉兔,謀成日裏捉金烏。(下)

【月上園林】【月上海棠】(浄上)窺青瑣,鰥魚渴鳳無如我,奈霎時中熱,驀地偷過。

小生一向有意于宋家娘子,不曾遇着個便兒。今夜待我闖入他内室去。

(旦上。相見介)(旦)呀,張押司!這是奴家内室,若有甚麽事,請在外邊坐了,待奴家出來商議便是。(浄)小生乘此月色,信步到此,不知是尊嫂内室。這是誤入桃源了。

對明月,忍把良宵輕錯,因乘興,遇嫦娥,因乘興,遇嫦娥。

(旦)張押司,這等,“瓜田不納履,李下不整冠”,嫌疑之際,請出去罷。(浄)這樣,同尊嫂到庭中去,看一看月,如何?(旦)張押

---

[1] 藜本作“取眷”。

司，你這樣還不知奴家的心事哩！（净笑介）小生難道不是尊嫂的知心人兒？

【風入園林】（旦）我幽居深自鎖烟蘿，誰憐心事蹉跎。

（净）尊嫂心事，小生極能見憐。（旦）

悠悠對景傷遲暮，更夙夜畏行多露，任明月，徹銀河，任明月，徹銀河。

（净）尊嫂，雖是這等説，只是小生多蒙尊嫂厚情，今夜多喫了幾盃酒，便覺興高起來。（旦）奴家那裏知道你甚麽興！（净）尊嫂問小生的興麽？

【月上園林】真心吐，我怕你把無情歲月空閒過。待勸你學東鄰窺玉，卓氏當壚。

（旦怒介）哇！你怎麽就説這樣言語來唐突我！（净笑介）是小生唐突，望乞尊嫂恕罪。只是小生爲尊嫂計呵，

枉自把年華擔誤，看牛女，會明河，看牛女，會明河。

（旦）張押司，休得如此無理，請出去罷！（净笑介）自古道："既來之，則安之。"我不出去了。

【風入園林】（旦）狂且浪自起風波，我柏舟自矢無他，白茅包麕成孤①負。

（净）孤負了小生的情不打緊，只怕孤負了尊嫂的青春。（旦）

語無忌令人嗔怒。

（净）你若是這等執拗，我明日就去鄆城縣裏去説，叫差人來拿你。（旦）

便百折不能磨，便百折不能磨。

（雜急上）劍吐浮雲氣，弓彎明月輝。我們早已乘着月色，潛入城來，已到宋公明門首，不免徑入。（闖入，搶旦下介）（净）有這等事？我在此千言萬語，騙不得上手，到被幾個强人搶了就走。可笑，可笑！

【月上園林】徘徊顧，陡然驚遍風流禍。問崑崙何在，掩取嫦娥，我手足茫然失措。

---

① 應爲"辜"。

哎，宋娘子，宋娘子！你到今日，
難道也説心匪石，不能磨，心匪石，不能磨？
南隨飛鳥北燕①鴻，身似流星跡似蓬。
我②無限心中不平事，一宵清話又成空。

第三十齣　敗露③

【劍器令】(末冠帶，衆隨上)參破這根由，果然是落他機彀。且仔細將伊追究，怎能胡掩亂搊。

莫信直中術，須防人不仁。下官蔡九知府，爲宋江題了反詩，差戴宗到京，請問個下落。他昨日回來，書中叫説解至京師。下官到也不及詳察，那黄通判看了，便知道是假的，他説父親與兒子的書，豈有用名字圖書的理？這也説得是，待我唤戴宗來，問他我府中詳悉，便知真假了。戴宗那裏？

(副浄上)早知今日，悔不當初。(見介)(末)我且問你，你到我府中，何人見你？我太師爺對你怎樣説？(副浄背介)這遭做出來了。(轉介)稟老爺，小人到的時節，太師爺在朝中議事，不在府裏。小人因此上，

【八聲甘州】侯門伺久，會參謀政務，齊集公侯，臨岐道路，匆匆簇擁鳴騶。

其時天色已晚了，小人連太師爺的尊顔，到也不曾看得明白。
朦朧莫辨黄昏候，倉卒相將錦字投。

(末)這等，太師爺親自收你的？(副浄)不是。
代收，歎芝宇親炙無由。

(末)收你書的是怎麽樣一個人？(副浄)是一位齊齊整整的管家。(末)我太師爺府中止托那一個老蒼頭出入，你只是這一句

① 藜本作"征"。
② 藜本無"我"字。
③ 藜本作"詰僞"。

話兒就做出來了。(副浄)或者是老年紀的,也不可知。只是黄昏時節,小的看不明白。(末怒介)唗!

【前腔】胡㨋,言詞虚謬,你東遮西掩,蓋尾藏頭。

我日常間怎麽樣看待你,你到來賺我?可惡,可惡!

我腹心相視提攜久,誰料手足無憑蹤跡浮。可尤,一任你詭託無由。

(末)左右,與我着實打。(雜打副浄介)(副浄)老爺,如今怎麽見得書是假的?(末)奴才!難道父親與孩兒的書,用個名字圖書不成?(副浄)老爺,若是假的,難道這一件不曉得?决然不假太師爺的名字了,惟其是真的,太師爺一時失了檢點,到誤用了未可知。(末)這個是了。我問你府中事體,你一句也説不來,豈不是假的?(副浄不語介)(末)左右,把他拶起來。(拶副浄介)

【解三醒①】(副浄)痛失火池魚罹咎,苦亡猿林木貽憂。

老爺,可憐小人呵,

驅馳道路方回首,頓無端三木囊頭。

太師爺筆跡,老爺一定認得明白的,就可見得真假了。

他筆蹤楚楚非蝌蚪,我冤氣沈沈貫斗牛,災星湊,歎身依無主,舌辨無由。

(末)我曉得了,你與反賊通同,一定同謀造反的了。你要我解至京中,不過思量中途搶去。我如今把你兩個一齊斬了,將首級解到京去,你們便插了翅難飛去哩。

【前腔】(末)你把密啓輕輕相漏,把奸黨故故相糾,檻車就道虞僝僽。

把你二人呵,

向雲陽伏法何尤,你華亭鶴唳聽難久,北寺臯陶祭可憂,深堪咎,便怒飛有翼,插翅無由。

叫左右,與我押他到牢裏去,明日與宋江一同處斬便是。

(副浄)世情誰是舊雷陳,路難悠悠常傍人。

(末)持法不須張密網,(副浄)餘生猶待發青春。

---

① 藜本作"解三醒"。

第三十一齣　冥感①

【滿江紅】(小旦扮鬼魂上)絳樹摧殘,同木槿,餘芬未泯,向偷香深處,當鑪舊徑。月下空歸環珮冷,星前暗泣鉛華褪,蠟燭成灰泪尚零,千秋恨。

[憶王孫]手披荒草看孤墳,懷舊長沙哭楚雲,不見當時勸酒人。泪沾巾,兩地各傷無限神。奴家閻婆息,自遭狂且毒②手,已從鬼籙潛身。只是柳性未寒,雲情尚在。哎,張三郎,張三郎!你此後衹就畫圖,識春風之面。我今日且攜環珮,歸月下之魂,不免乘黄昏人静,到他那裏走一遭則個。

【梁州序】馬嵬埋玉,珠樓墮粉,玉鏡鸞空月影。莫愁斂恨,枉稱南國佳人,便醫經獺髓,絃覓鸞膠,怎濟得鄂被爐烟冷。可憐那人去章臺也,一片塵,銅雀淒涼起暮雲。看碧落,簫聲隱,色絲誰續懨懨命,花不醉,下泉人。

早已到張三郎門首了。你看門兒緊閉在此,不免唤醒了他,慢慢的進去則個。(唤介)張三郎,張三郎。

(净應上)遥憐北窗月,羅綺自相親。半夜三更,是那一個叫我?(小旦)三郎,是奴家。(净)古怪,是個女人家的聲音,怎麽此時來到這裏,把我相唤?(小旦)三郎,你怎麽不開門?(净)你是那一個?

【漁燈兒】莫不是,向坐懷柳下潛身?莫不是,過男子户外停輪?莫不是,攜紅拂越府私奔?莫不是,仙從少室,訪孝廉封陟飛塵。

(小旦)三郎,奴家的聲音難道就聽不出了?(净作疑介)小生實是聽不出。

【錦漁燈】(小旦)我是那,懷扼臂,薛昭臨贈;我是那,去遼陽,丁令還靈。

① 藜本作"活捉"。

② 藜本作"之"。

(净驚介)你這等説,是個鬼魅,敢是還魂轉來的?(小旦)

我未能勾鸚鵡重逢環玉痕,暫臨風,攜將金盌出風塵。

(净驚介)哦,我記得出了,你敢是閻婆息?(小旦)奴家便是!(進)(净見小旦,驚避介)(净)呵呀,小娘子!自古説得好,冤有頭、債有主,你該尋宋江,怎麽到來尋我哩?你,你,你只該

【錦上花】向嚴武,索命頻,怎麽到恨王魁,負桂英,好似妖蛟夜舞欲欺人。

(小旦)奴家今夜不爲討命而來。(净)這等,這等,

我不曾招屈子,楚些吟,不曾學崔護,視殮殷。因甚麽畫圖魂返牡丹亭,隱現畢方形。

(小旦笑逼净,净遠介)(小旦)三郎,不消駭怕得。

【錦中拍】你只道那重泉路陰,把幽魄沈淪。那裏曉得鴛鴦性打熬未暝,花柳情摧頹猶賸,恰好的向夜臺潛轉一靈,似雲華魂還長寢,似倩女魂離鬼門。須信道紫玉多情,英臺含恨,因此背魚燈,涉巫嶺。

(净近小旦介)(小旦)三郎,你看我的容顔,比往常何如①?(净看,笑介)一些兒不改。

【錦後拍】覷着伊,俏龐兒,宛如生,嬌吐依然舊鶯聲。打動了我往時逸興,我往時逸興。銀蠟下鸞交鳳滚,向紗窗中重擁麝蘭衾,彷彿聽,鼓瑟湘靈隱隱,真箇春蠶絲到死,渾未盡。

(净)娘子,還記得生前的行徑麽?(小旦)奴家怎麽不記得?我想當時呵,

【罵玉郎帶上小樓】小立春風倚畫屏,好似萍無蔕。柏有心,珊瑚鞭指填衡門,乞香茗,我因此賣眼傳情。慕虹霓盟心,慕虹霓盟心,蹉跎杏雨梨雲,致蜂愁蝶昏,致蜂愁蝶昏。痛殺那牽絲脱紝,只落得搗牀搥枕。我方纔颺李尋桃,纔颺李尋桃,便香銷粉褪,玉碎珠沈。歎浣沙溪鸚鵡州,共夜壑陰陰,今日裏,羡梁山鴛鴦塚立。

(净)正是,我如今思量起來呵,你

【前腔】李代桃僵翻誤身,恨他翻爲雨,覆作雲,可憐紅粉付青萍,泪沾

① 藜本作"如何"。

巾。好一似膏火生心，苦時時自焚，苦時時自焚。正捱剩枕殘衾，值飛瓊降臨，值飛瓊降臨，驟道是山魈現影，又道是鵾弦洩恨，把一箇震耳驚眸，把一個震耳驚眸，博得個蕩情怡性，動魄飛魂。看赴高唐，向陽臺，雨渥雲深，又何異，那些時，鶼鶼影並。

(小旦)三郎，奴家看起來，我既捨不得你，你又活不得我。不如我與你結一個鴛鴦塚，完了兩人的夙願罷。(浄驚介)這個怎麽使得？(小旦)我也顧不得，只是扯了你同去便是。(小旦扯浄)(浄掙不脱介)

【尾聲】(小旦)何須鵩鳥來相窘，效于飛雙雙入冥，我纔得九地含矑，鴛塚安然寢。

第三十二齣　聚義①

【三臺令】(外、小生戎服上)囹圄拘繫賢良，山寨驅馳虎狼，聲勢甚鴟張，管直擣有誰抵擋。

故人還寂寞，削跡共艱虞。殺氣横千里，軍聲動九區。(外)我們今日往救宋、戴兩個好漢，不免要驚動大隊人馬。快請衆兄弟們到忠義堂上議事。

(浄、丑、小旦同上)劍鋒輝太皞，旗焰拂蚩尤。(見介)(小生)宋、戴兩個好漢，被那蔡九知府屈陷囹圄，即日就要典刑。不免要衆兄弟同去救取他兩個，但法場之上，不是等閑，大家都换了本等衣服，或扮做客商，或扮做農家夫婦，分路埋伏。臨時以炮響爲號，一齊殺將攏來，救取他們，不免就此起行前去。(各换衣服。同行介)

【山坡羊】亂紛紛忙離山嶂，急煎煎争馳車仗，路迢迢望城門未關，影悠悠東市分途往。暗主張，弓刀貼肉藏，衣更服變，服變平時狀。好相機宜，同施伎倆。思量，英雄未易傷；猖狂，官兵孰敢當。

(小生)我們早已到法場近邊，不免分路埋伏則個。正是：懸旌要

---

①　藜本作“上山”。

路口，倚劍短亭中。（下）

（生、副浄綁，衆押行介）

【前腔】（生、副浄）氣冲冲精神莽撞，影飄飄英魂蕩漾。

（生）

痛煞煞把池魚罹殃，

（合）

恨悠悠賫志同淪喪。

（雜）此間已是法場上了。（生、副浄）

赴法場，心思自感傷。

（副浄附生耳介）那梁山泊張榜説來救我們，只怕來不及了。

須臾援救，援救成虚謊。

（生）哎，

禍到臨頭，空勞惆悵。

（末冠帶，雜隨上。指生介）

乖張，你平時空項强。

（指副浄介）

荒唐，你今朝誰抵當。

（雜）稟老爺，午時三刻到了。（末）這等，起鼓。（雜將起鼓）（外、小生、浄、丑、小旦同殺上）梁山泊好漢大夥在此，那個敢動手！（丑殺末，混殺）（外扶生、副浄起介）（外）衆兄弟們，蔡九知府既已殺了，其餘人民與他無干，不要害他。（衆止介）（外）公明，你既身遭阱陷，戴兄又倏被連株，小弟們自愧爲人謀而不忠。（生）我兩人蒙列位救取，生死骨肉，何以爲報？只是列位怎麽就曉得今日行刑，救兵來得這等迅速？

【四犯黄鶯兒】（外、小生）那日自戴兄别後呵，隨悔計周張，奈追蹤，去路忙。預知敗露遭淪喪，因此車馳法場，兵埋道傍。看此際呵，似殘雲風捲無攔擋，渠魁殲決，英雄無恙，方快吾儕莽壯。

（末、雜扮追兵上）神融躡飛動，戰勝洗侵凌。我們官兵來追梁山泊一夥人馬。（生望介）你看追兵又遠遠來了，怎麽樣好？（外）公明，這個何妨？

【前腔】他怒臂奮螳螂，縱當車，亦可量。我勢如破竹誰能擋，一任旌旗肆張，干戈遍揚，笑追兵役役成虚謊。

（混殺，末、雜敗下）（外）他們料不敢再來相①追了，我們歸寨去罷。（衆行介）

歸途瀟灑，凱歌歡暢，今日梁山勢壯。

同敲金鐙響，齊唱凱歌回。（下）

【攤破簇御林】（衆擁旦上）悲流落，没主張，一路迢迢暗忖量，未知他果否潛蹤，只落得裙釵飄蕩。

（作到介）（雜）稟夫人，已到梁山水寨了。（旦）

虎狼窟裏相凝望，怎能勾鴛鴦池上相偎傍。

（外、小生、老旦、衆上）

救忠良，歡娛簇擁，返旆有輝光。

（生、旦相見介）（生）呀，娘子！你爲何也在此處？（旦）便是奴家一個暮夜，有數騎突至，不由分説，把奴家搶了就走。直到這裏，與奴家説相公的顛末，叫奴家在此等候相公。奴家還在疑信之間，見了相公，方纔安心。（生謝外介）

【前腔】（生）雲天誼，詎可量，匡救蜉蝣離虎狼。復垂憐閫内荆釵，使夫妻團圓無恙。

（合）

鋤强銖②暴軍威壯，扶危濟困恩波曠。恁强梁，能如山寨，水滸有餘光。

【意不盡】替天行道旌旗漾，看忠義堂顔高敞，管指日招安達帝鄉。

只合終身作臥龍，偏承霄漢渥恩濃。

衹令文字傳青簡，不使功名上景鍾。

---

① 藜本作“枉”。

② 應爲“誅”。

元宵鬧傳奇

【劇目簡介】

傳奇，另名《玉麒麟》，明代李素甫作。《曲録》《曲海總目提要》等著録，未有刻本，現存皆鈔本，有清雍正間鈔本①，怀宁曹氏旧藏清抄本，近人許之衡飲流齋校鈔本等。小説《水滸傳》第六十一回《吴用智賺玉麒麟　張順夜鬧金沙渡》至第六十六回《時遷火燒翠雲樓　吴用智取大名府》敘盧俊義上梁山等故事，此劇情節和人物多有不同。

雍正間鈔本題目作"元宵鬧傳奇"，署"明吴江李素甫位行撰"。上下二卷共二十七折，每頁十行，每行二十四字。

劇演盧俊義正陪賈氏設宴賞花，遇李固行乞，雖燕青極力反對，但仍收留在家并令其管理家里的賬務。宋江聽聞盧俊義英雄了得，欲引上梁山。吴用先令時遷在盧家日夜擾鬧，又扮作算卦先生，在墻壁留下藏頭詩，誘使盧俊義攜李固前往泰山進香。途經梁山，衆豪杰强留盧俊義，而放回李固。李固私通賈氏，通過張文遠向梁中書行賄，并告發盧俊義與梁山勾結，燕青發覺二人奸情，却被賈氏逐出，只得靠乞討度日，專等盧俊義回來。盧俊義從梁山回轉家鄉，途遇燕青，却不信其言，至家被捉，拷打成招。李固又出金賄賂蔡慶，令其在獄中暗害盧俊義，戴宗、柴進亦至大名府，以千金饋蔡福，蔡氏兄弟答應在獄中照料盧俊義，并助盧俊義被發配沙門島。押解途中，差役張豹、李彪受李固唆使欲行加害，燕青及時趕到，救下盧俊義性命，但又被官吏重新

---

① 《古本戲曲叢刊》二集影印本爲據雍正間鈔本過録，此次整理據此爲底本。

拿盧俊義捉回，就要行刑，危急時刻，石秀從酒樓飛身而下，亦旋被官府擒拿。梁中書怕梁山報復，不敢馬上殺害盧、石二人。時值元宵，吴用等借大名府燈事之時，分兵派遣梁山衆人混入城中，時遷火燒翠雲樓，救出盧、石二人，盧俊義親手復仇，殺掉李固、賈氏，張文遠亦被殺掉，盧俊義遂同衆共歸梁山。宿元景奉旨招安，梁山衆人共飲慶賀宴席。

第一折

【西江月】意懶一腔愁緒，心馳滿載憂思。床頭金盡少相知，酷見炎凉滋味。閉室閒觀《水滸》，緣情草就傳奇，高明爲我潤删之，莫笑俚詞鄙句。

【滿庭芳】宋室衰微，皇綱凌替，梁山潛集豪英。軍師學究，星説玉麒麟。李固妄圖姿①産，嗔規諫怒逐燕青。盧俊義苦辭衆俠，遇僕訴衷情。　　招成戍遠逃生，排難二進司門。宋公明患瘡，兵解東平。賈氏含酸怨偶，張文遠兼御春英。元宵鬧，報冤劫獄，詔取赴神京。

來者盧俊義是也。（下）

第二折

【高陽台】（生上）目辨風雲，胸藏星斗，取功名有如點墨。奈朝野權奸相將，下民戕賊，兵戈四起皆仇敵。眼見銅駝，溷于荆棘。且忘形，優游山水，坐觀得失。

少小豪雄海内聞，生平端不負虛名。芸窗力學三冬足，石室心傳八陣精。追仲父，慕亞卿，黄金台築豈難登。欲匡宋社施經濟，怨獲蛟螭弃渭綸。卑人姓盧，雙名俊義，别號“玉麒麟”，河北大名人也。上喪椿萱，每懷風木之悲；下無手足，常憶池塘之詠。

① 應爲“資”。

幸遺家筵豐厚，田地肥饒，賴此篤志經書，潛心韜略，文自詩賦詞章，及陰陽星曆，皆能窮其妙；武由刀箭功①馬，至兵機陣法，靡不得其玄。所爲幼而學，壯而行，當貨作皇家砥柱；出則將，入則相，堪繪於帝室之凌烟。恨只恨讒臣專政，蔡京、童貫、高俅、楊戩等，紊亂朝綱；憂只憂强寇虐民，那田虎、王慶、方臘、宋江輩，荼毒黎庶。切今内患一興，而外亂迭作；假若男兒奮志，立可掃除。惟恐竹帛之名，終難垂於世耳！致使英雄扼腕，壯士枕戈，良可歎也。且喜荆妻賈氏，儀容雅淡，克諧琴瑟以宜家；義子燕青，拳棒熟嫻，且善吹彈而孝主。况今春光明媚，垂絲花放於南枝；淑景融和，鐵梗種傳於西蜀。對此名葩，豈可虚度？昨日分付燕青，整備筵席，與孺人慶賞，不知可曾完備？燕青那里？

(小生上)來了！一弩能穿雙鶻，單槍管掃千軍。忽聞堂上唤燕青，拱立堦前聽命。員外，有何分付？(生)昨日命你，安排筵席；今日與孺人，慶賞海棠。可曾完備否？(小生)完備多時了。(生)既如此，着春英扶侍孺人出來。(小生)吓！傳話着春英，扶侍孺人上堂。(小旦内應介)

(净扮老媽，隨旦上)(旦)

【卜算子】花影覆紗窗，柳色侵羅幌。

(小旦上)

停針隨侍出蘭房，上苑鶯聲唱。

(各見介)(旦)桃和李鬥巧，點綴文園，春容不老。(小旦)勾引游人，金勒馬嘶芳草。(生)閒坐小橋，披閲山童報，海棠開了。(小生)風光好，舌弄晴音，枝頭黄鳥。(旦)員外唤妾身，有何話説？(生)孺人，你看庭前二品，尚且争芳；你我一壺，豈不共酌？(旦)原來如此！春英，斟酒過來。(小旦應介)(衆)

【玉芙蓉】紅英壓衆芳，絳萼超羣爽。喜昨宵着雨，花枝開放。朱塗燦若霞藏日，血染鮮猶赭襯黄。

(合)

---

① 應爲“弓”。

情懷暢，勸東君舉觴。對花前，猛拚酩酊入錦雲鄉。

【前腔】嬌容浪蝶忙，艷色游蜂嚷。總丹青難畫，舞腰宫樣；濃粧淡抹楊妃娜，横倚斜欹西子狂。

(合前)

(付上)咳！乞其餘不足，見他而又顧。事急無君子，情知不是路。我李固，向年爲客，折本流落燕都。無計資身，只得望門投止。今聞盧員外在家，設宴賞花，不免闖將進去，求些酒飯充飢，有何不可？(闖進介)(小生捉介)呔！是什麽人，往内亂闖？(付)小人是求乞的。(小生)既是求乞的，在外面求討，怎麽走到這裡面來？(付)腹餒無奈，小人有罪！(生)燕青，是什麽人？(小生)是個求乞的。(生)既是求乞的，該在外面求討，怎麽闖進裡面來？(小生)小人也是這樣對他説的，只爲腹餒無奈。(生)如此，與他些酒飯。(小生)吓，員外賞你酒飯。(吃介)(旦看介)員外，看此人狀貌魁梧，聲音清徹，不像求乞的。今爲乞兒，必有緣故。員外可試問其詳。(生)燕青，你去問他：何方人氏，姓甚名誰，若大一個漢子，爲何不做些經紀，反爲乞丐？(小生照白，問介)(付)員外聽禀：

【前腔】我家居住汴梁，

(生)叫甚麽名字？(介①)

李固年方壯。

(生)爲何流落在此？(付)

爲經營乏斧，流入卑行。

(生)你可曉得什麽本事？(付)員外面前，不是小人誇口，

九流三教皆通曉，

(生)歸除算法，你可曉得？(付)

出納行藏儘不妨。

(小生)員外，不要保他。

言俱謊，望東君主張。看他腦生反骨，後必惹非殃。

---

① 應爲“付”。

(旦)燕青,你的相法,幾時學的?用與不用,出於員外,那個要你多講?(小生)吓!(生)李固過來。我憐你孤身流落,意欲留爲門下,未識肯否?(付)小人得蒙員外收録,情願執鞭隨鐙。(生)你既曉歸除算法,自今日爲始,一應出入帳目,都交與你掌管,不可誤事!(旦)李固,你若盡心,後來自有好處。(付)小人敢不盡心報効。(生)燕青,把衣帽與他换了。(小生應介)(生)酒散花前興已乎,(旦)金蓮倦蹙倩誰扶。(付)從今鴻鵠離羅网,(小生)引得狼來屋裡窩。(生、旦、小旦先下,末隨下)(净同付下)(小生看付介)這光景,曉得什麽九流三教,就收了他?可笑,可笑!(下)

第三折

【引】【西地錦】(外扮宋江上)**志在拯民水火,心存伐暴除苛。烽烟罷警爲王佐,那時遂我良圖。**

休笑英雄入異圖,調和鼎鼐有蕭何。從來將相本無種,銅柱標名始丈夫。自家姓宋名江,字公明,人稱"及時雨",山東鄆城人也。昔爲小吏,怒殺閻婆惜,刺配江州。醉後題詩,市曹處斬,幸虧晁天王,遣衆弟兄劫殺救出,與戴院長一同入夥。不意天王爲了領兵攻打曾頭市,死於教師史文恭之手,蒙衆兄弟推我爲主,管轄各寨。凡百施行,無不恭聽。忠義堂前,立兩面杏黄大旂,上書"替天行道";水滸泊内,聚一干葵心赤膽,只圖報國安民。今乃三月三日,清明佳節,更值天王生日,聊備蘋蘩,少酬萬分之一。且待軍師出來,一同致祭便了。

(末吴用上)

【引】【前腔】決勝論兵邁古,正奇豈亞孫、吴。縱横管取金甌破,奈仁兄忠義而何!

塵中富貴若飄蓬,明月清風是我宗。妖氛掃盡乾坤泰,拂袖歸山訪赤松。小生"智多星"吴用是也。主帥在忠義堂聚議,不免上前相見。主帥,吴用參見。(外)軍師少禮,請坐。(末)請問主帥,今日盛設祭儀,却是爲何?(外)今乃三月三日,清明佳節,況值天王生忌,故備祭禮,俟軍師到此,一同致奠,未審尊意如何?(末)此乃主帥追恩報德,祀死勵生,況用等昔年共事,焉敢不從?乞候衆兄弟到來,一同往祭,始見主帥盛意。(外)軍師所言有理。小校,擂鼓聚議。(襍應,擂鼓介)

(老旦扮戴宗上)寶劍隨身袖襖齊,朝巡南北暮東西。日行八百無他事,專向軍前報密機。吾乃"神行太保"戴宗是也。主帥在忠義堂聚議,不免上前相見。戴宗參見。(外、末)請了。

(小生扮張順上)流落潯陽二十秋,江中劫掠駕扁舟。路當險處難迴避,一躍輕身浪底游。吾乃"浪裡白條"張順是也。(照前見云介)

(生扮林冲上)獨抱凌雲萬丈才,緑林晦迹待時來。昨宵天際紅光見,知是床頭劍匣開。吾乃"豹子頭"林冲是也。(照前見云介)

(丑扮石秀上)手執一條桿棒,全憑兩個拳頭。有人問咱姓名留,則某"拚命三郎"石秀。(照前見云介)

(旦扮孫二娘上)盞内傾蒙汗,腰間佩莫邪。女中稱俊傑,威鎮在金沙。吾乃"母夜叉"孫二娘是也。(照前見云介)

(小旦扮一丈青上)少長閨門習武文,繡鸞刀舉電光生。敵人一見心皆裂,誰敢高聲問姓名。吾乃"一丈青"扈三娘是也。(照前見云介)

(襍扮呼延灼上)馬掛連環鞭竹節,皂羅袍襯烏油甲。旂開冉冉黑雲遮,儼似玄壇離上闕。吾乃"雙鞭"呼延灼是也。(照前見云介)

(襍扮柴進上)玉葉金枝摧喪,丹書鐵券塵蒙。他年重整舊家風,方顯奇才大用。吾乃"小旋風"柴進是也。(照前見云介)

(外)衆兄弟俱齊,爲何不見李逵?想是又往那里闖禍了。(衆)遠遠來的,想是他了。

(净扮李逵上)家住山東沂水東,殺人放火恣行凶。手横利斧雙睛赤,一怒須教萬里紅。吾乃李逵是也。主帥在忠義堂,不免上前打躬。主帥、軍師請了!(外)李逵,我今日聚將,諸位俱齊,你獨後到,却是爲何?(净)吓,主帥!今日聚將,想是要往那里去相持厮殺，我李逵願爲前部。（外）今乃三月三日，清明佳節，又值天王生忌，欲同衆兄弟致祭。汝何故來遲？還是這等莽撞麽？（净）致祭天王，不爲什麽大事，在不在罷了，何須發怒？（外）呢！這黑牛記人小過，忘人大恩，動輒挺撞。今日致祭天王，没有你就罷了麽！衆兄弟，與我把他叉出去。（衆應。叉介）（衆）你怎麽這等粗鹵？把主帥冲突，走出去！（净）吠！你們這些人，都是没用的東西！還是我老李，有三分主意。（外）衆兄弟，這黑牛説什麽？（衆）他説我們都是没用的東西，他有三分主意。（外）是這等説麽？李逵過來。我每是没用的東西，你有什麽三分主意？（净）李逵麽？今日清明佳節，料着哥哥必要致祭晁天王，因此我下山，往庵堂寺院，尋幾個僧道，追薦一追薦。不想這些狗頭不重賢，見我去盡皆逃避了。（衆）見你這等打扮，自然躲過了。（净）我正算計，遇一行脚僧。（外）叫什麽名字？（净）名唤大圓法師，甚有德行，深明經典，能使死者超升，盡知過去未來之事。被我請上山來，以備追薦。這不是我老李有三分主意麽？（外）真乃粗中有細。如此，快請法師過來。（净）法師有請！

（付扮僧人上）

【引】【玉井蓮】一卷華嚴，劈破萬千孽路。

（見介）列位將軍稽首。（外、末、衆）法師，請了！（外）動問法師，何方人氏？還是自幼出家的，還是長年出家披剃的？（付）貧僧俗家姓陳，法名大圓，原籍北京大名府龍華寺僧。自幼從師，胎中茹素。雲游海角，歷徧名山。過去未來之事，稍知一二。實玄奘、佛印之流，非好酒犯戒之輩也。（外）吾等三生有幸，得遇法師。煩爲指引。（付）早蒙李將軍虔請，追薦亡靈，且待祭過，自當細剖。（外）快看香案過來！（衆）香案、祭禮擺齊，請主帥致祭。（付）待貧僧諷咒畢了，衆位將軍，然後下禮。（外、衆）領命！（付）

【浪淘沙】唵啒薩摩訶，般若波羅。呗哆伽俐夜婆娑，咀喇叹嚀叭𠯗吽，哞呢嗻哪。

請列位將軍上香！（外、衆仝拜介）

【一封書】沉檀爇寶爐，瑞烟浮，靄氣和。陳羞庶獻芻，緬想音容珠淚墮。未經殺賊靈前祭，致使羣英恨切膚。

（合）

禮彌陀，念南無，願拔亡靈離森羅。

（奠酒、化紙介）

【前腔】椒漿進爵初，鑒微忱，尚饗他。金錢化焰過，碧落能通及地府。今日三樽聊表意，

拿住了史文恭那賊呵！

瀝血邀魂再舉壺。

（合前）

（付）貧僧告辭了！（生）把祭禮散與衆嘍囉。（外）蒙師超度，尚未相酬。適間所懇，望乞明言！（付）吓！列位將軍，皆忠良義勇，暫離龍潭。待完六六、八九之數，始就招安，悉爲皇家梁棟。其中壽限，各有不齊，難以枚舉。晁天王爲義俠而亡，上蒼憐憫，不入鬼道，浮游塵世，今年仲冬，與宋將軍夢中相會。但將軍有灾，名醫救治無妨。（外）還有一言，動問法師：祖貫大名府，必知城中豪傑，乞道一二。（付）城中豪傑固有，皆狼心狗肺之徒，無出於“河北玉麒麟”盧俊義，真豪傑之士也。貧僧告退了。（外）取禮物過來。（衆應，取禮介）（外）薄禮少酬，望乞笑納。（付）貧僧世外之人，金珠綵緞，將來何用？萬不敢領。就此下山去也。隨身有衣鉢，何用世間尋？（下）（衆）不受黄金，飄然而去，真乃聖僧也！（外）軍師，我久聞河北有個盧員外，雙名俊義，綽號“玉麒麟”，膂力過人，熟嫻弓馬，文武俱全，萬夫莫敵。我寨中若得此人上山，何愁官軍緝捕？（末）君要此人上山，有何難哉！（外）他是北京第一豪富長者，焉肯落草？軍師計將安出？（末）不妨！我今先差時遷，潛入他家，夜作鬼泣神號，使他坐卧不寧。那時我扮一算命先生，憑咱三寸不爛之舌，管取説他來入夥。只是少一個粗心大膽的伴當隨行。（净）李逵情願做伴當。（末）你做便做得，只是要依我三件事，方可同去。（净）那三件呢？（末）一不許你吃酒，二不許你這般打扮，三不許你説話。（净）這三件，一

件也使不得！酒這件東西，一刻也是少不得的；二不要這等打扮，叫我怎麼打扮？（末）扮做道童模樣。（净）這個罷了！但是一個人生了一張嘴，不要説話，可不悶死了麽？（末）若依不得，不要你去。（净）罷了，依你行事便了！（外）整頓行李，明早下山。（净）暫别仁兄往大名，（末）漫將舌劍效儀秦。（外）路途勞頓風塵歷，（衆）整備杯盤候洗塵。（净）待我帶了板斧去。（末）這東西用不着。三件事緊記！（隨下）

第四折

【秋夜月】（付上）**命運艱，流落卑污賤。幸逢青眼施恩眷，收留門下爲主管。感那人美言，恨那人譖言。**

仇記恩亦記，交踈財亦踈。欲求生富貴，須下死工夫。我李固爲何道此兩句？只因流落無依，沿門求乞，那日感孺人在員外面前，解對許多好話，遂得收留，將家事帳目，一一歸我掌管。今日衣充食足，皆賴孺人之恩；况又每着春英，私贈我錢鈔，雖不圖甚歡娱，這一種情意，不免挂在心上。叵耐燕青這厮，説我腦生反骨，説我是個歹人，後必惹禍，又時常在員外面前譖我。幾次欲與他作對，奈他才力精妙，近他不得。姑且含忍，後有機會，一网圖之便了。（内生嗽介）呀，説話之間，員外出來。且自迴避。正是：檐矮權低首，天空任點頭。（下）

（生上）

【繞紅樓】堦前月影轉西軒，步閒庭繞徧欄干。心思倥偬，中情悒怏，兢兢若臨淵。

草緑汀洲春已暮，絲絲梅雨飛晴夜，夜眠不穩起披襟。猛聽神鬼泣，未審是何因？卑人夜來睡卧不寧，披衣閲史，只聽得神號鬼哭，擲瓦拋磚。及至點燈照取，不惟聞其聲，抑且見其形。家室之中，大非吉兆。静思卑人安居守志，非理不爲，總有不吉，焉能禍及於我？但恐李固利重生非，燕青拳棒惹禍。不免唤他們二人出來，分付一番，以戒其後，有何不可？李固、燕青那里？

(小生、付上)來了！堂上唤雙姓,堦前站二人。員外,有何分付?(生)我夜來所見,甚是不祥。只是我那樂善好賢,料無災禍;但恐尔等在外生非,還罪於我,故而唤你每出來,叮嚀戒飭。(小生、付)小的每謹遵員外之命。但不知夜來所見何物?(生)你每聽我道:

【好事近】燈下檢殘編,聽嗚嗚鬼泣庭前。推窗忽見,蓬頭擲瓦抛磚,他盤旋,至瞥眼東方發白,那妖始迹斂形潛。好教我吉凶難辨,這愁城頓蒙心上,又起眉尖。

(付)員外何不請一個算命先生,將流年八字,推算推算,以明吉凶?(小生)咳,你又多言了！員外不要聽他！自古"見怪不怪,其禍自解",何須算命?(生)李固也説得是。燕青,你去請一個算命先生來。我在後堂立等。(生、付下)(小生)吓！謹領恩東命,專尋星相人。呀,遠遠望見一個算命先生來了。我且在門首候他便了。

(末上)(净背藥箱跟上)

【水底魚】皇極先天,兼通易理元。前程如漆,在區區一算間,在區區一算間。

甘羅早發太公遲,彭祖顔回壽不齊。范丹貧困石崇富,八字生來各有時。這都是時也、運也、命也。若要問前程,先送白銀一兩。就是九錢九分九釐,我也不算。(小生)看此人口出大言,必有廣學。先生請了！我家員外,正要算命,適聞尊言,必明其理。煩駕一往,未識肯否?(末)鄉丈請了！你家員外,要算命麽?就請同去。轉過緑水紅橋,便是朱扉畫檻。(小生)請少待通報。(末對净手式介)(小生)員外有請！

(生、付上)算命的有了麽?(小生)有了,在門首。(生)道有請。(出逕末進介)(小生)這道童形相奇怪。呔！住在外邊,不要進去！(推净,净將開言行凶,末攔住介)他是個啞道童,有些蠻力,故爾用他掮些行頭。放他進來不妨！(生)燕青,這是先生的管家,放他進來罷了,怎麽阻他?(生、末見,揖介)先生請坐。看茶！（付應介）先生貴鄉、高姓？（末）小生①姓張名用，自號談天口，祖貫山東。能談皇極先天之數，知人流年吉凶榮枯。先送紋銀一兩，然後細講。（生）李固，取一兩銀子過來，送與先生。（付應，付與末收介）（末）請説貴造。（生）

【錦纏道】問庚年，方三九，生期上元。

（末）是甲子年，乙丑月，丙寅日。什麽時？（生）

東岫日猶函。

（末）吓，卯時初刻，算命要損父母。（生）

恨垂髫不幸，萎喪椿萱。

（末）功名有分的。（生）

功名杳，賢路歧，未奮鵬騫。

（末）你志不可頹了。（生）

倚崆峒，射扶桑，志勞枉然，因此上傲林泉。昨宵呵，夜無眠神志散亂，我心中殊不安。請先生細推卜，望指迷途，莫吝萬金言。

（末）員外莫怪小生説，流年大不利！（生）主何吉凶？（末）

【前腔】論流年，

（生）可有什麽星辰作難？（末）

火羅與妖孛作奸，時又犯孤鸞，正與君交戰，更兼虎坐中垣。

（生）有這許多惡曜，不妨麽？（末）

要見抛家業，無妻孥，不日遇艱。

（生）我乃豪富之家，謀志之士，何以至此？（末）

那金谷多，十面謀，也難免含冤。

（生）不信有這樣事！（末）

滄海尚變桑田，人豈無蕭墻災變？

（生）動問先生，可有解麽？（末）

我重將賤命參。好，還有解！喜天恩照臨月建，往巽方千里避迍邅。

員外，幸虧天恩解厄。除往巽方千里之外，方可免此大難。有命經四句，待學生説來，員外自書于壁上，留爲後驗。（生）取筆硯

① 底本"小生"位於括號内。

過來！（小生、付應，持筆硯介）（末念介）蘆花叢裡一扁舟，（生寫介）（末）俊杰俄從此地游。（生寫介）（末）義士若能知此理，（生寫介）（末）反躬逃難無可憂。（生寫介）（末）就此告别。（生）有勞！（末）不敢。凶宜遠避吉宜趨，（生）一席高談勝讀書。（末）今朝指與平川路，（生）免使迷人在污泥。（生、末别介）（末）事已幹全，速速回山，報與主帥知道。（净）好一個盧員外。方才可不悶死我也！（隨末下）

（生進介）（付、小生）員外，方才算命先生如何説？（生）方才算命先生，説命中有許多惡曜作難，流年大不吉利。除往巽方千里之外，才可免得。我想巽方，乃是東南地方。東南泰安州，有一泰安仁聖帝金殿，管天下人民生死禍福。明日同往都市，收買貨物前去，一則貿易，二則燒香，三則避難。有何不可？（小生）員外，此去泰安州，由梁山泊經過。有宋江等嘯聚，劫掠行商，員外不可去。（生）咳，我視梁山賊寇，如同草芥，何足道哉？一定要去。（小生）吓，員外執意要去，小人同行。（生）你在家中掌管，李固同去。（付）小人脚症近發，如何走得？（生）咄！養軍千日，用在一朝。因你路途嫻熟，貿易精明，要帶你出去，怎麽推阻起來？（付）吓！如此，小的去便了。（小生）

【尾】東君怎不容幾諫？

（生）燕青，

你與我快收拾行囊書劍，明日星馳往泰安。

（隨口下）

第五折

【步步嬌】（旦、小旦同上）數聲杜宇催春去，院落飄紅雨，鶯燕亦含悲。相對隔花，閑愁無語。風絮故飛飛，不堪攪亂離人緒。

柳滿隄，草滿堤，柳色青青草色萋，凝眸傷别離。（小旦）問歸期，算歸期，未審歸期是幾時，柔情縈黛眉。（旦）妾身賈氏，幼適盧君，以爲得所，奈彼日夜演武習文，不以閨情爲念。近收主管李固，袍襟灑落，人物風流，因此時常着春英私贈錢鈔，暗結他心，以留後舉。今員外聽信算命先生之言，要往他鄉避難，機會可得。不意員外道他，路次嫻熟，交易精明，要他同去。此乃一舉兩失，如何是好？（小旦）便是。待員外收貨回來，再行勸解；儻若不去，再作道理。（旦）雖然如此，恐徒勞唇舌，好悶人也！

【香羅帶】懨懨減玉肌，春纖倦舒，修眉青翠心如繫。晝長人静掩朱扉也，纔有相思句，對誰題？羞看菱鏡支兩頤。從今塵鎖粧台也，月滿空閨衾枕餘。

（生、小生、付同上）

【醉扶歸】去忽忽難挽陽關騎，急忙忙整頓馬頭車。

（付）

信誣言恐中陷人機，

（小生）

守尺蠖怎待枯魚肆？

（生）

兒曹不必苦争持，我胸中自有屠龍計。

燕青、李固，貨物點明了麽？（小生、付）點明了。（生）再去點一點。（小生、付應下）（小旦）員外回來了。（生）孺人拜揖！（旦）員外萬福！我看你行色忽忽，車馬全備，莫非就要去了麽？（生）孺人，我諸事俱完備了，即刻就要起程。（旦）員外，奴有一言相告：自古"出外千里，不如家裡"，何必聽信誣言，抛妻棄産，涉水登山，爲異鄉孤客？還是安分守己，静坐樂業，總有非禍，從何而至？（生）咳，丈夫志在四方，何勞苦勸？就此拜別！（旦）

【皂羅袍】恁下得將人輕棄，奈忍安排車馬，遽尔睽違。故園頃刻即天涯，雲山咫尺成迢遞。你在客窗寥落，聽晨鐘曉雞；我蘭房岑寂，盼魚書雁書，思君一日時十二。

【好姐姐】（生）此情慎勿再提，料予非敗家夫壻。

（旦）員外歸期在於幾時？（生）

程途往返，百日賦歸歟，休憂慮。參商兩地寧無淚，我不向東風洒別離。

【香柳娘】歎伶仃弱軀，歎伶仃弱軀，欲隨驥尾，恨不能肘底生雙翅。恨歸鞭路迷，恨歸鞭路迷，目斷去輪蹄，身在心千里。要相親怎期？要相親怎期？除是一枕華胥，夢成死侶。

【尾】徘徊鳥翼西飛去，

（付帶馬上）員外！

早趁時光和煦，

（合）

只恐歸來緑柳稀。

【哭相思】語别江干共慘悽，那堪回首各東西。梅逢馹使須頻寄，多得楊朱泣路歧。

（生）孺人，我去了。家中小心！（旦、小旦）員外，早去早回！（生下）（旦、小旦同付隨口下）

第六折

【引】【秋蕊香】（外上）弓矢斯張，軍營整，擁旌旄戈戟森森。

（末上）

積草屯粮，練兵訓卒，安雄心，待時馳騁。

（外）威鎮山東已有年，堪嗟尚未勒燕然。（末）人和地利皆相得，一遇天時萬事全。（外）向蒙軍師，前往北京，説誘盧員外入夥，今逾數日，並無消耗。儻被見識高廣，不以爲意，如何是好？（末）小生之謀，無不應驗。些些小事，何勞掛齒？昨差戴院長前去打聽，待他回來，便知分曉。

（老旦扮戴宗上）甲馬拴牢神步穩，登山嶺霧駕雲騰。啓主帥、軍師，戴宗回來了。（外）戴院長，你回來了麼？打聽盧員外消息如何？（老旦）主帥、軍師在上：他箱貯松綾蜀錦，囊盛白塊黄磚，車行流水馬加鞭。力强過項羽，貌壯若靈官。腰挂半輪秋夜月，手持一杆方天戟，威風凛凛逼人寒。古今真俊傑，莫作等閑看。

(外)軍師,久聞盧員外有兼人之勇,格猹之能,恐諸兄弟無可爲對,怎生是好?(末)主帥,待小弟略施小計,管教他俛首歸降。儻諸兄弟不服,終成話柄耳!(外)豈有此理!戴院長,去取我令旂、寶劍過來!

(老旦應,捧劍、旂上)寶劍、令旂有了。(外)這寶劍一口、令旂百面,付與軍師。自今爲始,如弟兄中不遵令者,梟首勿論!(末)謹遵主帥之命!(外)戴院長,你與我分付各寨兄弟:今日爲始,俱聽軍師約束,如有不遵,斬首勿論!(老旦應。白)各寨衆兄弟聽者,主帥有令:今主帥贈吴學究寶劍一口、令旂百面,一應軍務,俱聽指揮。如有不遵約束者,斬首勿論。(内衆應介)(老旦)分付過了。(末)戴院長過來,與你令旂一面,在中軍傳令。(老旦應介)就與我分付各寨:但聽一通鼓,飽飡戰飯;二通鼓,披挂整齊;三通鼓,衆將軍俱赴三關口演武廳聽點。如臨點不到者,斬;聞鼓不進者,斬;聞金不退者,斬;臨陣偷閑者,斬;鼓噪喧嘩者,斬;不遵約束者,斬!(老旦照依向内傳介)(内應介)(末)請主帥同小生到演武廳,發遣人馬。(外)今日之事,全賴軍師,儻我同在,不見尊崇之禮。還是軍師請行!(末)如此,暫且告辭了。(外)正是:欲摘驪龍珠一粒,(末)須使深潭萬丈謀。(外下)(末)俺今奉主帥之命,不免到演武廳,遣發兵馬走一遭也。

【點絳唇】憑着俺羽扇綸巾,運籌決勝。行軍令,鬼服神欽,管把蛟龍穽。

(老旦)啓軍師:已到演武廳前,請升坐。

(末上坐介)旭日曈曈照鐵衣,崔巍關隘碧雲齊。一朝旂劍歸我手,貔虎三千屬指揮。戴院長!(老旦應介)分付中軍,擂鼓者。(老照傳介)(内擂鼓三通、吶喊三通介)(末)

【混江龍】只聽得三通鼓震,見群雄濟濟叩轅門。前列者七彪八猛,後列着五虎三英,一個個抹拳擦掌,一個個怒目圓睁。貯着那五方旂,按金木水火土;五色袍,分黑白赤黄青。

(老旦)軍師,揔是霸王再世,關某重生,也敵不過俺家人馬也!(末)

説甚麼楚重瞳少不得烏江刎，漢雲長也待走麥城。今日個仗黄公奇策，布下天羅网，效諸葛神陣，生縶玉麒麟，方信我智多星。

衆將上壇！（老旦傳介）

（衆上。走梅花陣完，分頭各自轉立介）（末）站過一傍！（衆應介）（末）李逵聽令！（净應介）

【油葫蘆】恁敢勇衝鋒，前隊做先行，統校刀手三百名，啣枚向深林，可也潛藏隱。那其間横巨斧專心等，我這里施信砲把紅旂引，恁奮神威殺教他手不停。山頂上一棒鑼聲振，即便可撥征騗馳往東方奔，誘來追，好把他抓來擒。

（净應介）得令！（接令旂下）（末）一丈青聽令！（小旦應介）（末）

【天下樂】旂轉青龍在震位屯，耳也須聽畫角鳴。讓過了黑旋風，勒騎蕩紅塵。止交鋒，不許贏，數合中，撤轉身，敗西南棄甲儨曳兵。

（小旦接旂，應下）（末）朱仝聽令！（朱仝應介）

【哪吒令】則這本鎮坤方險隘，左聯着庚辛。據地户要道，右接着丙丁。按雄心整頓，追兵來角勝。乍冲鋒，逞己能。戰酣間，似不勝，假慌張，向壬癸上逃生。

（裸應，接旂下）（末）呼延灼聽令！（付應介）

【鵲踏枝】（末）較他力可舉百鈞，謀足與良、平並。恁知寨主堅心，要請歸水滸相親。去守坎水，休違吾軍令！

（付）儻他追來，難道不要與他厮殺麼？（末）

不争的轉拖鞭，往巽地去潛形。

（付應介，接旂下）（末）柴進聽令！（裸扮柴進應介）（末）

【勝葫蘆】東南列陣擋追軍，舉手要留情。馬做逡巡槍漫整，見兑營旂動，且行且戰，誘彼入喪門。

（裸應，接旂下）（末）花榮聽令！（外應介）（末）

【寄生草】你可袍穿素，甲挂銀，穿楊神箭安排定。他那里忙追眼底若無人境，俺這里偷閑射倒他神駿。他那里潰回東北，不擇路陂平，俺這里歸師勿掩，可也敲金鐙。

（外應，接旂下）（末）石秀聽令！（丑應介）（末）

【勝葫蘆】步戰從來尔獨稱，格鬥在垓心，殺得他垂眉喪氣難前進。他則索奔離方，孤孤零零，煢煢孑孑，脱網一飛禽。

(丑應，接旂下)(末)孫二娘聽令！(旦應介)(末)

【寄生草】走得他渾身汗，徧體津，要馳歸，怎識那崎嶇徑。傍巉岩取次已黄昏近，驀燒火炬連雲陣。逼他悠悠殘魄入乾營，路茫茫烟水無投奔。

(旦應下)(末)張順聽令！(小生應介)(末)

【么篇】拽短棹在星光下，欸乃聲作漁父吟。他繞溪頭低把迷津問，恁乍殷勤半渡通名姓。他計窮仗劍來相併，你連舟共溺鬧波心，生擒善覰毋傷損。

(小生應介，接旂下)(末)戴院長，與你令旂一面，在陣前引戰，不得違令！(老旦接旂，應介)(末)

【煞尾】盧員外，俺與你生平本無仇，一謎的要你傾心順，因此上布的鐵桶般的緊。

戴院長！(老旦應介)(末)

你依宫按卦把三軍領，他便有冲天翅，架海翎，賁育勇，頗牧能，漢張良重再世，燕樂毅又回生，只恐入彀中。實則虚，奇則正，也難逃遁。今日個獲出水金精獸，獻上公明，不枉我吴學究往北京，效儀秦不爛舌三寸。

(下)

第七折

【天下樂】(生乘馬上。付跟上)(襍扮車夫推車，隨上)溪山競秀，殊鋤隴，又何須株守蒙茸。沾衣飛絮逐東風，烏啼花落堪吟詠。

烟郭依依帶水村，隔江惟聽棹歌聲。客懷欲壯憑何物？瀲灩蓬窗緑酒樽。卑人自別家鄉，竟行數日，不覺已是山東了。但見丹崖聳翠，蒼洞流紅，隱約晴烟，綿芊芳草。較之燕都，又一世界矣！但不知此去到泰安，尚有幾許。李固，前村茅舍，可是酒家？(付)員外，前面正是酒家。(生)且到那里暫憩，一則沽些酒與車夫吃，二則問問途路。(付應。策馬行介)(付)此間已是，請員外下馬。酒家有麽?

(丑酒保上)那個來了? 酒、酒、酒,有、有、有! 賒、賒、賒,走、走、走! 客官買酒吃的麽? 請裡面坐!(生進,取銀介)店家,與你這銀子。可打老酒兩角,牛肉一腿,與車夫、我那管家吃。(丑應介)客官用什麽下飯?(生)上等的取來,一并算帳。(丑應。向内照傳,内應介)(付)店家,車上行李東西在此,不妨麽?(丑)憑你什麽東西,不妨的。(付)把馬喂一喂。(丑應介)相公,上等的下飯在此。(生)店家過來,我問你:這里到泰安州,還有多少路?(丑)相公,這里到泰安,路到不多,只是難走。(生)這等羊腸大路,爲何難走?(丑)相公有所不知,這裡離三十里之地,就是梁山。(生)吓,梁山便怎麽呢?(丑)梁山泊内,有百十多個好漢,一二萬嘍囉,專以劫掠來往客商。官兵捕他不得,不要説你我,就是皇帝老兒,還要讓他三分哩!(付、車夫同慌介)員外,怎麽處? 打别路轉了去罷!(丑)相公若要過去,即將車上貨物,分作擔頭,假扮村野田夫,荷鋤而過,自然無事。(生冷笑介)這起草寇,就在此地? 李固,取我衣箱過來。(付應。取箱介)(生换衣介)店家,我這等打扮何如?(丑)打扮雖好,只怕你有去無回嘘!(生)哇! 取筆硯來。(丑應介)(生寫小旂介)慷慨北京盧俊義,遠駝貨物離鄉地。一心只要捉强人,那時方表男兒志。李固,把去插車上,就此趲行前去。(付哭介)員外,性命要緊! 怎麽倒去捋虎鬚? 轉去了罷!(生)咳,燕雀豈知鴻鵠之志? 快去! 店家,透的銀子,我回來算帳。(丑應介)閉門不管窗前月,分付梅花自主張。(下)

(生持戟,上馬介)

【北新水令】我改戎衣精神抖搜跨青驄,趲絲繮篤速飛鞚。劍光欺瑞雪,浩氣貫霓虹,畫戟雕弓,今日個逞神威施英勇。

(内放炮,净扮李逵上)呔! 那里走! 認得我啞道童麽?(生)水窪草寇,休得胡説!(殺介)

(戴宗上,引净敗下。衆捉付同車夫下)(生)走了麽?

【駐馬聽】我舉手狼凶,他竄竄的潛逃狡兔同。

李固那里了？

呀！回頭僕從，緊緊的遭圍强寇中。恨不得憑虚策馬御天風，恨不得兼程殄賊完輜重。只這路蘼蕪山色紅，四顧無蹤，早難道成虚夢！

（内鳴鑼，小旦一丈青上，殺介）

（戴宗上，引小旦敗下）（生）好一員女將，又走了！

【川撥棹】隔天涯峰巒萬里重，迷征騎松檜千叢。響潺湲清流落日勢峥嶸，怪石排空，一似那秦嶺雲横。望不見修竹吾廬三徑中，可的小鹿兒在心頭觸動。

（襍朱仝上，殺介）

（老旦上，引敗下）（生）

【雁兒落】俺本是聽春雷逸卧龍，聽春雷逸卧龍。俺本是向秋陽張鳴鳳，那怕他支離鴉鵲攻，那怕他逕襍魚蝦閧。

（付扮呼延灼殺上介）

（老旦引敗下）（生）

【得勝令】呀！眼見得馬到奏膚功，眼見得旂開息戰鋒。笑殺那强揮戈的空拈弄，笑殺那賣浪言的不旋踵。自今日披戎，埽四凶，把皇圖鞏，方顯俺是英雄，管取勒燕然，鑄鼎鐘。

（小生柴進上，殺介）

（老旦上，引敗下）（生）

【挂玉鉤】覷着他炯炯星眸氣宇宏，多管是將佐公門種，因甚做叛紅中①覆祀宗？他若肯秉忠貞歸依宋，也免得臭名兒後人譏諷。博一個子蔭妻封，抵多少盗跖相從，盗跖相從！

（外扮花榮上，殺。照舊下）（生）

【七弟兄】俺欺敵處仗青鋒，險些兒命傾人②鮓甕。避甚灾凶？受此磨礱，也難憑人得亡弓，只見這夕陽西已拱。

（襍扮魯智深上，殺介）

（老旦引敗下）（生）

---

① 應爲“巾”。

② 應爲“入”。

【收江南】折長戈勢窘，履危途氣冲。夜昏沉怎移蹤？挨過此參雲古樹荒凉塚，劈開此拽裙牽衣荊棘叢，好教人搵淚含悲慟。

(旦扮孫二娘上，殺。照舊敗下)(生)又走了。吓，是了！想必誘我到此。我此時不走，更待何時？

【梅花酒】呀！聽驚天火炮轟，驚天火炮轟。更漫山祝融，徹地通紅，烟焰迷濛。他惡很很①人似豺狼馬似龍，俺影熒熒孤飛無侶一哀鴻。

(走，見水介)

呀，汪洋波浪衝，汪洋波浪衝。潮潮拍岸水連空，渡渡無人舟自橫。前前無路死灰同，後後有賊不我容。心心驚戰步蹣踵，神神恍惚思倥偬，無知中牢籠。天天何苦困英雄？悔悔當初行色忽，恨恨今宵泣路窮。

【收江南】恰便是楚重瞳，端的是臨歧無面過江東。只落得珠沉玉碎末遭逢，空對着一天星斗洒西風！

呀！這里一派大水，怎生過去？呀，那邊有一小舟來了。

(末張順摇舡上)打魚爲活計，牽网作生涯。(生)好了，是個漁舡，教他渡過去。舡家渡我一渡！(末)客官好大膽！這里是梁山泊强人出没去處，更深夜静，獨自在此行走！(生)我爲强徒追赶到此。渡我過去，重重謝你。(末)吓！來、來、來！渡了客官，要酒錢的。(生上舡介)自然謝你！(末)只是舡小。先渡了客官過去，然後來渡馬便了。(生)

喜迷津路通，這的是蘆中人得遇閭丘翁。

(末)客官坐穩了，待我唱一個吴歌與你聽。(生)快些摇，不要唱什麽吴歌。(末)蘆花叢裡一扁舟，俊傑黄昏獨自游。義士若能知此理，返躬逃難必無游②。(生)這歌兒你那曉得？(末)不瞞員外説，我是梁山泊上好漢張順，奉軍師將令，到此拏你。(生)吓，原來也是個賊頭麽？看槍！(戟搠末介)(末)不是你就是我

① 應爲"狠"。

② 應爲"憂"。

了。舡翻了！（翻舡捉生，綁，跳上岸介）

（衆上）奉軍師軍令，請員外上山相見！（生）咳，罷了！

【煞尾】想當初誤聽奸張用，

（衆）這就是軍師吴用。（生）

今夜裡遭俘猛把殘生送。徒自有氣吐霓虹，怎能勾劍倚崆峒？摇摇的身心類轉蓬。恁般武足文充，到此也難籌弄。説甚廣厦高宫，和着那富貴榮華，都做了一場春夢！

（老戴宗上）速解盧員外之綁，請上山來，押驚請罪。

【奈子樂】宋公明設宴堂中，諒將軍必獲奇功。

把盧員外呵，

休教傷損，莫損威容。

（放生綁介）

同帷幄建牙尊寵，特地傳軍令也，可旋師奏凱，早慰仁兄。

（老同生下）（衆、末隨口下）

第八折

【引】【金雞叫】（外上）偉器令人慕，鑿石始逢良玉。

（末）

等閑談笑展謀謨，

（衆上）

金鐙齊敲，解胄歌聲和。

（外）掠地攻城不忍殘，心期王道入鴛班。（末）滿朝朱紫皆貪濫，何必流芳青史篇！（外）承軍師之妙算，仗諸弟之神威，得遂我意，可賀可賀！（衆）皆賴主帥之德能，與軍師之妙計，吾等何敢當此？（老、旦）盧員外已在後帳沐浴更衣，專候主帥軍令。（外）既如此，快請相見！（衆請介）

（生上、付跟上）

【引】磊落多艱阻，命葬虎牙鯨腹。

（外）

所事多冲突，高明幸赦除。

（生）

敗軍何語勇，惟聽席藁誅。

（外）宋江等久慕大名，每懷渴想，故煩軍師，不遠千里，托名星相，説駕前來，共行天道。昨者冒犯，今得相親，幸甚幸甚！（生）念俊義雖係鄙夫，粗知禮義。其盗泉之水，尚潔不飲，焉肯就此滔天大逆，以玷終身？惟義士諒之。（外）員外所言差矣！宋江等雖失身草莽，專望招安，悉作皇家之梁棟，料不蕞尔偷生。儻蒙不棄，請居正位，江等咸聽指揮，任憑驅使！（生）咳！我頭可斷，志實不頹。决難從命！（净）呔！盧員外，你何寡情若甚耶？俺李逵和軍師，飡風宿水，作啞裝聾，誘得你到此，同聚大義，掃清寰宇。今日口口聲聲不從，欺我板斧不利乎？（外）李逵，休得無狀！（净哭，隨口混介）（末）員外既然不允，用等不敢强留。乞寬延數日，曲盡人情。未審尊意若何？（生低頭歎介）（外持杯白）此一杯酒，一則與員外洗塵賀喜，二則與員外壓驚請罪！（定席介）

【畫眉序】豪俠喜相俱，递盞傳杯話心曲。羡雲龍風虎，總歸空谷。看升騰虎嘯龍吟，遇際會風雲仍復。

（合）

眼前百傑非容易，莫惜玉壺醽醁。

（生）

【前腔】避難反成辱，開壘愁塵萬千斛。這不明富貴，豈我意欲！絆浮蹤空憶尊罏，追勝事俱成蕉鹿。

（合前）

（衆）

【滴溜子】漫説道塵器①事，有羈捷足。細觀之，宋社稷漸尔成屋，那權佞賊民要禄。仗義同興一旅師，救取蒼生哭。休恁拘墟，兩眉頻蹙。

---

① 應爲"嚚"。

（生）我在此不妨，只是家中懸望，將何以慰？（末）吓，先着管家回去報知，自然心穩。（生）可喚我家人過來。（衆）李總管，主人喚你。

（付上，見净）阿呀，元壇老爺！（净）生成的，不要怕！（付）我只道灰團成精！（生）李固過來！你先回去，我只在旬日後便歸。家中事體，仍舊管理，不得有誤！（付應介）（末）員外請自開懷暢飲，我送管家下山，還有話説。請自寬飲一杯。（衆同生吃酒介）（末送付介）管家，你家主人呵！

【鮑老催】歸期未卜，位居首座心誠服，名登齒録情堅篤。衣錦繡，食膏粱，無拘束，况家題反句非良俗。他不念故鄉生處好，受恩深處親骨肉。

（付應）正是：雙手撇開生死路，一身跳出是非門。（下）（末回坐，敬酒介）

【雙聲子】山秀毓，山秀毓，看柳畔鶯飛逐。水繞曲，水繞曲，見沙際鷗閒浴。晷度促，流光速，拚頹玉山，夜游秉燭。

（外）看大杯來，奉敬員外！（生）多承厚情，不吃了。（外）吓，且到山前玩景，再飲何如？（末、衆）有理！

【尾】酒餘興盡歸金谷，絶勝人間天上福。

（生）咳！

今夜夢斷巫山峯二六。

人生虚度好韶光，遇酒須當便舉觴。
假使百年終日醉，都來三萬六千場。

（下）

第九折

【引】【薄倖】（旦上）竹影幽齋，槐陰清晝。向東風無語，寸腸迤逗。

（小旦上）

天涯游客，別還知否？

（合）

空僝僽，漫自把金錢暗卜，若個是歸來時候？

(旦)庭前花老春還老，端爲離人，日夜添煩惱。(小旦)開到薔薇花更好，尊中有酒和誰倒？(旦)空階雨滴孤幃悄，情景蕭騷，增却愁多少？(小旦)一别那人信音杳，教人目斷江南草。(旦)春英，自從他們别後，脩眉懶畫，花朵慵簪。細數歸期，不覺已過三旬矣。(小旦)孺人且請寬心，必有音信。可到前庭閑玩片時，消遣則個。(旦)我和你同去。(行介)春英，你看紅花落盡，猶剩餘香；粉蝶翩翻，儘知吾意。好悶人也！

【六犯清音】綠綃紅綻，燕儔鶯偶，花鳥解人機彀。無端離恨，依稀常在眉頭。芳草汀洲蔭，王孫尚遠游。蠶將繭，麥已秋，忽忽歲月去難留。他那里夢回旅館欹單枕，奴這里悶倚粧臺拭兩眸。秦樓月滿，巫峽雨收，相思兩地難禁受。恨悠悠，釵分鸞鳳，鏡掩玉人羞。

(付急上)

【不是路】得脱鰲鈎，星夜奔馳返故丘。閑窮究，這嬌姿怎得兩全收？漫夷猶，重門半掩何須扣，直入中堂報事由。

(見旦介)呀，孺人！(二旦)李固，你回來了麽？(付應介)

喜還愁，你與東君何故分先後？只你急忙明剖，急忙明剖。

(付)員外麽？

【皂角兒】他往泰安，一味胡謅。

(旦)他如今在那里？(付)

在梁山專心作寇。

(旦)他做强盗了？(付)

劫客商論秤分金，殺官軍摧枯拉朽。

(旦)不信有這等事！(付)走來，

試看那畫堂中、粉牆上，寫謡言、題反句，露尾藏頭。

(旦)果然題着“盧俊義反”！(付走介)(旦)你那里去？(付)

我先當出首，我無後憂。那時節你妻孥監禁，財散人流。

(付走介)(旦)春英，叫他轉來！(小旦)李主管轉來，孺人還有話説。(付)什麽話？快些説！(旦)

【前腔】罪妻孥豈是良謀，劃一個天長地久。

（小旦）

他欲首，留之再三。

（付）若要免罪，除非如此如此。咦，還是去出首的是！（小旦又叫轉介）（付）有話快説！（小旦）李主管轉來，從長計議。（旦）春英，

他此意兒我已知八九。

春英，你去對他説：

到黄昏，過中堂，入内室，共商量，同計議，切莫成仇。

（小旦）李主管，孺人説，教你黄昏時候，潛入内室，有話商量，切莫成仇。（付）

那時出首，各無後憂，免得你妻孥監禁，財散人流。

（小旦）

【尾】三人作事休泄漏，

（旦）

今夜裡情難罷手。

（付）咳，

怎能勾紅日西沉漏起籌。

（付）春英，你對孺人説：他一言已出料難追，（小旦）啐，没用的東西！准擬今宵入繡幃。（旦）不是婦人情性劣，只因男子事乖違。（旦先下）（付）春英，與我帮襯帮襯。（小旦）曉得了，只管多説！（下）（付）天吓，快點夜下來便好！（下）

第十折

（小生上）一枕黑甜猶未醒，半窗日浸已黄昏。我燕青，蒙員外委托家事，朝夕辛勤，未嘗有墮。今日稍暇，暫尔睡息。不覺睡起，已是黄昏時候了。只是員外此去，一路盗賊蜂起，未知到得泰安否，又不知他身安無事否？正是：心縈百丈無他事，端爲恩東涉遠塵。對此明月，不免到廳前廳後，檢點一番，多少是好。

【一江風】彩雲開，碾破琉璃界，越添得清虚態。苦情懷，奈去客天涯，我身在心何在，思之意轉呆，思之意轉呆。莫將語浪猜，多應是沉没在梁山寨。

【前腔】（付上）赴陽台，償却風流債。想人倚粧樓待。過庭階，萬籟無聲。

（小生嗽介）（付）

誰嗽在欄杆外？

（小生）好明月，真個月明如水。呀！遠遠好似李主管！（付）果是燕青個𠈌娘賊！

他每躡足來，他每躡足來，教我怎罷劃？天啊！這回好事番成害。

（小生叫介）李主管，李主管！（付）那個？小乙哥！（小生）幾時回來的？（付）方才回來的。（小生）這回那里去？（付）特來尋你，説知員外之事。（小生）員外可曾回來？（付）員外麽？他可不曾回來，在山東泰安州宋家飯店裡。（小生）帶去貨物，怎麽樣了？（付）倒有利錢，一倍足有十倍。（小生）謝天地！我且問你：路由梁山經過，不遇什麽歹人麽？（付）有數十個强盜，攔住要買路錢，被員外一槍一個殺了，殺得一個影兒也没有。（小生）這些人極有本事的，不信有這等事！（付）員外説："回來恐有大隊攔截。"着我回來，叫你要速速偷去，帮殺賊盜。（小生）不妨！今夜整頓行李，明早别了孺人，同去殺强盗。（付）有理！（走介）（小生）走來！只是一路光景何如？細説一番。（付）你個個人，好不知趣！你在家裡，吃了現成茶飯，我在路上，飡風宿水，千辛萬苦，今日到了家裡，只望睡一覺，將息將息，只管扯住了，嘮嘮叨叨！（小生）是，是我不達時務了，請！（付）難道倒是我不是？（走介）正是：難將我語和他語，（小生）咊，未必他心似我心！爲何他只管要睡？也罷，我明日畢竟要問個明白，那時纔放心，那時纔放心！（下）

第十一折

【引】【船入荷花蓮】(旦上)銀釭伴影無聊賴,暗數玉壺籌再。

(小旦)

烏鵲南飛,燈花吐彩,佳期底事淪埋?

(旦)月色溶溶星更稀,花陰寂寂鳥還飛,深閨思婦向吁嗟。(小旦)有約不來過夜半,樓頭戍鼓已三催,蕭郎何故反愆期?(旦)春英,聽戍鼓頻催,銀蟾正午,此時將已夜半,怎麽還不見他來?不如閉上房門,去睡罷。(小旦)孺人,他或者行路辛苦,睡一覺來;或恐被人瞧破,夜深些來,亦未可知。儻去睡了,他來時見事不諧,明日出首,一門受罪,如何是好?(旦)既如此,半掩房門。推開了窗,玩月一回。(開窗介)

【瓦盆兒】憑着無瑕玉宇,牛女兩情乖。

(小旦)爲什麽二星不得相聚?(旦)

爲銀河阻影徘徊。

(小旦)若如此,終無會期了!(旦)

怎知他穿針一度一和諧,則奴這晚粧樓,反做上天台。

(小旦)怎麽這時候還不見來?(旦)

枉教我爲他時支頤,呆打孩。這魚不餌月明空載。頓然把百歲緣,三生約,沉滄海。悶煞人,聽殘夜漏數更牌。

(小旦)待我看茶來。(下)

(付上)

【榴花泣】參横斗柄,想雲雨散陽台,那偷香手怎安排?重門半掩俏身挨。咦!夜深人倦,斜倚托香腮。

(見介)孺人,李固在此!(旦)春英,有賊在此!

(小旦上,看)(付)

心中自揣,負佳期怎不教人怪!

(小旦)原來是你,怎麽這時候來?(付)春英姐!

恨遇着浪子狂奴,躭誤着酒情花債。

(小旦)原來遇了燕小乙,故此來遲。我説李主管不是薄情的。夜已深了,請孺人睡了罷。(旦)不要你管! 去拴上房門,先去睡罷。明日早些起來。(小旦)是! 忍酸含苦和衣宿,夢繞巫山追楚襄。那里説起,他這等造化!(下)(付)孺人,困了罷。(旦)

【喜漁燈】等閑私綰同心帶,恐忘恩愛。

(付)我李固斷不忘恩。(旦)

休言反,須要星月下誓來。

(付)我李固呵,

若背德昧懷,天公地府無容載。

(旦)

還愁蝶浪蜂猜。

(付)你我做主,怕甚猜忌?(旦)

我裙釵,心中窒碍。

(合)

看花陰移過蘚苔。

【尾】願雞莫唱,天休白。一刻千金難買,占殺人間並蒂栽。

(同下)

第十二折

【懶畫眉】(小生)驟聞音信喜還驚,幾度朦朧夢不真,長思待旦倍傷神。

適才梳洗,不覺日上了。

金烏早吐紅霞暈。

此間已是李主管房門首,不免待我問他一個端的。看!

尚兀自雨打梨花深閉門。

李主管,開門,開門,呸! 他的門也鎖在此,只管叫。吓,這等大清早起,他往那里去了呢? 難道我昨夜見鬼不成? 我如今尋着他,必定問個明白,才得放心。(走介)你看前門未啓,怎麽後堂、中堂、脚門都開在此? 好奇怪! 不免闖入内室去。(小旦應介)

吓，裡面有婦人聲音，不免躲在暗中，看有何人出來，再作道理。我要知心腹事，但聽口中言。哧，有些古怪，有些古怪！（暫下）

（小旦上）

【前腔】觀雲聽雨火難禁，他那里戛玉摇床興倍深。日高猶抱惜餘春，名花蝶醉幽香褪。

（小生暗上，聽介）（小旦）李固，李固！

多緣你宿世修來共錦茵。

（小生）呔！好吓，你與李固通奸，拏你到孺人那里去！（小旦）小乙哥，我與那個通奸？（小生）你方纔説與李固同衾，還要賴麽？（小旦）你放了手，待我説。（小生）快些説！（小旦）春間賞海棠的時節，李固求乞，孺人見他一表非俗，在員外跟前將好言攛掇，收留他做個主管。（小生）這個我通曉得的，説他怎麽？以後便怎麽？（小旦）以後没有什麽。（小生）没有什麽？快説，饒你的打。（小旦）阿唷，阿唷！放了手，待我説。（小生）你説！（小旦）以後着我私贈錢鈔與他。（小生）贈與他何幹？（小旦）私結他心，欲圖歡會。（小生）欲圖歡會？呸！可不羞殺了人！以後便怎麽？（小旦）向隨員外在客，孺人日夜思想。不想昨日李固先回。（小生）昨晚回來，他便怎麽？（小旦）報説員外在梁山泊爲寇，放火殺人。（小生）他昨晚不是這等對我説的！（小旦）又説家中題了反詩，要去出首，扳連孺人。孺人情極了，只得教他黄昏時候，潛入内室，共商奇策，免罪妻孥。（小生）昨晚可曾來麽？（小旦）來是不曾來，這時候他兩個還一頭睡着哩！（小生）阿呀，氣死我也！恨不得殺了那賊，方洩此恨。（小旦）小乙哥，不須着惱。你潛身在此，候他出來，一把拏住，但憑發放便了。（小生）這也説得是。你去罷！（小旦）此時想必起身，我進去了。（小生）你進去罷！（小旦）正是：金風未動蟬先覺，（下）（小生）李固，李固！你斷送無常死不知。阿呀，氣死我也！員外出去一個多月，怎知家中做出這等勾當來吓！

【前腔】那奸淫宣著墮家聲，閃得我氣咽腸穿恨怎禁！

我那恩主吓！

我當初曾諫莫因循，而今果把彝倫紊。

李固，李固！你若遇着我呵！

我把你人㓟魚鱗方遂心。

這時候不見動静。我且閃在一邊，等他出來，少不得在那里，少不得在那里！（下）

（二旦、付上）

【前腔】靈犀已付不勝惰，懶對菱花理亂雲。

（付）孺人，梳粧完了麽？待我與你畫眉，

輕描翠黛點朱唇。

（小生暗上，喊介）（旦）

是誰窗外聲嚬唷？

（小旦）是那個？（小生）是我。（小旦）是燕小乙！（付）

駭得我膽破魂飛汗透襟。

（旦）不妨，春英，你去問他，到此何幹？（小旦）小乙哥，孺人問你，到此何幹？（小生）有話要説。（小旦）他説有話要説。（旦）有話在中堂伺候，怎麽在卧房前大驚小怪？（小旦）小乙哥，孺人説："有話在中堂伺候，怎麽在卧房前大驚小怪！"（小生）要到中堂去麽？就往中堂去。少不得在那里！（下）（付）孺人，怎麽處？（旦）不妨！我到中堂與他講話，你潛出後門，竟去出首便了。（付）是哉！（旦）走來！首狀上情節要緊。（付）是哉！嚇殺里哉！（下）（小旦開門）（小生扯住介）那里走！（小旦）啐！是我。（小生）造化了他。（旦）春英，你去問他有何話説？（小旦照白）（小生）聞得李固已回，特來與孺人討個信兒。（旦）不要説起。你主人呵！

【宜春令】他投水滸，助亂兵。

（小生）那有此事！（旦）

結强良不軌自承，震驚千里，庶民流竄烽烟警。儻天朝一旅師興，總萬灶踏成灰燼。眼見……

（小生）見些什麽來？（旦）

崑岡失火，玉石俱焚。

【前腔】(小生)咳！這荒唐語，錯認真。員外呵！抱葵誠昂昂俊英，斷不失身草莽。

(旦)是李固親眼見的。(小生)咻，還要説李固那賊！

他圖財媚色施奸佞，

(旦)他使什麽奸佞？(小生)孺人，

豈不聞一玷閨箴，決長流終難洗净？

(旦)燕青説話，好不達理！(小生)眼見……(旦)見什麽來？(小生)

點脂描翠，雨窗殷勤。

(旦)哇！

【前腔】出言語，何太輕！

吓，是了！

做張威心懷不仁。罷，罷！自恨良人叛逆，受無知下賤相欺迸。只索要預愬公庭，免異日羈囚冤穽。

(小生)員外謀反，有何指實？(旦)

仗此，親書反句，作證分明。

(小生)呸！這是算命先生的命訣，什麽反詩？待我刮去了。(旦)哇！我藉此以爲章本，誰敢刮去？燕青過來，我且問你：你要官休，還是私休？(小生)官休便怎麽？(旦)官休，即拏你到官，説你同謀造反，問成死罪，這便是官休。(小生)何爲私休？(旦)私休，不難。快將身上衣服脱下來，走出門去，這便是私休。(小生)聽此言語，於我主人恩斷義絶了。罷！我縱然在此，料無好處。我且出去，再作道理。

【前腔】虺蛇舌，蜂蝎針，看將來豈無此心！綏狐九尾，婪淫甚與齊姜並。

(旦)春英，你去問他，從那一件？(小旦)小乙哥，從了私休罷。(小生)罷！

我解青衫不食嗟羹，舒冷眼端詳邪行。

李固，你若遇着我呵！

仗此搏龍縛虎，斷送殘生。

(旦)快走出去！忕恨狂奴太不良,(小旦)今朝逐出免乖張。(小生)大風吹到梧桐樹,自有旁人説短長。(旦)狗才,那個説我什麼短長？誰敢説我短長？春英,你去分付各莊:不許容留燕青！如有私藏者,追還本息,一併逐出。(小旦)曉得。(旦)這等可惡！(下)(小旦)教你少説些他就罷了。如今看你怎麽樣？快走出去,省得孺人又出來。(下)(小生)看我怎麽樣？看你,阿呀！天下有這樣狠心的淫物,謗毀親夫,驅逐義子,竟與奸夫自成一家了。思之可恨,可恨！罷,我且含忍。員外路由梁山,若得相遇,只得哭訴真情便了。正是:驊騮失志駑駘笑,權效鷦鷯寄一枝。(下)

第十三折

【梨花兒】(丑上)筆刀利甚心多詐,爲貪女色走天涯。中書待我一人下,嗏！昔日風流今又耍。

人無横財不富,馬無夜草不肥。我張文遠,爲何道此兩句？只因閻婆惜之事,痛恨宋江,謀配遠方,雪其心恨。不意江州造反,劫上梁山,買馬屯兵,攻城掠地,將爲大舉。如今人人説張三郎被個閻婆惜活捉殺哉,那里有這等事？我恐被宋江謀害,逃奔他方,避入燕京。正無依賴,幸遇盧員外家主管李固,念皆流派,一見如親,惠我錢財,得充留守司虞候。梁爺喜我機巧,十分聽信。此皆李固扶持,豈可不報？昨日老爺分付:"要上等黄金一千兩,與蔡太師上壽。"無處搜索,怎生是好？今早尚未升堂,且在廊下伺候。

(付上)

【前腔】錢山金谷咱掌把,更兼兩個俏冤家。歸來若問從前話,嗏！那時怎肯甘休罷。

我本無心求富貴,誰知富貴逼人來。前日與員外同往山東,俱被强人擄去。他將員外留住在山,把我打發歸家。我一路思量此事,十分凑巧,昨日歸家,將言一嚇,只得與我如此如此。叵耐燕青知覺，直入内堂，幾乎做出事來。被我出了後門，潜行出首。我想梁府虞候張文遠，曾受我恩惠，不免與他商量，自有良策。且喜門開在此。（進介）（丑）李兄！（付）張兄請了。（丑）何往？（付）特來尋兄。（丑）尋小弟有何見教？（付）只爲我家員外，投入梁山，特來出首。（丑）他乃豪富之家，爲何作此滅門勾當？（付）張兄，還有一言，望乞周全。（丑）有何分付，敢不盡心？（付）我想謀反重情，理該藉没家私。仗兄在老爺跟前，方便一聲，將彼家資妻小，俱判斷於我，不許有分人前來争執。自當重謝。（丑）這也忒很了些。罷！朋友跟前，就壞子個遭良心，也勿差儕。你來得凑巧，今早老爺分付，要上等黄金千兩，與朝中蔡太師上壽，正無搜索。你若願出千兩黄金，其事必成。（付）儻得周全，謹當如命。外有黄金百兩，以作酬資。（丑）多謝！你在門首伺候，待我禀過，前來唤你。（付下）（丑擊雲板）老爺有請。

（老、外、末、旦扮小軍導净上）（净）

【前腔】相貌堂堂性獍梟，口含蜂蜜笑成刀。炎炎勢仗當今寵，嗏！剥盡民資誰敢嘲。

下官梁世傑是也。職忝中書，賴祖宗之庇蔭；官居留守，仗岳父之提携。生辰綱賀禮，近因十未一完，還要千搜百括。張文遠！（丑）有！（净）昨日分付你，事體如何了？（丑）有了。（净）在那里？（丑）今早有個李固，前來出首，爲家主謀反，情願出黄金千兩。但要判斷反賊家私妻小與他，然後如數。（净）只是便宜了他。（丑）這是兩得其便。（净）唤他進來，我老爺儘數判斷與他就是了。（丑）唤首人李固進來！（衆）首人進！（付）首人叩頭。（净）你來首何事？（付）首爲“倡亂圖王”事。（净）取首狀上來。你從實説來，我這里准你的便了。（付）老爺，小的家主盧俊義呵，

【鎖南枝】年方壯，武略佳，托名避難投水洼。

（净）水洼是什麽所在？（丑）是山東。（净）爲首的何人？（丑）是宋江。（净）聞得山東宋江，可就是他？（丑）那宋江原是鄆城縣

一個小吏，投入梁山，白日殺人，老爺須要仔細。（净）唗！難道我老爺怕他不成？李固，你主人在家，作何勾當呢？（付）

狐藉虎狼威，負固無王化。他屯粮草，集爪牙，假行仁，在圖霸。

（净）這事情也大，有何憑據？（付）現有墻上反詩爲證，小人抄寫在此。（净看）蘆花叢裡一扁舟，俊傑俄從此地游。義士若能知此理，反躬逃難可無憂。這四句不見什麽歹意？（丑）不是這樣看的，要横着看過去的。只看上邊四個字，是"盧俊義反"。（净）好奸詐的狗！謀反的事情寔的了。李固，我老爺給告示與你。張文遠，你去寫：

【前腔】爲禁約事，仰李管家，嚴將叛賊産業查。巨細揔歸伊，妻小憑咤叱。儻有人争執，不論早晚衙，即挐來，治奸詐。

（付）謝得恩官救我。（丑）其間情分知麽？（净）假饒人心如鐵，難逃官法如爐。（衆下）（付）張相公，多謝！（丑）阿虧我？（付）謝之不盡，改日備一小酌，屈兄到舍。（丑）領教，領教！明日着小厮送告示過來。改日再會，請了。（下）

第十四折

【引】【柳梢青】（生上）酣呼醉擁，嚙雪心猶重。

延遭流寓水雲居，回首關山路轉紆。傾盖劇逢呼傑義，男兒到此也棲遲。卑人一時被誑，即離家鄉。路過梁山，竟遭擒獲。自分必死，不料宋公明等一班豪傑，慕我英名，欲謀入夥，故軍師吴學究假扮星士，賺我到此。但卑人家世清白，豈肯非爲？屢次辭歸，怎奈衆人義俠，朝酣暮醉，留連須過中秋，方許分手。似此延挨時日，不覺四月餘矣。今乃八月十五，已及歸期，我當抵死求歸，諒必允從。咳！只是家中事體，未知若何，好悶人也！

（老丑上）奉着主帥命，相邀多義人。盧員外！（生）二位請了。（老丑）奉主帥之命，請員外到斷金亭，乘凉玩月。（生）何敢當此，就請同行。轉過忠義堂，（老丑）來到風雪館。主帥、軍師有請！（外）

【引】【破陣子】晚景雲霞歸岫，

（末）

澄清萬里晴空。

（各見介）瞬息是中秋，（末）韶光暗裡流。（生）舉杯邀皓魄，難慰一腔愁。盧俊義多蒙各位仁兄見愛，朝夕歡呼，倏忽光陰，已逾四月；但弟歸鄉念切，家事縈懷，身在心飛，魂勞夢越。原蒙許在中秋放歸，今已及期，就此拜別諸丈，乘夜而歸矣。（外）盧兄，請再住幾時，自當祖餞。（末）員外，吾等有一言相告，望乞採聽：切今權臣當道，政令紛更。大厦將傾，義旂即起。那時共享榮華，何戀彈丸家計？（生）若如此相逼，我當觸死堦前，以絶諸丈之念。（外）不必如此，當從台命。看酒來！

【黄鶯兒】美酒泛金鐘，映清光，琥珀濃。冰輪飛上瑶京瑩，看移花影重，喜臨風景融，恍如人坐蓬萊洞。

（合）

論豪雄，一傾百斗，沉醉問東風。

（生）就此拜别！

【猫兒墜】更闌人静，分手太悤悤。寂寞長途誰與同？似秋江冷落一芙蓉。

（合）

游龍，趁迢迢良夜，騰達天宫。

（外）石秀兄弟，你背了包裹、寶劍，送盧兄到朱貴店中住下，明日早行。（丑）吓！（生）東去伯勞西去燕，斷腸回首各風烟。（下）

（外、末）

【尾】人生聚散如春夢，此去難明見吉凶，整頓長刀及大弓。

（下）

第十五折

【引】【金蕉葉】（小生上）愁多怨多，這顛連怎生結果？

空有誅奸策，徒懷報主心。皇天豈無眼，照赫自分明。我燕青被逐，浪迹浮居。迫於仇寇，日則沿城射些野鳥度日，夜間栖於古廟安身，到此狼狽極矣。且喜山東道路，由此經過，萬一員外回來，得能相遇，我只得苦訴其情，教他免遭機穽。(内嗽聲介)呀，遠遠望見一人，好似我家員外，不免迎上前去。

【引】【前腔】(生上)日梭月梭，早重陽東籬菊吐。

(小生)員外吓！

爲甚麼半載歸寧？

(生)燕青！

你緣何一身淒楚？

自别家鄉六月餘，伯勞飛雁各東西。(小生)今日應時重得見，恐知依舊走天涯。(生)燕青，你自言自語，墮淚攢眉，鶉衣蔽體，却是爲何？(小生)此處不好講話，請員外到古廟之中，待小人慢慢訴與員外聽。(生)在那里？(小生)這里來。(走介)員外一向在那里？(生)

【小桃紅】那月游繮避患，押輛揮戈，漸次山東境也。誤入陰符陣，難脱被天羅，乘魚艇，竟成俘。

原來宋公明聞我英名，欲謀入夥，故遣軍師吴學究，假充星士，誑我上山。(小生)前日星士假充的？被他哄了！(生)我雖遭籠絡，豈肯玷辱？燕青，

怎當他苦相留，意相孚，把恩相待也，盼得來月滿秋空離水滸。

(小生)既是中秋下山，爲何此時才到？(生)

逆旅蹉跎，奈艱辛又染沉疴。

燕青，我且問你：李固回來，孺人動止如何？(小生)不要説起！

【下山虎】貪婪李固，淫媚妖狐，偷綰同心帶，日夜恣歡娱。

(生)那有此事？(小生)

全不念收養恩深，竟將你結髮情辜。

(生)孺人怎麼説？(小生)孺人呵！

逐得我暮宿神堂晝乞途。

(生)什麼爲證？(小生)

把命訣爲奇貨，首做梁山叛逆徒。

(生)難道官府,就信他不成?(小生)那梁中書呵!

得受千金賂,判家資付他。

(生)我族中豈無一人,與他争執?(小生)

有示令森嚴誰敢何!

(生)

【蠻牌令】事迹總差訛,言語更含糊。

我曉得了!

料是伊心歹,逐出起風波。

(小生)主人,

聽良言休得見左,

(生)回家自有分曉。(小生)

莫胡行自履灾窩。

(生怒介)

激得我心如火,

(小生扯住介)回去不得的!(生)咳,

還説什麽暴虎憑河!

(生怒下)(小生)呀,我員外不聽忠言,定遭羅网。我如今潛入城中,打聽消息,儻有不測,只得往梁山報信便了。咳,員外,員外!

【尾】分明送入烏江渡,望神明陰功保護,好教我一木難將大厦扶!

(下)

第十六折

【菊花新】(付上)流蘇帳暖十分春,昏鼓晨鐘耳厭聽。

(旦)

琴瑟正和鳴,遇境追隨歡慶。

千里相親信有緣,也知蓄意賞花前。(旦)休將往事重提起,(合)願效雎鳩詠百年。(付)娘子,我和你才過中秋,又早重九。(旦)官人,正是:時序易逢,青春不再;茱萸開徧,新酒宜嘗。(付)娘子有所不知:前日出首之時,深虧梁府虞候張文遠,竭力贊襄,給示嚴諭,你我終身,方保無虞。今日約他到來賞菊,少答前情,故設家宴。(旦)妾亦聞知,今當酬謝。(對小旦介)春英,你去整治精潔肴饌,果品攢盒,煖酒伺候便了。(小旦應介)(付)娘子,此時尚早,我和你賞菊一回,有何不可!(作看介)

(丑上)

【引】【劍器令】邀款恁殷勤,飲啄莫非前定。

迤逞行來,此間已是。(進介)好所在!只恐没福受用。這是前堂,怎麽一個人也没有?不免竟入中堂,看是如何?(見介)(付)張兄來了。(丑)來了。(揖介)(旦)官人,這是何人,直闖到此?(付)娘子,這個就是梁府虞候張三郎了。(旦應。又看介)(丑)李兄,方才這美艷者,是宅上何人?(付)是房下。(丑)李兄向一相處,聞你尚未有室。(付)張兄,你就忘記了?(丑)吓!莫非就是盧俊義渾家賈氏?(付)却不道怎麽?(丑)天灾的!得了他若大家財,又有此麗人,可該謝我?(付)爲此聊備菲筵,少酬萬一。春英,將酒來!

(小旦)緑蟻浮金盞,清香浮玉壺。官人,酒在此。(付)你去閉上了中門。(小旦應,作閉門介)(丑)這又是何人?(付)是我家小婢春英。(丑)一發妙!想也把你用過了?(付)休得取笑。

【排歌】犢鼻蠲除,彩衣焕新,更高堂財帛豐盈。良宵對月倒金尊,花下開埕集友朋。無窮樂,不夜春,二喬深鎖侍衾裀。顛鸞鳳,覆雨雲,三竿日上寢方興。

(生上)

【引】【眼兒媚】跋涉山程共水程,今喜到家庭。

這里是自家門首。果然有告示在此,待我收過了。燕青之語,信非謬矣。中堂門關在此。開門,開門!(付)春英,看什麽人叩門,不要開他進來。(小旦看介)官人,員外回來了!(付、丑)怎麽處?(付)請娘子出來。

(旦急上)爲何這等慌張?(付)不好了,冤家回來了,在外叩門!如何是好?(旦)不妨。我去開門,和他講話,你與張相公潜出後門,稟過梁爺,統領兵快快進前門,指稱梁山奸細,回家謀占燕京，解去處斬，絶其禍苗，豈不是好？（付）有理。張相公，這里來！（丑）來了。（下）（旦叫介）張相公，張相公！（丑）怎麽説？（旦）梁爺面前説話，多在你身上。（丑諢下）（旦）春英，你去拴了後門。（小旦）曉得。（下）（生叩門介）（旦）來了。（開介）呀，員外回來了？萬福！（生）這些家人童僕，爲何一個也不見？（旦）自從員外去後，盡行逃走了。（生）燕青呢？（旦）他偷盗了東西，也走了。（生）豈有此理！李固往那里去了？（旦）今早往庄上去了。（生）呀，這兩席酒，爲何而設？（旦）今日重九無聊，與春英在此賞菊。（生）與春英賞菊，設此盛席？春英呢？（旦）進去煖酒去了。（生）快喚來！（旦）春英快來。（小旦）怎麽？（旦）員外回來了，過來見了。（見介）（小旦）員外！（生）罷了。（旦）方才暖的酒呢？快取來與員外洗塵。（小旦）吓！（生）住了！我問你：燕青那里去了？（小旦）娘子逐他出去了。（生）稱呼多改了！（旦）哇！（生）這兩桌酒爲何而設？（小旦）這兩桌酒麽？（旦）我和你在此賞菊吓。（小旦）正是，在此賞菊。（生）哇！

【八聲甘州】賊人胡逞！

（旦）不要破口吓！（生）

那華筵羅列，豈是家羹？賤人，看你調朱弄粉，料多應行濁言清。

（旦）到説我行濁言清！（生）賤人，李固向來如何？（旦）

朝乾夕惕惟存義，

（生）燕青呢？（旦）

虐善欺良太不仁。

（生）

詳情，這逐能匿愛，淫亂分明。

（旦）

【前腔】徒嗔，揔言辭利順，但不知責己，反責他人。

（生）我有甚可責？（旦）

昂昂英俊，忍甘爲叛國紅巾。

（生）

我一時被獲遭機穽，半載離籠返舊京。

(二旦)

詳情,這外攻内合,表裡分明。

(生)

【解三醒】聽他們出言不遜,惱得我氣滿胸襟。賤人!謀傾夫主將何證?

(二旦指壁)

這反句豈無憑?

(生)

這是星家命訣題留驗,扭做黄巢作主人。

(二旦)

真奸佞,禍臨頭頃刻,尚兀自掩耳偷鈴!

(丑同差人上)

【前腔】(换頭)縛虎頭還宜加小心,軍法森森敢放輕。

(捉生介)(二旦下)(生)

平生剛烈無虧損,休得要害良民。

(衆)

鯨吞水泊威風振,今日冒犯天條假作惺。

(合)

真奸佞,赴雲陽頃刻,尚兀自掩耳偷鈴!

(同下)

第十七折

【引】【西地錦】(小軍導净上)赫赫威風千丈,聲名播滿皇州。

(衆)開門!(净)左右,今日勘問反頭,須要用大毛板、粗拶子、短夾棍伺候。帶盧俊義過來!

(帶生、付上)(净)聽點:盧俊義!(生)有。① 李固!(付應介)②

---

①② 後句爲“净”所白,此處應有“(净)”。

賈氏！（衆）不到。（丑）啓老爺：賈氏原不知情，罪坐夫男，還該去了他。（净）有理，去了他。把李固帶下去，盧俊義跪上來。盧俊義，你怎麽反上梁山？從實招來，免受刑法。（生）爺爺，冤枉吓！（净）唗！開口就是冤枉！謀反叛逆，不打不招。張文遠，打他多少？（丑）四十。（净）四十！從實招來。（生）

【梁州序】陶朱門第，清白家世，頗諳文才武藝。幼攻韜略，埋光待價沽諸。

（净）你有如此技量，自然想要謀反了！（生）

自是良禽失處，揀盡寒枝，不可棲還止。看我飛黄終有日，誓把四凶誅，肯落牛襟風馬裾？這情真僞，望詳細。

（净）你如今招也不招？（生）教我招出什麽來？（净）與我拶起來！（拶介）（生）

【前腔】虐良民酷用鞭笞，聽逆奴嚴刑鞫至。

（净）墻上反詩，那個寫的？（生）這是算命先生的命訣，那里是反詩？

是奸淫奴質，高台豈不思維？

（净）帶下去！帶李固上來。（付）有。① 你主人平昔作何勾當？（付）我主人呵，

他夙蓄圖王之志，更四海交通，聘納三千士。

（生）多是説謊，不要聽他。（净）誰來問你？掌嘴！（打介）（付）

如今情確矣，還要辯雄雌？縱使人欺天不欺。自作孽，枉嗟吁！

【前腔】（净）潑强徒敢爾無知，快招承豈容遲滯！恁推三阻四，難免誅夷。

問他可招？（生）冤枉難招！（净）放了拶，取短夾棍，夾起來！（生）願招！（畫供介）

熬不過三推六問，身毁髮膚，頃刻傷鱗次。投山同友契，指望造宏基，誰想今朝狹路迷。今日裡，悔之遲。

（供完介）（净）把他上了刑具，帶去收監。李固起去。

---

① 後句爲"净"所白，此處應有"（净）"。

【尾】男兒到此成何濟,牢監守莫將輕覷。

(生)

只有天知和地知!

(掩門下)

第十八折①

(末上)體健身輕膽氣高,一枝花插帽沿飄。押獄手持水火棍,行刑腰帶雪風刀。自家留守兩牢節級,兼管行刑劊子手,"一枝花"蔡福的便是。身爲節級,管押重囚。雖然牢不通風,端可傳消遞息。平日裡劍誅無義漢,往常間金贈有恩人。前日蒙留守相公發押囚犯,唤名盧俊義,乃本城豪俠長者,精於武藝,義勇過人,不知爲甚緣由,投入梁山作寇。他妻子、家人,通同硬證,中間必有謀陷之情,被官府一棒敲成,竟認死罪。我每欲問他,難以啓齒。得一個便處,問個分明才好。今日唤他出來,細問一回,有何不可?盧俊義出來!

(生上)

【憶秦娥】沉冤獄,深仇脈脈縈心曲,縈心曲。怎得陽回,春生幽谷?

(見介)節級哥拜揖!(末)不消,不消!我看你昂昂氣象,怎麽不做好人,反上梁山,爲非作歹?今日作下事來,悔之晚矣!(生)咳,節級哥有所不知:我只爲被人撥賺,遭此風波。欲訴衷情,未審可容納否?(末)總閒在此,就説何妨?(生)只爲那一回呵,

【山坡羊】對青燈把孫吴評講,啓朱扉見鬼神形响。辨吉凶請星士推詳,道命迍邅有百日灾和障,他教咱避巽方。

(末)巽方是山東了。(生)

棲遲免禍殃,誰知道此名利俱垂喪,原來是造就機關,把英雄羅网。

(末)怎麽回來了?(生)抵死求歸,

① 此折後爲卷下。

終得個還鄉，得脱豺狼喜倍常。還鄉，豈料奸人暗裡傷！

（末）原來如此！

（小生上）

【憶秦娥】淚珠偷灑眉攢簇，盈盈不敢高聲哭，高聲哭，只恐猿聞，斷腸枯目。

咳！不聽好人言，致有悽惶淚。我家員外，收留李固，避難山東，及至歸家，路逢諫阻，不聽忠言，致遭毒手。今沉冤獄，青眼誰施？我今日求得些酒飯在此，可奉一飡，少全主僕之分。這是司監門首，不免哀懇一聲。禁長哥有麽？（末）是那個？（小生）是我。（末）呀！原來是燕小乙哥。到此何幹？（小生）蔡兄，前日發下盧俊義，是我恩主。今特到此送飯與家主。（末）嗄，是你主人！進來。（開門進介）（見生哭介）（小生）

【山坡羊】冷淒淒陰風吹颺，黑沉沉神魂飄蕩。

我那主人嗄！

你髮蓬鬆形衰貌黄，我喉哽咽氣冷心悽愴。

主人嗄，主人！你當初若從我勸，焉有今日？（生）罷了！

自恃剛，殞軀分所當。

（末）那李固是你家人麽？（小生）李固原係汴梁人氏，流落燕都，乞食沿門，蒙主收録。（看生介）不意我家孺人，與之私通，乘主遠出，商謀傾陷。（末）原來這般，怪道李固將銀五百兩送我！（小生）送與大哥怎麽？（末）托我晚間就要結果你主人性命。（二生驚拜介）（小生）節級哥，斷送使不得的！（末）癡男子，我若有害你主人之心，不與你説了。（二生）多謝！

可憐抱負終天枉！

（小生）

欲報深仇，效漆身形狀。

（合）

悲傷，恨殺凶徒害善良；悲傷，恨殺貪官作主張。

（小生）我有酒飯在此，權且充飢。（生）我吃不下去。（小生）勉强吃一口。（吃介）

(老旦上)星馳電逐泪如梭,倏忽穿州過府。這里已是。蔡節級有麽?(二生驚介)又是甚人,在外大呼小叫?(末)待我去看來。(看介)(老旦)在下戴宗。(末)原來是戴兄,到此何幹?(老)只爲盧員外冤屈禁獄,特奉宋公明將令,將白銀一千兩,送與蔡兄。這盧俊義性命,多在蔡兄身上,儻有差遲,早晚兵臨城下,玉石俱焚,莫怪,莫怪!(末沉吟,受銀介)壯士,不是這等説。小弟到有長久之計在此。(老)願聞。(末)我燕京城堅粮廣,將勇兵强,互相戰争,勝負未卜,不但盧兄性命有虧,抑與貴山無益。况那梁中書是好利之徒,我就將一千之銀送與他,我自將銀五百兩送與虞候張文遠,管將盧兄輕罪配發他州。路中任憑列位主張,何如?(老謝介)此計甚妙!銀兩自當補上。只恐言不應口。(末)説那里話?一言既出,如白染皂。各宜打點便了。(别介)(二生慌介)莫非又是李固那賊,將來害我性命的?(末)你不消這等慌張,説出來休要歡喜。(二生)是誰?(末)

【前腔】梁山泊英雄倜儻,號神行魁梧形狀。

(生)是日行八百里的戴院長麽?(末)

他擲千金不畏三光,

(生)將銀來何用?(末)

買區區保你身無恙。和他細酌量,救人須救長。

我説就將這一千兩,送與梁中書;李固的五百兩,送與張文遠。他二人得此重利呵,

定然改擬,改擬爲脊杖。配發他州,路邀如翻掌。

(二生合)

思量,變禍成祥事渺茫;思量,捨義全生恩怎忘!

【憶多嬌】(小生)拜謝伊,叩謝伊,救我東人命限危,仗義疏財情難得。

(合)

轉恨逆賊,轉恨逆賊,設計圖財謀色。

(末)小乙哥請回。恐人知覺,不當穩便。

【哭相思】惺惺自古惜惺惺,一諾如山豈變更。

(二生)

惟有感恩并戴德，萬年千載不忘情。

(生先下)(末)小乙哥，今後不消送飯，都在我身上。(小生)多謝，多謝！(隨口下)

第十九折

(净、丑上)上命差遣，盖不由己。我張豹、李彪，奉梁老爺之命，押解盧俊義，往沙門島爲軍。此去路程三千餘里，争奈那厮，一些盤費没有，如何是好？(丑)哥哥，我聞得李固與盧俊義又是個緊對頭，不免去尋他，或者助些盤纏，也未可知。(净)兄弟説得有理。你看管盧俊義在家，我去尋他便了。(丑應下)(净)呀！對面來的，正是李固，正是！我只作不知，看他怎麽？

(付上)由他奸似鬼，見我也低眉。我前日將銀五百兩，囑托蔡福，結果盧俊義性命，誰想到將我銀賄賂梁爺和那張文遠，將他改擬，刺配沙門島爲軍。一朝回來，我夫妻二口，必然難保。今日一不做，二不休，將些銀兩買囑張、李二解頭，路上謀死，豈不斷絶此禍？呀！來的是張豹。(近上揖介)張公何往？老李怎麽不見？(净)他看守人犯在家。李主管，那里去？(付)我聞二位出差，特來送行。但不知解着何人？(净)就是盧俊義。(付)是他！可有盤纏安二位家眷麽？(净)路費絶無，安家休想。(付扯净説介)老張，那盧俊義是個反寇，况多氣力，路上仔細；儻或走了，要連累仁兄。(净)便是。我也在此擔憂。(付想介)又無盤纏，怎麽去得？我有白銀一百兩在此，送與二位，各分一半。(净)豈有此理！與公有甚相干，不敢，不敢！(付咐耳介)不是，冤有頭，債有主，他與我有切齒之仇。儻在前面曠夜①所在，將他打死，揭取面上金印爲信，回家再找銀一百兩，與二位兄，另再奉酬。一則與民除害，二則省得看守。如何？(净)是便是，怎麽回復官府？(付)又來了！就在地頭，動個病故文書便了。(净)

① 應爲“野”。

這也曉得。只是所許之物，不可短少。（付）豈有此理？（净）在我身上。（付）眼望捷旌旂，（净）耳聽好消息。（付下）（净轉身）（丑上）（小生暗上，聽介）（净）人有所願，天必從之。我二人爲無盤費，去尋李固，誰想正來尋覓你我。先與我們白銀一百兩，若在路中打死盧俊義，回家再找一百兩。（丑）也是我每造化，得此機會。同去帶他出來，趁早上路，午後動手便了。（净、丑下）（小生咬指介）天嗄！我適聞二人之言，員外性命，難脱毒手。（思介）我今一路跟去，儻有疏虞，隨機應便①救他，料無大害。（小生暗隨至松林，先進伏介）

（净、丑帶生上）

【十二時】怨氣結成雲，號泣於蒼天幽冥。足械銅鐐，面鉗金印，脊傷指損，寸步難行。

（净、丑）

自作有誰憐憫。

（生泣介）二位，我負屈含冤不自由，傷心客路作羈囚。（净、丑）料伊不日命難留，向陽秋露霎時收。（生）呀，我與你前日無仇，往日無怨，何説此話？（丑）死囚放屁！此去三千里路，盤纏一些也没有，倒要我們盤費你，還敢多言？（打介）（净）罷，讓他走。不要開口！（丑）走得快，饒你打；若走遲，一步一棍，休想要活。（生哭，丑赶介）（生）

【五更轉】值運衰，遭殘忍。恨無端，禍釀成，屈招死罪，改成流邊境。迢递三千，此去存亡未審。

（背介）

論人心和天理，應難定。

（合）

死合生，生死皆由命！

（丑）走又不走，到在那里自言自語！（生）其實走不動，可憐！

若得少憩松陰，隆情難罄。

---

① 應爲“變”。

（净指介）前面野猪林内，無人往來，正好歇宿。（生見林不敢入介）（丑打介）要歇又是你，要走又是你！快進去，不進去着實打！（生坐介）

【前腔】猛可的，身寒噤，不由人不膽戰驚。這林深樹黑，四顧無蹤影。少吉多凶，自賣首領。

二位呀！

念小人，負重屈，望施惻隱。

（净）睡一睡走路，只管多説！（生）

暗思此際，豪俠全無信。罷！且赴南柯，倚磚作枕。

（生熟睡介）（净叫生，不應介）（净動手介）（丑）且住。他十分勇猛，儻一棍打不死，驚醒起來，我二人如何抵敵！（净）怎麽好？（丑）趁他睡熟，將索縛定，方好下手。（净）説得有理。（綁介）（生醒介）（净向丑介）你在外邊看人，我自動手。（生）怎麽綁我在此！（净）

【前腔】非我們，相凌迸，

那李固與你，

結冤仇海樣深。

（生）望二位不要動手！（净）得人錢財，與人消灾。（打介）

看無情棍起，頃刻成虀粉。

（生瞑目介）罷了！（净持棍打）（小生放箭介）看箭！（净）阿呀！（倒介）（丑奔，唱介）

忽聽聲音，諒歸泉冥。

（看介）呀！

爲甚因，他未死，你身先殞？

（又看介）不知那個射死了？天啊！（小生又放箭介）（丑叫，跌倒介）

（小生上，咬斷生繩介）

把麻繩咬斷，

（叫介）

叫喚應甦醒。

（生應介）二位嗄，

我一縷孤魂，在鬼門關等。

（小生又打開鐐肘介）主人，是我！（生開眼看介）你是那個？（小生）我是燕青。（生）原來是小乙！因甚到此？（小生）我早上見李固送與他們銀兩，要在途中，謀害主人，我一路潛隨到此。適見綁打，被我一箭一個，都射死了。（生驚介）如今怎麽處？（小生）不妨。我同主人，投奔他鄉再處。（生）那里去好？（小生）如今，

【朱奴兒】投水滸潛蹤隱名。

（生）這條路，不是梁山去的所在。（小生扯生轉介）

走危途晝伏夜行。

（生）

一日三飡是怎生？

（小生）

射鳥雀，權充飢吻忙前進。

（生）

臨淵履冰。

（合）

何日得寃氛靖？

（下）

第二十折

（付、小旦上。唱歌）學采樵，學采樵，不管枯枝與嫩條，换得錢來沽一醉，勝在朝中着錦袍。我兩個唤做張柴、李薪的便是。只因山中樹木稀少，無處砍伐，聞得此間野猪林内，松柏廣有，藤蘿儘多，不免樵砍兩擔，挑入城中，易些酒米充飢。有何不可？（進林跌介）呀，兩個死尸！（看介）（付）原來是公差，此是解批。（想介）倒被犯人射死，撇尸逃命去了。（小旦）且將他扛在僻静所在，我報地方保甲，你去報官差人緝捕便了。（扛下）正是：相逢

不下馬，各自奔前程。（下）

（小生扶生上）

【六么令】韓獹走險，兩足蹣跚，心類油煎。

（小生）

蕭蕭曠野少人烟，乘昏夜，莫留連。

（生坐介）

奈眼花撩亂精神倦，奈眼花撩亂精神倦。

（小生）主人，趁此昏夜，正好逃避。爲何不走，反坐在此？（生）燕青，我棒瘡疼痛，腹内又飢，實是走不動了。怎得一個所在，將養兩日方好。（小生）怎麽處？呀！前面溪邊，露出燈光，想有人家。我且前去，借宿一宵再處。（走，叩門介）有人麽？

（丑上）是那個？寒夜客來茶當酒，地爐煨火席爲簾。借住的請裡面坐。（小生扶生進介）（生）原來是酒家。（丑）不成一個酒家，休笑。（小生）此是我家主人，只因路遇歹人，這般模樣。要在你家打攪一兩日，自當重謝。（丑）這個當的。只是村醪草鋪，不堪受用。（生）罷了。（丑將酒飯上介）酒飯在此。（小生）可有什麽菜蔬？（丑）一些也没有。（小生）主人，今夜胡亂吃，明朝待我射些野鳥，以爲肴饌便了。（二生吃介）（小生先睡。生坐想介）我在家時，何等受用，今晚教我如何睡得着？

【普天樂】歎英雄飄泊無根綫，五行中合受多奇變。寓村居，傷情流淚，對殘燈，觸目無眠。猛可裡追思徧，忺恨公明、學究將人陷。總神機他算不到其間，枉教我禁持流竄。早知如此，何不困守林泉！

（倚桌介）不覺方眠心未眠，夢魂知落到誰家？（睡介）（内雞鳴介）（小生起，生醒介）（小生）天色尚早，主人再睡一睡，待我射些野鳥來，以當朝飡。（小生出門，生又睡介）

（外、旦捕快上）

【六么令】官司差遣，捕捉凶頑，懸賞三千。沿門搜索有威權，若容隱罪牽連。成功早把神明獻，成功早把神明獻。

我們昨晚奉留守相公之命，捕捉原凶盧俊義、燕青二人。徧處搜覓，不見蹤迹。今早又行了一朝，腹中飢渴。此間小酒肆，買杯何如？（旦）説得有理。有人麽？（丑）原來是二位端公，請裡面坐。（外、旦進介）有什麽酒飯？快取來。我每有事，就要行的。（丑取上。外、旦吃介）（外）酒家，我問你：昨晚可有人在你店中安歇麽？（丑）有兩個，是主僕模樣。一個蓬頭洗①足，一個青衣挺帶。説路遇歹人，在此盤桓兩日。（旦）如今何在？（丑）那穿青的，在林中射鳥去了，那蓬頭的，還在那間房裡。（旦、外）必竟是了，大家去看來。（衆張介）（内鴉鵲噪）（生驚醒介）

【憶鶯兒】呀！鴉撲簾，鵲噪檐，這吉凶難憑鴉鵲喧。我盧俊義呵！因甚心頭小鹿攢？

（旦、外）呔！幹得好事！原來逃在這里，捉、捉、捉！（扯生，打下）（小生暗上，瞧見介）

（合）

量蒼天，終能覆載，管雪海山冤。

天嗄！我主人又被公差拏去，這回斷然不保。只得往梁山報知，救應便了。（作沉吟介）且住。身畔無錢，如何是好？呀！遠遠望見兩個人來，必有包裹，待我打倒，搶作盤費，有何不可？（暗下）（老旦、净上）

【六么令】特差打點，慣去巡遊，到處招賢。玉麒麟被難在幽燕，聞發配，要用全。中途早得來相見，中途早得來相見。

（小生上，打倒老旦介）（再打净，被净打倒，殺介）（小生）好漢，殺了我也罷，誰上梁山報信！（老旦起，勸介）且住。你甚麽樣人？報什麽信？（小生）我是盧員外家燕青。（老旦扶起介）原來是小乙哥。我二個是梁山泊好漢戴宗、石秀便是。奉主帥將令，來取員外上山的。員外如今在那里？（小生哭介）二位，一言難盡。

【鬥黑麻】我主人呵！得脱囹圄，戍流遠邊。

（净、老旦）這個我們通曉得了。（小生）誰想那兩個解子，得了李固的錢帛，

---

① 應爲"跣"。

解至深林，謀傾九泉。

(老旦、净)可有人救?(小生)

他棍未舉，我箭先穿。

兩個都被我射死了，

方得死裡逃生，向鄉村息肩。

(老旦、净)如今怎麽了?(小生又哭介)今早只因没肴下飯，我往林中覓食，不想又被捕盜官兵擒住，解進城中去了。

(合)

聞言可憐，令人心痛酸。此去無門，此去無門，恐赴雲陽陷冤。

(老旦)我與燕兄赴梁山報信。

【前腔】即日興師，把郡城變遷。

(净)我進城中，打聽消息，儻盧兄有三長兩短，

殺教他尸山血海，我也不忘喪元。

(小生)

言雖壯，怕勢不前。

(净)

量宿昔英豪，不須挂牽。

(合前)

拚命石三郎，扶危探虎狼。

教他明槍容易躲，暗箭最難防。

第廿一折

(襍扮把門軍上)暑往寒來春復秋，夕陽西下水東流。將軍戰馬今何在，野草閑花滿地愁。我乃守門軍牢是也。今日梁爺監斬盧俊義，分付各門盤詰，恐有梁山奸細，攪亂法場，只得在此伺候把守。

(净上)少結楊雄是翠屏，名馳水泊善偷營。欲探虎穴裝柴子，暗帶霜鋒入禁城。我石秀忽忙奔走，不覺已到京城了。(進城，襍攔住介)嗄，那里去?你是什麼樣人?(净)日逐在此賣柴的，難

道不認得？（襍）你可就是張才麼？（净應介）正是。（襍）前日報官捕捉凶犯，就是你？（净）正是。梁爺今早教我領賞，你怎麽攔住我？（襍）不是。今日梁爺監斬盧俊義，分付各門盤詰，恐有梁山奸細，攪亂法場，故此盤問。休怪。（净）我正要去看殺人，你引我去，我買酒與你吃，如何？（襍）此時料没有奸細，我同你去。（同行介）

（丑扮監斬官，衆執刀扶①手上）（生）

【朝元歌】深自恨時逢不造，無門禍屢招，今日料難逃。我俠骨雖香，不能力効。

（衆）

頃刻雲迷霧罩，鬼哭神號，令人到此魂盡消。

（生）二位嗄！

若念水萍交，將尸覆草茅。

（合）

時辰已到，快斬首各門懸號，各門懸號。

（丑）快斬訖報來！（小旦動手介）（净在高處脱衣持刀跳下介）梁山泊好漢，合②夥在此！（砍丑案桌，丑奔，衆逃介）（割斷生縛，扶生，叫介）盧員外甦醒！盧員外甦醒！（生醒介）兄是何人？（净）

【前腔】我石秀梁山惡曜，生平志勇驍。舉手不相饒，疾卷軍兵，如刈春草。

（内叫介）梁爺有命，分付各門緊閉。今已差急先鋒索超，點兵擒獲凶犯。如若走漏，定行處斬。（生驚介）

他那里令旂飛報，鼓角風高，弓刀四集怎轉摇？

（净）

一死等鴻毛，輕生任海濤。

---

① 應爲“斧”。

② 應爲“全”。

(生)我死因①所當然,只是連累足下!(净)

不須悲悼,這成敗付之一笑,付之一笑。

(丑高立,付領衆與净殺介。捉住,綁净、生介)(丑)你是何人,敢入禁城無狀?(净)哇!梁世傑,我是梁山好漢石秀,先來傳個信兒:我哥哥即日統兵,大隊人馬,打進城中,殺你這些贓狗!(丑作慌介)(付)老爺,不妨!如今將這二人,監禁在獄,且不要殺。儻宋江等領兵到此,待小將一個個生擒,解京請功便了。(丑)既如此,押縛留守司去!

【前腔】驀爾無知强暴,井蛙也弄驕。

(净罵介)

束手尚嘵嘵!

(丑)蔡福,蔡慶!(襍應)

嚴守監牢,莫將奚落。

(生、净先下)(丑向付介)索將軍,

賴你把城池固保,我表當朝,凌烟管把名姓標。

(付)

看指日起鞭梢,長驅搗賊巢。

(合)

把强梁盡埽,始見得收功談笑,收功談笑。

(下)

第廿二折

【金瓏璁】(旦上)蘭房空寂寂,宵長晝短閑支。臨曉鏡,謾凝思,非干妾貌改,應是歹心移。抱琴瑟,竟何如?

紅顔自古多薄命,東風不管人孤另。改行没前程,從新憶舊人。舊人不可得,新者遥相憶。相棄與相親,難憑枕畔盟。妾身賈

① 應爲"固"。

氏，只爲游子忘歸，移花别苑；天涯騎返，羅織成囚。因此惹起刀兵，城民壘卵。死生萬一，近得平安。不料李固那厮，不念家室之好，負我私恩；蠢尔春英，故將蒲柳之姿，替於枕席。即今初添一綫，金翼南飛，褥冷衾寒，淚隨夢滴，思之切齒，言實赧顔。且唤春英出來，問責一番。有何不可？春英那里？

(小旦上)

【前腔】陽生陰化矣，朝寒梳洗遲遲。

(拭眼，披衣介)

摩娑眼，軟腰肢。

(旦)春英快來！(小旦)

忽聞呼唤急，若不姤螽斯。

(捲袖，整衣介)

整衣袂，禮還施。

娘子萬福！(旦)我且問你：官人這時候，爲何還不起身？(小旦)便是！這兩日貪睡得緊。(旦)有甚原故？見我不偢不倸。(小旦)春英那里曉得？(旦)不曉得？

【青衲襖】你逞花唇，生間隙。買風情，把寵易。

(小旦)與我何干？(旦)

誰許你野蔓閑藤，去攀連理？

(小旦)他要是這等，我難道好逆他？(旦)

恁虧心下得分比翼。

(小旦)不須着惱，今晚送他到娘子房里來。(旦)哇！

謾恃些兒匿愛，言來抵逆，那些兒守婢職？

(小旦)婢職便是怎麽樣？(旦)

只合井臼供操，侍奉朝夕，也這的是你分内所當宜。

(小旦)

【前腔】説甚麽慎服勞勤服役，説甚麽情性乖，言語逆。

(旦)你便怎麽？(小旦)

我本無心援傍州例，奈蕭郎契密，明將彩鳳騎。

(旦)毛遂自薦，好不識羞！(小旦)

我自薦羞，委的，你俯就傭流怎掩飾？

(旦作羞介)這賤人，尊卑没有了！(小旦)

分甚名分階級？

(旦)難道與我一般不成？(小旦)

只合和光同塵也，

(旦)啡！放屁！(小旦)扯淡！

看誰是糟糠誰戾瘆！

(先下)

(旦)嗳！我唤他出來，本欲數説他一番，倒被他搶白了幾句，竟進去了！正是：夫人必自侮，然後人侮之。只恨自已做事乖張，致受他們奚落。仔細想將起來，彼既不仁，我何守義？前日張三郎到來，我看十分俊雅，萬種風流，兩下雖則心照，尚未雲期雨約。怎得相親，遂我所願？只是悶坐無聊，且到書房閑玩一番，消遣則個。(進介)呀！你看熏籠香燼，繡榻塵生，一發冷落人也。

【二郎神】思千縷，動馬猿，陡靈台火熾。怨非偶，含酸延獨伫，瑣窗人静，凭几謾自躊踟。爲甚麼推恩祟婢侍，把妾看做濁泥相似？

(思介)嗳，

好情癡！這萍水凫鷗，怎詠唱關雎？

(坐介)

(丑上)

【前腔】思之，多嬌倩盼，已目成心許。爲案牘勞形無意緒，喜昇平事簡，懸旌暗覺縈絲。蘭芷含香虧蝶使，徉修問美瞻丰致。

呀，這里已是！

過庭墀，步到齋頭，怎寂静無知？

有人麽？(旦)

【囀林鶯】懨懨體弱如夢裡，

(丑叫介)有人麽？(旦)

聽誰人漫問高低？

(丑聽介)有人在内。(旦)

勉打雙睛從罅覷。

(丑)來得凑巧,是那人在裡頭。(旦瞧介。丑叫介)(旦)

甚風吹冤孽來至,是神差天使?

(丑作慾動,欲進介)(旦)

啓朱户試渠行止。

(開門介)是誰?(丑作揖介)(旦退介)(丑)原來尊嫂獨自在此,李兄爲何不見?(旦)

病相如,

(丑)酒色過度了?(旦)

爲忘筌變膢,終日赴華胥。

(丑)忽有這等事?

【前腔】卑人一言容拜啓,那李兄,似水寒不餌潛魚。

(旦)便是。(丑)尊嫂,

你絲綸枉下愁無處,

我張文遠呵,

願充陳厠燕之私。

我自從見了尊嫂之後,日夜思念。今日無人在此,和你

霎時雲雨。

(旦)這使不得,

那窗外豈無蹤迹?

(丑抱旦介)事到其間,顧不得你了,

望垂慈。

(旦)三郎,不須性急,

我鵲橋允駕,只在早和遲。

(丑)尊嫂,一刻也耐不得了,求速。(旦)你且在此,待我進去,看他可曾起來,再來相聚。(丑)不可失信。(旦拽門介)就來。臨淵正爾將魚羡,誰料連鰲入网來。(下)

(小旦上)常將冷眼觀螃蠏,看你横行到幾時?聽他在此,自言自語了半晌,如今進去了。我且到書房中,閑玩閑玩再處。(推進介)(丑)尊嫂來了?是春英姐!(揖介)(小旦)張相公爲何在此?

（丑）

【鶯啼序】偷閑枉道尋知己。

（小旦）官人尚未起身。（丑）

午餘猶戀鴛侶？

（小旦）不是。這兩日身子不快。（丑）是了，

奈更留雙蝶争飛，笑浮花安有根蒂！

（小旦）好揣摩！（丑）春英姐，我且問你：這兩日，

却緣何分雄辨雌，敢則是嫌桃憐李？

（小旦）不要説起。（丑）

須聽取，莫認做鎖繮名利。

（小旦）一言難盡！（丑）請説不妨。（小旦）

【前腔】昏盤晝錦曾偎倚，

（丑）可曾説娘子些什麽？（小旦）

何常形論臧否，

（丑）爲何這般怪你？（小旦）

笑他每恃大欺微，

（丑）想是你官人戀新忘舊？（小旦）

是他周而不比。

（丑）我説這也不該，還是普徧些，就没有争端了。（小旦）

但目前唇槍恁撑，恐日後心兵難制。

（丑）便是呢。（小旦）張相公，

休笑耻，這始末望折衷其理。

（丑指介）

【猫兒墜】看他丰儀綽約，令我五魂飛。

（丑回看介）（小旦）張相公有何計策？（丑）

眼角眉梢情轉移。

春英姐，我計雖有，你可謝我？（小旦）自然重謝。（丑抱介）

暫同繡枕恣歡娱。

（小旦推介）恐有人來。

（旦慌上介）

唏吁,自古好事多磨,誤訂佳期。

三郎!(丑驚。小旦羞介)(丑)在此戲謔,尊嫂恕罪。(二旦各羞介)(丑)二位看我張文遠分上,都和了罷。從今後,

【前腔】薰蕕共器,蘿木兩相依,毀譽閒言莫再提,

(丑勾旦介)

鸞儔共整效于飛。

(旦)

癡迷,收拾起閑風閑月,早辦歸期。

(丑)呀,尊嫂爲何見却起來?(旦)三郎,你還不曉得?

【尾】那人盥漱呼童御,

(内叫)春英姐,官人唤你!(小旦)三郎,

這美滿事難抛難棄,

(下)(丑)春英姐進去了,尊嫂在此叙一叙。(旦)他就要到此,改日再會罷。(下介)嗳,張文遠,張文遠!

看你冷淡回家倍慘悽。

一枝不着兩枝空,會合分離似夢中。
有緣千里來相會,無緣對面不相逢。

(下)

第廿三折

【探春令】(旦上)獸炭重添圍坐久,金鼎篆微留。

(小旦)

屠蘇暖入午風柔,静掩下簾鈎。

(旦)東風紫陌紅塵起,陰極陽生春萬里。(小旦)隴梅綻玉柳含金,又見桃符户户新。(旦)滿城聒耳笙歌擾,驀地思量添懊惱。(小旦)一年好景動頭時,何事傷春意似癡?(旦)呀,難道你就忘了?(小旦)却是爲何?(旦)

【香徧滿】因他挑逗,春心漾如不繫舟,羞見庭前三故友。松青竹翠稠,梅横香影浮,都因慰我愁,眷戀頻顛首。

(小旦)不要説娘子,

【懶畫眉】我欲傳尺素倩誰收?幾度臨邛不自由。

(旦)你到有私奔之意?(小旦)

文君肯負那風流,怎遂得長卿奏?

(合)

和兩兩分鸞逐鳳儔。

(小旦)只是官人近來留連麴糵,沉溺壺觴,今若歸家,必又醉了。如何是好?(旦)説他怎麽?且到門前閑玩片時,看些往來車馬。有何不可?(小旦)如此甚好!(出看介)

(丑上)

【梧桐樹】垂成雲雨收,閃賺鴛鴦偶。夢想眠思,廢食渾忘酒。碧桃紅杏他栽就,甚日連枝,移來上苑得恣游?天台有路還尋媾。

(二旦)那來的好似張三郎!(丑)呀,

見並倚朱門似厮守,歡容笑口。

(丑上前揖介)節中欠拜,祈乞恕罪!(二旦笑還禮介)(丑)李兄何在?(二旦)出去拜年了。(丑)既不在家,容中堂叩拜。(進介)(二旦)

【浣溪紗】我嗟分慳,他來輻輳,端的是水暖魚投。

(丑)尊嫂,

我和你動中早綰同心扣,静裡重將錦語兜。

(二旦)三郎,

他去久,少不得醉歸厮,那時節,任通宵話個綢繆。

(丑)將已夜了,他回來不知可醉否?(小旦)日日如此,豈有不醉?(丑)這便好。(旦)取酒來。(小旦取酒共飲介)

(付醉上)

【劉潑帽】隨心拈弄閑花柳,與朋儕痛飲青樓。連宵沉湎難禁受,因此迤留,

(嘔介)

一霎時淹衫袖。

(扣門介)開門,開門!(小旦)回來了。(丑進介)(小旦開門介)

(付跌介)(小旦扶介)怎麽吃得爛醉！(付看，嚷介)

【**秋夜月**】看他真惡醜，全不記參辰酉。

(旦)

酒後胡言空厮耨，將他嗔恨他知否？展裀席罷手，

(付)

起幃幙聚首。

(小旦扶付下)(丑、旦飲酒介)(丑)

【**東甌令**】真月閉，果花羞，窈窕還須認好逑。

(旦)三郎，

我身心兩地非虚謬，今夜裡眉舒皺。

(小旦上)(丑)

雙雙織女會牽牛，此外復何求？

(小旦)張相公，

【**金蓮子**】良夜幽，千金一刻休遺漏。

(丑)妙！此言呵，

把咱個魂靈兒盡勾，試看那被窩中，一番番雨殢又雲尤。

(小旦執燈先下)

【**尾**】奴在前，娘居後，

(丑)不要這等作腔。(勾二旦介)

三人共枕並衾裯，

(合)

拚取永夜追歡不暫休。

(下)

第廿四折

【**引**】【**剔銀燈引**】(净上)白髪難饒貴脉，須聚斂酣歌淫佚。

二十年來一素儒，肘懸斗印佩金魚。人人盡道君王寵，誰想恩從老太師。(笑介)我梁爺一生豪富，半世榮華。即今上元期屆，常年例放花燈。只因去冬禍結梁山，損兵折將，意欲循規施設，誠

恐叵測難防。心上狐疑，怎生是好？且待張文遠到來，與他商議，諒有分曉。

(丑上)落魄重迷花柳鄉，朝離暮合倍尋常。黑甜頻入風流夢，不在花傍在柳旁。張文遠叩見。(净)起來，有事與你商議。(丑應，起介)(净)元宵已至，往年燕京，例搭鰲山，與民同樂，不料舊歲禍結梁山，今欲照例廣放花燈，恐生不測。你有何區處？作速説來。(丑應，思介)稟爺：俗云"有例則興，無例則止"。本城既有舊規，豈可因此小醜裁革？老爺速諭居民，不論市街村巷，逐家高搭綵坊，大張燈火，較之往歲倍常燦爛。永夜明燃，金吾莫禁，使遠近聞知，不滅天下太平氣象。(净)言雖甚好，儻有疏失，將如之何？(丑)不難！再諭各門軍官，日則盤詰，夜則固守。另發一支兵將，扎在要路，保管平安。(净笑介)好，好，你與我快寫告示，曉諭居民，須要：

【四邊静】星橋火樹連阡陌，鰲山逞綵色。鮑老舞新粧，兒童演褉劇。

(合)

五音六律，鑼篩鼓擊。烟火賽明月，流星徧天擲。

【前腔】(丑)調兵遣將防不測。

(净)這個在你身上，我不管。(丑)

還須飛羽檄。

(净)這便了。(丑)

傳令各官軍，巡邏要嚴密。

那時老爺在高樓上呵，

鸞笙鳳笛，紅粧艷質。沉醉玉山頽，東方那知白。

(净)百年光景疾如梳，(丑)堪歎人生能幾何。

遇飲酒時須飲酒，得高歌處且高歌。

第廿五折

【探春令】(旦上)情濃繾綣相和睦，離合爭朝暮。

(小旦)

元霜搗盡待裴航，一盞琼漿如露。

(旦)徹夜翻雲雲不歇，争飛左右雙蝴蝶。(小旦)曉來不忍兩分離，傍晚先將錦帳揭。(旦)雲鬟懶整腰軟怯，此情只合和伊説。(小旦)約郎會合在更初，不覺瑣窗穿皓月。娘子，你聽外邊笙歌迭奏，燈月交輝，大小人家，置酒慶賀。偏我東人，沉醉麴蘗，别惹閑花，一遇歸家，狼藉大醉，睡卧齁齁，令人增厭！(旦)春英，料非良偶，説他怎麽？你將琉璃點上，整治酒肴，坐待三郎到來，一同歡飲，以遣良宵，有何不可？(小旦)俱已整治停當了。(内吹唱介)(旦)

【雁過聲犯】迢迢清夜玉漏初，聽天街絃管聲虚度。

(小旦)好月！(旦)

皓魄映花，燈光厮和。閑憑看，天孫遥隔銀河，眼睁睁望不見抛梭。

(内打更介)

蓮籌又啓壺，他那里踐期想促乘鸞步，俺這里目斷東墻把更暗數。

(小旦)更已深了，怎麽還不見來？(旦)

【漁燈兒】莫不是向黄公醉倒村壚？莫不是上秦樓坐擁嬌娥？莫不是營三窟趨蠅途？莫不是同袍欺侮，怒吽吽忘却歡娱？

(小旦)

【前腔】敢則是理絲桐獨對金爐？敢則是好奕忘憂想爛柯？敢則是六經重向芸窗讀？敢則是慕僧繇點眼下工夫？

(合)

料多應玩燈樓好事蹉跎。

(丑上)我張文遠，只爲持檄徵兵，致誤佳約。值此更深，多應不濟事了。

【錦上花】俺這里怨虎符，他那里冷繡窩，這紅愁緑慘怎支吾？俺這里期已過，他那里恨轉多。恐落花流水兩情無，恨煞自蕭疏。

你看萬籟無聲，朱門緊閉。且將片瓦抛擲，看是如何？(丑擲介)(旦)春英，什麽響？(小旦)

【錦中拍】這的是風敲玉珂？

(旦)不是！(小旦)

是砧韵啼鳥?

(丑又擲介)(旦)也不是!想是那人在外,擲瓦爲號。(小旦笑介)娘子,

你關心者聞聲思慕,望切者見影逐捕。

(丑作吟介)待月東墻下,梅横人影稀。天台路咫尺,不見二仙姬。(旦)這低吟朗哦,分明是他。(合)

一句句嗟吁悲賦,一聲聲凄清浩歌。鳳侶鴛儔,翻如陌路。

(推小旦介)

去開門,休耽誤。

(小旦開門介)可是三郎否?(丑)是我!

【錦花後】則聽他啓朱扉悄聲呼,不由人身子不麻酥。

(旦)

等得奴來怨苦,等得奴來怨苦,早又是不曾解衣貪卧。

(小旦)

問伊家直恁太情辜?

(丑)

我非虧負,爲徵兵幕府,因此上賴娘行廢寢翠眉鎖。

【尾】(旦)只恐雲蹤雨迹,被渠瞧破。

(小旦)

待妾去透一個网羅。

(小旦先下)(丑掩門勾旦介)

我和你先赴陽台一樂呵。

(下)

【罵玉郎】(小旦上)眼見跟尋膽喪摧,幸得袄神護,睡魂催。若還事露怎支持?

(推門介)

閉深閨,好一似雨打疏梨。

(叫介)三郎開門!(丑披衣,旦開介)(丑)

小名兒謾提,小名兒謾提,怕有人在窗西。

(小旦)

你情濃怎知？你情濃怎知？怎知道冤家來至，險些個翻天覆地。

(丑)如此怎麽了？(小旦)

他那里重歸書塾，他那里重歸書塾，噥噥唧唧，枕搗床搥。我耽驚，尔貪歡，怎不思維？

(丑)

休埋怨，早和遲一般滋味。

(下)

【前腔】(付上)終日昏昏被酒迷，追想昨宵事，費躊躕，尋花依舊是空枝。自嗟吁，勉輸顔説與因依。到粧台逶迤，到粧台逶迤，試聽笑語嘻嘻。這聲音可疑，這聲音可疑，且潛蹤覘觀詳細，水清時自分鰱鯉。

(付隐聽介)

(丑、二旦上)

想着俺湖海飄零，想着俺湖海飄零，有緣千里，翠倚紅偎。

(二旦)

你留連，我丁寧，怎忍分離？望君家早些來，免奴牽繫。

(丑出門)(付喝介)哇！

【四換頭】潑賤儕閑嘴，你濮約桑期，説甚的張文遠來，綱常義恁虧，那里是托妻並寄子？

(丑)

爲朋友托妻，金蘭契義。

(二旦合)

你得既不仁，失之亦宜。

(付指二旦介)

新歡戀貪，舊交抛棄，惹得傍人講是非，全不記當初解厄時。

(旦)

【前腔】野子真狼心，出語昧天理。頓忘人豢養，就裡生機。逼奴改志于飛，取號又圖虞。

(丑指付喝介)李固，怎麽這等放肆！你今日大妻小妾，那里來的？都是我張相公總成你的，因何這等放肆？我明日呵，向梁爺明禀知，辨雄雌。

(付)哇！張文遠，你自不良，反把勢來壓我？

【前腔】你倚官托勢，明欺懦愚。猛拚抵死，和你作頭敵。

(丑諢下)(小旦)

官人休恁見差池，娘子莫颦嫿，把從今往事，一筆盡勾除。

(付)問他可改這前非？(旦)呸！

斷然不與你寒賤做夫妻！

(下)(付)竟自這等進去了！(對小旦介)我且問你：怎麽你也在他房裡走出來？(小旦)這是娘子拖人下水，與我什麽相干？(付)罷、罷、罷！也被那賊污了。(小旦)官人，自古道“不瞎不癡聾，難爲家主公”。(先下)(付)只因一着錯，滿盤都是空。(下)

第廿六折

【北粉蝶兒】(外、末、老旦、小生戎裝上)遠路紅塵，不憚那遠路紅塵，早望見鬱岧嶤這墉崇隍濬。

(末)

説什麽帶礪迴縈。

(外)衆兄弟，

且拆錦囊，觀妙策。吓，却原來休生奇正。各密勿，去施行，分合在彩雲樓頂。

(衆)得令！(下)

(二旦、丑、净同上)

【南泣顏回】結綵勝蓬瀛，見萬户燭摇紅影。銀蟾離嶠，碾破碧天千頃。良宵幾經，與民歡永夜人不禁。聽聲嘈一片高歌，齊聲賀五穀豐登。

(同下)(内吹打)

(外、衆上)

【北上小樓】俺這裡更衣變服類編民，懷揣着短械陷堅城。只見那星橋串月，火樹燒銀，層樓上燦爛，叠閣内光明。又只見笑咳咳，又只見笑咳咳,一團嬌掩映香肩並。挨挨擠擠,黔黎似那蜂屯。俺這里奮心兒,俺這里奮心兒,隨行擁入琼林境。

(外)

一個個守口要如瓶。

(下)

(二旦、丑上)

【南泣顏回】六街燈火已三更,社夥愈鬥粧角勝。王孫士女羣,襍踏往來不定。葡萄醞清,泛霞觴滿飲添豪興。且蒸嘗海錯山肴,漫橫陳翠袖紅裙。

(下)

(外、衆上)

【北黄龍滚犯】他急攘攘奏管調絃,急攘攘奏管調絃,喜孜孜傳杯列鼎。我烏喇喇吹起胡笳,焰騰騰飛熛燎錦。

(衆各出器械殺介)(外)先到留守司去!(衆應介)已到留守司門前了。(外)與我殺進去!

(衆進,綁丑上)張文遠當面。(外)官兒呢?(衆)都逃散了。(外)張文遠,

你是亡身致命大仇人,即忙斬首莫逡巡。

(殺丑介)

看血淋淋東倒西歪,血淋淋東倒西歪,影蕭蕭南逃北遁。

(外)殺到監門首去!(衆)得令!

【南撲燈蛾】亂紛紛囹圄一洗平,昏慘慘城郭半成塵。軟款款虎兒雙離柙,整整齊羣英兒響應。

(衆)已到監門首了。(外)衆兄弟,與我殺進去!

(生、浄上)

怯怯的殘軀弱命,懔懔威光揭覆盆。

(生、浄見外介)(外)自别尊顔,盧兄屢遭冤獄。救遲有罪,幸乞恕之。(生)待死殘喘,復見天日。再生之德,五内俱鐫。(外)誰與我取李固、賈氏那厮,來與盧兄報仇?(老旦)小弟願往。(老旦下)(外、生合)

看巍巍的圜牆幽阻，意懸懸夢魂飛越枉勞神。

(老旦上)李固、賈氏拏到。(生)二惡陷主謀夫，斷難寬恕，乞斬其首，以雪此恨。(外)分付將二人斬首。(衆應，殺下)

(老旦又上)李固、賈氏斬訖。(外)就此回兵！

【北疊字令犯】簇簇雕龍繡虎，矗矗人豪天挺，惺惺的待電雷，洋洋的伺雨行。翻翻覆覆，江山兒蹭蹬。彎彎的小路斜行，高聳聳屈曲城闉，高聳聳屈曲城闉，悠悠蕩蕩，這羊腸路徑，白茫茫淡烟籠月曉雞鳴。

(作上馬介)

【尾】跨征鞍，持白刃，取備沿途烽警。

(净、生)

漫展微能報大恩。

(同下)

第廿七折

【窣地錦襠】(生上)五情震悼死灰同，

(外)

玉戛金聲擅世宗。

(衆)

山淵深處隱蛟龍，

(合)

專聽春雷第一轟。

(生)救拔鰥生出禁城，(衆)遥聞京邸起刀兵。(小生)夜觀元女①天機訣，遇宿重重喜自臻。(外)我等弟兄一百八人，上應三十六天罡，下應七十二地煞，符合大圜法師六六、八九之數，事豈偶然？願兄弟每各體天心，共行仁道，顒望招安，同作良臣。未知尊意若何？(衆)弟等皆遵兄長之命，承奉主帥之籌，敢不執鞭

---

① 多作“玄女”，此處應爲避康熙皇帝諱。下同。

墜鐙，而生他議？（外）若得如此，足見厚愛。

（老旦上）汴京頒赦日，水滸運通時。稟主帥知道：當今天子差殿前太尉宿元景，親賫御酒、錦緞、赦書、勅命，已經停住濟州城内，即日到寨宣讀。特此報知。（外）元女娘娘書上，原説道“遇宿重重喜”，今果應之。分付衆兄弟，明日俱要戎裝下山，齊在三十里之外迎接聖旨。不得有違！（衆應介）（外）今日略備一杯水酒，以作慶賀。可曾完備否？（老旦）酒已完備，請主帥上席！（作定席介）（衆）

【山花子】玳筵開處笙歌擁，争看一百八名英雄。喜疆場百戰有功，感君王詔出恩宏。太平時蒼生盡豐，息戈解甲文教崇。人間此際魚化龍，留取芳名，永震山東。

（下）

偷甲記

【劇目簡介】

傳奇，另名《雁翎甲》，清代范希哲作①。《曲海目》《今樂考證》《曲考》《曲録》《曲海總目提要》等著録，現存康熙間刻本，另有所謂“笠翁傳奇五種”“笠翁傳奇八種”合刻所收本。小説《水滸傳》第五十五回《高太尉大興三路兵　呼延灼擺布連環馬》至第五十七回《徐寧教使鈎鐮鎗　宋江大破連環馬》有類似呼延灼擺連環馬、徐寧上梁山等故事，但情節和人物多有不同。

雍正間鈔本題目作“偷甲記”，小字題“一名雁翎甲”，未署作者姓名，前有署名“穮堂和尚書於棒龕”的序。上下二卷三十六齣，每頁八行，每行二十字。

劇演金鎗班教師徐寧家傳寶甲，身負壯志，却無用武之地，只得屈居下僚。宋江在梁山舉義，高俅保薦汝寧郡都統制呼延灼領軍圍勦。呼延灼辭别妻兒，勇赴國事，擺施連環馬陣，梁山損失慘重。危難之際，宋江聽湯隆説起京師金槍班教頭徐寧善使鈎鐮槍法，正可破連環甲馬，於是用湯隆之計遣時遷潛入東京，盗取了徐寧祖傳的雁翎甲並賺其上山。徐寧無奈入夥梁山，教使鈎鐮槍法，大破呼延灼軍。呼延灼兵敗又遭奸臣陷害，小人逼勒，在梁山的盛情邀約之下共舉大義，二人家眷也得以團聚。最後以兩人同宋江一起被招安，歸順朝廷征方臘爲結局，只是湯隆、時遷、戴宗三人却不願做官，隨公孫勝一塊修道而去。

---

① 亦有言作者明穮堂和尚非范希哲者，可備一説。

第壹齣　開場

【水調歌頭】白雪伊誰賦，還堪下里羞。藥籠滋味，溲渤也同收。借此聊新耳目，儼似幻雲流水，過眼即無求。莫作悲歌怨，尊前正解愁。祥鳳集，瑞麟遊，歸至德，河清海晏，大有萬方秋。鼓腹含哺擊壤，隨處丹丘。收拾纍豪氣，華枝當酒籌。

【沁園春】(末)義俠徐寧，丰神技勇，卒伍流厮。有雁翎寶甲，祖宗世守，如金似玉，不與人知。正值梁山兵敗，合寨攢眉束手，獨有湯隆計可施。命時還，潛藏黑夜，盜引來追。　難辭，瀝酒盈巵，醉後乾坤醒後遲。欲生欲死，且悲且怨，感恩積恨，兩意孳孳。敵破難安，呼延奔遁，總是英雄淚落時。蒙天眷，招安詔下，風動萬年枝。

徐武師金鎗絶技，呼延灼鐵馬雄施。

宋公明梁山聚義，雁翎甲舊譜新辭。

第貳齣　試甲　東鍾

【南吕】【滿江紅】(生盔甲上)大戟長弓，偏不是區區一勇。奈時逢燕雀春秋，任天提弄。一片襟懷空蹀躞，滿腔豪氣徒掀湧。喜青青雙鬢未凋潘，休驚恐。

甲胄鬚眉最可憐，絲絲片片影娟娟。且隨閨閣嬌兒女，難道天生老計然。自家見做金鎗班教師徐寧是也。俠氣千尋，雄心萬丈。祖貫東京人氏，出身武弁名流。家傳秘術，每多策七用五之權奇；學本天成，不事播兩掂斤之章句。兹當大宋宣和紀元之日，正值皇帝别號道君之時。蔡京、王黼，時誇周召班聯；童貫、高俅，已見樞衡並駕。不才卑卑末弁，敢希鴻鵠之高翔；無奈局局寸心，每觸感傷之雜念。這也不在話下。只此雁翎寶甲一副，原屬先世所遺。我父遐棄之秋，曾有榻前之囑，命我好建功名，力勤王事，補完先人未了之素志，早成及時奮發之雄圖。豈料父母見背十年，此甲依然塵積。今日乃是亡親生忌，已曾薄設奠儀，在於家廟之中,虔誠祭祀。我就服此寶甲,哭拜一番,一則見我遺命不忘,數奇少遇;二則聊作潛修砥礪,運甓待時。道猶未了,你看荆妻雲氏、侍女綉烟,捧着祭禮來也。

【上林春】(旦仝丑持祭禮上介)誰羡吹簫雙跨鳳,蒸嘗事我心將恐。

(生歎介)(旦聽介)

兒夫素志難酬,鎮日短吁長痛。

(見介)(旦驚介)相公今日爲何這般粧束?(生)粧與娘子看。(丑諢介)有趣,有趣!是箇將軍,是箇總管,是箇金剛,是箇菩薩。(旦)相公,古人云"藏器待時",你如今又不臨陣厮殺,好端端服此甲胄何用?(生)娘子,你看這件東西,可是閒得的麽?(旦笑介)你敢是瘋了?祭禮已完,卸下征衣,一同祭奠去。(生)正爲祭奠,方服此甲,以見我不忘遺命之意。(旦)如此説,相公請。(生)娘子請。(各行介)

【九疑山】【香羅帶】(生)寒城獵獵風,邊聲正濃。我這雁翎寶甲閨閣中,芙蓉嬌面,鬬雙蛾也。

【犯湖濵】(旦)你雄心多自迥,莫愁煩悲慟,待時來輻輳自亨通。那時呵,爲櫟作棟。

【懶畫眉】(生)氣寒牛斗遠浮空,看他金殿當頭紫閣重,我持矛執戟萬人叢。

【醉扶歸】(旦)你莫將窮辱窺疏籠,少不得一劍横霄氣吐虹,終有日萬里功名鑄鼎鐘。

(丑)已到家廟中了。(生)就此擺下祭禮。(丑擺)(生哭介。生)我那爹娘呵!

【梧桐葉】孩兒運不通,侶醉漢尋春夢,日日長安,徒切雄心猛,些兒攪亂肝腸痛。

【瑣窗寒】(旦)女兒家愚痴懵懂,其中,過激恐無功,望慈親默佑興隆。

【大迓鼓】(生)誰收爨裹桐,枉有六韜三略,維虎維熊。

我那爹娘呵!

你看這甲光烱爍精華湧。

【解三醒】(旦)催花雨,擘柳風,泥途暫把青絲鞚,好待取萬里雲程任折衝，那時節旌旄擁。

【劉潑帽】(生)男兒志氣須磨礱，辱與榮，原不用心兒動。

綉烟，化了錢紙罷。(丑作化紙)(生哭奠介)

【尾】(生)遺言歷歷誠堪痛，豈是牢騷不耐窮。

(合)

正所謂人必鵬飛水必東。

【集唐】(旦)不將清瑟理霓裳，(生)霧重嵐深路渺茫。

(旦)身事未知何日了，(生)謝家春草滿池塘。

第叁齣　勤王　江陽

【商調】【風馬兒】(老旦)清白傳家奕葉香，勤王事去疆場。

(小生、小旦)

奈邊關千里輕飄颺。

(合)

思量凄楚，切切繞柔腸。

(二小見介)(老)澤國江山入戰圖，生民何計樂樵蘇。(二小)憑君莫話封侯事，一將功成萬骨枯。(老)奴家李氏，乃汝寧統制呼延灼之妻。孩兒呼延理，媳婦胡貞娘，一家四人，同在任所。我家相公，原是東京望族，又係名將子孫。雖則暫居統制微官，將來自可封侯萬里。近因梁山泊上宋江作叛，昨奉聖旨，特簡相公督兵收捕。既膺朝命，例在即行。如今已往各上司處辭别去了，回來就要起馬長征矣。我的兒，但願他早立奇勳，刻期復命，這就好了。(二小)只是行間辛苦，爲之奈何？(老)兒呵，此乃國家大事，如何説得辛苦？你那爹爹呵，

【黄鶯兒】新詔拜龍驤，展旌旆拂劍霜。他赤心爲國平生養，運奇謀計長，擁貔貅將强，看功成一戰雄威壯。

(合)

報君王，長蛇封豕，形影早潛藏。

【前腔】(二小)狐鼠肆披猖，動王師靖夜郎。廟堂勝筭消榛莽，滌妖氛

氣昂，勒燕然頌香，折衝樽俎成安攘。

（合前）

【風馬兒】（外、衆隨上）一片龍章落未央，看劍氣起祥光。我戴星馳滅此方朝饟，漫勞兒女，嘖嘖語懅惶。

（衆下介。外進介。一雜管家隨）（外）夫人，下官辭過上司，别却寮寀，如今就要起行了。（老）相公，你王事存心，刻難少待。奴家焉敢留戀，以忤軍機？只是兒、媳殷殷，難爲情況。或者便是明日出門，也不筭爲遲慢。（外）夫人説那裏話？草寇猖狂，震驚宵肝①。凡爲臣子，一刻難安，何敢再遲旦暮也？即此拜别，再休他阻。（小生跪介）爹爹督兵遠出，兒子怎敢安居？雖然技勇欠精，也願從軍出戰。一則好看爹爹的號令規條，二則以免在家日夕懸念。（外）我兒言之固是。只是你母親、妻子在家，無人照管，難以遠去。你只依我之言，在家伏侍母親的是。（小生、小旦各淚介）

【琥珀猫兒墜】（老）你蕭蕭班馬，獨自往疆埸，爲國忘家意氣長，夫妻子媳淚千行。

（合）

思量，鐵騎金戈，刁聲劍光。

（雜上）將軍初下令，戰士已成行。報去，中軍進。（管介。外介）怎麽説？（雜）教場事事俱齊，專候元戎起馬。（外）知道了。你去罷。（雜介下）（外）夫人，教場人馬已齊，下官就此去也。（各拜介）

（衆軍卒上介）

【前腔】（合）男兒立志，治國與安邦，何用凄其淚海洋，歸來晝錦笑歌長。

（合前）

（老旦）近看鞍馬邊城去，遥卜燈花熠眼來。（仝二小下）（外）就此起馬。（衆應介）

---

① 應爲“旰”。

【尾】(合)鐃吹鼓角多喧嚷,管取成功報捷忙,少不得壯士人人賜錦裳。

【集唐】別路繞山川,單車欲問邊。
王師非樂戰,愁看五陵烟。

第肆齣　類合　支思

【越調】【博頭錢】(丑諢介上)我是五瘟使,我是勾陳使,爲做賊,天生賊本事。王墳内,偷骸骴;祝家店,偷鷄飼。梁山泊上運來時,探軍情,開酒肆。

(諢介)天上原來有賊星,賊皮賊骨賊精靈。却從父母偷來得,不覺規模肖賊形。常縮頸,慣斜聽,脚輕手快眼如鈴。我飛簷走壁穿雲漢,還要直上三十三天去捉太清。(内)太清是甚麽東西?(丑)這教做"做賊的説天話"哩。(介)自家時遷是也。生來伶俐,偷鷄弔狗出家傳;技藝精强,破壁扒墻稱第一。原是山東積賊,却從四海偷回。也曾盗過王墳中的金碗;也曾盗過宫掖内的狐衩;也曾在熱鬧場中逞志;也曾在幽僻去處開衙。只爲那些假惺惺慣喜偷名偷姓,我却放膽實落落竟自公取公拿。筭起我初做賊,到如今挨資守俸,真正也歷過了念四考美玉無瑕。即目略叨陞轉,梁山泊上張誇。奉着大哥將令,與我哥哥朱貴仝家,就此前山脚下,假開酒店生涯。專探客商重載,兼接好漢停車。我與朱貴兩箇,人面前喬粧做店官、酒保,背地裏依然是哥弟無差。可怪那些世上人,他只笑我是人間盗賊,我却偏笑他是井底的蝦蟆。幾曾見降下柳盗蹠來做了柳下惠的兄弟,誰不曉得吕不韋却是始皇帝的爹爹?只要我這盗通天地,那怕你這草裏官家。倘有日宋大哥也做了"盗君"皇帝,少不得時酒保定是箇"盗學"名家。"盗言"未了,朱貴"盗兄",又早上也。

(副净介上)不務家人業,誰舒白眼看?何須尋面目,肝腦不曾寒。自家朱貴,與時兄弟在此開店,真好快活也。

【中吕】【粉孩兒】(副)終日裏意孜孜甘穠旨,盡玉食錦衣勁弓良矢。

時兄弟，

(丑介)(副)

今無過客閒暇時，且和伊漫倒金巵。

(丑)

故雖是商旅無踪，也還須慎圖終始。

(内介)(丑)你看前面有人來了。我們店官、酒保雖是假的，不可失了體統，有犯大哥將令。(副)言之有理。(諢介)(副)酒保。(丑應，諢介)(副)好生整治酒餚，不可怠慢。(丑隨意諢介)(副介下)

【福馬郎】(浄)我一路行來，已到梁山界址，痛此身落魄真堪死。

自家名唤湯隆，家傳鐵匠生理。父親曾做延安知寨，不幸早亡。我因肆酒逞兇，打死本州豪霸，那些官司追捕，無處潛藏。聞得梁山泊上宋公明，爲人義氣如雲，肝腸似雪，凡有逃奔他的，無不招納。我今來此，正要相從。聞得人説，有箇朱貴、時遷，假開酒店爲名，專接四方好漢。(看介)吔，你看酒旆飄颻，敢就是了？

只見旗兒指，我這里殷勤問杜康祠，且莫亂尋思，日落山痕紫。

(丑介)客官買酒吃麽？(浄)是。(丑)這等，裏面坐。要多少酒？什麽下飯？(浄)有酒有菜，儘着拿來。(丑介)

【紅芍藥】(浄)我情默默此意難咨，細參詳欲問還呰。

酒保。(丑介)(浄)我要問一去處。(丑)要問什麽所在？(浄)

何處是梁山排旗幟，望周旋指迷驂馴。

(丑)客官，

你這言辭，且低聲莫亂施，他們是逆天驕恣。

客官，你吃些酒，會了鈔去罷。

你俏低聲漫飲三杯，怕隔墻人且來至。

(浄)聞得此間有箇朱貴、時遷，開設酒店，你曉得麽？

(副上，拿諢介)你這人來得奇怪，敢是梁山泊的黨羽？我這裏正要密拿這夥人，送官請賞哩。伙家，與我綁了！(浄)我並不是梁山黨羽，你仔麽拿得我？(副)不是梁山黨羽，如何曉得什麽朱貴、時遷？快快綁了！(丑諢)(浄怒介)

【耍孩兒】(浄)笑村兒無禮躭虎視，

(打介)

空逞螳螂臂，敢猖狂分剖雄雌。

(丑跌，諢叫介)不要動手！不要動手！(浄)

我只把拳支，

(副)好漢不必動手。(浄)

看你舞盤旋，欲住真難止。

(丑、副)好漢不必動手，慢慢説話。

争閑氣彼此還相侶，且説向名和字。

(浄)我就是梁山好漢，你待怎麽？(丑)好貨！梁山上有你？(浄拿住丑。丑諢叫介)不好了！朱貴哥哥，快來救我！(副介)好漢且説姓名，不必發怒了。

【會河陽】(浄)我名唤湯隆，年方壯時，

聞知宋公明呵，

他肝腸似雪動人思，我因此來之。更且念茲在茲，要借鷦鷯一枝，你緣何無遷次？

(副、丑)

果是如斯，是我輩平常視，望你仁慈，收拾了英雄背。

(副)適纔多有得罪，且請坐了，細細講罷。(浄)有甚細講？你只要指引我梁山路徑，領見了朱貴、時遷，這就罷了。(副)實不相瞞，小可就是朱貴。(丑諢介)區區正叫時遷。(浄)原來就是二位！這等到是小弟粗魯了。(揖介)(丑)不要作揖，適纔少見賜兩拳就勾了。(各笑介)

【縷縷金】(副、丑)休相笑，莫怪嫿。君是窮途客，痛墨絲。我們呵，接待原無禮，你把雄威頓施。幸今日方纔識項斯，又何必他人説詳次，他人説詳次？

【越恁好】(浄)粗豚窮兕，粗豚窮兕，疏庸未達辭，蒙君垂視傾蓋時。更求伊，多方委婉容安止，一飯足恩私，壯士論交情重死。

(副)且請仁兄到水閣上賠禮，待我放起號箭上山，宋大哥自然差人來接哩。(浄)多謝，多謝！(各介)

【紅綉鞋】(合)梁山義俠如斯,如斯,一言九鼎難辭,難辭。既來者,永安之,同苦樂,併妍媸,仰天長嘯無玼,無玼。

【尾】天涯知己原如此,四海英雄盡一時,又何愁天子勞師?

【集唐】(浄)海天愁思正茫茫,(副)爲報秋來雁幾行。

(丑)自憐不識平津閤,(合)楚漢寧教作戰場。

第伍齣　巡山　齊微

(雜上)不學終軍事請纓,鴻毛生死此身輕。從來遺臭多人惡,若箇流芳浪得名?自家梁山泊上掌管各路兵馬中軍官是也。我這梁山泊主,義士宋江,他雖是箇鄆城小吏,生來義膽包天,忠誠貫日。只因犯法潛逃,棲此梁山水泊。如今四方依附極多,聲勢十分雄壯,官軍屢爲挫敗,列郡盡被傷殘。近因鄰封州府,各各飛奏朝廷,不日恐有禁旅前來,合兵進勦。所以昨傳號令,今日親自巡山。你看金鼓齊鳴,大王陞帳也。(介)

【雙調】【賀聖朝】(末、衆隨上)不能蔭子封妻,豈愛乘堅策肥?暫時亡命暗悲啼,此志有誰知?

(各見介)萬疊傷情處,無言敢問天。寸心依水泊,衾影若爲憐。我宋江是也。自從江州劫了法場,住此梁山,十分興旺。只是頻年劫掠,震怒朝廷,指日天威,將舒雷電。固曰解甲歸降,吾心素願;然而投戈就縛,衆志安從?雖縈湯網之思,難免先網之慮。只得勉傳號令,今日親自巡山。中軍!(雜應介)(末)分付馬步各營,水陸諸寨,俱在本隊住扎,不得擅離汛地。止請軍師吴學究上堂,一同閱視。(雜介)大王有令,馬步各營,水陸諸寨,俱在本隊住扎,不得擅離汛地。止請軍師上堂,一同閱視。(内應介)

【前腔】(雜扮吴用上)一洼暫爾依棲,誰識藏機用機?綸巾羽扇慢徘徊,山前合幾圍。

(雜)哥哥在上,吴用參見。(末)軍師少禮。今日大閱諸山,特請軍師同往。(雜)謹依台旨。

【仙吕入雙】【朝元令】(合)旌旄鼓鼙,劍戟遥天倚;刀鎗整齊,畫角悠揚起。巡視山湄把甲兵磨洗，只恐官軍四啓，擾動鯨鯢。休生傷杜須按奇，韜略要隨機，安閒勢莫移。

(合)

常蛇首尾，更須要正奇兼濟，正奇兼濟。

(中)這是馬、步二軍營寨。(内)馬軍頭領林冲、秦明等，步軍頭領李逵、樊瑞等稟參。(末)不勞了。各守營寨罷。(中傳介。内應介)

【前腔】(换頭)(合)只見騰騰殺氣，華迎劍佩齊，金璧繞雲霓。長空萬里，秋霜帶雪飛。更且標幢旎旖，似虎如羆。河源拔地星斗移，勢壓泰山低，煙飛北海迷。

(合前)

(中)這是水營寨栅。(内)水軍頭領阮小二、李俊等稟參。(末)不勞了。好生堅守寨栅，時時操演水軍。(内應)

【前腔】(换頭)(合)你看樓船雄麗，牙檣燦錦奇。奔波開閉，動止乘機。乍揚帆忽轉維，疾速儼驚飛，舒徐慢委蛇。這里是中原地，誰教荷鐵衣。我肝腦向誰提，悲傷只自知。

(合前)

(中)這是山前關隘，那是金沙灘，那是各門水道。前邊一帶蘆荻裏，都有巡哨小舟，往來不絶。(内)各處把關頭目稟參。(末)不勞了。各管職事，不得有悮。(内應介)

【前腔】(合)各要潛心經理，分毫不可移。山岳令無欺，違拗情難已。看官軍屢挫披，何人不皺眉？又見羽書連日飛，廟筭豈能遺，天威不可期。

(内作飛箭響介。内)前山朱貴飛報呈上。(末)中軍取來。(中介)(末介)學究，你看朱貴來稟，説道有一湯隆，欲投山寨，見在店中，非奉將令，不敢擅送上山。(雜)原來爲此。何不傳令，着他上山相見？(末)中軍傳令，着他上山相見。(中傳介)(末)學究，我們今日已閲前山了，明日再閲後山罷。(雜)是。(末)分付回營。(衆應介)

(合前)

【集唐】萬里辭家事鼓鼙,宜陽城下草凄凄。

青海只今將飲馬,隨風直到夜郎西。

第陸齣　巧探　魚模

(雜頭裹黄巾、背焚信香、腿纏甲馬上)異術驚天地,王師動鬼神。羽書如箭急,何地敢逡巡。我戴宗是也,真師授法,日行千里長途;俠骨天成,共叙梁山大義。近聞朝廷發兵,征勦俺的山寨,宋大哥好生焦悶,差我前來,探聽消息。被我直達帝京,盡知的耗。如今作急還山,回覆哥哥,好教他預定應敵之計者。俺今頭裹黄巾,背焚信香,腿纏甲馬,儼似一箇泰安州進香的香客一般。那些道路之人,絶無疑忌。你看此處一片坦途,更且飽飡停當,不免洒開脚步,疾走一回也呵。

【仙吕】【北點絳唇】只俺這點綴侏儒,描摹馮婦,如奔鼠,遮掩支吾,窄窄衣衫楚。

俺却打聽得朝廷發下旨意,帥府上了條陳,特差一員汝寧統制呼延灼,前來征勦。聞得那將軍呵,

【混江龍】他生得來雙眸如炬,更氣成虹、形似虎、貌如貙。人都道當今的頗、牧,又説是現世的穰苴。只見那滿朝廷俱欽仰交聲羡,更見那流星騎如飛遞羽翎書。他那里報君恩急忙忙併日赴疆場,俺這里秉將令疾速速傾刻騰雲霧,又怎肯逍遥河上,也待這花酒中途。

俺又聞此人能使雙鞭一對,出入陣前,有萬夫不當之勇。俺那水泊諸人,也不可小覷着他也。

【油葫蘆】只聽得一片傳聲山海語,這聲威非過許。他只這雙鞭纔舉不須臾,又早見陣前錦甲可也摧如絮。因此上竟將他登壇分閫,只要俺這群雄懼。他只管凱歌聲塞上回,那裏管萬骨枯人民苦。他那里繞龍城鐵騎多矜倨,俺這里須准備兵與將運謀謨。

俺又聽得人言,他善擺着一箇什麽連環甲馬陣。想這陣法,也非等閒也!

【天下樂】他有箇甲馬連環美陣圖,未知他真也麽無?俺只待細躊躕,他

雖是八門高無地不孫吴，

俺那學究軍師呵，

他可也計安閒智略舒。

就是哥哥宋公明，

他也會運權謀執鼓桴。

只這衆兄弟們呵，

可都是八臂魔也那雙翅虎。

俺想那呼延灼，原是一箇統制官兒，日常操演人馬，諒亦不曾弛怠也。

【那吒令】想着他旌旗耀日都，想着他轅門畫角呼，想着他機成應敵初，想着他馳驅好自如。他儘有家藏秘笈書，他儘有青萍秘匣鋙，他儘有六鈞弓丈八矛，他儘有七縱能三兼負，也須知宋公明能文也那能武。

我想哥哥山寨之中，連日也不安閒也。

【鵲踏枝】蓼兒洼是必將荆棘鋤，宛子城早又且列錕鋙，少不得正正奇奇，也演得箇兔脱蛇紓。雖只是一答兒山陬僻壤，亂紛紛端的是擾動了東海邊隅。

此番征戰，雖則勝敗未分，可惜我那宋大哥呵，

【寄生草】他則要安臣節，决不肯定遠圖。只恐怕聰明反被聰明悮，更可惜弟兄樽俎文和武，須省得乘時莫把人情忤。若待去洗兵魚海作逋囚，又何妨憑淩一怒可也安黎庶。

這番戰後，必要哥哥早成大計哩。

【么篇】非是俺無窮望，也只是就勢圖。從來竊國爲君父，再休得悠悠不斷成躭誤，再休得揚揚得意安門户。總不如把乾坤重整令諸侯，那時節修仁修義到不犯着春秋怒。

説話之間，已近梁山不遠了，俺須疾速前行者。

【煞尾】俺這里心雄膽氣麤，他那里電擊雷霆怒。論着這一水洼，不過是分壤寸土，又何勞這般樣勁旅的這删芟。

俺一班兒衆弟兄呵，

都只爲震王侯神鬼驚，反做了撼天山虚名怖。

嗳,天呵,俺山泊中人好苦也!

直弄得有津梁人難渡,有恩波情難恕。罷,罷,必定要逼成了楚漢機,方打得箇成敗譜。

【集唐】臘盡促歸心,波澄雁影深。

將軍正閑暇,紅旆映青林。

第柒齣　戰捷　家麻

【雙調】【賀聖朝】(外盔甲雙鞭,一中軍隨上)一班聚犬屯鴉,喧聲四野驚誇,動王師也用鼓鼙撾,把牛刀挫蝦蟆。

一滴洼兒水,無多聚米山。荆榛聊障碍,何用斧斤删。下官呼延灼,奉命收捕梁山草寇。一路振旅前來,今日計在必戮渠魁,盡除賊黨,肅清山海,歸報朝廷。中軍傳令。(中應介)(外)分付沿途多伏偵探,三軍奮勇直前,先出馬、步二軍,後動連環甲馬,務在一鼓成擒,不留纖芥。踏平山泊,剪除伏莽茅茨;吸盡蓼洼,不使一夫鼾卧。若有臨期瞻顧,首鼠懷疑,奉令不馴,持循惑衆者,賞功、紀過二司,一一登記明白,俺這裏俱以軍法從事也。(中)得令。(外)你在陣前督戰,分付旗鼓司起鼓。(中介,下)(内起鼓介)(外持雙鞭探望介)

【風入松】你看這咚咚戰鼓陣前撾,隊伍分明瀟洒。我這萬人師長信非誇,全不慮兵微將寡,早看取軍聲肆譁,多縛醜亂如麻。

(中上)稟元帥,探馬報來,馬、步軍兵出戰,彼此互有勝負。(外)再去督催,務獲全勝。(中介,下)

【前腔】(外)軍機成敗肯閑誇,竟不用暗嗚叱咤。只要精明戰陣把機權化,多謀策豈同嬉耍?明賞罰須期瓜及瓜,仁勇信莫教差。

(中介)稟元帥,俺這里兵力雖精,他那里頭目甚衆,更兼道途叢雜,水濘沙流,一時不能全勝。(外)既如此,中軍堅守營寨,待我親自前去斬將奪旗者。(内喊外介,下)(中)你看主帥親自出戰,真好一場厮殺也!

【急三鎗】大元戎,親出戰,非輕耍雙鞭舉,如奔電佀流霞。

(作遠看介)你看陣前打下一員賊將來了。(内喊介)

只聽得軍聲振,能飛瓦,指日裏群寇淨,擁高牙。

(雜執旗幟仝外上介)(中迎介)

【風入松】(外)水洼蕞爾彙饑鴉,也儘有權謀機詐。幾回支架無高下,貪功績空惹波查。且歸來暫時休暇,尋別計好擒拿。

中軍督同衆將,撒開連環甲馬者!(中、雜各介下)(内作馬嘶、鈴振聲介)(外作遠看喜介)

【急三鎗】你看這連環馬,多奔突,難遮架,如拉朽,似摧花。

(内喊介)

更見那烟塵障,走石沙,他們都衝且擊,不爭差。

(中介上)稟元帥,連環甲馬衝殺前去,賊衆大敗。生擒頭領數人,殺死傳儸無筭。那些敗兵殘將,一箇箇抱頭鼠竄,遁入山寨去了。(外)分付鳴金,收回甲馬,只把梁山圍住。待他糧盡軍弛,不戰自亂矣。(中介。雜隨外行介)

【風入松】(合)螻蟻小寇名空大,好一似敗籜殘葩。週圍鐵桶無閑罅,挐住了萬刀千剮。笑他們釜底魚蝦,還自潰痛嗟呀。

【集唐】秣馬臨荒甸,南庭戍不歸。

朔風摇漢鼓,千樹葉皆飛。

第捌齣　尋親　皆來

【仙吕】【秋蕊香】(小生)嚴父稽身天外,何曾一刻眉開。

(小旦)

殷殷淚點沾襟衩,鎮日裏盈盈似海。

(小旦)郎君萬福。(小生)娘子拜揖。娘子,我爹爹遠從王事,前往邊庭,劍雨鎗林,痛深兒女,如何是好?(小旦)郎君愁悶,妾亦相同。欲問安危,早宜迅發。(小生)卑人正欲前往邊關,看取家君進止。爭奈老母在堂,未免情牽兩地。(小旦)婆婆定省,奴自支持。君且急行,不勞猶豫。(小生)多蒙娘子如此美意,卑人决志就行了。

【仙吕入雙】【忒忒令】娘子,我這胸中呵,亂如絲真難解開,更熱如燒夢魂驚怪。聽不見刁聲斗息,好教人凝睞。我欲待叩慈親,問行藏,遊邊界,滿胸臆佈擺。

【前腔】(小旦)郎君,你恁悠悠稽延自挨,不思急匆匆早離官廨。如此依依留戀,却教人譏儈。須省得孝於親,篤於君,原同派,你去對影衾兒細揣。

【沉醉東風】(小生)娘子,你這言辭說得苦哀,我從此去直窮邊塞。

(揖介)

止有這堂上母望賢妻爲子承戴,是和非莫存纖芥。

(合)

愁城慢捱,愁腸慢猜,淚珠點點,早向腮兒上下來。

【前腔】(小旦)郎君,你路兒中把愁懷少開,切莫要十分勞憊。你須是爲嚴親遠勞邊塞,少貪功自居成敗。

(合前)

(内嗽介)(小生)娘子,你且拭了眼淚,想是母親來了。(各介)

【海棠春】(老旦仝丑上)何時邊塞傳歌凱,笑聲揚萬千愉快。燈火自黄昏,夢寐何曾改。

(丑)夫人到。(二小見介)(老)媳婦,你花容淚洗,應知暗裏卜邊聲;孩兒,你意緒慌迷,敢是静中頻夢想?(二小淚介)(老)我兒呵,你們快快不要如此,你爹爹十年礪劢,正圖今日功名。況且他一片血忱,自謂匡時柱石。他的勇敢謀猷,營陣精鋭,你自知道的,諒來必不致於前途有失。你們且自安心静守,以俟捷音便了。(小生跪介)母親之言,孩兒焉敢違悖?只是孩兒思親念切,片刻難安。意欲暫撇慈幃,前往邊庭,一探爹爹信息。還匝月之期,並不中途逗遛。伏望母親依允。(老)汝年尚幼,未歷風霜。軍旅長途,豈堪涉險?(小生)孩兒必要一行,還望母親慈憫。(老淚介)我兒,你母親呵,孤燈形影,已知悔教夫壻覓封侯,若再放你遠遊,一發萬斛愁懷難自解哩!這箇斷斷難許。(小旦跪介)婆婆在上,丈夫暫時離别,聊申子道於斯須;媳婦未諳蘋蘩,略代寒暄於旦暮。不是無方浪跡,實關迫切至情。倘公公一時奏凱還朝，旋師入覲，就命孩兒傳達信息於慈幃，豈不十分親切？（老旦大哭介）看你夫妻純孝，越動我的寸心。孩兒既然要去，必須多帶幾箇從人，以便途中使唤。檢箇好日，慢慢行罷。（小生）父在枕戈露處之疆埸，兒敢盛從豪奢之逸豫？外人耳目難堪，自己影衾安對？况且邊關不遠，時刻難移；行李無多，豈艱佩戴！孩兒就此拜别。（老）説那裏話？就是一箇包裹，也要打叠打叠。（小旦）媳婦早已料理停當了。（作持行李介）（老）我那兒呵，看你夫婦如此孝心，使我愈加痛切也。

【惜奴嬌】看你夫婦喈喈，奈一時分手遠抛天外。兒年幼小，難禁雨露風霾。堪哀，只爲這蠅頭蝸角鬭成敗，他去救西江你却遊東海。

（合）

就歸來，早願得門閑九棘，卧理三台。

【前腔】（小生拜介）孩兒此去呵，望母親寬懷。

（老哭介）（小生）

再休得珠淚盈腮，使孩兒途路少釋悲哀。

（拜小旦介）娘子，

你留心温清，莫教片刻離開。休乖，用調和顔色娱親志，勉意兒把眉稍解。

（合前）

【錦衣香】（小旦）郎君去，奴非介；親盛年，人非邁。只爲刁斗無聞，暫分襟袂。專征千里静雲霾，丹書鐵券，頃刻回來。奴自承親志，莫叮嚀將呆打孩。夫去奴何賴，歸程須快。風雨淒其，高堂尴尬。

【漿水令】（老）在家庭兒還是孩，去間關程途怎捱？痛夫痛子我情乖，覓甚封侯，歷甚邊塞！

（小生）

驅羆虎，辟草萊，男兒事業長風快。

（小旦）

休誇許，休誇許，寇滅早來。承親志，承親志，井臼荆釵。

【尾】（小生）前途直達梁山界，

（小旦）

你問行藏用心著蔡，

（老）

早望箇鴻鯉先來。

【集唐】（老）劍閣重關蜀北門，（小生）平沙歷亂卷蓬根。

（小旦）羅敷獨向東方去，（合）莫學袁生老竹軒。

第玖齣　露布　真交

【中吕】【馱環着】（雜扮軍校儀從，抬露布上）（合）奮雷霆一震，奮雷霆一震，浄掃妖氛。露布飛揚，電馳風迅。看萬姓歡聲載道，魍魎消魂。雖則是暫逋誅埜狐宵遁，少不得就㳿鋒刅，肯尸居玉符金印？清群盗，報大君，早事勒旂常，璽書連晉。

（下介）

【千秋歲】（衆雜扮百姓上介）（合）鼓樂喧，更且歡聲振，因甚事如此華衮？

列位哥，前面迎的是甚麽故事？（雜）這是露布。（衆）仔麽叫做露布？（雜）出兵得勝，有此露布。（衆）不知誰人得勝哩？（雜）那露布上寫着，是箇汝寧統制呼延灼，用了一箇什麽連環馬，殺退梁山賊寇。如今報捷朝廷，所以這般熱鬧。（衆）原來爲此。

（合）

露布傳來，露布傳來，只見那部伍森嚴雄峻。聽説是，連環陣，破强寇，將軍奮。

列位哥，我們從今以後呵，

睡卧都安穩，省驚蛇動草，烽火時聞。

（介下）

【紅綉鞋】（雜露布上）道傍觀覽如雲，如雲。喧呼笑語繽紛，繽紛。指露布，祝朝廷，看捷報，頌將軍。無窮踴躍精神，精神。

【尾】從來捷報多謙謹，原未傳敷露布文，今日這正正堂堂示國門。

【集唐】浩蕩春風裏，邨邨自送迎。

遠近山河浄，諸峯霧露生。

第拾齣　定計　寒山

【南吕】【上林春】(末介上)滿天浩氣憑誰歎,直殺得隻輪不返。

(雜介上)

風摇草木盡心酸,怎出伊家圍範?

(末)五内人徒熱,三軍□①自寒。(雜)風緊鼙聲烈,塵高日影殘。(末)學究先生,我宋江自從興此大義,頗稱得志中原。不意今日却被這孺子所困,爲之奈何?(雜)兄長不必過憂。那呼延灼所恃者,不過是這幾匹連環馬耳。若能破得連環馬,那些諸軍,不戰自退矣。(末)欲破連環甲馬,並無一技可施。你看殺氣横天,愁雲四繞,如何是好?

(内喊介)

(丑諢上)罷了,罷了!梁山泊今番弄倒了!(諢介)你聽鎗刀劍戟之聲,軍馬奔騰之狀。(介)我老時的頭,不知在不在哩!(介)(末)呀,時兄弟,你在山下與朱貴兄弟開店,如何擅離迅②地,鼠竄前來?(丑介)呼延灼兵馬,直逼岸邊,酒店站立不住。朱貴哥哥,特着時遷上山,稟請大哥鈞旨。(末)哇!酒店乃全山眼目,倘一有失,彼竟入我户庭矣。你不協同朱貴用心堅守,擅自上山,希圖退避。(恨介)僂儸那里?與我拏去砍了!(丑諢介)(雜)哥哥息怒。敵人臨境,店中又無兵馬,叫他何以支撑?況時兄弟又是領着朱貴之命而來,並非私逃之比。伏望暫開一面,留他性命,將功贖罪罷。(跪介)(末)既然軍師討饒,暫寄此頭,以待立功相抵。(丑大哭介)哥哥呵,我時遷雖然不才,也是一箇人類。就是手脚有些毛病,不過因窮所使,亦復憤激而然。今日甘心俯首、惟命是從者,乃服大哥之義氣耳。若論擅離汛地,死不敢辭。説到兵馬强梁,實難支架。如今大哥不殺,留取此頭,倘

---

① 或爲"氣"。

② 應爲"汛"。

爲官兵所得,豈不遺笑千古?莫若借兄寶劍,立死兄前,以完時遷之志。(哭介)(末哭介)兄弟呵,非我不仁,實是法不可壞耳。既已講明,不必悲痛了。

【宜春令】(末)學究,你看這梁山泊,義俠繁,聚英雄,兄難弟難。如今天喪,可憐一戰無回挽。怪他們鼠竄蛇奔,致駴得軍驚將赧。若論三章約法,怎肯放伊縈綰?

【前腔】(雜)軍中令,重似山,敢權宜,偷安避難。只是此番征戰,原非草率堪推挽,要他們併力同心,立奇勳莫教疏懶。看取功成俄頃,儘力桑榆未晚。

(丑)既蒙哥哥大恩,自當立功以贖。只是朱貴酒店難支,還望早申軍令。(末)你且少待,我與軍師計議便了。(丑介)

【節節高】(雜抬刀鎗,隨凈上)祥光射斗寒,浪華翻,精芒閃閃冲霄漢。

我湯隆自那日在朱貴、時遷店中,得蒙他們引上山寨,又奉宋大哥將令,説我原是鐵匠出身,就着監造軍器。連日督儹功程,業已造完如許。(介)我如今親往交納,并候大哥福祉。(介)原來主帥、軍師都在這裏。湯隆叩見。(末、雜介)兄弟請起。(凈)呀,時哥也在此麽?(各介)(丑)早來一刻,也好勸勸。(凈)却是爲何?(丑)官兵直薄店門,朱貴哥哥命我前來請令。宋大哥道我擅離職守,竟要此道哩。(作手勢諢介)(凈)如今仔麽了?(丑)饒了。(凈介)恭喜恭喜。(介)湯隆蒙哥哥委造軍器,見有造完數件,特特前來交納。

你看鎗和劍,戈與干,鍪同鋥,摧堅破勁堪衝扞。

(末)如今兵敗神慌,那得心情點盤軍器?(凈)大哥,這軍器是營伍中第一件最緊的正務,仔麽説箇没心盤點起來?主將如此張惶,那些小卒一發喪氣了。(末)兄弟言雖有理,其實心事不寧,另日看罷。(凈)咳,大哥差矣!自古説"兵來將攩,水來土掩",官兵雖然勇猛,我山寨中好漢也不差池。何不多差幾員能征慣戰的人,與他併箇你死我活?(丑)這箇不能勾。(凈)豈有此理!

從古説兵來將攩休羈慢,

(末、雜、丑合)

只爲連環馬陣奇，悠悠不决甘愁嘆。

(浄)大哥，甚麽"連環馬陣奇"？(末)那呼延灼單單用着一箇連環甲馬陣，十分兇勇，以此不能取勝。(浄背介)要破此陣，除非是他纔好。(末)湯兄弟，你可知道破得此陣的是誰？(浄)要破此陣，除非是我表弟徐寧，運用鈎連鎗法，這就破了。(末介)既然令表弟能破此陣，何不就煩賢弟去請他來，先破陣勢，後作遠圖，何如？(浄)他是金鎗班教頭，見係職官，受過俸禄，又無事故，怎肯前來落草？這箇再使不得。(末)既有破敵之人，不能到此山寨，説亦無用。奈何，奈何？(介)(雜)湯兄弟，你毕竟想出一箇良法來，如何可以誘得你那表弟到此？(丑)待我前去偷了他來便了。(雜)一箇人，如何偷得？這時節還要取笑。(丑介)(浄)阿呀！時哥説箇"偷"字，這"偷"字上頭，到有一箇計策在此。(末、雜)甚麽計呢？(浄)只要偷得他一件東西，管教表弟即日上山。(末、雜、丑)要偷何物？(浄)一副甲。(末、雜、丑)甚麽甲？(浄)我表弟家藏一副雁翎甲。這副甲又輕又美，刀劍難傷，水火不懼，乃是他先世所遺傳家至寶。(末)偷了這甲，他便如何肯來？(浄)若偷得此甲出門，那時湯隆自己前去，見景生情，要他追尋賍賊。(丑諢介)不好了，拿我了！(躲介)(雜)不是追尋你，如何這等虚心？(丑介)驚慣了。説起捉賊，腦袋都疼了。(末、雜、浄)休得害怕。(丑介)(末)適纔説令表弟追賊之時，賢弟却又如何使計？(浄)若果他肯追尋此甲，待他一出城門，我們就要做成圈套，弄他來哩。(丑)這等説，偷甲一事，是老時竟要認了？(浄)你若偷得這副甲出，不怕事不成哩。(末)若得二位兄弟成全此事，實山寨之幸也。請上，受我一拜。(各拜介)

【前腔】(合)連環甲馬繁，破應難，金鎗手段非浮泛。

(丑)

我是偷兒漢，盗蹠班，蒙恩豢，孟嘗座下留清盻，深宫狐掖何須讚。

(合)

塚中金碗出風塵，人間玉鏡憑誰瞷。

(丑)哥哥在上，時遷偷甲去了。朱貴酒店難撑，還望作何裁處？

(末)我自有處。你往山後小路抄出界外,上東京去,我隨後都有接應來也。(丑介)(末)湯兄弟,把這軍器抬到後寨盤驗,再定後邊計策罷。(浄各介)

【尾】(合)鷄鳴狗盗休常限,一旦雄飛振羽翰。

(丑)

我時還盜得此甲呵,

也不比尋常伴食看。

【集唐】(末)一飯仍難受,(丑)深恩重百年。

(雜)暫去還來此,(浄)鄉鄰劍比天。

第拾壹齣 廟筭 桓歡

【南吕】【大勝樂】(副浄、雜隨上)名士風流天子伴,巧名兒人將毛换。我名垂竹帛千秋,朝野名高望滿。

不求祖父功勳蔭,亦不詩書晝夜求。凑着好毬人福庇,皮毛换却意何逑?下官高俅是也。白丁科目,十年浪子燈窗;赤膽逢迎,三載趨炎考課。清歌雅博,萬人隊裏争先;走狗飛鷹,一技之長莫賽。當年聖主龍潜,我亦泥途卵伏;如今道君秉教,借爲孤保匡勷。所幸者,聯班文武,如蔡京、如童貫,儼如共濟之長城;可怪者,播弄聲華,如李綱、如趙鼎,竟似同舟之敵國。喜得天子隆恩,照臨秦鏡,業將群奸僞黨,遠擯周甸。如今蔡太師獨立朝綱,童公公總收大柄,我這高殿帥不敢欺,也秉了大宋的樞密重權。只是邇年以來,各路盗賊生發,或依山海,或擾州城,或劫庫獄倉厫,或踞川陵扼要,以此日夕瞢瞢,到底難安反側。昨日接得山東露布一通,汝寧統制呼延灼,大破梁山賊寇,隨即報捷朝廷。天顔甚喜,深嘉指授功高;九錫遨榮,先叙行間將士。已曾去請蔡太師、童公公,共在政事堂中會議,此時如何還不見來?堂官!(雜介)童公公、蔡太師到來,疾忙通報。(雜應介)

【前腔】(浄)黨碑立處賢奸判,僞道學一同遐竄。

(丑)

宫闈出入伊誰，日霽龍顔春暖。

(雜報介)(副介)下官候久了。公公、太師何以來得恁遲？(丑)聖上今早駕御艮嶽，親自指點石工，安置花石，洒家只得在彼伺候，所以來得遲了。(浄)老夫今日進呈了幾箇册頁的跋稿，聖上又面訂了一番，不覺稍稽時刻，到勞待了。(副)此皆朝廷大事，仔麽説箇勞待起來？(各坐介)(丑)二位老先，今日奉旨，要議陞那箇征勦梁山賊寇的官兒。我想賊尚未平，先陞重爵，將來山寇大定，奏凱還朝，再好陞他到那裏去？(浄)便是。(副)既奉天言，不敢違忤。請公公、太師量加陞擢便了。(浄)依下官的愚見，莫若奏聞聖上，虚給一道勑書，把那呼延灼略加褒奬，却不受他實職，止賜紅袍一領、名馬一匹，待其收捕賊人、掃清山泊之日，一併叙遷便了。(丑、副)妙，妙！此論極妙！(浄)還有一説。既有欽頒袍馬，例應差官賫送。差去官員，再與他催文一角，令其督催該將，刻日出師，立限奏凱還朝，方是有功無過。倘彼曠時糜餉，稽逗踰期，那時雖有奇功，也只平常爵賞了。公公、殿帥，意下何如？(丑)妙！還是老先大才。這些出征官員，原是引不慣的。倘或陞得快了，他就百般要求，就像韓信一樣，直做到三齊王，他還不肯住哩。(副)公公、太師遠見，真乃不黷武功、敷宣文化之碩畫也。但不知所差催征賫詔的官員，須得何等職役？(丑)差一内官罷。(浄)太重了。(副)這等，差一卿貳罷。(浄)還重。(副、丑)如此説，畢竟該用什麽官呢？(浄)依下官之見，到是虞候好。(丑)爲何到是虞候好？(浄)此輩不過草芥前程，若到彼處，易於假狐使勢。那些出征官兒，看見一箇無職小人，尚得操持督迫之任，彼雖期許過望，先自喪氣難舒矣。設使卑員措置無方，或有憒轅之悮，那時節却將此人肅法，且不玷辱朝班，豈非一舉兩利之道也？(丑、副介)當今柱石，捨此其誰？太師乃真正匡時之宰相也。(浄)不敢。

【梁州序】持籌扼腕，漫評修短，莫教坐失嚴寬。每見矜功許大，不能久遠交歡。

我如今呵，

和平安養，寸寸銖銖，名器毋輕亂。

（合）

燮理陰陽，宰割須雄斷，匡濟原從德懋官。征伐事，莫貪玩。

【前腔】（换頭）（副、浄）肯徒教貢禹彈冠，井中蛙蠡窺測管，可怪揚揚得意，露布呈歡。

（丑）

今且量加褒奬，直待大定功成，纔把薰蕕判。

（合前）

【尾】（合）文經武緯相和款，怕甚麽軍民疾痯，不比那些闊論高談道學官。

【集唐】（浄）朝宴華堂暮未休，（副）玉啣嬌馬索閒遊。

（丑）六朝供奉無人敵，（合）錦帳連封萬户侯。

第拾貳齣　俠憤　先天

【正宫】【燕歸梁】（生）暗裏牢騷莫問天，天不管總徒然。慢籌甲子换流年，春尚早，且遷延。

礪刃謾需時，無言君莫笑。邊塞正飛塵，嫖姚尚年少。我徐寧技勇絶倫，時方未遇。雖然萬丈雄心，素有奮袂請纓之志；奈何一雙餓眼，空尋處囊脱穎之機。這且不必閒論，另看湊偶便了。昨在政事堂值禁，見那童、蔡諸公，議叙邊將一事，竟要朦朧奏復，先賜呼將軍袍、馬二物，又要差官賫送，並督立刻進兵。（嘆介）咳！殿帥，殿帥，你却是箇武官的領袖，豈不聞軍官出戰，志在功名，進退隨機，安宜挾制？况且這般冷薄武臣，戰士焉肯用命？將來空老王師，徒糜餉課，這悮國之罪，又誰任也？

（雜介上）假官差遣真官送，拉分人催出分人。有人麽？（生介）那箇？（雜介）呀，徐老爺自在這裏！（生）你是帥府長班，到此何幹？（雜）今日帥爺奏准，特差府中虞候李爺，賫送欽賜的袍馬，到山東出征的呼將軍那裏去。就命他在軍中，督催勦賊，刻日班師。府中各位爺們，例有程儀贐敬，還要設席餞行。知單在此，請爺書知。(生)我這寒官,此等分資,只怕不得相隨了。(雜)徐爺又來了。這箇李爺,却是殿帥老爺的心腹,特委此差,明明看取他的意思。徐爺若不相隨一分,日後他就説你怠慢了。(生)我就怠慢他,他待怎麽?(雜介)慢他,(看生介)他就……(生)他就怎麽?(雜介)他就……(介)你就……(生介)什麽"他就、你就",還不走!(雜介)呀,啐!我是爲好!你不出分資,干我卵事!(介)只怕你太剛多損折,到不如雌伏早雄飛。(介下)(生拔劍介)

(旦急上介)相公,爲何這等着惱?(生)適間帥府長班,前來拉分,因我不肯相隨,他竟將言抵觸,可恨,可恨!(旦)此廝小人,何必與他一般見識?不知拉的是什麽分資?相公何故不肯相隨?(生)娘子,説也惶恐。近因梁山賊寇作亂,欽差汝寧統制呼延灼前去征勦。彼用連環陣法,大破賊鋒,遠呈露布,前來報捷。那童、蔡、高俅不肯加他官爵,朦蔽朝廷,略頒袍、馬二物,以愚有功之將。非惟官職無加,到反差箇虞候,前往軍中督陣。所以本府這些門下官員,一齊醵金祖餞,這也不過是箇媚竈之意。娘子,你道爲將者百戰辛勞,死生存没在於片刻之際。方纔挫得賊人一陣,你既不肯晉他一階二級,也就罷了,反倒差箇人去掣肘着他?(介)我思之想之,好不恨也!(旦)你既不去隨分也罷,何必怒形於色?如今處世,還該和光同塵些的好。(生)娘子,你不知道,這牽制武臣,使他不得便宜行事,乃兵法最忌的題目。不是我自喪鋭氣説,今番進兵,王師必敗矣。真好惱也!(旦勸介)

【錦纏道】(生)天呵!你看這宋江山指日間銅駝草眠,我這意氣肯頹然。怎差箇虞候賤役巡邊?最苦是那將軍他的旌懸旆懸,却把箇甚人兒竟將兵牽將牽。烈火正胸燃,反教我與他私情綣繾,無窮熱血煎。

(旦)相公,你太性剛了。(生)娘子,

何用你殷殷頻勸,

大凡人生在世呵,

也須要立志少剛堅。

【普天樂】(旦)相公呵,你且優容,聽奴勸。事從權,休嗟怨。養頭角慢自潛淵，風雷動一舉冲天。

相公，你青年壯志，藝廣才高，將來萬里封侯，正不可必。何用這般鬱勃牢騷，見之聲色？倘爲人所不容，行且禍端非小。你不要看別的，

只看我這妻兒可憐，恁朱朱粉粉花草當年。

【前腔】(生)娘子，傲林泉，誰不願？老春秋，如風電。更難看世態寒暄，最關情家國顛連。

娘子，你也不要看別的，你只看這呼統制呵，

少不得師難凱旋，正無端毁譽人口如川。

【尾】(旦)休將閑事空悲怨，且看閨中八寶鈿。

(生)娘子，娘子，

我正謂這兒女傷情日抵年。

【集唐】(生)天將下三宫，(旦)深山尚禹功。

(生)猶悲墮淚碣，(旦)征旆繞河風。

第拾叁齣　伙伏　戈歌

【仙吕入雙】【步步嬌】(丑)將軍令發天山墮，要把甲馬連環破，那徐寧技術多，

時遷奉着大哥將令，與湯隆等一班兒前往東京公幹，迤逞行來，已到東京地面了。你看湯隆、白勝，又早來也。

(净、雜同上)我們呵，

節節枝枝，行行坐坐。

呀，時哥早已在此。(丑)我來多時了。(净)我與白勝兄弟兩人，遵奉大王、軍師之令，潛住東京城外。待你偷甲出城，先命白勝賫甲回山，我到徐家賺他出城追趕。你便假作跌壞了腿的光景，背着箱子慢慢而走。直待追着之時，再用苦肉計策，騙他前進。另差解寶、解珍中途接應，慢慢引誘上山，傳授鈎鐮鎗法。時大哥、白兄弟，(丑、雜介)(净)我想我那吴軍師，真好妙計也。(丑、雜)正是。(各介)(合)

這叫做調虎離山窩,中途更有人兒夥。

(介下)

【前腔】(二雜推車上)同胞兄弟還同夥,一樣心無左,情和意更和。

(雜)我喚解珍,兄弟解寶,領着元帥、軍師將令,推這車兒埋伏在此。車内載有酒餚,只在途中等候。直待湯隆哥哥同着徐寧到來,我便假做湯隆舊時相識,隨取車中之酒,與他共飲。酒杯之中,暗暗藏了蒙汗藥,把那徐寧藥倒,就將此車連夜載上山去。兄弟,(雜介)(雜)你道我這梁山泊上的計策,差也不差?(雜)真正好計也。(合)

他的計定無那,我的志堅難破。你看密樹影婆娑,且把車輗寂寂寒林鎖。

(介下)

【江兒水】(小生背行李上)涉水登山去,行囊自己馱,這迢迢古道風塵裹。

小生呼延理,辭家探父,遠歷邊關,弱體難支,不禁跋涉。

只爲我爹爹戰陣多辛苦,因此上不攜僕從單餘我,弱體不禁摧挫,幾時得凱奏回朝。

我那爹爹呵,

勸你蚤向東山高臥。

你看前面兩箇僧人來了,不免問他一聲,那一條是大路?(介)

【前腔】(二雜扮一僧、一頭陀上)見世毘盧相,前生般若魔,我這戒刀律律把貪嗔破。

(僧)洒家魯志深是也。(陀)我武松是也。奉着大哥將令,抄出後山,來到此地,探聽些兒軍情消息。哥嗄,俺們呵,

銕葩劍樹參蓮座,肉山血海忘人我,

(僧)

却是彼岸船中篙舵。

你看前面一箇行路之人,好像遠方來的模樣。不免假作化齋,問他一箇信息去。(介)

也學箇問詢和南①。

(小介)(二雜)客官,

你如何春嶂依依雲鎖?

(小)二位師父何來?(雜)行脚僧人,水雲不定,特與客官化齋。(小)原來是化齋長老。小生正要動問一聲,此去梁山,還有多少遠近?(二雜)梁山麽?(小)是。(二雜背介)他是什麽人?爲何要問梁山路徑?(轉介)客官,你問梁山何用?(小)家君出師,征勦梁山賊寇,小生特去探父,故爾問及。(僧介)我們何不哄他上山,聽候大哥發落?(陀)言之有理。

【玉交枝】(二雜)客官,那梁山難過,見屯兵增鍋減鍋,慢勞跋踄躭災禍,速回身早些藏躲。

(小)這箇不妨。我父統領官兵,見今圍住山口,只要到得父親營裏,我就好了。(二雜)你令尊大人的官兵雖在山口,但彼此交鋒,勝敗未决。且那梁山好漢,出入甚多,你若撞着了他,他知道你是征勦他的官員兒子,正是對頭,怎肯饒你?你這性命,只恐有些難保哩。(小)我爲探父而來,怕甚賊兵兇狠?這到不勞二位過慮。(二雜)還是小心些好呢。

那梁山好漢來往多,若還遇了難遮躲。那時節迦多劫多,又何如僧陀佛陀?

【川撥棹】(小)我心如火,爲嚴親休問可。那怕他地網天羅,那怕他地網天羅,擈殘生由他奈何?

(二雜)客官不是這等講。你既爲父遠來,也是一箇孝子。我出家人慈悲爲本,莫若帶你前行,送到大人帳内,令你父子早逢,一同歸去。你道何如?(小)若得如此,真乃莫大之恩也。二位老師,敢是西天活佛麽?請上,受我一拜。(二雜介)這到不消罷。(小生拜介)(二雜答禮介)(小)

謝尊師聖手摩,謝尊師寶筏拖。

(二雜)客官既要隨我前進,你把這頂包巾來包了。(介)再把這

---

① 應爲"尚"。

件道衣穿了。（介）替我們背了行李，粧做道童模樣，這遭再也没人盤問了。（小介）謹依二師台旨。

【尾】（二雜）你把這褊衫直裰蒲團荷，再不可往前山經過，我自有捷徑羊腸一古坡。

【集唐】（僧）行盡江南數十程，（陀）更堪江上鼓鼙聲。

（小）向人莫道渾無語，（合）一段傷心畫不成。

第拾肆齣　差敘　家麻

【南吕】【一江風】（副净）我戴烏紗，駟馬高車駕，帥府威風大，慢張誇，後擁前遮，欺侮得軍民怕。

（合）

鑼鳴鼓亂撾，鑼鳴鼓亂撾，長聲導子譁，肅静也牌先掛。

下官虞候李保兒是也，原是李師師院中一箇走使。（左右張看，笑介）俗名叫做“湯保”，我這京師裏叫做“撈毛”的便是。昔年高殿帥老爺未遇的時節，常常到我院中頑耍。或是與這些房頭竈下的丫頭們會房乏鈔，我就替他應代賠償；或是同那些跟隨執役的朋友輩賭博欠錢，我就替他招擔過管；還有那王孫公子，要尋一箇幫閑篾片，我便把他薦入門墻；更有那癡絶婆娘，要達幾句孤老私情，我就教他招呼汲引。所以他的生意日興，都是我這保兒立保。如今他時來輻輳，一做直做到殿帥之尊；也是我官運亨通，略轉就轉了虞候之職。匪特頭角峥嶸，光宗耀祖，兼且腹心依倚，羊質虎皮。那汝寧統制呼延灼，奉命勦捕梁山賊寇，前日已呈露布。此係汗馬功勞，例要加他職級。只因不通線索，止得褒獎空名。殿帥高爺奏過聖上，就命下官賫送戰袍一領、名馬一疋，又令區區下官，親在軍前守催督戰。你道這箇緣故却是爲何？這却明明教我前去，釣他上鈎之意而已。（介）你看，我如今打扮得威風凛凛，殺氣騰騰，將我名字底下那箇“兒”字一去去了，單單只叫一箇“保”字。這些拜帖上，就寫了棋子大的，或通家、或盟礼、或平輩、或晚生的名色，又承這些本府同寮，起了一箇表字,叫做"佑之"。我如今自稱天使,隨從多人,到他那邊,不怕他不奉承哩!(介)仔麽老爺説了半日閑話,跟隨的人一箇也不來?可惡得緊!我把這威風先從家裏使將出去,方纔服人。(介)隨從人役那裏?

(雜諢介,上)(副浄)你們既是跟隨服役的人,爲何定要呼喚,方纔到此?(雜)恐怕老爺有甚私房説話,碍人聽見,小的不敢近身,其實是遠遠承值的。(副浄)好,這便有規矩。(雜)嗄,小的們是久慣跟隨出差老爺們的,仔麽不知規矩?(副浄)若果小心,重重有賞。今日是好日,就此擺道前去罷。(雜)還要問一聲,老爺這箇官是幾品?(副浄怒介)哇,狗才!你到盤問起我的脚色來麽?(雜)小的怎敢盤問老爺的脚色?只要老爺分付一聲,小的就好照依品級大小,應接那些上下衙門了。(副浄笑諢介)我是天使,原不必拘定品級,不拘那裏,只有我大就是了。(雜應介)曉得,曉得。(副浄)執事擺齊了,欽賜袍、馬也擺在前,大吆大喝,吹吹打打,好生行去。(各諢介)

【前腔】(合)癩蝦蟆,一日鯤鵬化,不怕旁人罵。到官衙,拜謁趨迎,搭起瞞天架。

(合前)

【集唐】望盡黄茅是海邊,緑陂無路草芊芊。

蓮花幕下風流客,杳杳疑聞弄管弦。

第拾伍齣　偷甲　庚青

【仙吕入雙】【夜行船】(丑)不特藏形還匿影,因甚事戰戰兢兢。

(介)

我去去來來,潛潛等等,直要到夜闌人寢。

混沌未分人笑我,乾坤一破我羞人。若非盗賊撑天地,日月何勞晝夜巡。(作左右探望,諢介)我時遷,凛奉哥哥將令,今晚要到徐寧宅裏,偷取雁翎寶甲。你看黄昏左側,夜色方闌,雁薄雲深,星迷霧鎖。(笑介)這箇光景,想必天公助我今夜成功也!(作輕

身行，諢介）

【園林好】我悄低聲行行自驚，看黑沉沉須提心注睛。捱過了閭閻坊井，

這裏正是他家門首。不知裏面，却如何了？

天尚早且消停，天尚早且消停。

（内打一更）（丑作驚諢介）

【前腔】打初更人聲尚惺，我竚空街喘喘氣怦。

我想立在街上，到要撞着人的，還是掩入了他家門裏的好。（作推門响，驚諢介）呀，不好了，不好了！這箇門偏生是响的。

只略把門閂來挺，蚤振得響如鈴，早振得響如鈴。

（内吆喝介）（醜諢介）

【嘉慶子】是那家吆喝聲偏映，急得我退後趨前步不經。

（内）小厮，好看門户。（内應介）（丑）

你把門户殷殷專政，

你雖防範得緊，只怕到我老時手裏呵，

叫你人不覺犬無驚，門自閉户還扃。

（内打二更介）

【尹令】聽樵樓二更交應，想他們夢魂方定。

不免進去罷。（作扒墻介）

這墻垣十分雄勁。

（落介）好了，我進了一重門了。

門户重重，我已到天台第一層。

（内作打三更介）

【品令】三更正緊，燈火尚微明，中門疏散，相將重馭輕。

（内）外面什麽响？（丑慌諢介）

他時時震驚，也只爲寶甲如瑜瑾。我營營思省，還怕他一時妻媵，嘖嘖噥噥、雨去雲來送且迎。

（内打四更介）（丑慌介）呀，早又四更時候了！

【荳葉黄】你聽聲聲漏滴，夜半蚤還盈。我肩重擔所任非輕，肩重擔所任非輕，怎做得風燈泡影。這是閨房左右，須要眼清手靈。

（作推門介）（內）綉烟，外面什麽响？起來看看。（內）想是猫兒捕鼠。（丑作鼠聲介）（內）既是猫兒捕鼠，這就罷了。可吹滅了燈。（丑喜介）

喜得把殘燈自酩，喜得把殘燈自酩，直逼到鼠鳥同居，自批自評。

（作進房輕唱，諢介）

【玉交枝】我時遷今日做賊，原不是自要做的，這都是軍中嚴令，這奇功賽過偷營劫營。

（作四圍尋甲介）聞他寶甲，放在房中梁上，我不免直進內房，盤上樑去。

梁山好漢揚名姓，自合向梁上施逞。

（聽介）

聽鼾聲括耳不住鳴，陽臺霧重鴛鴦冷。

（作撞頭諢介）可憐，可憐！

好頭顱撞得血淋，

（作上高跌介）

好腰肢不禁痛疼。

（介下）（內打五更介）

【么令】（浄、雜上）早已見更闌夜醒，啓重關人聲沸騰。

（浄）白兄弟，你看天已將明，城門只怕開了。（雜）想還早些哩。我們只在這裏等他便了。

（合）

最堪憐露濕霜華，蛩聲亂鳴。猶不見天邊月影，雲横霧暝。

我們到前邊樹影裏面避一避，省得行人瞧見。（內鷄叫介）

進疏林早聽得鷄聲犬聲。

（內發擂介）（浄、雜介下）

【江兒水】（雜）蚤起求生意，朦朧睡未惺，巴巴衣食難安静。

（丑背負甲箱跑上，撞倒雜介。下）（雜介）捉賊，捉賊！（介）這箇人背着一箇箱子，没頭没腦亂跑，一定是箇賊了。

看他獐頭鼠腦行來勁，瞻前顧後藏形影，我不免趕上前頭挈定。

啐！于我何干？

我且去早幹營生，莫惹這無端災眚。

（介下）

【川撥棹】（丑介上）功成頃，漸天明將度影，喜城門出入無驚，喜城門出入無驚。

好了，好了！寶甲已偷了，城門已出了。只不知湯隆、白勝在那裏？（叫介）我從來做賊，不甚心虚，爲何今日這等害怕？（介）是了，是了，一向自在慣了，不覺手生了。（輕叫介）湯哥哥，白兄弟。

（浄、雜上，輕應介）（丑）

我叫愈高，他應聲愈輕。

（合介）

怕人聞風鶴驚，謹防他四埜清。

（丑）且喜甲已偷出在此了。（浄）玅，玅！還是你的手段。白兄弟，你把此甲打在包裹之中，扮作客商，作速抄路上山去罷。時兄弟，你便背了這隻空箱子，慢慢前走，但遇轉灣抹角的所在，你就畫箇白粉圈兒，好作暗記。遇着酒店、飯店，亦是這樣畫着。我等天色一明，竟往徐家，定要騙我表弟，同來追赶。只一件，前日軍師囑付的計策，不可差了。（丑）自然不差的。（雜取甲包介）

【前腔】（换頭）你看這雁①翎金甲寶氣騰，豐城劍利秋光映。

（浄）白兄弟，

你前奔不必留停，你前奔不必留停，

時兄弟，

你假悠悠前途慢行。

（合前）

【尾】三人各自分頭逞，也都要十分思省，莫犯着風火雷霆號令行。

【集唐】（浄）交情托寶刀，（丑）此生何太勞。

（雜）世路雖多梗，（合）逢人作解嘲。

---

① 應爲“雁”。

第拾陸齣　假信　車遮

【南吕】【懶畫眉】(生上,雜執鎗隨)縱横報國志偏奢,我且暫寄鷦鷯莫暗嗟,隨行逐隊慢癡呆。

我徐寧雖有弘才,不能見用;㑹㑹卒伍,好不痛傷。今早又該帥府直班,只得起早前去。我這胸中好生抑鬱也!

此衷一片泓如瀉,誰謂干城隱兔罝。

(介下)

【前腔】(旦)兒夫抑鬱暗咨嗟,鎮日裏短嘆長吁掣電蛇。

綉烟,取鏡臺、梳具出來。

(丑持上)

愁憐粧裏玉梳斜,雲鬟劈破温香瀉,

(合)

不鬭雙蛾鏡裏賒。

(梳粧介)

【前腔】(浄介上)我粧模作樣顯還遮,要觸英雄弄鏌鋣。

不知他家曉得夜來失甲否?適纔我在黑影裏,看見徐表弟早已上班去了。敢是不曾知道哩!

看他匆忙早起自揄揶,無窮意緒紛如瀉。

我不免進他家去,看他動静如何,再作道理。(介)徐表弟在家麽?(旦介)外面有人。綉烟,你去看來。(丑介)

爲問伊誰辱枉車?

(見介)呀,原來是湯伯伯。娘娘,湯伯伯在這裏。(旦介)果然伯伯到此。伯伯一向在那裏,竟不過來看看?(見禮介)伯伯萬福。伯伯請坐。(浄)嬸嬸拜揖。嬸嬸自坐。(各坐介)湯隆一向在外經商,不得頻來探望。不知表弟近況何如?(旦)你兄弟只是鬱鬱不寧,時增長嘆耳。(浄)如今那裏去了?(旦)帥府晝卯去了。(浄背介)失甲之事,他竟全然不曉哩,不免問他只箇。

【前腔】(浄)英雄未遇且休嗟,少不得有日高乘駟馬車。

不知先世所遺那副雁翎甲還在否?(旦)

雁翎寶甲錦雲遮,將軍困夢安田舍,這的是甲冷人閑一樣呆。

(浄介)原來寶甲無恙。適纔湯隆進城時節,見一鮮眼睛的黑瘦漢子,背上馱着一箇紅羊皮的匣兒,竟像表弟盛甲的一般,所以特特動問。今既無恙,想是我的眼色差了。(旦)夜來門户响動得緊,莫非有甚緣故?綉烟,快去看看。(丑進介)(浄介)我看那匣子像得緊呢,難道别家也有這樣一箇?

(丑急上)不好了,粱上匣子不見了!(旦介)這怎麼處?再看還失何物?(丑)前後東西,一毫不失,單單没了這箇匣子。(旦哭介)這却如何是好?(浄)嬸嬸,失甲事小,何必悲傷?(旦介)伯伯呵,你是知道的。你兄弟平生所愛,只有此甲。若聞有失,一發憤恨難禁矣。將來勃勃于衷,隨機遷怒,還有非常之變哩。(浄)既然如此,待我前去追趕。倘若兄弟晝卯回來,叫他也來,一同尋覓。(旦)伯伯,你且等他一等,同去便好。(浄)恐怕賊人去遠,更防岔路分歧,反難搜緝。還是待我先去,兄弟一到家中,叫他只往大路一直追來,我們併力拿他,不怕他走上天去。(旦)伯伯也要小心在意。丈夫一歸,奴便叫他就來。(浄)正是:隨他走上焰魔天,脚下騰雲須趕上。(介下)(旦)綉烟,你去唤那做工的,快去尋了相公回來。(丑介下)

【三换頭】(旦)衷情怎寫,愁懷難謝,痛兒夫失志,正無窮嘆嗟,奈楚弓去耶。到頭來,少不得,一番兒披荆動蛇,弔我心膓也!淚珠空自瀉。得失無憑,也只是前途浪賒。

(丑介上)楚弓須自返,沉璧豈難回。娘娘,做工的去了,請自消遣。

【前腔】你把愁煩莫惹,且閑消亭榭,看珠還合浦,

那湯伯伯與我家爺呵,

更人能辟邪。

(旦)你這丫頭,還要胡説!夜間門户响動,叫你起來看看,你説是猫兒捕鼠,如今却怎麼了?(丑)娘娘呵,

非是繡烟巧遮,那一煞,原聽得,叫喳喳,猫乖鼠呆。

（淚介）
誰測其中也，賊奴乘午夜，
（合）
巧弄聲音，喬做作猫耶鼠耶。
【集唐】星河無夢夜悠悠，北斗佳人雙淚流。
此時愁望情多少，遥指白雲天際頭。

第拾柒齣　義慰　尤侯

【中吕】【四園春】（小生上）地網天羅布得稠，可憐一命已全休。我無端歧路悞吞鈎，被他釣入豺狼隊裏頭。
我那爹爹呵，
不知你甚日把奇功奏，萬剮强徒雪此仇。
父命守家園，我不把家園守。母命多從人，我偏要單身走。借孝欲沽名，天惡遭陽九。梁山羅網開，悞入豺狼口。往事既成非，此志當無苟。忠孝本家傳，怕死心還醜。我那娘呵，孩兒命早休，劬報情難朽。夫婦喜齊眉，誰料輕分手。天呵，我今日死應該，只是魂魄依然忸。生飲盜泉漿，死與盜蹠友。（介）罷，罷！我也不願别的了。只願我爹爹呵，早早殺賊歸，緑野安田畝。那時節，我便含笑在泉臺，方把這觽揩心事剖。（觽揩介）
（末上，止介）小將軍不必性急，且自消遣。（小）汝是何等様人，敢來阻我？（末）不才就是山寨之主。（小）這等，你是宋江了？（末）正是。（小介）宋江，我且問你，你是一箇鄆城猾吏，向聯賊黨作聲援，今且顯聚山陵，竟爾操戈横道路；不思早甘鼎鑊之誅，尚爾抗拒天王之法。我父提兵到此，少不得踏平山海浄豺狼。你今陷我何爲，難道是挾此孑遺居奇貨？我那爹爹呵，他平生氣節凌雲，斷斷不爲兒女所惑。你這强賊們，雖目下寸陰掩月，終須有日撥霧見天。我呼延理，雖是幼年弱質，但忠孝原有本來。你山寨中，威勢固甚虎狼，我坦率毫無顧忌。業今到此，義不苟存。汝欲施刑，何妨寸磔！（末淚介）小將軍不必發怒，望你少坐片時，聽我宋江分剖。（小）我就坐了，你有何説，儘你説來。（上坐介）（末介）宋江自知罪惡滔天，萬死莫贖。只是一件，目今蔡京秉政，嫉仕路之忠良；童貫弄權，閉聖聰於聲色。更且大興土木，東南花石徒繁；又值久動干戈，西北烽烟不絶。宋江固曰亡命，每思卸甲歸降；伙伴實有不馴，日事紛紛蠢動。若得小將軍憐我釜魚，早修尺素，望尊大人雷霆少霽，兵緩斯須，沐朝廷雨露之恩，准某等投誠之請，旋返六師，宏開肆赦。不特尊大人有神武不殺之美名，即小將軍亦有安攘導降之顯績。請小將軍三思。（小）寇盜歸降，朝廷自有不殺之典；轅門納款，將軍豈無好生之仁？何必用我修書，故作遲疑情狀？我曉得了，你不過欲緩王師，希圖墮汝奸計耳。（末）小將軍疑之固是。宋江焉敢逆天？只差還有一件。（小）又爲何事呢？（末介）當今殿帥高俅，乃是狹邪無賴，既乏寸長以收衆望，偏擅威福以亂法繩。恐老將軍疏請招安，那高殿帥必然不允。及至出兵功罪，他又賞罰倒施。若依宋江愚見……（小）依你待怎麽？（末）依宋江，莫若勸老將軍，且握重兵於閫外，坐觀成敗于居中，徐看機宜，再定行止的好。（小怒介）哇，你好胡講！我父提兵討賊，志在即刻奏功，焉肯跋扈悠游，曠軍悮國？你既不降，自當殺我。毋得辭意牽連，有費許多唇舌。（末）宋江不敢無禮，望小將軍且住寨中，慢慢商議便了。（小）生死一言，有何商議？（介）是了，是了！你將我置之山寨，然後布散流言，傳入我父軍中，使我爹爹心緒不寧，有乖紀律。你好從中運用，抗侮王師耳。罷，罷！我既不能爲君父殺賊分憂，獨不可以爲君父殺身殉難也！（又觸堦介）（末）小將軍不必過慮，宋江另有裁處。（小）有甚裁處？

【泣顔回】我與你這强賊呵，冰炭怎相投，不如及早干休。你這遊魂魍魎，怎便青天白日昂頭？

我爹爹大兵一出呵，

似摧枯拉朽，釜中魚生死能知否？你還不悔禍潛藏，竟公然自驕蒲柳。

【前腔】（换頭）（末）何須痛哭自蹢蹂，你且安心慢慢搜求。老將軍呵，他功高不賞，何曾李廣封侯？到不如傍觀袖手，握兵符虎踞把邊隅守，擁貔貅坐鎮遐方，莫隨人自甘功狗。

既然小將軍心堅金石，節孝凛然，宋江焉敢過强？我且暫退，望小將軍安養幾時，自然送歸老將軍營中，使你父子完聚。僂儸那里？

（雜應上）（末）好生看守小將軍，待我出兵回來，再作道理。（雜應介）（末）血心空自吐，青眼有誰看？（介下）（雜介）小將軍不必過傷，大王决不害你哩。（小）我求死不能，誰怕他害？（雜）我大王待人誠信，决不爽言。小將軍再住幾時，自有送回之日。（小淚介）我只求早死，安望生回。（介）

【古輪臺】（雜）小將軍呵，莫移游，梁山泊上且稽留，何須淚滴襟衫透？

你看宋大王呵，

他寬仁温厚，

就是這些衆頭目們，

也都志合情投，禍福死生同受，更號令如山，垂名宇宙。只爲權奸專政謾公侯，痛心疾首，一時亡命做仇讎，無端僝僽，欲往投誠，此情難剖，亂緒繳如綢。真掣肘，替天行道君知否？

【前腔】（换頭）（小）休休，影衾先自含羞。痛娘親倚閭空悲，淚沾衩袖。兒被羈囚，這搭裏誰來相救？我這心淖如蹂，腸燔似疚，此際熬煎未經受。你看山明水秀，更鳶飛魚躍悠悠。可惜長空萬里，番作波狂浪湧，蛟淵虎岫。我父整戈矛，君知否？踏平山海覓封侯。

【餘文】（合）青山怨，碧水愁，總只是機隨輻輳，這叫做事到頭來不汝由。

【集唐】世間榮落重逡巡，積潤初消碧草新。

不知此地歸何處，萬古交馳一片塵。

第拾捌齣　追甲　侵尋

（生箭衣小帽，帶劍上）周處何曾要殺人，蛟騰豹舞恨難伸。直教淚湿青萍滑，盡斬當時浪笑顰。我徐寧一向雄心激烈，還思守命安時；今見寶甲沉飛，一發尤天怨地了。表兄湯隆，别來數載，昨偶到家探望，方知失甲形踪。他恐賊人去遠，不能等我帥府歸來，先往前途追趕去了。荆妻倩人促我到家，備説緣故，我却不勝憤恨，即刻改扮出城，來此已是東關大路，不免快快趕上去者。

【北調】【新水令】誰道是珠淪璧落渺難尋，好教俺兜底裏肌寒骨凛。天呵，你這青天何湛湛，到不如泉路杳沉沉。大海撈針，

我這副甲，如果尋不見呵，

少不得倒崑崙把這雙丸醪。

（介下）

【仙吕入雙】【步步嬌】（浄上）脱殼金蟬有誰人審？

好一箇時遷，甲都偷了去，他家竟不知道。時哥，時哥！

這絶技還輸恁。也都是軍師計畫深，狗盜鷄鳴，一般堪任。

我們呵，

盗蹠合朋簪，笑他們斯文冠冕空花錦。

（介下）

【折桂令】（生上）我好恨也！痛傷心淚滿衫襟。一片牢騷到做了萬種嗚喑。我是箇電掣風馳，只指望鞭雲策霧，反做了墮深淵璧冷珠沉。

我仔細想將起來，這偷甲的也不是箇賊，

分明是魑魅相侵，山鬼來歆。他道俺是醉漢蒙頭，因此上參破了這塔頂留心。

（介下）

【江兒水】（二雜推車上）計就陳平拙，群空伯樂欽。

（雜）兄弟。（雜應介）（雜）我那軍師呵，

他神謀灼灼如乩讖。

（合）

只爲連環甲馬軍難禁，要這金鎗陣法除災祲，特請徐寧專任。

我們既奉將令，推這車子途中等候。他若到來，就將蒙汗藥把徐寧灌醉，一直載上山去。好計，好計！（雜）喂，哥呵，我們不必前進，只在這裏等他便了。（雜）正是。（合）

他是箇美玉南金，我是箇爐錘砂磣。

（介下）

【雁兒落】（生）走得俺氣吁吁汗雨淋，走得俺恨漫漫聲音哂，走得俺自難評一寸心，走得俺徧不信無端識。

仔麽連湯隆都不見了？呀！

他必定緊跟隨任陸沉，他必定狠磨礱無遺滲，他必定躡形踪趁淺深，他必定看機關施維羅。

（浄上介）（合）

驚心，盼得俺不住的拳拳伈，

（介）

來臨，纔放了不禁的嘖嘖吟。

（浄）表弟來了麽？表弟一向可好？（生）哥哥且不必叙那寒温，只説盗甲之人，有下落否？（浄）愚兄一路問人，都説就在前面。（生）如此，我們疾速前去者。（介）不須再卜人祥眚，你只看支離失甲時。（各介下）

【僥僥令】（丑介上）藏機如散錦，應劫肯閑侵，九仞爲山功方寢。

我不免背着箱子，

出疏林待彼尋，出疏林待彼尋。

（坐介）

【收江南】（生、浄仝上）呀，早見那林間隱約呵，他明又滅影沉沉，急奔馳，切莫語嗚喑。

（浄）兄弟，你看這箱子可是否？（生）呀，

不差池半針，不差池半針，

（打介）

禁不得拳頭脚跡打如霖。

（打介。拔劍介）（丑叫殺人，諢介）

【園林好】（浄）勸君家不須怒駸，劍和刀不堪亂淫。

你這賊奴，快快説來，偷此寶甲何用？（丑）我並不偷甲，你只看這箱子裏，有甲也没有？（丑隨意科諢介）（生介）呀，甲又不在裏邊，那裏去了？（又拔劍介）（丑諢介）待我殺，待我殺！（浄）賊奴，你説差了。待我説，仔麽到説"待我殺"起來？（丑介）正是

"待我説"。(生要殺)(丑躲諢介)(净)兄弟不要性急,且收了刀,聽他説罷。(生收刀介)(丑躲介)(净)没有刀了,你快説罷。(丑)還有拳頭,一發求他收一收。(介。生又拔刀,净抱住生介)(丑躲,諢介)(净)你還不快説!(丑介)我姓什麽?(净)你的姓隨你自姓,到來問我?(丑)是,是!隨我姓,就姓張。(生)哥哥,這厮不姓張。(又拔刀介)(丑抱净介)(丑)青天爺爺,隨你要我姓甚麽罷。(净)你這賊奴,姓都隨起人來。既是姓張,也就罷了。你只説這箱子裏的甲在那裏便了。(丑)甲在那裏?(生又介)(净)兄弟,你不要驚他,好叫他説。只管驚他,他越説不出了,可不躭閣了時節?(生)我不動手,你好好説罷。(丑)多謝,多謝。若是這們好説話,我就説不差了。(净)仔麽又不説?(丑)我膽都驚碎了,待我將息將息,明日説罷。(生又介)(丑介)説,説,就説,就説!(净)還不説?好打這狗賊!(丑介)好罵嗄,伙計。(净介)(丑)小人姓張,排行第一,泰安州人氏。本州有箇財主,要結識老種經略相公,知道爺家有這副雁翎鎖子甲,不肯賣的,特特叫我同一箇李三,兩人來你家中偷盗,許我兩箇一萬貫錢。不想我在你家柱子上跌下來,閃壞了腿,因此走得不快。甲是李三先拿去了,只得空匣在此。你若送我到官,我抵死不招;若肯饒我,我和你去,包你討來還你。(净)兄弟,這倒也説得是。(生)哥哥,不可聽他胡講,我只殺了他,不怕那財主不還我的甲。(又拔刀介)(净)兄弟差矣。你若殺了張一,既無活口質証,却往何處討甲?况且不知財主姓名、住處,却從那裏去討?(丑介)正是。你曉得財主是那箇?住在那裏?(介)(生)你就説財主是誰?(丑介)咿,我不説了。(净)仔麽不説?(丑)説了,不要我了,他好殺嗄。我只不説。(净)説了不殺就是了。(丑介)不説,不説!(生介)我只要殺,不要説。(介)(丑)説,説!(净)快説。(丑介)(净)還不説!(丑介)那財主叫郭大官,住在泰安州裏。(净放生。生起整衣介)(丑諢叫躲介)(净)這又怎麽?(丑)他又動手哩。(净)他是整衣,何曾要來殺你?(丑)我諕謊了,求爺爺遮一遮兒。(净)休得閒説,背了箱子快走。(丑)那裏去？（淨）尋李三。（丑）爺們自去罷。（生又介）（丑介）去，去！（各介）（生）哥哥，我是官身，仔麼去得？（淨）想那李三也去不遠，我們就去追他一程也不妨。（合）

快登程往泰安找尋，須疾速免沉吟，須疾速免沉吟。

（丑作跌，諢介）

【沽美酒】（二雜推車上）坐深林萬木陰，坐深林萬木陰，聽沸擾入山岑，謾鼓車輗酌與斟。

（作見淨，拜揖介）

喜相逢契深，喜相逢契深，問桑麻雨暘豐稔。

（二雜）湯大哥，連年可好？（淨）好。（二雜）生意好？（淨）好。（二雜）莊家好？（淨）好。（生）這二位是誰？（淨）表弟，這是我結拜的兄弟，一箇叫做李榮，一箇叫做孫茂。你二人過來，見了徐教頭。（生）原來就是孫、李二位。（二雜、生見禮）（丑諢介）（淨）你兄弟二人往那裏去？（二雜）山東去。（淨）我們在你車上坐一程兒何如？（二雜）竟坐了去。（生）我不能遠去，仔麼處？（淨）坐一坐，再走一程看。（生、淨上車介）（淨）張一走不動，誰去等他？也叫他坐一坐罷。（生）便宜他了。（淨）罷了。（丑介）爺坐中間。（淨）仔麼？（丑）他的拳頭狠。（各諢介）（二雜）哥哥，車上有酒，還有牛肉，哥哥可同二位吃些。（淨）更妙，更妙！（生）仔麼好擾？（二雜）這箇何妨？（各作飲酒）（丑、淨作眉目諢介）（淨）表弟請一杯。（合）

坐車中神閑心愴，飲三杯慢勞悲諗。

（淨）兄弟，你也吃一杯。（一雜接酒，一雜放藥介）（雜）小弟不能多吃，哥哥是知道的。就將此酒，敬了這位爺罷。（生）不敢，還是哥哥請。（淨）他的好意，表弟定要領的。（生飲，作倒介）（合）好了，好了，着了手了！（丑）只是苦了我了。（淨）要立功勞，也説不得。（丑）你初來到我店裏，也是這們一頓，難道也要立功不成？（各諢笑介）（淨、丑下車介）（合）

看霎時間酒沉人寢，俺呵，一班兒同心剖心，尋針引針。呀，這都是宋公明機深謀審。

（各作哨子聲）

（雜、衆扮李逵等上，隨意科諢。擡生行介）

【尾】今朝略緩人心懔，寶甲何勞别處尋，只盗不得他可否依違一片心。

【集唐】不辨風塵色，真堪託死生。

海盡邊陰静，還歸細柳營。

第拾玖齣　疑執　東鍾

【黄鍾】【西地錦】（旦、丑仝上）一去經旬堪痛，未知那處飄蓬。慮他鱻莽難收縱，官司又訊形踪。

［如夢令］雲影月華穿過，雨意鐘聲敲破。洞户捲簾，飛透流螢一箇。孤坐，孤坐，白雪金徽誰和？　　奴家雲氏，丈夫徐寧，只因失了雁翎寶甲，前去追覓，竟自一往經旬，杳無信息。我雖日日使人探聽，全没半分下落。帥府見他不去畫卯，時刻差人訪查。昨日做工的説，若再不到衙門，就要拘拏家屬審問哩。嗳，天呵！這却如何是好？（丑）娘娘，消遣些兒。

【畫眉序】（旦哭介）淚珠紅，爲甚匆匆去得雄？竟經旬不返，似敗絮隨風。空望斷碧草萋萋，呆坐出長檠夢夢。

（合）

筭來旬日又還多，好教我山損波流摧迸。

【前腔】【又一體】（旦）無情破漏鐘，响處將人夢兒送。浪燈花喜鵲，早夜喧哄。最堪憐官府追求，猶狠是陽臺寄夢。

（合）

難窮切切肝腸痛，全無半刻惺憽。

【滴溜子】（二雜介上）承鈞旨，承鈞旨，十分洶湧。金鎗手，金鎗手，何方遊迥？

（雜）夥計，我們奉着殿帥高爺差使，查問金鎗手徐寧下落。這幾日他的妻子左支右吾，到要我們替他寬限，可惡得緊。（雜）今日仍復如此，我們竟帶他的家屬回話便了。（雜）言之有理。夥計

呵,(介)

箇儂,全無惶悚,挐去見官司,我無驚恐。

(合)

奔走匆忙如雷似風。

這里是了,叫他開門。(介)(旦)外面什麽人?綉烟去看來。(丑介)(雜)我們就是殿帥府的差人,又來訊問徐教頭下落哩。(丑)還未回家。若一回來,就進衙門了。(雜)好自在性子。他是在官職役,假也不告,竟自去這幾日?今日我們不便空回帥爺的話,要借重姐姐到衙門裏,回一回官府哩。(丑哭諢介)(雜)哭也没幹。(縛丑。丑諢介)(旦)二位不必如此。他是使女,不知緣故。既要家屬,我自去罷。(雜)你是職官之妻,我們非奉殿帥鈞旨,不便拿你。只要他去,回回罷了。(旦)他年紀小,不會説話,專望二位周庇。釵子一股,少伸一飯之敬。(雜)只要他去回回官府,脱了我們干係。釵子不敢受。(旦)微物不堪,定要二位收了。(介)(雜)既是徐奶奶再三説,我們權收着罷。(介)(旦哭介)綉烟,你好生去回一回就來。(丑諢介,同雜下)

【前腔】(旦)無端禍,無端禍,教人怕恐。梅香去,梅香去,我心慌懵。喉嚨,呼呼氣聳。此去事如何?愁懷萬種。

我那相公呵,你若再不歸來時節,

怎當他官法如爐,要把我這裙釵煅鎔?

【尾】無端失甲遭官訟,惹得門庭禍事叢。願只願疾速歸來吉返凶。

【集唐】通津一去水漫漫,雲樹深深碧殿寒。

借問梅花何處落,一時回首月中看。

第貳拾齣　心肯　江陽

(二雜仝上)雖然蠻觸争蝸角,也要機權較是非。哥呵,我們假扮車夫,從山后小路上,載得徐寧到此,好費力也。(雜)兄弟,他前日藥酒醒來,若不綑在車上是,實實有些淘氣哩。(雜)也虧李逵、樊瑞一班兒來接應得好。(雜)這都是吴軍師調度得法,以致萬無一失囉。(雜)喂,此老倔强得狠,如何肯降?(雜)大哥自有妙用,不要管他。只是責令我們看守着他,到是一箇重任。(内介)(雜)你看裏邊响動,敢是睡覺醒哩?凡事順從他些便了。(雜)正是。(各立介)

【正宫】【破陣子】(生上)這啞謎教人難想,無窮上下思量。他因甚來由張巨網,釣將鯨鱷起滄浪?我徜徉竟欲狂。

天下事,儘有意料之所不及、鬼魅之所難工者,徐寧是也。你道奇也不奇?徐寧一身落魄,四海空囊,那廟堂之上,必然知我技倆高强,方纔補我一箇教頭之職。及至行行隊隊,鹿鹿魚魚,又無一毫破格之遇。隨班盡卯呢,一般也要我早起晏歸;差遣征防是,絶不記得這向隅骨董。我終朝無事而憾,識者已爲不祥。則這失甲來追,竟墮賊人局計,這也是不可解説的一件奇絶之事了。就是我那湯表兄,他乃一箇延安知寨之子,如何也在賊中?前日路途之上,被他寸寸節節,設計施謀,先把我蒙汗藥醉倒,又把我捆縛在車上。正所謂:"魚遊淺水遭蝦戲,虎落平崗被犬欺。"我只得由他侮弄,亦無如之何耳。及至將到山邊,就有許多兵來接應。到山之後,又將我牢牢鎖禁閑房,緊緊着人看守。這却爲何?我幾番自欲尋死,到底此中皂白未分;意在施逞雄威,其奈手無寸鐵。只得勉强含容,權安寢食,看他作何處置,然後再當酌奪。(介)外面什麽人?(雜)我們弟兄二人,叫做解珍、解寶,就是前日路上假扮的車夫。(生介)既然如此,你開了門,我問你話。(雜)這是宋大哥軍令封鎖的,誰敢擅開?(生)你何不就去叫那宋賊來,我自與他講罷。(雜)這箇使得,我們就去請來。正是:連朝和賊處,反罵賊中人。(介下)(生)趁他不在,我且把這門扇打了開來,再作計較。(介)

【前腔】(末)誰謂梁山賊黨?田横萬古名香。

(浄)

弟兄姑表非欺誑,

(丑)

寶甲偷回秘錦囊。

(雜)

低頭拜不遑。

(各跪介)(生)你等俱是什麽人?(末)小可宋江。(雜)不才吴用。(丑)學生時遷。(浄)愚兄就是湯隆。(生介)湯隆,你是名門子弟,如何作此妄爲?既已自失乃身,何又陷人不義?(介)今日我先與你併一箇死活罷!(扯打介)(浄)愚兄不才,有玷賢弟清白,任憑責治,雖死不辭。(丑)他的尊拳,我是叨得多了,也該湯大哥領教領教哩。(雜)徐將軍且請息怒,聽宋大哥一言,再作道理。湯、時二位,且暫廻避。(生)你有何言,由你自説。這兩箇是我决不饒的。(拿丑,丑叫諢介)(末、雜勸)(浄、丑下)(生介)(雜)將軍不必動怒,此皆宋大哥使他來的,與他二人何干?望將軍寬解。(生)宋江,你嘯聚山林,致煩宵旰,王師振旅,即刻受擒。復有何因,敢來局我?(末)宋江亡命,法在必誅。公輩英雄,屈卑卒伍。若果朝廷之大法小廉,安有遊魂之依山附水?呼統制有破敵奇功,不聞晋加一級;徐將軍既坐縻廩禄,烏能陡上崇階?大丈夫片言好合,可贈頭顱;幸足下卵翼餘生,曲全首領。江等之願,不過如此。請將軍裁之!(生)你們這些説話,我竟一字不明。(笑介)這也可笑得緊!(雜)朝廷差了呼延灼前來征勦,他用一箇連環甲馬陣,十分利害,非將軍之鈎鐮鎗不得破此。是以轉展用計,特請將軍到來,意在同興大義,破此陣圖。幸將軍憐而許之。(生)好胡講!我是朝廷命官,豈肯反戈事賊!(雜)吴用雖不才,嘗聞"賊仁者謂之賊"。目今蔡京當國,斥遠忠良;童貫逢迎,大興土木。日役萬人而開艮嶽,從無一德以惠斯民。高俅厮役下流,公然職居殿帥;將軍一時俊傑,反隨卒伍紛紜。我宋大哥義薄雲天,仁流四海,暫時借境權宜,志在替天行道。所謂"皇天無親,惟德是輔;良禽擇木,義合即安"。望將軍鑒察。(生)你的利嘴雖能,我則此心不二,休得胡講。(末)將軍死守忠貞,極是正理。只恐此番歸去,皂白不分,反是宋江有累忠臣義士了。今有一箇不必將軍分剖的捷徑在此,湯、時二兄弟何在?

(浄、丑捧持刀、甲上介)(末)將軍之甲見在,宋江之刅新型。乞將軍先殺宋江,後及合山頭領。一則贖了引誘入山之罪,二則持此信物,歸報朝廷,或者將功折罪,免了許多疑惑。(生)你不害我,我怎殺你?不必如此,好好送我下山去罷。(末)將軍差矣!將軍乃是帥府官僚,豈可竟從山賊寨中回去?那呼延灼已得大功,猶差監軍督戰;徐將軍去來逸豫,難逃衆論參評。若再以婦人之仁,悠柔不决,定當死書生之筆,怨恨難伸。固曰將軍捨生取義,死等毛輕;實怪朝廷索疵尋瑕,誅求不已。况江等死于呼延灼之陣中,不過戮一敗殘賊首;死于徐將軍之劍下,獨無得一義俠美名?實出至情,毫無别念。(哭介)(生呆立介)如此說,取刀過來。(末取浄手中刀,出鞘授生介)(生看刀,大哭介)罷了,罷了!我徐寧一生忠孝之熱腸,萬丈豪雄之氣節,却被汝等所賣也。天呵,我的此心,今日已矣!(介)哥哥請起,徐寧在此教授鎗法便了。(末、雜起介)(浄)湯隆還求賢弟發放。(生)這是前生孽障,也說不得了。(丑)時遷呢?(生)汝是山寨之功臣,却壞徐寧之品行,我到底有些怪你。(丑)敢是還要借重幾拳麽?(各大笑介)(末)分付忠義堂上大排筵席。(浄、丑下介)(生)連日呼延灼兵馬如何了?(各坐介)(末)

【玉芙蓉】連環甲馬强,鬱鬱中心怏。奈倉皇失措,舉止無方。惟有鈎鐮秘法堪衝擊,只得拜請英雄共一堂。

(合)

人欽仰,是當今棟梁。暫依棲,水洼之内待招降。

【前腔】(雜)三家村店鄉,學究兒童講,最蕭條寂寞,咬菜含薑。筭不得明良際遇風雲會,也只是一諾千金萬死償。

(合前)

【前腔】(生)平生志氣剛,忠孝時時講。到而今失足,萬劫難償。

(哭介)

我把箕裘世業從兹改,琴瑟夫妻甚日雙?

(合前)

(末)不用悲傷。尊夫人處,自有商量完聚之法也。

【前腔】(末、雜)將軍不用傷,莫惹悲秋悵。管夫人無恙,永效鸞凰。

(生)

只恐一時風影成羅織,等不得漾漾悠悠定短長。

(合前)

【集唐】(生)虬髯顴頷羽林郎,(末)玉塞含悽見雁行。

(雜)料敵知機在方寸,(合)天府由來百二强。

第貳拾壹齣　秋砧 支思

【正宫】【喜遷鶯】(小旦)秋風若爾,聽蟋蟀綢繆,征鴻遷次。紅蓼傷心,丹楓在目,一般景況當時。雲壓聲低不斷,烟迷路杳難指。衾似紙,怪黄花雨過,偏惹香颸。

[轉應曲]銀燭銀燭,錦帳羅幃影獨。離人無語消魂,細雨斜風掩門。門掩門掩,數盡寒城漏點。　奴家胡氏,自從丈夫去後,不覺兩月有餘。邊關不遠,如何音信杳然?節到重陽,要寄征衫莫滯。秋砧夜搗,乃井臼之常經;針指親裁,問衣裳之寬窄。婆婆與使女輩,俱在房中絮綢被襆,打叠寒衣,就要差人寄到邊關上去。還有幾件應該濯浣的粗重衣衾,奴家只得乘此月明,消磨長夜。(搗衣介)

【普天樂】到重陽,天如此,看皎月盈虧還獨自。王家事臣誼難辭,親所在子道宜之,一般兒都做不得旁人視。

我婆婆呵,

難説箇悔教夫壻侯封侈,

就是奴家呵,

也難説衾枕情思。你聽金井聲如矢,問梧桐此際,葉落難止。

你看一天夜影,萬户砧聲,過雁欺雲,澄波印月,好不凄慘人也。

【前腔】搗衣聲,村村砥,難道都爲征衣相比似?他雖是一樣相思,只怕不似我婆媳時時,寒屈戍綉霜刺。我偷將一雙珠迸秋波紫,勉支吾怡悦陪侍,還要盡心供甘旨,代兒夫温凊,寒暄終始。

【雁過聲】(老旦、雜隨上)冷露欺人不可支,耳聽得砧聲來窺視。

(介)(雜)果然大娘在這裏摠洗衣服哩。大娘,夫人到了。(小旦)呀,這時候婆婆出來做甚麽?可不被風吹了。(老)

看侵肌透體凉風至,恁猶然坐在茲。

(小)

空階寂嫋嫋蚩蚩,是奴家不達時,早早該問寢安親志,反累了婆婆到斯。

(老)梅香,你去把衣服槌洗槌洗,收了進去。(雜介)

【前腔】【又一體】(老)我無眠自有思,更砧聲鐵馬頻頻至,因此上且暫停針線,來卜邊庭事。我孩兒一去許多時,信與音竟且全無片紙。

(合)

明日裏把寒衣來入笥,速寄邊關快把安危視,早願得金鐙鞭敲唱凱辭。

(雜收衣介)

【傾杯序】(合)衰柳新蛩盡一時,薄絮纔初試。想着那湘浦雲門,荻梗蘆花,兩地裏切切凄凄,都到了燈回夢絲。何日得一家團聚,夫妻父子,歡天喜地。對良時,斑衣戲彩理春巵。

【前腔】(换頭)(老)我還思雉子兒,止一身途路無人侍。恐水遠山長,暮暮朝朝,人疲力倦,辛苦難支。

(小)

他兼程向往,肯棲遲風雨去圖安肆?自然的一腔魂夢,情切且孜孜。

【尾】(雜)夫人,你看星移斗轉三更至,休只管閒堦空俟,且進去暗卜燈花把衾枕支。

【集唐】萬籟此俱寂,波澄雁影深。

懷君屬秋夜,無處不傷心。

第貳拾貳齣　教鎗　齊微

【仙吕入雙】【字字雙】(雜)自小生來不敢欺,

(雜)

淘氣!

(雜)

爲嫖爲賭爲遊嬉，

（雜）

華麗！

（雜）

看看做到癩光皮，

（雜）

不濟！

（雜）

投入梁山且臊脾，

（雜）

我就無忌，無忌！

列位，作揖，作揖！喂，老哥，我們都是梁山泊上僂儸。自從宋大王佔了山寨，著實興頭得緊。近來被一陣連環馬殺得大敗，好生喪氣。大王請得一位徐教師，教我們習學這箇鈎鐮鎗法。（衆）這鎗不知破得連環馬否？（雜）想來不差，决定破得哩。（衆）呀，你看徐教師來也。

【海棠春】（生）雖然義氣堪捐靡，難剖决熱腸如沸。生死在毫釐，順逆成臧否。

難説情知不是伴，並非事急且相隨。那堪一語侵肌骨，撇却妻兒不皺眉。我徐寧一腔心事，難與人言，咄咄自知，縈縈不已，好不痛傷人也！（衆）僂儸弟子們叩頭。（生）怎麽叫做僂儸弟子？（衆）對新來頭領，該叫大王；論教演金鎗，應稱師父。所以稱爲僂儸弟子。（生淚介）我聽了這些説話，更覺難爲情也。以後不必這般稱呼。（衆）以後稱呼什麽呢？（生）隨便罷了。（衆）曉得。（生）連日教的鎗法，可熟了麽？（衆）還未大熟，再求指點。（生持鎗作勢）（衆學，隨意諢介）（生）這鎗原有兩項用法。（衆）那兩項用法？（生）若在馬上用，須從腰胯裏做步上來，上中七路，三鈎四撥，一捌一分，共使九箇變法。（衆）若是步下使呢？（生）步下使時，先使八步四撥，蕩開門户；十二步一變；十六步大轉身；二十四步那上攢下，鈎東撥西；三十六步渾身蓋護，奪硬鬭强。此是鈎鐮鎗的正法。(衆)我們愚蠢,記不得這許多身法,仔麽好?(生)這也不難。我另有歌訣四句,傳與你們,念熟了歌兒時節,自然容易哩。(衆)這箇好得緊。(生)這歌訣云:四撥三鈎通十路,(衆念介)(生)共分九變合神機。(衆念介)(生)二十四步那前後,(衆念介)(生)一十六翻大轉廻。(衆學,諢跌笑介)(生)大凡習學技藝,須要專心,不可嬉戲。倘或宋大王到來,不當穩便。(衆諢介)(生)你們兩邊站開,待我慢慢教舞一回,須要静静的看。(衆介)

【二犯江兒水】(生)這是軍中長技,摧堅似拉蟻。看明分暗撥,九轉三圍。謾盤旋把門四啓,上蓋緊齊眉,腰肢不可移。變應憑機,訣竅宜知,敵他人又還須防自己。心兒要齊,眼須精利,再不可亂紛紛脚手迷。

(雜)宋大王到。(末)來看教演新鎗法,還慰將軍大解願。將軍拜揖。(生)哥哥拜揖。(末)傻儸鎗法如何?(生)也好了。(末)宋江今早打發湯隆輩,潛往京中,迎請尊政夫人去了。(生淚介)荆妻之念,到也不必提起了。衆人過來。(衆介)(生)你們各把鎗來,舞與大王看。(衆介)(末)我們憑高而坐,方纔看得親切。(生)言之有理。(生、末高坐介)

【前腔】(衆)潛心詳記,須把門户重重啓。鈎鐮滋味,全在槊繳分離。上三鈎下九提,初學未精奇,經綸應不齊。動止休移,起倒毋欹。切記着未迎頭先顧尾,馬軍胯低,步軍高臂,略差遲望將軍再指迷。

(末)好!演得如法,各各有賞。(介)此皆將軍之賜也。(生)不敢。(末)出兵之期不遠,還望將軍盡心教導。(生)這箇自然。衆人擺齊隊伍,送大王爺回大寨去。(衆應介)

【清江引】(合)變奇開合紛如綺,節奏成連理。穿揚不筭奇,運用何如你,早看取破連環雪舊耻。

【集唐】寶劍值千金,恩叨醉酒深。
滄海得壯士,能忘遲暮心。

第貳拾叁齣　證甲　魚模

【仙吕入雙】【孝順歌】(浄上)張宏網釣巨魚,驪龍頷下去探明月珠。

湯隆奉着哥哥將令,來此東京,迎請徐家嬸子。一路行來,已到東京地面了。

我這心内漫躊躕,展轉還增懼,營營道途。

倘或徐家嬸子聲張起來,不是當耍哩。

我這心内乘虚,更且千般憂慮。

雖然如此,不可太自煩了,

我也還靠着元帥軍師,福庇安然逸豫。

來此已是徐家門首了,不免叫門則箇。(介)裏面有人麽?

(旦)是那箇?(浄打門介)是我。

【前腔】(旦)他敲門緊我脚步迂,敢是綉烟到家心力劬。

可是綉烟麽?(浄介)不是。(旦)是誰?(浄)開門就知道了。

(旦驚介)

不是綉烟吁,聽他聲音頗驕倨。

(浄介)快快開門。(旦)

爲甚頻呼?我更心忙計徐。

我這裏呵,

再三聒絮,他只是左右支吾,我還慮蕭墻變虞。

罷,罷!雖有他虞,也説不得了。(介)呀!原來是伯伯。伯伯,那偷甲的追着了麽?(浄)追着了。(旦)相公呢?(浄)裏面説罷。(旦介)伯伯萬福。伯伯請坐。(浄)嬸嬸拜揖。嬸嬸自坐。

(旦)相公怎麽不來?

【江頭金桂】【五馬江兒水】(浄)嬸嬸,你且憑吾分訴:那偷兒膽氣粗,他是梁山黨類,借甲施謨逗英雄共一途。

(旦)這等説,乃是梁山賊人,賺我丈夫去了?(浄)如今表弟呵,

【柳摇金】已入萑苻,把義旗高樹。

(旦驚介)(浄)

特特的命我前來迎遡。

(旦)我丈夫是箇有氣節的男子,怎肯做賊?奴家只是不信。(浄出甲介)這不是甲也在此?(旦大哭介)呀,果然寶甲在此,我那相公呵!你從前志向,那里去了?(浄)

氣節規模,爲他們高高下下卷更舒。

【桂枝香】(旦)聽伊言堪怖,更且堪真堪怒。我暗暗嗚,做不得裙布荆釵婦,到不若黄泉一命殂。

(浄)嬸嬸不用愁煩,速速分付綉烟,一同上山去罷。(旦)奴家寧死在此,决不去的。况且綉烟不常帥府拘問相公下落,今早又傳去了,此時還未回來哩。

【前腔】(雜押丑上)朝朝暮暮,奔波在路途。

(丑)

我是徐家使婦,不是奚奴,却原何匐且匍。

(雜)到了。(旦介)綉烟來了麽?(丑介)呀,湯伯伯在此。伯伯,我家主何如?須教他歸來休悮,你看這押解公差咳吐。

(雜)你不整治酒餚款待我,有這許多閒話!(看浄介)你是什麽人?

你把姓名自呼,不許你藏藏隱隱支也吾。

(浄)

我是梁山前部,不怕你這東京巡捕,我竟躍鋸鋙。

(雜叫)有賊!(浄殺雜介)(丑、旦抖倒介)(浄)嬸嬸,

你若不登程去,只這官司你自圖。

(旦、丑哭介)湯伯伯,你害得我們好苦也!(浄)並没甚苦。你們换了男粧,趁此薄暮陰天,同我混出城去。城外白勝、時遷,備有車輛,一直載上梁山,夫妻完娶,有何不可!(旦哭介)(浄)事不宜遲,速速改粧去罷。(丑)娘娘説不得了,官司逼迫,又殺公人在家裏,左右該死的了,莫若且上梁山,見了老爺,再作道理。(旦哭介)天呵!這是那里説起?(丑推介)(旦)可憐荆布女,强入虎狼群。(旦、丑仝下)(浄)他們改粧去了,只恐少頃地方知之,報到官去,那官兒自然即刻差人追捕,倘或被他拿住,如何是

好?(想介)哦,有了!我不免就將血布團兒,題詩四句,在於壁上,只説徐寧自己歸家,殺了公人,私領妻奴,逃入梁山,落草去了。總有捕人追緝,他只認緝徐寧,焉能想得到我。況且車輛已在城外,一上車兒,就不妨哩。有理,有理!(寫介)徐寧徐寧,殺死公人。梁山聚義,直搗東京。(看介)妙計,妙計!果然萬全無遺也。孀孀、綉烟快來!

(旦、丑改扮男粧仝上,行介)

【園林好】(合)戰兢兢喉嚨咽嗚,遠迢迢何方路途。火速奔馳如弩,須早出免躊躕,須早出免躊躕。

(介下)

【前腔】(雜)睡沉沉清晨出途,做常工辛勤莫惡。

自家原是徐家做工的,這幾日主人不在,覺得安閒了些。昨夜一夜,再睡不着,今早起來,不免前去望望。(介)呀,不好了!殺了一箇人在這裏哩!(大叫介)四鄰八舍快來!

(雜、衆介上)喊叫驚鄰舍,誰家起是非?爲什麽這等亂嚷?(雜)不好了!殺箇人在這裏了。(衆介)果然殺了一箇人了!(各看介)壁上有字。(介)"徐寧徐寧,殺死公人。梁山聚義,直搗東京。"(衆)不好了,不好了,徐寧反了!我們擡了屍首報官去!(雜)又來了,屍首可是移得的?(雜諢介)移不得,下齣戲文仔麽做?(各擡介)

並不是移屍干怒,也只是戲文場用掃除,戲文場用掃除。

【集唐】辰起動征鐸,鐘聲出比林。

東門一條路,已斷去來心。

第貳拾肆齣　逼戰　皆來

【南吕】【上林春】(外、雜隨上)甘羞巾幗真無策,徒浩嘆雲愁霧靉。堪悲一箇欽差,蹙斷兩眉不解。

青海長雲暗雪山,孤城遥望玉門關。黄沙百戰穿金甲,不斬樓闌誓不還!呼延灼欽遵王命,收捕梁山,已得頭功,早揚露布。無奈邇來狡賊藏形，堅守不出；又兼一箇欽差督戰，風雨追呼。到教我首尾牽泥，進退沾滯，真正好悶人也。

(副浄介上)欽差不可輕，督戰心頭顫。他未動刀鎗，我竟無針線。(雜報介)欽差老爺到。(外接介)欽差公請坐。(副)呼將軍，戰期的在何日？(外)他只死守，尚未有期。學生正在這裏愁呢。(副)將軍差矣。朝廷差你收捕幾箇草寇，你竟歲月久延，逍遥河上，是何道理？(外)欽差公，你是目擊的，他不出戰，四圍都是水鄉，路徑又且叢雜，設使一時倉卒亂動，略有差池，咎將誰諉？(副)殿帥軍法，不比尋常。將軍這裏，也該通達通達方好哩。(外)呼延灼但知奉命討賊，少不得報捷朝廷，歸功殿帥。那通達之言，不必提起。(副介)這也悉憑將軍裁處。只是小弟既在這裏共事，不得不言耳。(外)承教了。(各介)

(雜介上)賊將傳書檄，軍門聽指揮。禀爺，賊營下書在此。(副)下書人呢？(雜)他是船上飛箭射來的。(副)你就該一箭射殺他纔是。(外)“兩國相争，不拒來使。”這也不必。(副)他竟是一國了麼？(外)比如這等説。(副介)(外)好了，有了戰期了。(副)幾時？(外大叫介)不好了！(副驚躲諢介)將軍仔麽這等大叫起來？(外)罷了，罷了！(副驚問諢介)(外)犬子無知，前來探望，却被奸賊賺入營中。他今書内，挾此奇貨，要我投降。(嚙指介)罷，罷！我那兒呵，爲父的顧不得你了。我與此賊，誓不同天矣！(副)令郎在彼，必定相安的了。(外)欽差，你説那裏話？(副)不是這等説。朝廷公務、父子私情，都要盡些哩。(外氣死介)(雜叫復甦介)(外)皇天后土呵，須鑒我呼延灼的忠心也！(副)不拒來使之情，賊人自然感激，令郎决然無恙，請將軍寬心。

【紅納襖】(外)好教我氣填胸叫不開，好教我恨難平魂不在。

(副)魂在令郎那邊。(外)

固雖是兒女情心内哀，豈不識軍國謀關成敗。

(副)早些出兵，收了賊寇，令郎不必來了。(外)

領三軍又誰肯將品行乖？論兵機須索要把形勢解。若只管勇往前奔無筭也，倘使辱國貽譏禍怎排？

【前腔】(副)老將軍,你抑王師久淹留歲月乖,全不念耗芻糧暗把那經費揣。今日呵,又添箇兒女親牢掛懷,再休説功令嚴忙奏凱。

(外)你不用多説了。“將在外,君命有所不受。”誰要你管!(副)好,好!説得有趣。

慢説箇掌兵權又何愁君命來,只我這督催臣將甚語對元帥解?我曉得了,你不過公務、私情兩下裏委决煩難也,因此上進退遲疑費忖裁。

(外)罷了,罷了!你只看這:

【集唐】(外)戰士連營候鼓鼙,(副)浮雲不共此山齊。

(外)玉關西望腸堪斷,(副)草色青青送馬蹄。

第貳拾伍齣　驚鎗　真文

【正宮】【七娘子】(小生)遍山鼓角隨風緊,映秋聲亂蛩四嚚。海燕東歸,湘鴻南去,那堪情緒如攢刅①。

[重叠金]平波不盡蒹葭遠,清霜半落沙痕淺。烟樹晚微茫,孤鴻送夕陽。梅花消息近,試向南枝問。記得水邊春,江南别故人。　小生呼延理,悮入賊巢,被羈兩月。每誉死計,只因父母留連,欲望生全,無奈歲華荏苒。天呵,不知爹爹出兵如何了?這幾日見那來往僂儸,頗多喜氣,難道官兵有些不利不成?我欲少那一步,探箇風聲。他却防範甚嚴,不移瞬息。(内大吹打介)呀,你聽這一派樂聲,儼是得勝回軍的模樣,越發令人消魂也。

【山漁燈】聽一派簫韶似雷霆震,使我逆旅羈囚,擾亂方寸。西風緊,雁影繽紛,雲迷遠村。痴心望將軍戰勝山魈盡,膚功奏捷報明君。

那時節呵,

歡欣,

即使我就死於此地,也便罷了,

何妨命不存。但願得雙親晝錦精神爽,怎顧得妻子眉顰夢弔魂。甘消泯,更汪汪淚頻。還只怕親愁妻苦,好教我鬼焰燐燐。

---

① 應爲“刃”。

(雜捧酒食上)僂儸僂儸,邏哩邏唆。金鎗熱鬧,槊撥推拖。小將軍吃飯。(小)你爲何這等快活?(雜)小將軍,你不知道。近來我大王請了一箇教師,教演一種鈎鐮鎗法,説道惟有此鎗,可以破得連環甲馬。適纔我去偷看一回,果然舞得有趣。(介)哪,你看,這們叫做“撥”,(介)這們叫做“槊”,(介)還有一箇什麽“大轉圍”。(將小生旋倒,諢介)(小)這等説來,此鎗可教熟了?(雜)熟了。(小)幾時出兵?(雜)只在早晚。(小介)(雜)小將軍,我還聽得説,這一遭殺退了官兵,就該宋大王接頂宋朝的皇帝哩。(諢介)(小大叫介)呀,不好了,不好了!老天,你何苦助紂爲虐,一至此也?(雜)小將軍不要狗頭狗,且吃飯。(小)我不吃了。你的是賊飯,我怎肯吃?(雜)又來了。這兩箇月,想必是家裏帶來的?真好没要緊,吃罷。(小大哭介)(雜笑諢介)小將軍不要着惱,宋大王再三分付,叫我僂儸小心當值。若小將軍一有差池,我這僂儸的狗命就休矣。(介)小將軍要吹要唱,雙陸象棋,踢球射箭,頑耍的人,小的都去請來,與你頑耍頑耍,快活快活,何如?若好男風,小的粗粗,也好用得。(小)我的爹爹呵!(雜介)你要爹爹?這箇不能勾。我這裏人,都是没爹娘的。(介)打嘴,打嘴!是我忘了,領兵將軍,是你家父,什麽金鎗不金鎗,該打這張嘴。(介)小將軍,不妨事,那舞鎗的不過是耍子而已,不妨不妨。(小)你曉得那教鎗的是誰?(雜)是箇齊整漢子,只不知他姓甚名誰。(隨意諢介)(小介)

【朱奴兒】是何人把金鎗教引,這機關令人難忖。生瑜生亮又何因,空辜負甲馬紛紜。我家君,他求仁得仁。

呼延理呵,你今番不得活了!

忠與孝須要存方寸。

(雜)小將軍不肯吃飯,且吃了這壺酒。(小不採介)

【尾】(雜)小將軍,你欲生欲死難詳盡,再休得自家謙遜。也還看勝敗完全定舍存。

【集唐】(小)北風吹白雲,(雜)臨觴一送君。

(小)胡笳在何處,(雜)孤客最先聞。

第貳拾陸齣　敗奔　桓歡

【越調】【水底魚】(内鳴鑼擊鼓,副浄跌諢介)呵呀呀,不好了！手足蹦躪,心中烈火攢,渾身臭汗,跟斗滿街鑽,跟斗滿街鑽。

我李保兒好端端做箇虞候,也就勾了。又是什麼高殿帥的好意,叫我來做了一箇欽差督戰的官兒！這箇官兒名色,不過是趁錢的道路。我又做出許多威福來,今朝也催他出戰,明朝也催他出戰,那曉得這些梁山草寇恁般利害。連環馬呢,被他破了;呼將軍呢,敗下去了;官軍將校呢,殺的殺了,傷的傷了,走的走了,降的降了。就是我同來的幾箇跟役,一箇箇都不見了,如今怎麼處？(内喊介)(副跌諢介)叫我躲在那裏？(介)即使逃得到京,怎麼回覆殿帥？(介)不要管他,我只説呼延灼的兒子見在賊營之内,他就結連山賊,故意假敗官軍,如今入伙去了。(介)不好,不好！倘或老呼也逃到京,對起是非來,這却怎麼辯得他過？(介)我有一箇道理在此,先往沿途州縣,告破情詞,使他不得到京。他就有口不能分訴哩。妙計,妙計！咳,李保,李保,你好苦也！

【前腔】淚滴湍湍,心虚腿更酸,欽差天使,頭往褲中鑽,頭往褲中鑽。

(介下)

【前腔】(雜上)濟濟桓桓,朝歡暮又歡。梁山好漢,莫作等閒觀,莫作等閒觀。

自家史進,蒙大哥將令,扮作鄉民模樣,在此等候呼延灼敗陣來時,賺他卸去衣甲,收他兵器,然後慢慢用計,説他上山入伙。你看這裏百姓逃亡,人家冷静,好不悽慘人也。

【前腔】看這村舍心酸,踈林潰水瀊,將軍到此,卸甲且除冠,卸甲且除冠。

【集唐】須就桃源問主人,燕王臺上結交新。
東還西去都無計,風雨林中有鬼神。

第貳拾柒齣　胎穿　寒山

(外不全衣甲、一鞭跛足介上。内喊介)(外)罷了,罷了!我呼延灼一世英雄,半生事業,今日休矣!

【越調】【祝英臺】你聽這殺聲長,追逼緊,我狼狽狠難看。天倚白雲,人頹浩氣,自慚專閫登壇。

高殿帥呵高殿帥,你若不差這督戰的監軍,我也還要細探箇虚實。我今日裏呵,

無顔,雖是我辱國貽羞,也是你把軍情牽綰,因此上壯心灰,彼此嫌疑冰炭。

固雖這等説,但監軍撓制,兒女牽纏,兩件也都不偏廢。兵法之所最忌者,是箇"驕"字:我倚着戰勝餘威,又欺他水洼鼠輩,未免有些驕志。又忌者,是箇"憒"字:我爲兒子羈囚,監軍聒絮,也難説箇不憒。呼延灼,呼延灼,你不可竟説非戰之罪也。

【前腔】(第二换頭)我驕悍,英雄氣,兒女情,同牽更同挽。

你看這雙鞭失了一枝,欽賜的馬却被鈎鐮鎗鈎倒,拿獲去了。我的腿上中了一箭,又經步戰百十圍合,方得突陣而出,連夜奔逃,不知走了多少崎嶇的路徑,

你看我這跛足將軍、單鞭元帥,好叫人自省何安。

(内喊介)咳,來了這許多路,

他還追趕,

我却實實難行,多分死於此也。

可憐舉步維艱,勢必有家難返,更且腹中饑,須尋箇旅店求餐。

店家有麽?(介)仔麽竟没一人答應?

【前腔】(第三换頭)疏懶,竟蕭然不見人聲,一任語僝僽。

是了,是了!兵馬交鋒,人民逃散,只剩得些空屋荒村在此哩。

可憐可憐,烟冷厨空,人離家散,征人回首心寒。

(雜史進上,探介)(外)好了,有人來了。咄!漢子!

我相煩,

(雜躲介)(外)漢子不要躲,

我是敗陣將軍,志在一餐茶飯。

(雜介)我這里人都没了,那里有飯?(外)

你且近前來,

(雜欲下介)(外)

不必退後趨前凝盻。

(雜)將軍敢是梁山好漢麽?(外)我是朝廷命官,不是梁山賊寇。(雜)既是朝廷命官,如何没箇人兒隨侍?(外)從人都已逃散,單單留得下官一人。昨與梁山賊寇交鋒,一時失利,敗陣逃生,連夜走了許多險路。如今腹中饑餓難當,要你尋些飯吃;更兼腿上着了一箭,行走甚艱,有馬替我僱上一匹,多與你錢。(雜)你又來了。人都没了,還要説馬?或者要飯尋些你吃。只是一件,你是梁山泊的對頭,倘或到我村中吃飯,被那賊人得知,不當穩便。依我愚見……(外)依你待怎麽?(雜)依我竟把這些衣服兵器去了,扮作我們一般模樣。吃飽了飯,走出前村,到了别的官府那裏,怕道没有衣服、兵器、馬匹與你?(外背介)説到説得是,只怕此人騙我,墮彼奸計耳。(介)罷!我家國難歸,死生何慮?由他便了。(卸甲棄鞭介)

【前腔】(照三换頭)我休憚,筭將來家國難奔,卜甚否和安?

(雜代卸甲介)(外)你要這甲,就拿了去罷。(雜)鄉里人家,要他何用?(外)

寶鍔雕弓,唐猊狻鎧,不蒙田畯回看。

(雜將石塊打甲介)(外)你打他怎麽?(雜)上面一箇金環兒好,打他下來,與孩子們頑耍頑耍。(外)

闌斑,任他獸面金環,却與頑童等閑輕慢。

我把這件戰袍,换了你這一件衣服。(雜)不要,不要!你的衣服,我穿不得,要他何用?(外)獃子,這帶上金子,還勾你做財主哩。(雜)這等,我送你這件衣服罷。(外)好,難爲你。(介)鞋子一發换换。(雜)我穿甚麽?(外)我的靴子把你。(雜笑介)你這箇人,竟是一箇瘋子。(外)仔麽我是瘋子?(雜)你見鄉里人曾穿靴子不曾?(外)衣服既已換了,自然靴子、帽子,都要換哩。(雜)還要帽子?(外介)我這箭溜子是赤金的,與你買了這頂帽子、這雙鞋子罷。(雜)恐怕不值。(外)一百雙鞋子、一百頂帽子,也勾買哩。(雜)這等,我光了頭,赤了脚罷。(介)(外淚介)

痛傷心,這都是敗陣將軍公案。

(雜)好了,這遭和我們一般了。快快去吃飯,連夜好走。倘梁山巡偵的知道了,不便得緊哩。(外)正是。

【集唐】(外)道路本無限,(雜)攄情一送君。

(外)亂山啼蜀魄,(雜)樵唱有時聞。

第貳拾捌齣　弔甲　先天

【南吕】【哭相思】(生盔甲上)日夜思維千萬轉,對衾影顏猶靦。聽得連環甲馬輪,越教我難舒卷。

豫讓報恩空添影,荆卿任俠豈成名?誰言人事蓋棺了,萬劫賢奸正未明。我徐寧只因一言義激,遂致永墮深淵。今日宋大哥得勝回軍,呼將軍愴惶敗走,我這水滸寨的功臣,真正萬年遺臭得成了。我今備一小酌,邀請公明兄來,了我一宗未結的心事。(淚介)我那祖宗呵,你好端端留這一副雁領寶甲,害得子孫好苦也!甲呵甲,你又害得我徐寧好苦也!論將起來,我當把你撇在大海中央,壓在泰山底下,直到天番地覆之時,石爛海枯之際,你再出頭,我却名滅,這纔是我與你永遠參商的始終下落。奈何徐寧痴情未已,你的夙孽尚存,我和你歡喜冤家,索性到底,所以今日又將你來紮掛停當,做箇碧落黄泉,生死銘耳。

(雜介上)禀將軍,宋大王到了。

【前腔】(末)一戰功成兵革返,休驕縱須循勉。固知順逆成褒貶,這答裏難柔軟。

(生接介)(末)得藉將軍妙術,少存山寨餘光。正當灑酒酬功,反辱先施寵召。(生)滿腔心事,難與人言。血淚徒傾,從今飲畢。(末)將軍愛此寶甲,閒暇尚爾不忘。異日功勒旂常,正切當時砥礪。(生)哥哥請坐。(末)將軍坐。(生)此乃哥哥之山寨,哥哥之酒餚,徐寧不過借此一滴醇醪,痛訴滿懷怨恨。我們英雄本色,不比尋常;義俠勸酬,何拘格套?哥哥坐了,從人行酒,更取巨觥來。(生介)

【梁州新郎】【梁州序】人生無辨,萬殊千變,轉眼蜉蝣風電。是非成敗,却教熱火熬煎。我共伊英雄入彀,笑底三生,不比尋常腆。片言生死也,理當然,何用支離問醜妍。

【賀新郎】(合)情意好,合歡讌,且開懷暢飲休辭倦,明日裏,再酬勸。

【前腔】(末)茫然難測,不同如面,屈曲盤旋縈練。分金刎頸,古來幾箇情聯?若只春風滿座,過耳雲霞,自顧顏應腆。從兹斬斷也,世情緣,向這海角天涯道替天。

(合前)

(生介)哥哥在上,徐寧一言相告。(末)將軍有話,只管請教。(生)哥哥,你知徐寧今日紮甲的緣故否?(末)不知。(生)這甲呵,(淚介)

【太師令】是祖宗傳,况有先人願。我父臨終之日,勉徐寧博箇紫綬貂蟬,誰知今日反做了梁山丁健。

(末)將軍何出此言?諒來也不是箇丁健。(生摇手介)哥哥,不是徐寧放肆説,就是大王呵,

又何曾晝錦田園?

(末)少不得等待招安。(生笑介)招了待怎麽?

縱然的招安天眷,也只好裹頭蒙面。

(末)不要自己太卑污了。(生介)

果是威風鮮,把青蠅玷瑄。

【刮鼓令】更堪憐簡編千載罵綿綿。

(末)宋江已差燕青、柴進、朱仝、雷横一班兒,陸續進京勾當去了,不日定有好音到哩。

【前腔】(生)去暗投明誰不願?也只覺無因值前。

(末)招安了,少不得要替朝廷出力,圖箇蔭子封妻,名垂竹帛耳。(生介)

要封妻蔭子圖歡忭，番博箇咳吐千年。

(末)依將軍待怎麽？(生)徐寧焉敢責望他人，不過我行我志便了。(末)怎麽呢？(生)徐寧今日呵，

别仁兄説明前件，任吾行望哥哥休留戀。

(末)敢是要往那裏去麽？(生)

你看這清平世何方可遷？

(末)這等要怎麽？(生)

惟有一坯黄壤且從權。

(末)又來了！宋江已令湯兄弟輩前往東京，迎請尊嫂，想必時下就到。正圖夫妻完聚，招撫投誠，做箇王家梁棟，何以反出此言？僂儸！(雜介)(末)傳我令去，如湯頭領請得徐夫人到此，疾速竟往這裏來，不得少遲片刻。(雜介，下)(生)多謝哥哥費心。只是徐寧呵，

【醉宜春】【醉太平】慢把髯掀，雖只羽林顒領，也隨行逐隊，日侍甘泉。

我好恨也！(末)敢恨宋江？(生)哥哥，你也難説箇不恨。猶可恨者，

是這黄金甲冕，焰騰騰祆火光燃。

我那湯表兄呵，

他胡言，我搥胸頓足怨時遷，

【宜春令】弄得人耳瞑目眩。

(末)你既怨他，如何又將他來紥在身上？(生)今日呵，

正是歡喜冤家甲光人面。

(末)我們在此替天行道，並不害人，心地上其實無愧。(生摇首介)豈有此理！

【瑣窗繡】【瑣窗寒】弄潢池狂矢穿天，是誰人在榻側眠？

我徐寧又與别人不同。(末)何以見得？(生)

教鈎鐮破敵，罪豈能蠲？我朝思暮忖，轉展思維，越令人越生悲怨。

【綉衣郎】淚珠兒正涓涓似川，淚珠兒正涓涓似川。

(生起介)哥哥，你可也再聽徐寧一言，細加剖白，就當一通永訣的誓辭也。(末淚介)將軍快快不可如此。(生)我違背朝廷，甘

心從逆，謂之不忠；有墮先聲，遺羞寶甲，謂之不孝；妻子情深，不復留戀，謂之不仁；感激交情，不能終始，謂之不義。爲人在世，忠孝仁義，四字皆亡，安得不死？（出劍介。末勸介）（生）哥哥，你再近前，我就先殺你了。徐寧一向不在哥哥面前，若要死時，莫説一箇徐寧，就是一萬箇徐寧，早已死了。大丈夫來去分明，死生不苟。若論今日作爲，似乎沽名弔譽，但要表白這番心迹，不得不然耳。（拜介）（末扯介）

【大節高】【大勝樂】（生）從今去永夜綿綿，望仁兄當奮勉，

那呼將軍呵，

他是忠臣報主將功建。

不可太傷殘了他。（末）他的令郎見在山寨，明日宋江親自送他下山，還要勸那呼將軍來入伙哩。（生）又來了！

【節節高】（生）你這招徠法，不竭泉，是牽魂線。將人陷入牢籠圈，碱趺瑜瑾無分辨。你推心致腹效前賢，我捨生取義師狂狷。

【東歐①蓮】【東甌令】（浄、旦、雜、丑上）前生債，夙世緣，劍樹刀山烈火燃。

（末）湯兄弟來得正好，徐將軍要自刎哩。（浄奪劍介。生欲觸堦介）（旦）相公，

你終朝慽慽徒悲怨，這就有三分券，桑榆還可蓋前愆。

【金蓮子】又何必這其間，假瘋癲，生死兩胡纏。

（末）將軍適纔原有四怨，待宋江一一爲你分解。若説得不好，任憑將軍行止便了。（浄、旦）那四怨？（末）將軍説：違背朝廷，甘心從逆，爲之不忠；有墮先聲，遺羞寶甲，爲之不孝；妻子情深，不復留戀，爲之不仁；感激交情，不能終始，爲之不義，此爲四怨。依宋江看起來，都有解説。（浄介）哥哥快解。（末）静聽招安，力勤王事，謂之忠也；去邪返正，不墮先聲，謂之孝也；夫婦重逢，死生相倚，謂之仁也；一心不二，交誼克全，謂之義也。（浄）還是宋大哥説得有理。（末）爲人在世，只要結局收成，安得一帆到底？

---

① 應爲“甌”。

假如將軍要死，何不死於不教鎗法之前，今乃死於已破官兵之後？甘心從逆，抗敗王師，此真不忠。這甲既是先世所遺，又有尊公囑付，即不能勒功彝鼎，亦當以馬革裹屍，乃英雄之碧血，空染盜泉；寶甲之光華，潛埋賊窟。是非未晰，大玷家聲；及至招安，誰申鬼怨？此真不孝。你重甲輕生，先棄荆釵於不測，拋妻虎穴，略無顧盼之恩情，此真不仁。我與你義氣既堅，自當榮辱無間。你若先博了一箇萬載的芳名，自然送我輩一箇千秋的遺臭。聖人云："己所不欲，弗施於人。"將軍呵，你自占雖高，只是有些忍心害理，這也筭得一箇真正不義了。（淚介）（生）我已前半生辛苦，都被你這幾點眼淚悞了，如今還是這等哭。（末、浄、旦仝哭介）（生）罷，罷！還在這幾點眼淚上，苟存性命，再作道理。（浄）什麽要緊，弄得我一身冷汗。（諢介）（生）我到底有些不甘也。（浄）這遭不便再做作哩。（介）

【尾】（生）我恨不斷，情難變，這兩般滋味苦相煎。

（旦）相公，忍耐些罷。（生介）咳，

都爲你這妻子縈縈絮緻綿。

【集唐】（旦）得喪悲歡盡是空，（生）千年魂魄漢英雄。

（浄）夜静林間風虎嘯，（末）更堪回首夕陽中。

第貳拾玖齣　義釋　蕭豪

【中吕】【菊花新】（雜）兒家志氣頗堅牢，寨主仁慈日月高。送出虎狼巢，只怕你參不透許多籠罩。

自家石秀是也。近因呼延灼兵敗，那呼延理終朝啼哭，水米不沾，只要尋死。宋大哥着俺送他前去，令其父子團圓，夫妻完聚。這箇意思雖好，只恐那呼延灼片甲無存，怎生回復聖旨？倘有可説之機，就着我輩勸他入伙。早已先差楊雄去了。我今不免請出呼延理來，趲行前進者。小將軍有請。

【前腔】（小生）他雖義氣十分高，我這節重身輕志肯摇！奮翮出雲霄，到前途吉凶難保。

(介)足下是誰?有勞這般跋涉。此處離山已遠,我自前行,你轉去罷。(雜)在下喚名石秀,亦是寨中頭領。(小)這等一發不當了。(雜)此係大哥之令,必竟要領小將軍見了老將軍時,方許石秀回寨哩。(小)宋公明果是一箇全始全終的漢子,可惜淪落於此。只是我父勤王致敗,必有不測之虞。異日相逢,乃是一箇殺父之敵了。石頭領回山之日,爲我多多致意,説我呼延理恩怨分明,兩不敢廢就是了。(雜)小將軍不必言此,敢請疾速行罷。(各介)

【漁家傲】(小)我塡胸臆怨海恩山一樣高,説不盡此段根苗。看我這伶仃餓殍,當不過刺腸剮肚把心肝弔。

(介)呼延理呵呼延理,

你恁般不孝,既不能虔侍萱堂,復又把嚴親志撓,到不如早赴泉臺一夢遥。

【剔銀燈】(雜)小將軍,你昂藏槩青年俊髦,就是我這梁山泊並不是玷蠅的群盜,看雍雍穆穆,武緯文經曜,你因甚的鎮日裏痛悲哀悼?

若小將軍早依了宋大王之言,勸老將軍握兵自固呵,也到不得這箇田地。

看如今徒勞,把軍情悮了,這都是禍福無門人自招。

【攤破地錦花】(小)你再休言,白地裏將人擾。可不道定數怎逃,忠臣志一死名高。有甚誰是誰非,故把言挑意挑。慢推敲,我心兒不可摇。

【麻婆子】(雜)我與你趲行趲行還瞻眺,前村酒旆飄。枵腹枵腹難前進,人疲飲興高。

(小)

我形衰力怯病肓膏,無窮怨望對誰告,何計堪除掃。

石頭領,你要吃酒,你自吃罷,

我却一滴也難消。

【尾】(雜)小將軍,雖然父子全忠孝,也還須略開懷抱,只看取過隙光陰幻影摇。

【集唐】(雜)旌旆晝飛揚,(小)川霓飲電光。

(雜)歲月人間促,(小)低頭思故鄉。

第叁拾齣　迫夥　歌戈

(雜)此地别燕丹，壯士髮冲冠。昔時人已没，今日水猶寒。我楊雄是也。大哥命我扮作村農模樣，等候呼延灼來時，隨機説他入伙。又着石秀兄弟送他兒子下山，亦在這里遇合。俺這山寨英雄，真好計哩。道言未了，你看呼延灼早來到也。

(外跛行上)我呼延灼好狼狽也！

【南吕】【一枝花】俺可也不禁的呻哦，皇天奈爾何，因甚也能摧挫。單只是壯心終不已，因此上生死慢蹉跎。俺，俺這涕淚交和，不能勾劍澄黑水把蛟宫破，到被他箭劈黄雲將虎翼摩。

咳，天呵！

幾時得遂心苗直坍了泰山巔翠屏千仞，那一會方歇手蓋護了此日婆娑。

俺這幾日改粧避難，被那村莊百姓纏得好苦。今日來到這裏，你看兀突崎嶇，杳無出路，如何是好？(介)

【梁州第七】你看這海風寒雲深霧鎖，山勢狠峯鬼巒魔，儼一似長鰲怪蜃也那從天墮。走得俺神荒力敗，走得俺氣少吁多，走得俺怨沉劫海，走得俺恨滿恒河。只俺這忠孝心千磨不變，最堪憐成敗局一着無那。我、我、我，没主臣倉皇劇苛，我、我、我，難擺佈進退延俄。你只看這跛足傴僂鳩形束裹，教、教這些空山萬木來羞我。

我好恨也！

我恨只恨撥演金鎗的狠刹羅，好教俺吃盡了百種辛，甘受了千人唾。俺如今既做亡家敗國一僬儸，有、有何顔面敢出山阿。

(見雜介)叻，漢子，你可引我一條出路者。(雜介)你是什麽人？説得明白，我就引你出路。(外)

【牧羊關】我是箇避難人情難哆，你只指一箇正途兒莫假訛，俺也不知道去如何，生死奈他何。

(雜)你是工匠麽？(外)

俺不是工匠的流波。

(雜)敢是乞丐?(外)

俺不是乞餘的丐夥。

(雜)畢竟是何等樣人?(外)

俺這里有話難窮底,他那里層層問破鍋。

(雜)你敢是私走的囚徒、脱逃的罪犯哩?(外)罷了,罷了!

俺是箇殺賊人反扭做賊一窩,又不曾入樊籠,先聲着出柙躲。

(雜)看你聲口規模,大樣得緊。(外淚介)

【四塊玉】俺也不氣槩峩,俺也不威風大,俺只是舊規模少琢磨,你爲何的却早也參透了些兒箇。

(雜)你到像箇官兒。(外)

俺這餓殍腔那得有高官做,看你這僻莊農怎識得支離貨,望週全迤逗少瀾波。

(雜介)你看前面有人來了。

(雜、小生仝上)山僻人踪少,天空鳥自飛。(小介)呀,是我爹爹在此!(外介)你、你是呼延理?(小介)孩兒正是。(外、小大哭介)(二雜拱手諢介)(外)聞你陷入賊中,如何脱身虎口?(小)那梁山泊上宋公明極有義氣,自爹爹兵敗之後,孩兒水米不沾,幾番尋死,蒙他好義,差這石頭領送我前來,不期此處遇見爹爹。爹爹呵,你竟頹喪至此。不知母親在家何如?可有信否?(哭介)(二雜諢介)

【哭皇天】(外)我那兒,你父親呵,錦前程登時墮,俺這持循處還只怕吉少凶多。

(小)爹爹陣法精明,技勇兼絶,何以一敗若是耳?(外)

説甚麽成閒部伍分歧路,仔落得玉帳含悽淚雨沱。

(二雜)老將軍何不投了梁山?我宋大哥爲人好哩。(外介)

你是何人敢來説我?

(雜)在下石秀。(小)是石頭領。(外)這罷了,

你是箇村中叟也敢浪唫哦?

(雜)我也是寨中頭領,名唤楊雄。(外介)呀,不好了!

你看這一班魑魅兩箇嘍囉。

(二雜)你説兩箇哪囉？你這一件衣服，還是我史進兄弟身上的哩。(外脱衣介)

【烏夜啼】我盜泉不飲甘窮餓，

(雜)這鞋子、帽子，都是哩。(外介)

俺是箇不染泥沙出水荷。

(外赤身赤脚，小生抱哭，脱衣、鞋與穿介)(二雜)小將軍的，也是寨中之物哩。(外介)兒呵，

你看這椿椿件件，盡是箇腌臢污，到不如赤身露體，逝也隨波。

(二雜)俺大哥隨即要受招安，將軍何不一同入覲？省得兵敗逃歸，又受法司推究。(外)

你這蘇張利嘴儘囉唆，我自卓然不拔飴災禍。

(二雜)既然將軍不肯上山，我們送到谷口，各自分歧罷。(小脱衣、鞋與外，外不穿。小將衣披外身上，同行介)(外)

我寧可把身軀裸，

(小)爹爹足痛，孩兒背了。(外介)

不争交這殘肢跛。

(各行介)(外)

不能勾馬革把尸馱，怎麽反避艱危苦奈何。

(又雜上介)哇！你們甚麽人？(外、衆)我們行路之人，問他怎麽？(雜)我是伏路的探子。(外、衆)探聽何事？(雜)汝寧統制呼延灼投入梁山，目下就要撥兵打仗，所以在此探聽。(外)這話是那里來的？(雜介)見見貼着告示，到來問我？(各介)(外)呀，原來李保那厮，反到過路衙門，報我反叛，以致沿途緝拿，勒兵追捕。(雜)呼！這等看來，有些緣故，不免報官去。一心忙似箭，兩脚走如飛。(介下)(衆)不好了，他去報官去了！

【尾】(外)罷，罷！我前奔後退俱相左，這霎時呵，生死關頭不可磨。

(小)論宋公明爲人呢，儘可交結得，只是名義不正耳。若是爹爹入山，説得他們一同歸附朝廷，不特我們忠節完全，抑且還有廓清山海之績哩！(外)

雖然招撫功非瑣，只覺而今自倒戈。

（内喊介）（小）這箇喊聲，敢是官兵到了？（二雜）我二人迎他上去。（介下）（内大喊介）（外）

你看他勇往前奔不驚不躲，早難道赤手空拳去投毛燎火。

（内又喊介）（二雜持刀并人頭上）二位將軍，今番可上山否？我們借了他的刀，殺了他的人，數十土兵，不留一箇。恐怕前途更有重兵，將軍速速筭計。（外介）兒呵，

你看他殺了官兵，不由人不往山寨中去躲。

【集唐】（外）我心渺無際，君懷那得知。

（小）夙昔青雲志，秋霜脆柳枝。

第叁拾壹齣　卜緤　家麻

【商調】【憶秦娥】（老旦、雜隨上）心驚怕，夢寐游移堪悲咤。堪悲咤，萬里關山，音書停假。

【前腔】（换頭）（小旦）金風漸老聲兒訝，簷前鐵馬將人諕。將人諕，敗葉敲牕，慣偷楞鏄。

[長相思]（老）一重山，兩重山，山遠天高烟水寒，相思楓葉丹。（小）菊花開，菊花殘，塞雁高飛人未還，一簾風月閒。（老）媳婦，你公公久絶音書，我孩兒竟無消耗，如何是好？（小）寒衣已去，遠信將歸。婆婆不必怏悵，且自消遣。

【二郎神】（小）婆婆，你看寒摧瓦，咭叮噹響簷前鐵馬，想起教人魂魄掛。神筊夢簡，盼他鐵蕊開花。聽這霜幕風簾零亂打，打得人如呆似瘂。

（合）

爲甚麽忘家，没信音，更兼悮了期瓜。

【前腔】（换頭）（老）兒家，寒衾自擁，好似鸞孤鳳寡。更逢這白露金波黄葉下，我的愁懷惱亂，萬般心緒如麻。看夜永猊沉珠淚灑，對曉粧菱花生怕。

（合前）

（二雜上）明人問卜盲人測，開眼何如閉眼清。（雜）守門軍士稟

事。(梅香介)仔麽説?(雜)昨日分付傳唤問卜的盲婦人,已唤在此。(梅香介)候着。(雜)是。(梅)禀夫人,問卜的盲婦人唤到了。(老)開了宅門,唤他進來。(梅介)唤你進去。軍士廻避。(雜介下)(梅開門介)(盲諢介)夫人,叩頭。(梅介)我是梅香。(領盲諢介)這是老夫人。(盲介)(梅)這是少夫人。(盲介)(老)不消行禮。與他一箇坐兒坐了。(盲諢介)(老)你是講命的呢,還是發課的?(盲)我是靈龜卜課的。(老)何謂靈龜卜課?(盲)别人灼龜是死龜,我的卜龜是活龜。(梅)活烏龜?有趣!(諢介)(老)既如此,老身要問幾課哩。(盲)不難。待我請出靈龜來就是了。(梅諢介)(盲將活龜一箇放在一木椿上,并鋪設筭課牌子介)(梅香隨意諢介)(盲)請夫人暗自禱祝,隨手取一牌子起來,就有詩句在上面哩。(老、小拜介)(梅、盲諢介)

【集賢賓】(老、小)良人遠出千里家,奈日看歸鴉,好夢雖多占驗寡。望靈龜明指無差,莫要烏焉作馬,詳悉示不須疑訝。

(合)

無戲耍,祭如在至誠非假。

(老取牌介)(盲介)夫人問何事幹?(老、小)問行人。(盲)這等,牌上是行人麽?(老、小)正是。(梅諢介)這箇烏龜靈得有趣,一猜就猜着了。(盲介)占辭上仔麽説?(老、小介)"若問行人,死死生生。一離虎穴,就跳龍門。"(盲)好占語。(老、小)這仔麽解?(盲)先凶後吉之兆。(老)"死死生生",恐非吉兆。(盲)夫人,不是這般解的,説凶到吉哩。後面一句好得緊,不妨事。當中雖有白虎一冲,却得青龍就來解散,不惟不妨,後邊正有好處。夫人不用煩惱。(老、小)這等,還要問一家宅課哩。(盲介)再請禱祝。

【前腔】(老、小)家門丕泰難捉拿,須再卜根芽,禍福災祥神莫啞。

(又拜介)

重稽首慢問靈龜,你是負圖龍馬,指迷途唤回痞啞。

(合前)

(盲介)果是一首家宅課辭麽?(老、小)是。(盲)夫人,你説這靈龜准不准？（老、小介）"家門吉慶"，（盲、梅）這句就好了。（老、小）"妻封子蔭"。（盲）好占語，好占語！恭喜賀喜！（老、小）"縲絏纏身，無窮愁悶。"呀！後邊兩句不好之極了！（梅）夫人不要採他，這烏龜説話，有何憑准？（梅要打龜）（盲奪諢介）（老、小喝介）

【琥珀猫兒墜】（衆雜介上）嚴拘叛逆，没産更抄家，速把妻孥火急拏。

打進去！（各介）（老）你們什麼人？（雜）我們呵，

並非無事到官衙。

（合）

休譁，細説分明，不須亂麻。

（雜）我們都是本州弓健，奉着州爺牌票，轉遵上司來文，特特拿你一干叛逆家口。休得多言，快快上了刑具！（老）我家有何叛逆之罪？（盲介）不好哩，還我課錢，讓我去罷！（介）（雜）那裏走？（盲諢介）（老、小）請問差公，略説一説"叛逆"二字大意，我婆媳二人是箇女流，難道也有罪的？（雜）你家呼統制反背朝廷，投入梁山賊夥，真正叛逆，還説無罪？（盲）我的靈龜呢？（介）（雜推介）（盲跪介）我是靈龜卜課的，不是他家人口。（雜）我不管你，你到官府面前分辯去。（老、小）再問差公，這箇信息出於何人之口？（雜）見有督戰官李保出首，又且親殺土兵。如今總管老爺業早飛奏朝廷，還要發兵擒勦哩。（老、小哭倒介）（梅、盲諢介）（老、小）天呵，這是那裏説起？（老、小上刑具）（梅、盲繩索縛介）

【前腔】（老、小）悠悠漾漾，魂魄早離家，没影風波狠捉拏。

（盲拜介）

我靈龜如嚮不曾差。

（合）

休誇，禍福無門，占之則加。

【尾】（合）無分好歹人多寡，盡數拘拿聽考查。

（老、小）

這都是杯影弓蛇浪底花。

【集唐】(老)獨倚闌干悵望中,(小)自憐羈客尚飄蓬。(梅)驚風亂颭芙蓉水,(合)聚散十年人不同。

第叁拾貳齣　義聚　先天

(末、雜隨上)邊地鶯花少,年來未覺新。美人天上落,龍塞始應春。宋江已破連環甲馬,又喜呼延灼入山,仝聚大義,一面打發柴進、燕青輩進京,料理招安一事。若得聖主寬恩,許我投誠革面,我之志願足矣。

(雜介上)稟爺,呼將軍到。(末)快快起樂。(内作樂介)

(外袍服介上,與末行禮交拜,各坐介)(外)小將屢敗餘生,主帥一時義俠,今蒙過愛,不勝悚惶。(末)宋江不是背反朝廷、希圖抗法,實是有冤難雪,所志不伸。借此一水之洼,聊作苟安之計,即日就有招安之信了。幸將軍鑒之。

【黄鍾】【醉花陰】(外)只聽得大義昭昭情自轉,端只爲冤仇不譾。

那朝廷之上呵,

用了些蛸蝨輩、沐冠猿,好將俺英雄志貶,今日裏原不是圖榮顯。

(末)一杯水酒,聊爲將軍洗塵。(外)衆位豪傑,都求一見。(末)明早齊集忠義堂參拜,今日且盡宋江私敬者。(外)如此説,主帥是山寨之主,小將不敢僭座。(末)豈有此理,將軍新來是客,宋江怎敢放肆?(外)

【喜遷鶯】你可也謙讓虔虔,俺可也寸心中悲喜交纏。情也麽牽,好教人腸迴九轉。

(末)將軍痛飲一杯。(外)

怎下得樂以忘憂痛飲闌,淚且漣,總不是男兒始志,這都是步步隨天。

(末)宋江早已差人進京,勾當招安一事哩。

【出隊子】(外)難得你有心人機謀淵遠,只可也破題兒不好言。忠臣孝子奈何天,義夫節婦誰褒貶,好教俺語塞顏兒腆。

小弟還有一言,須索要問端的。(末)將軍有言,只管見教。(外)

【刮地風】只俺這鐵連環也曾將鐵壁穿,又何曾一陣兒敗走雲烟。你這教金鎗甚日先操演，是何人指撥精研？我還須見斯人較片言，既同堂也須來當面。望元戎把號令傳，令他來先相見。這的是怨和恩痛且憐，盡和盤托出鏡影高懸。

(末)僂儸，去請徐將軍來。(雜介)(外)徐將軍是誰？(末)就是教金鎗的徐武師。(外)原來是他！

【水仙子】他、他、他，技勇全，激得俺烈焰騰騰口怎言，他、他、他，好成功夢圓。俺、俺、俺，壯心兒舒卷，且待他到筵前兩並肩，俺與他英雄可憐。

(雜介上)徐爺到。(外)好，來得好！

好教他早些兒速近前，俺與他親較箇金鎗法好連環健。

(生上，見外介)(外扭生介)(外)

你好箇破敵狠鈎鐮！

(末勸介)將軍不必發怒。今既仝堂相善，怎生又起風波？(外)俺只是不肯甘心與他。(生)將軍不肯甘心，不妨再回朝去，另起大兵，重來交戰便了。(末)將軍不必生嗔，徐武師也休鬬口，聽我宋江一言分剖。(生)敬聽哥哥見教便了。(外)只要説得有理。(末)説到天上地下，總是宋江没理。爲今之計，只有殺了宋江，廓清山寨，二位將軍歸報朝廷，重爲殿上之臣，一洗今朝之憤，這就罷了。(外、生)這是怎麽説？(末)呼將軍不用連環馬，宋江也不用那鈎鐮鎗，徐武師怎得上山？今日見了將軍，武師正該着惱，反是將軍着惱。將軍不入梁山，到底是箇卑卑統制，如今反邪歸正，安知不到封侯？論將起來，正該拜謝武師，將軍倒反發怒。總之英雄遇合，不是尋常，顛倒權宜，難逃定數。請將軍三思。(介)武師若肯依我之言，還乞你來，先屈箇禮。(生)哥哥之言，焉敢違背。(跪介)

【尾】(外)呀，看他們義氣真非淺，宋公明果是的聲名宏遠。

武師呵，(跪介)

俺與你一言兒撥轉了金針，揾不住海樣深的淚點。

【集唐】何處夢刀州，烟花象外幽。

浮沉千古事，月涌大江流。

第叁拾叁齣　會策　車遮

【仙吕】【番卜筭】(浄、雜隨上)富貴且驕奢,嚼蠟如含蔗,何常伴食獨峥嶸,萬載堪憑藉。

老夫蔡京,昨奉聖恩,着令會商招撫宋江一事。只得早來,以咨群論。官兒!(介)(浄)百官來時,未可引見。直待童公公、高殿帥到來,私議停當,然後再會他們。(雜應介)

【前腔】(丑)不是我奸邪,此擔堪誰卸?

(副浄)

隨方逐扁做痴呆,活潑如球瀉。

(雜稟介)(副)公公、太師請上,高俅參拜。(丑、浄)彼此同寅,何分品格?我們長揖而坐罷。(各介)(浄)聖上意思,决要招撫宋江這夥反賊,其中有甚緣故?(丑)先兄還不知道?(浄、副)不知。(丑)前日聖上私幸李師師院中,梁山泊上有箇"浪子"燕青,向與師師交好,那師師引他面見朝廷,奏明願受招安的始末,所以皇帝回宫,立主此議。(浄)這等講來,聖意是確乎難違的了?(丑)只怕不便違拗哩。(副)此輩狼心,恐難雅化。(丑)不是這等講。假如他的夥内有那林冲,豈不是殿帥的對頭?還有那呼延灼,又説是差官李保激他反叛,把些罪過,還都做在我們身上哩。若一違拗之時,聖意吉凶,就在不可測奪之間了。(副)若如此説,將來到底不利於我輩,如之奈何?(浄)這到不妨!若他一到京師,即刻令他往征方獵①。那時日遠日疏,不特聖眷少衰,就是這些恩怨,也都漸漸消了。(丑)講得有理。還有一説,那李虞候也該尋他一箇風流罪過,卸卸我們擔子。(浄)只説他報事不實,問他一箇邊遠充軍的罪兒何如?(副)這也不必。他原是李師師院中之人,只消發他仍歸本院,那燕青亦在院裏往來,少不得都看師師面上,前隙就一筆勾矣。(浄、丑笑介)妙,妙!此

---

① 應爲"臘"。

法甚妥,可爲不勞折箭之功,我輩安於泰山了。少刻大集群寮,條陳功效,亦不出此。(各笑介)

【桂枝香】(浄)那宋江輩呵,鼠狐城社,已蒙天赦。既爲一殿之臣,豈又含沙噴射?恐狼心未馴,狼心未馴,暫時趦趄,慢將仇瀉。

(合)倘在聖上面前呵,

話些些,一滴滄浪水,涓涓勢莫遮。

(副)高俅爲這林沖呵,

【前腔】游移咨啃,不勝清夜。雖然往昔瑕玼,到底怨尤宜卸。望公公鑒原,公公鑒原,恩師龂舍,尚容恭謝。

(浄、丑合)這箇都在我們身上,

誰許他話些些,他縱有無窮怨,我回天計可遮。

【集唐】(丑)雉扇纔分拜玉旒,(浄)病來猶作晋春秋。

(副)長笑李斯稱溷鼠,(合)不堪吟倚夕陽樓。

第叄拾肆齣　詔隱　前侵尋,後庚青

【黄鍾】【出隊子】(雜冠帶,衆隨上)(官、雜)風花職任,風花職任,緑蟻紅裙歲月深,烏紗圓領帶垂金,一樣斯文占仕林,擺擺摇摇,歡喜稱心。

不須問我何資格,戴着烏紗就是官。三年一樣倶超擢,極品區區掌奉鑾。自家教坊司掌印的都奉鑾是也。托庇李師師娘娘推薦,得蒙恩道君皇帝垂青,以俳長末階,晉奉鑾顯職。(摇擺介)這項超除,豈非恩轉?(雜)老爺也是正陞,仔麽説箇恩轉?(官)你却如何曉得?我這教坊司中規格,從俳長晋司樂,以司樂歷陞左、右韶舞,韶舞給由,方轉奉鑾,掌理司印。我是只得兩箇跟頭,就到這箇地位,難道不是恩轉?(雜)不知陞了奉鑾,還轉什麽?(官)這遭只有恩典,無職可陞了。(雜)什麽恩呢?(官)大則遞加品級,小則賜鈔免差。(雜)若要蔭子入監讀書,求爺開恩,賞了門下。(跪諢介)(官)哇,休得胡講!今日朝廷頒詔,招撫草寇宋江。本朝舊例,凡屬官妓樂工,倶入内庭供應。此係典禮大事,不可草草。你與我快喚他們出來,點驗點驗。(雜)先點那箇？（官）先點妓女。（雜介）妓女走動！

（旦、丑各介上）舞低楊柳樓頭月，歌罷桃花扇底風。（各叩頭介）（官）罷了，罷了！幾十名在此？（雜介）四十名。（官）數一數，不可少了。（雜介）不少。（官）你們進去，小心承應。大内地方，不是當耍的。（各應介）（官）分付十箇一車，送到朝門伺候。（各介）借問承恩者，雙蛾幾許長。（介下）（雜介）樂工快來聽點！

（副、浄仝雜上）（官）你們是樂工？（衆）是。（官）多少？（衆）也是四十。（雜介）是四十足數。（官介）我認得你。（副）學生是李保兒，一向出仕在外，如今告老歸田了。（官）你是有體面的，何不央人頂替頂替？（副）我是本院官户，若不出來，就有人要拿訛哩。（官）原來如此！這真正是：早起不做官，（副）晚間不作揖。（各諢介）（内）儀仗俱齊，詔書將發，妓女樂工，速速進去！（各介下）

（雜執儀仗，妓女持幢扇，樂工奏樂，并擡詔亭上）

【前腔】（合）消靡災祲，消靡災祲，海宴河清靖緑林，龍池柳色雨中深，影落梅花没處尋，竹木匏絲，土革石金。

（各介諢下）

【正宫】【破陣子】（雜）放下屠兒手刅，丹朱直透黄庭。姹女嬰兒雙跳躍，楚戟秦戈總奕枰，青精飯一鐺。

世上有頑仙，遨遊北海邊。道隨雲水去，神豈髑髏憐。小道公孫勝是也。三千劫海，已知歷數難逃；一日回頭，始信無常有限。我爲生辰揁聚義，不覺沉淪世運多年。今喜聖天子招安，自當速覓舊時蹊徑。欲辭衆位，恐惹牽纏，竟自飄然，逍遥遠遁。宋大哥，宋大哥，你速建功名，好求出世，我在蟠桃會上，盼着你哩。

【南吕】【刮鼓令】鐘聲破五更，聽鷄聲當夢醒。好安排一朝活計，莫爲人浪笑評。我這浮生業不可盈，莫將餘隙巧時名。

（合）

須討箇分明徹底本源清，早追尋原徑少稽程。

（介下）

【前腔】（浄、丑仝上）梁山罷戰争，論英雄當自省。問平生何科何目？

參何典讀何經?

(浄)自家湯隆。(丑)小可時遷。(浄)哥呵,朝廷降旨,招安我輩,宋大哥夙志少酬,衆弟兄一同向往。只有公孫先生不願爲官,已經不别而去。我想人生在世,光陰有限,何苦營營?不若追着了他,同入山中修道。時哥,你却爲何也來這里?(丑)咳,湯大哥,你豈不知?我時遷呵,

不過是鷄鳴客、狗盗盟,怎好去龍樓鳳闕侶公卿。

(合前)

(介下)

【前腔】(雜)追風技術精,事郵傳馳共騁,又何必招徠我輩,攻電逐駭帆驚。

我戴宗是也。聞知湯、時二君,前去追趕公孫先生,一同修道,我也思量附驥者。

我想從前事醉不醒,如今打破要惺惺。

(浄、丑上)

(合前)

(雜)湯、時二哥,你便不説一聲,竟自來了?(浄)兄往那裏去?(雜)也來相隨,一同學道。(浄、丑)妙,妙!正所謂"三人同心,其利斷金"哩。(介)你看前面去的,正是公孫先生模樣,不免叫住他者。先生慢走!

(孫介上)閒雲無住跡,又聽遏雲聲。(介)呀!戴院長和湯、時二兄弟,同到那里去?(三)我們正來尋你。(孫)尋我何用?(三)和我們同去修道。(孫)修道極苦的勾當,不比山寨中快活,你們切勿作此異想。(三)我們來意極誠,望乞先生收録。(各跪介)(孫介)戴院長或有夙根,可與同去。你二位只恐未脱塵緣,不能堅忍。(浄)湯隆乃是一箇鐵漢子,一言既出,焉敢再違?先生若不信時,我就折臂爲誓。(拔劍介)(孫止介)不必如此。時兄弟呢?(丑)先生是聰明的人,何須細説?如今盗賊已息,天下太平,我這做賊的威風,還到那裏去使?(孫笑介)這箇也是真心。你三人既肯立地抽身,諒那蓬瀛也不甚遠。(三)我三人情願拜

在門下。(孫)貧道怎敢妄僭?(各拜介)大盜回頭,堅心入道。盜道不難,難於導道。(孫)盜精盜髓,盜炁盜神。道以盜成,盜從道濟。汝等各宜牢記者。(三)謹守盜規,不踰外道。(孫)與你三人,各起一箇道號。(三)多謝盜師。(孫)戴院長名喚戴宗,以宗爲姓,即取名爲宗道士。湯兄弟以姓分名,就取名叫易水人。時兄弟並去姓名,竟取號做出谷子罷。(三)既蒙師父收留我等,還須及早遠去,恐爲山寨中人知覺,就不便了。(孫)言之有理。(各介)(合)

【前腔】玄宗一派清,易水空豪氣冷,笑嘻嘻遷鶯出谷,看揚翎萬里鳴。

我們此去呵,

把靈闢透至道成,一任他雙丸來往晦還暝。

(合前)

【集唐】(浄)金殿香消閉綺籠,(丑)楚歌遺佩怨何窮。

(戴)長生不待爐中藥,(孫)萬古驚塵向此空。

第叁拾伍齣　犴錦 尤侯

(雜)只爲人心似鐵,故教官法如爐。莫道虎狼獄卒,天差惡煞神奴。自家汝寧州獄卒是也。統制呼延灼,反背朝廷,旋投賊黨,奉旨拿他家屬,牢禁監中。前日會審,把些使女家人,牽連盲婦,俱已没作官奴去了。如今止他至親婆媳兩口,已定大招,只怕早晚之間,就要處决哩。不免唤他出來,再加凌辱一番,勒些錢鈔,有何不可?(介)咄,犯婦走動!(介)

【商調】【山坡羊】(老旦)痛傷心,好難經受。苦冤牽,阿誰答救?

(雜)還不快走!(老)

他惡狠狠似没面目的魔君,好教我淚汪汪,一步步挨着走。

(雜)看他這等慢騰騰,你道我打不得麽?(介)(老)

不絶口,打罵如獅吼。我幾番要死,要死他偏守,淚洗殘粧,影聯枷杻。

(雜推老旦,跌介)(老)禁子哥,我也是本州統制的妻子呢!(雜)

統制夫人,原何到此,還要這般大樣?(要打介)(老)呀,我與你呵,

又没什麽冤仇,爲何的狠躪蹂?

(雜)你是賊妻,什麽統制不統制!(老)我聽了這一聲駡呵,

好不悲羞,合終身做死囚。

(雜打老,老跌暈介)

【前腔】(小旦大哭,大跌上)我在夢中遊,不勝僝僽,只聽得哭聲稠,不禁馳驟。

呀!婆婆倒在這里,

你是老人家,挨不慣這熬煎。

(扶老,自跌介)

奴又是軟怯怯,扶不起反傷軀肘。

(雜要打介)你好大膽,誰許你扶!(小介)哇!你這奴才,這等可惡!(雜介)我就打你這賊婦!(隨意諢介)(小撞雜介)

我就撞一頭,冤家相聚首。

(雜諢介)(老)媳婦不可如此。(小)婆婆呵,

我如何不死,不死因婆守。

(將手杻打雜介)(雜)真正反了。不要説呼延灼父子爲造反,就是這媳婦也好去得哩。(小)

你今日凌我婆婆,我這貪生實醜。

(合)

休休,定今朝命不留;悠悠,到陰司報汝仇!

【簇御林】(雜扮獄官仝雜捧冠帶介上)官卑陋,管獄囚。戴烏紗,雪滿頭,腰駝背曲連聲嗽。

獄卒那里?(雜介)不好了,查監老爹來了。(雜出介)(官)開門,開門!(雜介)獄卒叩頭。(官)罷了,罷了!呼夫人在那里?(雜)就是呼延灼的?(官掩雜口介)(官)不要嚷!(雜)仔麽囉!(官)宋江一夥,俱已奉旨招安,朝廷大加官職。兵部行文到來,一應家口房産,盡數給還。他們一到京中,面過皇帝,就要領兵,

征勦方獵①，好不利害！如今州裏太爺，命我送這兩位夫人的官服在此，你去一一與他説知，須要小心在意。（咳嗽介）獄卒呵，你與我快説明，休迤逗。

（雜諢介）

我且再躕躊，恐是梁山賊計，仔細審詳周。

（官）休得胡講，快去請來。（雜諢跪介）外面獄主，相請二位夫人。（老亦跪介）（雜叩頭諢介）（小介）婆婆不必如此。我且問你，那箇獄主？（雜）就是司獄本官。（老介）媳婦不好了，這箇光景，敢是今日要處决我們了！（雜）不是，不是！請二位夫人出去，就曉得哩。（小）婆婆，我們生實不堪，死有何懼！不必愁煩，就出去看。（扶老行介）（官介）這就是兩位夫人麽？（雜介）是。（官）快快去了枷杻！咳，夫人受了虧了。（雜去杻隨意忙，諢介）（官）請二位夫人换了冠服，州裏太爺，立等相見哩。（老、小）這是怎麽意思？（官）梁山諸公，全夥都受招安了。呼將軍父子，亦在數内。兵部行文，給還家口房產，并有許多恩典，所以州裏太爺，特令小官前來致意。（老、小哭介）這等説來，我那丈夫果在賊中也。（雜諢介）那箇説謊？（官）還要胡説！（雜介）

【前腔】（老、小合）他是忠良士，節義流。爲何的，共賊儔？今雖招撫名還臭，這冠和珮，看越羞。我的顔多厚，愈加悲赧，舉止更難由。

【尾】（合）何須跼蹐窺前後，只要改過知非把夙志酬。

（雜跪介）

我這獄卒無知，你也莫記仇。

【集唐】（老）咫尺愁風雨，（小）山青花欲燃。

（老）妾心正斷續，（小）形影自相憐。

---

① 應爲“臘”。

第叁拾陸齣　甲圓　先天

【仙吕】【點絳唇】(生甲胄,持鈎鐮鎗上)夙願方全,恩蒙天眷。功名遠,期畫凌烟,事業從今展。

甲不悮人人悮甲,時方到我我乘時。丈夫際遇原難測,戴德應酬馬革尸。我徐寧是也。只因一甲,幾喪此身。今喜歸誠,方酬此志。今日合山人衆,一齊水陸起程。大哥命我與呼將軍二人,分爲左右兩翼,監督全軍,糾繩不法。這箇職役,非同等閑也。道猶未了,呼將軍早到。

【前腔】(外甲胄,持雙鞭上)鼓樂喧闐,旌旄光炫,輕風剪,彩仗鮮妍,教律休紛舛。

失身全父子,酬志了君臣。一劍豐城出,雙鞭合浦新。我呼延灼是也。今日全山起馬,入覲朝廷。我願方伸,去邪歸正。大哥命我同徐武師,分巡兩翼,監察全軍,只得在此伺候。(各見介)武師,你好結束也。(生)弟爲此甲,幾欲捐生。今幸瓦全,豈曰完璧?(外)我非此甲,不玷青蠅。今日雖歸,且慚衾影。(生)小弟追甲入山,自當歸咎于彼。將軍風遥牛馬,何以悵望略同?請問因由,説明根底。(外)武師不因失甲,怎肯入夥教鎗?小弟不遇神鎗,陣法誰人敢破?究竟兩地冤牽,盡由此甲而起。(各笑介)(生)正所謂:懷璧非佳兆,亡羊再補牢耳。(外)你看旌幢飄展,大纛高張,大哥中軍到也。

【中吕】【粉蝶兒】(末、雜隨上)鐵硯纔穿,今日箇鐵硯纔穿,早回頭革心革面。嘆當初奔梁山艱苦難言,鬧江州劫法塲也非情願。只俺這忠孝心又何常一刻裏不拳拳,却誰知到此地一任那旁人褒貶。

(外)呼延灼參見。(生)徐寧參見。(各介)(末)狂矢何曾敢射天,夢魂猶誦《蓼莪篇》。忠臣孝子人人願,勢迫徒勞嘆可憐。宋江既沉不測之淵,自謂必少生全之路。今奉聖恩,得完首領,且膺節鉞,有事疆埸。不惟戴德之念難安,抑且補過之忱更赤。今日大小三軍,一齊起馬;水陸兩路,合併朝天。以汗流脊背之亡魂，遭納垢藏污之聖主。感同刻骨，不惜肝腦之裂分；戴豈呈心，只有至誠之一得。但恐寨中人雜，向無禮法所拘；若不大創規模，反謂狼心未化。呼、徐二將軍，爲我分巡兩翼，稽核全軍。若有故犯律條，不得少資情面。（生、外應介）（末）前日分付築起三座高臺，在于水陸要衝之處，遥望各軍行列，曾齊備否？（衆）備久了。（末）就此前進。（各介）

【泣顔回】（合）海角遠堯天，遊魂跳舞多年。今蒙招撫，合山踴躍欣然。三軍起馬，看花迎劍珮旌旄展，更雍雍禮節謙恭，逐隊隊紀規毋舛。

（衆跪兩行介）（末介）二位將軍坐居兩翼，宋江僭掌中軍。戒令在前，不得有悮。（生、外介）（吹打，各上臺介）（末）諸將各軍，照依吴軍師分撥隊伍，魚貫而過，須索開報脚色分明者。（各介下）

【上小樓】（外）大哥，你看那春陽夾路萬人聯，齊挺着硬琱弓、點鋼矛與俺這竹節鞭。他們都湔磨舊染，洗滌前愆，一箇箇縱横報國志願彌堅。大將軍八面威權，大將軍八面威權，守如淵攻如箭。早看取進退皆宜，更喜得正奇分變。繞龍城鐵騎如雲，繞龍城鐵騎如雲，管都教握金符也那分鐵券，做皇家奕世美侯傳。

（内吹打，雜引衆上）（雜）前軍首隊總管“霹靂火”秦明、“豹子頭”林冲，帶領馬軍頭目花榮、關勝等一隊出關。稟請將令。（末）慢慢前行，不得錯亂。倘有少違誓約，無情大法難逃。小心在意者。（雜應介）（内吹打，衆繞場一回，下）

【泣顔回】（末、外、生合）蹁躚，錦仗美嫣然，馬壯人强雄顯，守堅攻取，風聞膽裂魂捐。再加繩勉，要持躬改過追前譴。莫狰獰鷹眼如常，好馴良育麟庭苑。

（内吹打，雜引衆上）（雜）第二隊步軍總管李逵、樊瑞，率領步軍頭目項充、李衮等出關。稟請將令。（末）悉守前規，不許踰越。（雜應介）（吹打照前，下）

【黄龍滚犯】（生）梁山泊海角天邊，梁山泊海角天邊，向只道君王教遠，到今朝倚藉矜憐，到今朝倚藉矜憐。了平生一腔悲怨，再不想龍堆秣馬榻頭眠。莽男兒素絲移靛，緊叮嚀五令三申，緊叮嚀五令三申，誓從茲永遵文憲。

（内吹打，旦、雜引衆上）（旦、雜）第三隊女軍總管扈三娘、孫二娘、顧大嫂，率領本隊馬、步軍兵，保護各家眷屬出關。禀請將令。（末）此係極重之任，勿得輕視者。（各照前介，下）

【撲燈蛾犯】（外）你看他石榴裙錦帶牽，破雲鬟分金鈿。他不是春深銅雀貯神仙，倒反是母修羅凌風披剪。那裏是嬌羞輕墮落梅粧，竟儼然穰苴門下也那登壇選。他貌也妍，態也娟，一樣也歸邀麟閣姓名傳。

（内吹打照前，雜衆上）（雜）第四隊水軍總管李俊、阮小二等，帶領各寨水軍，撑駕大小船隻，備載軍糧資重等項。禀請將令出關。（末）風火留心，慎修檣櫓，勿得遺悮者。（各介照前，下）

【小桃紅】（生）只見他錦檣開鷁彩翩，又誰怕犯驚濤推飛濺。他只是後後前前，他只是後後前前，出没奔忙悠揚舒卷。俺只見遠迷離十萬樓船，俺只見遠迷離十萬樓船，整整齊齊，玉振金聲，疾徐深淺，更聽着韻咿呀謳歌圓婉。

（雜介上）軍政司啓事，各隊人馬俱已去遠。如今督陣副元帥盧爺，同吴軍師俱到，請爺中軍起營，一同前進。（介）

【疊字令】（雜扮盧俊義、吴用仝上，末、生、外下臺，共行介）隱隱旌旗飄轉，轆轆車輗延遠。畫船開錦纜牽，甲馬行金聲碾。射鵰鵰没羽偷弦，驅虎豹手徒足蹍。落揮毫聖手高懸，落揮毫聖手高懸，泄玄機鬼工神顯。擅岐黄起死回天，擅岐黄起死回天，入波濤魚龍輪揃。

【尾】皇恩浩蕩真非淺，釜底遊魂得保全，定要祝太子千秋帝萬年。

【集唐】萬里若乘空，非徒秣馬功。
坐謀咨廟略，懷古欽英風。
樂思斜回日，雙橋落彩虹。
聖朝無闕事，覺道資無窮。

附：

偷甲記序

人讀《水滸傳》，無不曰劇盜中能假仁義、仗智數，凡所作爲，每每出人之意表，故其事雖不經，縱觀全部，或欽其忠義，或壯其英俠，或喜其鴻毛一死，然諾丘山，或怪其詭詐奸欺，贔豪莽烈。吾悉以爲不然。《水滸傳》之妙，妙在鼠竊狗偷、娼優乞丐，皆不棄絶。所以時遷盜甲，傑士傾心；忠義歸誠，粉脂汲引。如此至微至賤之中，伏此揭地掀天之績。凡於世人之有一技一能者，蓋可忽而置之哉？假如向日梁山不設時遷一席，當呼延灼逼迫之際，欲以口舌勢力誘徐寧，徐寧即至愚至頑，又焉肯捨功名、捐妻子、破身家，以從羈虎籠鷹於一窪之水窟？惟以失甲而親到梁山，到山而親逄①義俠，方始言之可入，類之可親。覺一死之輕，知然諾之重，反奸欺詭詐爲身外之權宜，借莽烈贔豪爲英雄之憤激，一違夙念，萬仞不移，熱血立傾，甘心悖逆。豈非盡從偷甲中出種子也？嗟乎！呼延忠孝，竟入綱羅；氣節武師，亦迷本性。要知胸無把握者，皆緣平昔涵養未深，薫陶鮮術之故耳。由此觀之，禮樂詩書之氣，操持堅忍之功，烏容一日已哉！當傀儡棚中，寓棒喝微旨，俾場内觀者作場外想，則余此劇，庶乎無罪。

穐堂和尚書於棒龕

① 應爲“逢”。

存廬新編宣和譜

【劇目簡介】

传奇，清代介石逸叟作。《曲海目》《今樂考證》《曲考》《曲録》等多有著録，亦稱《翻水滸記》，現存清初康熙年間刻本，清初金閶載道堂刻本，民國鈔本，内容大略相同。小説《水滸傳》第二回《王教頭私走延安府　九紋龍大鬧史家村》敘王進遠走延安府投奔老種經略故事，第四十六回《病關索大鬧翠屏山　拼命三火燒祝家店》至第五十回《吴學究雙掌連環計　宋公明三打祝家莊》敘梁山三打祝家莊等故事，此劇與小説情節相差較大。

據清初刊本爲底本，其他二本作校本。清初康熙年間刻本正名爲"存廬新編宣和譜傳奇"，内頁簡稱"宣和譜"，署名爲"古吴介石逸叟撰，門下小馮君五雲校"，封面、引首和楔子缺①，第二十八齣"壽圓"有部分殘缺。上下二卷二十八齣，每齣有二字標題，較爲工整。每頁九行，每行二十字。

劇演禁軍教頭王進胸懷大志而屈居下僚，聽母親稱其父曾得罪新到任太尉高俅，遂托故不去參拜，與落魄京都的欒廷玉一見如故，結爲兄弟。高俅欲借機爲難，王進與母決定棄家投奔邊關老種經略處。鬧江州後的宋江正式上梁山落草，在搬取父弟上山途中得遇王進母子，欲圖邀請，反遭王進怒斥其不忠不義。祝、扈二莊聯合，欲與梁山爲敵，專門聘請欒廷玉擔任教師一職，并欲將扈二娘文姬許配於他。王矮虎攻打扈家莊，被扈三娘美色所迷，被捉進莊，梁山衆人借祝家莊爲二對新人舉辦婚禮之

① 據金閶載道堂本補。

時，大破二莊，扈三娘與王矮虎結成夫妻，扈二娘誓死爲欒廷玉守節。朝廷派陳太尉攜御酒、圣旨前來招安梁山衆人，王矮虎夫妻私換御酒，致使招安不成。王進爲母病特往建康尋找神醫安道全，正遇宋清亦爲宋江身患背瘡一事前來，安道全被宋清騙上梁山。王進割肉飼母，終于治好母病，恰巧小軍前來傳令，命其領軍前往協剿梁山。張叔夜一心剿滅梁山，收留欒廷玉和扈成，與王進一起兵圍梁山，扈二娘與欒廷玉夫妻團聚。梁山三戰皆敗，只得歸降於朝廷。衆人共慶王進母親九十壽誕。

宣和譜小引

【臨江仙】手校《宣和遺事》在，春秋書法斑斑。淮南稱盜幾曾寬，品題傳史筆，點竄雜稗官。
聊借排場搬演處，描摹笑罵相關。千秋正論實難刊，詞林須改訂，俗眼好同看。

楔　子

王教頭走延安稍加妝點，欒廷玉稱鐵棒正賴□□①。

扈二娘好姻緣偶添佳話，張海州真忠義合著當場。②

【沁園春】(末上)水滸開宗，教頭王進，忠孝家風。更欒君廷玉，教師鐵棒，扈成飛虎，爭顯英雄。踏破梁山，填平水泊，淑女標題意氣同。驚離散，祝家庄上，殉節匆匆③。
海州太守張公，幕下多材共秉忠。恨宋江全夥，抗違王命，齊驅水陸，

① 或爲“踴躍”二字。

② 小引和楔子據載道堂刊本補，清初刊本自目次始，目次第一頁爲手寫，其後爲版刻。目次略。

③ “匆匆”二字據載道堂本補。

一戰成功。母子相依,夫妻重會,並慶堂前壽禄榮。《宣和譜》,翻明本傳,點醒吴儂。

第一齣　慈訓　齊微

【南吕引子】【戀芳春】(生將巾武扮上)武庫胸羅,陣圖世授。草茅浪擲鬚眉,漫説封侯萬里,伏櫪卑棲,華髮萱堂老矣。奉朝夕,頻牽衣袂,休提起溷迹侯門,自慚遠引知幾。

[蝶戀花]踪迹飄零愁幾許,冀北空羣,伯樂誰能顧?滿眼荆榛盈道路,偏安又復迷雲霧。　萱草淒凉嗟①歲暮,舉案承歡,忍向天涯去。倚劍問天天不語,聞雞舞罷悲如雨。卑人姓王名進,字春侯,原籍山東濟寧人也。先人曾任西京統制,隨征西夏,力戰身亡。賴母親撫養成人,娶妻李氏,僑居汴梁。在殿帥府中,暫充八十萬禁軍教頭之任。想我一腔忠義,滿腹經綸,讀的是數卷兵書,習的是十八般武藝。仗策從軍,自愧將門有種;棄繻出塞,定推國士無雙。倘得戮力疆埸,廓清盜賊,博箇顯親揚名,纔是大丈夫得志之秋。只今年長無成,寄人籬下,聞得老种經略相公,收攬②豪傑,幾番欲策蹇西征,因念老親在堂,不忍遠離而去。正是:漫思驥足輕千里,且學斑衣傲五侯。言之未已,母親同娘子出來了。(老旦上)(旦隨上)

【臨江梅】【臨江仙頭】(老旦)嚼蘗飡冰門似水孤燈,半世空閨。
【一剪梅尾】(旦)蟹筐蠶績自追隨,温凊相怡,琴瑟相宜。

(生見介)(老旦)老身顔氏,先夫王昇。自從孩兒年在垂髫,夫君歿於王事。蕭條榆景,幾年泣雨啼霜;飄泊蘭芽,何日乘風破浪?兒阿,你空負一身武藝,只是時運未來,功名未遂,碌碌與士卒爲伍,怎教做娘的不夢寐③牽懷也?(生跪介)孩兒徒讀父書,幸承

---

① "凉嗟"二字據載道堂本補。
② "攬"字據載道堂本補。
③ "寐"字據載道堂本補。

母訓,定當奮志上進,以報劬勞。母親且請寬懷。(老旦扶介)這幾日寒風漸起,我將織下粗帛,裁做戰袍,與你禦寒。趁此清閒,與媳婦縫緝完了。你可一面温習兵書,同銷殘晝。(生)謹依母親嚴命。(老旦同旦縫衣)(生旁坐看書介)

【南吕過曲】【繡太平】【繡帶兒】(老旦)西風動,寒雲静,洗蓬窗落葉羣飛,漫懸情簾外宫袍。且縈心膝下斑衣。

【醉太平】(旦)須知剪刀響徹五更雞,更密密針鋒相繫。

(合)

這的是母情妻意,怕關河隔遠,征裘難寄。

【三解酲】【三學士】(生)一卷陰符書乍啓,懸梁刺股堪期。

(泣介)

只這斑斑手澤多遺筆,怎得燦燦名標争共題。

(老旦)兒阿,從來求忠臣於孝子之門。看你一點孝心,必能盡忠報國,不辱家聲。(泣介)你父親雖在九泉,也得瞑目了。

【解三酲】可憐揮戈絶塞忠魂杳,又恐仗劍關河客影稀。

(生)

盈盈淚對慈闈,寂冷陟岵靡依。

(净軍士上)爲奉虎闈新將令,先尋熊帳舊名家。小子殿帥府牌軍便是。明日高太尉到任,合屬俱要參謁,特來説與王教頭知道。此是他家中了,不免唤一聲。有人麽?(老旦)孩兒,有人在外,你去看來。(生)曉得。(出見介)原來是帥府牌軍,到此何幹?(净)教頭可曉得高太尉到任麽?(生)那箇高太尉?(净附耳介)就是高俅。(生)原來高俅做了太尉了。(净)高太尉選定明日吉辰來殿帥府到任,合屬軍校俱要參謁,面呈手本,開報脚色。教頭定要去的,爲此小的特來説知。(生)如此,曉得了,你去罷。(净)教頭早些到衙門裏來,那高太尉不是好惹的。正是:在他簷下過,怎敢不低頭?(下)(生進介)母親,不想高俅竟做了殿帥府太尉,明日到任。方纔牌軍來説,要孩兒同合屬前去參謁。(老旦驚介)有這等事?兒阿,這箇你斷然去不得。(生)母親,却是爲何?(老旦)我向來不曾與你説知,你父親存日,那高俅游蕩無賴，有名叫做“圓社幫閒高二”。只因學習鎗棒，被你父親打翻，心上必然銜恨。自古不怕官只怕管，你今正在管轄之下，怎好與他相見？（生）母親如此説，高俅定然懷恨，教孩兒怎生去得？（老旦）兒阿，

【大節高】【大勝樂】想當日拳臂交馳，笑游閒如蜮鬼，當場出醜渾兒戲。

誰想今日呵，

【節節高】他多遭際，你正賤微，堪慚愧，若與他相見，真是冤家狹路難回避，怎説得冶長縲絏原無罪？

（旦）婆婆，既然如此，只教官人不去罷了。

菽水蕭然伴堂前，來朝且把蓬門閉。

（生）母親，雖然不去，也須托箇事故。孩兒明早遞一病狀到軍政司，只説染患不能謁見。且看他到任後，作何威福，那時再作區處。

【東甌蓮】【東甌令】休相對且棲遲，斂鍔藏鋒免指麾。

（老旦）你雖托病，只恐高俅那廝，不肯放過，怎麼處？

鶻鵴久鬱沖天氣，覻薄禄渾如屣，難將筋骨受他欺。

（生）母親，倘那廝必要尋著孩兒，拚得棄此微弁，别尋道路，與他遠絶便了。

【金蓮子】須索去度秦關覓知交，消却楚囚悲。

（老旦）明日且托病不去，再作計較罷。

【尾聲】向窗前頻縫綴，幾時博得錦衣歸。

（生、旦合）

且做抱病文園暫息機。

（老旦）天色已晚，媳婦收拾針指進去罷。（旦）曉得。

忠孝傳家訓莫違，男兒應愧未逢時。

蛟龍失水遭蝦戲，鸞鳳投林怕雀欺。

第二齣　義概　東鍾

（末、付浄武扮各持棍上）［西江月］不數琱戈寶劍，休誇金簡銀鎗。一條短棍與身長，顯露驚人伎倆。撥倒南山猛虎，搠翻北海天狼，有時麟閣畫圖香，千載傳名鐵棒。（末）自家趙一郎。（付浄）自家魏小四。（末）我每都是東京城中子弟，投托欒教師門下，學習棒法。今日再同去尋他教演。（付浄）那欒教師真好一條鐵棒！（末）怎見得那好處？（付浄）但見蕩開門户抖擻精神，蕩開門户，渾如深水戲蛟生；抖擻精神，恰似懸崖飛豹動。上一棒，吼起半天霹靂；下一棒，震開遍地轟雷。左來一棒，青龍醉後也驚心；右來一棒，白虎夢中方喪膽。一棒忽前，急喇喇咆哮如趕月；一棒忽後，驟騰騰變幻似吞雲。饒你輪刀舞槊滚滚塵埃，憑他刺戟揮戈紛紛虀粉。從來只説鐵鞭尉遲恭，今日又見鐵棒欒廷玉。哥阿，我和你再學不來，快去尋他傳授要緊。（末）去便去，只怕到底學不來，被人嘲笑。（付浄）笑我每什麽？（末）笑我兩箇，好像淮陰市上真無賴，王一王二俱跌壞。（付浄笑介）啐！却不道韓信原從胯下過，這回棒法應無賽。快去，快去！（下）

（小生武扮上）

【正宫引子】【破齊陣】【破陣子】年少心存結客，凌雲志切從戎。

【齊天樂】劍佩龍吟，鏡臺鸞捧，且自待時而動。

自家欒廷玉，字石君，籍本薊州，年方弱冠，武藝出衆，膂力過人，江湖上多稱我爲“鐵棒教師”。只是心存報國，未得請纓；志慕封侯，空嗟投筆。更兼家門凋落，中饋尚虚。近日流寓東京，所喜少年子弟，從游如市，稍不寂寞。當此天氣晴暖，意欲往郊外演習棒法一回。且待趙、魏二生來時，與他同去，有何不可？

（末、付浄上）讀書不成還學棒，論交未廣且從師。（同見介）師父拜揖。（小生答介）正在此想念二位，要把所講①雙鳳朝陽、獨龍

① “所講”二字據載道堂本補。

戲海兩般棒法,大家演習一回。且喜不速而至。(末、付浄)小子輩正要求師父指教,就請同往郊外何如?(小生)待我取了棒就此同行。(取棒同行介)

【正宮過曲】【錦纏道】(小生)這護身龍乍擎,將似飛來半空,進退要從容,看當場霎時轉側如風。

此處地面平曠,正好馳逐。待我把獨龍戲海勢先演幾路。(使棒介)

我待學步青霄舞劍猿翁,説什麽倚長江横槊曹公,日落陣雲紅,一步步穿門出洞,翻身更鞠躬。儘週圍,盤旋没縫又何須穿札弄雕弓。

(末)妙阿!果然使得好。(付浄)聞得關王刀重八十二斤,師父這棒比他只輕一二斤,怎麽使動起來,竟像蒼蠅弄燈草一般?(末)你看面也不紅,氣也不喘,只怕關王使刀没有這等精熟哩!(小生)如今你兩箇把雙鳳朝陽勢也演起來。(付浄)我每只好將就使幾路。(末)和你儘力使去。待師父看些破綻,也好點撥。(各脱衣使棒介)

(生上)

【普天樂】論功名渾如夢,假慊慊添愁重。

我一時托病,未知高俅可能釋然?在家悶悶,稟過母親,郊外閑步片時。(看使棒介)呀!

看荒原畔互擊横衝,

這棒法頗佳。只尚未精熟,

怎做得沙場上貫腦穿胸?

(小生)咄!你是什麽人?却笑他使棒,敢也曉得些棒法麽?(生笑介)

蕭條阿蒙,更誰人降心刮目相逢?

(末、付浄立住看介)呀!元來是教頭。我每初學使棒,被教頭瞧見,真笑話了。(小生)那一箇教頭?(末、付浄)便是八十萬禁軍王教頭。(小生喜介)嗄!就是王教頭麽?真有緣相遇了。(急趨揖)(生同揖介)(末、付浄揖介)(生)不敢動問,足下高姓大名?(小生)小弟欒廷玉便是。(生)原來就是欒教師,江湖上每傳説教師鐵棒、天下第一。小弟失瞻,有罪了。(小生)小弟仰慕大名,只因初到此間,未及進謁,請問一向在殿帥府中,也可稍展生平否?(生)教師説那裏話來?

【中吕過曲】【古輪臺】困英雄蕭踈旅況,任西東良禽擇木渾虚哄。

小弟原籍山左,因先父携任京師,老母在堂,暫充賤役。

流光輕送,那更豺虎縱横,俯首低窪悲痛。

(小生)雄才大略,鬱鬱人下,正爲教頭扼腕。就是小弟呵,

淚灑貂裘,班門斧弄,一身淪落總相同。

(生)久知教師負才不偶,彼此神交,但爾我後日功名,正未可料。只索安心忍耐罷了。

男兒精勇,且休將怨氣忡忡。

(合)

須有日燕然勒銘,凌烟圖像,風雲際會,萬里奏膚功。

(末、付浄)難得教頭與師父相遇,小子輩聊治水酒,同到師父寓中少敘何如?

相陪奉,管教一醉盡千鍾。

(小生)這也有理。只是小弟斗膽,有言奉告,未知教頭允否?(生)有何見諭?(小生)我輩肝膽相投,頭顱共許,今日萍踪乍值,他年蘭契永孚。倘蒙不棄,小弟願與教頭結爲兄弟何如?(生)都蒙高誼,小弟正有同心。請問尊庚幾何?(小生)小弟年二十歲。(生)如此叨長五年。(小生)既如此,哥哥請上,辱弟有一拜。(生)愚兄也有一拜。(拜介)

【尾聲】(合)從來將相原無種,先結箇同心伯仲,看取戮力争驅宇宙中。

(末、付浄)如今一番結義更親密了,便請同去罷。(小生)今日屈過敝寓,明早便當登堂拜見伯母、尊嫂。(生)多謝賢弟。

匆匆萍水意交殷,握手郊原似有神。
須思海内存知己,方信天涯若比鄰。

第三齣　計潛 皆來

【黄鍾過曲】【出隊子】(老旦上)倚門無奈,倚門無柰,躑躅行來淚滿腮。

孩兒前日托病,不去謁見高俅,誰想昨在郊外,與欒教師結義爲弟兄。半路歸家,被高俅遣人密地拏去。幸得教師報與老身知道,今早解進帥府,未知怎生發落?老身只得親自前去探聽。(行介)

遥瞻棨戟帥門開,只恐孤踪遭陷害。

呀!元來帥府掩門在此,我兒定解進去了。那邊來的是欒教師,不免等他問箇端的。

小鹿心頭懸懸亂猜。

(小生上)情關手足須相援,誼重金蘭合共扶。(見介)原來伯母親自到此。(老旦)老身在家,放心不下,自來打聽。不知曾解進去否?(小生)小姪有幾箇相識在殿帥標下,今早托他在高太尉面前懇求方便。哥哥解進,他每也同進去了。伯母請寬心。(老旦)多謝教師週全,得免責治便好。(内鼓樂吆喝,開門介)

(外中軍上)帥府威行山岳重,轅門令出鬼神驚。老爺現坐堂上,那箇在這邊窺探?呀!元來是王教頭令堂。(老旦急問介)請問尊官,小兒曾見過否?(外)見過了。恭喜並未加責,就出來了。(老旦)果然不曾加責?謝天地不盡。

(雜二將官同生上)(内又鼓樂吆喝,關門介)(外下)(小生)哥哥同各位出來了。(老旦)我兒受驚了。(生)多承各位懇求,倖免責罰。(小生)有勞列位,請同到小寓一坐奉謝。(雜)怎好叨擾?(小生)説那裏話?哥哥暫别,即來相候。休道世情看冷煖,須知人面逐高低。(同雜下)(老旦)我兒,和你回家去罷。(同行介)

【太平歌】(合)娘和子一霎解愁懷,幸免却從前冤孽債。多承義氣相憐愛,好同歸庭院匆匆快。

(老旦)已到家了,媳婦開門。

(旦上)來了。

可憐深閨愁盼一裙釵,剥啄轉驚駭。

(開門見介)且喜婆婆同官人回來了。(老旦)媳婦,全虧欒叔叔,轉央標下各位,在高俅面前懇求,你丈夫得免責罰,真是十分僥倖。(旦)原來如此!(生)母親,孩兒方解進去呵,

【獅子序】公堂上刑具排,念卑微一時包藏禍胎。

高太尉一見孩兒,便欲用刑。孩兒也拚得受他幾棍了。

那曾有羅網輕脱飛灾,

多承方纔各位,苦苦懇求,

因此上怒容暫解,堪憐共叩首勉低頭,總應該羞慚寧耐。

(老旦)雖是一時倖免,須商一自全之計。

正如金鈎方脱去,摇尾怎重來?

(生)母親,孩兒向來欲往投种經略,不忍遠離膝下。今不料高俅做了殿帥,雖暫免責罰,恐到底受他嘔氣。孩兒意欲與媳婦奉母親潛歸山東故里,那時一面前往延安,以圖進身,不識母親以爲可否?(老旦)我和你僑居於此,原非長策,况權奸當路,正該早早遠離。你既有此意,只今收拾潛行便了。

【雙聲疊韻】從今去,從今去,越山涉海尋故里,尋故里,暫時瀟洒。

(生)

縱然匆忙行邁,青雲有路通,前程遠大,年少功名,肯教浪挨?

(老旦)待欒教師到來與他説知,然後起程。(生)母親,言之有理。

潛踪避迹度關山,莫惜人間行路難。

長風破浪輕千里,只在天涯會合間。

第四齣　盜踪　蕭豪

【北仙吕】【點絳唇】(浄黑面、虬髯、氈笠、挂劍、策馬上)天付雄豪,江湖淪落休相笑,俺待學下第黄巢,則這酒樓頭題句縈懷抱。

俺宋江自題了反詩,鬧了江州,劫了法場,上了梁山,衆兄弟推俺爲尊,晁天王讓俺爲主。一向在山寨中快活受用,偶然想起太公和兄弟苦守田園,耕種度日。若不接取上山,却不把"孝義黑三郎"之名輕輕喪了?因此與晁蓋等作别下山,來到鄆城,且喜前面去宋家村不遠。你看月色朦朧,朔風凛冽,正好悄悄尋路到家也。(行介)

【混江龍】替天行道,依然刀筆舊蕭曹。呼保義常將姓顯,及時雨浪把名標。急忙忙私放英雄先奪泊,亂紛紛廣收豪傑共歸巢。佳人紅粉,血染鋼刀;蒼生白骨,魄喪江潮。智多學究,心腹相交;天王保正,坐位將摇。全憑著金沙灘水陸比邊關,早認取杏黄旗馬步連軍校。

俺想衆兄弟傾心推服,只爲"孝義"二字。這番接取太公、四郎上山,好不稱意也!

猛可裏念高堂飄零故土,因此上舉孤身奔走荒郊。

説話之間,已到自家庄上,不免叩門則箇。(下馬敲門介)開門,開門!

(丑衣帽上)區區是宋清,綽號"鐵扇子"。阿哥作外郎,兄弟住村裏。阿哥作大王,兄弟種田地。前番劫法場,今朝休討死。若是又歸來,不如趕他去。(開門見介)我説這時候什麼人敲門,却原來正是阿哥。(净)俺回來了。快去説與太公知道。(丑摇手介)罷,罷!你倒不要歸來,我也不去説與太公知道。(净)却是爲何?(丑)只因你在江州做了歹事,如今本縣差著都頭、土兵各處緝拏,專等拏著了你,便要將父親與我一齊捉去監禁。你不如快些去罷!(净)我在梁山,將要坐第一把交椅。專來接取太公與你上山,共享快樂。你怎麼不要俺進去?(丑)這樣做强盜的快活,父親心上原不喜歡。那些土兵,現在村頭村腦伺候,你快走路,不要兜搭纏帳,帶累做兄弟箇。(净)這也可笑。若如此俺却不空下山走這一遭?(丑)這箇我也不顧不得,你快去罷,快去罷!(推净出,關門介)閉門不管窗前月,分付梅花自主張。(下)(净笑介)這箇獃子,本待叫他同太公上山,竟堅拒不納,閉門進去了。俺且回到寨中,再作計較接取罷。(行介)

【油葫蘆】俺本是攪海翻天一巨鰲，怎肯困守舊衡茅，便道刺文兩頰惹人嘲，沖天氣剗地裏寃仇報，凌雲志猛可也中原擾。

(内喊介)夥計，方纔望見宋江奔到村裏，大家把住村口，不要放他又逃了去。(内齊應介)(浄驚介)呀！那一夥土兵，分明説把住村口，這村口只一條路，俺走到那裏去？且尋箇所在，躲避則箇。(急行介)

只索做過昭關行踪巧，度函谷禍根消，聽枝頭鵲噪和鴉叫，急忙裏凶吉轉心勞。

(下)

(小旦冠帔、老旦、旦女童，丑太保引上)香風冉冉下瑶天，花雨翩翩碧落邊。緑鬢朱顔塵不染，瓊樓玉宇景方妍。小聖九天星主是也，赴宴瑶池，甫回殿宇，叫女童捲起紗幔，侍立左右，太保整肅威儀者。(老旦、旦、丑應介)

(浄上)斷金亭上稱雄漢，還道村中避難人。此處有所古廟，不免進去少避片時。(看介)呀！原來是九天星主娘娘之廟。(入揖介)娘娘在上，俺宋江呵，

【天下樂】只爲亡命潛踪去路遥，心也波焦，何處逃？

那土兵追緝甚急，暫借神厨之下藏隱片時，求娘娘護庇則箇。

望神靈賜庇護身軀悄，冷香烟金碧殘，暗窗紗塵垢飄，恰便似大蟲兒捲尾蹲山岰。

(鑽桌下伏介)

(外、付浄、土兵執械提燈上)要捉梁山好漢，須尋佛殿神宫。我每把住村口，不見宋江出來，一定躲在這廟裏，大家進去尋一尋。(入尋介)(外)你看廟中静悄悄地，那裏見箇人影？(付浄)多應在神厨底下，待我揭起帳幔看看。(揭帳介)(丑擊倒介)(外)這等不濟？等我把火來照。(提燈照介)(丑吹息介)(外)呀！怎麽火多滅了？夥計，想是神道嗔怪攪擾，且再到别處尋去。(付浄)有理。快去罷！饒伊走上焰摩天，脚下騰雲須趕上。(下)(浄桌下出介)慚愧，慚愧！且喜土兵尋覓不著，各自去了。俺不免拜謝神聖，乘夜回山去罷。(揖謝出行介)

【寄生草】隱隱銀河掩，昏昏北斗迢。白茫茫幾處寒霜燿，黑漫漫幾朵烏雲罩，黄晃晃幾陣飛沙冒，只俺赤淋淋腔中熱血好難禁，且把青閃閃腰間利刃私藏著。

(下)

(小旦起介)善哉，善哉！鄆城宋江潛踪至此，他本天罡星下降，合當占踞梁山，聚衆倡亂。這是趙宋凌替，氣數當然。略顯威靈，放他脱身去了。且喜山東、薊北，自有真忠真義，掃蕩招安，乃一場大因果也。黄巾餘孽赤眉流，地煞天罡不到頭。水滸何知忠與義？莫將筆墨誤千秋。(老旦、旦、丑同下)

(浄上)一路行來，村中已遠。山寨衆兄弟又著軍校迎接，俺且放心上山去罷。

(二雜小軍執旗上，同行介)

【煞尾】(浄)山林事業新，水泊威名表。想當日公門潦倒，從此去舞爪排牙甘落草。遥望著聚義的堂高，正對著斷金的亭造。要收拾奢遮好漢增歡樂，恨權奸怎抛？望招安尚早。呀，顧不得老椿庭寂寞鬢毛凋。

(下)

第五齣　塗憤　先天

【羽調過曲】【勝如花】(老旦、旦乘車)(二雜車夫隨上)(生策馬同上)(老旦)攜家去路幾千，跋涉雲山一片。

(生、旦合)

只因他蠆毒峰芒，頓教人車勞馬倦，望迢迢歸心如箭。

(生)母親，自離京師，一路行來，已近濟州。料高俅那廝，已不及追緝矣。(老旦)幸遠虎口，漸達故鄉。須急急趲行前去。(行介)(合)

喜只喜重尋故園，愁只愁忙揚短鞭。咫尺煙塵，怕輕裝未便。

(生)車夫，前面正去梁山泊不遠，須要悄悄而行。(雜應介)(内馬鈴齊響介)(老旦、旦驚介)(生)母親不必驚恐，那馬鈴聲響，恐

有强人出没。請母親到前面樹林中,與媳婦暫歇。孩兒前去,看箇明白,然後再行。(老旦)孩兒自家小心。(合)

休空惹膽驚心戰,願平安早度東川,原平安早度東川。

(浄策馬,二雜執旗引上)自家從鄆城回來,將近山寨。此番既不曾接取太公,又未遇一箇好漢糾合入夥,好生快快。(望介)看那邊一人提著朴刀,獨自前來,好奇怪。頭目們暫住扎,待我看來。(生提刀上)莫訝一身都是膽,須知八面有威風。咄!你是何處强人,在此出没?快通名姓來。(浄大笑介)哈哈,好一箇大膽漢子,反問我姓名。只我便是梁山泊義士宋江,我且問你:你是什麽人,在此經過?(生背介)不道那厮就是宋江。我恨不一刀把他揃翻,只是他人馬衆多,恐貽累母、妻,且通箇姓名,看他發付。(收刀轉介)實不相瞞,在下八十萬禁軍教頭王進。(浄笑介)原來是王教頭。今日有緣得遇,快請過相見。(下馬携手揖介)(生答介)(浄)久聞教頭大名,無緣拜識,今番甚風吹得到此?(生)王進一向投托殿帥標下,只因近日高俅那厮不能容人,同家母、賤内潛奔歸家,不意至此誤值虎威。(浄)妙阿。高俅專權誤國,妒賢嫉能,教頭棄職潛歸,足見英雄志略。今日相逢,却有一言奉告,未識肯採納否?(生)有何見教?(浄)宋江倡義水泊,衆兄弟無不同心推服。今日教頭呵,

【大石調過曲】【賽觀音】離京師抛微弁,歎飄蕩英雄少年。

山寨雖然窄隘,儘堪歇馬,不如勸教頭同上山去罷。

念水泊規模初建,聚義同堂,正好締良緣。

(生)咳,説那裏話來?王進堂堂七尺,清白傳家,今雖斂迹歸鄉,少不得還要爲朝廷效力,敢把這等話汚觸我麽?

【前腔】你語堪嗔詞何舛,忍不住心頭火燃。

(浄笑介)如今現受高俅惡氣,還想爲朝廷効力,也是枉然了。(生)咳,

縱兔走鳥飛如電,碎首捐軀,博得好名傳。

(浄)教頭執意不肯落草?自古英雄惜英雄,好漢惜好漢。今日相值,也非偶然。你不見林武師當初也是教頭?

【人月圓】風雪裹奔走逃殘喘,火併王倫雄威展。

就是花知寨、秦統制一班,多曾做過軍官,

無端陷害冤難辨,管有日招安名節顯。

教頭若肯上山,他日受過招安,與林武師等一般罷了。

頻頻勸,惟鑒取平生忠義心堅。

(生怒介)你這些假忠假義的話,只好哄林冲、花榮、秦明這一班,怎哄得王進?我頭可斷,此身斷不可辱。你不要認錯了人!

【前腔】男子漢匪石心難轉,累世家門忠良衍。猛將熱血剛刀濺,怎做得偷生多腼腆。

若不肯放我過去,拚得與你迸箇死活,把我一刀兩段,亦所甘心。(拔刀欲鬬介)

終無怨,須索向當場一死陶然。

(净)教頭説那裏話?我宋江從來不害好漢。難道今日教頭單身過此,與你争鬬不成?你既不聽我苦勸,由你自去罷。只望他日相逢,須記今日一段好情罷了。頭目們,就此起馬上山。(向生拱手介)教頭請了。將軍不下馬,各自奔前程。(同雜下)(生)宋江那厮,被我一番激烈,已收兵去了。(向内介)車夫,快走動。(老旦、旦、雜車夫同上)(老旦)孩兒,方纔什麽强人?已過去了麽?(生)母親,不想遇著宋江,那厮花語巧言,要孩兒落草,孩兒恨不把那賊頭搠翻。因見他人馬衆多,恐貽累母親,他見孩兒執意不從,竟收兵去了。(老旦)原來如此。兒阿,如此立志,纔不負做娘的教訓。倘被他逼勒落草,却不把忠義家聲一時辱没了?(生)如今正好到家去罷。

一片忠心肯自磨,隨何舌辨奈如何。

酒逢知己千鍾少,話不投機半句多。

第六齣　題幟　庚青

【商調引子】【憶秦娥】(小旦上)臨粧鏡,香雲一縷,菱花映,菱花映,筆牀乍啓,硯池方净。

[浣溪紗]曉起和風度畫樓，淡烟籠日照簾鈎。又是春來時候也，可銷愁。　　郊外羽書笳吹動，閨中錦字墨雲流。只恐韶光虚度矣，思悠悠。奴家扈氏，小字文姬，同胞兄妹三人，哥哥扈成，妹子三娘，各稱武藝專門。獨有奴家，性愛詞章，心耽翰墨，描餘得句，漫誇謝女吟花；繡罷濡毫，欲學班姬績史。住居香林洼中，與梁山賊巢密邇。母舅祝太公，與哥哥同心協力，保護村坊。妹子向許祝氏爲婦，尚未于歸。目下節届新春，專候哥哥整備禮物，同往母舅庄上稱慶。且待他來商酌料理則箇。

(末飄巾常服、丑女粧捧旗同上)

【風馬兒】(末)村落軍容締義盟，功名未遂平生。

(丑)

仗雙龍同把烽塵定，深閨姊妹，含笑乍相迎。

(小旦見介)哥哥，妹子正念新春節近，可曾備甚禮物，同往母舅處稱慶？(末)妹子，我想尋常禮物，不堪稱慶，前日母舅欲向獨龍崗前竪立大旗，以壯威勢。因此著人裁成二面在此，你道這禮物可好麽？(小旦)如此最好。(末)三妹，把來展開一看。(丑展旗介)姐姐，你看這對旗竪立起來，我一丈青，雙刀匹馬，縱横出入，也添許多威勢哩。(小旦)果然好一對彩旗也。

【商調過曲】【金梧桐】雲霞五色明，錦繡千花勝。展向空中，摇曳迎風勁。

(末、丑)

飄飄日影高，蕩蕩征塵静。

(合)

説甚趙幟堪移，背水淮陰，令看取蚩尤盡掃，威名盛。

(末)彩旗雖好，我意欲在上面題下一聯，更耀人耳目。這要勞重二妹了。(小旦)哥哥，尊命。只恐妹子筆墨粗疏，不堪壯觀。(丑)姐姐不必太謙，若要臨陣厮殺，其實讓小妹一籌了；這做對寫字，是你長技，何不就試一試？(末)三妹説得有理，快取筆硯來。(丑取介)姐姐，筆硯在此，我雖然不會寫字，替你磨起墨來。(小旦)如此，妹子斗膽了。(丑磨墨，小旦執筆看旗介)

【南吕過曲】【東甌令】(小旦)攜銅雀弄管城,也學咏絮天才墨瀋凝。

只是題什麽在上?

寫不盡英雄氣概多馳騁,怕月旦難相稱。

嗄,有了!(寫介)

只這一聯巧句共峥嶸,傳誦好威聲。

率意標題,恐未當哥哥之意,還求改正。(末看念介)這一面上題的是"填平水泊擒晁蓋",妙阿!(又看念介)那一面上是"踏破梁山捉宋江",一發對得妙。(丑)好箇"填平水泊""踏破梁山"!晁、宋二賊,聽見這兩句,便心膽俱碎了。(末)求賢妹留箇芳名在上。(小旦)謹依哥哥尊命。(又寫念介)"扈氏文姬題"。(末執旗看介)

【大勝樂】香閨出語堪驚,乍揮毫心自省。

但得賊黨蕩平,這聯句便是預讖了。

博得欃槍掃蕩堪欽敬,麟閣上共標名。

(丑)不但哥哥藉此傳名,就是妹子呵,

只這吟成七步雙聯句,多管傳遍千秋一丈青。

(小旦)哥哥、妹子,太過獎了。

那裏是詞鋒筆陣,專仗你旌旗壁壘,保全完整。

(末)新春已近,明日先送去竪立莊前。使那班草寇,傳誦驚心,就是四方豪傑經過,也多艷羡哩。(小旦)兩庄人物雖盛,聞得賊衆十分强旺,還須尋訪豪傑,協助爲上。(末)久聞東京有箇教師欒廷玉,少年英武,母舅已差人聘取去了。(丑)我也聞得欒廷玉鐵棒天下無敵,不知怎生一箇人物?(末)那欒教師呵,

【仙吕過曲】【解三酲】(换頭)千里徵書忙迓請,况聞得年少翩翩一俊英。但得他到來,把忠肝義膽忻相訂,逢大敵共長征。

(小旦)

這是一龍協力山崗聳,那怕衆虎同心水泊清。

(合)

專相等,看指日同堂會合,絶勝班、荆。

(末)我却忘了,母舅日下擇吉要迎娶三妹,此番不便同去,只和

二妹去罷。(小旦)如此,小妹隨哥哥一往便了。(丑)既然不要我去,我只在自家庄上整頓軍馬,伺候與梁山厮殺。(末)厮殺果要緊,只是你的佳期已近,怎得二妹也尋箇英雄配偶,完却做哥哥的心事也。

【尾聲】向高堂聊稱慶,幾時共慰蔦蘿情。

(合)

且把那赤幟高標頌太平。

(末)妹子把彩旗收好。(小旦、丑)曉得。

奇才善武與能文,一室英豪孰比倫。

且看揮毫懸日月,還思倚馬待風雲。

第七齣　庄慶　江陽

【正宮引子】【梁州令】(外白髯、忠靖冠、補服上)雄心壯氣老難忘,爲軍務旁皇。

(生金冠、披髮上)

森森劍佩列門墻,伴高年,逢勝景且徜徉。

(見介)(外)老夫祝義,别號"獨龍丈人"。少年曾爲裨將,跋涉邊庭,因主帥猜嫌不睦,掛冠而歸,隱居庄上,人俱稱我爲祝太公。叵耐晁蓋、宋江一班賊寇,占踞梁山,巢穴逼近。老夫年已向衰,壯心未已,喜孩兒祝彪年少精勇,與扈家庄甥輩,締姻定約,誓願掃清山寨。雖成敗未可預料,只這一點孤忠,與賊輩誓不兩立而已。

(雜青衣上)稟太公,扈家舍人、小姐到了。(外)快請進來。(雜傳介)

(末上)椒花共獻南山壽,

(小旦上)柏葉同傾北海樽。(同見介)(外)蒙賢甥見贈彩旗,又得甥女標題,隨著人竪立庄前,叨榮多矣。(末)愚甥聊借題句,仰頌英風,乞恕狂瀆之罪。(外)兩庄並立,但得一戰成功,不負標題預讖也。聊設杯酒,請少坐一敘。(生送酒,各坐飲介)

【正宫過曲】【玉芙蓉】(外)浮雲事渺茫,白髮心勞攘。看依依繞膝,並捧霞觴。

(合)

幸叨宅相陳春酒,共向堦庭舞綵裳。休惆悵,且陶然醉鄉,喜相逢新年骨肉頌無疆。

(外)賊衆猖獗,久聞欒教師之名,已差人往東京聘取,待他到來,自可協同破敵。(末)母舅所見極是。

【前腔】風塵志未償,韜略才堪仰,願攀麟附翼共保村坊。

(生)欒教師流寓京中,又無家室,自當欣然就聘,旦晚可到。

一朝滿擬同心會,四海還憐義氣長。

(合)

多歡暢,正揮戈夕陽,喜孜孜草茅聚首盡鷹揚。

(各起介)(外)今日三甥女不同見過,老夫也只在目下迎娶了。

【傾盆序】(換頭)端詳,百年事賴主張,管取兩姓門闌旺。

只是二甥女如此長成,又精文墨,

看聯句天然,彩幟方颺,怎得並效於歸,共咏催粧。

(末)愚甥久欲覓妹壻,未得其人,

想姻緣何處琴調瑟協,天付鸞凰,早相看洞房花燭遇才郎。

(生)爹爹若爲表妹擇配,孩兒却想得有一人。(外)是那箇?(生)孩兒素聞欒教師呵,

【朱奴兒】雖則是萍踪旅况,英雄輩志氣軒昂。

今日擇壻,正當其選。

孔雀屏開列晝堂,論佳壻乘龍誰讓?

(外)這也未可草率,且待他來,看人物如何?(末)母舅法眼,倘堪作合,竟求主婚便了。

相依傍,恩情未央,願喜氣從天降。

(末)甥輩就此謝别。(外)賢甥先回,須整備人物,隄防賊寇。甥女且留住幾日。(末)謹領尊命。(揖别介)杯翻玉液心先醉,門列金戈氣正豪。(下)(外)甥女同到裏面去。(小旦)多謝母舅。

【尾聲】(合)椒花齊祝長無恙,纔轉眼,梅梢月上,好把春色風光還共賞。

香林洼内水潺湲,咫尺龍崗入畫看。

但得功成正白首,福如東海壽如山。

第八齣　誨犢　歌戈

【南吕過曲】【秋夜月】(付浄戎粧,二雜引上)身段矬,生就醃臢貨,且向梁山陪末座,迎來太上皇一箇,願庄兒早破,把嫦娥洩火。

自家王矮虎,奉大哥將令,接取太公和四郎上山。太公執意不從,被我同手下再三逼擲,只得跟隨到此。方纔在酒店中,細作報説祝家庄竪立旗號,聲言要“踏破梁山”“填平水泊”,好生可惡。我聞得扈家庄有什麽二娘、三娘,十分動火,趁此請大哥點發人馬,打破兩庄,落得擄來受用。已到山寨,小校,快請太公見大哥去。(雜向内介)太公請走動。

(末白鬚拄杖,丑衣帽扶上)(末)堪歎天生①真不肖,放火殺人甘落草。漫言積穀好防飢,不信養兒能待老。七十老翁何所求,捉頭縛脚方來到。清清白白過殘生,何如苦守家園好?(丑)父親,事已如此,少説幾句罷。(付浄)待我請大哥出來。大哥有請!

(浄黑盔袍服上)

【南吕引子】【步蟾宫】山林事業看看大,更共聽、指麾惟我。念蕭疏白髮一衰親,今日相逢堪賀。

(付浄)啓大哥,太公和四郎到了。(浄)到了麽?等我迎接進來。(出見末,跪介)(末不理介)(丑)且到堂上相見罷。(扶進,坐介)(浄叩介)孩兒流蕩江湖,久違甘旨,伏望父親恕不孝之罪。(末)你也曉得自己不孝麽?人人叫你什麽“孝義黑三郎”,我想大逆不孝,無如你這畜生了。我本鄆城良民,你亦出身小吏,不思量

---

① “天生”二字據載道堂本補。

安居樂業共守本分，却犯下瀰天大罪，在此梁山泊中積草屯粮，招軍買馬，背叛朝廷，擾害州郡。我好好和四郎耕種過活，又差著手下逼擲到來，這“孝義”二字，只好哄衆人也，哄得生身父母麽？（浄）孩兒不合身犯重罪，逃避水泊。特迎接父親和兄弟上山。怎反怪孩兒起來？（末）咦，我好恨也！

【南吕過曲】【瑣窗寒】衰年光景如梭，恨抛離安樂窩。

（浄）父親到山寨中，正好安樂了。（末）咳，

我自有良田草舍，耕種婆娑。這緑林衣飯將人玷污，算不如吞飢忍餓。

（付浄笑介）太公説那裏話？難道山寨快活，倒不如家中喫苦麽？（末）

此番歲月浪消磨，怎免臨頭灾禍？

（浄）父親，但請寬心，孩兒將來坐第一把交椅，父親便是山中太上皇了。（末）什麽第一把交椅？可不羞死了人！（浄）父親，你不見衆兄弟呵，

【前腔】同心結義偏多，讓區區做大哥。

今日父親到來，

少不得殷勤稱慶，酌酒高歌。

（付浄）不要説衆兄弟，就是我王矮虎，

向山庄僻徑，迎來入夥，也博箇義名流播。

（末）好一班義士！只怕這“淮南盜”三字，正好罵名萬代哩。（丑）父親既到此，只索安心住下罷。

此來望暫寄巢窠，且學鄉村高臥。

（付浄）四郎説得有理，太公一路勞倦，請裏面歇息，明日衆兄弟做慶賀筵席罷。（末）逆子、頑妻無二様，一般無藥可能醫。（丑扶下）（付浄）且喜太公進去了。大哥可曉得祝家庄消息麽？（浄）小校報説，祝家庄與扈家庄聚集人馬，要與山寨作對。因太公到來，不曾問得詳細。（付浄）那祝家庄上，竪立大旗二面，上寫著“填平水泊擒晁蓋”“踏破梁山捉宋江”。你道好不可惡麽？（浄大怒介）嗄！有這等事？待我與衆兄弟統領人馬，掃蕩那兩箇鳥庄，方洩此恨。（付浄）大哥不要性急，兄

弟聞扈家庄有兩箇女兒，好生動火，等兄弟獨領一枝人馬，擄來上山，也不須勞動衆兄弟。（浄）既如此，小校整頓人馬，跟隨下山。（雜）得令。

美色人人愛，烽火朝朝急。

眼望捷旌旗，耳聽好消息。

第九齣　締姻　齊微

（場上先竪旗二面介）

【仙吕過曲】【醉扶歸】（小生上）一身仗劍行何畏，端只爲高山流水慰心知。早見曲曲香林繞前溪，不枉龍崗險峻含蒼翠。

自家樂廷玉，蒙祝太公遣人至東京聘取，因此策蹇前來，且在庄前少步片時。（行介）果然好一所庄院也。

看森羅弓矢列成圍，猛激動英雄氣。

呀！庄門首竪立大旗，有兩行字在上，待我看來。（看念介）"填平水泊擒晁蓋""踏破梁山捉宋江"。好阿！一向聞祝、扈兩庄，素懷忠義，如此標題，真足令人欽服也。

【前腔】草茅養就屠龍技，只這驚人聯句偶留題。

且看後面款識是何人所書？（又看念介）"扈氏文姬題"。呀！好奇怪！

原來織錦閨中字偏奇，正似翩翩美女簪花體。

且住，我聞扈家庄有箇女子叫"一丈青"，武藝出羣，不信又如此妙才。我年已弱冠，姻緣未遂，若得此女結爲伉儷，也不虛跋涉了。

臨風遥憶筆花飛，早不覺心如醉。

（雜家丁上）欲迓名流忙下榻，乍迎遠客且停車。請教師進去，太公在庄門内迎候。（小生進介）

（外上）

【黄鐘引子】【西地錦】佇望嘉賓車騎，相逢且展愁眉。高才堪附風雲會，漫嗟彈鋏羈棲。

（迎小生，同拜介）（小生）齒德俱尊，湖海共推天下士。（外）斗山並仰,蛟龍豈是蓬蒿人。(坐介)(小生)廷玉孑身流寓,承太公謬采下招,趨承恐後,實切惶愧。(外)久仰教師,孫吴偉略,頗牧奇材。幸邀降重,老夫倚賴實多矣。(小生)請問太公,這幾時梁山賊黨消息若何?(外)教師,那梁山賊衆呵,

【黄鐘過曲】【啄木兒】真兇黨,假義旗,肆毒郊原烽火起。

老夫雖在暮年,

做不得向沙塲殺賊捐軀,忍對著四郊多壘。

(小生)賢喬梓素懷忠義,適見旗上聯句,已露一班了。(外)稚子與舍甥粗知武藝,今得教師遠來,

攻圍衝擊多奇計,同心共許忠和義,却不道萬里長城偏仗伊。

(小生)重蒙知遇,敢不盡力?只是小姪呵,

【前腔】慚孤孑,候指麾,奔走風塵空敝屣。寄鷦鷯,俯首鹽車,更念切室家無倚。

(外)尊眷今在何處?(小生)小姪自愧飄零,尚未有室。(外)原來如此。(小生)

飄蓬自洒青衫淚,氤氳未覓鸞凰配,只落得悵望天台路久迷。

(外)老夫聽教師之言,却喜有一段姻緣在此。(小生)既承高誼,未知何家閨女?(外)便是所見旗上標題的舍甥女。(小生)可是江湖上傳説扈家"一丈青"麽?(外笑介)教師有所不知,扈氏兩箇舍甥女。那三娘已許配小兒,只這第二箇甥女,小字文姬,

【三段子】他年方及笄,負才華家宜室宜。你才堪獨馳,况相逢心怡志怡。

(小生)只恐小姪淪落,須請教令甥尊意。(外)舍甥原囑代爲主婚,竟俟擇吉在舍下與小兒同完婚便了。

花姨月姊情相繫,畫堂争認風流壻,看取好合雙雙穠桃艷李。

(雜家丁上)背心共識祝家字,肩上横掮扈氏旗。(見介)小的扈家庄差報軍情。梁山泊一枝人馬,飛遶下山,舍人與三娘已整備迎敵。請太公速發兵接應。(外)如此你再去打探,我這裏發兵策應便了。(雜應下)(外)我料賊人,必來侵擾,只是孩兒置辦軍器未歸,我須親自臨陣一番。(小生)太公請坐鎮寶庄。小姪初

來，願領人馬前去相助。

【歸朝歡】幺魔的，幺魔的，騷擾無遺，仗鈞令争鋒莫比。

(外)如此最好。

忙前進，忙前進，結束整齊，這前茅管做同舟共濟。

(合)

譬如廉頗、李牧多交契，軍容細柳非兒戲，須博箇並勒燕然戰勝碑。

旅迹天涯寄一身，姻緣宿世自相親。

暫仗驊騮開道路，會看鷹隼出風塵。

第十齣　獲醜　魚模

【南吕引子】【一枝花】(丑戎粧舞雙刀，二雜執旗引上)休言鎗共斧，慣把雙刀舞，賊鋒方動也那堪數。

(末戎粧執戟上)

畫戟方天，直搗梁山路，纔顯真英武。

(小生戎粧持棒上)

誓靖風塵，看一棒撑持前部。

(丑)探得梁山人馬將近，待我先去沖箇頭陣。(小生)賊人未可輕覷。三娘要沖鋒，我與令兄分領兩翼埋伏，三娘詐敗，誘他追趕，那時一齊邀截，必擒賊矣。(丑)説得有理。(末)謹依教師定計而行，就此起馬。(同行介)

【越調過曲】【水底魚】(合)三隊分驅，當先女丈夫，兩旁密布，瞬息掃妖狐。

(下)

(付浄戎粧領雜小校上)

【前腔】鼓角鳴桴，梁山好色徒，强弓勁弩，一陣擄嬌姝。

(丑領雜上)賊將何人？快通名來。(付浄笑介)我王矮虎好造化也。久聞扈家庄有箇女將，今日撞見，想你就是扈三娘"一丈青"了？(丑)我看你這矮子，想就是王矮虎？既曉得我三娘威名，還不下馬受縛。

【南吕過曲】【大迓鼓】區區小賊奴,穀皮三寸,醉眼糢糊,料來空矮難如虎,多應揺擺倩人扶,及早歸降,正好獻俘。

(付浄架刀笑介)且住!我王矮虎最好風月,今日撞見你,先軟倒了,有句心上話,不如講明,罷戰罷!(丑)你這厮,有什麽話來?

【前腔】(付浄)我渾身體似酥,苗條身段,願效羅敷。此番先定鴛鴦譜,同投山寨好歡娱,且慢交鋒,嬌喘浪吁。

(丑)一派胡言,好生無理。還不認得三娘手段哩?快帶馬過來。(付浄)既不聽我言,且試一陣。(戰介)(丑佯敗下)(付浄)一丈青不多幾合,就敗去了。快趕上,拏到山寨受用。(追下)

(小生、末上接戰)(丑復上混戰,共擒付浄介)(丑)且喜王矮虎被擒,賊鋒已挫,皆教師與哥哥策應之力也。(小生)全賴三娘先聲破敵,我輩何功之有?(末)小校,將他綁縛,囚禁庄上,俟捉了晁、宋賊頭,會同祝家庄獻俘便了。就此收兵回庄。(雜應介)

獵獵旌旗轉,蕭蕭戰馬嘶。
共敲金鐙響,齊唱凱歌歸。

第十一齣　婚劫　車遮

【黄鐘引子】【玉女步瑞雲】(浄戎裝,二雜引上)**【傳言玉女】**志大心奢,堪恨一番磨折。

【瑞雲濃】須早把機謀打疊。

前日差王矮虎下山攻打祝家庄,一戰失利,反被一丈青潑婆娘捉去。探得今晚祝老兒迎娶那婆娘,與兒子成親,因此定下乘婚暗劫之計。已遣衆兄弟假扮迎親人役,投入扈家庄去了。專等迎娶到時,撞入祝家庄,混殺起來。先通消息與王矮虎爲扈家内應,管取兩庄一時虀粉。我自統輕騎下山策應,叫小校就此前去,暫札獨龍崗後面伺候。(雜)得令。(行介)

【黄鍾過曲】【絳都春序】(合)陰謀秘訣慣成功,悄然營偷寨劫。喜氣盈門,好似迷魂一陣設,花容月貌空妖冶,誰識破刀鎗排列。陽臺雲雨，畫堂鼓吹，且教休歇。

（下）（内作樂照常贊禮介）

（小生花紅、小旦冠帔、外吉服同上）

【出隊子】（合）良緣天結，千里萍逢情意浹。休嫌客館枉彈鋏，月下氤氲秦晉洽，一刻千金，歡娱此夜。

（外）前日梁山賊寇一戰被獲，料不敢復來侵犯，因此擇吉今晚與教師、孩兒一同結婚。二甥女尚留本庄，與教師行禮已過，專等扈家迎娶到時，再與孩兒行禮。教師、甥女請進去，同做花燭，少頃喜筵相敘。（小生）謹依尊命。結成鸞鳳同心侶，（小旦）締就蓮花並蒂緣。（下）

（生金冠常服上）欲圖嘉禮三生好，只恐奸謀一旦深。爹爹拜揖。（外）你今日成婚，迎娶的將到了，怎不换了吉服，反這等荒荒出來？（生）今日佳期，不知爲甚心驚眼跳，意緒欠寧。想賊人詭計莫測，前偶然戰敗，萬一乘我家熱鬧，暗做偷營劫寨之事，也未可知。爹爹，還該隄防爲上。（外笑介）孩兒，你説那裏話來？

【鬧樊樓】緑林一戰威風折，斂形逃影，膽寒心裂，

他斷不敢再來，何必如此害怕？

凱奏方傳捷，壯氣休懷怯。今日呵，羡乘龍佳遇，喜飛鸞良會，早安排聽琴調瑟協，怎生的意懸懸，色惶惶，把愁腸縈切。

（生）雖然如此，只恐變起倉卒，孩兒到底放心不下。

【滴滴金】佳期會合多歡悦，恐風浪驚天吴與越，多應好事翻成拙，這姻緣空訂也。

（内鼓樂介）（外）你聽鼓樂之聲，新人到門了，不要説這不吉利話。

笙歌鬧熱，喜孜孜好將珠翠揭，銀河早涉，賽過填橋令節。

（丑吉服花轎，老旦喜娘，末掌禮，小生、旦樂人内戎粧同上）

【南吕過曲】【浣溪沙犯】【浣溪沙】（合）香車送，燈影徹，耀團團冰輪皎潔，倩鳳曲鸞歌將佳景寫，試開懷齊聽者。

【啄木兒】乍思量戰動香雲貼，細描摹戰罷靈犀洩。

【玉漏遲】總逗引柔腸媚舌，好趁花燭下弄風流真暢絶。

(衆)這裏是祝家庄了,我們齊進去。(各脱衣露刃直入介)梁山泊好漢全夥在此。

(丑從轎出,老旦擒住介)(小生、末、旦共擒住外、生介)(外)不好了,果中賊人之計了,這班是賊黨什麽人?(末)我便是"浪子"燕青。(小生)我是"聖手書生"蕭讓。(旦)我是"鐵叫子"樂和。(老旦)只我是"母大蟲"顧大嫂。(外)不聽孩兒所言,被這班賊子暗算,真天亡我也。

(浄上)不施萬丈深潭計,怎得驪龍頷下珠?(衆)且喜大哥也到了。(浄)我將人馬屯札,等你每消息,喜得已成功了。怎生王矮虎還不見來?

(付浄抱小旦上)

【黄鍾過曲】【三段子】身軀半橛,脱將來真快活。腰肢一撚,乍相逢忙抱拽,區區矮劣,全憑幫手多雄傑,擄嬌娘今夕,正風月,急忙裏魂飛火爇。

大哥,好快活,扈家庄俱掃蕩了,只走了扈成一箇,二娘從後門逃出被我拏住,如今三娘也在此,趁衆兄弟做掌禮喜娘,大哥把兩箇多賜與兄弟做親罷。(浄笑介)你且不要性急!燕青、蕭讓過來,把兩箇婆娘先押去交與太公收管。待我回山發落。(末、小生)曉得。(押小旦、丑下)(浄)兄弟每,帶祝老兒父子過來。(衆應,帶外、生,各背立介)(浄)我且問你,你説要"填平水泊、踏破梁山",今日被擒,有何理説?(外)我一時懞懂,悮中奸計,只早受一死罷了。(浄)你看我人强馬壯,所向無敵,諒一兩箇鳥庄,幹得甚事,却敢作對?勸你父子,不如隨我上山入夥罷。(外)哇!你那千刀萬剮的賊頭,不曉得我父子心性麽?

【滴溜子】平生的,平生的,忠心共挾;冤家的,冤家的,前生宿孽。

孩兒,罷,罷!我和你今日父子殉節,也不枉流芳百世。

説甚保身明哲,看取父與兒真豪俠,博得箇聲名遠表揚墓碣。

(生哭介)爹爹阿,

【下小樓】歎嗟冤仇怎雪?

(外)事已如此,你也不必悲泣。

戀殘生空慘咽，洒然奪取剛刀掣。

(共奪老旦、旦刀介)(生合)

從此獨龍崗上，雙雙並記忠烈。

(各自刎下)(浄)不想那父子如此激烈，竟雙雙自盡了。可駭，可畏！衆兄弟，大家拜他一拜。(付浄)大哥要拜，我等便也拜。(拜介)

【永團圓犯】【永團圓】(合)從容就義心腸決，奮青萍流碧血，九天忠魄，光芒射斗，山摇冰霜冽，忙忙拜送，望伊早早生天闕，力盡心空竭，浮生幻滅，總留得香名揭。

(浄)願太公父子念宋江呵，

【鬧樊樓】避罪多陰譎，冒犯來行竊。

【望吾鄉】望靈魂長抛撇，展轉心恐嚇。

【永團圓】只怕覓巢穴。

(付浄笑介)大哥，怎向他説這懼怕的話？(浄)你不曉得，忠烈之人，一靈不散，倘日後尋著我，便當不起，不如先禱告一番。可分付小校，好好盛殮安葬。(付浄)曉得。(浄)兩庄俱破，可惜樂廷玉、扈成不知逃往何處？

【餘文】向來好漢多收摺，這兩箇飄然遠别。

(付浄)大哥，不要記挂他了，只快快同回山寨，兄弟做親要緊。

笑①吟吟早趁著好良宵，把夫妻魚水接。

(同下)

第十二齣　激遯　蕭豪

【雙調過曲】【瑣南枝】(小生持棒急上)良宵裏殺氣高，鸞凰兩邊驚驟抛，堪歎平日英雄，隻影輕如鳥。

我樂廷玉與扈家二娘，方行合巹，不料賊人乘機混亂，可憐太公父子一時殉節，二娘逃竄，被他同三娘俱擄去了。(泣介)我那妻

① “笑”字據載道堂本補。

阿！本待奮勇沖鋒，打探消耗，又恐孑身并遭毒手，爲此含忍潛逃，只得直往延安，尋哥哥王教頭，啓請大隊官軍報仇雪恨。且急急趲行前去。（行介）

心轉傷，怎禁行步沓，但願望西秦早馳到。

（下）

（末挂劍急上）

【前腔】（换頭）凄凄鴈聲叫，只見山岡月色飄，驀地風波驚起，寧可脱却牢籠，慢把寃仇報。

自家扈成，送三妹出門，驀聽得祝家庄内賊兵混亂，正欲前往救援，又被賊衆蜂擁而入，一家被難。只苦苦逃得此身，母舅父子殉節，想兩箇妹子，必遭陷害，未知欒教師存亡若何？如今無家可歸，教我一身怎做得殺賊報仇之事？可痛，可恨！（望介）呀！那急急走來正是欒教師，且等他來計議則箇。

（小生急上）

忙向前，只恐孤影遥。

（末）呀！果①然是妹丈。（小生）呀！元來是大舅。（同揖介）（合）

乍相逢，兩下裏共悲惱。

（末）妹丈，不道兩庄，頓遭慘變，我和你雖留得此身，却投那裡去好？（小生）大舅，我恨不奮力殺賊，爲太公父子報仇，只是如今呵，

【二犯孝順歌】【孝順歌】家業散、骨肉凋，紛紛隊伍何處招？

我有結義兄長王教頭，在延安經略軍前，且和你前往投奔，以圖機會。

【五馬江兒水】痛哭秦廷，博得怨洩仇共消，統雄軍健馬再挂征袍。

（末）既然王教頭在延安，連夜同去，啓請官軍，便可埽除賊寇了。

【瑣南枝】且馳驅寧憚勞，漫追思空痛號。

（小生）兩箇令妹俱被擄去。（泣介）想起匆匆花燭，不道一旦分

---

① “果”字據載道堂本補。

離至此。(末)我道舍妹必遭陷害,果然俱擒拏去了。

【孝南枝】【孝順歌】情悲切、氣鬱陶,尋思不禁淚雨抛。

(泣介)

可憐兄妹忽分飛,那更夫妻轉蕭條。

(小生)大舅且勿悲傷。

衝冠鬢毛,和你同叩軍門,忙尋遠道。但得蕩滌妖氛,有日重諧好。

【瑣南枝】(合)心上人去路迢,愁上愁怎忘了?

(末)就此急急同去罷。

兩家骨肉頓分離,却值天南地北時。

夫妻本是同林鳥,患難方來且各飛。

第十三齣　貞矢　先天

【仙吕引子】【金雞叫】(小旦上)烽火留殘喘,想才郎别離迢遠。

(丑上)

命裏姻親多遭蹇,撇下人兒,教我怎消遣?

(小旦)妹子,我和你同日于歸,突遭奇變,被賊人拘留在此。母舅父子一時殉節,不知哥哥與我官人怎生下落?(泣介)倘賊衆不良,拚得以死自誓罷了。(丑)姐姐,你與欒姐夫已經配合,今雖飄散,或者還有重逢之日。只可憐妹子,好好一箇丈夫,登時逼棄,如今拘禁,怎生捱過日子?(小旦)如此説來,你莫非有他意麽?(丑)妹子與祝郎,原未交拜結親,况已經身故,看那宋江,假仁假義,倘要妹子另嫁别人,(笑介)只得順從他了。姐姐休見怪。(小旦)咳,妹子,你説那裏話來?

【仙吕入雙調過曲】【沉醉東風】痛飄零共離故園,矢貞潔命懸如線。遥憶著好姻緣,玉碎珠捐,怎做鳳求凰白頭重戀。

(丑)姐姐這般説,教妹子終身守寡不成?(小旦)咳,妹子你好痴心也!(泣介)

爲夫淚漣,爲兄淚懸,何妨撇喪殘生免挂牽。

(付净上)

【園林好】想嬌娃雙雙未眠,念鰥夫心慌足軟。

我王矮虎擄得扈家姊妹,被大哥托與太公收管,親近不得。今乘他睡熟,悄悄摸到房中,成其好事,有何不可?(行介)

咫尺銀河不遠,須早把鵲橋填,休浪擲,正芳年。

這裏是了,且闖將進去。(入介)(丑)呀!王頭領來了。(小旦)你這賊子,昏夜到此何幹?(付浄笑介)兩位小娘子,我王矮虎想慕嬌姿,今得天付良緣,同歸山寨,望各賜片刻之歡,永締百年之好。(小旦怒介)哇!你這等無禮麽?

【江水兒】堪恨豺狼輩,一時火欲燃。你殺人暗把奸謀獻,欺人又把淫詞煽。

(丑)姐姐,既在此間,少説幾句罷。(付浄)還是三娘有竅。(小旦)妹子怎麽也這等説?

你對人怎把胡言勸?

(付浄)我好意求你,你執意不從,等我翻轉臉來,一刀一箇,不怕飛上天去。(拔刀介)(小旦)嗄!你道我扈文姬是怕死的麽?

一點貞心難變,快把刀來,好仗青鋒拚得淋漓血濺。

(奪刀欲刎介)(丑拖住介)姐姐怎這等使性?(付浄急介)阿呀,我是取笑,怎認起真來?大哥托付太公收管,你若自死了,我怎當得大哥軍法?(同丑奪小旦刀介)

(末拄杖携燈上)

【五供養】夢魂展轉,嘆潦倒衰齡,山寨流連。

呀,爲何如此光景?(小旦哭介)(末指付浄介)你這矮賊,又胡行亂做了?

奸心來哄騙,激怒哭聲喧。

(付浄)不瞞太公説,我不合動了虛火,悄地到此,指望暫圖歡會。誰想二娘堅執異常。

哀求千萬,只落得冒白刃空翻顔面。

(末)好阿,是一箇貞烈女子!那三娘便怎麽?(付浄笑介)且喜三娘比二娘不同。他見姐姐尋死覓活,正在這裏解勸。

看一種喬模樣倍纏綿,都應琵琶堪抱過他船。

(末)原來如此！二娘，你自進去，有老漢照管，但請寬心。(小旦)芳心自比沾泥絮，不逐東風上下狂。(下)(末)三娘過來，我聽不肖子要把你姊妹揀一箇配王矮虎，難得你姐姐如此貞烈，只索罷了。你便趁此良夜，與他結了親罷。(丑)雖承太公美意，只是我堂堂婦人，嫁這一箇腌臢矮子，可不辱没了人？(末笑介)這也罷了。

【玉交枝】一番胡串，又何須齊眉並肩？嫦娥天半威風現，笑牛郎仰捱歡讌。

(付浄笑介)前日交戰，偶然輸與你，不是我誇口，如今枕席上呵，能征慣戰非浪言，只怕吁吁香汗求饒免。

(丑)啐！你不記得我手段麽？

縛將來軍中那邊，少不得捉將來房中這邊。

(末)不要取笑，你兩箇快交拜起來。(丑)難道喜娘、掌禮俱不用？(末)喜娘、掌禮，前番受了他驚嚇，如今不要勞動他罷。(付浄、丑各笑介)既如此，太公請台坐，我夫婦就此拜見，明早拜見大哥罷。(同拜介)

【川撥棹】(合)緣非淺，嫁雞來還嫁犬。好一似交頸文鴛，好一似交頸文鴛。待明朝重開喜筵，這良姻皆在天，喜相逢寧偶然？

(末)你兩箇自進房去罷。(付浄)莫笑兩員皆戰將，弄成一對好夫妻。(扯丑諢下)(末)看那一丈青，欣欣同王矮虎進房去了。好箇二娘，千貞萬烈。老漢在此，須留心照管，保全他終身。倘日後夫婦重逢，也是一樁陰德也。

【尾聲】青蠅白璧渾無腆，似別鶴分鸞悽怨。只博箇貞節香名萬古傳。

洞房堪笑共歡娱，須記羅敷自有夫。

渾濁不分鰱共鯉，水清方見兩般魚。

第十四齣　罵堂　江陽

(場上先懸忠義堂匾額介)

[鷓鴣天](老旦法冠絳服上)呼風喚雨鬼神驚，

(生頭陀僧服上)醉鬧禪堂舊有名。

(外虬髯戎粧上)共説大刀真壯勇,

(小生短鬚戎粧上)争看青面更猙獰。(合)梁山上喜同登,一時聚首締心盟。今朝忠義開堂處,酌酒歡呼意氣生。(老旦)自家公孫勝是也。(生)洒家魯智深是也。(外)自家關勝是也。(小生)洒家楊志是也。(外)我等自從糾聚梁山,好生興旺。近因晁天王身故,共推宋公明爲主。昨奉令將聚義廳改爲忠義堂,專候大哥升帳稱賀。(衆)酒席齊備,一同傳請便了。大哥有請!

(浄袍服,旦、小旦、軍校引上)

【南吕引子】【上林春】嘯聚多年,氣雄心壯,重整頓規模興旺。弟兄濟濟多材,頭領推尊無上。

(衆見介)大哥參見。(浄)衆兄弟少禮。(衆)大哥初登尊位,改立堂名,弟兄們悉遵約束,另换規模,願進千秋之觴,共慶一堂之盛。(浄)承列位情聯異姓,誼勝同胞,千秋一堂,願與衆兄弟共之。(衆)小校,看酒來!(内作樂,衆送酒同坐,飲介)

【南吕過曲】【香柳娘】(合)正良辰舉觴,正良辰舉觴,淋漓佳醸,酒逢知己歡無量。况追隨雁行,况追隨雁行,意氣實難忘,情誼真堪奬。對星稀月朗,對星稀月朗,陶然醉鄉,雄懷舒放。

(各起介)(浄)這聚義廳不過嘯聚本色,今改爲忠義堂,纔見我等事業,與向來緑林烏合大是不同。(衆)大哥高見,衆兄弟增榮多矣。(浄指匾大笑介)今日好不洒落也。

【前腔】看標題在堂,看標題在堂,清風堪仰,煌煌忠義歸吾黨。

(合)

喜孜孜氣洋,喜孜孜氣洋,兩字細端詳,千載皆推讓。豈區區草莽,豈區區草莽,名高姓揚,傳留天壤。

(末内嚷介)好箇忠義堂,可不羞殺人也!(浄驚介)呀!太公出來了。

(末拄杖上)(衆)今日特備杯酒,與大哥稱賀,太公請同坐,暢飲一回。(末)呸!我那裏要喫什麽酒?只問你每,這"忠義"二字怎麽解?(浄)這"忠義"二字,孩兒新改題堂額,父親爲何發怒起

來？（末冷笑介）

【前腔】你心兒忒狂，你心兒忒狂，滔天無狀，如何擅把佳名攘？

從來忠臣義士，盡心報國，大節凜然。你這班背叛朝廷之人，忠在那裡，義在那裡？

笑無知夜郎，笑無知夜郎，恣意恁强梁，枉做喬模樣。

我没有什麽出氣，只把這二字抹倒罷了。

逞兇邪孟浪，逞兇邪孟浪，洗滌肺腸，好憑藜杖。

（將杖搠匾介）（衆拖介）太公，使不得！（净）父親寧把杖責治孩兒，若抹倒"忠義"二字，教孩兒怎生做人？（末大笑介）你也曉得不忠不義，難以做人？如今混帳，把這二字哄著誰來？（又搠墮地介）（净背介）咳，我好痴心也！

【前腔】枉粧魔弄腔，枉粧魔弄腔，交游偏廣，聲名到底成虚謊。

（末）什麽忠義，好笑，好笑！（净低唱介）

這機鋒怎當，這機鋒怎當，鬢髮已如霜，口舌難相諒。

只得求他少説幾句，掩飾目前罷。（轉跪介）（衆同跪介）（净）孩兒不肖，有負父親訓誨，求看衆兄弟面上，寬容饒過罷。（衆合）

望消除罪障，望消除罪障，歡情未央，齊齊稽顙。

（末）罷，罷！你這班不忠不義，少不得千秋萬世，自有公論，何苦與你争論？（大笑介）快活，快活，罵得暢！（下）（净）羞殺我也，氣殺我也！今日新改忠義堂，被父親一番辱罵，只怕這"忠義"二字，真箇承當不起。（衆）大哥説那裡話？大哥平生忠義，無不推服。太公從來執性，那裡顧得他？如今初正位次，還求把號令申飭一番。（净）向來分派職守，各自遵依，只有山前酒店須添設管理。小校，傳王矮虎、扈三娘聽令。（旦、小旦向内介）王矮虎、扈三娘上堂聽令。

（付净、丑上）被底鴛鴦生巧浪，帳前羆虎逞威風。大哥參見。（净）傳你夫婦到來，只爲山前酒店，關係緊要，今著你二人前去添設管理，須小心在意。（付净、丑）兄弟夫婦，蒙大哥恩誼，既奉差委，敢不一一遵依？（净）你且聽我吩咐：

【仙呂入雙調過曲】【錦衣香】茅店中青帘颺，草舍前紅粧望，休言美酒蘭陵，神歡心暢，安排蒙汗此中藏。

（付浄）這兄弟理會得。（浄）你此去呵，

依山建立，倚水開張，聽水亭號箭，向蘆花往來推盪，好漢休輕放，軍機潛訪，須知是留心作眼風聲全仗。

（付浄、丑）得令。（浄）號令已畢，趁此月夜，與衆兄弟相送下山。

（衆）謹依大哥尊令。（行介）

【漿水令】（合）望冰輪團團雪亮，照溪流影影蒼茫。刀鎗齊列滿山崗，沿村酒館，一番重創，休輕忽，莫亂忙，中軍號令應非爽。夫和婦，夫和婦，捉對成雙；兄和弟，兄和弟，假扮喬粧。

【尾聲】堂名忠義原無恙，整飭機謀停當，且慢説赦罪招安願受降。

（下）

第十五齣　忠略　真文①

【仙吕引子】【探春令】（外三髯冠帶，二雜執旗引上）分符五馬荷君恩，秉丹心忠悃，望東南海嶠，驚烽火早訪覓真英俊。

壯志沖天氣吐虹，一麾五馬鎮山東。黄堂共仰冰壺皎，瀚海欣沾化雨同。下官張叔夜，字稽仲，信州永豐人也。由恩蔭起家，遷知海州軍事。目下淮西、河北、江南一切盜賊在在竊發，下官既承王命，縱未經仗劍登壇，寧敢效賦詩退敵。只今走馬上任，聞得梁山賊衆，正爾猖狂，可歎朝廷無人，每輕言招撫，下官蒞任方始，須索練兵選將，爲戰勝殄滅之計。且待各役到來，預爲籌畫則箇。

（生吏、小旦門子、二雜皂隸上）舊役奔波經道路，新官風采滿郊原。（叩介）海州吏書各役叩見老爺，有花名手本呈遞。（雜接，送外看介）（外）你每遠來迎接，本府正要訪問：那梁山賊衆，近來聲勢若何？（生、衆）老爺聽稟：那梁山賊衆呵，

【仙吕過曲】【皂羅袍】占踞山岩高峻，望茫茫蘆荻亂隱湖濱，嘯聚成

① 此齣後爲下卷，目次略。

林，任縱横，官軍緝捕難親近。

(外)那鄰近地方，也被他擾害麽？(生、衆)賊寇恣行劫掠，只近日祝、扈兩庄，便傷心慘目了。

可憐舊家父子，捐軀喪身，更有新婚夫婦忙逃亂奔，眼見得連年殺戮經州郡。

(外)賊人如此横行，聞之髮指。下官今日到任，必須招集一二健將，纔可保全危疆，埽除巢穴。不免將榜文一路曉諭，然後約齊援師，協同進兵。吏典過來。(生應介)(外)我有榜文一道，招募義勇，你將去前途張挂，倘有應募之人，伺候本府到任相見。(生)嗄！(外)且聽我吩付：

【前腔】草澤魚龍多混，想天生豪傑，志慕風雲，一旦彈冠肯從軍，功成指日懸金印。

(付榜介)你將此榜呵，

抄謄張挂，不論通衢近村，若遇那好漢子，殷勤延接，休問征夫旅人，須索招留幕下來投順。

(生)老爺吩付，小的便抄寫曉諭便了。忙捧徵書迎傑士，好懸名榜待英才。(持榜下)(外)吩付各役，就此起行。(衆應，同行介)

【仙吕入雙調過曲】【五馬江兒水】(合)千里征軺相引一心，欲靖妖氛，看油幢風轉，皂蓋雲分，須念彤廷簡命新。恨關河驚擾地暗天昏，不過潢池亡命，釜底游魂，但教奮勇蕩煙塵，齊心協力絶迹超羣，指顧成功投戈補衮。

(同下)

第十六齣　留養　先天

【仙吕引子】【卜算子】(旦上)夫壻悔長征，姑病多偃蹇，遥望關山旅夢牽，甘旨寧嗟怨。

奴家李氏，自從丈夫前往延安，杳無消息。婆婆朝夕懸念，染成一病。倘丈夫逗留不歸，轉加沉重，如何是好？適間午睡方醒，不免暫扶起來，勸他寬解則箇。

（扶老旦病裝上）

【番卜算】（老旦）寂寂閉蓬門，夢繞天涯遠，病魔偏惹老年人，祇覺精神倦。

（旦）婆婆，今日身子寬暢些麽？（老旦）夢魂顛倒，心緒不寧，怎得寬暢？（旦）兒夫一去許久，早晚必歸，婆婆且自寬懷。（老旦）我那王進的兒阿，（泣介）

【仙吕過曲】【桂枝香】行裝初辦，抛離庭院，那更燕去鴻來，不覺時移物變。念西風似剪，西風似剪，愁腸千遍，淚痕飄霰。

（旦）

婆婆免憂煎，那些箇日近長安遠，管取欣欣歸故園。

（老旦伏桌介）

（生冠帶，二雜隨上）

【不是路】（生）亟整歸鞭，爲憶慈闈魂夢燃。

（雜）老爺回府了。（生）你每廻避。（雜下）

（旦出介）呀！果然官人回來了。

欣相見，燈花昨夜果娟娟。

（生入介）母親在那裏？呀！

叩堂前，爲甚蕭然静臥渾難辨？

（旦）婆婆近日心緒不安，染成一病，

因此弱息依稀倚枕眠。

待我輕輕喚醒他來。婆婆，官人回來了。（老旦醒介）嗄。我兒回來了麽？（生跪介）是孩兒回來了。

愁難遣，看容顔非復當時健。

（背泣介）

好教我淚流難嚥，淚流難嚥。

（老旦）我兒，怎麽直至今日回來？做娘的好不牽挂也。（生）孩兒久違膝下，只因种經略留在軍前，題授遊擊之職。思念母親，暫得告假。未知體中安否若何？（老旦）兒阿，只因你去久不歸，日夕懸念，這幾時心神恍惚，肢體疲倦，且喜你已得官職，只恐做娘的病勢淹留，如何是好？（仍伏桌介）（生泣介）娘子，母親這病幾時起的？

【長拍】(旦)只爲渺渺離情，渺渺離情，重重愁緒，朝夕怎生安便？因此心燈常熾，意蘗偏結，悶懨懨病態纏綿。

(生)曾用過藥麽？(旦)

湯藥尚無緣，怕破鬱消愁，庸醫難援。怎得苦口良方國手展，扶晚景感蒼天。

依奴家意中，官人須在家奉侍方好。

定省晨昏相勉，好調羹嘗藥，共保安然。

(生)我豈肯戀此微官，遠離左右？如今著跟隨人役，稟覆种經略，且待母親病愈，再定行止。

【短拍】白髪蕭條，白髪蕭條，兒心展轉，望西秦難傍高軒。閉户暫流連，忍把那前程貪戀，異日重瞻棨戟，且看取歡笑北堂萱。

(旦)官人主意極是。但婆婆體中須良醫調治，還該用心尋訪。(生)聞得有箇神醫安道全，住居建康。欲自去延請，母親在家，又放心不下。(旦)既有神醫，該作速去請，婆婆大勢無妨，奴家小心奉侍便了。(生)和你扶去安息，明日宛轉説知，然後前往。(同旦扶介)母親，到裏面安置罷。(老旦起介)兒阿，今日見了你，頓覺寬解，適纔這一回好睡熟也。

【尾聲】欣會合親兒面，正夢遶華胥平善，

(生、旦合)

但願早仗刀圭把宿疾痊。

征騎初歸慰老親，依依繞膝孝心真。

但得藥醫無恙病，宛如佛度有緣人。

第十七齣　竊釀　齊微

(付淨上)人人説道强盜長，惟我區區忒郎當。殺人只好齊腰過，放火從來摸壁行。連頭帶脚不滿三尺，捱肩擦背枉弄一場。短橛橛好似開大門箇爆杖，跳鑽鑽活像磨竈角箇獐狼。陽穀縣裏武大郎是我結識箇同輩，虎邱山前王主簿是我通譜箇尊行。堪笑空來梁山泊上稱好漢，還虧配子天邊長介箇敝房。仰起面孔剛剛望著腰裏，伸長臂膊幾幾摸到奶傍。且喜渠有雙刀，我有單鎗。肚裏肐膪，雖然妄談我短；身邊搖擺，只好靡恃他長。閒話少說，我夫婦蒙大哥差遣，在山前添設酒店。聞得朝廷差陳太尉賫御酒、詔書，前來招安。想招安有甚好處？趁他到此，弄箇計，暗算他一番，然後等他到山寨去，落得大家招安不成。且等三娘出來，與他計議。

（丑上）休道插花來賣酒，且看帶劍去當壚。（見介）曾開張店面麽？（付浄）已吩付火家開張了。有一件事專等你商量。（丑）有什麽事？（付浄）陳太尉賫詔書、御酒前來招安，我看大哥口裏説招安，心上原不願。等他到店中，把蒙汗藥酒弄倒他，耍他一耍，有何不可？（丑）有理，和你去安排停當，待他來，發付便了。大家排設機千套，好漢消磨酒一杯。（同下）

（小旦太監蟒玉，二雜捧詔、挑酒引上）

【中吕過曲】【粉孩兒】（合）**遥遥的望梁山烟水裏，捧絲綸詔命遠投淮、濟，尚方醲就初熟時，荷天恩遍賜淋漓。**

（雜）公公，前面是梁山泊開設酒店。我每路上勞頓，且到那裏暫歇片時？（小旦）這也使得。（行介）（合）

向前途聊息驅馳，看茅店依嶺臨水。

（付浄、丑上，跪介）梁山泊酒店頭領王矮虎、扈三娘迎接太尉。（小旦）起來，起來！（付浄）太尉一路辛苦，且到小店暫時歇息，然後上山罷。（小旦）咱從京師來，十分勞倦，正要歇息片時。那孩子每已餓得慌了，有什麽現成的酒飯？把來用些。（同入坐介）（付浄）山寨中整治筵席款待，只恐公公飢渴，且將就用些。但伏侍不週，望公公恕罪。（小旦）好説。（付浄）三娘，把酒餚整治出來。（丑應介）（小旦）下酒的隨意，只酒便盪熱些。（丑）曉得。（背介）那没膫子的，不曉得藥酒盪熱更來得快，拏一壺沸滚的與他便了。

（虚下。取酒上）太尉，酒盪熱了，先拏在此。（付浄斟送介）太尉請酒。

【紅芍藥】逢勝景且進三杯，賽蘭陵琥珀光輝。

(小旦飲介)好酒，好酒！再斟來。(付浄又斟介)太尉請飲，待我也奉敬二位幾杯。(小旦)那孩子每，把大碗賞他幾碗罷。(付浄)太尉説得有理。三娘，取大碗來。(丑取大碗同付浄送雜介)二位自然是好量，多喫幾碗。(雜)多謝，多謝！(連飲介)(付浄、丑)

一任你空心暫歡飫，又何妨放懷同醉？

(雜)果然好酒。(付浄又斟，雜又飲介)(小旦)酒味雖好，只是喫下去便有些醺意起來。(雜)便是小的每，也只想要睡。(小旦)

從來不曉醉如泥，怎今番眼昏頭墜？

(付浄)太尉，不妨事，就是醉了，在此略睡一睡何如？

黑甜鄉好夢徘徊，酩酊後須覓樂地。

(小旦、雜各醉態介)(付浄)倒也，倒也！(小旦、雜各倒地睡介)(丑拍手笑介)好阿！

【正宫過曲】【福馬郎】霎時流涎鼻又涕，不覺頹然昏沉矣。

(付浄)

説甚逢知己，早做了千鍾少六魄迷，

這酒比黄泥崗上賣的也差不多，且喜三箇又著了道兒，

這是山中美醐醍，只教你身共首軟成堆。

三娘，他每多睡熟了，現放著一擔御酒，和你開他一罈，大家嚐一嚐。(丑)有理，就此開起來。(同開罈取酒飲介)(付浄)妙阿！這酒委實好喫。(連飲介)(丑)我與你同喫這一罈，那裡濟事，連那一罈也喫了罷。(付浄笑介)這等再開起來。(又同開罈飲介)(付浄)好快活，喫得爽利。

【中吕過曲】【耍孩兒】噴鼻馨香多樂意，不必杯和斝，頃刻裏倒甕傾罍。

喫便喫得好，把什麼裝在裏面，方掩飾得過？(丑)有一桶淡白酒在那裡，取來裝好，與弟兄們嚐一嚐，自然大家發惱起來。(付浄笑介)有理。這纔耍得好。(同取桶内酒裝介)(合)

村醪滴流流，清淡無餘氣，笑此番掇賺渾兒戲，難認取中山味。

(付浄)如今原把來封好,裝在擔裏去。(丑同裝入擔介)

【會河陽】(合)管甚封黄御筆標題,原挑一擔没差池。

(付浄笑介)他喫了我的藥酒,我與你喫了他的御酒,只算拽直罷。

頑皮弄盞傳杯,鼓唇燥脾,還勝把空罈閉。

(丑)那封詔書不要動他罷,也耍得彀了。(合)

詔兒仍封好休輕棄,酒兒仍貯好多牢繫。

(小旦醒介)嗳喲,好醉也!(付浄笑介)太尉喫不多酒,却睡了這一會。(小旦)想是喫了餓酒,一時睡去,幾乎悮了公事。那兩箇狗頭,還睡在那裏?(踢雜介)還不快起來!(雜醒起介)阿呀,好酒!(小旦)狗頭,還説好酒,怎麽只管睡去了?(雜)公公一齊睡倒,怎只説小的每?(小旦)哇!胡説,還不把詔書、御酒收拾上山。看那皇封没有損壞麽?(丑)太尉,我和丈夫在此照管,那箇敢損壞?(付浄)如今待我放一枝響箭到金沙灘去,那邊自有船來迎接上山。(小旦)如此最好。(付浄向内放箭介)

(雜摇船上)

【縷縷金】衝蘆岸過沙溪,只聽一箭響棹如飛。想是招安到,莫教稽滯。看孤帆鼓動趁風吹,倉忙早相會,倉忙早相會。

(到介)(付浄)號船已到,請太尉同二位上船。(小旦)孩子每,把詔書、御酒放好船内,同上山去。(雜應介)(付浄)太尉前去,大哥與衆兄弟自在山前迎接。我夫婦隨後上山來伺候開讀,也要喫幾鍾御酒哩。(小旦)這箇自然,咱在那裏相候。曉起只隨仙杖轉,醉餘猶帶御香來。(雜摇船,小旦、二雜同下)(付浄、丑笑介)那太監喫了好酒,睡了半日,不知御酒已被人掤换了。

【越恁好】一番偷换,一番偷换,神鬼總莫知。説甚梅花竹葉纔沾口好驚疑,空負了天廚御饌添舊醅,博得沉沉欲睡。

(丑)你也想睡,恐怕也嚐了蒙汗藥了?(付浄)實是好酒,比山寨中好過幾倍。(丑)如今和你上山去,看弄甚把戲出來?(合)

軍營内怎禁得多煩喙,欽差輩怎免得多貽戾。

(付浄)收拾過店面,快些去罷。

【尾聲】偶然盜弄須臾際，佳釀原來空浪携。

(丑)這番招安多應不成了，

只落得眼飽當筵怎禁腹内饑？

饒伊奸似鬼，喫了洗脚水。

招安弄不成，大家心歡喜。

第十八齣　抗招　尤侯

【黄鐘過曲】【神仗兒】(浄袍服，生僧粧，老旦道粧同上)(合)皇恩遍覆，皇恩遍覆，想旌旄馳驟，把黄門拱候，料應招安非謬。

(浄)今日朝廷差陳太尉齎詔書、御酒前來招安，因此同公孫一清、魯智深下山迎接，且待太尉一同上堂。

(小旦上)

(雜捧詔挑酒引上)(合)

看威嚴山寨軍容輻湊，宣詔旨莫優游，通款曲費綢繆。

(浄迎介)太尉請進。(同入介)(浄)重蒙太尉光降，候開讀過了，宋江和衆兄弟謝了皇恩，然後與太尉行禮罷。(小旦)義士言之有理，請安排香案開讀。(老旦)如今還是先讀詔，先喫酒？(小旦)自然先讀詔。(生)咳！洒家在五臺山，聞著酒香便忍耐不住，那裡等得先讀詔？且把御酒來，大家先喫罷。(浄笑介)你看智深兄弟到底舊性不改。太尉，求把御酒先賜與他每同飲罷。(小旦)既然義士尊意，便先飲御酒無妨。(浄)兄弟每，把御酒供奉香案上，待我先謝了恩，然後同飲。(生、老旦同雜捧酒桌上，浄拜介)

【中吕過曲】【駐雲飛】避罪俘囚，深感天恩垂念久，今日蒙寬宥，舞蹈寧辭後，嗏，御釀正新篘，願同沾口，相對陶然仰祝南山壽，須信酌酒高歌能解憂。

(雜開罈將壺取酒斟介)(生)大哥先飲一杯。(浄山呼畢，取酒飲介)呀？好奇怪，怎麽御酒是恁般滋味？公孫先生，你也嚐一嚐看。(老旦取酒飲介)便是，怎麽平淡得緊？(生)待我來嚐。(取罈飲介)呸！什麽御酒？倒教洒家口中淡出鳥來了。(將罈擲地介)(小旦)這厮好没理,怎麽把欽賜的酒多傾翻了？(生)還説什麽欽賜的酒？

【前腔】淡殺咽喉,這不過村野鄉農沽剩酒,但見清波溜,尚欠濃漿逗。

(老旦)這酒實是可笑,嗏！

滋味最堪羞,好似馬牛涬溲。

(生合)

縱使劉伶無意傾千斗,説甚造出天家費酒籌？

(浄笑介)你每不要亂嚷,那壺内有剩下的,待我也奉敬太尉一杯。(生)有理,等他也嚐一嚐。(浄斟送小旦,小旦飲介)呀！果然,這酒怎這等不中喫？(生笑介)你也道不中喫,難道洒家哄你不成？(小旦)嗄！是了,咱在王矮虎酒店中偶然睡去,一定那厮偷喫了,把這淡酒换下的。(浄)既如此,待王矮虎來,問箇明白。(付浄、丑上)李白聞香忙下馬,劉伶知味且停車。大哥,御酒喫過了麽？把來分賜兄弟夫婦也喫幾杯。(浄)正要問你,可是你把御酒偷喫了,换在裏面的？(付浄笑介)這那裡説起？(浄)陳太尉這等説。(小旦)走來好端端兩罈御酒,如今味多變了。一定你乘咱睡去,把來偷换過的,還賴到那裡去？(付浄)没有這事。你看原封不動,便不是我偷换的了。(丑笑介)京師到此路程遥遠,或者酒味變了,也不可知。(小旦)咳,説那裡話來？

【正宫過曲】【四邊静】這是尚方麴蘖親承受,一旦遭傾漏,你暗地弄機謀,酒味渾非舊。

如今把詔書宣讀,待咱復命,這御酒只索不要提起了。

丹書寵祐,恩深意厚,烺烺早宣傳,好待咱回奏。

(生、老旦)現放著兩罈淡酒,把我弟兄們奚落,還要讀什麽詔書？請你收過了罷。

【前腔】(生)無端侮慢難窮究,不覺雙眉皺。

洒家想起來,多是你這班奸佞從中侮弄,故意把這淡酒來混帳。

怒氣好沖天,早早除閹狗。

(小旦怒介)嗄！你這撒野的禿驢,敢罵咱家麼?(生)你這不做好事的閹狗,就一禪杖打殺了你,也不爲過。(輪禪杖介)(小旦急避介)(付浄勸介)阿哥,且不要性急。(丑)太尉,這番招安,多應不成了,不如急急下山去罷。(付浄合)

風波翻覆神魂僝僽,勸你早回京,打點忙奔走。

(小旦)罷了,罷了！咱連夜回京覆命,聽官家處分便了。(浄)只望太尉回京,好言轉奏,弟兄每一時粗魯,並無他意。(小旦)孩子每,快把詔書收拾下山去。(浄)只恐山前這些弟兄又要生事,驚動太尉,待我親送下山一程。(小旦)酒逢知己千鍾少,話不投機半句多。(雜捧詔同下)(浄隨下)(老旦)方纔這酒竟是極惡的村醪,不要怪閹狗説,一定原被人偷換了。(生)洒家曉得,更無别人,自然是王兄弟弄的手段。(付浄笑介)不敢欺,兩罈御酒實實多在我夫婦肚裏。如今弄箇招安不成,落得大家且在山寨中快活。(生笑介)算計雖好,只是你竟做了一箇偷酒的强盜了。(付浄)阿哥,這正是酒不醉人人自醉。(生笑介)只怕你與三娘還是色不迷人人自迷。(丑)啐！(同下)

第十九齣　冥訴　蕭豪

(旦閻婆惜魂,末土地引上)(旦)[虞美人]紅顔久葬黄泉路,怨恨難憑訴。湘靈鼓瑟欲銷魂,誰識珊珊環珮夜歸人。　而今重覓冤家債,往事渾無賴,分香賣履泣西風,空説當年横槊大江東。奴家閻婆惜,自遭慘害,飄流枉死城中,每思宋江那厮狠心毒手,無從伸告,幸天庭新勅忠烈真君降臨兹土。求土地公公指引,哭訴一番。來此已是殿庭,公公便煩引進。(末)真君尚未升座,和你伺候進見便了。(内鼓樂)

(外金貝幞頭袍帶,二雜鬼判引上)

【北雙調】【新水令】(外)平生仗義貫雲霄,到頭來魂歸縹緲。只爲乾坤留正氣,誰想名姓列天曹,則看俺象帶緋袍,象帶緋袍,端的鬼和神欽仰惟忠孝。

出師未捷命沉淪，長使英雄淚滿襟。一片丹心磨不盡，怎忘那山中戈戟正森森。小神祝義是也，蒙上帝垂憐，父子殉節，勅授忠烈真君，掌管陰陽果報。生列布衣，空負勤王素志；死歸金闕，尚存報國精誠。雖則亂賊，總關氣數，未成蕩滅之功；須知孽報，自有因緣，難免輪廻之苦。眼見得宋江這厮惡貫已盈，難逃天罰，只在目下，管教受俺幽冥一番消遣也。（末見介）土地參見真君。有一女鬼閻婆惜，投訴伏候法旨。（外）著他進來。（末傳旦見介）鬼犯閻婆惜，久負沉冤，冒昧申訴，伏望真君垂憐詳察。（外）你且説上來。（旦）真君在上，念女鬼呵，

【南仙吕入雙調】【步步嬌】弄粉調脂方年少，夢惹高唐杳。

不幸被宋江强納外宅，那厮與晁蓋私通，恐女鬼出首，竟將鸞刀刺死。（哭介）

紅顔薄命凋，風雨黄昏淚盈荒草，陰律斬奸梟，願施果報天威效。

（外）你的情事，俺已儘知。宋江與晁蓋私通，晁蓋遺言捉得史文恭者爲梁山泊主，如今占踞無忌，那晁蓋好不銜恨也。

【北折桂令】想他仗青鋒恣意咆哮，顧不得惜玉憐香百媚千嬌，更有月夜分金法場活命厚誼深交，歎諄諄遺言如埽，逞昂昂高座偏喬，説甚雄風天表，一謎裏粧仁做義，頓撇却老魔頭輕擲鴻毛。

土地，吩付獄官，押發晁蓋陰魂到來，一同面鞫。（末向内介）奉真君法旨，吩付寔官押發晁蓋陰魂來見。

（雜鬼帶付浄枷鎖上）生前空負殺人心，死後難忘冤業報。（雜）鬼犯晁蓋當面。（外）晁蓋，你知罪麽？（付浄）真君爺爺，鬼犯一箭身亡，甘受地獄。只是宋江肆惡，比鬼犯又勝幾倍，高踞水泊，全無報應，求真君一體施行，晁蓋死而無怨。（外）你把宋江罪惡説來。（付浄）那宋江奸賊呵，

【南江兒水】他犯罪遭王法，我衝鋒去劫牢，誰想山林高踞多奸狡，瞞心昧己機謀巧，忍見我曾頭一箭旗鎗倒，空把盟言撇掉，今日裡似虎如狼枉負却替天行道。

（外）聽你二人申訴，俺想起當日乘婚行劫，致俺父子一旦身亡，那賊子好狠心也。

【北鴈兒落帶得勝令】自那日亂叢叢烽烟滿四郊，衹憑著惡狠狠陰毒渾千套，閃得他急煎煎新婚何處逃，激得俺怒糾糾一霎把剛刀蹈，縱然是天心劫運痛偏焦，覷奸雄多歡樂，早把這父和兒輕輕斷送了，今日箇昏昏怨恨怎能消？

那賊上應天罡，陽壽未盡，目下且少顯果報，警醒世人。

休饒，脱不過隱隱冤魂罩；難熬，免不得淋淋血肉抛。

(旦、付淨)多蒙真君先顯果報，但拏那奸賊到地獄中受些痛苦，更爲快心。

【南僥僥令】鬼門排劍樹，地獄列風刀。一任他攪亂陽間希壽考，怎免得墮落陰司没下梢？

(外)你二人不須性急，宋江陽壽終時，自當遍歷地獄。如今趁他自負忠義，抗逆招安，俺這裡先遣你二人前去暗中行擊，使他陡發背瘡，以爲背父背君之報。

【北收江南】呀！則看這病魔兒難療，呵，煞强如江州市上暗擒牢。驀忽地血飛膿漬舊征袍，枉悲啼痛號，枉悲啼痛號，須信相君之背罪供招。

(旦、付淨)多謝真君。(外)那賊威焰方盛，恐你兩箇陰魂難以親近，待俺公子到來，率領前去。

(生金冠袍服上)一片忠心留萬古，三生烈氣重千秋。孩兒祝彪參見。(外)孩兒到來，宋江惡貫罪盈，你可率領晁蓋、閻婆惜二鬼同往暗擊，使他先受背瘡之報。(生)孩兒痛恨宋江，今蒙爹爹差遣，即率二鬼前去便了。

【南園林好】恨相逢前生孽妖，痛抛離家門故巢，暫解釋心頭煩惱，枉自負樂陶陶，恐難忍淚飄飄。

(外)開示已畢，爾等前往，俺一面申奏天庭也。(下坐行介)

【北沽美酒帶太平令】(合)表孤忠彩幟標，受天恩冥職叨，總難忘梁山僭踞鬱岧嶤，擁金沙水勢滔，好憑著一靈兒尋踪覓耗，狠豺狼難防纏擾，苦冤魂何妨厮鬧。

(外)

俺呵今日箇神摇意勞，博得箇芳名不祧，呀，休抹殺俺祝家庄這場果報。

(雜鬼判隨下)(末)真君這番施行,雖爲二鬼伸冤,實代忠良吐氣。(生)好笑世人,多把水滸羣盜認作真忠真義,且看宋江背瘡發時,大家省悟也。

【北清江引】(合)亂臣賊子干天討,冥冥知分曉,瘡從背上生,業本心中造。願普天下讀稗官的如夢覺。

(下)

第二十齣　孽報　江陽

【仙吕入雙調過曲】【雙勸酒】(丑華服上)烹庖在行,安排停當,殺猪宰羊,撒鹽調醬,再覓取牀頭佳釀,也須知節届重陽。

區區宋清,自從跟隨太公上山,靠著阿哥快活受用,在山寨中專管安排酒席。今日重陽,已整治酒餚,分派衆頭領登高游玩去了。大哥這幾日只好安坐,不耐喧雜,另設一席在忠義堂,專候他暢飲,不免請他出來。大哥,有請。

(浄便服,二雜引上)

【哭岐婆】(浄)秋風裊裊,晴光飄颺,菊花遍插,茱萸相餉。朝來堪怪意旁皇,都應病生偃蹇狀。

(丑見介)阿哥,今日重陽佳節,衆兄弟各自去登高了。兄弟另設一席,與阿哥開懷同敘。(浄)今日意興索然,無心喫酒,與你静坐一會罷。(丑)阿哥,不要這等没興,待兄弟奉敬幾杯。小校,把酒來。(雜應介)(丑送酒介)

【海棠醉春風】【月上海棠】酒興狂,何須豪飲龍山上,對尊前佳景,兩兩傳觴。

阿哥,請進一杯。(浄嘿坐介)(丑)阿哥,你看滿庭菊花,如此茂盛。

羨名花絶勝東籬,願此會明年無恙。

(浄不理介)(丑背介)阿哥平日意興最高,怎今日如此光景?

【沉醉東風】料非吉祥,恐多禍殃,只怕英雄末路渾如夢一場。

(生領付浄、旦魂持鎚暗上)

【玉枝帶六幺】【玉交枝】(浄)我從來心粗情爽,怎無端意緒淒凉?

今日好不耐煩也!(哈欠介)

【六幺令】頭兒沉重脚兒荒,空留坐慢徜徉,一時不覺神魂蕩,一時不覺神魂蕩。

(付浄、旦暗擊浄背,浄跌倒介)(生同付浄、旦下)(丑驚介)阿呀!大哥爲何忽然跌倒?小校,快同扶起來。(雜同扶起,坐介)(丑)阿哥甦醒。(浄漸醒,大叫介)阿呀,不好了!背上忽然疼痛,像有人著實狠擊了一般。(丑)阿哥,又來了!好端端坐在此,那箇敢在你背上擊動?(浄)你替我解開衣服,看背上怎生模樣?(丑解浄衣摩背介)

【園林帶僥僥】【園林好】正欣欣歡娱未央,柰匆匆渾如負芒。

呀!爲何背上發腫起來?

看頃刻火騰騰膚脹。

阿哥,你背上紅腫,多應要生箇瘡毒,急急醫治便好。

【僥僥令】趁著毒氣初攻須調理,好早覓千金肘後方。

(浄伏桌介)我好痛也。(丑)衆頭領多不在,只得請太公出來,與他商量罷。太公,快來!

(末上)老景每從愁裏過,良辰何必醉中消。你爲何如此慌張?(丑)阿哥好好在此飲酒,忽然仆地,我連忙扶起來,只叫背上疼痛,如今像腫起瘡毒一般。(末)有這等事?待我看來。(看浄,浄叫痛介)(末)咦,你那不肖子,這正是現前業報也。

【姐姐寄封書】【好姐姐】可憐今生孽障,須知是灾從天降,良辰美景難將痛苦當。

(丑)父親,怎只説不著緊的話?

【一封書】早忖量,保無妨,何忍相看久臥牀?

(末)此症非尋常瘡毒,除非請神醫安道全來纔可療治,不然性命休矣。(丑)安道全是那裡人?(末)是建康人。(丑)既如此,孩兒星夜前去請來。(浄伏桌介)好兄弟,果有神醫,快快前去請來。(丑)哥哥寬心。

【撥棹入江水】【川撥棹】休悲愴,覓岐黄,在那鄉,怎惜得水遠山長?怎惜得水遠山長?願相逢親提藥囊。

(末)你既要去請醫,小校,且扶著進去。(雜應,扶浄介)

【江兒水】(末)咦,只怕病入膏肓,正好向蓼洼安葬。

(同下)(丑)你聽太公嘮嘮叨叨,到底不像意阿哥所爲,只索由他罷了,我且連夜到建康走遭。(下)

第二十一齣　奪醫　尤侯

【正宫過曲】【朱奴帶錦纏】【朱奴兒】(生同付浄巾服背藥箱,雜摇船隨上)(生)家鄉遠奔波未休,名醫遇馳驅寧後。夢遶慈闈暗淚流,倉公術須憑神手。

卑人只爲老母染恙,特至建康延請安先生一同渡江前來。(付浄)王大爺,小子雖然跟你出門,只是平日承值,各上司不時呼唤,恐怕還要來追尋轉去也未可知。

【錦纏道】藥餌信心投,科兼内外怎教逐遠遊。

(生)只求同到舍下,診看用藥,即便送歸罷了。(同行介)

且暫揚帆去,少不得江流風送一歸舟。

(下)

(丑常服,雜摇船急上)

【朱奴剔銀燈】【朱奴兒】(丑)天涯畔神工早求,空叩問行路悠悠。

我只爲阿哥患重,尋取安道全。誰想到他家中,又被姓王的剛請去了。急急渡江趕來,看前面船上一箇背藥箱的,定是他了。不免迎將上去,只説總制軍門立等看病,騙他同上山寨,有何不可?船家,快摇去。(雜應同行介)

(生同付浄、雜上)(生)

行李匆忙莫逗留,

(付浄)

手到處消除僝僽。

(丑跳過船,拖住付浄介)好了,在這裡了,你可是安道全麽?(付淨)小子正是。(丑)我奉統制軍門差來,立等要你看病,快快過船同去。(付淨)王大爺,我説上司衙門定來追尋的,如今只得同這大叔轉去了。(生)這怎麽處?老母患病,特地遠來相請,還求同我一去便好。(付淨)軍門呼喚,可是遲悞得的?王大爺請先回,待小子到衙門裏看過病,即到宅上便了。(丑)快去罷,不要多講了!踏破鐵鞋無覓處,得來全不費工夫。(扯付淨過船,雜同下)(生)那裡説起,剛請得安道全,又被邀奪去了。不知母親這幾日病勢如何?只得急急趕歸,待他來罷。船家,快摇去。(雜應,同行介)

【剔銀燈】(生)心憂想淹煎可瘳,願指日蒼穹默祐。

(下)

(丑,付淨,雜摇船急上)

【朱奴插芙蓉】【朱奴兒】(丑)假官符從來浪搊,向山寨疾忙馳驟。

(付淨)大叔,你要我去看病,好好同去罷了,

爲甚亂拽忙拖身似抖,就是驚風急也須定心針灸。

(丑)實對你説,我不是什麽軍門差來,我是梁山泊上頭領。因大哥患了背瘡,請你上山醫治。你不要害怕,山寨中正有用你處,此番同我去,你休想再回來了。(付淨)壞了,壞了!我安道全做了一世郎中,怎麽竟要捉去入夥?還求放我回去罷。(丑)呸!大哥立等用藥,説這混話?快去,快去!(雜同急行介)

忙前走,怎遲遲自由?

【玉芙蓉】管教伊財源百倍把藥資酬。

(下)

第二十二齣　孝感　齊微

【南吕引子】【生查子】(生上)嘗藥好心悲,未值盧醫至。俯首費沉吟,怎得沉疴起?

卑人尋取安道全,被差役中途奪去,急急趕歸,母親病體正未痊安,問卜延醫並難取效。想起割股療疾,子道當然。適吩付娘子

伏侍母親在房中少睡，悄悄帶著鸞刀在此，不免先向空禱告一番。（向空揖介）皇天在上，念王進母親呵，

【南吕過曲】【香遍滿】愁魔憂祟，無端命逢二豎欺榆景，懨懨渾憔悴。

自古身體髮膚，受諸父母。王進情願割肉煎湯，奉供母親。（撩袖出刀介）

把衫襟慢提，趁鸞刀自揮。看淋漓血肉飛，且揾却男兒淚。

（割肉略抖介）且喜割下一塊肉，全不覺痛，不免唤娘子快些煎湯與母親喫。娘子，快來！

（旦上）

【懶畫眉】姑病纏綿伴空幃，只望天意垂憐免皺眉。

（見介）呀！

爲甚掌中流血滿征衣，却原來割肉刀方淬，

（泣介）官人，難得你如此孝心，

端的報母恩深志不移。

（生）娘子，把這割下的肉快去煎起湯來。（旦）曉得。婆婆在房中方睡醒哩。萬病皆從愁悶得，一心惟有佛天知。（下）（生）娘子已去煎湯，待我扶著母親起來。（虚下）

（扶老旦病裝上）

【商調過曲】【二犯梧桐樹】【梧桐樹】（老旦）飄飄夢乍回，切切心如碎。縱使扁鵲長桑藥石渾投水。

【針線箱】浮雲幻景真無蔕，一霎光陰如何教我强自持？

（生）母親，這一會身子好些麽？（老旦摇頭介）神思昏倦，多應不濟事了。

【五更轉】殘生只恐長辭矣，細雨梨花枉撇得孤燈半世。

（生）母親但請寬心，自然漸愈。只是專等安太醫，許久不至，還該另進些湯藥便好。（老旦）我胸膈煩悶，就是湯藥，那裡喫得下？

（旦持湯上）膝前自有長生藥，堂上應無久病人。官人，湯煎好在此。（生送老旦介）母親，請喫些湯水。（老旦開眼摇手介）我不要喫藥。（旦）婆婆，這不是藥，是一盞湯。（老旦）既然是湯，待

我少呷一口。(喫介)(生)母親,請緩緩喫下去。

【南吕過曲】【浣溪沙】這湯一杯多滋味,乍烹來甘美如飴。

(老旦)這湯怎恁般好喫?(連呷不住介)(生背喜介)妙阿!

須知血軀餘瀋心偏暢,何必苦口良方只自醫。

(旦)官人,

真忻慰,早看取笑吟吟,竟疏利勝仲景尤賽丹溪。

(老旦)好湯,好湯!滋味妙得緊。(掙立起介)好奇怪,這湯纔喫下去,霎時精神健旺,我的病竟好了一半。

【劉潑帽】精神打起渾忘寐,似神力别有提攜。

(生、旦)謝天地。(老旦)孩兒同媳婦扶我到堂前一步。(生)母親,且慢勞動罷。(老旦)不妨。(生、旦同扶行介)(老旦)

蹁躚重過堦庭際,暫徘徊覺下體多輕舉。

(生)且喜母親一時健旺了。

(雜小軍上)朝中天子三宣,閫外將軍一令。這裡是王大爺家了,不免徑入。(進見介)且喜王爺正在堂上,小的叩頭。(生)你是經略府軍校,幾時差來的?(雜)小的奉經略大老爺之命,星夜到此,因准海州張老爺申文請兵協勦梁山賊寇,爲此特知會王爺。

【秋夜月】遵指麾,速整三軍隊,共向梁山把前鋒對,皇皇軍令難淹滯。

現撥精騎三千,屯札郊外伺候,星速起馬,

看旌旄濟濟,仗元戎統理。

(生)軍務匆迫,蒙經略委任,只是母親病體初愈,豈忍遽然遠行?

(老旦)你一向在家,只爲我患病,今幸痊安,你放心出門便了。

【東甌令】休留戀莫依違,且喜暮景平安好慰伊。説什麽堂前競效斑衣戲,空埋没青雲器。

想梁山賊衆,負固不服,今得海州奮志用兵,你若協助成功,亦不負平生忠義也。

願功成指日靖邊陲,無忝舊門楣。

(生)母親嚴命,自當仰遵。但孩兒呵,

【金蓮子】奉慈闈,怎教捧檄多色喜,况努力加餐猶未幾,怕向那遠沙場一程程回首馬行遲。

(老旦)從來忠孝不能兩全,況我病體平復,還該早早前去。(生)既如此,小校過來,分付那些軍士整齊隊伍伺候,即日起身。(雜)曉得。軍中刁斗肅,郊外羽書馳。(下)(生)母親,請到裏面安息罷。

【尾聲】(老旦)乍歡然牽衣袂,今宵勿藥好追隨,

(生、旦合)

請看倚遍門閭爭傳奏凱歸。

沉痾頓愈似通神,何必刀圭細討論。

世間好事惟忠孝,臣報君恩子報親。

第二十三齣　改粧　寒山

【仙吕入雙調過曲】【步步嬌】(小旦上)滿目烽塵身縈絆,回首悲何限,分飛影未還。瘴雨罡風倏忽飄散,無語倚闌干,匆匆好逐南歸鴈。

[桃源憶故人]故園飄蕩終已矣,留得紅顏憔悴。浪憶鸞凰佳配,不禁分離淚。　雲飛日落吹笳起,欲覓錦囊奇計。一片冰心如水,早脱牢籠裏。奴家扈氏文姬,自遭劫掠,矢守貞節,聊延殘喘。近日宋江染患,背瘡沉重,那大小頭目俱同太公在榻前看視。想那班賊衆,合當天敗了。奴家意欲潛逃下山,只恐女流不便行動,私竊得軍中衣帽一付在此。聞得妹子看視宋江,也在寨中,少頃定來見我。等他來時,再取了他的號旗,一路前去訪問夫君。不免先將衣帽穿戴起來。(對鏡换衣帽介)

【仙吕過曲】【醉扶歸】粧臺久掩菱花燦,只這愁眉獨對鎖春山。且把戎衣大帽向鏡中看,做箇木蘭代父從軍返。

只恐金蓮半露,惹人猜疑,把戰裙也繫了。(束裙介)

凌波斜隱戰裙襴,好整備,喬粧扮。

(丑持旗上)

【皂羅袍】堪笑山中好漢,正懨懨久病一命將殘,抛離姊妹撇雙鬟,愁心浪把歸期盼。

呀！姐姐，爲何如此粧束？（小旦）宋江病重，防範甚疏，我欲乘此改扮潛逃，專等你來説知。（丑）嗄！原來有這等事？（小旦）妹子，還有一件，

衣粧初换，奔馳正艱，湖濱偷渡稽查恐煩。

你手中令旗，借與做姐姐的罷，

須倩兵符照驗無虚幻。

（丑）要把令旗前去照驗，這箇何妨？但姐姐既去，撇下妹子在這裡，一時又不能脱身，如何是好？

【仙吕入雙調過曲】【好姐姐】自知行蹤莫挽，奈獨自飄流昏旦，

宋江病重，張叔夜又統軍征討，這梁山泊多應不濟事了。

霎時傾覆心驚更膽寒。

（小旦）妹子，你且寬心，我此去倘得會見丈夫，有所倚託。那時官軍來到，悄悄通信與你，你勸王矮虎早圖歸順便了。

歸休晚，向山崖暗把行裝辦，翹首王師雨露攀。

（丑）多謝姐姐，這面令旗取去便了。（遞旗介）（小旦）如此最好。

【南吕過曲】【香柳娘】恨牢籠幾時，恨牢籠幾時，命逢多難，一朝脱去休偷懶。

（丑）姐姐，若會見姐夫，早寄箇信來，妹子好做整備。（小旦）這箇自然。（丑）

望音書早傳，望音書早傳，倘得就招安，相逢免長歎。

（小旦）妹子，奴家就此去了。（丑）姐姐，路上小心。（小旦持旗行介）

向前途快趲，向前途快趲，山巔水灣，心忙路坦。

（下）（丑）姐姐已去，且看宋江病勢如何，伺候官軍消息便了。

【尾聲】分飛兩地添悽惋，空留戀緑林衣飯，少不得投順追隨又一班。

淹留山寨已多時，解甲投戈應未遲。

雪隱鷺鷥飛始見，柳藏鸚鵡語方知。

第二十四齣　巧遣　江陽

(小生巾服上)蟾光淡蕩影淒清,幾處吹笳伴月明。多少征人盡回首,一時提起别離情。我欒廷玉欲往延安,適海州張公招募,留居標下。近日宋江背瘡患重,與主帥計議,專候种經略調兵前來,即圖會勦。想起匆匆花燭頓被分離,恨不頃刻埽清巢穴,尋覓消息。趁此月明夜静,微服潛行,打探賊營舉動。迤逞行來,但見漠漠山雲,茫茫水浪,蓼兒洼口征塵起,依稀幾隊刀鎗;石碣村前殺氣横,隱現數層旗幟。何時直擣妖魔窟,一旦齊驅狼虎巢。(行介)看那邊一箇小校,慌慌張張,想是賊營逃來的,且等他問箇端的。

(小旦軍粧持旗上)月明偏照長安道,雞唱潛投函谷關。(見小生驚介)呀!這好似丈夫模樣。(小生細看驚介)呀!如此説你是扈氏二娘了?爲何如此打扮?(相抱哭介)

【雜調引子】【三疊引】(合)風波兩地驚千丈,驀見如從天降。

(小生)此間不便,和你同到營中去。(携手行介)(合)

拭淚且偕行,咫尺連營相望。

(小生)把營軍士那裡?

(雜二軍上)老爺回營了?小的每正在此伺候。(小生、小旦同入,小旦卸軍粧介)(小生)你每仍去把守營門,小心在意。(雜)曉得。擊柝星河曙,揚旌霜露寒。(下)(小生、小旦同拜介)(小生)合巹方新,曾締三生夙好。(小旦)分飛無恙,終成百歲良緣。(各坐介)(小生)娘子,我和你拋離日久,今宵相值,實出意外。那些萬恨千愁,怎便訴述得盡?

【雜調過曲】【十二紅】【山坡羊】憶欣欣乍親羅帳,恨匆匆驟經萍浪。望陽臺神迷夢遥,向荒郊怎覓隨和唱?

(小旦)奴家那晚聽得庄前賊衆蜂擁而入,因此上呵,

【五更轉】離房闈勉疾走郊原傍,淚痕濕透裙衫上,遥看烽火連天,羅襪弓鞋撇漾。

(小生)那時卑人整點軍馬,指望對敵,誰想令母舅父子殉節,已不及救援。

【園林好】聽軍中金鳴鼓揚,痛堂前魄消魂喪。

不知娘子何處被他擒獲?(小旦泣介)奴家從後門逃出,

【江水兒】只見滿目烟昏雲障,幾做了普救鶯鶯,飛虎刀兵相向。

(小生泣介)可憐,可恨!卑人那時呵,

【玉交枝】奔馳無狀,遇君家飄流鴈行。

(小旦)原來官人曾與家兄相遇。(小生)

殷勤握手添悲愴,念卿卿兩下旁皇。

(小旦)奴家被擄之後,以死自誓,幸宋江那廝托付他太公照管。

【五供養】自分紅顔骯髒,賴白髪蕭條保護殘粧,鄉心懸夢寐,貞節凜冰霜。

(小生)難得娘子如此立志,卑人感愧無限。

長條無恙,喜不逐東風飄蕩。

只是卑人自與令兄相值,

【好姐姐】茫茫前程鞅掌,拚共度秦關燕嶂。

(小旦)官人既欲與家兄遠行,因何却在此間效用?(小生)卑人蒙張叔夜招留標下,職授參將,因統兵屯扎在此。不想却得與娘子相會。

【玉山頹】軍前效命兀自心雄氣壯,誰料閒遊訪,正徜徉,怳天台邂逅舊糟糠。

(小旦)奴家久羈賊寨,喜得宋江臥病,防範稍疏,因竊取衣帽,改粧而逃,正欲訪求官人音耗,今得相會,是萬分僥倖了。

【鮑老催】情荒意忙,相期白首終未央,驟然瞥見喜難忘。

如今家兄在那裏?(小生)令兄也在張公標下分統一軍,現駐河上。

【川撥棹】兵威壯,振家聲無輕讓,那怕他奮臂螳螂,那怕他奮臂螳螂,埽妖氛休嗟望洋。

娘子既得潛遁,想令妹已甘心入夥了?(小旦)妹子雖勉强從賊,心懷歸順,倘全夥招安,望垂念骨肉之誼。

【桃紅菊】但邀恩一旦招降，但邀恩一旦招降，骨肉同心相期返故鄉。

（小生）那夥賊人，前次招安抗拒。今張公刻期會勦，欲待他勢窮力極、心膽俱喪，那時仰體朝廷德意，聽其投順。令妹夫婦自然留心照拂。（小旦）多謝官人，但目前機不可失，須速速進兵爲上。（小生）只候种經略援師一到，便水陸約齊進勦了。

【僥僥令】（合）軍行須迅速，水陸共周詳。看“踏破”“填平”無虚謊，端不負題幟當年喜氣洋。

（小生）娘子住此軍中未便，明日會過令兄，便送往海州署内，候凱旋之後，那時重整家園，永圖歡聚。（小旦）官人言之有理。（小生）夜已深了，請同進去安息罷。

【尾聲】愁眉一埽添佳況，須不減新婚歡暢。

（合）

真箇此夜團圓從教百歲長。

幾年飄泊各西東，伉儷初諧情自濃。

今宵試把銀釭照，猶恐相逢是夢中。

第二十五齣　病警　東鍾

【雙調引子】【搗練子】（浄病裝，二雜小校扶上）嗟病鬼困山蟲，捲尾摇頭怕戰攻。

（付浄巾服上）

檢點方書來入夥，喜看手到早成功。

（浄）我一病陡發，十分沉重，幸得安太醫調治瘡口，漸漸平復。雖山寨有幸，皆先生神術取効也。（付浄）大哥主持山寨，天相吉人，兄弟不過依方用藥，何功之有？（浄）只是一件，前番阻撓招安，朝廷震怒，須早爲整備，纔可無虞。倘早晚官兵征討，只得扶病對敵矣。

（雜報子上）報、報、報！（見介）小的飛報軍情的。（浄）報什麽軍情？起來説。（雜起介）

【仙吕入雙調過曲】【風入松】山前一片陣雲紅，殺氣登時洶湧。

(净)是那裏來的兵馬?(雜)

海州太守威名重,張叔夜三軍共擁。

望都頭領呵,

早准備長鎗大弓,忙迎敵好追蹤。

(净笑介)我道什麽强兵猛將,原來是張叔夜那厮。你每何必如此驚恐?

【急三鎗】他不過是,書生輩無知識,怎敢來尋死妄行兇?

(付净)既如此,大哥只顧養病,不要理他罷了。

【前腔】須知道,中軍帳安心坐,何必多憂懼氣忡忡?

(雜)阿呀!都頭領,張叔夜雖是書生,他手下許多名將,十分兇狠,不要把他輕覷了。(净)你且説那先鋒是誰?

【風入松】(雜)若還提起那先鋒,説著時須驚恐。

有箇八十萬禁軍教頭王進,

他是將門子弟真英勇,統前茅一軍先動。

(净驚介)元來就是王教頭,如何却在張叔夜標下?(雜)聞得他原在老种經略軍前,是張叔夜請來援助的。

延安路偏師會同,先聲振滿關東。

(净)想他兵馬俱在陸路,我這裏四面皆水,他也有水軍麽?(雜)怎麽没有水軍?那水軍主將叫做"飛天虎"扈成。(净)那水軍主將是扈成麽?(雜)正是!

【前腔】沙灘對面趁飛蓬,隊伍樓船相送。

那扈成不打緊,還有後軍主將更勇不可當。(净)後軍主將是何人?(雜)是"鐵棒教師"欒廷玉。

一根鐵棒迎風弄,歷戰陣心豪氣猛。只看前呼後應並重重,端的人似虎馬如龍。

(净)那王進果是英雄,我曾遇見,勸他上山,他再三不肯。後來打破祝家庄,又走了欒廷玉、扈成兩箇好漢,誰想今日俱被張叔夜相留,統兵前來,只怕衆兄弟怎抵敵得過哩?

【急三鎗】驀聽得,軍和馬齊來到,不料真好漢盡相從。

(付净)大哥,事已如此,只索調遣他們迎敵罷了。

【前腔】現放著，衆兄弟皆精壯，且去分水陸逞縱横。

(浄)小校，傳令馬軍、步軍、水軍一班頭領，各領兵前去，我自扶病督戰。(雜)得令。忙傳主帥令，共去敵官軍。(下)(浄)我想王進與欒廷玉、扈成當時若得收羅入夥，好不快意。誰知三人俱不在天罡、地煞之數，今日同張叔夜前來征討，教我怎放心得下也？

【風入松】平生意氣善牢籠，結識原無遺種。

獨有那王進，

立心不肯來相共，怕遇見不似當時面孔。

况且欒廷玉、扈成，

兩庄齊破去匆匆，怎免得心嘗熾恨無窮。

(付浄)大哥，且料理迎敵，再作計較。

官軍此日甚精强，濟濟英雄不可當。

一朝難釋心頭病，千載空傳背上瘡。

第二十六齣　會勦　蕭豪

【正宫引子】【齊天樂】(外戎粧，二雜小軍引上)英才共集懷忠孝，閫外功名堪表。

(小生盔甲上)

帳下貔貅，軍中龍虎，

(末盔甲上)

整理埋鍋增竈。

(見介)(外)下官與二位鍊習兵馬征討梁山，且喜种經略特命王將軍協助，昨已會齊，水陸共商方略，約今日會勦。待他到來，即分領去進兵便了。(小生)王將軍向與末將結爲兄弟，今得協力，草寇不足蕩平矣。

(生盔甲上)

移師進討，喜驥足齊驅，麟閣同標。

(同見介)(合)

聚首郊原，擎天捧日總賢豪。

(外)今日會齊，水陸進剿，煩同到效外瞭望賊營，以便進兵。(生、小生、末)謹依鈞令。(外)衆軍士就此起馬。(雜應，同行介)

【正宫過曲】【南普天樂】(合)擺旌旗梁山道，駕樓船金沙島。全軍動，全軍動，馳騁荒郊，列戎粧簇擁官寮。

(外)此處高敞，正對賊營，同上去瞭望一回。(各登高望介)(合)

呀！望前營後堡，茫茫殺氣高，幾隊官軍來往，來往不讓嫖姚。

(旦報子上)逢山開路日初紅，遇水填橋氣正濃。肩挂令旗光爍爍，則看俺步軍前隊奪頭功。探子叩頭，稟上元帥，梁山泊步軍先來掠陣，求發兵迎敵。(外)煩王將軍先冲頭陣。(生)得令。(旦隨下)(内鳴金鼓介)(外)聽金鼓之聲，這一回步軍好厮殺也。

【北朝天子】聽征鼙乍敲，望朱旗亂飄，塵沙滚滚争狂噪，教頭勇猛是東京俊髦，奉延安兵符耀，步卒兒正鏖，脚蹤兒共蹺，遠瞧遠瞧遠遠瞧，冒前鋒如龍似豹。

(内)王將軍收兵回來了。(外)

早傳呼回軍到，早傳呼回軍到。

(生上)啓元帥，梁山泊一班步軍賊衆被小將殺敗，擒獲大半，其餘紛紛逃竄去了。(外)可喜，可喜！將軍請試説一遍。(生)元帥聽稟：

【南普天樂】黑旋風雄威倒，兩頭蛇鋼叉掉，花和尚花和尚疾走迢迢，笑三郎拚命空勞，呀，任魔王混攪，頭陀撇戒刀，赤髪蕭然似鬼，似鬼插翅同逃。

(外)前鋒已挫，後隊自不足慮矣。

(小旦報子策馬上)雉尾金鈴跨戰鞍，柳梢斜挂月兒寒。忙驅一騎風如捲，則看俺馬軍到處興方酣。探子叩頭，稟上元帥，梁山泊差馬軍前來救援，求發兵接應。(外)就煩欒將軍出馬前往。(小生)得令。(小旦隨下)(内鳴金鼓介)(外)聽金鼓之聲，這一回馬軍好厮殺也。

【北朝天子】跨龍駒九皋，騁驊騮勢驕，天閑汗血多神妙，教師鐵棒趁征鞍乍交，想當初增煩惱，祝家庄痛熬，扈家庄禍凋，慢焦慢焦慢慢焦,報冤仇心歡氣燥。

(内)欒將軍收兵回了。(外)

又傳呼多功效,又傳呼多功效。

(小生上)啓元帥,梁山泊一班馬軍賊衆俱被小將殺敗,擒獲的現在帳外,聽候發落。(外)快哉,快哉! 將軍,試説與下官知道。(小生)元帥聽稟:

【南普天樂】急先鋒輕馳冒,美髯公空容貌,雙鎗將雙鎗將枉弄風騷,并雙鞭撇下忙跑,呀,武師名空好,當場霹靂消,隱隱紋龍何處,何處飛石逍遥。

(外)馬軍又得勝而回,賊人自膽落了。

(老旦報子上)扯篷蕩槳去如飛,正是風濤播弄時。小棹衝開緑水路,則看俺水軍四面凱歌歸。探子叩頭,稟上元帥,梁山泊又撥水軍前來復戰,求發兵追勦。(外)再煩扈將軍撥齊戰船,以圖全勝。(末)得令。(老旦隨下)(内鳴金鼓介)(外)聽金鼓之聲,這一回水軍好厮殺也。

【北朝天子】望飛流捲濤,似乘龍駕鰲,洪波疾渡追羣鳥,飛天虎勢快揮戈弄篙,趁英雄猶年少,念龍崗影嶢,憶林洼水滔,小幺小幺小小幺,靖烽塵山清月皎。

(内)扈將軍收兵回了。(外)

再傳呼添歡笑,再傳呼添歡笑。

(末上)啓元帥,梁山泊一班水軍賊衆被小將沖殺過去,擒獲大半,渰死者不計其數,因此收兵,聽候軍令。(外大笑介)妙阿! 將軍也試説來,下官當同記功勞簿,上達天聽。(末)元帥聽稟:

【南普天樂】混江龍驚忙了,活閻羅休胡哨,潯陽畔潯陽畔枉説乘潮,笑翻江出洞蜃蛟,呀,歎青波白跳,村郎短命抛,立地相逢太歲,太歲船火難牢。

(外下坐介)且喜今日一戰,馬步夾攻,水陸並勝,羽翼俱已被擒,賊首自然憂懼。想此輩草寇,自可蕩滅矣。(生)自古道"窮寇莫追",乘此得勝,一面傳諭招降,倘果傾心歸順,不妨稍開生路,上體朝廷撫恤之恩,下不失元戎懷柔之德,未識元帥以爲何如?

(外)將軍之言極當。如今緊緊圍困,待他情急求撫,然後請降招安,也不虛我等一番功績。分付大小三軍,連營列寨,將梁山水泊圍緊,不可疏忽,如違,軍法從事。(雜應,同行介)

【北朝天子】(合)挂戎衣戰袍,仗奇謀妙韜,看年來負固如一掃。欣欣奏凱,把全功共叨,報君王宣丹詔,玉麒麟莫刁,智多星怎梟,早招早招早早招,黑三郎千秋首盜,這天恩真非小,這天恩真非小。

(同下)

第二十七齣　逼降　家麻

(付淨上)只怨猴形短,休嫌花貌長。

(丑上)雖無好結果,也須好散場。(付淨)三娘,我與你自爲夫婦,一向在梁山靠著受用。誰料被張叔夜一陣,殺得人亡馬倒,膽落心寒。山前酒店立脚不定,只得逃上山來,與大哥商量,怎生計較?(丑)事勢如此,别無計較,只早早投降爲上。(付淨)投降雖好,只是前番偷喫了御酒,鬧了招安,若追究起來,你我有許多不便。(丑)這倒不妨,欒姐夫與我哥哥俱在張叔夜標下。前日姐姐下山,我已叮囑要他周全,如今力勸大哥歸降,我和你改邪歸正,還有出頭之日。(付淨笑介)若如此,拙夫要全仗賢妻挈帶了。大哥出來,逼他早早收拾投降,不要與衆兄弟們商議,又變了卦。(丑)説得有理。

(淨袍服急上)罷了,罷了!我宋公明一世談忠説義,今日休矣!

【南呂過曲】【紅衲襖】我只指望美前程轟轟踞水涯,誰道是掃威風隱隱成笑話,細思量受天文一段妖書假,再休題鬧潯陽三杯酒興賒,本待要學黄巢凌雲志可誇,竟做了走烏江落日心自訝。

想梁山自王倫起手,竟遭火併,今一旦喪敗,與他也差不多了。須知萬載千秋,免不得淮南稱盜也堪比著白衣人秀士家。

(付淨)大哥今日也説招安,明日也説招安,如今捨著這條路,更無别策了。(淨)前次招安,多是你每鬧炒了,朝廷積怒,如今挽求,那張叔夜只怕未必肯容納?(付淨)待兄弟夫婦同往懇求,他標下有人照顧,包管一説就是。

(生、小生領四雜軍士上,遶場三匝,同高立前場叫介)宋江這賊子,快到營前打話。(浄)兄弟,你去與他打話,若許投順,便到軍前納款便了。(付浄)我同三娘去。(浄下)(付浄、丑同向跪介)王矮虎、扈三娘叩見二位將軍。(生)奉張元帥將令,前來曉諭,爾等盤踞梁山、横行河朔,轉掠數郡、騷擾多年,今天兵初到,已獲全勝,現擒副賊俱解京獻俘,本當鼓勇前進,廓清營寨,因仰體向日招安德意,暫行札住。宋江等果傾心向化,解甲歸降,姑爲申奏朝廷,另開一面;倘仍前負固執迷,便當疾驅水陸,直搗巢穴,玉石無分,髫齔俱盡。速速三思,毋貽後悔。(付浄、丑)念宋江等避罪水泊,原非得已,今蒙天兵問罪,力屈勢窮,命懸旦夕,倘准許投順,即當率領大小頭目,共詣軍門納款,伏望將軍憐而宥之。(生)宋江怎麽不自來打話?(付浄)宋江染患,卧牀未起,特遣王矮虎夫婦先申衷曲,并求恕罪。(小生)這也罷了。王將軍,和你回覆元帥去罷。(付浄、丑起介)(丑扯小生介)欒姐夫,一向不見,如今姐姐可在軍中麽?(小生)令姐在海州衙署内。(丑)既在海州,千萬先替我寄箇信去。我如今受了招安,原是好姊妹了,明日還要先備一席與你會親哩。(小生)休得閒講,快回覆宋江,明日早到軍前謁見張元帥,不可遲悞。(付浄)這箇自然。(生)漫道封侯稱大將,(小生)須知力戰是英才。(領雜同下)(付浄)大哥快來。

(浄上)打話怎麽樣了?(付浄)那王進與欒廷玉奉張叔夜將令前來傳諭,許多嘮嘮叨叨,無非要大哥投順之意。我與三娘回説大哥專望招安,他已許允,明日竟同衆兄弟往軍前相見便了。(浄)咳,我今日勢窮力竭,不得已而受招安,真覺羞慚無地矣。(付浄)咳,大哥,

【前腔】你當初寄公門皇皇興未佳,只爲鬧江州攘攘人共怕,幾年來趁兇鋒山寨多瀟洒,今日箇斂雄心軍前莫浪誇。

(丑)大哥,你搶掠我姊妹上山,好不狠毒。今日招安,反虧我一丈青打話説合,只是把我錯配了這矮賊,怎比得姐姐與欒教師恩

情滿足也？

笑殺這老空湯渾如井底蛙，竟教我俏佳人浪逐雞犬嫁。

(付浄)好笑，好笑！做了幾年夫妻，今日反怨悵起來！

須信美女尋夫，好留著姻緣佳話，也怎學得兩姨行正及瓜。

(浄)這些閑話，大家不要争論，快收拾殘兵敗卒，同去投降。(付浄)大哥説得有理。

招安好望詔書開，始歡堂前總不材。

夫妻本是同林鳥，曾向蟠桃會裏來。①

第二十八齣　壽圓　蕭豪

【南吕引子】【掛真兒】(老旦冠帔上)老景榮華臻壽考，端不負教子劬勞。

(生冠帶，旦冠帔上)

暫息征衣同忻戲，綵齊祝丹壺蓬嶠。

(老旦)自孩兒領兵援勦，一戰成功，班師回來，論功行賞，天恩將降，也不負做娘的平日教訓了。今日老身九十誕辰，欒家姪兒夫婦欲來稱祝，孩兒、媳婦，曾設杯酒相待否？(生、旦)俱已整備，想將到也。

(小生冠帶，小旦冠帔上)

【步蟾宫】功名閫外凌天造，喜並轡争馳年少。向華堂共慶壽山高，絶勝華封三禱。

(見介)(小生)恭喜哥哥新建大功，伯母正登上壽，一家樂事，百歲禎祥，小姪不勝忻賀。(老旦)小兒患難潛蹤，重蒙高誼，今日建功立業，皆賢姪提携之力。老朽餘年，何敢復勞稱慶？(小生)伯母請台坐，容小姪夫婦捧觴拜祝。(同小旦遞酒，生、旦同行禮介)

【南吕過曲】【梁州新郎】【梁州序】(小生、小旦)瑶池風暖、丹丘雲繞，寶婺長庚添耀，天邊鸞鶴祥光舞遍青霄。

---

① 載道堂本到此爲止，缺整第二十八齣。

（生、旦）

喜得親依膝下伴祝堂前，勝景悠游好，凱歌新唱也比嫖姚，截髮丸熊鬌未凋。

【賀新郎】（合）看濟濟真同調，况齊眉舉案閨中教，相對處並歡笑。

（老旦）承賢夫婦盛意，老身各回敬一杯。（小生）怎敢勞動伯母？（老旦、生、旦送酒，小生、小旦同坐飲介）

【前腔】（老旦）香醪重舉金尊頻倒，南極恩波長浩，雲天高誼千秋絶勝同胞。

（生、旦）

且喜欃槍齊靖榮戟平分，勉把家聲紹，一枝初寄也似鷦鷯，奮翮沖天挂錦袍。

（合）

瞻阿母渾忘老，看金章紫綬宣封誥，真福壽世間少。

（小生）伯母壽誕，宋江等一班頭目，俱備禮物稱祝。未奉尊命，不敢遽入，如今著他們同拜見罷。（老旦）老身過承盛意，那些不義之人，怎好與他相見？（小生）宋江等受過招安，已叨朝廷録用。那王矮虎夫婦又小姪葭莩之戚，求伯母垂諒，只令宋江同王矮虎、扈三娘拜見罷。（老旦）既承諄諄勸諭，權且曲從。（小生向内介）小校，只請宋、王二頭領同扈三娘拜見太夫人，其餘各位俱請回，不消相見了。（内應介）（老旦）媳婦同欒家嬸嬸暫且回避。（旦、小旦下）

（浄、付浄冠帶，丑吉服，末捧禮隨上）（合）天上恩光沾雨露，人間佳氣勝蓬萊。（同見介）（浄）恭喜太夫人千秋上壽，宋江蒙賢郎不殺之恩，特具黄金千兩、彩幣百端奉祝。（向末取送介）

【前腔】（换頭）感洪恩海闊山遥，奉慈顔冰清霜皎，朱提繒采追隨拜舞庭寮。

（丑）奴家别無孝敬，只備下二十萬貫青蚨，

伏望收充下幣笑納中藏，愧乏珍和寶，

(付浄)[我王矮虎]①向在山寨積攢些金銀寶物，今裝成一盤【中缺五字】

[一]②盤頂獻也比蟠桃，從此流傳小樣標。

(同)【中缺十字】

筵③開玳瑁，添歡樂麾頓罷

【中缺十五字】是老身呵。

【缺整頁】

---

① 底本此頁左上部殘缺，而標題“《宣和譜》下四”在左上角，當是印刷不全所致。此四字原只有“虎”字半邊，據上下文意添加。

② 據上下文意與上曲，此缺字當爲“一”字。

③ 此字據民國抄本補。

翠屏山總綱

【劇目簡介】

传奇，明末清初沈自晋①作。《曲海目》《今樂考證》《曲考》《曲録》《新傳奇品》《曲海總目提要》等多有著録，現存清初鈔本，另有傅惜華先生原藏民國鈔本，二本内容相差較大，亦作附録以資對照。小説《水滸傳》第四十四回《錦豹子小徑逢戴宗　病關索長街遇石秀》至第四十六回《病關索大鬧翠屏山　拼命三火燒祝家店》敘楊雄、石秀故事，此劇情節多有不同。

清初鈔本題目作“翠屏山總綱”，未署撰者。上下二卷，二十七出，有個别出有二字標題。每頁十行，每行約三十三字。

劇演石秀被招婿桃花山，但有志於闖蕩江湖，遂辭别妻子一娘來到薊州，正遇楊雄與無賴張保等人發生沖突，遂挺身而出，幫其解圍，并與楊雄結爲兄弟，住到其家中。戴宗從此經過，本欲邀石秀上梁山，但被打擾，遂暫時未成。石秀妻子劉一娘被周通逼婚，恰遇李逵追隨戴宗下山，從此經過，遂打跑周通，并承諾向石秀報信。楊雄妻子潘巧雲見石秀一表人才，借機勾引，被石秀嚴詞拒絶。潘巧雲後與和尚裴如海私通，被石秀發覺，告訴楊雄後，反被誣調戲嫂子，石秀憤然離開，暗中殺害奸夫裴如海，并將證據呈現給楊雄。楊雄得知真相，聽從石秀安排，騙潘巧雲與丫環迎兒到翠屏山上當面質證，殺害二女後，二人投奔梁山。石秀、楊雄上山之際，張太守恰好賫詔前來，遂一塊接受了招安。

---

① 亦有著録稱作者爲沈璟、沈自徵等。

第壹出　家門

（末上）

石秀英豪，飄零薊北，萍蓬締結楊雄。桃庄別後，家信隔西東。暫向屠間混跡，爲良朋、闖内私蹤。遭讒謗，潛身操刅，智勇足欽崇。楊雄同設計翠屏山斬却花容。劉氏尋踪，遠遁，遇英豪指引重逢。幸水滸堪歸，急難相從。蒙丹詔、招安山寨，兄弟受恩榮。來者石秀。

第貳出

（小生上）

【望遠近】披肝露胆，到處熱腸兜攬。電閃青萍，俠骨向誰銷減？趁取衰柳長亭，且帶孤裘短担，權忍受英雄時暫。

（白）虚花世態，雲翻雨覆真堪怪。潦草生涯，雪壓霜欺怎奈咱？飄蓬身已，天南地北慮難擬。行李程途，水宿風飡何處無？卑人姓石名秀，排行第三，金陵人氏，因俺生來劣性，不肯讓人，專是路見不平，便欲拔刀相助，一忿所急，萬死不辭，人都唤俺"拚命三郎"。這也不在話下。只爲自幼孤單，不顯一身武藝，流落他鄉，遭逢不偶。自去年走到桃花山下，多虧是我先父好友劉太公，就把女兒一娘，招我爲婿，住了年餘，相看不薄。只是一件，男子漢，不去外邊尋些勾當，到倚傍妻孥，怎能有出頭之日？因此我使个性兒，拍拍馬兒，跑回家鄉來了。如今那移貲本，前往薊州一路，販賣馬匹，博些利息回來。或者邊庭地面，討得个些小前程，江湖上結識几个好漢，也未可知。早間唤下舡兒在江口，就此出門去罷。摇落金山樹，秋聲不可聞。來此江口，舡家！（丑上）來哉！傷心江上客，回首故鄉人。客人來哉儕？（小生）正是，俺來了。（丑）下舡來。（小生）開船罷。（付）①是哉！坐

① 底本中"開船罷（付）"四字爲後加，在右側以小字呈現。應爲"（丑）"。

穩子，開舡哉。（小生）下淂舡來。你看好一派江景也！

【金風曲】江流有聲，千尺懸崖冷。江風有情，几片輕帆整。兩畔波明，三山簇景。望滄溟，海闊雲空，人似行於鏡，真个是乾坤水上萍。

（丑）客人，

好个乾坤水上萍。

（小生唱①）

恍似孤槎客使星，擊楫處皆堪詠。

（丑白）客人，夜哉，歇子舡罷？（小生）正是，泊了舡，明日再行罷。

江上風波欲暮天，

（丑）

客心何事轉悽然？

（小生）

正是雁飛不到處，

（丑）

果然人被名利牽。班開子，推進來哉，來哉！

（下）

第叁出

（末上）

【引】生不事戈矛，逞捷足，羞逞吴鈎，問雲遊當年旧跡，尋仙路問瀛洲。

（白）自家粱山泊上"神行太保"戴宗是也。奉宋公明將令，因昔日七星共聚②，惟有公孫一清，還鄉探母，今久不回，特差我到薊州，訪他踪跡。爲此扮作承局模樣，便好下山也。俺戴宗，這般打扮呵，雖爲走卒，不占軍班。一生常作異鄉人，兩腿欠他行路債。尋常結束，青衫和皂帶隨身；赶趍程途，信籠與文書爲護。

① 此劇底本中"唱"字均作"叹"，後不贅。

② "共聚"二字爲後加。

監司出入，皂花籐杖掛宣牌；帥府行軍，夾捧横旗施令字。往來郵地，日不移時；緊急軍情，時能應刻。正是：早向山東飡黍米，晚來魏府吃鵝梨。（内介）道言未了，衆兄弟早到。

（生上）

【粉蝶兒】生事吴鈎，浪傳名箭穿神手。

（小生上）

那裡討拜將封侯？只憑着莽生涯，險道路，替天巡狩。

（净上）

排雙斧、走遍了赤縣神州。

（付上）

怕什么官家兵將，落可也聞風驚走。

（生白）花雄①神箭遠傳名，（小生）報子②林冲誰敢争？（净）若遇李逵非小可，（付）山中矮脚虎王英。（各見介）（生）俺等七星共聚，惟有公孫一清，還鄉探母，今久不回。特差戴院長前往薊州，訪他踪跡。擺酒金沙灘餞行，只淂在此伺候。（小生）戴大哥在前，一同相見。（衆）説淂有理。戴院長請了。（末）列位請了。且待大哥升帳，一同進參。（衆）説得有理。

（三旦、丑小軍引外上）（内吹打）

【泣顔回】漏網失吞舟，魆地裡丹忠难剖。

（衆）衆兄弟迎接大哥。（外）衆兄弟少禮。（衆）不敢！（外）衆嘍囉，排齊隊伍，往金沙灘去。（衆）淂令！

（合唱）

金鷄班赦，操戈反正回頭。雄心按久，與群英、聚義同相首。念當時共聚金蘭，久睽違訪遍名坵。

（吹打介）（外白）俺宋江，多蒙衆兄弟扶持，在此梁山聚義。惟有公孫一清，今久不回，恐他遁跡名山，忘我旧約。今欲前去訪他，請歸山寨，煩戴院長走遭。（末）小弟結束停當，專候大哥發令。

① 應爲“花榮”。

② 應爲“豹子”。

(外)衆兄弟,(衆)大哥。(合唱)

【上小樓】想那日群雄聚首,契相投,今日个雁行断影動離悠。餞别處漢關秦越,楚尾吴頭。神仙踪跡杳,何處訪丹坵?走煙霞不惜双鳧,把青虚仙境拚歷透。迢迢遥遥,望天涯遍走。向一派渺雲山,那裡是真神紫氣藏仙叟?説什么行李向邊州?

(净白)李逵有事,稟上大哥。(外)有何事?(净)寨中無事,欲同戴院長下山,頑耍一回,不知大哥可容否?(外)你去便要惹祸!(净)咱不惹祸。(外)况戴院長行淂快。(净)咱也走淂快。(外)寨中各有執掌,不淂胡行。(净)不容咱去,阿喲喲,悶死我也!(下)(外)看酒來。(合唱)

【鬬鵪鶉】羡君家萬里能行,似乘虚馭風還驟。訪心交莫暫遲留,比鷹隼凋飛陪陡。頓教人回首寒烟生暮憂,展離樽三曲對金甌。不憚劳撞府穿州,喬打扮身躯唧噹。

(末下)(外)分付回寨。(衆應)

【下小樓】壯心驚泣楚囚,向風前兩鬢叟。借萑苻避死淹溜,敢與王家相爲仇寇?拚忠肝義胆相酬。代天行道心無僝僽,齊等待招安時候。

(下)

(净奔上)阿喲,好恼!

【叠字犯】恼殺咱家性吼,動處冲牛貫斗。拴住了步兒鞋,卸不下萬紫兜,痴痴呆呆把道衣兒裝就。俺一似浪走無愁,怕什么識尾舉頭?迢迢遥遥,便過山岻。端的是朝欢暮,醉金甌。

(白)好恼吓!方才禀知大哥,欲同戴院長下山,頑耍一回。誰想大哥不容,爲此悄悄下山,扮作雲遊道人模樣,與戴大哥同訪公孫一清,有何不可?

【尾】我離水寨,往他方走,管什么軍令森嚴握守。戴大哥慢行!俺和你作伴同行到薊州。

第肆出

(占①上)我做丫環絶妙,自小生來佶倬。男子漢爱我知趣在行,女娘們喜咱鬬風識竅。原是潘巧姐裙帶上使旧的梅香,今做了楊大郎被窝中嚐新的草料。百忙裡學个鶴步徘徊,一會兒討得个狐冰消耗。怎知我大娘吃醋难熬,正新年把迎兒無端聒噪。説道我的娘,你不要將迎兒恁般樣看成,這腥兒那个猫兒不要?倘然間娘行也有事關心,少不得要迎兒從長計較。若還緊閉了這半扇門兒,

(正旦暗上,听介)枉了雲娘千般風调。乾抹煞旧日乖張,那顯淂新來波俏?

(正旦)哇!小賤人,你在此説我什么?(占)吓!我説大娘,如此如此花容,恁般恁般月貌。(正旦)咳!

【憶秦娥】誇月貌花容枉被花嘲笑。

(占接唱)

花嘲笑,近來憔悴,臨邸風调。

(見介)(正旦白)年年七夕逢初度,乞得天孫多巧處。自怜薄命拙如鳩,飄零嫁作楊郎婦。(占)姐姐,你一段風流天付與,年少抛人容易去。春花秋月等閑看,無情不似多情苦。(正旦)奴家潘氏,小字巧雲。只因宿世欠修,早是夫妻縁薄。前夫王押司,不幸身故,今以改嫁楊節級爲妻。他原是中州人,留寓在此,今充押獄。雖然出入公門,也是一籌好漢!只是每日使鎗弄棍,那有一些惜玉憐香?每夜值宿論②番,因此常擔些寂寞。咳,説甚么趁意的夫妻!(占)姐姐,轉眼新年,又是年初三了,只索尋些欢喜,不須煩惱。(正旦)年止年華,又是一番光景,教人怎生消遣?(唱)

---

① "占"亦作"小旦"或"副旦",此處即指丫環迎兒。

② 應爲"輪"。

【集𠓜賓】條風乍轉臘盡消，早漏洩柔條。

(占白)今日頭兒梳得好。(正旦唱)

梭樣韶光將錦片掃。

(占白)飲盃春酒罷！(正旦唱)

笑塗酥欲飲謹招。

(占白)穿了這件新衣服，和你門首閑步一回。(正旦唱)

咳！强把那新衣試早，看巧勝初裁鮮妙。愁正渺，驀忽地歲兒增了！

(白)迎兒，我要進去了。你把門前爆竹紙兒掃了，就進來。(占)曉淂。(正旦下)

(丑上。唱)

【普賢歌】生來閑串走街坊，終日淘淘入醉鄉。嫖婆只一塲，錢兒輸得光。一條褌兒没了襠。

(白)自家本衛軍牢，張保便是。開子新年，我說一年之氣，囉哩去白相？一走走到城隍廟裡去，看看只見故星賭銅錢个，興得極，我說："得，我也來！"一頓丁拐，輸得精光。無處那移，只得走到楊雄𡣕去，借點稍來番本。隔裡是哉，故是迎兒故丫頭。(占)啐！丫頭是你叫的？(丑)勿叫丫頭，要叫倽？(占)我么，要叫迎姑娘。(丑)看嘴臉，小花娘！(占)胡說！(丑)㕶个此物，像胡刷。(占)呀，啐！酒鬼，走出去！(打丑介)好打！

(旦上)那个在此？(占)張酒鬼。(旦)你且進去。(占下)(丑)楊大嫂，拜乙①。(旦)元來是張小哥，那里來？(丑)我來尋楊大阿哥説話。新年新歲，不拉伍𡣕丫頭一頓掃帚！(旦)小厮家，不要彩②他。(丑)小吓？到會幹大事務个哉！(正旦不理介)楊大哥囉裡去哉？(正旦)不在家裡。(丑)說拉𡣕裡向？(正旦)实是不在。(丑)大阿嫂，有句説話，答㕶說。(正旦)有什么話？(丑)我没，我没……

(生上)

---

① 應爲"揖"。

② 應爲"睬"。

【引】卑棲雌伏雄舒哨，妻孥何事空奚落？

(白)張保！(丑)阿呀，楊大阿哥，唱惹！(生)那裡吃得這般大醉？(丑)擾呱个。(生)那裡來？(丑)來尋呱說話。(生)有何話講？(丑)勿瞞呱說，開子新年，賭銅錢勿利，輸得乌龜能介裡哉，替呱借點稍去番本。(生)新年節日，那有錢借與你？(丑)我勿開口没罷，開子口，勿怕呱勿肯！(生)有無出與我，怎說不怕不肯？(丑)呱阿肯了？(生)不肯便怎么？(丑)勿肯？忍忍①我个拳頭看！(打生，丑跌介)(生)狗頭！

(正旦急上，劝)官人，不可如此！(丑)好打！楊雄臭乌龜，明朝到城隍廟裡來，三分一跌，跌輸子，勿爲好漢！(正旦)張小哥，不要如此！(丑)介没大阿嫂，看呱面上，若勿，還要�呱家婆臭毬來！(丑下)(生)狗頭！(正旦)官人，不要發怒。(生)這是那裡說起？受這厮一場忺恼！(正旦)官人，不要發怒。(生)巧姐，我楊雄呵，

【黄鶯兒】易水旧英豪，羨吴鈎焠断毛，十年磨劍雄心老。

如今這般光景呵，

似飢鷹在條，似塗泥困蛟，甚時發跡把恩难報？

(合)

且逍遥，逢時遇主，看名將出衡茅。

(正旦白)官人，我有句話劝你。(唱)

【又】你勇略近嫖姚，氣方剛正易挑，却不道丈夫胆大心還小。

豈不聞有个古人呵，

悔秦椎浪敲，向黄石受韜？似你匹夫之勇終貽誚。

(生白)住了！那个是匹夫？(正旦)假如這等說。

(合前)

(生唱)

【猫兒墜】我心非鉄石，莫聽婦言嘵。只教你巧作名兒休賣巧，由他饒舌枉徒劳。

---

① 應爲"認"。

（合唱）

休焦！且把柏業傳觴醉飲春醪。

【尾】何時議築金臺峭？駿骨由來買價高。

（生唱）

巧姐，莫怪軀軀兒女曹。

（白）千里青雲好致身，（正旦）每因回首即長顰。（生）畫虎未成君莫笑，（正旦）安排牙爪始驚人。（生）泰山怎么不見？（正旦）在鄰舍人家飲酒去了。（生）老人家在外吃酒，待我去尋他回來。（正旦）不要去，住在家裡。（生）吓！婦人家不住在裡面，站在門首，成何規矩？還不走進去！泰山，泰山！（生下）（正旦看生下）（正旦）咳，看他纔回來，又去了。咳！怎么處？（下）

第伍出

（外上）

【引】素封家世務農桑，積箘盈箱。春明正好尋歡暢，恨王孫去路徬徨。

（白）浪游何地，匹馬懷情胥。風捲楊花無定跡，何日重來欢會？老夫姓劉名仁，祖居桃花山下。因此地裁①桃花數里，即唤桃花村，人便稱我是桃花庄上劉太公。所有几貫資財，兼且一家安樂。山妻符氏，勤儉多能；小女一娘，工容少賽。前歲已招故人之子石三郎爲婿，因他少年心性，不耐安居，只説别我還鄉，至今杳無音信。女孩兒的終身憂慮，媽媽也有几聲埋怨，教我怎不担愁？今日無事，不免與他母女，同到庄前庄後，游玩一番，就往東園對桃花飲盃酒兒，以遣悶懷，多少是好。院子！

（末暗上）有！（外）傳話，請院君、一娘出來。（末）曉淂。院君、一女②有請。

（付梅香内應介）

---

① 應爲“栽”。

② 應爲“娘”。

（老旦上）

【引】兒女牽腸，奈東床人去，畫樓心怏。

（占上）

鴨鼎篆銷鴛枕，夢寒羞覷，燕双鶯兩。

（各見）（老旦）員外，自石三郎去後，不覺半載有餘，即今音信茫然，未知流落何所，把我女孩兒竟成担閣，虚度青春，如何是好？（外）便是。或者老夫失與款待，以致薄情郎驟尔分襟，到今覆水难收，教我無一刻不想。（占）告爹媽知道，我丈夫雖成遠别，多應在俠少場中，倘有一日回心，豈得忘受恩深處？况事已如此，悔之何益？做孩兒的相依膝下，望爹媽且自開懷。（外）女孩兒説得是。如此艷陽天氣，桃花盛開，你每同①我到庄前庄後，游玩一番，就往東園對桃花飲盃酒兒，却不是好？（老旦）如此，員外請。（外）果然開得茂盛也！（合唱）

【惜奴姣】花滿村庄，與山名厮趁，武陵不讓。暄風傳遍，吹開露井芬芳。風光，惹淂游絲縈百丈，笑含情，欢同賞。

（合）

景正長，願取花枝人面，歲歲相當。

（末白）已是東園了。（外）把酒餚擺下。媽媽，我每席地而坐罷。（老旦）説淂有理。（外）看酒來。（末）有酒。（合唱）

【錦衣香】春在前，花相向！酒入唇，人無恙。假饒不飲空歸笑咱預②戇。花飛何事太匆忙？酣客歷亂醉眼徜徉。畫橋西短墻曲，湾湾流水生香。粉墜脂飄蕩，消人愁况。是風生扇底，驪珠絶唱。

【漿水令】九重春，何當岸傍，五更風莫教擾讓③。休誇崔護喝瓊漿，花封滿縣，慢數河陽。瑶池畔，空望想，三千花实春無量。天台渡，天台渡，錦雲如障！玄都觀，玄都觀，紫陌塵颺。

【尾】争如小苑風光漾，值飲到斜陽西傍，怕陰晴異日难量。

---

① 右旁有字“隨”。

② 應爲“愚”。

③ 應爲“擾嚷”。

(外白)不見堂前東逝波,(老旦)莫今歲月易初①跎。(占)遇飲酒如須飲酒,(合)得高歌處且高歌。(外)收過了。媽媽,今年越覺茂盛了!

第陸出　結義

(丑上。白)恨小非君子,無毒不丈夫。我張保叵耐楊雄這廝,逞着自己本領,不看人在眼内。我前日替渠借銅子,勿肯也罷,反把我痛打一場,思之可恨!那間渠新充子劊子手,衆人替渠掛綵把盞,我那間拉子几个潑皮弟兄:草里金剛、秃悔蛇、爛腿阿四、屈鼻頭徐二、打勿殺鰟鮍,去打里一頓,搶子里个礼物,叫他薊州城里做不成好漢。楊雄,楊雄,叫你從前作過事,没興一齊來!(即下)

(小生上)

【醉扶歸】遠迢迢霧鎖燕南界,影沉沉日落望鄉台。誰知客館羈魄趁塵埋,教我窮途落魄多尷尬。

(白)萬般皆是命,半点不由人。我石秀到此指望做些生意,誰想消折本錢,又染成一病,不淂还鄉,流落在此,只淂賣柴度日。咳!我石秀也是一籌好漢,爲何恁般狼狽?(唱)

我這一雙赤手怎安排?三千白髮愁無奈。

(内吹打介)(白)那边鼓樂之声,有夥人來,我且閃在一边,看他做甚勾當?(即下)

(三旦、外小軍,生上)(合唱)

【泣顔回】瑣尾羡楊雄,喜見英姿驍勇,雕青雙臂,擎來刀利如風。龍文夜吼,待身留、一劍除兇横。少年場俠烈馳名,滿街衢尽教驚悚。

(净、付、丑打。衆即下)(净、付)打个毴毯个!(丑)説明白子打。(生)你是張保吓!(丑)呔!楊雄,我前日替伍借同錢,無淂也

① 應爲"蹉"。

罷，爲奢了打我一頓？（生）你今日便怎么？（丑）你今日詐别人没事，分点老張便罷！若没淂，叫伍薊州城里做勿成好漢！（生）只看你本事了。（净、付）打个鲟娘賊！（唱）

【太平令】俠①路相逢，説着教咱氣滿胸！今番不与他胡哄，相見處怎难容？

（衆各打介）

（小生暗上。看介）不要動手！（打介）走！有我在此！（生看即下）（丑）呔！我自打里，奢要你强家劝？（小生）我么，叫做抱不平，特來打你這厮！（丑）我專要打打抱不平！（打）（小生唱）

【撲燈蛾】打着潑賤財，残生好相送。

（丑）

持着一雙拳，儘自將人摩弄也。

（小生）

將咱怕恐，欲饒伊情里难容。

（丑）

再休誇心雄氣猛，自今日，抱頭鼠竄敢交鋒？

（末上。白）不要動手！（小生）呔！誰敢劝我？（末）不是。無用之徒，饒他去罷！（小生）看兄分上，饒你！（丑）打殺哉！等我認認看。（末）还不走？（丑）亦是一个兇个。（丑下）（末）請到這里來，路見不平真好漢，拔刀相助是英雄。請了。（小生）請了。（末）請問尊姓大名，仙鄉何處？這番路見不平，却是爲何？（小生）在下姓石名秀，本貫金陵。只因命運不通，流落穷途。方才一時氣忿，实与那厮不曾厮認。（末）难淂石兄一片热腸，爲何流落到此？（小生）長兄听禀。（末）愿聞。（小生唱）

【玉芙蓉】生涯似溺沙，身世如飄瓦。任關河路渺，曙鼓昏雅。無媒經路羞先達，長俠歸來何處家？

（合）

雄心詫，信天公降罰，枉教人、望風翹首謾嗟呀。

---

① 應爲“狹”。

（末）

【又】青門豈種瓜？紫賽堪驅馬。趁边風断柳，泪洒清茄，凌烟惨淡新圖畫，陣雨蒼茫旧建牙。

（小生白）請問長兄尊姓大名？（末）实不相瞞，小可姓戴名宗，在梁山泊上宋公明手下，到此尋个朋友，不想有緣遇兄。（小生）江湖上有个"神行太保"戴院長，就是仁兄么？（末）不敢。（小生）久暮①！久暮！（末）豈敢。想兄如此豪傑，何不同往寨中聚義，却在此受此凄凉？（小生）小弟一時運蹇，未能出身。等閑這話，不必提起。（末）這也不敢勉强。偶有白艮②十兩，聊爲資本。（小生）尊惠出于無故，怎好受？（末）朋友有通才之義，何妨？（小生）如此，只浔領了。（末）請了。（唱）

（合前）

（下）（内喊介）（小生）吓，想必还在那边厮打。待我赶上前去，打他一个落花流水，才認浔我！那个要打？來，來，來！（赶下）

（生上）

【縷縷金】平白地遇强良，淮陰曾受辱，恨难當。路上何方客，教咱伊仗？

（白）方才遇了那夥人，竟不知那帮我打的，往那裡去了？（唱）

快追尋踪跡莫徬徨，恩儔好相向，恩儔好相向！

（小生打上）（生）不要動手！（各認，笑介）（生）元來就是仁兄，教小弟那處不尋得？到却在這裡。（小生）小弟遇了一个朋友，多説了几句話。不知仁兄呼唤，得罪！（生）豈敢。和兄到酒肆一谈，不知尊意若何？（小生）使得。小東是小弟的。（生）豈敢。請！酒家！

（付上）酒店門前三尺布，南來北往多主顧。楊大爺，吃酒儕？裡向坐。（生）有好酒、好下飯，盡數拿來！（付）是哉。（下）請了！請坐。（小生）有坐。（生）請酒！各處尋兄，几乎不能相會。（小

---

① 應爲"慕"。下同。

② 應爲"銀"。

生)小弟正在那邊打這狗頭,被一位朋友劝住,爲此來遲。(生)請酒!(小生)請!請問仁兄,方才爲何與那厮鬧起來?(生)方才那人叫張保,元是本衙門當軍牢的。他前日來與小弟借錢。(小生)可曾借與他?(生)一時没有,不曾借與他。(小生)不借,就罷了。(生)因此懷恨在心,今日見弟决囚回來,多蒙衆兄弟賀我,花酒紅禮,他拉了無數小人,要來搶我的東西。方才若没有仁兄,帮我這場便宜,几乎出醜。(小生)如此説,少打這狗頭几拳了。(生)也勾了。請!請問仁兄,到此几時,還不曾相會?(小生)長兄聽禀。(生)願聞。(小生唱)

【鎖南枝】鄉關杳,客路悠,

(生白)到此有何貴幹?(小生唱)

爲經商遠游到薊州。

(生白)仙鄉何處?(小生唱)

念咱家住在長干,

(生白)是建康。高姓大名?(小生唱)

姓石名爲秀。

(生白)吓,石秀!(小生)小弟本性麤踈,最肯與人出力。(生)好,這才是个大丈夫!(小生)

只争氣不平,便待冲牛斗。

(生白)江湖上,少有這等朋友在外。(小生)若到其間,那時性命也就不惜了。因此有个綽號……(生)妙!必要請教。(小生)獻醜!(生)豈敢!(小生唱)

唤做"拚命三"在人口。

(生)是吓,聞得有个"拚命三郎"石秀。(小生)就是小弟賤名。(生)就是仁兄?久慕大名,如雷灌耳。今日得遇,三生有幸!(小生)虚名,休得見笑。(生)好説。酒來!請酒!难淂期逢。(小生)請問長兄,尊姓大名?(生)仁兄听禀。(小生)願聞。(生唱)

【又】俺楊雄不啷嗌,無端遇此讎。若使不逢俠士驟然一力担承,枉被人厮耨。

(小生白)大丈夫義氣相投,何必見外?(生)因此特來拜谢。(小生)説那裡話?方才若非仁兄這般本事,怎打淂這班人星散?(生)不瞞仁兄説,但使小弟,(唱)

也是俠少塲,英俊儔。

(小生白)弟元説是一籌好漢。(生)因小弟面色微黄,故尔也有个綽號。(小生)兄也有?妙!必要請教。(生)出醜。(小生)豈敢。(生唱)

叫"病關索",我的混名久。

(小生白)是吓,久聞江湖上有个"病關索"楊雄,就是長兄?(生)不敢。賤名!(小生)得罪了。(生)豈敢?(小生)久慕英雄,未曾識荆。今日目覩,小弟之萬幸也!(生)虚名休笑!(小生)久仰!久仰!酒來!(生)仁兄請酒。(各吃介)請問仁兄,還是孤身到此?可有親戚在此否?(小生)一言难盡。(唱)

【又】身飄蕩,慚蒯緱,似新豐殜人窮馬周。

(生白)如此淒凉,怎生過活?(小生唱)

只淂賣……

(生)請教?(小生)説也惶恐。(生)何妨?(小生)不慢仁兄説,(唱)

只得賣担柴兒度日如年旧。

(生白)有何本事?(小生唱)

谈本業不過鎗棒流,

(生)多少年紀?(小生唱)

問咱年纔得二十九。

(生)好!正在壯年。(小生)我听仁兄語音,不像這裡人。(生)我元不是這裡人。(小生)貴處是那裡?(生)我是中州人,流寓在此的。(小生)我説是河南!(生唱)

【又】在他鄉枉掩逗,平生意氣投。

(白)小弟有句話,要與仁兄講。(小生)有何見教?(生唱)

欲與兄結爲兄弟,從此骨肉相看,何必論新旧?

(小生白)多蒙節級不弃,但不知尊庚多少?(生)痴長一年。(小

生)如此説,是哥哥了。哥哥請上,小弟有一拜。(生)愚兄也有一拜。(合唱)

然诺暫,行路差,從此八拜交,相依歲寒守。

(生)請!(小生)如今是哥哥了。(生)吓,愚兄從今日荐起,得罪了。(小生)豈敢?酒來!(生)兄弟,你酒量如何?(小生)能飲几盃。哥哥如何?(生)愚兄最好。

(外上)善爲傳家寶,忍是護身符。老漢潘公,聞得女婿楊雄與人厮鬧,女孩兒放心不下,叫我去打听打听。有人看見到酒肆中去了。這裡是了,我且進去。唥,我家大郎,可在你店中吃酒?(付内)拉乱樓上。(外)待我上去。大郎!大郎!(看小生介)吓,想必就是這个人打我女婿的了?罷,拚這老性命,結果了他罷!(撞介)(生)不要如此。方纔多虧相助,不曾乞虧,故此與他結拜爲弟兄。(外)他姓什么?(生)姓石。(外)吓,元來就是石叔叔。(小生)哥哥,此位?(生)是家岳。(小生)就是老丈。請了!(外)石叔叔,方才粗鹵,渻罪!渻罪!(小生)請坐。(外)大郎走來。(生)怎么?(外)家中有現成的不吃,到吃店上這貴東西!(生)賢弟,就同到舍下去,少間搬頋行李罷。(小生)總是要拜見嫂嫂的。酒家,筭帳!(生)豈敢。上在我帳上。(外)老漢引導,這裡來。行行去去,(二生)去去行行。(外)這裡是了。(生)賢弟請。(小生)哥哥請。(外)我兒出來,你丈夫回來了。

(正旦上)

【引】鎮日閒情僝僽,不離却心上眉頭。

(白)大郎,聞你與人厮鬧,教爹爹來看你,可曾乞虧?(生)没有,多虧這結義兄弟,帮我一場便宜。過來,見了叔叔。(外)叔叔,方才多虧相助,老漢感激不盡。(小生)好説。此位?(外)是小女。(生)是寒荆。(小生)就是嫂嫂!嫂嫂請上,受石秀一拜。(正旦)奴家年輕,怎敢受拜?(生)常禮罷。(外)讓他每拜拜,日後好相見。(小生)念石秀一勇之夫,垂情國士。(正旦)丈夫三牲①有幸,結義少年。(小生)倘有麤疎,望尊寬宥。(正旦)得承契結,凡事提携。(生)巧姐,不要説了,進去整治酒餚,與叔叔接風。(正旦)曉得。好个美少年!(看小生下)(外)叔叔請坐。石叔叔,我大郎在薊州城裡,也筭得是个好漢!如今又有尊叔帮扶,我老潘還怕那个?還怕那个?(小生)説那裡話?(外)老漢有句話,與你商量。(小生)有何見教?(外)老漢原是屠沽出身,如今年老,小婿一身在官,所以撇了這行買賣。不知尊叔可曉得否?(小生)先父也曾開過屠鋪,這行買賣,到也曉得一二。(外)待我去……(生)那裡去?(外)對門有个徐小七,叫他來相帮相帮。叔叔掌管帳目,明日就開起店來。(生)且慢!(小生)多谢老丈與哥哥。但恨石秀呵,(唱)

【玉胞肚】風塵生受,儘浮踪天涯敝裘。荷君家傾盖交欢,却教咱感恩深厚。

(合唱)

焉知異日不封侯,何事奇毛惜遠遊?

(正旦内白)爹爹,酒完了,請叔叔裡面飲酒。(外)叔叔,請到裡面去吃酒。(小生)君如新雁我歸鴻,(生)十載論兵命未通。(外)兩葉浮萍歸大海,(合)人生何處不相逢?請!(外)大郎,叔叔酒量如何?(生)强似你的。(外)好吓。如此,待我拿酒來,與叔叔耍三拳,較較量如何?(小生)使得。請!(各下)(正旦看小生介)(外)我兒,你丈夫結義這位好兄弟帮扶,誰敢欺負!誰敢欺負!(正旦)便是孩兒心上也喜欢。(外)吓!你也喜欢他,我也喜欢他,大家喜欢他!大家喜欢他!拿酒來,拿酒來!

---

① 應爲"生"。

第柒出

（付上）

【誦子】人道元從情爱生，怎教和尚便忘情？鼓聲不嚮因何故？却是槌穿破鼓聲。南無金剛王菩薩，摩訶薩！

（白）苦海無邊是出家，也是爹生娘養好根芽。自從披剃爲僧後，难道割去光郎結个疤？一會兒按不住春心垂玉柱，盼不成偶配咬銀牙。正看經，數聲嘆息，剛頂禮几度嗟呀。免不得行奸作歹，打夥兒恋酒迷花。只念着救苦菩薩，却撞个可喜冤家。開寶殿請他拜佛，入禅房遞盞濃茶。也是俺宿緣有分，不争教兩意無差。他纏着俺，俺纏着他。褊衫袖當做鮫綃帕，拜佛席便是雕床象牙。釋迦佛見了眉頭打結，彌勒尊對我笑臉生花；四天王火性齊發，八金剛怒髮鬔鬆。一个高擎着金臂，一个摟住了琵琶。那些个神通廣大，險些兒唬殺了渾家。不過銅鑄的法像，几个泥塑的哪咤。瞎帳，什么佛法？鬼話，那个僧伽？正是：因果竹院逢僧話，难道不比尋常百姓家？自家報恩寺中裴如海是也。兩日酒色過度，身子疲倦，不免在此打个盹兒，養養精神哩介。

（困介）

（占上）

【麻婆子】使兒使兒多才幹，打扮入寺門。寺遠寺遠行不到，聽鐘聲耳畔聞。娘行撥遣怎驅分，似紅娘傳與法聪信。怕賊禿賊禿色情緊，須仔細去殷勤。

（白）可怜吓，姣滴滴一个迎兒呀，教我去請和尚！你道爲何？只因巧姐爲前夫王押司兩週年，要請僧人做好事。石叔叔販猪去了，潘外公又老病發作，巧姐定要我去走遭，我道不去，他說："和尚是吃人的么？况海師父又是个好和尚，你去走走不妨。"爲此一口氣跑到這裡來，想寺院門行径不知好歹，我且悄悄進去。呀！有个和尚在此打盹。元來是个少年和尚，待我撮个法兒，取笑一場。吓！有了！待我閃在佛像後。哟！我乃常駄尊者，和尚不守清規，夢中囉唣，觀音菩薩着我護法尊神，打你三百杵，一下不饒。（付）阿弥院①佛，和尚今後，再勿敢哉！（占）如此，饒你。（付）莫道無神却有神，今後再勿可吓。

（丑上）師父，勿是觀音菩薩，到是救命王菩薩。（付）亂話，進去。（丑下）（付）迎姐，倷風風子來？（占）那裡認得我？（付）兩年前，拉哑𡍮屋裡念經个，难道就忘記子？（占）元來是海師父，失敬了。（付）巧姐一向好么？（占）何劳動問？（付）潘公是我个乾爺。（占）吓，如此説，巧姐是湿妹了？（付）還是乾个好。（占）就是乾妹。當初有這許多瓜葛，連我迎兒到楊家來，家主又古怪，這些事體多忘了。（付）巧姐一向好么？（占）托赖。只是有些憂愁煩悶，爲此特來相請。（付）憂愁煩悶，尋和尚做倷？（占）後日十月初一日，巧姐爲前夫兩週年，着奴家呵，（唱）

【剔銀燈】移蓮步特來拜懇，請大衆去看經宣論。這一塲功德多斋襯，滿晝夜莫辭劳頓。

（付仝唱）

經文，把名香好薰，不昧却三生法輪。

（付唱）

【又】雖則是鳳求操穩，不似他琵琶别韵。

（占唱）

這一堂鼓鈸須加襯，莫待遣歪僧厮混。

（付唱）

明晨，便先不茹葷，好印受西方正困。

（白）兩年前見巧姐，以後勿曾相見②，近來渠丰彩如何？（占）師父，休要問他。俺巧姐呵，

【又】尋常時不離内闈。

（付）我與他呵，

結兄妹何妨親近？

---

① 應爲“陀”。

② 底本“見”旁邊有“會”字。

(占)不要胡説,守閒門休使蜂蝶趁。(付唱)

好倩取東風花信。

(占唱)

胡雲!

(付唱)

管什麼法雲巧雲?

(付唱①)

敢忘②想天鵝味薪?

(付白)一个惡心,吐子出來。(占)怕你吃不下。(付)吃勿下,咽咽裡下去。(占)休淂取笑,我去了。(付)住丟,迎姐遠來,那有空去不成?有件東西相送。(占)什么東西?(付)是一个香袋。(占)要他何用?(付)勿要看輕子渠,堂初普救寺崔相國家紅娘姐,送與法聰和尚,祖上相傳至寶,今日特來相送。(占)如此多谢。(付)难道迎姐没件罕物,回答小僧?(占)吓,也罷!有串念珠在此,送與你罷。(付)要渠做�?(占)這是當初唐三藏往西天取經,遇見世尊座下須菩提長老,送這一百單八粒素珠,也是無價之寶。(付)介没,拿來嘘。(占)羞答答,怎好與你?也罷,你朝了那邊跪下,閉了眼,番手轉來,與你。(付)和尚要女客个物事,介难个。(占吐涎吐即下)(付吃介)

(丑上)好吃吓!�个念珠?到吐子一手心涎吐!(付)故是有出个。(丑)�个出?(付)故叫"守株待兔"。(丑)是吓。阿弥陀佛,阿弥陀佛!(付)賊禿!平昔日脚,鰻鯉鰍鱔囫圇吞,今日百忙頭裡,到念起佛來!(丑)也是有出个。(付)�个出?(丑)却不道"緣木求魚"?(付)是吓,好个"緣木求魚"!勿要亂話哉,後日十月初一,潘外公丟要拜懺,拿个帖子去。請圓通庵裡三師太、關王閣上二和尚、泗州寺裡八師父、東房兩个小和尚,快點!(丑)是哉。(付)狗肉那哉?(丑)熝爛丟哉!(付)拿兩个銅錢去

① 應爲"占唱"。

② 通"妄"。

打酒。(丑)勿要開子一甏罷。(下)

第捌出　戲叔

(小生上)

【引】仗劍遥辭江樹,向燕城秋月雲孤。

(白)荆卿西去不伏①返,易水東流無盡期。落日蕭條薊城北,黄沙白草任風吹。我石秀,自與楊大哥結義,在此生理。這几日在外鄉收買牲口,今日回來。咻,怎么静悄悄?店也不開,刀砧家伙,多收拾過了,却是爲何?吓,是了!自古"人無千日好,花無百日紅"。我哥哥一身在官,不管家事,必然嫂嫂見我做了几件新衣,他心上不快,這兩日我又不在家中,必有人搬鬪是非,所以不做買賣了。休等他發言,先辭他回去。只是一件,那帳目要明白,纔見石秀無欺。(看帳介)多已清楚,不免請潘老丈出來,交付與他。潘老丈,請出來,講句話兒。(正旦内)不在家裡。(小生)這是嫂嫂的聲音,就交與他,總是一般。就請嫂嫂出來。

(正旦上)來了。

【引】獨坐閑庭無緒,

(小生白)嫂嫂。(正旦唱)呀,

聽三郎傳話歸宇。

(白)叔叔,回來了?(小生)是,回來了。這帳目請嫂嫂收過,石秀若有半點私心,天誅地滅。(正旦)叔叔何出此言?並不曾有甚他故。(小生)石秀離鄉已久,欲回家去走走,特地交還帳目。今晚辭别哥哥,明日早行。(正旦)吓,奴家知道了。叔叔兩日不回,今日見收過了傢伙,只道不開店,因此要回去么,可是?阿喲!這是那裡説起?叔叔,請寧耐性兒,待奴家説个詳細。請坐了。叔叔,你是曉淂的呀,奴家爲先夫王押司呵,

① 應爲"復"。

【桂枝香】情非朝暮，寧同陌路？没來由兩个週年，欲把經文超度。

(小生唱)

元來爲此，元來爲此！

(正旦唱)

别無他故。叔叔，還要劳伊相助。

(小生白)這个自然。(正旦唱)

勸你莫多慮。

(小生白)我豈不曉淂？(唱)

受恩深處，家隨在。爲人在世，須要財上分明大丈夫！

(正旦白)好！好个"財上分明大丈夫"。這些帳目，不必提起，叔叔請收了。(小生)放下。(正旦)吓，叔叔來路遠了，隨便用些素飯罷。(小生)多谢嫂嫂。(正旦)迎兒，石叔叔回來了，取酒飯出來。(小生)爲着此事，所以不開店。我且奈着性兒，再住几時。(占上)酒飯在此。(正旦)放下，見了石叔叔。(占)石叔叔回來了？(小生)正是。(占)請用酒飯。(正旦)你自廻避。(占)曉淂。(下)(正旦)叔叔請坐。(小生)有坐。(正旦)没來什么，請盃热酒。(小生)承嫂嫂美情，待石秀領一盃。(正旦)叔叔，這酒可好？(小生)這酒到也好。(正旦)好的？再請一盃。(小生)有酒放下，待我自斟自飲，不敢劳嫂嫂費心。(正旦)何妨？叔叔。(小生)嫂嫂。(正旦)叔叔，吓！叔叔兩日在外，可知一件新文①的事兒？(小生)這个石秀到不曉淂，什么新文旧文？(正旦)吓，説道陽谷縣，有个打虎的武松，起初那嫂嫂，也是這等喜欢他，那厮到不肯從顺。后來那嫂嫂有些什麼事兒，到被那厮行兇，殺壞了許多人。江湖上遍傳，难道叔叔不曉得？(小生)吓，就是那武都頭幹的事么？(正旦)正是！(小生)好，他幹淂正氣！(正旦)啐！什么正氣？據奴看起來，那武松是个獃子。(唱)

【又】傾城一顧，高唐應賦。

(小生唱)

---

① 應爲"聞"。

大丈夫戴髮含牙，敢使陳平名污？

（正旦唱）

又何必恁般？何必恁般？

（白）咳，只是可惜！（小生）到要請教，可惜什么來？（正旦）可惜做嫂嫂的是一片好心。（唱）

把此情辜負。

（小生唱）

他出言無據！

（正旦作笑）吓，

他意如何？

（正旦唱）叔叔，

雖云男女無親受，却不道嫂溺須將親手扶？

（小生白）咳，嫂嫂，石秀是不讀诗書的男子，不耐煩听你這許多唠唠叨叨、咭咭刮刮的言語。（看正旦，即下）（正旦呆看介）咳，罷！正是：酒逢知己千盃少，方才是話不投机半句多。呀啐，元來是个俗子！（下）

第玖出　送禮

（付上）

【皂羅袍】和尚双眸如注，把光光乍整，去看嬌姿。

（小生暗上）這是那裡説起？（付白）隔裡是哉。妙吓！（唱）

色色空空總模糊，窗前新吐香絨縷。

（白）等我進去。阿有囉故裡嘘？阿有囉故裡嘘？（小生）吠！做什么的？（付）吓，我自來尋我裡乾爺个。（小生）那个是你乾爺？（付）就是潘公。（小生）潘公是你的乾爺？怎不説一聲？對裡邊亂撞！（付）勿曉得了。（正旦内）叔叔，那个在外？（小生）吓！是个和尚，説尋潘老丈，又説是乾爺的。

（正旦上）吓！這是我家門徒海師兄。（付）故是儕人？（正旦）奴

家出來了。(見礼介)叔叔,(唱)

他是裴家年少,清言行孚,與奴結拜,兄稱妹乎,與爹行自小做乾兒父。

(小生)知道了。

(净扮道人。上)出淂報恩寺,來到薊州城。大娘娘!(小生)什么人?(净)我自海師父厾,送一盤山臈菜、一盤糟茄子,送拉大娘娘吃酒个。(小生)又是个道人,送什么禮?可要收他的?(正旦)叔叔,收了他的。(小生)吓,這是要收的?(付)自然要受个。(小生)必竟要受?(净)故是該受个。(小生)吓!(各看介)(小生)這裡來,少停打后門走。(净)我最喜后門。(小生)要知心腹事,但听口中言。(同净下)(正旦唱)

心忙向,步又徐,師兄,姣羞遮掩到前除。

(付白)賢妹,許久不見。(正旦)師兄,爲何一向不來走走?(付唱)賢妹,

只爲趋程遠,音問殊,紅塵隔断薜羅居。

(白)押司兩週年,無物相送,些少掛麵,几包京枣,聊表薄情。(正旦)出家人的禮物,怎好受?(付)出家人个此物,受子及妙个哉!(正旦)休淂取笑。(唱)

【又】谢得師兄紊慮,把麥塵供枣,來當取伊蒲。

(正旦白)迎兒,看茶來。

(占上)來了。

一盞清茶献芹餘。

(白)海師父,請茶。(付唱)

妙吓!似瓊漿玉液親傳與。

(白)賢妹。我寺新建水陸道場,要請賢妹隨喜隨喜,只恐節級見怪。(正旦)大郎也不計較。老母死時,曾許血盆經懺,也要到上刹了願。(付)願心還是了个好。呸勿看見,故星好順个。(唱)

爲親恩無盡,還要肉燈點膚。

(正旦唱)

三年懷抱,因此血盆願薦,却不道目蓮救免生身母?

(付白)迎阿姐,到故日也來隨喜隨喜。(占)來是要來的,只是格

遠得緊。(付)走熟子就近哉。(占唱)

凡宫杳,蓮步迂,自雲深處是精廬。

(小生上。白)莫信直中術,须防仁不人。呔!和尚,你怎么還在這裡?(付)囉故?我是拉裡等我裡道人①了。(小生)道人後門去了。(付)吓,請問檀越,一向爲偖勿見哑?(小生唱)我么?

邯鄲市,惡少徒,休嫌村野禮文踈。

(付白)是,是!此位?(正旦)我丈夫新結義的。(占)叫做石叔叔。(付)告别哉。不羡王公與貴人,(正旦)與君相見即相親。(付)雖居世網常清净,(正旦)却笑山僧衣上塵。(各看介)(付下)(正旦)啐!惹厭得緊!迎兒,下次不要採他。(占)正是,睬也不要睬他!(正旦、占下)

(付又上)咳,囉裡説起?正要答渠説説,撞着盖个厭人,只怕還拉虱門前來,等我轉去。(小生)有這等事!待哥哥回來告诉他。呔,和尚!你去了,怎么又轉來?(付)吓,个,个……(小生)什么?(付)勿見个道人了,來裡尋。(小生)方才對你講過的了,他往後門去了,你還來尋他?(付)是吓,后門去哉。請問檀越,尊姓大名?仙鄉何處?(小生)吓,你要問我么?(付)請教。(小生)我么,姓石名秀,排行第三,金陵人也。(付)吓,南京朋友。(小生)因俺生來劣性,不肯讓人,轉是路見不平,便欲拔刀相助,人都唤我"拚命三郎"。哟!和尚,我對你講!(付)吆,阿哟!苦恼!放子我説。(小生)俺楊大哥是頂天立地一籌好漢,你今後得走,來走走;不得走,休要來!(付)再勿敢來哉!(小生)饒你去罷!狗秃驢!(下)(付)阿唷唷!毴養个!怪道姓子石,一隻手像石頭,輕輕裡一把,蹴子胫哉,到要討个膏藥貼貼个哉。(下)

① 底本中"道人"空,按下文補。

第拾出

(净上)年老耳聾全無用,只好燒香點燭背經箱。隔裡是哉!潘阿爹拉裡?

(外上)慈悲勝念千聲佛,造惡空燒萬炷香。是那个?(净)阿爹,是我。(外)老道,你來了么?(净)佛像排拉囉裡?(外)就擺在這裡罷。(净)是哉!(外)衆位師父可來否?(净)拉丟后頭就來哉。(外)如此,待我去看茶來。

(付、丑、二生、末、老旦扮和尚上)

【光光乍】和尚去出家,身上掛袈裟,聽得鐘聲吃斋飯,真个快活光光乍。

(白)潘老爹。(外)衆位師父,有劳。(衆)豈敢!(付)乾爺,點起香燭來;衆位師父,拿法器响响。(擂鼓三通)①

(合)

【香柳娘】衆僧來道場,衆僧來道場,整齊佛會誥,琤琤敲响金鐘。起擂冬法鼓,起擂冬法鼓,掣動木魚槌,梵音滿堂沸。似天花亂墜,念的經兒是誰?不過波羅揭諦。

(付白)請斋主拜佛。(外)迎兒,扶侍大娘出來拜佛。

(占、正旦唱,上)

【又】卸釵梳淡粧,卸釵梳淡粧,巧籠雲髻,怕脂慵粉褪添憔悴。把三分俏增,把三分俏增,蹙損淡蛾眉,飄揚素羅袂。謾追思往日,謾追思往日,教我难道笑的,閣着珠淚。

(打鼓介)彌陀如來,彌陀如來,竊以瑜伽大教,爲六道解脱之門;水陸良因,乃群枉超生之路。冥陽濟度,今古流行。(打鼓介)南瞻部洲、大明國、蘇州城,(丑)大宋國、薊州城,看渠一面蘇意丟!(衆)幹正事!(付)大宋國、薊州城,信女潘氏巧雲,爲前夫王押司素捐半路,淹忽二期,花當兩週年忌辰,建此一

---

① 底本中此處有鼓點節奏,略。

晝夜功德。(打鼓介)仰凴佛力,普救亡魂。離地獄而蹐天堂,澄河沙而超苦海。又愿潘氏,香已断頭于結髮,繩復繫足于齊眉,永諦潘楊,休同露草。(打鼓介)再有迎阿姐拜佛!(占)吓!(拜介)(付)再有義女迎兒,慣情作贈嫁非久已,早尋配藕①免偷人。(占)海師父,佛前打渾。(付)保佑呸到勿好?宣和二年十月日疏。(衆唱)

南無香雲盖菩薩摩訶薩,南無香雲盖菩薩摩訶薩。

(外白)衆位師父,請到裡面用斋。(衆)多谢。(付)我拉囉裡?(正旦)也在那邊。(付)也拉故答?小死哉!(下)(正旦唱)

【又】覷裴僧貌妍,覷裴僧貌妍,懶頭新剃光溜溜,双眼將人磔。

(付上)

恨巫山在眼,恨巫山在眼,前眉語共心,齊肩與捻臂。

(正旦唱)

且當場會意,且當場會意,佛天有知,兩情不昧。

(外打鈸介)(衆上白)動不得的。(付)衆位師兄,串子五方,送佛罷。(衆)有理。(打亂鈸走陣介)奉送佛歸靈鷲。法轉龍宫,僧返天台,人歸寶阶。南無登雲露菩薩,摩訶薩,摩訶般若波羅密。(打鼓介。完)祭主功德。(付)谢子斋主。(衆)多谢。(外)有慢。(衆)來時禮三寶,回去念彌陀。(衆和尚下)

(正旦、占上)迎兒,叫海師父説話。(占)海師父,海師父!大娘請你説話。(付)那説?(正旦)師兄,明日來取功德錢,可對爹爹説,血盆心願一事,不可忘了。(付)來是要來个,怕呸五石叔叔了。(正旦)又不是親骨肉,保他則甚?(付)盖没我去哉。東邊日出西邊雨,道是無情却有情。(下)(占)姐姐,可听見海師父説:"道士無情,和尚有意?"(正旦)啐,小賤人!(二旦笑下)

(小生暗上)(看介)好!好个"道士無情,和尚有意"!成什么功德?做什么道場?我方才假説肚疼,服在暗處,看那厮,明明是

---

① 應爲"偶"。

一段奸情的勾當。我敬他是親嫂嫂一般,元來是个不良之婦。(冷笑)莫教撞在石秀手内!罷,我假作痴呆漢,權爲懞懂人。(下)

第拾壹出

(外上。白)十里松蘿映碧苔,一片晴色鏡中開。遥聞上界番經處,片片香雲出院來。老漢潘公,昨日見海師父説,報恩寺中新建無碍水陸道場,起一血盆懺會。我家女兒要去了還心愿,自家又不好對大郎説,要我與他講。待他回來,再作道理。

(生上)

【引】妻兒休問琴和瑟,良朋看刎頸,交誼重分金。

(見介)泰山。(外)大郎回來了。(生)石三郎爲何不見?(外)外邊討賒帳去了。(生)待我去尋他。(外)賢婿,老漢有句話與你講。(生)有何分付?(外)當初先妻死時,小女曾許下《血盆經》懺,如今正值報恩寺新建水陸道場,要去了願。(唱)

【瑣窗郎】女孩兒一點微忱,自娘亡許到今。欲酬宿愿,一叩禅林。明朝共往,將言達恁。爲親恩罔極情和任,還懺悔,何必苦相禁?

(生白)既如此,明日泰山你同他每去走走,就回來。我府前有事,要去了。石三郎來,説我尋他。古來难得是閒人,秋草春風老此身。(下)

(小生上)獨坐觀惟劍,悲歌嘆短衣。老丈,哥哥可曾回來?(外)才回來,又出去了。(小生)待我去尋他。(外)石叔叔,老漢有句話要對你講。(小生)有何見谕?(外)老漢明日要同小女到報恩寺,了還香願,相煩叔叔在門首看管看管。(小生)吓,又要去燒香了願?我哥哥可曉淂?(外)他説去去。(小生)正是淂他心肯日,(外)叔叔,是我運通時。(小生)好,真真是你運通了。你去,須要燒些好香回來。(外)自然。檀香、降香、線香、牙香,還有一把末香!(笑下)(小生)看你這老亡八怎么了?(下)

第拾貳出　看佛牙

（正旦、占上，仝唱）

【懶畫眉】艷裹濃粧出香閨，抵多少環珮人來月下期。行雲莫自濕仙衣，不知香積還超①遞，怕數里雲封塔影迷。

（外上。白）迎兒，慢些走。教我老人家那裡赶得上？（正旦）迎兒，香燭紙錢，可曾帶來？（占）难道這些些小事就忘了？多帶在此。（外）出得城來，早已望見報恩寺的寶塔了。（占）在那裡？（外）這不是塔頂？（占）還走淂不耐煩哩。（外）不多路了。扶了大娘，快些走！（二旦唱）

【又】梵宇花宮遠微微，

（内鐘介）（外白）報恩寺在那裡撞鐘了。（二旦唱）

聽何聲鐘聲隱隱稀，撩人空翠望中移，想諸天合在藤蘿際。

（外白）那邊來的是海師父吓，待我叫他一聲，唅，海師父！海師父！

（付唱，上）

自有惠遠追隨入虎溪。

（外白）我説是海師父。（付）乾爺，小僧拉裡等候子半日哉。（外）多勞遠接。（付）好説。法事早晨做過哉，請到大殿上去拈香，隔裡來。（走介）乾爺，點起香燭來。賢妹，拜佛！（正旦唱）

【又】素手拈香念阿彌，

（外白）菩薩，願我女兒養个好外甥。（付）在我。（正旦唱）

妙相裝嚴双樹棲，頓令心地欲皈依。

（外白）迎兒，我和你去數羅漢。（占）使得。（外）今年几歲了？（占）十七歲了。（外）一尊……（正旦）奴家潘氏，小字巧雲，行年二十一歲，七月七日建生。發心懺悔，今來了還心愿。（外）海師父來！（付）那説？（外）這尊是什么？（付）長眉大仙。（外）再

① 應爲“迢”。

數，六尊……（正旦唱）

懷胎十月担憔悴，欲報劬劳哀母兮。

（外白）海師父來！（付）亦是�季个？（外）這又是什么佛？（付）是厭物。（外）吓，厭物？迎兒，我每回去罷！（付）到小房奉茶。（外）使得，我每進去忍忍，師父先請。（付）小僧引導哉。隔裡來，請進去。（正旦）到也幽雅。（外）好所在！出家人會受用。（付）拿茶來。

（丑上）香熱龍涎，茶烹雀舌。潘阿爹，大娘娘，請茶。（外）小師父，有劳你。（丑）好説。（付）酒是那哉？（丑）端正裡哉。（正旦）爹爹，我每回去罷。（外）正是，去罷！（付）豈有此理？乾爺遠來，那有空去之理？聊奉素酒一樽，少盡地主之情。（占）外公，回去罷！（外）吃一盃去。（付）酒來！小僧把盞。（丑）酒拉裡？（付唱）

【二犯傍粧台】執盞勸爹行，百年只有三萬六千塲。倘然遇酒没高况，枉輸却少年郎。

（外白）好酒！（付）故酒還勿當好，前日有个女客……（二旦）什么女客？（付）啐、啐、啐！勿是，是米客。（外）我兒，你哥哥説的是米客，不是女客。（付）送个吴江雪酒，阿要盪壺乾爺吃吃？（外）妙吓，老漢最喜的是吴江雪酒。（付）盪一壺出來！（丑）吓，雪酒拉裡。（付）篩拉潘阿爹。（丑）是哉！（外）吓，這就是雪酒？妙！斟滿了，待我嚐嚐看。（吃介）果然好！（丑）潘阿爹，吃个成双到老，越老越騷。（外）越好！（丑）越好！越好！（外吃介）（正旦）爹爹，少吃些。（外）我吃得便吃。（丑）再吃三盃和萬事，吃醉子厾磚頭。（外）又來作耍老漢了，解千愁！（吃介）（付）賢妹，請一盃。（正旦）奴家不吃了。（付）賢妹，你若遇酒不飲呵，（唱）

看風光在前人共搶，只愁鶯燕搬將老去忙。

（丑白）再吃个四方平穩。（占）外公，不要吃了。（外）吃了你的？吃了你的？我偏要吃！（吃介）妙，我兒，這酒怎么做的？（付）故叫"酒做酒"。（外）何爲"酒做酒"？（付）拿个酒，做現成子，再蒸起飯來,拿个酒當子水充下去,就叫"酒做酒"哉。(外)怪道有力道,又和順。迎兒,我每回去,也是這様"酒做酒"吃。(付)篩拉,乾爺。(外)吓,再吃一盃。(正旦)爹爹,不要吃醉了。(外)吃醉了,大家住在此。(付)正是。住拉裡何妨?(占)外公,少吃些。(外)小淫婦,吃了你的?吃了你的?(唱)

既承尊雅,敢不滿觴?教人沉醉轉难當。

(吐介)(付)醉哉,搀進去困困,盖煖熱子。(外、丑下)(付)妙吓!

【又】何來金殿鎖夗央①?任你身生兩翅飛不出這巍墻。

(白)賢妹,再請一盃。(正旦)奴家不吃了。(付)既勿吃酒,阿要看佛牙?(占)佛牙可吃得的?(付)吃没吃勿得,只好牙牙。(占)在那裡?(付)要看,隔裡來,故是小僧个卧房哉。(正旦)鋪設得齊整。(占)佛牙在那裡?(付)滿地乱,去尋没哉。(正旦唱)

俏然一紙梅花帳,走來只少个俏鶯娘。

(付唱)

怕饞僧命薄空想想,怎得个施主應承入洞房?

(正旦白)佛牙在那裡?(付唱)

佛牙雖好,只是有人在傍,

(正旦唱)

教奴怎生發付小梅香?

(付白)倽难?一撮撮子出去哉。(正旦)迎兒,去看看外公。若是醒了,我每回去罷。(占)我不去,要看佛牙。(付)佛牙,六隻眼睛,見勿得个。(占)爲何?(付)六隻眼見子,就要跳起來哉。(占)吓,我曉湨了。(正旦)曉湨什麽?(占)我便去了,你每兩个……(正旦)兩个便怎么?(占)不要做了一个!(付)尖酸劳!蹴掐劳!(占)罷、罷、罷!天上人間,方便第一,我去,我去!(付)吔,去子没,及是个哉!(占下)(付唱)

【不是路】慾火难降,望你女菩薩慈悲,做个救命王。

(正旦唱)

---

① 應爲"鴛鴦"。

看你淫情蕩，輕輕栗暴打你个硬皮囊。

（付唱）

這禅床，爲娘行整備在三年上，

（正旦唱）

任你鉄打心腸，向火内烊。

（付唱）

交欢暢，這褊衫大袖多遮障。

（正旦唱）走來，

把帽兒撇漾，

（付）走浔來，

把髻兒撇漾。

（正旦作羞，向外走介）（付尋正旦，扯住介）（正旦笑）（付急介。抱正旦，關門下）

（占上）

【又】步履踉蹌，轉過經堂，又見几房廊。

和尚房裡，恁般迴折，

难安放，好將婦女暗中藏。

（跌介。白）阿呀，跌死了，那裡去討命？這裡是了。姐姐，海師父，大娘，阿呀！不好了！我説道做出事來了呀！（唱）

不隄防，吴宫擺陣，却被僧兵撞。姐姐軟肉防牌，怎當他鉄柄鎗？

（听介）

軍威壯，聽禅床斯褥休辭創，阿喲！好个上頭和尚，下頭和尚！

（白）且住。他每好不小心，褊衫、髻兒，多在這裡！待我扮做小和尚敲門，唬他一唬。有理！先戴了髻兒，後戴僧帽。（唱）

【掉角兒】然後看褊衫裙釵换粧，戴毘羅稀奇形像。小猴精掀開洞門，老狐狸閃開三藏。

（白）開門！開門！楊大郎不是好惹的！（唱）

免不浔到官司、休藏抗，帶紅蓮拖柳翠、去見都剛。

開門！開門！

（正旦急上。唱）

是誰喚嚮？教人悚惶！

（看。唱）

却元來法聰恼亂、不做周方。

師兄快來！

（付急上）

【又】恍身遊極樂那厢，儘教咱光頭摩盪，肉盤兒嚐，新味甜，翠裙中風流别様。

（正旦白）師兄，有个小和尚敲門。（唱）

莫不是出家人多狂妄，惱觀音冲佛祖觸犯金剛？

（付白）勿番道，等我去看。（開門介）囉故？（占）在這裡了，好吓！（付）元來是迎姐。（唱）

决無擾攘，容咱后嚐。且求伊緇衣脱却免留供狀。

（占白）楊大郎不是好惹的。（付）勿要嚷，捉个頭罷！（占）啐！（付）哪、哪、哪！一錠銀子，送拉咗買菓子吃。（占）誰要你的！（付）是十子而矣。（占）又不與你打官司，什么十全九全？（付）要迎姐十全帮襯个意思。（占）好便好，只是少。（付）若還少，布拉厾找。（占）什么布？（付）就是宅上渡仙橋个布，送拉迎姐做双大膝褲。（占）那有這双大脚？（付）多來，做被頭裡抹布。（占）這和尚，到是老世事，脱去。（正旦）師兄，我的髻兒呢？（付）也是渠戴厾。（正旦）還了我。（占）也要賞。（正旦）家去賞你。（占）不對的，千錢賒，不如八百現。如今就要的。（正旦）没有什么，也罷，脱這件衣服，與你穿罷。（占）也是要的。（正旦）若爹爹問起，只就我身上熱，與你穿的。（占）身上熱，不妨事。只怕你身上來，連這小和尚頭兒不乾净。（付）尖酸劳！（正旦唱）

【尾】從今點破拈花相，

（占唱）姐姐，

怪你不用梅香自主張。

（付唱）迎姐，

休漏洩風聲遍地揚。

(正旦白)濕雲如夢雨如塵,(付)一飯麻胡几度春。(占)不用再三多嘱付,(合)想來俱是會中人。(正旦)迎兒,看爹爹可曾睡醒?(占)曉淂。(下)(付)巧姐,你既有心于我,怎能勾終夜欢娛便好。(正旦)不难,我丈夫一月到有半月當牢。待我買嘱迎兒,教他后門伺候,見一香棹燒香,你便進來。(付)好計!好計!(正旦)還有一說,你我恐五更睡熟,不知醒覺,可尋一報曉之人,敲綁①念佛,那時你好出門。一者,得他探望;二者,免教你我失曉。此計如何?(付)妙!依計而行便了。(占内)姐姐,這裡來上轎。(正旦)吓,來了!師兄。(丢汗巾,笑下)(付)樂殺!樂殺!此事必須尋个胡頭陀來,答渠商量商量,自有妙計想方才是。阿喲!(下)

第拾叁出　起兵

(末、生、外、老旦扮小軍,小生頭目、丑上。唱)

【點絳唇】項羽英雄,空聞名重,非咱種。天自生儂,叱咤千人擁。

(白)富貴何須歸故鄉?虞姬枉自喪沙場。桃花溪畔藏仙女,不出深山是洞房。吾乃"小霸王"周通是也。倚山爲寨主,打劫作生涯。風高來放火,月黑去殺人。近聞桃花山下劉太公有个女兒,生得十分美貌,意欲搶他來,做个押寨夫人。衆頭目!(衆)有。(丑)意爲何如?(小生)大王,這个使不得。待我每先行六禮,前去下聘,從了就罷;不從,然後起兵去搶,未爲遲也。(丑)依卿所奏。衆嘍囉。(衆)有。(丑)

【豹子令】聞說桃庄女似姣,女似姣,如花容貌正妖嬈,正妖嬈。六斛明珠雖是少,獨眠孤館怎生熬?

(合)

良晨早,成親吉日良媒好。

(衆唱)

---

① 應爲"梆"。

【又】不要他家珍共寳,珍共寳,只消一个艷多嬌,艷多嬌。若淂成親親自好,何須我等動弓刀?

(合)

用心劳,娶歸山寨把權操。

(下)

第拾肆出

(占上)

【引】霜剪荷衣翠,欲死驚憔悴。

(白)奴家劉氏,丈夫石三郎,只因生性江湖,撇淂奴孤身庭院,終日千思萬想,染成一病,如何是好?正是:不知遊子性,空上望夫山。(唱)

【東甌令】魚傳帖,雁題箋,都做了聲聲腸断詞。双光蹙出悲愁思,淚滴盡胭脂漬,廻文織得字参差,掐不就雄雌。

(外、老旦上。唱)

女孩兒整日慵粧姿,愁只愁兩下难支。石三郎呵,無端强要還桑梓,何日回思?何日裡重來至?

(白)我兒,病體如何了?

(二生上)奉着大王令,來聘閨裡人。這裡是了!有人么?(外)是那个?(二生)我每奉周通大王差遣,聞淂你家女兒生淂好,着我每先行六禮,前來下聘。擇了日,大王親自到府成親。(外)阿呀,我女兒是有丈夫的了!(二生)咳,我每不管!把禮物撇在此。不從,起兵前來搶便了。閉門不管窗前月,分付梅花自主張。(下)(外)拿了去!阿呀,媽媽,女兒不好了,有个什么周通大王,把禮物撇在此,要搶去做个押寨夫人。(老旦、占)吓,有這等事!(合)

【玉胞肚】聞言驚震,戰兢兢愁絶断魂!一霎裡霧惹迷天,恐將伊断送青春。拚將佩刀先殞身,高堂年老情难忍。盼歸期人兒到門,又何愁人兒到門?

(外白)且扶進去,再作道理。屋漏更遭連夜雨,舡遲又遇打頭風。(下)

第拾伍出

(净上白)山寨聞名一虎貔,鋼鋒兩把手中持。殺人放火非难事,執性從來是李逵。可恨宋大哥不肯放俺下山,爲此瞞着他,扮作雲遊道人,赶着戴大哥,同訪公孫一清,玩耍一會,有何不可?饒他走上焰魔天,脚下騰雲須赶上。(下)

(末上)

【引】迤浬重來好,把人物寓遊驚覽。

(白)我戴宗,向訪公孫一清,不遇而返,爲此扮作雲遊道人,再往那邊走遭。(净内)戴大哥慢行!(末)那邊來的,好似李逵,看他赶來則甚?

(净上)戴大哥,帶俺同去走走。(末)没有大哥將令,去不得。(净)什么將令!大哥,你是个好人,帶俺同去走走不妨。(末)你要去,必須依我三件。(净)那三件?(末)第一件,我的神行符咒,吃不得葷,要吃素。(净)不吃葷,吃些酒罷?(末)去不得。(净)不吃,不吃!(末)第二件,你與我師徒相稱。(净)不难,你叫我師父。(末)去不得。(净)我叫你師父,如何?(末)第三件,你的性子不好,去不得。(净)這是天生的,怎么處?(末)吓,你若發性,我便咳嗽一声,你要依我。(净)多依你。(内打更介)天色晚了,尋个客店安歇。(净)有理,有理!(末)店家!

(付上)來哉。劉伶問道誰家好?李白回言此處高。阿喲!(净)咱是天生的。(付)我道吓狗養个了?(末)走來,先拿銀子,去取兩桌素飯來。(付)吻,是哉!素飯拉裡。(末唱)

【駐雲飛】山色拖藍,暮景臨窗對酒谈,緑醼盃無憾,口嚼黄韮淡。嗏,一筯水晶鹽,味难探,把素持斋,只是經時暫,一飽無餘何必貪?

(打二更介)(末白)你怎不吃飯?(净)咱今晚吃不下。(末)你也有吃不下的日子?(净)不吃,也要你管?(末嗽介)(净肚痛介)

(末)這厮定要瞞我吃葷了,我且悄悄看他。徒弟,我先去睡了。(净)師父先去,我就來。(末下)(净)師父,戴院長,大哥?妙!他已睡了。酒家!酒家!

(付上)那哼!(净)不要喊!走來,方才這人吃素,咱吃葷,有錠銀子在此,拿兩盤牛肉,打一角酒來。(付)喲,是哉!牛肉、燒酒拉裡,請食祭。(净)去罷。(付下)(净吃介)(打三更介)妙吓!這些東西,纔是咱吃的哩。(唱)

【又】寡酒难堪,没法支吾信口喃。特地將他賺,牛肉瞞他淡。

(打四更介)嗏,

莫笑口兒饞,恁肥甘,一似風捲殘雲,不用椒姜蘸,各適其情何必慚?

(打五更介)(净困介)

(末上)天明了,起來趲路!(净醒介)店家,我每去了。徒弟,今日要赶些路,與你拴上夾馬,舒了符咒。吾奉太上老君,急急如律令勅,起!(合唱)

【排歌】萬里横行奔,馳馳絶塵,無端唬魄驚魂,無由易水望中分。

(净白)歇了罷!(末)歇不淂。(唱)

何處他鄉是故人?足下雲,雲裡身,嵔風吹過九天門。鵬飛迅,鶴背穩,不知飛渡几山村?

(净白)大哥,肚裡餓哉。(末)有个饅頭在此,拿去吃。(净)拿不着,慈悲吓!(末)你定是瞞我,吃了葷了。(净)不瞞大哥説,吃了兩盤牛肉,一角酒。(末)神行符咒,吃了一塊牛肉,要走十萬八千里。(净)可不走死了?慈悲,我的爺!(末)如此,住!我先走,你就來。(净)走死了!大哥來!大哥來!(末)怎么?(净)兩隻脚尤如釘釘的一般,再提不起。(末)你下次可敢吃葷了?(净)下次再吃,嘴上生个大疔瘡!(末)如此,起!(净)妙吓!如今纔是咱的腿哩。(末)我笑你是英豪,(净)几乎一命抛。(末)庄門非是海,(净)容淂外人敲!(末)隨我來。(净)大哥,慢些走!慢些走!(下)

第拾陸

(外、老旦、占上)不好了!

【薄眉滾】桃山上軍馬要來,教我愁無那。今晚災殃,今晚災殃,三口愴惶,何處去藏躲? 奴怎偷生? 奴怎偷生? 將身殉拚摧挫刎頸麼,頃刻災殃难逃坎坷。

(净、末上。白)柴門聞犬吠,落日少人行。(末)這裡有个庄院。有人么?(外)有人來了,你每進去。(老旦、占下)(外)是那个?(末、净)投斋的。(外)二位道者,請到别處去罷。(净)咱每又不是歹人,爲何不容進去?(外)老夫有些心事,故尔不敢相留。(末)若有心事,説與我每知道,或者出得力,分得憂,未可知。(外)如此,請進去。(净)走來,咱每是吃斋的,師父可是?(外)小厮,分付備兩桌素飯出來。(内應介)(末)老丈,有甚心事?(外)二位道長,老夫有一小女,前年招得女夫,因他少年心性,遠方買賣去了。這裡有个桃花山,山上有个周通大王,在此聚衆劫掠。(净)吓,這裡也有强盜?(末)是好漢。(净)吓,好漢! 好漢!(外)敝庄時常進奉,他聞知小女容貌,竟要來强娶爲妻。昨日撇下禮物,今日便要來搶擄。小女欲要自盡,老夫婦又割捨不淂,又無别計,怎么處?(净)老丈,一些也不难。俺在外雲游,學淂説因果,法兒在此,便是鉄石人,也劝得他轉。如今叫你女兒躲過,咱便到你女兒房中,待他來時,把那因果説起,劝他回去,就不娶你女兒了。(外)好便好,只怕虎鬚未可轉捋。(净)难道咱不要性命的?(外)既如此,待我與老荆、小女説知便了。(下)(末)走來,不要做出事來。(净)你不要管,咱自有主意。

(外上)老荆、小女説,若得如此,感恩不浅! 二位這裡來。這是小女的卧房,請進去,可要火?(净)不消,外邊有月亮。(外)這位道者,請這裡來。(同末下)

(三旦、付、小軍、二生頭目吹打上)

(丑醉態上。合唱)

【窣地錦襠】衣衫窄窄帽兒光，花燭迎仙入洞房。粧模作樣做新郎，魆地行來晝錦堂。

(吹打介)

(外上。接)老漢迎接大王。(丑)你是我的泰山，不消行此礼。請起。(外)衆人有酒飯在外。(丑)過來，谢了太大王。(衆)多谢太大王。(外)起來，都到外邊去。(衆應下)(丑)夫人卧房在那裡？(外)在那邊。(丑)泰山請便。(外)不要做出事來。(下)(丑)怎麽黑魆魆，燈也不點一个？想是夫人害羞，待我摸將進去。(唱)

【滚】新媳婦，新媳婦，獨自在暗中坐。想是無油，不肯點火。

(净白)我侖你的囚娘吓！(丑唱)

這是我夫人恁般嬝娜？

(白)等我親一嘴介。(净打介)(丑)阿喲，好打！(唱)

难道江北河鲀，□的能大？

(白)勿要管，脱子衣裳，上床去。(净唱)呔！

【又】何奸賊，何奸賊，直恁惹灾祸？强把良家，要來淫污。撞着黑爺爺還不識貨！斬草除根，有何不可？

(白)拿火來，待我吃他的心！

(末、外上)

【又】房兒内，房兒内，不像説因果。兩虎相争，咬着一个。饒他一命存免教折挫。放火歸山，灾來怎躲？

(净白)哟，毛賊听者！俺乃梁山泊上“黑旋風”李逵爺爺，下次若再來，我就一拳打死你這狗頭！(丑)下遭再勿敢來哉，饒子我罷！打没打子，等我認認新媳婦看。(净)呔！(丑奔下)(外)不知是二位大王，渇罪了。(末)豈敢。請問令婿是何人？(外)是金陵石秀。(末)吓，就是石三郎？前在薊州相會，因折了本，不得還鄉，老丈何不修書一封，請他回來，重整家園便了。(外)如此，多谢指教。(末)告别了。(外)請到裡邊用斋。(末)多谢。無限心中不平事，(净)一番清話又成空。(外)二位大王去了，倘周通再來，怎么處？(净)老丈，他若再來，只説李逵爺爺，還在裡

邊説因果哩。(各笑下)(半本)

第拾柒出①

(丑上)頭陀頭陀,短髮如鬆。若還過額,怎看姣娥。自家報恩寺中一个胡頭陀便是。我一向多谢海師父每事看顧我,時常炤炤料料,感激勿尽。前日偶然拉山門前念佛,只見一隻黄狗走過,肥泛淂及,毛水亦乾净,撥我呼渠進來,關子山門,攬頭介一記,就料帳哉。拿淂來,剥子皮,斬斬碎,净淂粉浦能介,放拉鑊里燒爛子,濃鹽拆醬,下子作料,揀故几様名件,拿來撥渠吃子。渠説道:"故是興陽之物",淂意之及,勿勾大啖。我正要轉身,渠説:"住丟,我有一兩白物,送拉㕶子。"我説:"多谢師父。"渠説:"勿要谢,谢断子主客,我還有一件事體,要托㕶。"我説:"師父,㕶叫我水里水里、火里火里去。"渠説:"故故潘老个囡兒,要答我往來往來,要㕶拉渠丟後門頭去看看,有香卓爲號,我便好進去;還要五更頭敲木魚高声報曉,我就好出來。"我説:"故故事體在我。"爲此今日特地替渠走走。正是:淂人錢財,与人消灾。我胡道雖然命苦,却也窮忙。閑話少説,且到渠丟門前相机而行。隔里是哉。阿弥陀佛,本山報恩寺啓建水陸法堂,缺少錢粮,隨緣樂助,功德無量。阿弥陀佛!② (唱)

【双劝酒】頭陀命蹇,苦捱磨难,手拿梆兒,肩挑斋飯,急奔波未得安閑,况其間事體相關。

(白)受人之托必當終③人之事。我胡道受海師父之托,着我楊家門首,打听消息。此間已是,假説抄化,哄那雛兒出來。阿弥陀佛,本山報恩寺新建水陸道場,缺少錢粮,隨緣佈施。

---

① 此出以後爲卷下。

② 此段文字原在出目處注明"有白補位",爲方便閱讀,將鈔本最後補白特提至此。

③ 應爲"忠"。

（占上。唱）

【又】孤衾自眠，寒宵達旦，僝軀可怜又不經湯炭，這風情未曾當慣，且帮他送煖偷寒。

（丑白）阿弥陀佛，隨緣佈施。（占）你這頭陀，不打斋飯，到在後門叫什么？（丑）小僧慣走後門勾了。

（正旦上）迎兒，那个在此？（占）是个頭陀，在此募緣。（正旦唱）

【奈花子】聞説募緣僧來此經過，莫不是五更時報曉頭陀？

（丑唱）正是。大娘娘，

劝你平心念佛，只在朝昏功課，燒一炷晚香則个。

（正旦唱）

須知三生喜結善緣不堕。

（白）迎兒，取串錢佈施他。（丑）劝君常捨常常有，（占）明中捨去暗中來。（下）（正旦）海師父着你來，有何話説？（丑唱）大娘娘，

【又】海闍黎着俺瞧科，百忙裡傳與嫦娥。

（正旦唱）

記着黄昏但有一張香桌，纔無碍好來入夥。

（合）

酒知机關莫使等閑説破。

（占上。唱）

【又】問娘行瞞我因何？悄聲兒密語偏多。

（白）大娘娘，牡丹雖好，全凴緑葉扶持。（唱）

难道潜身往來，不要梅香厮護，將夙夜獨行無那？

（正旦白）痴丫頭，那个瞞你？（合）

須知針將線引撇他不妥。

（占白）串錢在此。（正旦）佈施與他。（丑）承佈施子。（正旦）瑶台有路可追尋，（丑）微日生簷夜夜心。獨坐焚香诵經處，落花流水洞房深。（丑）去哉。（正旦）走來，方才所言，不可洩漏。（丑）我是勿洩，呸勿要漏子。（正旦）胡説！（下）

第拾捌出

(末上。白)成人不自在,自在不成人。今晚該楊節級值宿,我是下役,該與他收鋪盖。此間已是。迎姐,楊大官的鋪盖,拿了出來。(占内)在這裡,自己進來拿了罷。(末)偏是丫頭這等贪懶。正是:有福之人人伏侍,無福之①伏侍人。(下)

(正旦上)

【引】暮色凄其,没理會無端自忖。

(占唱)

夢冷那堪人在遠,愁深覺,容光損。

(正旦白)相思兩地隔重城,(占)不忿今朝喜雀声。(正旦)今夜月明人静望,(占)翠娥紅粉敞雲屏。(正旦)迎兒過來。(占)怎么?(正旦)我把這釵子與你,還要做件好衣服與你穿。早上與你説的話,不可忘了。(占)姐姐,你道我年紀小,到是老在行哩。(正旦)只是想着那人,盼着那人,好生悶人也!(占)今晚家主不在家裡,好歹成就這段好姻緣,姐姐不須着急。(合唱)

【梁州新郎】鬆螺新亂,殘蛾初褪,倚徙寒侵嬌困。凭欄閑望歸雲,擁樹移痕。不覺心驚宿鳥目断禅枝,此際神牽引。你看紗窗日落也漸黄昏,笑你几度回頭錯應人。

(正旦白)不知那胡道,可幹得事來否?(占)看來也是个唧嚕的。待我燒香。(合唱)

尋櫳使探梅信,向重幃好助風流陣,愿山不壞海無盡。

(付、丑上)

【又】錫飛來步入風塵,路蹊驅不辭劳頓。

(内起更介)

聽詹城促漏,夜深寂静。爲甚侵衣單寒,撲面吹來,怎推得長街净?

(丑白)開門!開門!(占)來了么?(丑)正是。我答呧先應應

---

① 應爲"無福之人"。

急。(付)亂話!(丑)夜短就出來吓。(下)(占)等溤不耐煩了。(付)矣妹。(正旦)師兄,你好自在性兒,怎么這時候來?(付)只因長街熱鬧,早來勿溤。(占)夜深了,請去睡罷。(付唱)

與卿相見也即相親,捨似花底山峰遠趁人。

(唱)

(合前)

(下)(占)看他兩个,都進去了。(唱)

【節節高】也是前生未了姻,儘温存,青燈掩映紗橱潤。拖蝉鬢,抛翠裙,舒香襯。暢懷不似前番嫩,今宵彀把渾身啃。

(合)

烈火燒來焰騰騰,寒威再加何足論?

(困椅上介)

(丑上)

【又】他家正掩門,鎖春雲,欢娯夜短情偏勤。聽鐘聲近,鷄又鳴,更闌潤。高聲擊破多情陣,休教錯走夗央闔。

(合前)

(付上。唱)

【尾】朝朝暮暮陽臺穩,莫教他打作破盆,容得逍遥一醉凭。

(拖占)(占白)是那个?(付)我答呾找一出。(丑)天亮哉,還要找一出來?(占)去罷,明日早些來。(下)戰兢兢跳出迷魂陣。(丑)勿好哉!一个跟哆跌出光郎引。(付)勿妨事,我將拳頭粧上道冠兒。(丑)故是那説?(付)勿怕个賊道士勿來認。(丑)壞良心个!去罷。(下)

第拾玖出　知情

(小生上)

【引】千里風塵夢物華,心附歸槎,思遶天涯。

(白)番手作雲覆手雨,紛紛輕薄何須數?當年管鮑貧如交,此道今人棄如土。我石秀,雖在窮途,幸逢俠友,寄居于市①,度日如年。昨遇同鄉安太醫,他在桃花庄經过,稍帶家書一封,急切要我回去。只是我與楊大哥八拜爲交,兩情莫逆,一時不忍輕分②,只淂再住几時。咳,只是一件,非關石秀心上管閑事,只因眼内看不過。前日海闍黎與那婦人,明明是一段奸情,勿當未曾。难道哥哥門内的事,我只推不管,知氣罢了不成?吓,吓!少不得要見个明白。(打更介)夜已深了,不免進去睡罷。正是:他鄉既有主,客子寧畏人?(下)

(丑、付上。唱)

【水紅花】風流謎裡正难猜,晚些來,誰人能解?今宵重會女裙釵,揾香腮,欢情無奈。

(丑敲梆介)

(占上。唱)來了!(唱)

落淂眼中消受,心坎裡巧安排。

(付白)一日不見隔三秋,(丑)總成胡道也偷偷。(付)賊禿!

(占)進去罷。(付、占唱)

匆匆一似夢陽臺也囉!

(下)(打二更介)

(小生上)歲暮陰陽催短景,天涯霜雪霽寒宵。我方才進去睡,再睡睡不去。事不關心,關心者亂。我想那和尚來做功德,後來又約那婦人入寺燒香,這明明是奸情的勾當,只是這几日到没些影兒了。(唱)

【解三醒】想這籌兒委决不下,好教人没處詳察。不是俺弓蛇影裡生疑訝,须掘草問根芽。

那和尚几番來的時節,

看他眉稍眼角多戲耍。

那婦人呵,

① 底本右旁邊有"此"字。

② 底本右旁邊有"别"字。

又早入寺歸來臉帶霞。难甘罷，怎做得窗前月冷，一任梅花？

(內打三更介)(白)已是三鼓了，不要管閑事，睡罷。(丑內)阿弥陀佛！普度衆生、救苦救难、诸佛菩薩！(小生)什么响？(丑)本山報恩寺，新建水陸道場，缺少錢粮，隨緣樂助！(小生)是个報曉的，不要管他，睡罷。(丑)募化善男信女，隨緣佈施！(小生)吓，且住！我想此街，是條死巷，爲何那報曉的，只管在此叫來叫去？(唱)

【又】又不是九陌三街鱗次瓦，止不過委巷深幽曲徑滑。

(丑內敲梆介)

聽梆兒急急連聲叱，

(丑內白)阿弥陀佛！(小生唱)

他高叫着佛菩薩。

吶，報曉的，可知道么？

俺這裡屠沽道兒行業差，

(丑又念佚介)

那些个吃素看經積善家？

(丑敲梆介)

难禁架，抵多少池塘夢遶惱亂鳴蛙。

(白)果然叫淂蹊蹺，事有可疑。我且開了前門，轉到后門，悄悄看那厮，做甚勾當的。(下)

(丑上。白)長街多寂静，梆兒不絶声。天亮哉，勿要走子洋吓。

(付、占上。唱)

【水紅花】依稀仙子會瑶堦，是凡胎何來天界？昨宵今夕甚情懷？暢奇哉，日親日爱。

(占白)去罷，今晚早些來。(唱)

悄地潜踪歸去，怎禁得再延捱？匆匆一似離天台也囉！

(占關門下)

(小生暗上，見赶付、丑下)(小生唱)

【太師引】聽門啞，有个人行踏，這機關怎瞞着咱？

禿驢，幹得好事吓！

我恨不淂疾忙追去，一刀兒把他兩个決撇！

且住！石秀雖是粗鹵，

怕閨門事體成話靶，怎容我外姓喧嘩？

吓，有了！我好歹對哥哥講，

這情非假，由他自來按捺。

(白)咳，這事怎好對他講？咳，我若不説，再無人言矣！(唱)

难道是相知朋友不直話？

(白)天明了，就往衙門前尋見哥哥，説明此事便了。不容閉口深藏舌，(想介)不説罷，咳，説甚安身處處牢？要説的！要説的！(下)

第念出　酒樓

(生上)

【引】愁旅寓聽關山，人物蕭條屬歲闌。

(白)驅馬薊城北，往來成古今。結交期一劍，情竭爲知音。我楊雄，只爲身在公門，碌碌奔波，未曾少暇。就是那石家兄弟，與我恁般投分，時常不淂相親。今日喜淂恐閑，不免走回家去，與他敘敘。呀，那邊來的，好似他，待我迎上前去。

(小生上)

【引】遊此地不知還，直道無憂行路难。

(白)哥哥。(生)兄弟那裡來？(小生)小弟一則在外討帳。(生)早吓。(小生)要早些。二則尋見哥哥，講句話兒。

(生)吓，要與我講話？和你到酒肆中敘敘罷。(小生)酒樓上？使得，請。(生)酒保。

(付上)來哉。公門酒店非村落，終日成行逐隊來。楊大爺，吃酒傗？裡向坐。(小生)可有僻静些的所在？(付)後樓坐罷。(生)有好酒、好下飯，拿來。(付)是哉。(生)請。(小生)哥哥請。(上樓介)(付)酒拉裡。(生)去罷。(小生)走來，我弟兄二人，有几句話講。有吃酒的來，不要放他上來。少停算帳，多算些與你。(付)喲,是哉。(下)(生)請坐,吃酒。(小生)吓,吃酒,請。(生)妙!我一向府前有事,不得工夫,不曾與你快活飲三盃。(小生)快活!今日得遇哥哥,其实快活,果然快活!(吃介)(生)今日喜淂空閑,吃个儘興而歸。(小生)慢些。(生)吓,你方才說,有什么話要講,可是?(小生)小弟有句話,要與哥哥講。就是那……(生)什么?(小生)没有什么。吃酒。(生)且住,酒便吃,話便講。(小生)是呀,酒也要吃,話也要講。我也忍不住了,對他說了罷。哥哥,就是那……(生)什么?(小生)咳,還是吃酒。(生唱)咳,兄弟,

【風入松】你從來開口没遮攔,平昔有話就講,今日裡爲甚欲言如赧?

(小生白)我想衙門中有多少朋友,偏是你這等忙?(生)我那淂工夫?(小生)什么忙?(生唱)兄弟,

我一身在官多羈絆,

(小生)难道再没些工夫到家,檢點檢點?(生)吓,家中檢點檢點?吓,我曉淂了。(小生)哥哥竟曉淂了?(生)我怎么不曉淂?(小生)曉得什么來?(生)

兄弟敢是家無主,必竟將伊輕慢,可是?

(小生)小弟一向在宅打攪,怎說"輕慢"兩字?(生)又不是!你說了罷!咳,兄弟,你還不曉得做哥哥的性兒么?(小生)請教。(生唱)

咱家性须不耐煩,兄弟,你疾速話免推干。

(小生)我也忍不住了,與他說了罷。(唱)

【又】蒙兄骨肉恁相看,教我一言难按。哥哥,自伊出去歸家罕,腦背後不生双眼,朝夕裡在公門中事煩。你的家,

(生白)住了!(各看介)家什么?(小生唱)哥哥,

家門内怎防閑?

(生白)敢是我家内,有什么事情么?(小生)有什么事情,元來嫂嫂不是个好人。(生)怎見得?(小生)小弟看在眼内多遍了,不敢啓齒。昨日見淂个仔細,今日才敢直言。哥哥休怪。(生)不怪你,你說。(小生)見你不歸,竟與那海……(生)住了!(看介)

海什么？（小生）就是那海闍黎！（生）吓，可是那報恩寺的海和尚么？（小生）兆、兆、兆！（唱）

【急三鎗】那和尚、做功德、多顛倒，更深散，兩下相嘲笑，在眉間。

（生白）後來便怎么？（小生）已後呵，（唱）

【又】三日後、還經懺、歸來晚，只見嫂嫂，帶着酒，艷粧殘。

（生白）有這等事？咳，罷了！罷了！（小生）這還不打緊，（唱）

【風入松】我昨宵不寐五更寒，只，只聽得佛聲高讚。

（生白）难道又是一个？（小生）没志氣，元來是个報曉的頭陀。（生）頭陀便怎么樣？（小生）他每夜在後門首叫來叫去，小弟就起了疑心了。（生）他便怎么？（小生唱）

潛了身暗裡相凝眄，見和尚俗家粧扮，悄出去鷄鳴渡關，説甚僧未起不如閑！

（生）咳，有這等事？（唱）

【急三鎗】怎知道、賊潑賤、多淫悍！

兄弟，你住着！（小生）哥哥，那裡去？（生唱）

我頃刻裡，便除奸！

（小生）哥哥，

【又】却不道奸情事、须親見？

（生唱）

难道你、無確見？怎虚攀！

（戰介）（小生白）哥哥請息怒，此事必須哥哥親眼看見，才好下手。（生）我那得看見？（小生）不难的，你今晚回去，

【風入松】只推值宿又輪番，

等到三更已後，

那其間打進門、門……

（生白）可不走了？（小生）那厮必然蹌忙驚走，哥哥，打進前門，（生）打進前門！（小生）兄弟把住後門，（生）吓，把住後門！（小生唱）

他在後門一路常行慣，

等那厮出來，石秀呵，

一索綑,莫教他鬆泛。哥哥,歸宅院切莫要破顔。

(生)教我那裡忍得住?(小生)依我來!(生)也罷!(唱)

只得權寧耐且相安。

(小生白)妙吓,爽快了這許多!(生)店家,上了帳。(小生)告别了。飲散高樓便轉身,(生)阿喲,教人怒氣欲沾巾。(小生)哥哥,五更轉等頭陀到,(生)兄弟,你要准備。(小生)准備什么?(生)准備鋼刀要殺那人!(小生)在我。請了。(生)請了。(小生)哥哥轉來。(生)怎么?(小生)你今晚回去,切不可提起,明日另有計較。(生)是,請了。兄弟來,兄弟來!(小生)怎么?(生)你方才教道我什么?(小生)哥哥打進前門。(生)吓,打進前門!(小生)小弟把住後門。(生)吓,兄弟把住後門!(小生)等那厮出來,我便……你①……(生)是了!請了!(下)(小生笑介)妙吓,是个漢子!是个英雄!被我道了几句,看他毛髮倒豎,怒氣冲天,不枉我石秀與他結交了這一場。(笑下)

第念壹出　反誑

(末、外上。白)上命官差緊,心忙没處尋。我每奉府太爺差遣,今日太爺在花園飲酒,要尋楊節級去使鎗弄棍,他家中又不在,到那裡去尋他?(外)哥,我每到酒樓上去尋尋看。(末)説得有理。

(生上)

【引】怒氣填胸,按不住良言氣冲!

(末、外)楊大哥,教我每那處不尋得到?却在這裡。(生)尋我做什么?(末、外)太爺在花園内飲酒,要你去使鎗弄棍。(生)咳,我家中有事,不得工夫。(末、外)自古官差不自由,怎设没工夫?走!(生)既如此,待我回去就來。(末、外)太爺在那裡立等,不要回去了。走,走,走!(下)

---

① 應爲"捆"。

(正旦上)

【引】門兒低啞簾兒淺,鎮日裡凄凉庭院。

奴家潘巧雲,因迷恋海少年,大胆兒做下些事來。今晚是丈夫下班,怎么這時候還不回來?想又被同伴拉去飲酒了。迎兒,整備些湯水,恐家主回來要吃。(下)

(生上)請了。

【園林好】嘆人生榮枯在天,枉教人英雄自憐。博淂个衙門厮踐,看發積是何年?要發積是何年?

方才蒙本府太爺道我使淂好鎗棒,賞我十大碗酒;才出淂府門,又被衆兄弟拉到酒肆中痛飲一回,不覺大醉而歸。來此自家門首,開門!開門!

(正旦上)吓,來了。想是大郎回來了。(開門介)大郎回來了么?

(生吐介)吓。(唱)

【又】我見伊時胞中氣填,不由人一時恨牽。

(正旦驚介①)

好結果腌臢潑賤,休刮着大虫涎,休刮着大虫涎!

(白)你幹淂好事!你這狗淫婦,在家中幹得好事!吓,少不得死在我手裡吓。(困介)(正旦唱)

【江兒水】奇怪!他枉②日歸來醉,安然一覺眠,爲何的今宵不自生歡忭?我曉淂,莫不是有甚風聲通一線,因兒出口言不善?

(白)我曉淂,明明是石……(看介)分明石秀那厮,搬鬬些言語了,啐!這也何难?(唱)

我只淂將他消遣。

大郎醒來!大郎醒來!

和你説个明白,免使夫妻情變。

(白)大郎!大郎醒來!呀,看他竟自睡了,我也和衣睡了罷。阿

---

① 按文意應爲“罵正旦介”。

② 應爲“往”。

呀,天吓,不知那一个天殺的,把酒與他吃醉了回來,受這場閑氣!① 咳,這是那裡説起?(生)不好,口嗓淂緊。迎兒,取凉水來解渴。

(占上)來了。半夜三更,討人的便宜,要湯要水! 凉水在此。(生吃完介)可要了?(生)不要了,取去。(占)吃這樣東西!(下)(生)巧姐,巧姐!(正旦)怎么?(生)你爲何和衣而睡?(正旦)夜來見你醉了回來,故此和衣睡的。(生)醉了,可曾説什么?(正旦)你么? 有些殺酒風。(生)咳,不是吓! 就是那石家兄弟在此,你該好生看待他才是。(正旦)是那个吓?(生)石秀了,是那个!(正旦)阿喲,天吓,我那娘吓!(生)呀、呀、呀! 爲什么?爲什么?(正旦)我潘巧雲呵,(唱)

【又】指望嫁作王郎婦,

(生)什么王郎李郎?(正旦)

一竿撑到邊。誰知道殘香断却前生願?

(生白)你嫁了我,也不虧負着你。(正旦唱)

似你英雄人欽羡,誰知背後成糊面。

(生白)成什么糊面?(正旦)大郎走來。(生)你講。(正旦唱)咳,

教我話到舌尖還嚥。

(合前)

(生唱)

【五供養】尋思展轉,若个冤家到此相鬪? 巧姐,好將情诉俺,不必恁俄延。

(正旦唱)

言之靦覥,不説如遭他毒眩,欲待將情诉,怕你性如弦。

(合)

有事關心,故將嗟怨。

---

① 底本此處幾句順序初始有誤,現據前後文意予以改正。

（哭介）（生白）有話就講，何必啼哭？（正旦）我也認①不住了，只得要説了。（生）你講。（正旦）大郎，（唱）

【又】就是那石郎偃蹇，對我花言巧語翩躚。

（生白）他對你説什么來？（正旦）他起初來時還好，後來見你几次不歸，説道："嫂嫂，你獨自一个睡，可不冷静？"（生）這也不該。（正旦）我也只是不睬他。（生）好，有志氣！有志氣！（正旦唱）

昨宵將項洗，他背後竟來纏。

（生）那時怎生打脱了他！（正旦）被我打脱了。（生）你何不高声喊叫？（正旦）大郎吓，（唱）

欲待聲張，怕喊……

（生）怎説"怕喊"？（正旦）大郎，你是在人頭上做人的呀，（唱）

恐喊得鄰家傳遍。等得君來到，又遇醉魂顛。

（合前）

（生唱）

【玉交枝】知人知面不知心，從來信然，分明破綻些兒見，巧姐，反將伊惡事傳宣。

（正旦白）他到説我什么？（生）他説你的事也不小。（正旦）説我什么？（生唱）

説你海……

（正旦白）海什么？海什么？（生唱）

海闍黎事情多罪愆。

（正旦白）阿呀，佛吓，這等亂嚼！（唱）

没些把柄將人騙！

（合）

説將來無因至前，又何須聽他巧煽？

（生唱）

---

① 應爲"忍"。

【川撥棹】休呵譴，

（正旦唱）

且將他肉案捲。

（生唱）

一時間不辨愚賢，一時間不辨愚賢，

（正旦唱）

到今日朋情怎全？

（合）

好教他歸故園，儘由他急着鞭。

（正旦唱）

【又】不説他行忒惉懘，

（生唱）

只道我從今收市纏。

（正旦白）待我罵他一場！（生唱）巧姐，

念絶交不出惡言，念絶交不出惡言，古人詞垂珠簡編。

（合前）

【尾】人情閃爍如飛電，

（正旦唱）

魆地裡將人輕撚。

（生唱）巧姐，

我和你閉户安居最值錢。

（白）人前誰不貌堂堂？（正旦）背後多將廉耻忘。（生）種花休種不結菓，（正旦）交友莫交無義郎。（生）好，好，好！泰山，快將店面收拾，不做賣買①了。（外内）爲何着惱？（生）不要管，衆夥計由他散去，宰的牲口多醃了。（外内應介）（正旦）走來，結交得好兄弟！（生）什么好兄弟不好兄弟！如今與他絶交，不要他上門就是了。（正旦）大郎走來。（生）又是什么？（正旦）方才這事，可要缺殺了人。（生）我的娘，不要説了，曉得枉了你，缺了你！

① 應爲“買賣”。

如今打發他去,一庄事就完了。不要説了,不要説了!(下)(正旦)阿呀,你這糟頭!被我三言两語,怎么長,怎么短,就聽信了。咳,糟頭!糟頭!看你怎么了!看你怎么了!(下)

第念貳出

(小生上白)蘭陵美酒鬱金香,玉盞盛來琥珀光。但使主人能醉客,不如何處是他鄉。我石秀感楊大哥契忿,因此不惜直言,教他昨晚且自安眠,今日從容計較,把此事來了當。咻,爲何又收了肉案!难道又要做功德?吓,是了。正是:且將我語和他語,未必他心似我心。昨晚大哥醉歸,必然走漏消息,被那婦人反將言謗我,故尔如此。若與他分办,好教楊大郎出場家醜,可不枉了這段交情?罷,只得退一步,别作計較。有理!潘老丈,請出來講句話。

(外上)人情若比初相識,到底終無怨恨心。石叔叔,有何分付?(小生)卑人在此,打攪多時。今日哥哥既收了肉鋪,特地交還帳目,若有半點欺隱,天地不容!(外)吓,叔叔要去了?(小生)正是。(外)我與他相交,欲待再留几日,争奈大郎不喜,只得由他去罷。叔叔,如今往那裡去?(小生)吓,只説遠去,好教他每放心。我有个故友,在寨①外做些經紀,昨日有書來,要我走遭,就此拜别。(唱)

【三學士】一似王粲登樓迷望想,薊門回首雲黄。熟知不向邊庭苦,縱使猶來俠骨香。匹馬蕭蕭何地往?愁絶處關塞長。

(白)哥哥回來,致意一聲。請了。(下)(外)有慢。到是去的好,甚覺清净些。(下)

---

① 應爲"塞"。

第念叁出　殺頭陀

（末、老旦上）

【水底魚】終夜巡更，金鑼不暫停。

（合）

梆兒相應，湯湯玷珞聲，湯湯玷珞聲。

（白）我每薊州城裡更夫便是，近日新到巡捕，好生利害。今晚輪該我每巡夜，小心在意。

（合前）

（下）

（小生上）

【又】披衣探聽，起來鷄正鳴。

（合）

疾忙奔近，管教惡氣平。

（末、老旦）呔，什么人？（小生）是我。（末、老旦）元來石三郎。聞你還鄉去了，怎么還在這裡？（小生）還有些事未完，故尔在此。（末、老旦）吓，元來如此。（小生）列位，听樵樓已打五鼓，何不大家回去歇息歇息，還在此做什么？（末、老旦）如此，我每回去罷。請了。

（唱合前）

（下）（小生）阿呀，俺石秀一生路見不平，那裡說起，倒受婦人一塲惡氣！因此借寓在此，要把這件公案了當，才出心中之忿。昨日打听小牢子到楊家收鋪盖，眼見又值宿去了。因此我起个四更，潛身伏在暗處，等那厮出來，自有區處。

（丑上）得人錢財，與人消灾。黄昏進去，五更出來。（小生）呔，幹淂好事！（丑）阿喲，饒命吓！（小生）不許高声！我且問你，海和尚教你在此怎么？（丑）我倒勿淂知。（小生）你不說，我就一刀！（丑）等我說嘘。（小生）講！（丑唱）

【朱奴兒】海和尚與潘娘有緣，

(小生白)要你在此何幹?(丑唱)

來往處驀將身閃,倩教從傍好顧牽,路途上莫辭人見。

(小生白)怎么就出來了?(丑)拿个牢實敲敲,就出來哉。(小生)如今可在裡頭?(丑)拉乱。(小生)既如此,把衣服脱與我,饒你。(丑)是介冷,勿要凍殺子个。(小生)不脱,我就砍!(唱)

堪髡,心頭火然,好頭陀,嚐咱一劍。

(殺丑下)妙吓,頭陀已殺,把這梆兒敲入巷口,等他出來,結果他性命。

(付上)

【又】又不是迷魂睡眼,爲何的把梆兒敲断?

(白)阿喲,殺得來哉!(小生)呔,賊禿,幹得好事吓!(付白)阿喲,石三郎!(唱)

自此分開閉目肩。

(小生白)我不信。(付唱)

若不信自有佛爺作驗。

(小生白)如此,把衣服脱與我,饒你。(付)脱子去,凍殺哉吓。(小生)不脱,我就砍!(合)

堪乾,不覺心頭怒添,頃刻裡把妖魔儘殲!

(殺付下。白)妙吓!且喜頭陀、和尚多殺,把這刀放在頭陀身邊,别人見之,难以猜疑,况與哥哥無幹,却不是好?再將這兩件衣服捲去,做个証見。正是:殺人猶可恕,情理最难容。殺得爽快!殺得爽快!(下)

第念肆出

(生上)

【單調】【風雲會】遍傳時,是一節蹊蹺事,説兩个人殺死。

(白)説昨晚一个和尚、一个頭陀,一齊殺在咱家巷口。(唱)

我細尋思,多應是暗裡行姦,石秀陰行刺。

(小生上。唱)嗏,

此事已分拆無劳唇齒，爲友除奸不枉稱國士。哥哥，道路傍徨何所知？

(生白)我正要尋你説話。(小生)這裡不是講話的所在，到小弟寓所去。(生)在那裡？(小生)這裡來，請進去。做兄弟的不説谎么？(生)我一時酒醉，失言反被淫婦使个見識，特來請罪。(小生)哥哥請起，弟雖不才，也是个好漢，难道幹此不良之事？恐你日後中了奸計，因此把他殺了，來尋哥哥看个证見。(生唱)吓。

【又】恨难支，潑賤應無行！潑賤應無行！

(白)開了門！(小生攔住)那裡去？(生)就去碎剁那淫婦，(唱)

不怕他能插翅。

(小生唱)哥哥，

既在官司，

却不道"拿賊見贓，捉奸見双"？(唱)

又不曾獲着双奸，便把刀輕試。

(生唱)嗏，

怎免外人嗤，道我差三錯四。

(小生唱)

有句良言，叫你做箇奇男子。

(生白)怎教我做个奇男子？(小生)東門外有座翠屏山，好生僻静。哥哥只説往彼燒香，明日和大嫂同去，帶了迎兒上山，當面把言語對个明白，那時一紙休書休了這婦人，豈不乾净？(生唱)好！

只淂委曲聽伊藥石詞。

(白)告辭了。翠屏深處鬱匆匆，(小生)且向寒山萬木中。(生)情到不堪回首處，一齊分付與東①。(生)請了。(小生)請了。哥哥轉來。(生)怎么？(小生)今晚又不要吃醉了。(生)咳，如今再不吃酒了。(下)(小生)妙！明日先往翠屏山等候，待那婦人到來，咳，自有道理。(下)

---

① 前面或有一"西"字。

第念伍出

（正旦上）

【引】昨夜情人去悄悄，人别後没些因耗。

（占上白）不好了！閉内家裡坐，祸從天上來。阿喲，大娘，不好了！不知那一个，把海師父與胡頭陀，一齊殺在後門首，多是赤條條在那裡。（正旦）有這等事？吓，迎兒！（唱）

【紅衲袄】莫不是蠢頭陀爲争鋒狠下刀？

（占唱）

莫不是莽和尚妬他行生殺倒？

（正旦唱）

爲甚的赤條條没一縷絲兒罩？

（占唱）

早难道互相殘做一双刎頸交？

（正旦唱）

那裡有行客兒反鬭着？

（占唱）

又没有鄰里每來厮閙。

（正旦白）我曉淂了。（占）曉得什么？（正旦唱）

莫不是丈夫行特地行兇也？

（占白）只怕不是。（正旦唱）

管則是攮命三郎弄淂來没下稍。

（哭介）

（生上）

【引】勉聽良言，按不住咱家俠性。

（占嗽介）（正旦白）迎兒，爲何這兩日，眼疼得緊？（占）便是，紅在那裡？（生）爲何這等眼紅？巧姐，我夜來得一奇夢，甚是奇怪。（正旦）夢見什么？（生）夢一神道見責，説我旧愿未還。我想起來，向日曾許東門外岳廟裡一炷香願未還，明日喜得空閑，和你同去走遭。(正旦)你自要去燒香,要我同去何用?(生)這願爲你許下,不是當耍的。

【賞宫花】神天有靈,欲相祈保泰寧。旧願难忘却,入夢更堪驚。開口莫言不信佛,舉頭三尺有神明。

(白)夢中神語還堪信,莫道無神也有神。迎兒,你明日也去走走。(占)曉淂。(生咳嗽)(正旦哭介)(占摇手介)(下)

第念陸出　殺山

(小生上)

【山坡五更】鬱葱葱層嵐如靛,急箭箭寒彪如箭,虚飄飄孤踪似萍,冷颼颼怒髮如虬顱。我也不自憐,愁他作話傳,這不平意氣难消遣,因此办落双街塵襟血濺。還恐他胡做作没高見,被我一時綻出、綻出閨中媛。若淂个跡剖真情,説甚言深交淺?

(白)妙吓,來此已是翠屏山,好个僻静的所在,少不得在此做个法場。(生内白)轎夫,把轎子抬回去,我每走回來了。

(占上)大娘走吓。

(正旦上。唱)

【又】亂紛紛叢篁如蒨,嚮泠泠幽泉如嗾。愁慽慽一心似呆,意懸懸千轉如絲線。

(生上。唱)

我思量起事到頭难辭办,

(正旦白)這裡到岳廟,還有多少路?(生)呸。(占)到岳廟還有多少路?(生)就在前面,走!(二旦)怎么走到這樣所在來?(生唱)

他一身做事敢向誰埋怨?俺自有男子剛腸,住了,怎肯爲妻兒情軟?

(小生白)哥哥請了。(生)兄弟請了。(小生)嫂嫂!(占)爲何他也在此?(正旦)叔叔,爲何也在這裡?(小生)我么,爲嫂嫂有句話與石秀有些干涉,今日要在哥哥面前對个明白。(生)好,對个明白。(正旦)阿喲,叔叔,你是个知事的人呀!(唱)

何緣,誰人把話煽?

(小生唱)

雖然,也要還咱一句言。

(生白)住了。賊淫婦,你前日對我講,叔叔几番把言語來调戲你,又來冲撞你,今日無人在此,對个明白。(正旦)過了的事,又提他怎么?迎兒,我每回去罷。(占)有理。(小生)咳,嫂嫂怎説這話?石秀今日,要在哥哥面前,(唱)

【古輸臺】要問明白,

(占白)燒香對起事非來?(小生)呔!(唱)

你無根浪語爲何來?

(正旦唱)叔叔,

因何没事擔驚怪?那些寧耐。

(小生白)嫂嫂不要口硬。哥哥,取証見與他看。(生)淫婦,這件狗皮,是那个的?(正旦)我不曉得。(占)呀,啐!(小生)哥哥,只問迎兒,便知明白。(生)是吓。(占)阿喲!(生)小賤人,怎地僧房入奸?怎地黄昏勾引?怎地五更敲梆?好好实對我説!(唱)

若半語胡歪,看取鋼刀磨快。

(占白)放了説。(小生)放他講。(生放)講!(占)姐姐,我只浔要説了。(正旦)迎兒,説不得的!(生)呔!講!(占唱)

入寺燒香,酒酣春色,把迎兒發付兩和諧。但使官人不在,夜來香桌安排。五更出鈸,暗中策望,頭陀擔戴。不想石叔惹非灾。

(小生白)住了,怎么推在我身上來?(占)多是姐姐賣囑迎兒,(唱)

都是胡厮賴,眼珠落地不見影兒篩。

(小生唱)

【又】休猜,料非我叮嘱裙釵。問嫂根節情由,莫教遮盖。

(生白)有理。(二旦)阿呀!(生)賊淫婦,好好实對我説!(唱)

若無語搪塞,怎把奸情詞改?

(正旦唱)

須念平日夫妻，兩情厮爱，勸你權將怒兒解。也是前生孽債，早托兄妹同儕，道場留意，僧房約定，往來無碍。酒後露狂乖，多尷尬，駡言嘲戲總推捱。

(小生白)哥哥，含糊不淂的。(生)是吓。(二旦)阿喲！(二生唱)

【撲燈蛾】怒從心上起，怒從心上起，惡氣怎分擺？送煖與偷寒，這个丫頭生好胆大也！

(小生唱)哥哥，

留他貽害，好教他先喪塵埃。恼殺這潑奴胎，從今斬草去根荄！

(殺占下)(生唱)

【又】一時間誤聽，一時間誤聽，惹得交情壞。醉裡露消息，反被把人來賣也！心腸忒歹，險教咱一命难捱。先下手恨舒懷，霎時身首早分開！

(殺正旦下)

【尾】抛將怨氣雲霄外，狼藉横尸不可埋。

(白)兄弟，殺了這兩个賤人，如今往那裡去？(小生唱)哥哥，

竟往梁山别擺劃。

(下)

第念柒出

(外上)

【點絳唇】哨聚英豪，衣衫劫寨，天恩大，回首懸崖，水泊榷棲奈。

(白)青袍多少悮儒生，争似戎衣定太平？天子非常賜顔色，預開麟閣待勳名。俺宋江，多蒙衆兄弟扶持，在此聚義。聞得張太守賫诏到來，招安山寨，且待衆兄弟出來，一同下山接旨便了。

(末上)家住絳州城外，渾名鉄槊如銀、翻江作浪鬼神驚，俺乃“浪裡白跳”張顺。

(净上)一二三四五，金木水火土。有人問咱名，俺乃阮小五。

(老旦上)文又高來武又高，慣使長鎗併短刀。有人問咱名和姓，

我是梁山顧大嫂。

(付上)天青地青,打弹爲生。有人問俺,石弹燕青。

(正旦上)束髮冠紅纓燦爛,鳳頭鞋寶鐙斜插。天風吹動鬢邊毛,一丈青當先出馬。

(占上)文又强來武又强,也曾三打祝家庄。有人問咱名和姓,我是梁山孫二娘。

(丑上)前匆筭後要亂,未曾殺陣我先伴。有人問我名和姓,我乃鬼嘴二萬貫。

(合)大哥在忠義堂,不免上前相見。請了。

(二生上)

【引】暫向梁山,脱離虎穴龍潭。

(白)報去,楊雄、石秀要見。(付)啓大哥,楊雄、石秀求見。(外)快請相見!(付)待我摻跳。(二生)不消。俺來也。(付)咻,亦是兩个真命强盗來哉。(二生)大哥請上,待楊雄、石秀拜見。(外)不消。好聞淂石三郎在十字街殺了奸夫,楊大郎翠屏山姤了淫婦,真乃英雄也!(二生)不敢。列位請了。(衆)請了。(外)衆兄弟,擺齊隊伍,一同下山接旨便了。(衆)説得有理。(合唱)

【好事近】水泊聚英雄,替天行道義氣相同。梁山爲寨各人要併力心同,望丹書下九重,召英豪共佐投明宋。待朝廷頒詔來宣,那時節叩首重瞳。

(下)①

---

① 鈔本末有"雍正玖年荷月念三日録完　瑞宜堂葛氏置"。

附:

翠屏山(民國抄本)

【劇目簡介】

传奇。傅惜華藏,無名氏撰,民國緑絲欄鈔本①。現存十四出,每頁十行,每行字數不一,約爲二十四字。與清鈔本相對草率的結局相比,對桃花山一家結局的交待更爲完整,可以相互參證。

劇演自石秀發現潘巧雲與海闍黎奸情始,包括戴宗與李逵前去尋訪公孫勝,攻打祝家莊,擒捉扈三娘與王英婚配,以及最後接受招安等情節。

瞯　私

【一剪梅】(生上)千里風塵夢物華,心附歸槎思遠天涯。一枝棲息謾嗟呀,交誼堪誇,心事如麻。

翻手作雲覆手雨,紛紛輕薄何須數?當年管鮑貧時交,此道今人弃如土。我石秀,雖在窮途,幸逢俠友,寄居於市,度日如年。昨遇同鄉安太醫,他在桃花庄上經过,捎帶一紙家書,急切要俺回去。我想起來楊大哥與家②八拜爲交,兩情莫逆,一時不忍輕别,只得再留幾時。又有一件,我石秀非關心上管閒事,實因眼裏看不過。前日海闍黎與那婦人,明明一段奸情,但只未曾覺露。既是哥哥門内的事,難道我石秀只推不知罷了?少不得要

① 甚有可能創作於清代,現存不全。

② 應爲“自家”。

見個分明。呀，説話中間，不覺天晚。待我收拾店面，掩上門兒罷。正是：他鄉既有主，客子寧畏人？（下）

（丑引净悄上）

【水紅花】（丑）風流謎裡正難猜，晚些來，誰人能解？

（净）

今宵重會女裙釵，搵香腮，欢情無奈。

（旦悄上。看介）

落得眼中消受，心坎裡巧安排。

啐！這般摸索①，姐姐盼望多時了。（净）來了，來了！（合）

匆匆好去夢陽臺也囉！

（净）進去，進。正是：一日不見，如隔三秋。（急下）（丑）作成胡道也。（偷一偷摟旦介）（旦）啐！走出去，我要閉門。（丑）迎兒姐，可憐見。（旦）閃開，齷齪淂緊。（丑）但憑姐姐怎生發付胡道。（旦）怎的發付你？也罷，你站開，唱個湖州歌兒，與你聽了去罷。（丑）使淂。（旦）【湖州山歌】出家人有與替個俗人差，咦，受渠個光頭妳上，那嬌滴滴姐兒要搭和尚困，阿呀，再像個牡丹花樹上結子一個大西瓜。（丑）妙，妙！俺胡道也唱一隻，與迎兒姐姐聽。（旦）你唱。（丑）【又】姐兒生來再是介脚趔斜，頭髮裡生瘡多呵疤，再吃個多蓑頭道人傑子去，阿呀，好像個麥門冬草罅裡軋出子一朵辣梨花。（旦）啐！（諢下）

（生上）歲暮陰陽催短景，天涯霜雪霽寒宵。俺掩過店門，收拾了一番，又好睡了。（欲睡又起介）呀！事不關心，關心者亂。我想那一日海和尚來做功德，後來又約那婦人入寺燒香，眼見淂是私情勾當，爲何又没些影兒？

【解三醒】這籌兒委决不下，好教我没處詳察。不是俺弓蛇影裡生疑訝，須掘草問根芽。

那和尚幾番來時，

看他眉梢眼角多戲耍。

---

① 應爲“囉嗦”。

那婦人呢,

又早入寺歸來臉帶霞。難甘罷,怎做淂窗前月冷,一任梅花?

只是叫我放心不下。(内敲三鼓介)呀!譙樓上已打三鼓了,睡罷。(睡介)(又打五更介)

(丑内敲木魚。叫介)普度衆生、救苦救難、诸佛菩薩!(生醒。聽介)什麽聲响?阿,是那個報曉的,連日在這里叫佛?

(丑打木魚。上)普度衆生、救苦救難、诸佛菩薩!(生)好怪阿!這條是個死倦①,爲何只管在此叫喊?仔細想來,

【前腔】(换頭)又不是九陌三街鱗次瓦,止不過委巷幽深曲径窊,木魚兒急急連聲咋,高叫着佛菩薩。

你那報曉的,可知道麽?

俺這里屠沽道兒行業差,那些個吃素看經積善家?

(丑又敲介)

難禁架,抵多少池塘夢曉惱亂鳴蛙。

果然叫淂蹊蹺,事有可疑。待我閃在暗中,悄悄看他做甚的。

(净上)

【水紅花】依稀仙子會瑶堦,是凡胎何來天界?

(丑)師父出來了麽?

昨宵今夕甚情懷?

(净)

暢奇哉,日親日愛。

(旦上)

悄地潛蹤歸去,怎禁淂再延捱?

怕人瞧見,快走罷!俺要關門哩。(合)

匆匆一似離天台也囉!

(旦閉門。下)(净、丑急閃下)

(生)嗳,有這等事!

【太師引】聽門啞,有個人行踏,這機關怎瞞着咱?

---

① 應爲“巷”。

（怒介）秃驢，幹淂好事！
恨不得疾忙追去，一刀兒把兩個決撒！
住了！俺石秀雖然粗魯，
怕閨門事休成話靶，怎着淂我外姓喧嘩？
好歹對俺哥哥説來，
情非假，繇他自來按捺。
只是不好説淂。（沉吟介）吱，我不説，那個與他説！
難道是相知朋友不直話？
我在這里幾時，他待我呵，
【前腔】感淂他情深雅，怎繇淂結舌禁牙？
只是一節，俺石秀從來急性，
説着了怒從心躁，不容人委曲詳達。
就是楊大哥，他也不是忍耐的性子，
畢竟衝將壯士冠上髪，惹淂個禍如天大，
這也説不淂了，
還只怕道我管他臥榻。
嗳，這又是我多心。俺與他不比别的，
難道是情如骨肉也疑咤？
呀！天明了。趕個早市，就走到衙門前尋俺哥哥，對他説個明白，再作區處。正是：不容閉口深藏舌，説甚安身處處牢？有這等事，可惱！可惱！

憤　訴

【搗練子】（小生上）愁旅寓聽關山，人物蕭條屬歲闌。喜是相知傾蓋好，笑他翻覆似波瀾。

驅馬薊城北，往來成古今。結交期一劍，情竭爲知音。我楊雄，只爲身在公門，碌碌奔波，未曾少暇。就是石家兄弟，與我恁班投分，時常不淂相親。今日喜淂個空閑，不免走回家去，與他叙話片時。呀！那來的就是他了。

(生上)

【前腔】遊此地不知還,直道無憂行路難。取次純鈎能嘯舞,莫教長袖倚欄杆。

迤邐行來,已是衙門前了。呀!哥哥拜揖。(小生)賢弟那里來?(生)外邊討些帳目,就來尋哥哥説句話兒。(小生)一向不淂工夫,不曾與你快活飲三杯。這里來坐坐。(生)如此却好。(末上)公門酒店非村落,終日成行逐隊來。呀!楊節級,要請客哩?一併記帳罷?(小生)是了。只有弟兄兩人,取瓶好酒來。(末)曉淂,酒殽在此。(生)待我每自釃對飲,説句閒話兒,倒不勞相陪。(末)天上人間,方便第一。(下)(小生)三郎請酒。(生)哥哥,請飲酒。(低頭沉吟介)(小生)三郎,再飲一杯。呀,賢弟!看你心下有些不樂,却是爲何?(生)没有什麽,只是有句話兒……(欲言又止介)(小生)嗳!

【風入松】你從來問①口没遮攔,爲甚欲如赧?

我曉淂了。只爲我楊雄呵,

一身在官多羈絆,家無主將伊輕漫?

(生)説那里話?(小生)賢弟,你難道不曉淂的?

咱家性須不耐煩,

有什麽話兒,

疾速話免推干。

(生)

【前腔】蒙兄骨肉恁相看,教我一言難按。

(小生)但説不妨。(生)

自伊出去歸家罕,腦背後不生雙眼,

(小生)有什麽事体?(生)

你朝夕裡公門中事繁,家門内怎防閒?

(小生)阿!家門内……家門内便怎麼呢?(生)元來嫂嫂不是個好人。小弟已看在眼裡多遍了,不敢啓齒。今日見淂一個仔細,

---

① 應爲"開"。

故此直言。哥哥休怪。(小生)你説,你説！你説是誰?(生)就是那海闍黎。(小生)海闍黎?(生)

【急三鎗】那和尚做功德,多顛倒,更深散,兩個相嘲笑,不止在眉間。

【前腔】三日後,

(小生)三日後,便怎麽?(生)

還經懺,歸來晚,只見帶着酒艶粧殘。

這個還不打緊。(小生)後來呢?

【風入松】(生)我昨宵不寐五更寒,只聽得佛聲高讚。

元來是一個報曉頭陀,俺就有些疑心。

潛身暗裡相凝盼,見一和尚做俗裝扮,

那時節呵,

悄出去一似鷄鳴度關,説什麽僧未起不如閒!

(小生怒介)嗳！罷了,有這等事!

【急三鎗】怎知道,賊潑賤,多淫悍!

(欲走介)

看頃刻裡便除奸!

(生攔介)哥哥息怒,小弟還有話講。(小生)怎麽説?(生)

【前腔】却不道奸情事須親看?

(小生)嗳!

難道你無確見?怎虚攀!

(生)不是這班説,須待哥哥親眼看見,然後好下手。(小生)既如此,却怎麽呢?(生)今晚哥哥回去,且不要提起。待明日呵,

【風入松】只推直宿又論①番,

到三更以後,

那時打進門搌,

那廝蒼惶驚走,

他後門一路常行慣,

待小弟呵,

---

① 應爲"輪"。

一索捆莫教他鬆泛。

那時憑哥哥處分,何如?(小生)有理,有理!(生)只是今晚不可洩漏,

歸宅院切莫要破顏。

(合)

權容耐且相安。

(小生)明日約你就是了。(生)理會淂。

飲散高樓便轉身,(小生)教人怒氣欲沾巾。

(生)五更專等頭陀過,(小生)准備鋼刀要殺人!

(將下)

(末、丑上)上命遣差,蓋不由己。那里不尋節級?太爺在花園飲酒,要節級與我每使路棒兒。快走,快走!(小生)本館呼喚,只淂去答應。三郎先回去罷。(生)是了。等哥哥回來阿。

巧 譖

【海棠春】(小旦上)門兒低亞簾兒淺,盡日裡淒凉庭院。驀地上心來,敢道天涯遠。

奴家潘巧雲,因迷戀如海少年,大胆兒做下這些勾當。今晚是我丈夫下番,歸家來了。這時候還不見來?想又是同伴每拉他飲酒去了。迎兒,整備些湯水,待家主回來,怕他醉哩。(旦内應介)曉淂。(衆在内白)楊節級,請了。(小生)俺去了。好醉也!

(醉態上)

【園林好】嘆人生榮枯在天,枉教我英雄自憐。博淂個衙門厮踐,看跡①是何年?看發跡是何年?

方才蒙太守相公道我使淂家火兒好,賞我十大杯酒兒;又被夥計每拉到店中痛飲一回,不覺大醉。這里自家門首了,進去睡罷。

① 應爲“發跡”。

(小旦)丈夫回來了？這班向晚！(小生見小旦。怒介)走①！

【前腔】見伊時胸中氣填，不繇人一時恨牽。

(小旦)煞起酒瘋來了！(小生)走！

好結果你腌臢潑賤，休刮着大虫涎，休刮着大虫涎！

(小旦)我扶你睡罷。(小生)教你這賊妮子不要慌，少不淂到我手里。(睡介)

【江兒水】(小旦)往日歸來醉，安然一覺眠，爲何的今宵不自生歡忭？

(背唱)

臭不有甚風聲通一線，因兒出口言不善？

我曉淂了！分明石秀那厮，搬鬭些言語了。(想介)有個計較在此。

只淂將他消遣。

(轉身對小生唱)(合)

説個明白，免使夫妻情變。

我也和衣睡睡罷。(小生醒介)阿呀，吃淂好醉也！巧姐？(小旦)怎麽説？(小生)尋碗水來解渴。(小旦)水在此。(小生飲水介)你夜來不曾脱衣服睡？(小旦)便是胡亂睡了一回。(小生)我不曾説甚言語？(小旦)你往常酒性好，醉了便睡。只夜來不安寧。(小生)石秀兄弟在此相幫，我不在家，你可也安排些酒食請他？(小旦不應，坐開嘆氣介)(小生)巧姐，我夜來醉了，不曾惱你，爲何煩惱？(小旦掩淚介)還要説什麽兄弟，兄弟！(小生)爲什麽緣故？(小旦掩面哭介)我的娘阿！我的天阿！(小生)一發奇怪！不説個分明，只管哭？(小旦)我爹娘把我潘巧雲，

【前腔】指望嫁作王郎婦，一竿撑到邊。誰知道殘香断却前生願？

(小生)如今改嫁于我，也不虧負了你！(小旦)

似你英雄人欽羡，誰知背後成糊麵。

(小生)成什麽糊麵？(小旦)我且對你説，

---

① 應爲"哇"。

教我語到舌尖還咽。

(合前)

【五供養犯】(小生)尋思展轉,若個冤家到此相煎?你好將情訴俺,不必恁俄延。

(小旦)

言之靦愧,不説時遭他毒眩,欲待將情告,怕你性如弦。

(合)

【月上海棠】有事關心,故將差怨。

(小生)不要啼哭了,有話但説。(小旦)也不淂不説了。

【前腔】是那石郎偃蹇,

(小生)爲石秀麼?(小旦)

對我花言巧語翩翩。

(小生)他説什麼來?(小旦)他初時也好,後來見你不歸,幾次對我説:"嫂嫂獨自個睡,好冷静!"我只不保他,這也不須提起。

(低唱)

昨朝將項洗,他背後便來纏。

(小生怒介)有這等事!(小旦)那時被我打脱了。

欲待聲張,怕顯、顯淂個憐①家傳遍。等淂君來到,又遇醉魂顛。

(合前)

(小生怒介)那厮這等可惡!

【玉嬌枝】知人知面不知心,從來信然,分明破綻些兒見,反誣伊把惡事傳宣。

(小旦)他説我甚的來?(小生)説你麼,説你,

海闍黎的事情多罪愆。

(小旦)又來!好笑!那里説起?(小生)

没些巴臂將人騙!

(合)

説將來無因至前,又何須聽他巧煽?

---

① 應爲"鄰"。

【前腔】(小旦)何來間串,

那時節呵,

一空囊單身兩拳,你不覩一飯淮陰傳,看負心人以德成冤。悠悠路岐人萬千,不是連枝同氣親屬眷。

(合前)(小生)我如今也不説破,只是不與他做買賣罷了。

【川撥棹】休呵譴,但將他肉案捲。

(小旦)

你一時間不辨愚賢,

(小生)

我一時間不辨愚賢,

(小旦)

到今日朋情怎全?

(合)

好教他歸故園,由他急着鞭。

【前腔】(换頭)(小旦)你也不説他行忒行擅,

(小生)

只道我從今收市廛。念絶交不出惡言,

(小旦)

念絶交莫出惡言,

(小生)

是古人詞垂諸簡編。

(合前)

【尾聲】(小生)人情閃爍如飛電,

(小旦)

驀地裡將人輕撚。

(合)

我和你閉户安居最值錢。

(小生)泰山!(外内應)怎麽説?(小生)快將店面收,不要做買賣了。(外)爲何如此着惱?(小生)你不要管,店中夥計每隨他自去罷。宰的牲口醃了就是。(外)曉淂了。

(小生)人前誰不貌堂堂?(小旦)背後多將廉耻亡。

(小生)種花休種不結果,(小旦)交友莫交無義郎。

好個兄弟!(小生)不提他罷了。

詒　别

(生上)(生上①)蘭陵美酒鬱金香,玉盞盛來琥珀光。但使主人能醉客,不知何處是他鄉。俺石秀感着楊大哥契分,因此不惜直言,教他昨晚且自安眠,今日從容計較,也把這件事來了當了。呀!你看肉案也都折②去,却是爲何?難道今日又是做道場?潘老丈。(外内應)怎麽説?(生)爲何肉案也拆了?(外)楊大郎分③,今後不做買賣了。連夜收拾的。(生)我曉淂了!(笑介)正是:雖將我語和他語,未必他心似我心。楊大哥昨晚醉歸,必然走漏消息,被婦人使個道兒,反將言謗我,爲此收了肉鋪。我想起來,枉了我這許多精細,倒受却這一會腌臢,着什麽來因?嗳!這也是俺生成的性了!

【錦纏道】着疼熱不解把衷腸打踅,早難道恁用折,便冷相看教咱閉口藏舌。

俺也自家不是哩,

一會兒做不淂拔刀見血,到今日多一番打草驚蛇。

(沉吟介)是了,是了!

腰下尚懸鐵,自把疑情剖决。

只淂用保計兒,

且潛蹤再整叠,一展手羣狐殲滅,免使那癡心妮子再隨邪。

如今若和他分辯,好教楊大哥出場家醜,可不枉了這一段交情?只淂且退一步兒,别作計較。不免收拾些行李,請潘公出來,拜

---

① 後一"生上"爲衍文。

② 應爲"拆"。

③ 應爲"吩咐"。

辭了前去。待我另尋個客店安身,從客一會兒,務要明白此事便了。潘丈,有請。

(外上)來了。人情若比初相識,到老終無怨恨心。叔叔,有何見諭?(生)小人在宅上,打攪多時。今日哥哥既收了鋪面,小人就此告别。帳目分文清楚,若有毫厘欺隱,天地不容!(外)叔叔要去了?(背白)何……①

説不淂,辛苦大家。

(上)(緊敲梆介)呀!黑影裡走一個人來了。

(生帶刀上)

【前腔】(後)披衣探聽,起來鷄正鳴。疾忙奔併,管教惡氣平,管教惡氣平。

(衆)是那個?(生)是我呵。(小丑)呀,石三郎!這等辛勤起早?(末)聞淂你還鄉去了,尚在這里?(生)還有些事幹,不淂還鄉。(衆)元來如此。呀,譙樓上已打五鼓了,大家歇息一回罷。正是:紅樓生怕曉,辛苦是支更。(下)(生)俺一生見不平,那里説起,受了這婦人一口惡氣!少不淂要在此間了這場公案。昨晚打聽小牢子到楊家取鋪蓋,眼見直宿去了。只淂起個四更,潛身伏在暗中,等那厮來此走動,自有區處。

(丑持木魚上)淂人錢財,與人消災。黄昏進去,五更出來。呀!東方將動,這時候還在裡邊?(做打頭望介)(生從丑後按住,將刀向丑臉磨介)(低唱介)咄!你若高則聲,便一刀殺了!好好實説,海和尚教你怎的?(丑)好漢饒命,待我實説。(生)你快説,我不殺你。(丑)

【朱奴剔銀燈】【朱奴兒】海和尚與、與、與潘娘有染,

(生)怎生出入的?(丑)

來往處驀將身閃,

(生)要你來何幹?(丑)

倩俺從旁好顧瞻,恐防却路途巇嶮。

---

① 此處抄本遺漏部分内容,或爲抄寫時遺漏一頁所致。

因此高聲叫佛爲號。(生)他如今在那里?(丑)在那邊!待木魚響,就便出來了。(生)且借你的衣服、木魚與我。(剥下丑衣介)(生)

【剔銀燈】髡鉗,見着心頭火炎,

(按丑,殺介)

好頭頸嘗咱一劍。

頭陀已勒死了,不免將木魚打入巷内去。待他出來,一發結果了罷。(敲木魚介)

(净上)

【前腔】又不是迷魂睡魘,何須你把木魚頻點?

我也出來了,只管吉吉各各!(生讓净走過,從後按翻介)走!賊秃,幹得好事!(净)阿呀,是石爺爺!我的親叔叔阿!(生)不要高聲,問①口就殺了。只待我剥了衣服罷。(剥衣介)(净)

自此分開比目鰜。

今後再不敢了,就賭個咒。

若不信自有佛爺作驗。

(生)

堪嫌,不覺心頭怒添,

(殺净介)

頃刻内么麼盡殲!

和尚也拗死了,就把刀兒放頭陀身畔,將個衣服捲去,做個證見。且回客店中睡一覺兒。正是:殺人無可恕,情理故難容。(下)

(末扮老王挑糕擔上)

【亭柳帶江頭】【亭前柳】月落曉霜清,年老路難行。

今日生意起淂大早了,

暗中來摸索,兩脚苦伶仃。

(跌介)

怎生有個人形影?

① 應爲"開"。

呀，糕也潑翻了。（看介）呀，不好了！

【江頭送別】是何人血染青萍？

（小丑、老旦扮地方人上）自不整衣毛，何須夜夜號。那個在此叫喊？呀！

【前腔】一個休翻騰，一個睡如醒。你看非關人醉倒，一陣血風腥。

待我每仔細看來，呀！

却是兩僧赤体横尸冷。

拏他去見官。（末）不敢①我事。（衆）這也不管。（合）

到官司自有分明。

（末）只爲朝來路太黑，（衆）勸君買賣何須急。

（末）渾身似口不能言，（衆）遍體排牙説不淂。

去，去，去！

負　荆

【單调】【風雲會】【一江風】（小生上）遍傳時，是一節蹊蹺事，説兩個人殺死。

説道昨晚一個和尚、一個頭陀，殺倒在咱家巷口。

細尋思，多應暗裡行奸，石秀陰行刺。

（低頭沉思介）

（生拏僧衣上）

【駐馬聽】嗏！此事已分析，無劳唇齒，還是爲友除殘不枉稱國士。

哥哥那里去？（小生見生介）元來是你！（生）

你道路徬徨何所之？

（小生）賢弟，我正没尋你處。（生）哥哥，且到我寓中，和你講話罷。（小生）在那里？（生）轉湾抹角，此間已是。哥哥，做兄弟的不説謊麽？（小生）賢弟休怪，我一時酒後失言，反被那淫婦使了見識。今日特尋賢弟負荆請罪。（揖介）（生）小弟雖不才，却是

① 應爲“干”。

個好漢子,難道幹此不良之事?只怕哥哥日後中了奸計,因此把他殺了,來尋哥哥看這幾件衣服,是小弟剥在這里。(小生怒唱)

【前腔】恨支①,潑賤應無二!

今晚就去碎割了那賤人,

不怕能插翅。

(生)哥哥,你又差了!

既在官司,

(小生)道我不知法度麽?(生)却不道"拏賊見贓,拏奸見雙"?

又不曾獲着雙奸,便把刀輕試。

(小生)

嗏!怎免得外人嗤,道我差三錯四。

(生)哥哥,不要着惱。

我有句良言,倒得做個奇男子。

(小生)如今暫不違你的話了。

只得委曲聽伊藥石調。

賢弟,你怎的教道我做個好男子呢?(生)東門外有座翠屏山,好生僻静。哥哥只説明日要往燒香,和大嫂同去,賺他出來,就帶迎兒同到山上。小弟先在那邊等候,當面把這是非都對明白,那時一紙休書弃了這婦人,却不是上着?(小生)我已曉得那賤人謊説,不消分辯,你身上自清潔了!(生)不是這般説,也要哥哥知道他每往來的真情。(小生)賢弟高見不差,依你行事便了。

(生)翠屏深處鬱葱葱,(小生)且向寒山萬水中。

(生)情到不堪回首處,(合)一齊分付與東風。

(小生)賢弟先行,不可有誤。(生)專候,專候。

① 應爲"恨難支"。

驚　變

【掛真兒】(小旦上)昨夜情人去悄悄,人別後没些音耗。夢裏驚心烏鴉叫,眼角上梭梭頻跳。

奴家只爲心愛那人,朝去暮來,不止一日。事兒做得隱秀,心上甚是喜歡。爲何早上夢寐不寧,朝來神思恍惚? 莫不是有甚是非? 教人好生疑慮也。

(旦急上)閉内家里坐,禍從天上來。姐姐在那里?(小旦)爲何這等慌張?(旦)不好了! 不知那一個,把海闍黎與胡頭陀,一齊俱殺在後巷了。(小旦)兀的不諕殺我也!(小旦)姐姐,這是那里説起。(小旦呆思介)爲甚緣故呢?(旦)却又作怪,兩個人身上的衣服都剥淂乾净,赤條條的倘在那里。(小旦頓足哭介)天阿,這事怎麽了阿!

【紅衲襖】莫不是蠢頭陀爲争風狠下刀?

(旦)這倒不。(小旦)

莫不是莽和尚妬他行生殺倒?

(旦)這也不。(小旦)

爲什麽赤條條没一縷絲兒罩?

(旦)便是呢。(小旦)

早難道互相殘做一雙刎頚交?

(旦)一發解説不出哩。(小旦)

那里有行客兒反鬭着? 又没甚鄰里每來厮惱。

嗳,迎兒,迎兒,我曉淂了!

若不是丈夫行特地行兇也? 管則是攋命三郎弄的没下梢。

(旦)姐姐,姐姐呵!

【前腔】諕淂我眼睁睁人叢中不敢瞧,諕淂我戰兢兢心兒裡没處抓。

(哭介)我那師兄呵,

再不能彀熱烘烘來把雙鈸鬧。

(小旦亦哭介)可憐阿!(旦)我那頭陀阿,

再不能彀曉清清頻將魚子敲。

(小旦)還要提起?(旦)如今,

説着時又恐把禍招,只淂且深藏免惹人耻笑。

只是一件,

怕只怕嚴霜兒一夜來侵也,少不淂斷送芙蓉只這遭。

【翫仙燈】(二句)(小生上)勉聽良言,按不住咱家俠性。

事不三思,終有後悔。我楊雄聰明了半世,懞懂在一時。不想石三郎這片熱心,倒中了那賤人恁般巧計。好教我無顔見他。方才已負荆請罪過了。他教俺如此如此而行,只索好好走回家去。(旦)呀,家主回來了。(小生)巧姐,我夜來淂一夢,不曾對你説。(小旦)夢甚來?(小生)夢一神道見責,説我有個舊願未還。我想起來,向日許下東門外岳廟裡一炷香愿,蹉跎到今。明日空閒些,我和你同去還了。(小旦)你自去燒香罷,要我去何用?(小生)這愿心當初與你親口許下,不是當要的。你怎麽不去?(小旦)既如此,憑你便了。(小生)

【賞宫花】神天有靈,欲相祈保泰寧。舊願難忘却,入夢更堪驚。開口莫言不信佛,舉頭三尺有神明。

(小旦)

前君君心懇誠,要攜奴同證盟。

(旦)

既然神感動,怎淂再消停?

(與小旦背唱)

閒日燒香猶自可,急來抱脚也非輕。

(小生)今晚先去顧下轎兒。迎兒,你明日也去走遭。(旦)是了。

(小生)净禮宸君出世塵,(小旦)依依殘柳不勝春。

(旦)夢中神語還堪信,(合)莫道無神也有神。

(小生)整備香燭,明日早行。(小旦、小丑①)理會淂。

① 應爲"旦、小旦"。

除　淫

(小净破衣上)梁上稱君子,人間作小人。雞鳴與狗盜,曾救孟嘗君。自家姓時名遷,雖然是個好漢,生性却不光明,做的是飛簷走壁、跳籬騙馬的勾當。近日没甚道路,在此深山中掘些墳墓,覓幾文錢過活。呀!上淂這山坡來,但見遥山聳翠,列障如屏,澗邊老檜摩雲,岩上野花映日。漫漫青草,滿目盡是荒墳;裊裊白楊,回首多應亂冢。一望並無閒寺院,崔嵬好似北卬山。(望介)遠遠走一個人來了。呀,好怪!又有一乘小轎,兩個人趕將上來。又不是掃墓的時候,這所在走來做甚?不免躲在山凹深處,看他是什麼人。正是:雪隱鷺鷥飛始見,柳藏鸚鵡語方知。(下)

(生背包,跨腰刀,持桿棒上)

【山羊轉五更】【山坡羊】鬱葱葱層風如靛,急煎煎寒飈如箭。虚飄飄孤蹤似萍,冷颼颼怒髮如虬顫。我也不自憐,愁他作話傳,不平意氣難消遣。

【五更轉】因此刃落霜街塵襟血濺。還恐他胡做作没高見,被我一時賺出、賺出閨中媛。若淂個跡剖情真,説什麼言深交淺?

迤逞行來,已到翠屏山上。好個荒僻去處,少不淂在此做個出場。不免站在這古墓中間,和他分辯。(望介)看那潘氏已出轎,小丫環扶將上來,楊大哥也隨後來了。

(旦扶小旦上)

【前腔】【又一体】【山坡羊】(頭)(小旦)亂紛紛叢篁如蒨,

(旦)

響泠泠幽泉如嚥。

(小旦對旦低唱)

愁戚戚一心似呆,

(旦低唱)

意懸懸千轉如揉線。

(小生上。遠立。唱)

【五更轉】(中)思量起事到頭難亂辯，

今日里阿，

一身做事敢向誰埋怨？俺自有男子剛腸，怎肯爲妻兒情軟？

(望見生介)行到此間，石三郎果然先到了。(對小旦白)隨我這邊來。(小旦驚介)呀！怎麽走到這個所在？(生)嫂嫂拜揖。(小旦)阿呀，叔叔怎的也在這里？(生)專等多時，爲嫂嫂一句説話，與石秀有些干涉，來此説明。(小旦)呀，叔叔！你是個曉事的人！

【山坡羊】(尾)何緣，隨人把話煽？

(生)

雖然，也要還咱一句言。

(小生)你前日對我説，叔叔幾番把言語调戲，又來冲撞你，今日這里無人，對個明白。(小旦)嗳！過了的事，只管説他怎的？(生怒介)嫂嫂，怎生説這班閒話？正要在哥哥面前，

【古輪臺】問明白，無根浪語爲何來？

(小旦)叔叔，

因何没事擔驚怪？那些寧耐。

(生)嫂嫂休要口硬，教你看個證見。(包中取僧衣撇地介)可認淂麽？(小旦見衣，驚呆介)(生掣刀，付小生介)哥哥，此事只問迎兒，便知端的。(小生揪旦伏地跪介)我問你這小賤人，怎地僧房入奸？怎地黄昏勾引？怎地五更敲木魚？好好對我實説！

若一語胡歪，看取鋼刀磨快。

(旦)官人息怒，此事實與迎兒無干。待我説。(小生)快説來。(旦)自那日阿，

入寺燒香，酒酣春色，把迎兒發付兩個早和諧。

(小生)以後却怎麽呢？(旦)姐姐與他約定，

但是官人不在，將夜來香桌安排。五更出鈸，暗中策望，頭陀擔帶。不想石叔惹飛災。

(小生)怎的倒説在石三郎身上呢？(旦)姐姐恐事情敗露，買囑迎兒，只説石叔叔將言調戲，

都是胡厮，眼珠落地不見影兒篩。

只此是真情，望官人饒了迎兒罷。(磕頭介)

【前腔】(换頭)(生)休猜，料非我叮囑裙釵。哥哥，還問嫂根節情因，莫教遮蓋。

(小生對小旦白)我對你説，那小賤人呵，

已無語搪塞，怎着你把奸情詞改?

(小旦)

看却平日夫妻，兩情厮爱，勸你權將怒兒解。

(生)哥哥，含糊不淂的，須要問嫂嫂一個明白。(小生)賤人，還不快説!(小旦)

也是前生孽債，早托爲兄妹同儕，道場留意，僧房約定，往來無礙。

(生)怎的對哥哥倒説我來調戲?(小旦)只爲他前日呵，

酒後露狂乖，多尷尬，駕言嘲戲總推挨。

只是把言語支吾，石叔叔並無此事。

【撲燈紅】【撲燈蛾】(小生)怒從心上生，怒從心上生，惡氣怎分擺?

(生)這小賤人，留他做甚?(旦)官人可憐，與兒什麽相干?(小生)走!還要説?

送暖與偷寒，這丫頭好生胆大也!留他貽害，好教你先喪塵埃。

(旦叫介)官人饒命!(小生)

【紅綉鞋】惱殺這潑奴胎，從今斬草去根荄!

(殺旦介)(小旦嚇倒介)阿呀，不好了阿!

【前腔】(小生)一時間誤聽，一時間誤聽，惹淂交情壞。醉裡露消息，反被你把人來賣也!

(生)交情倒不打緊，怕你的性命也難保哩!(小旦)阿呀，石叔叔，可憐饒命阿!(小生)你那賤人，

心腸忒歹，險教咱一命難捱。先下手恨舒懷，

(殺小旦介)

霎時身首早分開!

(生)

【尾聲】抛將怨氣雲霄外，

(小生)

狼藉橫屍不可埋,

(合)

和你何處安身别刮劃。

(小生)賢弟,如今商量,奸夫淫婦都已結果,和你怎生去向?(生)俺已尋思一個去處,請哥哥就行。(小生)是那里?(生)弟兄兩個都殺了人,不向梁山泊入夥,到那里走?(小生)且住。一來不認淂那邊,二來俺楊雄又是做公的,怎敢收留?(生)宋公明招賢納士,天下傳明。況小弟前日曾會過"神行太保"戴宗,此去必無攔阻。(小生)既如此,快走罷。

(小净跳上)平平世界,蕩蕩乾坤。把人兒割了,到梁山泊去?俺聽淂多時也。(生喝介)走!什麽人?(小生)呀,元來是時遷兄弟,爲何在此?(小净)小人近日没甚擺佈,在這里掘幾道墳兒。見哥哥行事,不敢出來冲撞。方才聽説投逩梁山泊,小人尋思在此不成勾當,意欲跟隨二兄上山,不知肯帶挈小人否?(小生)他姓時名遷,也是好漢中人物。與我廝熟的。(生)既如此,他那里不争你一人,同我每去罷。

(小生)翠屏深處究緣因,(生)頃刻屍骸化作塵。

(小净)若欲避他災與禍,(合)梁山泊里好潛身。

(净)向這條小路走。(小生)三郎先走一步兒,我和他後邊策應。

聞 訊

【霜蕉葉】【霜天曉角】(老旦、旦)(旦扶老旦、外背行李上)花鄉隱藉,恨殺狂蜂蝶。

【金蕉葉】急着眼雲山望賒,

(合)

謾門頭家園怎捨?

【梅花引】(外)曉風酸,曉霜乾,一雁南飛人度關。

(老旦)客衣雙,客衣單,千里魂消空歌。

【行路難】(旦)寒梅驚破前村雪,寒雞啼破西窗月。跨征鞍此際,家君何如凭盡欄。

(外)我那兒阿!(旦)爺爺省愁煩。(外)自你丈夫流落江湖,不幸家門屢遭寇盜。多虧梁山泊義士相救,又恐那厮日後報仇。(旦)正是呢。爲此三口兒匆匆遠遁,以避賊鋒。喜淂一路行來,想已將到薊州了。(老旦)只是千里尋人,未知消息。一家生計,回首飄零,如何是好?(旦)丈夫身在蘇①州,不久相遇,家間自有莊客收管,料無他虞。母親也不須繫念。

【憶鶯兒】【憶多嬌】(外)只爲人遠別,兒影孑,門庭禍起逢暴客,只淂匆匆抛家業。

(老旦)

【黄鶯兒】這恓惶怎説?

(旦)

恁飄零似葉,

(合)

甚時重轉鄉關也,旅情結,排空斷雁嘹嚦更凄切。

(外)呀!説話間不覺天色傍晚,大家趲行幾步。(合)

【前腔】只見山徑折,行轉怯,天低曠野雲萬叠,日暝煙村向誰家歇。燕山信絶,挑溪路撇,一程程野況愁難卸,事差迭,爲雕鞍一去無處問彈鋏。

(外)那邊有兩個人來了,等他作伴同行。

(末扮戴、净扮李逵上)

【前腔】塵眼拙,與仙分劣,雲深杳渺,教我誰叩謁。誰想邂逅逢人去講延年訣。

(末)踏破鐵鞋無覓處,(净)得來全不費工夫。(末)我每尋訪公孫消息,來此多時。(净)好造化。方才客店中遇着個老者,要去二仙山講道。仔細問來,却是羅真人徒弟,叫清道人,就是他。(末)正是。我每連夜去抓尋。呀!那來的有些面善。(净)可是

① 應爲"薊"。

桃花莊劉太公?(外)呀!元來是二位義士。媽媽與孩兒過來相見。(衆相見介)(外、二旦)

在他鄉喜接,這當年任俠,荷君排難办炷心香謝。

(末、净)説那里話?我且問你,

爲甚遠程涉,徘徊口,行色似難愜?

(外)二位聽禀:前日爲桃花山這場鬧炒,浔蒙俠士救解之恩,以後怕他又來尋叫,只浔挈家遠遁,特來訪問石三郎。今日走浔到此。(末)嗳,可惜來遲了。(外)爲何?(净)一向聞浔石秀與楊雄結義,在薊州買賣。不想楊雄家里有甚奸情,那二人就在街坊上殺了奸夫,又在翠屏山剁了淫婦。一會兒兩個竟自脱逃,不知去向了。(外、二旦驚介)那里説起,有這等事?教我每怎生去尋他?(末)如今地方首告,官府緝拏。既是石家眷屬,恐有帶累,休浔往前去了。(二旦哭介)天阿!如此怎麽了?(末)媽媽與小娘子,不須啼哭。我想他二人是江湖上好漢,况石三郎與我舊曾相識。他既然有事,准定投梁山泊入夥去了。(净)是麽?若浔那兩個好漢入來,一發山寨興旺了。(末)太公,不若領家眷竟上梁山,與令壻厮會。不知尊意何如?(外)此去倘然不在,怎麽好?(净)萬一石秀不曾到山,竟與俺大哥哥説了,打個信兒去曉論那周通,不許這小賊放肆,你每三口兒就好重返家鄉了。(末)説浔有理。太公只索去走遭,俺尋着個朋友,就上山來了。(二旦)只是我每怎好去浔?(末)不妨。這一件令箭是上山的信物,這數兩白銀當一路的盤費。太公請收了,放心前去。(外)多謝二位,大恩何以爲報?(二旦)事出于無奈,只浔依言。(外)就此拜辭。

【前腔】蒙領挈,浔返轍,程途又恐遭蹉跌,舉目無親空悲咽。

(末、净)也不須煩惱。

石郎去決,盼梁山路捷,那時歡聚把愁懷寫。

(外、二旦)

謝豪傑,恩深莫忘,千載怎磨滅。

(末、净)岐路一相悲,(外)還家未有期。

(二旦)情知不是伴,(末、净)事急且相隨。

太公保重,我無①去也。(先下)(外)且投個客店安歇,明日早行罷。(二旦)是如此。

海　仙

【浪淘沙】(小旦扮道童上)清净是家風,守在環中。嬰兒姹女總非功,一卷黄庭常展誦,傳淂仙宗。

小道乃二仙山紫虚觀中一個燒香童子。若説俺本師羅真人呵,

【鷓鴣天】頭戴星冠焕玉華,身披鶴氅縷金霞。步虚聲啓瑯函瑞,禮斗風生寶劍花。炊白雪煑黄芽,雲封灶暖有丹砂。高餐沆瀣人間少,疑是仙都太史家。

俺道童奉仙師法旨,因梁山泊來請公孫勝下山,本師不允他去。那李逵今晚要來行刺,早已整備兩個葫芦,變作俺師徒模樣,與他對付一番。天色將晚,且廻避,却看他怎的。正是:殺心才一起,道眼已先窺。(下)

(净持斧上)

【駐馬聽】足躡雲梯,暮靄蒼蒼失翠微,遠望層台鱗次,只見叠嶂龍蟠,聽着隔嶺猿啼,潺湲流水響幽谿,依希玉女留仙珮,月轉山隈,想仙家夢蝶,正是洞天深際。

(外扮假羅仙坐定,點燭看經)(小旦扮假道童執劍侍立介)我李逵費了多少工夫,到此尋取公孫勝。誰想那老道執意不肯放他。俺如今瞞着戴宗,捱上山來,悄地把他殺了,不怕那公孫勝不隨我每走。這里已是紫虚觀前了,門兒閉着,跳過墻去罷。(跳介)(偷看介)在這里邊誦經,却不是當死?(搶入介)走!賊道,看斧。(外)走!誰敢無禮!(舞拂與净鬭)(做殺外介)(小旦)你殺了本師,那里走!(净)小賊道,也吃我一斧。(小旦舞劍與净鬭)(做殺小旦介)(净)殺淂好快活,就此下山去罷。你看雙斧白如

① 應爲"我每"。

霜,真人命已亡。精魂歸碧落,暗地喜非常。已到公孫勝草菴門首,待我唤他每起來。戴院長,天明了,起身罷。

(末上)來了。

【前腔】誰款柴扉?

呀,李大哥恁班起早?(净)公孫先生有請。

(老旦扮公孫勝上)

睡起山窗日未曦。

(净)請了。請先生走路,

快備着一肩行李,不枉我兩脚奔波,受盡了滿腹虚脾。

(老旦)你更急性。俺師父還不肯放哩!

只怕玉蕭清斷鶴空徊,水流不到人間世。

(末)既如此,再去懇求師父。(净)有理。(背笑介)看他去問誰?

(合)

重上崔嵬,請仙師法旨,始淂共攜塵袂。

(老旦)大家同去走遭。(末、净)請了。(老旦)你看,

【鷓鴣天】天地風光迥不同,半空蒼翠擁芙蓉。

(末)

疏烟淡漠長空外,曉色氤氲罨盡中。

(净)

飛白鶴,遶青松,紫虚深處拱羣峰。

(合)

欲知仙侣藏真地,眼底蓬萊信可從。

(老旦)已到觀前了。道童有麽?

(小旦上)來了。白雲本是無心物,又被清風引出來。(對衆稽首介)(老旦)真人何在?(小旦)在雲床静坐養性。(净驚呆,伸舌介)(小旦)呀,師父已出來了!

【北醉太平】(外上)海爲思,怎説桃結子?争賒問人寰,誰見這差迭。蓬萊在那些,遇真人口授丹砂訣,泛浮槎悟入黄金闕,馭天風穩坐紫雲車,老翁樂也。

（衆見介）（外）汝等又來？① 望師父慈悲，聽弟子哀懇。

【南駐馬聽】特叩瑶墀，佇望高賢雲駕移。

（老旦）

回想七星初聚，只今兩地遥分。

（指末、净介）

他又幾度奔馳，

（净背唱）好奇怪，

莫不是神仙屍解幻形奇，夢魂假揖來相戲？

（外）如此懇求，少不滐放徒弟下山了。（末）多謝仙師。（合）

宿債難違，出山事業，莫忘替天忠義。

（外）你每都隨我觀前來。（衆出介）（外）作個小法兒，教你三人片時便到梁山泊，何如？（末等）如此甚好。（外）道童，取三條手帕來。（小旦）手帕在此。（外）這紅帕一方鋪在石上，吾弟子可登。（老旦踏帕介）起。

【前腔】（老旦）高跨虹霓，冉冉騰空身似飛。

（末、净仰看介）呀！果然一片紅雲飛騰去了。（外指劍喝介）住。（末、净）那紅雲不動了。（外）這青帕……（指末介）你可踏上。（末踏介）（外照前喝起介）（末）

果然青霞一道，恍似白日飛昇，只怕碧海猶迷。

（净）呀！戴院長也踏着青雲上天了。（外喝住介）（净）青②也不動了。（外對净白）你來這白帕，更好。（净笑介）不是當耍的。跌將下來，好個疙瘩哩。（外）只看這兩人麽？（净）我也不怕。（踏介）（外喝起介）（净在上叫介）阿呀，我的不穩當哩！

天空縹緲載雲期，身危恍惚乘箕尾。

（老旦、末合）

凡想都遣，冷然神往，何必岳陽沉醉。

（外手招老旦介）紅雲墜下。（老旦墜介）（又招末介）青雲墜下。

---

① 應有“老旦”。

② “青”字後邊有空格，應爲“青雲”。

(末墜下)(净叫介)阿呀,師父也放我下來罷。(外)我且問你,我等出家人不曾惱犯了,爲何夜來越墻而入把斧劈?(净)不干俺事,看錯了。(外)雖然砍淂兩個葫芦,其心不善。且教你吃些磨難者。力士何在?

(二生扮金甲神上)(外)聽我分付,如此如此而行,不淂違吾法旨。(神扭净下)(末)稟上仙師,李逵雖是鹵莽,却也耿直無欺。望仙師饒恕。(外)我也曉淂,待他受些苦楚,三日後送還你李逵便了。(末)既如此,拜别下山罷。(外)徒弟過來。(末)師父,有何法旨?(外)聽我道:

【醉太平】恁塵緣未歇,與人世難絶。幹功名早退,是豪傑急回頭打疊。怕烏衣一旦非王謝,笑青山兩岸成吴越。厭紅塵萬丈混龍蛇,聽俺老仙翁教者。

(小旦隨外下)(老旦)師父已進去了。就此取路下山。

(末)華陽洞口片雲飛,(老旦)羽客笙歌此地違。

(末)一宿青山又須去,(老旦)濛濛烟雨映岩扉。

判　事

【梨花兒】(丑巡捕官上)命運低時做小官,小官也自難丢挵①。怪道人人都喜歡,嗏!張張狀紙從公斷。

做官莫作小,做人莫做好。人好不賺錢,官小受苦惱。下官蘇②州苟巡捕的便是。生成古怪,不會近錢。奶奶又終日絮聒,無可奈何,只有個小門子,倒也乖巧。唤他來商議一番。門子那里?

(小净上)來了。

【前腔】命運通時做小官,官官鎮日憑官唤。怪道年來做事寬,嗏!朝朝夜夜隨他鑽。

門子磕頭。(丑)起來,起來。我且問你,兩日没些生意,外邊有

① 應爲“棄”。

② 應爲“薊”。

什麽事情，作成我老爺麽？（小净）有，有！有一件大新聞，老爺知道麽？（丑）你説，你説！（小净）便是昨日大爺發下這兩張狀詞，是這一樁事体。（丑）我倒忘了，不知那里這兩張狀紙？（小净）一紙是地方首告公呈，一紙是潘公單告人命。難道没有幾文錢鈔的？（丑）造化！你説事情怎麽樣？（小净）便是那當年的楊雄，有個妻子。（丑）阿，他妻子便怎麽哩？（小净）他妻子唤做潘巧雲。（丑）巧雲，叫淂好。（小净）叫淂好，又生淂好。（丑）妙、妙、妙！（小净）好便好，可惜要與和尚兩個炒。（丑）嗳，罷了，罷了！後來呢？（小净）不想楊雄有個相厚夥計，唤做石秀。曉淂這事情，一忿不平，悄悄的把和尚、頭陀都殺懷①了。（丑驚介）殺懷了？（小净）楊雄也哄這婦人和梅香兩個到翠屏山上，殺淂半個也不留。（丑）哎，有這等事？（小净）外邊人就編成一本戲文叫《翠屏山記》，小的記淂一套弋陽腔，倒唱淂好。（丑）妙阿！你唱，俺老爺是極知音的。（小净）待小的唱與老爺聽。（小净唱）（丑拍板，對做介）

【三字令過十二橋】叵耐這痴和尚心兒奔做的來忒無狀，

見着個嬌娘呵，

就眠思也夢想。

想着什麽來？

想着個雙雙入羅帳。因此上哄乾爺，哄乾爺做一個妹妹哥哥兒一心要來往。道場中，道場中你看那秃囚雙眸怎厮放，勾引淂到禪房，到禪房那時節緣早停當，好恩情，好恩情恨只恨一霎兒歡娛不淂久親傍，

虧着那小梅香呀的，

開了門放情郎，傚鸞凰，傚鸞凰今番恁歡暢，

好快活也呵，

誰想鋼刀起處没情況，

把一個和尚一個頭陀殺淂赤條條，

成着甚模樣，譬如猛虎到深山投岩把身葬，

---

① 應爲“壞”。

可憐阿,好苦也!那天殺的又哄到翠屏山,

佳人命亡梅香斷類,

可憐阿,我的雲娘阿!

小脚苦伶仃教他忙忙赶不上。

(内叫介)那個天殺在外邊唱曲?你那狗官是偷來的?上司詞狀不想審問,倒在那里囉唣老婆吃灰,皂隸看板子?(小净逃下)

(丑跪伏地介)小官有罪,再不敢了。

(净扮皂隸暗上,諢介)(丑喝)住。(正坐介)帶犯人進來。(净)犯人走動。

(帶衆上)犯人當面。(丑看狀介)一起是刺劫事,原首是地方人等,被首是王賣糕。呵,我老爺都已明白了。叫地方。(老旦)有。(丑)怎麼只有一個?(老旦)小的是總甲。(丑)王賣糕。(末)爺爺可憐,小的有訴狀。(丑)拏上來。(接看介)"霹陷事",可是天上打個雷兒壓着你了?(末)是霹空陷害的意思。(丑)總甲過來。地方上殺人,做總甲不出來救護,倒平白地陷害良民?先打三十。(老旦)爺爺方便,小的有話講。(丑)住了。(老旦)地方上一項修街常例錢,是老爺該管,在小的身上。(丑)這個有理。王賣糕過來,不干你老人家事,只是不合起這班①早。問一個犯夜的罪名,饒你打。(末)謝老爺。(丑)難道没有什麼孝順?(末)小的賣糕度日,如今感激老爺,朝朝送點心進衙。(丑)也罷。(又看狀介)這一紙兒是慘殺事。殺淂太慘些了,元告潘公?(外)有。(丑)被告楊雄、石秀?(净)在逃未獲。(丑)干証轎夫二名。(小旦②、旦)有。(丑)你這老兒,可憐你女兒被女夫哄到翠屏山殺了麽?(外哭介)正是,可憐見。(丑)如今楊雄走了,有多少家貲?(外)只有差役一名,房屋一所。(丑)給斷與你養瞻罷。(外)謝老爺。小的有兩個醃猪肉在家,与老爺做菜。(丑)也用淂的。那轎夫上來。是你抬上山去,難道不知情的?着實

---

① 應爲"般"。

② 按後文應爲"小净"。

打。(小净、旦)爺爺,冤枉。(丑)還有什麽講?(小净)有倆個驢兒在家,賣來孝順。(丑)也罷。饒打。(净暗下)(丑寫審單介)潘老釋放寧家,餘犯俱各召保。(末、衆磕頭介)求爺方便,饒了衆人的罪名罷。(丑)走!

【一撮掉】休胡講,三尺怎荒唐,把供招寫情繇。好商量,情詞併一体共招詳。

(指外唱)

伊年老給斷與餘糧,除却潘公外餘人擬决杖,緝捕者該斬石和楊。

快畫供。(衆畫介)呀,好一陣怪風。

(金甲神、净)從空跌地介。(衆驚嚷介)天人①跌一個妖怪下來了。(丑)快把狗□②來噴。總甲過來,把我③綁縛。衆人都下前,將荆條亂打。(衆打)(丑)你是什麽妖怪?(净醒介)俺不是妖怪,是羅真人特地差來打探你每做官好歹。(丑)阿呀!我苟巡捕半生清正,不合一點欺心。衆人的錢鈔也不要了,明日就吃齋,老潘的肉也不消送了。只是一件,羅真人座下有你這一個徒弟?(净)不是徒弟,是梁山泊"黑旋風"李逵,特地禮拜羅真人。(丑)既如此,不可怠慢。總甲,帶去監候,待我稟過上司,移文濟州府,奏上朝廷,招安了梁山泊,也與國家□④一大功。(衆)老爺高見。

(丑)任你人心不測,須教官法難逃。

(衆諢介)潘老醃肉不用,只咽王家素糕。

(丑)衆人出去,皂隸關門。

① 應爲"天上"。

② 底本此字空缺,應爲"血"。

③ 應爲"他"。

④ 底本此字空缺,應爲"立"。

旅　嘆

【北新水令】(生上)一生常是爲人愁,儘催殘不將眉皺。俺怎望走朱家逢主俠,他不比貪魯將殺妻求,則索向水窟潛投,潑生涯任拖逗。

俺石秀自鬧了翠屏山,要上梁山泊投奔。前來已到鄆州地面了。天色已晚,不免等着二人一同借宿罷。

【南步步嬌】(小生上)閫内私情言之醜,殺淂我怒氣冲牛斗。罷,罷,把前情一筆勾。

(小净上)

挈伴同奔到此投宿。

石三郎先在這里了?(生)等候多時矣。(净)小弟認淂這里是祝家庄上。(小生)在此投宿罷。(生)店小二,有麽?

(丑上)來了。

拾把翠帘收,日云暮矣來相叩。

客官,這班晚到?(小生)走淂路多哩。(丑)可曾打火?(净)我每自家理會淂的。(丑)喜今日没有客歇,鍋灶都乾净。客人自用不妨。(小净)有酒肉賣麽?① 盡了,剩淂一罈酒,只没有葷菜。(小净)也罷。借幾升米做飯。(丑)這個有。(小生)一隻釵兒②這罈酒來吃,明日總筭。(丑)曉淂。這是一罈酒,一碟小菜。飯熟時自家整備,俺先去歇了。你每消停一會兒。正是:好看天下客,萬里去傳名。(下)(衆飲介)(生)你看這派晚景,好凄凉人也。

【北折桂令】傍天涯遠盼着雙眸,草色離迷樹影綢繆。

(小生)又早月上了。(生)

俺只見日黯山腰風凄,渡口月慘樓頭。

(小净)二兄請酒。好一個富貴的杯盃,吹彈的筵席,可不羞死人

---

① 應有"丑"。

② 應有"换"。

生嗳！

却不道雲子釀絶勝杯酒，雪兒歌共俺爲儔，誰承望茅店瓷甌，無計安排列鼎珍饈。

【南江兒撥棹】【江兒水】滿目愁，生事因作遠遊，

（小生）

蕭條旅食難禁受。

（小净）二兄，可要肉吃麽？（小生）才説没有買處了。

任你將無來作有，佳骰怎地能卒就？

（小净）不要忙，若是我時還没本事阿，

枉却當場高手。

（背介）俺已瞧在眼暗里了，後邊有一隻大公雞在籠里。悄悄偷將來吃他娘，却不是好？待我去甕中捉鱉，手到擒來。（下）（生）呀！這獃子那里去了？你看他弄什麽手段？（小生）難道這時候買什麽食物來？

【川撥棹】問行廚添客羞，

（小净持飯盂，安熟雞笑上）

煮隣雞堪潤喉。

（生）好怪，這雞兒那里來的？（小净）就是那店中的。尋思没甚下酒，被我悄地到溪邊把來殺了，撏淂乾净，煑淂爛熟。二位哥哥請些。（小生笑介）你這廝恁班賊手賊脚。

【北雁兒落帶淂勝令】俺道你巧言兒只浪兜，誰想這快手脚能滑溜。爲甚把戾㾐炊恁地忙，怕不似蔬草共談心舊。

（小净）當初劉知遠偷雞，後來發跡。偏是我每偷不淂的？（小生）只是一件，雞便叫淂好，早上没有了雞鳴，怕他來鬧，妙①哩。（小净）只顧吃了，怕他則甚？（生）

你道是回首脱籠囚，却不管關禁阻田候，空溪落談玄士，怎消磨起舞劉。

（内叫介）不好了，那個是偷雞賊？（小净）我每路上買來的，不干

---

① 應爲"不妙"。

我事。

(丑上)既非君子道,又不是隣家。你每好不達道理,爲何偷俺雞兒吃了?(小净)啐!見鬼了,眼花了!(丑)我的雞那里去了?(小净)被野猫拖了,黄鼠狼吃了,鷂鷹撲去了。(丑)還要口强?地上的雞毛,鍋裡的肥水,那里來的?(生)不要争了,值幾文,賠你就是。(丑)這是報曉雞兒,少他不淂,賠十兩銀子也不濟,只要我雞來。(生怒介)走!你哄詐誰?不賠你便怎麽?(丑笑介)不要放刁,這里有名的祝家莊上,拏你去做梁山泊强盜解官。(生)就是梁山泊好漢,便怎的?(小生怒介)好意還你錢,這等無禮!(丑叫介)有賊。(小净打丑臉介)你叫!(丑又叫)(小净又打介)(丑)這蠻子不要慌,待我報知莊主,怕你走上天去了?去、去、去!(急下)(生)此時不走,更待何時?(小净)吃飽了走路。(衆吃飯畢介)(小生)一不做二不休,一發拽翻了這兩間草房走罷。(打屋介)(生)

難留,魆地里多僝僽,担也麽憂,快防他相赶逐,快防他相赶逐。

快走!(小生)那個敢來?遇一時殺一個,走兩個來殺一雙。(下)

(丑領净、外、末持槍棒追上)走阿!

【南僥僥令】偷兒雖掣肘,地主怎干休?快把幾柄橈鈎,追將去趁着黑林中來下鞲,黑林中來下鞲。

快追上去。(急下)

【北收江南】(生上)俺這里一身兒勇力似貔貅,怎禁他一行兒攢擁似羣猴。惱着那一聲聲山犬吠如彪。

(内喊介)不要走阿!(生回望介)看後邊喊聲震天,燈光照耀如同不日,

任驅馳火牛,任驅馳火牛,燒不着俺浮游浪跡一沙鷗。

(下)

【南園林沉醉】【園林好】(小生上)泥滑擦谿山路幽,亂蒙茸高低雜柳。

(小净)

月黑處難教疾走。

（跌介）（内叫介）一個絆倒了。

（衆急上）

【沉醉東風】搭上撓鈎，

（縛小净介）（小净諢鬭介）（衆）

喜淂勝凱歌旋奏。

（捉小净下）（小生欲追又止介）我想起來，若欲救時還，深入重地，反兩敗俱傷。

爲他再籌，爲咱再籌，只索走向梁山把衆鳩。

（下）

【北沽美酒兼太平令】（生上）嘆英雄志不酬，嘆英雄志不酬，抵多少攜仙侣上揚州，一似失隊離鴻影斷秋，送淂他恁陡，這然諾怎悠悠，眼見淂孤蹤難救，敢着俺單拳厮鬭。我呵，帶着個短蓑影颼，漫臨風倚樓，呵，按不住雄心馳驟。

【南尾聲】（小生上）無端枉墮人機彀，匣裡空將一劍抽。

（生）哥哥，不須着惱。快往梁山泊，請兵來救時還便了。（小生）就此趲行前去。

須有日掃蕩村莊報此仇。

（老旦扮公孫、末扮戴宗上）（老旦）騰雲駕霧真能事，（末）頃刻梁山在望中。迤逞行來，將近山寨了。呀！那個不是石三郎？（生）呀，那來的可是戴院長？（末）不想在此相遇，此兄是誰？（生）是卑人結義哥哥"病關索"楊雄。（末、老旦）江湖上久聞，幸會，幸會！（末）此位就是"入雲龍"公孫先生。適在蘇①州請到。（二生）久仰先生法號。（末）石兄，你近日事情，俺已頗知一二。今日此來，必是同上山寨了？（二生）正是。兄弟窮途，全仗戴院長提挈。（末）説那里話。

划鍬兒惶惶自把惺惺，英雄相見好相識。

（二生）

湖海正無依，

---

① 應爲"薊"。

(老旦)

水雲浪跡,

(合)

天南地北神交夢役①,此日同逢寧不喜劇?

(末)此間已是朱貴酒店了。你看:

水村山郭酒旗風,(老旦)故國荆扉在夢中。

(生)鵬礙九天須却避,(小生)飛揚跋扈爲誰雄。

(望介)怎生過渡?(末)到水亭放枝冷箭,那邊就有船來了。

途 逢

【摧拍】(外、老旦、旦上)(外)爲嬌兒紅顔命薄,

(老旦、旦)

蹴弓鞋寧辭路迢。

(合念)

家園舊桃,芳草凄凄兩處魂消,欲上梁山只怕水闊波遥。

(望介)

來此地目斷驚濤,山雨暗旆風飄。

(外)我每三口兒,幸遇着戴院長指引前來,早已望見梁山泊了。(老旦)呀!爲何旌旗雜沓,鼓角喧闐,有一隻軍馬下山來。(外)我每閃□□②邊,讓他過去。

(小旦、净扮卒引丑上)

【紅綉鞋】梁山矮虎王英、王英,孤眠客館凄清、凄清。差着隊往前征,聞女將最娉婷,刀起處要留情,刀起處要留情。

咄,是什麽人?(外)將軍聽稟:老漢有一個親戚,是金陵石秀,叫"拚命三郎"。聞淂他已上山,特來尋訪。(丑)石三郎已上山入夥,今日領兵與祝家庄相戰,俺王矮虎是前隊,他與楊雄隨後就

① 或應爲"縈"。

② 底本此二字空缺,或爲"開一"。

來了。(外)多謝指教。(丑)俺去也。將軍不下馬,各自奔前程。(下)(外)我每只在此等候罷。

(小净、末扮卒引生上)

【前腔】拚生石秀馳名、馳名,從來路見不平、不平。因狗盜爲雞鳴,與虎鬬共龍争,須奮勇莫消停。

呀!那來的是我岳父母和妻子麽?(外、老旦、旦)這不是石三郎?(見介)

【哭相思】(外、二旦)不意重逢人在遠,

(生)

相見處翻腼腆。

小壻不才,一朝輕别,指望投迹前程,誰想命途多蹇,此身落穽,不淂還鄉。只是岳父母和娘子,爲何遠道風波,受此恁班跋涉?(外)賢壻,自從你别後呵,

【摧拍】遇周通潢池性驕,在桃林無端弄喬,强要把嬌兒聘着。

(生)有這等事?(外、二旦)

幸遇梁山兩兩英豪,斯救殘生今日到此相邀。

(生)元來如此。(外)虧戴院長與黑旋風兩人之力也。(合)

從此後夢遠空勞,易水斷薊雲飄。

(外)賢壻,你爲何一别不歸,却來此處入夥?(生)一言難盡!小壻自那日還鄉以後阿,

【前腔】渡江來風塵敝貂,歎流落燕城市囂。幸萍逢石交,誰想禍起房帷血染并刀,積罪如山只淂挈伴潛逃。來此地水泊營巢,愁日遠惮天高。

岳父母和娘子先上山寨,待小壻打破祝家庄,便來聚會。(旦)我每撇下偌大家緣,來此尋訪,指望待你回去重整門庭,驅除寇盜。誰想做出許多事体,不淂還鄉。這落泊何時是了?天那!(哭介)(生)娘子,不必愁煩。近日聞淂蘇①州官員會同濟州太守,奏上朝廷,要來招安我等。那時與皇家出力,便淂衣錦還鄉,可

① 應爲"薊"。

不强似天涯流落?(外、老旦)只願如此。(生)就此暫别前行。

【前腔】乍相逢臨期便抛,望前旌英雄意消。

(合)

問何年運遭,天遣招安解甲還朝,推轂登壇一展龍韜。從此後莫笑衡茅,金在肘錦籠袍。

(外、二旦下)(生)呀,楊後隊也到了。

(末、丑扮卒引小生上)

【紅綉鞋】楊雄遠近齊称,齊称,今來山寨争能,争能。離水滸問山程,攜後隊向前行,直搗盡祝家營,

(二生拱手介)王頭領下山去了,快赶山前策應。

直搗盡祝家營。

(下)

(小净、外扮卒引净)

【前腔】獨龍岡勢峻嶒,峻嶒,祝家庄客奔騰,奔騰。咱到此儘施呈,能仗劍請陰兵,殺氣滿陣雲凝,殺氣滿陣雲凝。

吾乃祝家庄教師欒廷玉是也。既善談兵,又能設法。今日與梁山泊對陣,憑俺呼風唤雨的手段,殺他片甲不回。呀!一丈青引兵到了。整備作法,助他赢陣則個。

(二旦扮卒引小旦上)

【前腔】三娘幼習韜鈐,韜鈐,双刀舞處人驚,人驚。刀閃爍勢縱横,巾幗婦勝冠纓,能縛虎會騎鯨,能縛虎會騎鯨。

(衆卒引丑上)

刀起處要留情,刀起處要留情。

(對陣介)(丑笑介)好一個女將,阿!見着先攤①了半邊也。(小旦)走!胡説。(戰介)(净作法介)(小旦佯敗,丑趕上,被捉介)(净)

殺氣滿陣雲凝。

(小旦)(合)

① 應爲"癱"。

能縛虎會騎鯨,能縛虎會騎鯨。

(俱下)

(衆卒引二生上)

須奮勇莫消停,直搗盡祝家營。

(生)哥哥,前軍既覆,不可輕敵。況有妖法助陣,急切難攻。且待公孫先生到來,我每方好交兵也。(小生)説淂有理。分付衆軍,就此扎營。待大隊人馬一齊進發。(衆)淂令。

須奮勇且消停,終搗盡祝家營,終搗盡祝家營。

鬬　法

【傾杯帶芙蓉】(净扮樂廷玉,小净、丑扮祝龍、祝虎,小旦扮一丈青上)水遶龍岡一帶長,坐擁山居壯。不枉了祝姓稱雄,龍虎齊名,善舞雙刀有扈氏三娘。

【玉芙蓉】填平水泊擒梟將,踏破梁山捉宋江。旗兒上看明書兩行,頃刻間剪平强寇保村坊。

(净)我每就此扎營,待梁山賊兵到來。(二丑、小旦)只求教師助法,大家殺上前去。

(外扮宋江,老旦公孫勝同二生上)

【普天帶芙蓉】【普天樂】下梁山旌旗颭,聽鼓角齊鳴响,乍增輝鶡鷩星冠,新添幾鎧色刀鋩。

【玉芙蓉】雄兵向,甚么麽恃强,頃刻間指揮談笑掃山庄。

(小生)來將何名?(丑)吾乃祝龍是也。(小生)咄!你認淂俺楊雄手段麽?(戰丑退介)

(小净出馬介)(小生)咄!又是一個。(小净)吾乃祝龍是也。不怕死的過來。(戰介)(小生退介)

(生出馬介)(小净)咄!你是那一個?(生)你不認淂"拚命三郎"石秀麽?(戰介)(小净退介)

(小旦出馬介)咄！你不見王矮虎,還不怕俺一仗①青的本事麽？(戰介)(衆混戰,略住介)

(净作法介)(老旦)那一個邪魔作法？(仗劍喝疾介)你看空中猛獸都紛紛化爲紙片了。(净)呀！被他破了,再遣陰兵助陣。(又作法介)(老旦)你會遣陰兵麽？(仗劍喝疾介)(净)不好了,都陰兵②倒殺將轉來了,快走,快走！(衆又混戰)(净、丑敗下)(擒小旦介)(外)喜淂敵兵已破,女將被擒,皆衆兄弟之功也。差軍士每先送一丈青上山,我每乘勝赶到庄内,救出王英、時遷,就凱歌回去。不許損害鄉民。(衆)淂令。(小旦先下)

【朱奴帶芙蓉】【朱奴兒】笑着那蛙兒伎倆,不争似怒肩③螳螂。狡兔謀空齬技藏,翻成却虎啖羣羊。

【玉芙蓉】罡星出世從天降,煞曜臨凡勢莫當。

(小净扮時遷、丑扮王英上)

歌聲唱,喜翩翩雁行,

(合)

頃刻間報仇雪耻有輝光。

(小净)爲時遷一人啓釁,到煩大兵。(丑)小可輕敵被擒,有勞大哥與衆兄弟相救。(外、衆)説那里話！(外)久聞時兄之名,今日幸會。(小净)多感收留,願隨鞭凳④。(外)王矮虎,你曉淂麽？一丈青已拏上山寨了。(丑樂)(外)俺向來道你没有妻室,要留頭親事與你。如今待我主婚,衆兄弟作伐,嫁一丈青與你爲婦,何如？(丑)多謝大哥周旋。(衆)難淂大哥恁般仗義。(外)就此回兵。(衆)淂令。

【錦纏帶芙蓉】【錦纏道】漫猖狂,把獨龍岡翻作戰場,私鬬勇難量,幾時淂爲王家振旅遐荒,解征袍榮歸故鄉,人把水泊傳揚。

---

① 應爲“丈”。
② 應爲“陰兵都”。
③ 應爲“臂”。
④ 應爲“鐙”。

【玉芙蓉】麒麟像，歎勛名草莽，羨男兒早標黄閣永垂芳。

招　安

(末戴宗上)青袍多少誤儒生，争似戎衣定太平。天子非常賜顔色，預開麟閣待勳名。自家戴宗是也。聞淂蘇①州移文，會同濟州官府，奏准招安，不日就有詔書頒下。山寨中一面要與王矮虎、扈三娘成親，差俺先自下山探聽招安音信，好整備迎接。須索走遭。正是：眼望旌節旗，耳聽好消息。(下)

【寶鼎現】(生上)翠屏深處，

(小生上)(合)

一度回首一番堪怪。

(净上)

猜不着神仙奇幻。

(丑上)

結淂成因緣宿債。

(生)吾乃石秀是也。(小生)吾乃楊雄是也。(净)吾乃李逵是也。(丑)吾乃王英是也。請了！今日多虧衆兄弟與俺備這喜筵，專候着大哥陞帳。

(外上)

冒死罪滔天來水泊，盼殺皇恩赦貸。

(衆見介)(合)

把舊事休提，人世歡笑千金難買。

(外)衆兄弟在此，我每嘯聚已來，戴盆有日，解網無期。且喜聞淂天恩准奏，將次招安，是我等罪人之幸也。早已差戴宗打聽去了。今日是黄道吉日，且與王頭領、扈三娘成其夫婦，可曾喚下掌禮人麽？(丑)喚下了。多謝大哥主張。

(小净上)只要雌雄配合，休論長短夫妻。(磕頭介)(外)快請新

---

① 應爲“薊”。

人。(小净)伏以:矮虎生來罔談彼,扈家娘子靡恃己。新郎跨馬逞英豪,頭兒撞到果珍李。請新人緩步登堂。

【鵲橋仙】(小旦上)談兵説劍喜逢俠客,豈料絲蘿一派。

(丑)

雙雙花炬照瑶堦,莫笑俺仙郎身矮。

(小净唱拜介)(外)看酒。(丑遞酒介)

【錦堂月】【畫錦堂】屏雀先開,山花正暖,

(外)

休言巹杯無賴,

(衆)

馬上相逢英雄隊里裙釵。

【月上海棠】厭風塵半世持戈,喜花燭今宵辭鎧。

(合)

歡難揣,一似笳鼓喧闐共歌出塞。

(末上)花迎喜氣皆知笑,鳥識歡心亦解歌。禀大哥知道,張太守賫詔到山前了。(外)快排香案,一面整備酒筵,我每俱下山接詔。(衆)嗄!

(老旦扮天使上)恩從天上至,書向日邊來。(衆跪接介)請天使大人到忠義堂開讀。(内作樂)(迎詔上山介)(衆跪介)(老旦)中書省傳奉勑旨,近聞宋江等犯罪皆非本懷,其情實爲可憫。況歸順之心久矣,且報效之志凛然。今遣濟州守張叔夜賫詔至梁山泊,將宋江等大小人員並家屬盡行赦免,照數給與金銀牌面,紅緑官錦乃①冠帶等項。詔書到日,早早歸降,必當重用。欽哉!謝恩。(衆山呼介)(外、衆與老旦相見介)禀上天使大人,宋江等敬治杯酒,聊作献芹。(老旦)既如此,下官也與列位稱慶一杯。(外)不敢!看酒來。(衆)有酒。(外遞酒介)(外、衆)

【前腔】(换頭)傾待河水澄清雲霾霽□,從今苦盡甘來,怕竭力酬恩難堪浩蕩如海,願邊塵率土歸朝,仰天威呼嵩祝岱。

① 應爲"及"。

（合前）

（老旦）等下官回朝保奏，即領所部征勦遼兵，爲朝廷建此功績。宋公明意下何如？（外）若淂如此提攜，令宋江等少淂報效，生死銜恩。（老旦）就此告别。（外）大人途中勞頓，少息片時。（老旦）多謝了。王者今無戰，書生已勒銘。（衆）壯夫偏感泣，恩詔更威靈。（老旦下）（衆合）

【醉僥僥】【醉公子】春色稱，踴躍歡情斯戴，喜不負丹衷，更叨恩賚逢泰。

【僥僥令】最喜是夫婦深恩，今朝定友誼，與朋情無可猜。

【前腔】羅拜，自今把前非頓改，那些個横行幾時如蟹。相誠，願從此兄弟交情無攜間，主德共臣忠各表白。

【尾聲】明朝好把征車邁，且消受帝城物采，問何如草澤沉埋。

（外）合家宅眷一齊取路還鄉，我每兄弟同到京師謝恩便了。（衆）謹依尊命。

（外）青春結伴好遠①鄉，兵氣消爲日月光。

（衆）不是一番寒徹骨，怎淂梅花撲鼻香。

---

① 應爲“還”。

曾頭市總本

【劇目簡介】

傳奇,清無名氏撰。現存清昇平署安殿鈔本,曾爲傅惜華先生所收藏。小説《水滸傳》第六十回《公孫勝芒碭山降魔　晁天王曾頭市中箭》敘晁蓋曾頭市中箭故事,此劇大致情節與小説相似,細節有所不同。

清鈔本,現存六出。每頁八行,每行字數不一,二十字左右。

劇演曾頭市衆人矢志平滅梁山,出外遊獵,見段景住寶馬,强行要買,段景住言稱爲獻梁山者,更是直接搶奪。晁蓋聞聽此事大怒,不顧出軍之時軍旗折斷和梁山衆人的勸阻,親自前往攻打曾頭市。戴宗扮作貨郎入曾頭市探聽路徑,被發覺後靠神行法逃回,晁蓋領兵夜襲曾頭市,身中毒箭,只得退回梁山。

第一齣　較獵

(衆庄丁引曾塗、曾密、曾索、曾魁、曾昇絡續上。唱)

【集賢賓】好男兒壯懷應自酬,怎肯輕白了少年頭。做一番潑天般驚人事業,建一場振地的盖世勲猶。看俺赳赳、干城穩博取,拜將封侯烈轟轟,功名載彤管,顫巍巍姓字注龍樓,俺待要大展擎天手,掃烟塵奠金甌。

(分白)年少桓桓五俊英,胸藏韜略鬼神驚。曾家伯仲威名遠,要把梁山一掃清。俺乃曾塗是也。俺乃曾密是也。俺乃曾索是也。俺乃曾魁是也。俺乃曾昇是也。(曾塗白)祖居凌州城外,同胞兄弟五人。志量超羣,家園富足。(曾密、曾索白)只因梁山泊晁盖等猖狂日盛，遠近皆驚，爲此聘下一位史文恭，一位蘇定，傳授諸般武藝，并教演衆庄兵陣圖鎗棒。（曾魁、曾昇白）週圍掘下陷坑，四處設立寨栅，造下陷車五十餘輛，誓要掃蕩梁山，方遂我弟兄之願。（曾塗白）爲此日加操演，今已精鋭，所向無敵矣。（曾密等白）大哥，那梁山草寇不過是烏合之衆，怎當俺子弟之兵？又兼二位教師之智勇，管取梁山一鼓而平也。（曾塗白）當此春光明媚，桃柳争妍，不免請二位教師同往郊外射獵踏青，灑落一回。衆賢弟，意下如何？（曾密等白）大哥言之有理。庄丁每，准備鷹犬、器械伺候，請二位師爺出來。（庄丁請科）

（史文恭上。白）日暖柳營春載酒，月明虎帳夜談兵。

（蘇定上。白）指揮逸足横千里，長笑威風動百城。（曾塗等白）師父拜揖。（史文恭、蘇定白）衆位賢弟少禮。（曾塗白）今當仲春天氣，惠風和暢，欲請二位教師往郊外射獵一番，不知可有興否？（史文恭白）打圍射獵，原是講武之事，正該如此。（蘇定白）况且衆庄丁，只知佈陣排兵，未習野戰，今借射獵爲名，試他每武藝如何。（曾塗等白）教師之言，甚合我等之意。衆庄丁，吩咐架鷹擇犬，各執器械，多帶些美酒佳餚，往郊外打圍去者。（庄丁應）（衆作出門科。白）呀！你看千峯疊翠，萬卉争妍，好一派春景也。（仝唱）

【逍遥樂】點綴出繁華錦繡，緑淺紅深，濃桃嫩柳，環一溪碧澗瀠流。配著這青山兒，與緑水交勾。

（庄丁作帶馬科）

挽控著金勒雕鞍玉轡鞦，紫絲鞭輕策驊騮，擺圍塲去尋春載酒，爲試武把牲物搜求，須不是蒐苗獮狩。

（衆仝下）

（段景柱騎馬上。唱）

【金菊香】偷天换日誇神手，接木移花孰與儔。聽這龍駒嘶晚風，不住聲亂吼。

（作下馬科。白）俺姓段，雙名景柱，乃涿州人也。俺生來赤髮黄鬚，濃眉環眼，一雙猿臂專會攀籐搠葛，兩條捷腿慣能越嶺扒山。一身落魄，四海爲家。不去耕稼耘田，單來偷牛盜馬。只因俺髮赤鬚黄，江湖上好漢教呼爲“金毛犬”。前日在塞北鎗竿嶺盗得此馬，一日能行千里，將來貨與他人，定有數千金之利息，也彀俺幾年灑落了。走了半日，肚中饑餓起來，怎麽處？那邊有個酒店，不免進去沽飲一回便了。（唱）

見帘挂溪頭，向杏花村買，飲醉時休。

（下）

（史文恭、蘇定、曾家五虎、衆庄丁上。仝唱）

【梧葉兒】架蒼鷹，牽白犬，挽勁弓，執長矛，見蒼茫一帶是荒邱。

（五虎白）此處樹木叢雜，荒草凄迷，吩咐撒開圍場者。（作打圍科）（史文恭白）呀！你看一羣錦雉飛將過來，庄丁每，看俺的弓箭伺候。（衆庄丁作打牲科）（史文恭射，雉落地科）（衆大笑）（五虎白）師父，好神箭也。（唱）

羡恁那穿楊技貫雕手，後羿可同儔，任李廣也應落後。

（蘇定白）我等今日初次行圍，就打了無數飛禽走獸，好不有興也！（五虎白）衆庄丁，撤了圍場，到前面平坦之處，就將帶來的美酒佳餚，和那所得的牲口烹炙了，暢飲一番，盡醉而歸。（衆應介）（仝唱）

【醋葫蘆】撤圍場裝禽獸，向平原呷美酒，及時行樂是良謀。

（作到科）（五虎白）把酒餚擺在地下，將野味烹炙起來。

（二和尚擡食盒，引一頭陀上。白）不受三皈不斷葷，常將酒肉口中吞。有人説，和尚，你爲何干犯沙門戒，我説佛在西天看不真。小僧乃法華寺一個首座的便是，聞得曾家五虎打圍回來，在山坡邊飲酒，不免上前相見。二位教師，五位英雄，貧僧稽首。（衆白）請了。首座到此何事？（頭陀白）聞得衆位在此高興，送得些素菜在此。（五虎白）你是從來不喫素的嗄。（頭陀白）我的素菜，與别的素菜不同。一様是脚魚燒便蛋，一様是牛肉燉黑魚。好不好？（衆白）請坐了，大家飲一盃。（作飲科）（史文恭白）首座，我等不日要滅梁山。聞得寶刹僧衆極多，不知可肯相助否？

(頭陀白)小僧寺内有三百餘衆,個個都會幾下拳棒,教師若是用著,小僧願助一臂之力。(衆白)如此,足感盛情了。看酒來。(仝唱)

酌玉醴琥珀泛金甌,好良辰三春時候,拚沉醉何須花作籌。

(内作馬嘶科)(史文恭白)呸,好一匹良馬!(五虎白)聞其聲而未見其形,怎便知道是良馬?(史文恭白)此馬一聲嘶吼,草木摇動,必是一匹千里龍駒。過來,可知此馬在於何處?(庄丁白)師爺,你看那邊酒店門首,垂楊樹上拴著一匹白馬,方纔嘶吼的就是他。(史文恭白)既如此,將酒餚撤過了,同去看來。(頭陀白)教師要去看馬,小僧失陪了。(史文恭白)同去何妨?(頭陀白)小僧還有一件要緊事在身。(史文恭白)什麽要緊事?(頭陀白)小僧房内燉著一鍋狗肉,此時正好爛也。失陪!(衆白)如此,請便。(頭陀、二和尚下)(衆作行科)(看馬介)(史文恭白)妙嗄!你看此馬,猶如素練粧成、雪花團就的一般,渾身上下,並無半根雜毛,頭至尾長有丈餘,蹄至脊高有八尺,真乃龍駒也。衆位賢弟,可知此馬之名?(五虎白)我等不知,請教。(史文恭白)此馬名曰"照夜玉獅子",一日能行千里。吾心甚愛,但不知是何等樣人的?(五虎白)庄丁去問來。(庄丁應科。白)嗄,酒保。那柳樹上的白馬,是那里來的?(内白)是位過路客人的。(庄丁白)那客人呢?(内白)在店内飲酒。(庄丁白)啓師爺,是位過路客人的。那客人現在店内飲酒。(史文恭白)不知他可肯賣否?(五虎白)師父既愛此馬,管他賣與不賣,搶了來與師父乘坐。庄丁每,搶!(庄丁應)(史文恭白)住了。不可如此,問明了,買他的。(五虎白)庄丁,去問來。(庄丁白)嗄,酒保,那客人姓什麽?(内白)姓段。(庄丁白)嗄,段客人,請了。(段景住内白)請了。(庄丁白)那匹白馬,可是足下的?(段景住白)正是。問他怎麽?(庄丁白)我家師爺問你賣不賣?(段景住白)賣是要賣的,只怕你家買不起。(庄丁白)我這里有名的曾頭市,曾家五虎,家私百萬,良田千頃,怎見就買不起你這匹馬?(段景住白)任你有錢,也當不得俺不賣與你。(庄丁白)你這個人要討仔細,我勸你賣的好。(段景柱白)不賣便怎麽樣?(庄丁白)我是惹你不起,待我告訴師爺。啓爺,那客人十分强横,説賣是要賣的,就是不賣與我每。小的與他説好話,他倒舉手打起小的來了。(五虎白)吔,這厮輒敢如此無理!庄丁每,與我把馬搶了來,進店去打這厮。(二庄丁作搶馬,衆庄丁下)

(段景柱作打庄丁上)(段景住白)住了!你每爲何搶我的馬?(五虎白)你這厮仗著誰人的勢頭,在此無理!搶了你的馬,便怎麽樣?(段景住白)我這匹馬要送與梁山寨主晁天王的,爾等敢如此的大膽麽!(史文恭、蘇定白)哇!胡説。我等正要掃滅梁山,填平水泊,生擒晁盖,活捉宋江,你這厮反送馬與他,一定是個賊寇了!與我拏下。(殺介)(段景住逃下)(史文恭白)不必追趕,帶了那匹馬,回庄去者。(仝唱)

【尾】覷梁山草寇似蜉蝣,指日裏皆成烏有,平水泊奏凱功收。

(下)

第二齣　回軍

(衆僂儸引解珍、解寶、楊雄、魯智深、吕方、郭盛、秦明、花榮、公孫勝、吴用、宋江上。白)衆頭領就此班師。(衆白)得令。(仝唱)

【八聲甘州】揚威耀武,似恭行天討,到處征誅,旗開得勝,果然立見嬴輸。八門金鎖才一佈,芒碭山前草半蕪。

(段景住上。唱)(合頭)

馳驅,向軍前拜首高呼。

(白)衆好漢請住馬,小人有極大冤情,要見晁天王的。(僂儸白)啓寨主,有人攔住人馬,説有極大冤情,要見晁天王的。(宋江白)帶過來。(僂儸白)寨主著你相見。(段景柱白)阿呀,晁天王,不好了嗄!(衆白)呔!這是宋寨主。(宋江白)你有何冤情?起來講。(段景柱白)小人段景柱,涿州人氏,常在北邊盗馬。近日盗得一匹千里玉獅子,來獻寨主。徑①過曾頭市,被曾家五虎搶去,與教師史文恭乘坐。我提了二位寨主大名,他反百般辱駡,還有童謡説要踏平水泊哩。(宋江白)有這等事?可隨我回寨見過晁大哥,待我領衆攻打曾頭市便了。衆僂儸,速速回寨。(衆應。唱)

【前腔】何來惡少,徒敢成羣結黨,搶奪名駒。村農伎倆,無非牧豎田夫,蚍蜉妄想摇樹株,怒臂螳螂怎當車。須臾,管教伊血染村墟。

(下)

(僂儸引阮小七、阮小五、阮小二、張順、石秀、李逵、戴宗、孫二娘、扈三娘、林冲、晁盖上。仝唱)

【夜行船】立志長將忠義扶,忝居尊名滿江湖。虎踞梁山,鯨吞東魯,總賴羣雄輔助。

(分白)未平睚眦動三軍,閫外英雄盡立勲。一點丹心儲報國,休嘲絳灌自無文。(晁盖白)我乃晁天王是也。前者宋公明去打芒碭山,且喜一陣成功,樊瑞與項充、李衮已歸山寨。大隊將次回山,已著人金沙灘等候。此時敢待來也。(内作水聲介)(僂儸白)啓寨主,宋寨主已過金沙灘了。(晁盖白)我等出寨迎接。(内吹打)

(宋江等上)(晁盖迎接,進見科。白)恭喜賢弟得獲全勝,樊瑞等三位,同歸山寨,更覺增色。(宋江白)三位英勇絶倫,皆賴法師神力。(公孫勝白)不敢。(宋江白)段景住,過來見了晁寨主。(晁盖白)此是何人?(宋江白)此人來獻名馬,中途被人搶奪,因此攔住小弟馬頭訴冤,特行帶來,叩見兄長。(晁盖白)你且講上來。(段景住白)小人段景住,祖貫涿州人氏,慣在北邊盗馬。偶然僥倖,盗得千里玉獅子馬,來獻寨主乘坐,以爲進身之報。(晁盖白)哇!這厮乃偷牛盗馬之徒,到處冒吾山寨,辱没吾名,分明是逃捕無歸,巧言進獻。衆僂儸,將他綁去,砍了!(宋江白)兄長請息怒。此人還有下情,容他講完了再處。(晁盖白)快講來。

① 應爲“經”。

(段景住白)不料在曾頭市上經過,有一曾老者,生下五個兒子,名爲"曾家五虎",長名曾塗,次名曾密,三名曾索,四名曾魁,五名曾昇,還有兩個教師,一個唤做史文恭,那一個唤做蘇定。率領五七千人馬,扎下寨栅,造下五十多輛陷車,在曾頭市上,把馬搶去,與教師史文恭乘坐。小人説此馬要獻與梁山泊寨主的,那厮罵聲不絶,與梁山勢不兩立,還捏造一首詞兒,與小兒們唱。(晁盖、宋江白)什麽詞句?快念來。(段景住白)摇動鐵環鈴,神鬼盡皆驚。鐵車並鐵鎖,上下有尖釘。掃蕩梁山清水泊,勦除晁盖上東京。生擒及時雨,活捉智多星。曾家生五虎,天下盡聞名。(晁盖白)嗄,好惱,好惱!(唱)

【風入松】無知村豎鬼揶揄,説甚曾家五虎,浮詞捏造流言播,藐吾儕公然欺侮。

(宋江白)段景柱,後寨安頓。(段景住下)(晁盖白)這厮好大膽,全不畏懼我梁山。本寨親自走遭,若不滅這畜生,誓不回山。(宋江白)還是哥哥保守山寨,待小弟領衆前去呵。(唱)

乘得勝雄兵壯夫,踏平這虎狼窩。

(晁盖白)賢弟與衆頭領,在芒碭山一番辛苦,正該歇息。凡有在家頭領,俱隨俺下山也,不必阻我!(唱)

【風入松】半生功業掌兵符,親領先鋒前部。凴吾隻手擎天柱,曾頭市立時擒捕。

(白)戴院長,你可即速到彼,打探路徑,須要相機行事,和你中途相會便了。(戴宗白)得令。(下)(公孫勝、吴用、宋江白)兄長既要親往,小弟等不敢違拗,明日山前祭旗,小弟們設席金沙灘,與兄餞行便了。(仝唱)

只看恁當關一呼,如拉朽似摧枯。

(白)請。(下)

第三齣　祭旗

(楊雄上。白)江湖鎗棒獨誇能,曾斬紅裙染翠屏。人入粱山虎有翼,衝鋒到處鬼神驚。俺"病關索"楊雄是也。俺這山寨,自從得了芒碭山一夥人馬,更覺十分興旺。誰想來個段景住,獻甚名馬,被曾頭市上搶去,惱了晁大哥,必要親自攻打。宋公明與衆弟兄皆勸阻不下,爲此著我連夜趕辦認軍旗纛,今日山前告祭起程。公明兄又著我備辦酒席,設在金沙灘,與晁大哥等餞行。俱已停當,只得在此祇候。正是:令行山岳動,言出鬼神欽。(下)(衆僂儸引解珍、解寶、秦明、魯智深、吕方、郭盛、花榮、阮小七、阮小五、阮小二、張順、石秀、段景柱、李逵、孫二娘、扈三娘、林冲、公孫勝、吴用、宋江、晁盖上。仝唱)

【賀圣朝】惱人懷抱,曾家子大言牌狂鄙,觸吾虎旅,拂吾虎性,躡吾虎尾。羣雄威武,都來奮勇,盡是冲冠豪氣。

(楊雄上。白)祭禮擺設山前,請晁大哥與衆位兄長祭旗。(宋江白)大哥請。(晁盖白)請。(仝唱)

嵐光紫翠正好,風和日暖,興師伐罪。

(禮生上。白)請上香。(衆唱)

【駐雲飛】禱爾神祇,司命三軍大纛旗,拜舞虔將禮,全頼天垂庇。嗏,馬到盡披靡,凱歌聲沸。

(鬼上作渾,遶場下)(刮倒旗科)(晁盖白)呀!(唱)

古怪驚人,忽爾狂風異,翰拆旌頹非所宜。

(吴用白)颾風刮倒認軍旗,恐於軍不利。請大哥回寨,别行擇日下山。(衆白)智多星言之有理,不可不信。正當另行擇日下山。(晁盖白)咳,大丈夫死生有命,豈可以不測之風雲阻我三軍之興?衆僂儸,就此下山。(宋江白)大哥請住。雖要下山,小弟們金沙灘備有餞行杯酒,且暢飲三盃,少壯行色。(晁盖白)既蒙衆位盛情,只領三杯,便要起程,就往金沙灘去。(僂儸應科)(作水聲)(衆仝唱)

【前腔】搖颺旌旗，何事妖氛阻我期，磊落英雄輩，鎖眉何須忌。嗏，把酒暫歌驪，殷勤情誼，管鮑雷陳，筵上皆同氣，再取香醪勸一甌。

(晁盖白)酒已勾了，撤過筵席，晁盖就此告辭。(衆白)大哥，還是回山尅日起程。(晁盖白)既已出軍，豈可回頭？請了！(宋江等白)兄長尊重。(作望科)(晁盖等作上岸科)(晁盖白)衆僂儸，帶馬。(唱)

【馱環著】與我趲程途馳騎，

(衆吶喊下)(宋江等唱)呀，

他趲前途馳騎，鐵馬悲嘶，畫鼓輕敲，將卒頹氣。

(宋江白)呀，公孫先生，晁大哥此去，吉少凶多，如何是好？(公孫勝白)方纔貧道，袖占一卦，也是定數，豈能挽回？(唱)

人事天機兆已，

(仝唱)

但得平安，争看捷書來，耳聽消息。

(下)

(晁盖等上。唱)

齊吶喊軍行聲沸，看馬上天王威勢。

(合)

刀鎗起戈戟揮，一戰功成喜音飛遞。

(下)

第四齣　探路

(莊客上。一白)虎視梁山起戰誅，(一白)曾頭市上展鴻謨。(一白)兵如細柳多嚴勵，(一傲然白)不若當年周亞夫。(三白)你我一個莊兵罷了，到思想要做周亞夫？(一白)並不是我要做周亞夫，説的是咱每教師史文恭，有霸王之勇，韓信之謀，用兵有法，策算無遺，所以説不弱當年周亞夫。(三白)這就是了。(仝白)我每曾頭市上，巡警的莊兵便是。這曾頭市三面環山，四圍曠野，同村三千餘户，莊兵一萬餘名。只因梁山賊寇猖狂太甚，時常掻擾居民，官不敢緝獲。爲此五位公子，請下了教師史文恭，還有一位蘇定，教演鎗刀陣法，與梁山誓不兩立，東西南北，立下四個大寨。每一寨分爲一隊，首尾相連，往來接應，週圍四十餘里，每一里掘一陷坑，又且路徑紆廻，崎嶇莫辨。前者五位公子搶了姓段的一匹白馬，名唤“照夜玉獅子”，與史教師乘坐。教師説那姓段的此去，必奔梁山。梁山草寇，早晚必來，爲此派了我每一百名莊兵，分爲四班，晝夜巡邏，恐有奸細混入莊來，探聽虛實。今日該我每的班兒，須要大家留神，倘有奸細，綁去見教師便了。正是：從來守户誇魚鑰，今日巡邏屬壯丁。（下）

（戴宗挑擔遶場吆喝科。白）俺戴宗，奉晁寨主將令，著我下山，打聽曾頭市上形勢虛實。我自離了金沙灘，瞬息之間，已到此處，聞得那庄上十分嚴謹，若有面生可疑之人，無故進莊者，即當梁山奸細，即便拏下。我一聞此言，無計可施。恰好來了一個賣雜要人兒，挑著這條擔子，打從莊内出來，被我將五兩銀子，折倒了他的，又學會了他的吆喝，我便扮做賣雜要的模樣，又去蕙了些蚕豆、宛豆、炒豆、油熗豆、芝蔴豆、虎皮豆，還有酥糖、冰糖、薑絲糖、玫瑰江米糖、灌餡兒糖，好引鬬庄内的那些小孩子來買，見機打探虛實。自古小孩子口中討實話。説得有理，不免挑了擔子，進庄去者。（挑擔吆喝科。白）俺戴宗呵，（唱）

【哨遍】嚴令恭承莫悮，喬粧且把危途步，從權應變要隨機，准備著巧語支吾。敢粗鹵，來深虎穴闖入龍潭，關係天來大。

（白）進得庄來。（四面看科）阿呀，果然好一座嚴肅庄院也。（唱）

真可教人恐怖，見叠荆榛重重圍獲，一處處排門户，插弓刀一人人揎臂摩拳試勇武。俺只索下氣酬言，虛心窃探，把路途記取。

（作遶場吆喝科）（喻氣兒場内叫科）（戴宗白）你看有幾個小孩子來買我的東西了，不免將話兒套問一番。

（喻氣兒上。叫科）（戴宗白）小哥，要買東西麽？（喻氣兒白）嗄，你這個人好眼生嗄！（喻氣兒白）從來没有見過你嗄！（戴宗白）嗄，我是一向城中買賣的，這個地方是頭一次進來。（喻氣兒白）如何？我説不認得你。（作弄要物科。白）你這鬼臉子，幾個大錢一個?(戴宗白)别人賣呢,是十個大錢一個,我賣咬,一個大錢兩個。(喞氣兒白)好賤活①!糖是幾個大錢一根?(戴宗白)别人賣呢,兩個大錢一根。我賣咬,一個大錢五根。(喞氣兒白)好賤活。豆兒,怎麽賣?(戴宗白)别人賣呢,一個大錢一包。我賣咬,一個大錢十包。(喞氣兒白)好賤活。(餘者倣此)(喞氣兒白)你這麽賣,也不怕陪了本兒麽?(戴宗白)我就是那麽標賣手。(喞氣兒争買科)(戴宗白)小哥,你每莊上爲何這樣威嚴?説與我聽聽。(喞氣兒白)要我告訴你,得饒給我幾根糖。(戴宗白)這個容易。饒給你十根。(喞氣兒白)你不知道,只爲梁山賊寇十分猖狂,我每這里曾家五虎,請了兩位教師,教演鎗刀陣法,要掃滅梁山。只恐梁山賊寇先來搔擾,爲此俺庄上呵,(唱)

【墻頭花】陰排八陣圖,儼如魚腹浦,捍禦晨昏列武夫。

(戴宗白)那邊鎗刀密佈,旗幟森羅,是什麽去處?(喞氣兒白)要告訴你,還得給我糖。(戴宗白)現成,拏去,拏去!(喞氣兒白)你瞧那邊鎗刀旗幟,乃是南大寨,還有東西北四大寨,都是一樣的規模。東南西北四大寨,分爲三十二隊,連環接應。正北大寨,乃是二位教師、五位公子駐扎之處。(唱)

森森的劍簇刀攢,肅肅的兵羅旗佈。

(得兒上。白)你每這里做什麽呢?(喞氣兒白)我每這里買糖呢。(得兒白)這個人生的可疑,不要是梁山上的奸細罷!(戴宗白)什麽叫做梁山奸細?(喞氣兒白)他不是奸細,他的東西賤著的呢。(得兒白)要肯給糖喫呢,就不是奸細。(戴宗白)有,有!奉送,奉送!(得兒白)兄弟,他真不是奸細。他要是奸細,我敢大大兒的起誓。(戴宗白)小哥,但我初次進莊,不識路徑,怎麽處?(得兒白)嗄,你可真是個奸細了!(戴宗白)怎見得?(得兒白)你這里探路來了麽?(戴宗白)没有此事。(得兒白)没有的事?你敢再給我糖麽?(戴宗白)若肯指引,情愿將這擔内的東西,全送與你。(喞氣兒、得兒仝白)見者有分,咱每二個人分。

---

① 應爲"貨"。下同。

(得兒白)是了,是了,不許撒謊嗄! 你要撒了謊,可又是奸細了。(戴宗白)決不食言! 請教。(得兒白)告訴你,這莊前莊後,逢有樹上插著小旗子的,都是好道;逢有地上插著柳枝兒的,都是陷坑。順著松樹走,都是到大寨的平坦之路,要是不順著松樹,可就要落在陷坑里了。(唱)

【柘枝令】崎嶇曲徑危途阻,四下里設陷藏渠。那松林一帶是平衢,差池有悮。

(白)都告訴你了,咱每分他的東西。(戴宗白)嗄,原來如此的利害! (啕氣兒、得兒作分糖科)

(曾大爺上,作搶科)(争鬧)(曾大爺白)跕住,跕住! 你這個賣糖的,怎麽擔子裏頭藏著一把劍? 一定是個歹人,拏他去見教師。(戴宗白)住了,這把劍是個朋友寄在我處,要賣的。(啕氣兒白)賣的? 你是賣糖的,是賣劍的? 嗄,衆位兄弟,這個人不像挑扁擔的樣兒。(得兒白)怎麽原故? (曾大爺白)大凡挑扁擔的鬍子,不是兩撇兒,就是一撮兒,他帶這麽長的一口大三髯,怎麽像個挑扁擔的呢? (啕氣兒、得兒仝白)不錯嗄。呔! 你快實説罷,你是那里來的? (戴宗白)你每聽者。(唱)

【耍孩兒】俺肩頭經紀把饔飱度,但糊口日給無餘。

(啕氣兒、得兒、曾大爺仝白)挑扁擔的,長不出這樣長鬍子來。(戴宗唱)

豈不聞以貌取人失子羽,怎的貴賤憑這鬍鬚?

(啕氣兒、得兒、曾大爺仝白)你既賣糖,怎麽又藏著一把劍? 必定是個奸細! (戴宗唱)

俺待要賣劍買牛耕緑野,並不是斬關奪寨建鴻圖。

(啕氣兒、得兒、曾大爺唱)

覷形模他雌黄滿口,一謎支吾。

(白)不要管,咱拉他去見教師。(作捉戴宗,欲動手科)(曾大爺白)呔! 不要動手嗄,我每曾頭市上的小孩子,與别處不同,我每八歲耍拳脚,十歲學刀鎗,十五歲排兵佈陣入隊伍,不要説我每這麽大,就是六七歲的,也都會幾下拳棒的。(向内白)有了奸細了,拏繩子來。

(保兒上。作打科)

(丑婦上。白)啕氣兒,得兒,曾大爺,又出來打架了?還不家去麽!(戴宗神行下)(丑婦白)跑了個飛快,合你每打架的長大漢子是誰?(啕氣兒白)媽媽,那個人是梁山上的奸細,來打探虛實路徑的。(丑婦白)真個的麽?快去報與教師知道,快走,快走!(下)

第五齣　打市

(僂儸、阮小七、阮小五、阮小二、張順、石秀、段景柱、李逵①、孫二娘、扈三娘、林冲、晁盖,纛隨上。仝唱)

【好事近】驅馬耀弓刀,虎豹空林啼嘯,轟雷威令,軍聲殺氣如潮。遐村遠市,但聞風閉户,行人杳。

(戴宗上。唱)(合)

弄機關心似輕猿,疾驅馳足如飛鳥。

(白)大哥在上,戴宗參見。(晁盖白)賢弟少禮,打探路逕如何了?(戴宗白)寨主聽禀:他那里整肅干戈防範嚴,黄童白叟會韜鈐。團團寨栅行人絶,曲曲邱墟陷穽潛。(晁盖白)似此如何進去?(戴宗白)小弟無計可施,只得買了一副糖擔,蒐些貨挑入莊内,便有些小兒們來買。被我將機就計,盤問了些話兒。阿呀!不想果與我梁山爲難,勢不兩立。又知段景柱去投水泊,必起干戈,爲此他們呵,(唱)

【又一體】張牙舞爪恣咆哮,一個個心狼膽豹,妄想巴蛇吞象,聲聲要捉宋、晁。

(晁盖喊科。唱)

他將人故惱,諒蹇兔怎黨②韓盧搗。

---

① 應爲“逵”。

② 應爲“擋”。

(白)他雖有准備,俺何足懼哉!兵貴神速,衆僂儸,就此殺入曾頭市去者。(衆喊科。唱)

亂紛紛捲起征塵,氣騰騰直搗窩巢。

(莊兵引曾家五虎、蘇定、史文恭圍上,與梁山兵作分下)(史文恭白)晁盖,汝本鄉間一保正,不思獲賊安民,反誘良爲盜,逞托塔之能,以打家爲業。吾正欲搗穴生擒,汝反上門送死麼?(晁盖白)史文恭,汝本江湖乞丐,不思本分爲生,反誘人犯法,弄拳棒之虛花,劫官兵之戰馬,好好獻出"玉獅子",輕輕饒你曾頭市。(史文恭白)晁盖,和你單人獨騎,戰鬭數合,若勝得我手中兵器,我將"玉獅子"還你;若勝不得我,汝也休想生還。(晁盖白)休得胡説,衆頭領,將人馬退下一箭之地,待我生擒史文恭。(史文恭白)衆庄兵,將人馬退下一箭之地,待我生擒晁盖。(衆仝唱)

【千秋歲】莽英豪托塔威名漾,仗義氣替天行道。力拔山兮,力拔山兮,俺本是盖世重瞳誰較。

(合)

指揮處旌旗繞,交鋒處刀鎗耀,似風捲梨花落流星,點點舞雪飄飄。

(吹打)(晁盖、史文恭對舞科)(衆陸續上,戰科)(下)

(晁盖等上)(晁盖白)你聽曾家鳴金收軍,俺也豈可戀戰?且待明日相機攻打便了。衆僂儸,可找尋寬闊地面,安營下寨者。(衆應科。仝唱)

【紅繡鞋】忙投曠闊荒郊,荒郊,安營結寨休勞,休勞。臨野寺傍溪橋,酤村釀且酕醄,觀勝負待來朝。

(下)

第六齣　中箭

(二沙彌上。白)受人之托,必當終人之事。我二人乃法華寺沙彌是也。我師父受了曾家弟兄的囑托,要我們寺内僧衆,幫助他們擒獲梁山强盗,你看梁山上這些好漢,個個如狼似虎,人人武藝高强,我們寺内除了師父,有些過人膂力,會些少林拳棒,像你我哥兒們,有什麽能奈,敢近得他們?所以師父説:“不可力敵,只可智取。”今日梁山上的與曾家殺了一天,不分勝敗,莊内鳴金收軍,那些好漢也要找尋曠野下寨。此處地方,只有這寺前一帶平坦,最爲曠闊,必來此處扎營。爲此將僧衆藏匿過了,教我二人殷勤招接,用些巧言詐語,哄得他們半夜進兵。如若應允,一面師父報信,一面就引入陷坑之處,將陷車塞斷路口,這教做“甕中捉鱉,個個生擒”也,算我們的功勞不小也。遠遠望見一隊人馬來了,我們小心伺候,正是全凴三寸舌,勝却五千車。

(僂儸、阮小五、阮小七、阮小二、張順、石秀、段景柱、李逵、戴宗、孫二娘、扈三娘、林冲、晁盖,纛上。仝唱)

【縷縷金】村市遠捲旗鎗,古樹歸棲鳥,暮雲飄颺。圓天爲幙地爲床,安營要平曠,安營要平曠。

(二沙彌白)野寺僧人,迎接衆位大王。(晁盖看科。白)法華寺,好個大叢林!你寺中有多少僧人?(二沙彌白)只有我二人,並無他衆。(晁盖白)咊,這樣一個大寺,怎麽只有你二人?(二沙彌白)本寺原有五百餘衆,多被曾……(掩口介)大王請進山門,客堂寬坐,待小僧謾謾詳稟。(晁盖白)山門前甚是平曠。衆僂儸,就在寺前扎營。(衆僂儸應下)(晁盖白)衆兄弟,我們且進山門,瞻仰一廻。(衆白)大哥請。(沙彌白)小僧引道。(仝白)曲徑通幽處,禅房花木深。(沙彌白)已到客堂,請衆位大王進去,待小僧取茶來。(下)(衆作望科)(入坐)(内起更)

(二沙彌捧茶上)(晁盖白)和尚,你寺中有何事,可細細講來。(二沙彌白)此寺乃太祖太平元年建造,元有五百來衆,四方香火甚是興旺。以後漸漸凋零,我二人初到之時,也有三百來衆,不料被曾家五虎請了一個史文恭,一個蘇定,每日在我寺中演習鎗棒,把衆檀越捨的資財拏去供他們的酒肉,醉後就抓幾個和尚來演手,打得個個鼻青臉腫,嘴眼歪斜。隔月期程,盡皆捲單而散。他們見我二人可憐見,留下看守這座空寺,少喫無穿,實爲狼狽。

今日得遇衆位大王到此，阿彌陀佛，也是佛天有眼，曾家的惡貫滿盈。若得平了曾頭市，滅了五虎，重興寺院，實乃衆位大王功德無量。阿彌陀佛，功德無量！（哭科）（内打一更）（晁盖白）那厮們如此豪横，俺恨不得連夜去殺他們個罄盡，方消我恨。（沙彌白）大王，他東西南北有四大寨，此時俱已安歇，但道路崎嶇，須要熟識路徑，方可進去。大王若要連夜劫寨，只須小僧引導，管保無虞。（晁盖白）如此甚好。待三更時分，悄悄領兵前去，劫他營寨便了。（沙彌白）待小僧再看茶來。

（頭陀上，作耳語科）（沙彌下）（内打二更）（頭陀作聽科）（林冲等白）大哥，那和尚之言，難以深信。况昏夜之間，身入重地，倘有不測，爲禍不小。（戴宗白）嗄，大哥，那和尚之言倒也相符。前日小弟探路之時，曾套出小兒實話，説有東西南北四大寨，又分作三十二隊，以爲接應。逢有樹上插著小旗，都是好道；地上插著柳枝，都是陷坑。順松樹走，都是大寨的好路，不順松樹，就落入陷穽。小弟一一記得，只須小的前後照應，管保成功。（晁盖白）吾意决矣！汝可吩咐，都要人啣枚馬摘鈴，飽飡乾粮，拔寨伺候。（頭陀作點頭，于白内先下）（戴宗應下）（内打三更）

（二沙彌上。白）衆位大王，茶就有。（晁盖白）茶到不消，汝二人可悄悄引導我等，就此劫寨去也。（内打三更）（晁盖白）呀！（仝唱）

【石榴花】只聽得金鳴鼓響戍樓忙，恰便似齊旅渡咸陽。須索要銜枚疾走暗入陳倉，星明和斗朗月上早吞岡。恨只恨路崎嶇，恨只恨路崎嶇，一霎時怎得仇讎喪，俺待要横冲直上。

（衆白）和尚，和尚？大哥，兩個和尚霎時都不見了。（晁盖白）阿呀！被這秃奴哄了。

（戴宗急上。白）大哥，此處不是好路，快快隨俺回軍者。（衆應。唱）

休得要歧路徬徨，休得歧路徬徨，出牢籠纔使心兒放，免被他暗地用無長①。

（曾家五虎、史文恭等上，圍殺介）（衆陸續戰科。下）

（大小兒、二小兒携頑物上。唱）

【鬬鵪鶉】趁著這月朗風清，趁著這月朗風清，笑嬉嬉沿街歡暢。

（二小兒白）你聽，南大寨殺的好熱鬧，咱們瞧瞧去。（一大小兒白）不是頑的，打仗也是瞧得的嗎？（二小兒白）咱們在家門口頑頑好睡，省得媽媽不放心。（一大小兒白）有理！這些東西都是前日那個長鬍鬚的人留下的，我們打了他一頓，一個大錢没有花，得這些頑意兒。（作發諢科）

（李逵上。唱）

曳扎起跳出重圍，曳扎起跳出重圍。

（白）晁大哥，晁大哥？（喊介。唱）

叫不應向誰行依傍，好教俺南北東西四下張，知他在何處避行藏？

（白）晁大哥？（衆小兒白）好個黑大漢，想是殺敗了跑來的。（諢科）（一大小兒打李逵科）（李逵白）你是誰家的小子？在我腿上打了這麼一下。（二小兒白）這就是曾大爺的兒子。（李逵白）原來就是曾塗的狗子！（作殺大小兒科）（二小兒跑下）（李逵下）

（曾塗内白）不要放走了黑漢。

（曾塗引小兒、李逵殺上科）（下）

（衆將陸續上，戰科）（下）

（四庄丁、史文恭上。仝唱）

【前腔】鬧垓垓殺氣騰空，鬧垓垓殺氣騰空，不争的摩拳擦掌。

（白）俺史文恭，那些梁山草寇中了俺的機謀，一個個都抱頭鼠竄，落荒敗下去了。俺取了藥箭，趕上前去，將晁盖射死，其餘不足擒矣。（唱）

曲灣灣繁弱擎，猛剌剌雕翎放，一任他萬馬千軍，一任他萬馬千軍，殲厥渠魁擒賊擒王。

（下）

---

① 應爲“常”。

（衆梁山將上。唱）

殺的來氣喘吁吁，殺的來氣喘吁吁，高低坑穽週遭羅網。

（白）殺了一夜，天已漸明。晁大哥不知往那里去了。（一頭目白）適見史文恭往西北趕去，想在那邊。我們前去救出大哥要緊。（衆白）有理。（唱）

入重圍斬關奪將。

（燕順、黄信、頭陀上。戰科）（下）

（衆陸續上。戰下）

（曾家五虎、二教師、晁盖等上。圍，大戰科）（晁盖作中箭敗下）（衆敗下）（莊丁白）梁山賊寇大敗。（史文恭白）晁盖中箭，毒必攻心，命在旦夕，我們不必追赶，且回莊院，犒勞一番，待其動静便了。（衆白）有理。鞭敲金鐙響，齊唱凱歌回。（下）

（僂儸、衆頭領擁晁盖上。白）阿呀！（作暈科）（衆白）大哥，大哥呀！（唱）

【叠字令】悲慘慘昏沉形像，血溜溜酸心難狀，氣昂昂一世雄，虚飄飄三魂喪。

（衆白）大哥醒來。（晁盖白）阿喲！（衆白）箭頭有藥，快些打下箭來，火速回山醫治纔好。（晁盖白）罷了，嗄，罷了！我悔不聽衆兄弟們勸阻，致有此禍。但我晁盖半世英名，不想今日如此，有何顔面再回梁山！（衆白）吉人有天相，還是打出箭來，回山醫治。（晁盖白）咳！（唱）

絮絮叨叨女娘般情況，空教俺急煎煎揉碎肝腸，拚得個一死如歸，拚得個一死如歸，笑笑煞煞逍遥泉壤。

（白）宋公明，及時雨！我想你到東溪村放走晁盖的恩義，俺今生不能報你也！（唱）

何日向三生石上會三郎。

（衆白）衆僂儸，就此回山。（下）

水滸金蘭譜頭本總綱

【劇目簡介】

傳奇，清無名氏撰。現存清鈔本，曾爲傅惜華先生所收藏。小説《水滸傳》第三十五回《石將軍村店寄書　小李廣梁山射雁》至第四十回《梁山泊好漢劫法場　白龍廟英雄小取義》敘宋江發配江州及劫法場、上梁山故事，據現存内容可知此劇大致情節與小説相似，細節有所不同。

清鈔本，殘存頭本十出①，題目下有“穆家莊”字樣。每頁八行，每行二十二字左右。

劇演宋江聽聞父親去世，辭别梁山諸人欲回鄆城葬父，被捕頭趙能、趙德所擒，刺配江州，其父宋太公囑其勿上梁山。宋江過梁山而不入，在揭陽嶺被李立迷暈，危難時刻李俊等人及時趕到救下宋江，衆人結爲異姓兄弟。另有穆家兄弟出場，佚失部分或爲宋江在揭陽鎮遇穆氏兄弟故事。第一出和第十六出敘二仙山羅真人受九天玄女敕旨，并習得劍術、法術等，欲助罡煞度過難關。

第一出　仙山演法　弋腔

（場上設台山）（掛“二仙山”匾額）（雜扮八卦神，開臉、扎巾額、扎靠、扎黄紙錢，執金鞭上）（跳舞介）（仝白）慶雲開處五福章，惜昔

① 現存前九出和第十六出，推測除頭本外，或者一開始還有“二本”“三本”之類的存在，敘水滸整個故事，與《忠義璇圖》或有所聯繫。

羲皇法教揚。坎離水火生萬物，乾坤包載显陰陽。吾等八卦神是也。今奉上勅，護擁天曹下界宣旨。星君駕馭早發，我等就此前去者。請。（各跳舞介。下）

（吹打）（四童捧劍、出黄旛，引羅真人道冠、整衣、繫絲上。唱①）

【新水令】山居草草佈霞光，透雲騰，昊天之上。仙山垂回部，無量遍八荒。道馭仙粧，聳巍巍法高術廣，聳巍巍法高術廣。

（上座介。白）昔日曾遊避邇荒，形骸修煉久鋒芒。法傳仙度方入道，千年功行自非常。吾乃二仙山無彊洞罗仙人是也。自受鋒芒，道證上清，僻處異地，廣授九流。自得道有年，便隱于薊郡山岩。當今宋室，待罪昊天，貧道昨觀微垣，有罡煞侵擾，已遣徒門②公孫勝下山，相應七星之兆，占據梁山，待天魁星入寨，即令回山潛修大器。我想那徽宗皇帝自升了白頭表章，致令四党專權，賢豪隱怨，天下群黎好生哀苦也！（唱）

【折桂令】受盡了勞苦風霜，鎮日里水火刀兵，争战邊疆，黎民饑饉，战將遭傷，有功的無從陞賞③，奸佞的反佐朝堂④。誅斬了忠良義士豪俠英强，助讒的封侯拜相，乱君的紫綬金章，致令得宋乾坤顛播殘傷，致令得宋乾坤顛播殘傷。

（内天曹白）玉旨下。

（童上）啓上仙師，玉旨下了。（罗）玉旨到了，就此迎接。

（吹打）（八卦神、四天將各執云旗引天曹上）玉旨已到，跪聽宣讀。昊天詔曰："茲爾罗仙，修持憫世，特授廣法仙人。當今宋童無知，罪甘天譴，將來難免沙漠之苦，今時且遭離亂之憂。迩今三十六天罡、七十二地煞已降寰中，尔徒公孫勝亦其星煞。天勅既授，速將八卦神任其召用，授彼大法，當救江州、高唐之难，令其星煞取義，替天行道可也。欽哉！謝恩。"（罗）圣壽無彊。（起

① 此劇底本"唱"字均作"叹"，後不贅。

② 應爲"門徒"。

③ 旁有小字將"的無從陞賞"改作"無賞萬種恨腸"。

④ 旁有小字將"反佐朝堂"改作"無功把爵禄奉食"。

介。唱)

【雁兒落】忽聞玉勅慢宣揚,婆心一片垂恩廣,堪嘆着道君遭塗炭,信讒臣國亂盡銷亡,信讒臣國亂盡銷亡。

(天曹白)接了天勅。(罗接介)(天曹)八卦衆神,听其仙翁調用。(八卦神)領法旨。(天曹)天曹就此告辞。(罗)天勅加恩,当留少敘。(天曹)復命諄誠,就此告辞。(天將同天曹下)(八卦神白)仙翁在上,八卦神參見。(罗)你我既領天勅,速將陰陽变態显化一番者。(八卦神)領法旨。(下)(罗)童兒。(童應介)取劍過來。(童)領法旨。(罗)天有灵,地有灵,奉吾法訣,急急如令,勅! 魑魅魍魎速至。(雜扮四無常鬼兒上,各分四色方向站立,參見作勢介)(罗唱)

【滑勝令】呀! 見四處魑魅共魍魎,貌猙獰侍隊各威揚。不日里替天行道煞星張,仗吾徒授術定高唐。

(白)尔等可隨八卦神隨爻变態,示現陰陽者。(唱)

施張,演罢①天大法妙多詳,威揚,功成日遇宿歸降,功成日遇宿歸降。

(罗上高坐)(吹打)(八卦神各執八卦旛)(四鬼兒擺勢)(八卦神舞演走勢介)(合唱)

【沽美酒】似象術共宣揚,似象術共宣揚,七煞法神機廣,陰陽爻態自非常,盤旋處太極輝煌,但見這乾坎坤方,又見那巽震离彊,這叢中艮兑都齊向。山光,早滅他貪官,性狂,戮尽强梁。呀! 行天道誅尽豺狼,行天道誅尽豺狼。

(罗白)魑魅魍魎速退。(四鬼下)(罗)八卦衆神。(八卦應介)(罗)隨吾入洞講習者。(衆)領法旨。(罗下坐。同唱)

【清江引】世人着意尽參詳,幻景作文章,留神觀榜樣,結果怎收場,癡懞懂尽都是謊,癡懞懂尽都是謊。

(下)

---

① 應爲"羅"。

第二出　穆莊賞花　崑腔

（四庄丁隨穆紅包巾、□①衣上。唱）

【引】荏苒韶光，少年習業書窗，鎗棒偷閑，英雄自遣了却半生情況。

（白）少小英名寰宇中，使鎗弄棒逞英雄。揭陽領上稱三霸，打盡人間抱不平。俺穆紅②是也。少小無學，專心結交四海；文業休言，舊意兵家樿要。奈因時世荒荒，干心無賴，以隨義士之尾。父親太公今年已花甲，母親李氏德淑咸聞，兄弟穆春武備全操，俠義滿胸。我弟兄在這揭陽鎮上打遍雄豪惡棍，因此江湖上称我爲“没遮攔”，兄弟綽號“小遮攔”。家中頗有田園，可以奉養二親。今當春色明媚，爲此準備酒筵，不免請父母上堂賞春一飲。庄丁。（庄丁）有。（紅）酒筵可曾完備？（庄）完備多時了。（紅）爹娘有請。

（太公上）

【引】明媚春光，報道上林花放。

（二丫環隨安人上）

堦前百草降嘉祥，不由人意興徜徉。

（穆春上）

兵家韜略習非常，果然是舉世無雙。

（紅、春仝白）爹娘在上，孩兒拜見。（太公、安人）罷了。我兒請父母上堂，有何話説？（紅）孩兒因見春光明媚，百花開放，故此請爹娘花間一飲。（太公、安人）如此，生受我兒。（紅、春）請爹娘上席，待孩兒等把盞。（太公）孩兒技勇多才思，（安人）何必區區作馬牛。（紅、春）看酒來。（仝唱）

【梁州序】百花堪賞，荼蘼開放，薔薇點綴新粧。山茶舒、葚木香，倚架飄香，鐵梗蕫絲嬌艶噴，大碧桃與杏争妍絳，繡球花疛簇玉蘭香，玫瑰

① 或爲“號”。

② 多作“弘”，此處或爲避乾隆皇帝諱。

争鬬木樨芳,芍藥放胭脂漾,不如牡丹國色實無兩,梨兒白棣棠白。

(太公白)我兒。(紅、春)在。(太公)我們今日賞花飲酒,雖不比王侯七貴,亦可称鄉敞安閑。你二人孝思可羨,但是持鎗舞棒、勇士無常,常言暴雷英雄豈久事,還須保重,修身奉老年。(紅)是。(春)我想乾坤离亂黎民苦,我但能淂地取天家。(安人)我兒,從今休去閑遊蕩,父母年殘望建牙。(紅)爹娘言詞皆如是,爲子遵規孝意嘉。(春)花前莫論閑非事,(仝)且尽樽前酒一斝。(仝)

【節節高】鶯粟遍花香賽洛陽,剪春罗鋪錦丹沃放。金□亮緑萼長蜂蝶浪,玉美人獨与萱花傍。金錢夜合長春旺,幽遠蘭花吐異香,滴滴金開就舍粧様。

(太公白)酒筵已闌,花香火散,就此撤去罷。(紅、春)曉淂。(仝唱)

【尾】西河柳摇曳随風飏,纓絡稍重枝似線長,堪羨梧桐棲凤凰。

(下)

第三出　水泊餞送　崑腔

(花榮上。唱)

【粉蝶兒】奕世名流技穿楊,神机獨搆。

(楊林上)

环凱甲,善挽剛矛。

(秦明上)

霹靂火皆驚懼,雄威遠透。

(燕順上)

錦毛虎金鎗敵寇驚愁,鎮梁山群雄據湊。

(分白)俺"小李廣"花榮是也。俺"錦豹子"楊林是也。俺"霹靂火"秦明是也。俺"錦毛虎"燕順是也。(花)今日送大哥下山,只淂在此伺候。

(吴用、公孫勝上)(吴)梁山威烈遠傳名,(公)独鎮山東逞技能。

(吴)吴用神机天下曉,(公)公孫綽号“入云龙”。(吴)今日餞送大哥下山,只淂齊集忠義堂。(衆)道言未了,大哥陞帳也。

(四婁羅隨宋江上)(宋唱)

【泣顔回】漏網失吞舟,空自有丹誠未剖。遭逢亂世,奸雄霧散龙樓。

(衆白)大哥在上,衆兄弟參見。(宋)衆位兄弟少禮,俺宋江只因怒殺烟花,潛踪海角。自清風山歸于水泊,替天行道,共聚梁山。奈因昨日朱貴報道,石將軍石勇來山,吾弟宋清訃聞老父歸天,我想自清風寨初入梁山,幸尔官軍未覺,爲此將勅劍、兵权托付軍師吴用,公孫一清掌理山寨,微服歸家,送父入葬。(吴、公)大哥,想你清風寨瓦礫城池,鄆城縣手办烟花。今輕身下山,恐遭不測,还是遣兄弟們搬灵上山,实爲万全。(宋)軍師,吾聞徽宗皇帝産生太子,大赦天下,此行便陷入罗網,未致傾生。就死于鄆城,亦要葬父。况老父生前呀,(唱)

生平執拗,將清白不肯爲强寇。縱搬灵安葬山頭,使亡魂难以悠迷①。

(吴、花、秦、燕白)大哥堅志下山,待兄弟們点起娄兵,殺入鄆城,安葬太公便了。(公)衆兄弟不可造次,貧道夜觀天象,大哥此行總然有失,不能有損。娄罗們,看酒來,与大哥餞行。(仝唱)

【柘柏花】餞分襟關河間隔感離憂,屋樑簷月意悠悠。齊跡跡雁行折影似露冷蘋洲。從此去夜行避跡日隱重流,每日價自躭憂,每日價自躭憂。朝行暮走自生受,暫别了英雄聚義同脩契就,恁須是要回頭,恁須是要回頭。葬先灵入土速回首,那時節堂前忠義聚同俦。

(宋白)衆家兄弟,用心守寨,俺此去事畢即歸,勿勞牽罣。令娄罗看便衣过來。(更衣)(衆行)(仝唱)

【泣顔回】英豪排列過山頭,城廓村庄奔走。安灵事畢,那時遁跡歸舟。

(吕方、郭盛、杜千、宋万上。唱)

聞兄故遊,忙打叠餞送三關候。鞠恭身礼拜山頭,餞行程惟望雙眸。

---

① 或應爲“遊”字。

(分白)“小温侯”吕方。“賽仁貴”郭盛。“摸着天”杜千。“云里金剛”宋万。宛子城三關餞送大哥。(宋)用心看守山寨,就此過窪。(燕)呔!蓼兒窪三阮兄弟何在?

(三阮撑舡上)來也。

【**黄龍滚犯**】急忙忙渡過灘頭,急忙忙渡過灘頭,蓼兒窪岸前恭候。忙整備水寨帆艎,忙整備水寨帆艎,渡寨尊行程餞候。

(分白)“坠①地太歲”阮小二。“短命二郎”阮小五。“活閻罗”阮小七。(仝)各備舡支相送大哥過渡。(宋)就此登舟。(上舡)(仝唱)

衆金蘭齊行弃騎渡扁舟,向金沙行程走。一个个滴淚盈眸,一个个滴淚盈眸,離水泊輕身歸岫。

(朱貴上。白)“旱地忽律”朱貴迎接大哥。(宋)衆家兄弟,不可遠送。俺仝朱貴入店潛行,休驚官軍耳目。(衆)淂令。(宋、朱下)(衆摇舡回關上岸)(三阮撑舡下)(公白)衆兄弟,大哥此去總不傷生,必然有失。吕方、郭盛听令。(吕、郭)有。(公)尔等各代②娄罗,會同“赤髮鬼”劉唐、“鎮三山”黄信,沿途伏路,打探大哥消息。但有蹤跡,速來回報。(吕、郭)淂令。(下)(公、吴)衆兄弟,就此回寨。(衆)淂令。(仝)

【**上小樓**】列刃行,鼓吹悠悠,列刃行,群雄赳赳。羨梁山衆義多能,羨梁山衆義多能,貪官污搆刀鋒斬透,解救了義士忠尤,解救了義士忠尤。辛苦不惮替天垂救,同望取招安名就。

【**尾**】任他官役貪狼搆,管取公明無事休,直待安義復,金蘭重聚首。

(下)

第四出　朱雷奉差　弋腔

(朱仝、雷横上)(雷白)壯年充役入衙中,(朱)枉有英雄未露名。

---

① 應爲“立”。

② 應爲“帶”。

(雷)雷横人称“插翅虎”,(朱)朱仝綽號“美髯公”。(雷)哥哥,你我二人身充公門雜役,結交湖海豪俠。埋首車轅,何時運至?(朱)兄弟,時世离荒,豪俠遭困,你我義結金蘭,且自待時而動。(雷)我們這鄆城縣,自去了宋公明,好生寂寞。(朱)那宋押司乃當世豪俠,遭此邪瀸纏擾,致生禍害。異日恐遭捕緝。(雷)便是呢,少不淂你我竭力護持。(朱)今日乃聽差之期,適才已發擂过了,我們就此伺候。(雷)有礼。請!(下)

(四皂隸、書吏、門子隨時文彬上)

【引】鞅掌薄書繁冗,理民詞仰答皇恩,齊魯有声聞,登科第久恩报本。

(白)德政淳良地,官清民自安。訓誨庄農輩,赤心答圣前。下官山東東平府鄆城縣縣宰時文彬是也。蒙恩授任,潔尽臣職,怎奈連年盜賊生發,地方不安。昨奉上司傳諭,道圣上産生太子,大赦天下,爲此陞堂料理。左右,唤捕頭進見。(衆)傳捕頭進見。(朱、雷、能、德上)捕頭告進。(衆)進來。(朱四人)捕快叩頭。(時)起來。(朱四人)老爺呼唤,有何使令?(時)昨奉東平移文,道鄆城縣東溪村學究吴用勾連賊盜,劫脱蔡太師生辰綱,逃入梁山,何涛全軍被戮,遍處草寇竊發。爲此要嚴行緝捕,趙能、趙德。(能、德)有。(時)汝二人代領土兵,于本縣日夜巡察,村落之所嚴加緝捕。但有不法之徒,漏網凶犯,即時鎖拿,不可怠玩。(能、德)是。(時)聽我分付:

【玉芙蓉】村落店頭坊,本境須察訪。務必將逃流山寇扫,解搜贓,地方清楚群賊党,免致臨期生禍殃,人民望,還須審詳,休淂將亂者淂脱善者殃。

(能、德)是。(時)去罷。(能、德衆下)(時)雷横聽差。(雷)有。(時)今接上司傳諭,圣上産生太子,頒赦天下,傳諭地方各啚各甲,但有隱匿逃犯,除十恶之外,俱許报名还家,減等發放,清理地方,保固錢粮事。這是批文一道,限你三个月回繳还,要差你東京公幹。(雷)是。(時)聽我分付:

【前腔】圣諭出未央,赦罪消災障。嘆徙流海角地畝荒凉,伊今招取庄農向,速轉鄉邦納粟粮。

（雷白）曉淂。（時）速去。（雷）是。（下）（時）朱仝過來。（朱）有。（時）那出首宋江，殺死閻婆之女，在逃已久，疑案未完。況而今閻婆以死，又致大赦，本縣念他孝義可嘉，你可着意江湖巡緝，倘淂獲住，本縣減他罪名，亦完此案。（唱）

天涯蕩，捕獲逃亡，了疑案完全大罪免淪亡。

（朱白）老爺金石之論，小人自當奉命巡緝。（時）去罷。（朱）是。（下）（時）掩門。

【尾】百里之侯生民望，地畝錢粮事几樁，日夜縈心黎庶良。

（下）

第五出　探父被獲　弋腔

（四土兵、趙能、趙德上。仝唱）

【四边静】火速傳齊兵和騎，疾去須留意，把守宋家庄，共將大号敵。

（合）

喊聲威叱，忙行休息。夜半便敲門，鐵鎖穿雙臂。

（白）我們乃鄆城縣都頭趙能、趙德是也。方才土兵報道，逆犯宋江從張社長店中喚酒，回家去了。爲此稟過縣尊，前來捉拿。土兵們，四下悄悄藏躲，待等更深，進門之後，團團圍住，乘隙捉拿。（衆應介）（唱）

（合前）

（下）

（宋江背包上）

【竹馬賺】听罷魂飛，怎不教人心胆摧。

（白）我宋江自离山寨，曉夜兼行，且喜已至鄆城，离家不遠。方才在張社長店中兜搭一日，他説老父無恙，使我心中狐疑，爲此急急來家，不免趲步回去。（唱）

狐疑忌，父老衰年久别离，未害爹行生死期。

(白)到家了。且喜天色已晚,四雇①無人,不免扣門。(唱)

提心意,急忙扣啓這柴扉,尋消問息,尋消問息。

(白)兄弟開門來,四郎開門來。(宋太公内白)四郎,外面有人扣門,隨我出去看來。(宋清内)曉淂。

(清、太公、庄丁擔燈,太公拄杖上。唱)

【忒忒令】我霜髩衰殘朽軀,嘆遊子天涯遠离,因生釁遍無尋地,致令我自淒其。

(江白)開門。(太公唱)

听声息,自依稀,不知是何人扣啓?

(清開門見介。白)呀,哥哥回來了! 接了行李。(江)兄弟,我作哥哥的回來了。(閉門。進介)呀,果然我爹爹無恙。爹爹在上,孩兒拜見。(太公)我兒,想杀爲父的了。(江拜介)(太公)罢了。(江)不肖生灾釁,有違椿兩堂。(太公)今喜重圓日,父子免悲傷。(江)四郎,你這忤逆畜生,如何寫封假書咒咀②父親,戲弄于我?(太公)我兒,此書不干他罪,是你爹爹思想見你一面,故如此而行。恐你流落天涯,在外落草,因此巧遇石勇,令他江湖遍訪,賺你來家。(江)元來如此! 爹爹,孩兒一闻此信呵,

【沉醉東風】心驚战忙歸來故里,痛哀哀只道親斃,那封書做了勾魂犴狴,使我如失魄似魂离,急歸來投故里,喜親顔無恙慶怡。

(太公白)自你遁跡天涯,縣中幸賴朱仝、雷横打點,只動了一角海捕文書,再也不來攪擾,今喜産生太子,大赦天下,你今歸家,便事露到官,也不敢抵償死罪,千万作了清白良民罢。

【园林好】我孩兒歸庭侍親,休淂去天涯遠离,今日个重还故里,免使我倚門閭,免使我倚門閭。

(清白)哥哥,我闻淂朱仝、雷横奉差遠去,縣中緝捕逃犯,十分緊急。哥哥還須在家藏隐。

【江兒水】留意潛藏避,休使外人知,待那郊天大赦方如意。縱然抵罪

---

① 應爲“顧”。

② 應爲“詛”。

能輕悸,便遠解長征保此軀,年滿歸鞭止息。兄長与弟同侍,奉椿庭老矣。

(莊丁上。白)太公,不好了!縣里趙都頭道三郎歸來,代領土兵圍住庄門,声言捉拿。啓太公得知。(内喧喊介)(太公驚介)哎呀!我兒,此事如何是好?(江)爹爹不必驚慌,孩兒投身到官,料也無妨。(太公)兒吓,又是老漢害了你也!(江)爹爹,想孩兒自被朱仝放走,那白虎庄、滄州郡、清風山、梁山泊,几死回生。今日到官,總然刺配軍州,限滿还当聚首,不必傷悲,且請廻避了。孩兒親去見他。(太公哭介)

思憶方淂覩面,須臾又欲别离。

(下)(江)庄丁,大開庄門。(庄丁)吓!

(趙能、趙德上。向内白)土兵們,團團圍住,不許乱動。(江迎介)都頭請進答話。(能、德)四郎,此位就是宋押司?(清)正是家兄。(能、德)押司乃当世豪傑,又兼孝義之人,不必猜疑,既有商議,就請言講。(江)請坐。(能、德)有坐。(江)二位都頭,逃犯宋江頗交俠士,謹具白艮①二十兩送与二位,以爲好看錢。我宋江呵,

【玉交枝】感君厚意,捕逃亡完結案疑,皇王頒赦幸相依,前罪今償事可期。

(清)

仗伊照拂吾兄弟,白鏹青蚨相送伊。惜兄行淚落雙頤,惜兄行淚落雙頤。

(能、德白)押司乃当世豪傑,四郎勿憂,况目今大赦天下,又有衙門中衆朋友週全,但請放心。

【川撥棹】伊休泣,在吾行無凶事,在公門同伴相依,全友道幸逢赦,悸速前往莫羈遲,到公堂供狀遞,寬伊罪休生嘆息,寬伊罪休生嘆息。

(清白)仗托二位多多照拂。(能、德虛白介)(江)天色將明,兄弟好生侍奉嚴親,愚兄去也。

(衆土兵上。虛應代江,隨能、德下)(清唱)

① 應爲"銀"。下同。

【尾】方聚首，分离去，生生骨肉又别離，但願□□□從輕免成移。

（下）

第六出　審問減等　弋腔

（四皂隸、書吏、門子隨時文彬上）

【引】邑宰掌錢粮，鄆城一郡咸仰。

（白）下官時文彬，昨日捕頭趙能道宋江潛歸，已發土兵前去捉拿。怎么這時候还不見到來？

（能、德上。向内白）押司，等一等，待小弟稟明，再來相請。捕頭告進。（衆）進來。（能、德）老爺在上，趙能、趙德叩頭。（時）宋江拿到了么？（能、德）小人二更時分潛至莊中，宋江一見，挺身自投，隨在衙前伺候。（時）好，這才是个好漢！代進來。（能、德）吓，代宋江。

（代江上）老爺在上，逃犯宋江叩頭。（時）宋江，你半生孝義，身在公門，頗知法度，爲何將閻婆之女殺死，逃去江湖？今日被獲，從實招上來。（江）老爺聽稟：

【尾犯序】逃犯訴根苗，怒斬烟花無奈脱逃。

（時白）那閻婆惜閨中惡蹟，本縣素知，但你行凶是實，畫供上來。

（江應。提筆寫介。唱）

絶展霜毫，供情由細訴根苗，三年前禍起波涛，典妻生沃醉時毆斃，今日任推敲。

（衆呈供）（時念白）具狀人宋江，不合于前年秋間典贍到閻婆惜爲妾，爲因不良，一時酒醉，争論鬬毆，悮杀婆惜身死。一向避罪在逃，今闻緝捕，自首到官，□取勘前情所供，甘罪無辞。好！实乃英雄作事。

【鮑老催】兔豪醮飽，情詞堪憫，多与略從前供狀，一筆消生杀事，珠玑吐逢赦誥，一命傾生誤斃了，減罪徙流刺配蒿，歸來日團圓好，歸來日團圓好。

（白）宋江，本縣將你暫且收監，也不必上府听断，來日疊成文案，

呈览上府,替你週旋便了。(江)多謝老爺。(時)代去收監。(衆應)

(禁子上。虚代江下)(時唱)

【尾】誠孝義天下少,可惜時逢不肖,一意週全義俠豪。

(白)掩門。(衆應。喝下)

第七出　發配嘱別　弋腔

(朱仝上。唱)

【引】英雄大志氣凛然,怀一片冰心俠膽。

(白)天付儀偉貌硃顔,声譽播闻四海傳。虽無漢末三分勇,江湖人稱羨美髯。俺朱仝,别號"美髯公"。身充鄆城都捕快,昨日從府上歸來,交差事畢,闻淂宋公明挺身投到,本官因見閻婆已死,無人究狀,張文遠處又有同伴朋友説合,已無生釁之人,今早東平府批文發來,道宋江罪在赦前,律應減等,徒流刺配江州。禁子何在?

(禁子上)都頭,有何分付?(朱)請宋大爺出來。(禁子)是。宋大爺有請。

(江上)

【引】离山探父起波瀾,復投機穽災徑。

(白)賢弟,宋江自分官司难展,衆家賢弟上下週全,虽在囹圄之中,毫無意外之患。此情此德,何日淂報?(朱)古來契友相交,自当痛痒相關,休戚相共。仁兄何出此言?(江)小弟之罪,蒙本官開豁,應律詳議,不知東平府作何托仰?(朱)那府上來文呵,

【啄木兒】由在赦應律前,減等開豁釋罪寬,今傳諭理事後堂,配江州听候發遣。

(白)也是小弟買淂這个魚米之鄉,兄去可保身安。只聽本官來提,便可出獄也。(江)多蒙賢弟料理,淂此豐饒之地,乃宋江难中之福也。但是發遣之時,脊杖之厄,計將安在?(朱)兄自寬心,況且本官呵,(唱)

怜你孝義相垂念，杀威脊杖行方便，只是难免額刺金應患，只是难免額刺金應患。

(江唱)

【三段子】闻言愁轉，

(白)小弟此去，别無所托，(唱)

慮椿庭桑榆暮晚，吾身配遣，賴仁兄提攜照管。

(朱唱)

謹依命侍親休罣，念高堂管取吾借膳，休戚相共痛痒相關，休戚相共痛痒相關。

(一皂持虎頭牌上。白)老爺提宋江，後堂發落。(朱)知道了。禁子看刑具。(禁應)(江代刑介。唱)

【歸朝欢】官司路，官司路云開月現，

(生、皂代江下)(禁下)

(宋清背包，扶宋太公急上)(太公唱)

父与子一朝别遠，忙忙的，忙忙的急奔衙前，痛骨肉天性堪怜，忽听語往來轉，後堂一派喊声喧，端的來否試看一番，端的來否試看一番。

(内喊堂發放)(隨意扮囚犯几起，解役押遶場走介)(太公白)借問班長一声，宋江可曾發落？(解役)也就出來了。(下)(内喊介)代宋江。(太公)我兒，想你發放你哥哥了。(清)正是。我們細听，怎生發落。(内)当堂刺字，犯人帶刑具。(太、清)發放了。(内)掩門。(喊介)

(二解子、朱仝代江代重枷上。唱)

【滴溜子】蒙恩官，蒙恩官開釋嚴限，舉目處，舉目處一見天年。

(見介)(太、清唱)

雙眸淚洒如線，刀剁肺和肝，不勝心酸，頃刻分离地北天南。

(太公白)我那兒吓，去處好歹老夫到不着意。哎喲，兒吓！你乃孝義三郎，爲父的此來一别，一則餞送，二來嘱付与你，今日跟同節級，你若違父命，可謂大不孝矣。(江)爹爹嚴命，未明拱听。(太公)想你爲人呵，

【駐云飛】俠義名傳，天下英雄着意懸，四海名揚遍。你今遭危難，嗏，

路經过梁山，路經过梁山，料难干水泊沾恩，恐你相留戀。

（白）剌配限滿歸家，还是清白良民。千万作个好人！（唱）

莫順朋情逆父言，莫順朋情逆父言。

（朱白）太公、四郎不必多嘱，此去江州，乃魚米之鄉。大哥料不違訓失所，但請寬心。

（趙能、趙德、二書吏上。仝白）公明兄，恭喜出罪，不止合衙朋友，便是滿城仁宦、鋪户，多人都在十里長亭餞送。（唱）

齊集在東關，齊集在東關，設席筵十里長亭，遠送都相餞。

（江唱）

荷蒙格外殊不安。

（虛白。衆下）（太公白）我兒，千万听父今日之言。（江）是。（太公）这是白艮十兩，二位途中一茶之費。（二解）公明兄乃是自己①，太公之賜断不敢受。（太）豈不闻長者賜……（二解）如此，不敢辞了。（太）我兒，去罢。（江）爹爹在上，孩兒辞别。

【尾】生兒無虛行，一旦把嚴親抛閃。

（太、清唱）

正是官司難由己，

（仝）

人生聚散總由天。

（下）

第八出　埋伏劫奪　崑腔

（四娄罗、吕方、郭盛、黄信、刘唐上。唱）

【新水令】水泊草莽勢驍雄，共同心王倫火併，梁山声名远，軍威号令森，虎踞屯兵衆欽服，替天行正。

（刘白）義聚七星起東溪，（黄）清風被賺契同分。（吕）对影山中"賽仁貴"，（郭）"温侯"綽號湖海知。（分白）俺"赤髮鬼"劉唐。

---

① 應爲"自己人"。

俺“鎮山”①黄信。俺“賽仁貴”吕方。俺“小温侯”郭盛。(刘)我等奉令□塘伏路打探大哥消息。昨聞發配江州,爲此领兵劫奪。但不知從那條路走?(黄)前面三岔道口,乃江州要路,我只在林中等候便了。(吕、郭)講淂有礼。娄罗們,但遇解軍,不許放行,就此前去。(合唱)

【步步娇】只因寨主豪俠重義氣,人欽敬海宇慕高風,濟友揮金情同管仲,潛伏茂林叢,拭目惟望他行動。

(下)

(二解子随宋江上)(江唱)

【折桂令】痛分离淚洒悲盈,好友辞群父子西東望,迢迢家鄉遠行路,悠悠几度長亭。

(二解白)我們只須前面住下,如今天色將晚,此處离梁山不遠,這一帶樹木好不險惡,萬一撞出强人,却怎么處?(江)這几日我欲晚行之故,恐他尖哨窺探,倘若早行遲宿呵,(唱)

見咱行踪未必相容,我怎肯相從?

(内喊呼号介)(解白)哎呀,不好了,强盗來了!(江)不要着忙,倘見山中好漢呵,(唱)

莫遠离緊停吾身,到臨期我自支撑。

(刘唐衆上。白)那里走!(二解跪介)大王爺們吓,我們穷解子,分文没有吓,爺。(刘)哇!俺們此來呵,

【江兒水】不劫財共宝,諄請宋公明。他身價堪比連城重。

(江白)衆位賢弟,不可動手。(唱)

望留一線王法重,放吾配發江州縱。

(刘、衆)

見伊言詞形徑,令人悲哽,快回山操持权柄。

(刘白)將这两个解子砍了,請寨主回山。(虚白杀介)(江攔介)

【雁兒落】他不过解軍人奉令行,爲甚的擅將他殘生送。

---

① 應爲“鎮三山”。

(衆)

因見你累身軀枷領纏,断送他早開交脱干净。

(江白)列位賢弟,这枷鎖乃朝庭法度,幸逢恩赦,免死謫配,乃大幸也。限滿回來,自有相會之日。列位賢弟,若杀解役,宋江此頭可断,决不歸寨。

【淂勝令】呀,你虽然怜念我孤另,我亦知俠義弟兄情,看愚兄饒恕他殘生命,完全我孝義美高名。

(衆開長枷手枷介。唱)

难停,遵奉的軍師令,同行,急回山稟令明,急回山稟令明。

(行介)

(朱貴上)

【僥僥令】一簇人團繞端的不分明。

(白)大哥在上,朱貴打恭。(衆)唤水軍,擺渡上山。(朱)待我來。(射箭介。唱)

方催箭响似流星,舡飛櫟掛帆蓬,舡飛櫟掛帆蓬。

(三阮上。撑舡虚白。參見。衆上舡。撑下)

(花榮、扈三娘、王英、鄭天寿、四娄兵、公孫勝、吴用上。仝唱)

【收江南】呀,忽聞淂飛遞傳报,呵集水滸衆英雄,出离了圍關三座宛子城。

(吴白)適才娄罗飛报,刘唐等接淂寨主回山,已渡金沙灘。果然不出公孫兄所料。(公)衆兄弟,大家向前迎請者。(仝唱)

金沙灘渡候公明,看湖光万頃,看湖光万頃,蕩烟波快櫓如飛似電行。

(三阮摇舡)(江、二解、劉四衆仝)

【园林好】巨涛涛波顛浪沖,蕩悠悠舟扁浪輕。

(三阮下)(衆上岸)(吴六人唱)

天賜雇我等恭迎,幸奇遇巧合踪,幸奇遇巧合踪。

(江白)列位賢弟,宋江歸家葬父,老父假説病故,掇賺歸家。已作文面之徒,不堪復掌山寨,乞衆位放行。(衆)自大哥下山,我等日夜縈心,今日回寨,且請上了忠義堂,細陳便了。(公、吴)娄罗,擺道上山。(衆同唱)

【沽美酒】荷高誼山海同,荷高誼山海同,憶仁兄赴难行,怎忘佩感集心胞,今朝聚同欢共慶,天垂念多人有幸,果如那風虎云龙,增無限山光佳勝。

(吹打歸生介)(吴、公白)大哥,我們遣人下山,接取太公、四郎共聚水泊,不知可否?(江)宋江臨别,老父叮囑不復入寨,待江州限滿,大義重圓。衆兄弟再欲相逼,宋江此頭可斷,誓难從命。况老父有言,猶恐,(唱)

俺呵,怕復入梁山叛行,有累家庭。呀,違父命逆天罪重。

(吴白)仁兄堅執如此,我們大家從常計議。(公)學究兄,衆位頭領,俱已在此,我看大哥此去却無大害,但日久山寨無主。大哥明堂代煞,秋間有难临身,欲使兄弟們隨去,猶恐生釁,怎淂江州城中有一内應方保無事。(衆虛白,争論,想介)(吴)吓,有了!此去江州,小弟有一契友,現充兩院押牢節級,名唤戴宗,綽号"神行太保"。待小弟修書与他,一則照拂,二來稍有緩急,他日行八百,可以通信。我等萬無一慮也。(衆)好、好、好!(江)如此,足感美情。(吴)人來,將這兩个解子酒飯管待。(娄應)(二解)宋大爺美言一二,小人們当不起大王爺的刀劍。(江)不妨。山寨的号令森嚴,决不相誤。請便。(二解虛白。下)(吴)請大哥後寨洗塵,明日擺隊相送下山。(江)請。(合唱)

【尾】芝蘭一氣朋情重,不負豪俠義結盟,有日風云再會逢。

(下)

第九出　遭危契結　弋腔

(李俊上。唱)

【半剪梅】江湖笑傲任遊閒,水底藏潛四海名傳。

(白)常作私商客,行舡賣白鹽。声聞通四海,名譽遍江關。俺李俊是也。因我水中技藝过人,江湖上都稱我爲"混江龙"。家居揭陽嶺下,仝夥兩个兄弟,一个唤作"出洞蛟"童威,一个唤作"翻江蜃"童猛。俺三人在潯陽江中,每每作些不公不法的勾当,爲此称爲浔陽江中一霸也，這也不在話下。闻浔鄆城宋公明，别号“及時雨”，又唤作“呼保義”，傳揚海宇，是个天下奇男子。俺每欲相訪，無由浔會，近日过往湖海朋友傳説復犯官司，發配江州。我想揭陽嶺上乃是一条要路，必從此經过。連日訪問，不見到來。今日閑暇，不免尋了童家兩个兄弟，到府上打探便了。俺想那宋公明呵，

【畫眉鶯】孝義世轟傳，俠烈英雄本自然，惜猩猩自遭際患难，相間闻名處未識荆，千里闻交恰如會面，千里闻交恰如會面。

（下）

（李离①上。唱）

【黄鶯兒】開酒店嶺頭独占，沽飲不須錢，全凴命换，全凴命换。

（白）揭陽嶺中三霸，某身久在中間。杀人賣肉换吃穿，善念全無半點。咱李离便是，爲人粗莽，胆量雄豪，生浔狰獰怪像，素性最喜杀人，爲此江湖上称爲“催命判官”，在这揭陽嶺上開了酒店，專賣人肉饅首。連日过客稀少，伙家們都下嶺去了，不免到嶺頭觀望，倘有該死的上門，也未可定。（下）

（二解、宋江上）（江唱）

【玉肚交】【玉胞肚】（首至四）**牽情羈絆，好友别不勝淚漣，急急的薦往修書，赴牢城投見身安。**

（白）自辞了衆兄弟，离了兩日，但是行李沉重，行路好生不便。（二解）謝天謝地。（江）正要行路，忽然謝起天地來？（二解）我的爺，這幾日我們的魂何曾在体，今日才能浔生。若不是押司大義，我們呵，

【玉交枝】（五至終）**难免廢命凔刀劍，這番赴死將誰怨，再休想重返家園，再休想重返家園。**

（白）我們來尽运了，打了中伙再行。（立站介。白）三位吃酒飯的？（二解）正是。（離）請分付。

【玉么鶯】【玉胞肚】（首至四）**用何餚饌？**

---

① 多作“李立”。

（二解唱）

將酒來先解喉饞。

（白）快些，快些！（立）就來了，妙吓！（唱）

分明是流犯軍人，原何的行李昂軒？

（二解白）快看酒來。（立）來也。這厮合當送死，待俺來。

【六么令】（三至終）暗將香醪下蒙汗，手高擎奉案前，試嚐此酒香濃艷。

（二解取酒介。白）有趣，有趣！押司請。（江）請。（仝飲酒介。唱）

【黄鶯兒】（七至終）正喉干，論什么三杯五盞，不覺口流涎，不覺口流涎。

（三人倒介）（立白）倒也。

【川撥棹】心欢忭，天送來這注財源，雖然是淂護銕鍼，雖然是淂護銕鍼，奈孤身勢自單。三頭貨怎別尋伙伴美運延，三頭貨怎別尋伙伴美運延。

（下）

（李俊、童威、童猛上）

【縷縷金】豪俠友未相交夢魂常思念，事凶遭刺配江州地仰暮①名高。

（二童白）大哥向日言道，宋公明發遣，不日從此經過，怎么還不見到來？（俊）所爲此事，故此同二位賢弟到揭陽嶺一望。（二童）那边飛奔而來，好像李立。（俊）其中必有緣故。大家迎上嶺去。（仝唱）

端的不曉甚根苗，試听他言道，試聽他言道。

（立上。唱）

覩面三人旧綈袍，細把其情告，細把其情告。

（俊白）賢弟，何事如此匆忙？（立）連日生意淡薄，方才迷翻三頭行貨，甚有油頭，我一人难已動手，特請大哥與二哥賢弟相帮。湊巧遇着，就請同行。（俊）三頭行貨？是何等人物？（立）兩个解子，一个黑矮配軍。（俊驚介）吓，莫非是宋公明么？（立）誰曉

① 應爲“慕”。

淂公明、母明！都睡在那里。(俊)好！喜淂不曾動手，大家快去看來。(仝唱)

闻言心似熱油澆，小鹿沖怀抱，小鹿沖怀抱。

(到介)(立開門取刀)(俊、威、猛下，又上介)(俊)古怪吓，不知可是公明兄？(立)什么明暗，快些動手。(威、猛)既是大哥狐疑，我們將那解子批文一看便知是否。(俊)有理。我到忘了，快取行李來看。(立取行李，俊看公文介)鄆城縣公文一角，發遣自首人命逃犯配軍一名宋江。哈、哈、哈！妙吓。

【玉袍鶯歌】【玉胞肚】(首至四)魂飛胆掉，幸吾行往探這遭，若不是目覩批文，把英雄屍首傾倒。

(白)快取解藥來。(立取藥)(衆下)

(扶江、二解上)(俊等江、二解醒，吐介)好酒，好酒！(唱)

【皂罗袍】(五至末)村醪酒味如何恁高，朦朧睡眼四處觀瞧。

(二解離座)(江抱拳介。白)好不尷尬也。(唱)

敢是誤入他圈套？

(俊、威、猛唱)

【黄鶯兒】(七至末)莫牢騷，幸覩批文号，免淂屍首抛。

(立拉俊介。白)大哥，這厮到底是什么人？(俊)這就是“及時雨”宋三郎。(立)可是江湖上人言“黑宋江”？(江)小可便是。(立)我的哥，恕小弟無知粗莽，剪拂了。(俊、威等拜介)

【排歌】(收尾)恨未能識俊髦，馳夢想在終朝。

(江唱)

卑微士感荷高，何由啓動衆英豪，何由啓動衆英豪。

(白)請問列位高姓尊名？(分白)小弟李俊。小弟李离。小弟童威。小弟童猛。(江)吓，江湖久仰。(向四人指过一應介)混江龙，出洞蛟，翻江蜃，催命判官，可是列位？(衆)不敢，便是草号。(二解)宋大爺，這都是你老人家没見面的朋友？(江)正是。(二解)善净，我們在閻王殿前打卯。(立)怎么講？(二解)撞着“催命判官”。(立)兩个公差会講話兒，待我打發你回去。(作欲杀二解)(二解白)宋大爺，宋押司，救我二人狗命吓。(江)列位賢弟，与宋江千里神交，慕名契友，容吾片言相告。（立、俊）大哥請講。（江）吾在梁山自清風寨瓦礫聚義，昨以至辞赴罪，乃遵老父之言，決意江州刺配。今列位如此而行，請先斬宋江，再杀解役。（立、俊）仁兄既然遵领親命，便宜了這兩个狗頭。（二解）謝宋大爺，謝衆位爺。（俊）仁兄執意要赴罪江州，弟等不敢再强，就此安排香燭祭礼，結拜生死之交。明日送兄下嶺。（江）列位不棄，謹依台命。（俊）李家兄弟，就此料理。（立）俱已齊備。（俊）大哥請。（江、衆結拜介。同唱）

【摧拍】焚宝影艮燭高燒，秉虔誠共訴祈禱，圣賢鑒照，圣賢鑒照願結金蘭生死相交，患難相關同扶共保，做桃園天長地老。

（立白）这个誓願，小弟總説了罢。關圣帝君在上，弟子等倣効桃園，若怀異念者，（唱）

遣周倉斬万刀，遣周倉斬万刀。

（同唱）

【尾】金蘭四海闻名号，英雄俠義結同胞。

（立白）請到后面把盞。（江）二位解長請。（二解）不敢。（衆下）（立）請吓。（二解）我的爺，方才那个酒就高了个准。（立笑下）（一解）伙計，咱們這个差算了美差。（一解）怎么説？（一解）又有艮子，又有嘴吃。（一解）好是好，只是一件……（一解）那一件？（一解）那一件？你聽着：（唱）

弄成了累小江的孫子苦死桃。

（虚白諢介）（下）

十六出　元女賜宝　弋腔

（四路神、四劍仙各執大劍、葫芦、拂麈、書卷引元女①上。單唱）

【錦芙蓉】駕飈輪才渡过瀉艮，流的浴濆把塵世誤評論，更向那仙山重賜高隐，不独星参元的淂玷法恩，端只爲衆罡煞總戴慈仁。

---

① 多作“玄女”，此處應爲避康熙皇帝諱。下同。

(白)吾乃九天元女娘娘,掌握散仙,統轄劍術與人世,定乱除奸,扶弱鋤强。今當宋室罡煞临凡,替天行道,起自二仙山,隐士元門罗仙授法門人公孫勝,但他道末法微,爲此特降薊郡,賜彼法宝,助伊成名。随侍的,就此駕云前往。(衆)領法旨。(仝唱)

助伊行大法成仙隐,削平了妖魅潛形解厄迍,覷祥光迅,幽燕的士民尽办着騰云,就日拜楓宸,就日拜楓宸。

(下)

(四童兒、罗真人上。單唱)

【粉蝶兒】法教山高,元門内共遵聲教,便是俺三清的大乘奥妙,因此上施元數超苦海替天行道,覷乾坤奸佞盈朝,宋明堂只待那罡星暗照,宋明堂只待那罡星暗照。

(白)貧道薊州二仙山罗仙人是也。自遣徒門公孫勝下山,已應七星之兆,不想天心怜念,即有玉勅道:"罡星輔宋,異日定乱者罡煞也。"爲此勅令貧道暗佑罡星。適坐法坛,觀見天魁星有难,急召黄巾勇士施法搭救,怎的不見交回法令?

(勇士上)施法罡星脱难,仙山繳回勅符。仙翁在上,弟子奉法前行,已有衆星解救,天魁星自此無患,特繳法勅。(罗)有勞尊神。(勇士下)

(内大罗古①)(四路神上)啓上仙翁,元女娘娘親临汝洞,速速出迎者。(罗)領法旨。(四童、四路神、罗跪迎介)

(衆劍仙執寶物,元女上)(單)

【醉春風】擁一隊剑客行,列兩行、列兩行黄巾導,望日明瞳照薊燕高,錦州城瑞靄繞繞。

(罗、神唱)

喜覩着元女仙嶠,遵駕迢遥城隍悚蹈,遵駕迢遥城隍悚蹈。

(元女白)仙翁平身。(罗)貧道法末行微,惟有存心拔難。因奉玉勅濟世,擅召勇士諸神,何幸娘娘駕临,实乃山洞生祥也。請屈遵駕上座者。(元)生受仙翁了。(吹打介)吾修自万劫,全凴

---

① 應爲"鑼鼓"。

濟世。今罡煞輔宋，汝弟子公孫勝法藝未足，难舉大事，今特賜汝葫芦二个，拂塵一把，古定松紋劍一口，还有《五雷天心正法》秘書一卷，汝當謹藏，異日公孫勝探母歸來，當指迷途，以超世人疾苦。衆劍仙，將宝物賜与仙翁。（衆付，四童接介）（罗）弟子何德，敢蒙娘娘垂慈！（元女）那天魁星初难已脱，二難自有祥星搭救，日後倘有大难，吾当亲与解釋。

【紅綉鞋】降罡星塵凡避囂，解無刀、解無刀宋室輔保，原是个梯山航海遠來朝，遽遇了白表触灵霄，致令四方擾，掃鴟鴞、掃鴟鴞還仗梁山勦，還仗梁山勦。

（罗白）娘娘法語昭明，弟子自能領會。但劍術一訣，弟子未明，乞娘娘略指大義。（元）這有何難？四路劍仙可將劍敫大義指示一番。（劍仙）領法旨。（舞劍介）（元）此劍未足稱異，吾召俠客並舞，与汝細觀。俠客速降。

（四俠士上。舞）（仝唱）（八人仝唱）

【柘榴花】俺把這絶技施逞，鹿白毫仗松紋古定往來交，喜淂這双鋒合扇昆吾相交，也則爲法術施陳，護太阿更如刀，又見那燦中天、燦中天耀日瞳昽照，舞現出大法微深万年至宝，這都緣亮青鋒、亮青鋒皎皎，把匣离鞘恰正好，趨前退后舞飄飄，趨前退后舞飄飄。

（衆白）啓娘娘，舞勢已完。（元）起□①一邊。（衆）領法旨。（元）罗仙，你可明白了么？（罗）劍術深奇，弟子已明。多謝娘娘慈悲。

【滿庭芳】向蓮前恭行舞蹈，歸法生、歸法生怕了祝禱，遥祝歌緑岡陵，願元天年勝松乔，永慈悲塵寰覆幬，喜金剛不坏堅牢，只看這衆仙翁奇技图，自然的不二宗元門至宝，好准備解三途救难□□永獲保，好準備解三途救難□□永獲保。

（元女白）大法已授精明，罗仙速速入洞，吾返仙界也。（罗）圣寿。（下）（元）衆弟子。（衆）有。（元）速整云教回山者。（衆）領法旨。（仝群唱）

---

① 或爲“站”。

【全慶】喜淂把元門奇技傳奇妙，諸般的法物好收牢，休当作野荳兒無味擲飄了，從今后願度尽那塵世衆生苗，億万載享澄清一統朝，億万載享澄清一統朝。

射紅燈

【劇目簡介】

傳奇，清無名氏撰。現存清鈔本，曾爲傅惜華先生所收藏。小説《水滸傳》第四十七回《撲天雕雙修生死書　宋公明一打祝家莊》敘宋江等人一打祝家莊故事，此劇大致情節與小説相似，細節有所不同。

清鈔本，八齣①，每頁九行，每行二十二字左右。

劇演宋江領梁山一衆將領前往攻打祝家莊。祝家莊聞訊，在欒廷玉的安排下做好準備，石秀扮作層賣柴人入莊探得虚實，爲梁山人馬帶路。二軍夜戰，危機時刻花榮箭射祝家莊用作訊息傳遞的紅燈，梁山暫勝一場。

奮發興師

（林冲上。唱）

【粉蝶兒】水泊英豪，莽騰騰水泊英豪，聚雄關替天行道，

（花榮上。唱）

環鎧甲耀日光豪。

（石秀上。唱）

惡狠狠握剛矛，驚敵隊。

（楊林上。唱）

氣昂昂舞神鋒，飛輝月皎。

---

① 此劇或有所佚失，或是節録數齣，可與"折子戲"參照。

(林冲白)俺“豹子頭”林冲是也。(花榮白)俺“小李廣”花榮是也。(石秀白)俺“拚命三郎”石秀是也。(楊林白)俺“錦豹子”楊林是也。(仝白)只爲戴院長下山,救取時遷,聞得祝家庄消息,那厮們出言無狀,毁書傷人。目今訓練人馬,要与俺梁山交戰。寨主憤怒,親統大隊雄師,前去勦滅,命我等先行開路,須索走遭也。

(四僂儸、四纛暗上,帶馬介)(仝唱)

奉公差齊下凹①,似一群魔雲飛豹。

(仝下)

(八僂儸、八頭目引王英、孫二娘、黄信、秦明、公孫勝、宋江上)(仝唱)

【好事近】軍威振雲高,摆干戈簇簇環繞,旌旗飂影,翩翩龍蛇動摇。

(宋江白)俺“及時雨”宋江,叵耐祝庄,仗賴“鉄棒教師”欒廷玉,每日操演人馬,要与吾山抵對,前者爲索取時遷,他又出言毁辱。我聞此事,好可惱,爲此留下軍師權守山寨,亲統大隊人馬,定要勦滅三雄,踏平庄落,方消吾恨。衆僂儸,快快趲行。(仝唱)

似星馳電皎,忽喇喇振地翻江倒,佈雄師勦穴掣巢,要把那祝氏晢掃。

(下)

(四僂儸引林冲、花榮、石秀、楊林上。仝唱)

【柘榴花】擁風雲,狰獰結束抖威豪。蕩塵埃戰馬吼咆哮。

(八僂儸、八頭目、王英、孫二娘、黄信、秦明、公孫勝、宋江、纛上,遶下)(林冲、花榮、石秀、楊林白)呀!(唱)

擺列着刀鎗劍戟,大纛飄飖。漫天而霧遶,匝地湧洪滔。

(内擂鼓介)

只听得撲嗵嗵,撲嗵嗵,畫鼓齊鳴吹征角,望一派錦雲旛,望一派錦雲旛。炮响振得山川倒,鬧嚷嚷風雲馳驟喊声高。

(下)

---

① 應爲“窒”。

（八僂儸、八頭目、王英、孫二娘、黄信、秦明、公孫勝、宋江上，纛隨上）（仝唱）

【**好事近**】紛紛鐵騎擁弓刀，白茫茫映日光毫。旗鎗擺列，統三軍，後合分標。似星馳電皎，忽喇喇振地翻江倒，佈雄師巢穴褻勦，要把那祝氏誓掃。

（下）

（四僂儸引林冲、花榮、石秀、楊林上。四纛隨上。仝唱）

【**黄龍滚犯**】轉過了峻嶺重橋，轉過了峻嶺重橋，擺征駝長驅直搗。遵奉着號令崇高，遵奉着號令崇高，待將那三庄平掃。俺只見壓寨軍聲透九霄，把中軍大隊緊圍繞。列千行健勇雄驍，列千行健勇雄驍，按八方星辰拱曜。

（下）

（八僂儸、八頭目引王英、孫二娘、黄信、秦明、公孫勝、宋江上，纛隨上）（仝唱）

【**上小樓**】笑盈盈征鞍跨，齊集集虎隊彪。一個個俊傑人豪，一個個俊傑人豪。千軍萬馬，鳴金鼓噪。

（四僂儸引林冲、花榮、石秀、楊林上。四纛隨上。仝唱）

浪滚滚沸起波濤，浪滚滚沸起波濤。先鋒後合，聯行互靠，這的是將軍八面逞威豪。

（衆仝唱）

【**疊字令**】密密軍兵圍繞，蕩蕩塵迷霧落。昏慘慘蔽闕瑶，赤滴滴長江渺。烈烈轟轟，喧喧浩浩。響璫璫幾棒鑼鳴，響璫璫幾棒鑼鳴，大纛金書，替天行道，抵多少炎十面定功高。

（衆白）啓上寨主，已到祝家庄。（宋江白）就此安營下寨。（衆應介。仝唱）

【**尾**】先鋒開路趨前導，祝氏三熊數滅消，管取一踐平陽宇宙標。

（下）

鄉民報信

(八庄丁引欒廷玉上。唱)

【引】威名四佈人驚怕,庄栅排開劍戟牙。

(祝龍、祝虎、祝彪上。唱)

集屯虎豹操軍壯,誓把梁山賊寇拿。

(欒廷玉白)俺乃欒玉①是也。(龍白)俺乃祝龍是也。(虎白)俺乃祝虎是也。俺乃祝彪是也。(欒廷玉白)可惱梁山賊首宋江,大肆猖狂,藐視英雄,竟敢差羽到此,劫救時遷,被我毁辱了一場。如今訓練庄丁,誓欲削平梁山,填平水泊,爲國除賊,爲民除害。(龍、虎、彪白)師傅,今日又當演武日期,衆庄丁俱已齊集,專候師傅命下。(欒廷玉白)大家演習拳棒一回者。(龍、虎、彪白)師傅先請。(各作演拳棒介)(欒廷玉白)衆庄丁,大家操演一回。(衆庄丁作演科畢。仝唱)

【四邊静】祝家英俊威名大,到處人皆怕。率衆戰梁山,猶如泰山壓。操戈秣馬,排兵陣法,指日動干戈,强人怎支架。

(衆鄉民上。白)盗寇臨庄境,居民晝夜驚。來,來此已是,大家進去。(欒廷玉、三雄白)你們衆百姓,爲何如此驚慌?(衆鄉民白)不好了,我的爺!今有梁山泊宋公明,帶領千軍万馬,來到庄上,要与宅上对敵,口稱要踏平庄落,連鷄犬不留。我等驚慌,報与衆位爺知道。難道衆位爺还不知道麽?(欒廷玉、三雄白)我等早已曉得。那厮們合當數盡,自來納命。你們不要害怕,吾等自有道理。(衆鄉民白)多多仗賴虎威了。(欒廷玉白)三位賢徒,我想宋江人馬,初到庄院,必然差奸細入庄探听虚實。此庄山巖叢雜,外人難測,恐怕奸人曉得出入,那時决難伏戰。你們衆百姓不要怠慢,快快傳聚多人,各执鍬钁,沿庄掘下陷坑。我軍只認白楊樹爲記,賊人到來,便自迷路,那時便有擒拿賊人妙

① 漏一"廷"字。

計。(衆鄉民白)曉得。(欒廷玉白)轉來。還有一令,但是本庄百姓,頭上各戴白翎爲號,如無此記,便是梁山細作。小心在意,不可有違。(衆百姓白)曉得了,我等去也。(下)(欒廷玉白)三位賢徒,我想宋江初到,必然劳倦。你我今夜点起庄兵,悄地去劫賊營,先教群寇知吾利害,有何不可?(三祝仝白)師傅妙算如神,我等敢不從命?(欒廷玉、三祝仝唱)

笑伊公明多奸乍①,一任漫天架。今日遇吾儕,管取魂飄灑,操戈秣馬,排兵陣法,指日動干戈,强人怎支架。

(仝下)

施法警雄

(四僂儸引宋江上。唱)

【引】軍機務重陣雲濛,心頭怨積恨重重。

(公孫勝上。唱)

君②雄會萃抖威風,休錯認烏合衆。

(白)大哥。(宋江白)先生。(各坐介)(宋江白)可恨祝家三子,背言狂妄,因此統衆前來,誓把此庄蕩平。須遣能事之人,往被③庄中,探聽虚實,方好進攻。(公孫勝白)大哥所見極是。

(風神上,遶場下)(公孫勝白)呀!帥旗隨風盡捲,今夜定有敵人劫我營寨。(宋江白)如此,待我分撥衆人,准備便了。(公孫勝白)不消。我軍遠涉而來,權且歇息一夜。待貧道略施法術,管叫他們自相踐踏,喪胆而回。(宋江白)如此,全仗先生妙用。(公孫勝白)大哥,但請放心,請歸帳中安歇。(宋江白)速整神通妙運窮,驅氛鬼魅建奇功。(公孫勝白)但請穩臥黄粱枕,管取天山定掛弓。(宋江白)請。(公孫勝白)請。(宋江下)(公孫勝白)

---

① 應爲"詐"。

② 應爲"群"。

③ 應爲"彼"。

看净水、寶劍過來。

(内起更介)(上高台,唱)

【点絳唇】運握樞衡神機相應,仙機並法術通靈,應用仙元静。

【混江龍】俺這里拘旛使魔怪精靈,要和那祝氏三雄賭個輸贏。顯神通機謀策應,只看俺入雲龍妙法高精,也不用撒地網撅陷穽,也不用預敵兵,只索的口唪真言,忙叠印拘取那吊客喪門,負屈的孤男婦魂,管叫他反害俄頃,霎時陰風陣迷魂,怨氣霧雲生。

(白)旛使速降。(内作風生)(公孫勝白)呀。(唱)

【煞尾】虚飄飄雲光影,慘淡淡霧靄生,便豪雄,脱不了遊魂境。試看取招魂旛,飄飄的鬼兒靈。

(四旛使、八骷髏上。跳舞介。白)法師有何法旨?(公孫勝白)今有祝家三雄,劫我營寨,少刻彼軍來時,尔等可將他們驚散,不得有違。(衆白)領法旨。(公孫勝下)(四旛、八骷髏下)

(八庄丁引欒廷玉、三雄上。同唱)

【鎖南枝】澄空静,月似鈎,濛濛霏霧奪人眸。

(四旛使、八骷髏上。遶場下)(衆白)呀,(唱)

霎時陡起道傍塵,寒風撲面投。

(欒廷玉、三雄白)衆庄丁!(唱)

須要低声語,啣枚走。

(内打三更介。唱)

听樓頭,早又是三更後。

(衆白)已到賊營。(欒廷玉白)一同杀進去!(衆應,作冲營介)

(四旛使、八骷髏上,圍介。衆下)(旛使、骷髏追下)

(庄丁、三雄、欒廷玉上。仝白)阿呀,不好了!(仝唱)

使我魂魄散,只听鬼泣吼。悲哀切,悲哀切,直恁愁。

(三雄白)嗄!師傅,我等欲殺進賊營,只見許多惡鬼撲來,一時難辨東西。阿呀,好不怕人也!(唱)

險喪在荒坵,逃脱輕身溜。

(欒廷玉白)嗄,徒弟們!賊人隊内定有妖術之人准備,我軍至此劫寨,反遭殘害。如今且自回庄,明日用計報讎便了。(三雄白)

說得有理。(衆仝唱)

且自回庄去,定教雪恨仇。那怕潑兇頑,難逃吾彀。

(下)

宋江激秀

(宋江上。唱)

【引】轟雷宇宙播声闻,哨聚梁山暫棲身。忠義素存心,四海英雄跋涉臨。

(白)志展雄心勝萬夫,緑林寄跡豈良圖。他年得効皇家力,不負人稱保義呼。俺宋江,只爲楊雄、石秀在祝家庄投宿惹禍,失陷了時遷。因這祝家庄上父子,口出惡言孫遜,滅我山寨威風,是以提兵到此。雖公孫先用法取勝,他却驚走,閉庄不出。只道小小庄村,一鼓可破,不料村垣峻險,道路崎嶇,不獨攻戰甚难,抑且淺深莫測,是以遲疑未决,展轉多愁,好生煩悶人也。花兄弟那里?

(花榮上。白)來也。且看今日雕翎箭,不讓當年神臂弓。哥哥,有何使令?(宋江白)花兄弟,我爲軍機憂慮,在此觀看兵書。你營門用心巡視,不得差錯。(花榮白)兄弟曉得。

(石秀上。白)三十光陰上鬢毛,胸中磊落未全消。男兒事業今何在,腰下空懸斬佞刀。俺石秀自從在祝家庄上惹禍,投上梁山,多蒙宋公明哥哥義氣,提兵到此復仇。來此三日,未見交兵。連日見哥哥悶悶不樂,不知爲着何事,不免前到營門觀其動静。若有用俺之處,便赴湯之處,决不推辭。來此已是營門,那位兄長在此?(花榮白)原來是石秀哥哥,到此何事?(石秀白)花賢弟,我特來求見寨主,煩賢弟通稟一聲。(花榮白)哥哥爲軍機憂悶,一夜無眠。既是石哥哥要見,小弟自当通報。且請少待。稟上哥哥,石秀求見。(宋江白)請他進來。(花榮白)哥哥有請。(石秀白)哥哥在上,石秀參見。(宋江白)兄弟少礼,二位兄弟請坐。(石秀白)闻知哥哥憂悶,不知爲何?(宋江白)兄弟,你且听

我道來：(唱)

【江頭金桂】你道終朝廢寢，却原何愁悶增？只爲着伊家起釁。

(石秀白)有俺們兄弟在此，難道勝不得他麽？(宋江白)兄弟，我自提兵到此呵，(滚白)欲待交戰，不辨虛實；欲待不戰，又恐怕他人笑哂。此時立於兩難之地，好一似抱含中闊之羞，因此教我神魂不定。(唱)

提兵征進，祝家庄難用兵。

(石秀白)如此，哥哥的愁悶，爲着用兵了？(宋江白)兄弟説那里話、那里話①來？論我宋江呵，(唱)

俺也東蕩西征，行軍畢勝。

(石秀白)既如此，爲着何事？(宋江白)兄弟，(唱)

假若是平原深境，曠野山林，那怕驅与戰争？

(白)兄弟，你看這所庄院呵，(唱)

圍墻高聳，軍兵难進，因此自沉吟。

(石秀白)哥哥，所慮着庄中不知深淺，何不差人進庄，探听他裡面虛實，然後進兵，有何不可？(宋江白)兄弟，争奈無人可去。(唱)

這深林密徑庄前徑，除是樵人可知音。

(石秀白)石秀蒙哥哥收録，未有寸功，如今請过將令，前往庄中探听虛實便了。(唱)

蒙收録執鞭墜鐙，効微劳敢受辛。

(宋江白)雖然如此，只是賢弟初來，怎好劳你？(石秀白)嗄，哥哥説那里話來！我石秀自蒙哥哥提拔呵，(唱)

便是赴湯蹈火捨命忘生，也須要探路情。

(花榮白)石哥哥，你不知道山寨的軍令，好生利害。(石秀白)花兄弟，(唱)

豈不知山寨威嚴，我敢違令？人稱三郎拚命，

(白)不是我石秀在哥哥面前誇口，看那庄，也不在我心上。(唱)

---

① 第二個“那里話”應爲衍文。

任他深埋溝林密徑，安排下四門斗底陣。

(宋江白)賢弟，話雖如此，須要小心。(石秀白)嗄，哥哥只管放心，管打听庄中底細，方敢來見哥哥。(宋江白)還須用心纔是。(石秀白)哥哥，(唱)

望勿憂心愁慮，免得意盈盈。看俺單身闖入龍潭，内管取庄中途路明。

(下)(宋江白)妙吓，你看石秀被我三言兩語，激得他怒髮冲冠，竟自往庄中打听去了。花兄弟快傳令，着楊林扮作壓魔道人，也往中帮助石秀，須要心①。(花榮白)是。軍令森嚴捷似風，(宋江白)龍潭虎穴顯英雄。(花榮白)若能探得庄中事，(宋江白)初出茅廬第一功。(下)

教師定計

(八庄兵引欒廷玉上。唱)

【引】平生志氣英豪，天然武藝雄驍。輕舒猿臂若輕摇，猛可把太山推倒。

(白)俠氣横冲貫斗牛，水中伏怪陸行舟。一生武藝誰能及，四海傳名龍虎彪。俺"鉄棒教師"欒廷玉，只因拿了時遷，引得宋江到此，却被邪術驚唬一場。只得設計擒他，不免將祝氏三雄吩咐一番。三位賢徒那里?

(三雄白)來也。

(祝龍上)

【引】雄霸逞英豪，

(祝虎上)

祝氏聲名標。

(祝彪上)

要安排香餌釣金鰲，

---

① 應爲"小心"。

（仝唱）

草寇真堪笑。

（仝白）師傅呼唤，一同進見。師傅在上，愚弟兄們有禮。（欒廷玉白）三位賢徒少礼。（三雄白）師傅呼唤，有何使令？（欒廷玉白）宋江提兵，圍繞莊院，我們連日按兵不戰，他今日必差人，探听中①虚實。我今定下一計，大郎可從庄後埋伏，二郎可從東②埋伏，三郎在庄西埋伏。（三雄白）③（欒廷玉白）我已差人去請扈三娘，教他在西南殺來，我在庄中等候。只待宋江入庄，即便挑起紅灯一盞，宋江往東，灯往東指；宋江往西，灯往西指。爾等只看紅灯所向，並力向前，宋江可擒矣。（三雄白）師傅用計如神，我弟兄們敢不遵依？（欒廷玉白）听我吩咐：（唱）

【玉交枝】紅灯高照，這機關相謀尔曹。你三人並力雄驍，莫使他漏網潛逃。黄昏以後看燈摇，須聞震地轟雷砲。把羣奸霎時盡勦，把羣奸霎時盡勦。

（仝唱）

奇謀計巧，果包藏孫吴韜。使徒弟們敢不遵依承台教，埋伏截曹。啣枚潛伏西郊，凝眸只看紅燈號。

（欒廷玉白）各自前去，早早准備，不得有悮。（三雄仝白）領命。

（唱）

分頭去各展雄豪，分頭去各展雄豪。

（下）

（四侍女引扈三娘上）（唱）

三庄共保，女英豪風流俊俏，桃花馬疾似蛟龍，舞霜刀長勝英豪。交鋒對壘勢咆哮，紅錦套索其實妙。擒敵將魂魄盡消，擒敵將魂魄盡消。

（白）教師在上，扈氏有礼。（欒廷玉白）三娘少礼，請坐。（三娘

① 應爲“庄中”。

② 應爲“庄東”。

③ 應有“領命”。

白）教師呼唤，有何吩咐？（欒廷玉白）宋江提兵，已到庄外，我已定下妙計，只待夜深，軍中以紅①爲號。紅燈挑起，四方伏兵，擒着宋江。三路兵馬已定，只有西南未有派人，敢煩三娘一往。（扈三娘白）如此，怎敢推辞？（欒廷玉白）三娘，（唱）

【玉胞肚】機關圈套，按三方雄兵佈繞。只西南一路無人，敢勞你堵攩鴟鴞。裙釵陣上顯英豪，擒獲梁山賊一巢。

（扈三娘唱）

遵嚴令埋伏西郊。

（侍女引扈三娘下）（欒廷玉白）分派一定，還愁宋江差遣細作，在我庄中，打听虛實？天色已晚，不免親身在庄前庄後巡邏一番，有何不可？（唱）

【尾】勤勞各處來巡哨，防備强徒暗里睄，預做隄防萬事高。

（下）

賣柴探路

（石秀上。白）篛笠芒鞋打扮喬，英雄自古赴漁樵。憑將斗大姜維胆，虎穴龍潭走一遭。俺石秀奉哥哥將令，前往庄中，打听他裡面虛實，因此扮作樵人模樣，須索走遭也。（唱）

【新水令】潛來庄上探踪跡，變形模芒鞋篛笠。龍潭難測量，虎穴那經歷。

（白）且住，俺雖是樵夫，只是不曾担得柴薪，如何進去？嗄，有了！這庄邊人家，都是避兵的，把門户緊緊閉在那里，我便取他幾捆，挑進去便了。（唱）

看户寂寂，向何處知虛實。

（下）

（楊林上。白）無量寿佛，天光地光，晝夜神光，神佛自至，邪魔消亡。貧道西嶽華山來的壓魔道人，今見你这庄上，有股黑氣，直

---

① 應爲“紅燈”。

上雲端，自是邪魔作耗村坊，貧道特來与你壓魔，与你壓魔哩。俺“豹子”①楊林，奉大哥將令，扮作壓魔道人，前往村中探听虛實。石秀已往庄西入去，俺竟往庄東走遭便了。（唱）

【步步姣】改換衣裝往閒遊戲，血海躭干係。銅鈴手上持，只見道傍紆廻，東西難記。

（白）無量壽佛，天光地光，晝夜神光，神佛自至，邪魔消亡。貧道西嶽華山來的壓魔道人，今見你这庄上，有股黑氣，直上雲端，自是邪魔作耗村坊，貧道特來与你壓魔，与你壓魔哩。

（丑三兒上。白）呔！你這道人，你方纔説西岳華山來的，你路上行了多日子？（楊林白）且住。教我一時筭不出路來，怎麽對他？嗄，有了！咳，你那官人听者，貧道雲遊度日，離家早是半載有餘了。（三兒白）原來如此！你不要走了，我來齋你一齋。看他言語支吾，想必是個奸細，不免報与欒教頭知道便了。（虛白下）（楊林白）虧我急口，對付了幾句，不然怎麽了？（唱）

我應變要隨機，有誰人識破真奸細？

（下）

（石秀上。唱）

【折桂令】進庄門佈擺周密，渾不似墟集喧鬨，村落形迹，早又红日西斜，並没听得個音耗消息。

（白）進得庄來，只見道路紆廻，果然难以識認。你看那些庄客來來往往，没一個説交戰的，可見这庄上約束嚴明，不可輕視。况又紅日西斜，咳，石秀嗄石秀，多應是你此來不得建功也。（唱）

好教俺心懷怵惕，細思量莫教差失。

（白）且住，你看天色已晚，不如今日且尋舊路回去，明日再來打听便了。（唱）

且過今夕，再訪端的。

（白）呀，我記路程，回來往西，走了半日，怎麽還到這箇所在來？我听得人説，祝家庄道路難行，進的來，出不去，此言果是不虛。

---

① 應爲“錦豹子”。

這便如何是好?

(鍾離老人上。白)小兒,頂上門,我去借柴火來,做晚飯吃。但爲太平犬,莫作離亂人。咳,什麽要緊,今日殺,明日殺,弄得來家家閉户,處處關門,連柴火也没處去買。(石秀白)賣柴呀賣柴。(鍾離老人白)咦,好嗄!正是思衣得衣,思食得食。噲!挑柴火來,我買你的。(石秀白)公公買柴火麽?(鍾離老人白)好箇後生,你是那里人?我这里許多兵馬在外,虧你挑柴火來賣。(石秀唱)

念區區强負薪聊供衣食,不分明路徑如棘。

(鍾離老人白)你説路徑如棘,莫非你不知路徑,胡亂闖進來的麽?(石秀白)小可原是外路之人,那里知道这里路徑?(鍾離老人白)如此説,只怕你的性命休矣。(石秀白)小可無非是賣柴的,又没有犯了什麽法,可有什麽要緊?(鍾離老人白)怪道你是外鄉人,不知我这庄里的利害,待我説与你听。这里叫作祝家庄,庄上有個祝朝奉,有三個兒子,個個武藝精通,四處闻名,還是小事。有個教師欒廷玉,真有萬夫不當之勇。(石秀白)他便凶勇,难道胡亂害人麽?(鍾離老人白)咳,不是胡亂害人,有個緣故。只因近日呵,(唱)

【江兒水】他与梁山泊曾將仇怨積,庄前金鼓迷天地。

(白)你若是差了道路,被他們一把拿住,阿呀呀!(唱)

便當細作看承來拘執,伊家性命應休矣。

(石秀白)如此利害,叫我怎生出得去?(鍾離老人白)你要出去呀,難,難喏!(唱)

你看仄徑盤紆難識,要想逃生,除非你身邊生翼。

(石秀白)阿呀,公公救我一救嗄。(唱)

【雁兒落】可怜我學買臣樵迹,可憐我學阮籍窮途泣,可憐似羝羊觸藩籬,可憐遊蜂鎖窗隙。呀,可憐我生死存呼吸,性命空拋擲,血泪如潮夕。我孤身同瓦礫藏匿,何處尋磨勒隱迹,仗恩星庇片刻,仗恩星庇片刻。

(鍾離老人白)快些躲避進來罢。(仝下)

(楊上。白)阿呀,不好了嗄!我楊林探听軍情,誰知被他們參破,果然畫虎不成反累①犬矣。(唱)

【僥僥令】機關被識破,奔走恨不迭。

(三兒、衆庄丁引欒廷玉上。白)賊子那里走?(唱)

大胆奸徒來窺覰,怎肯輕輕放過者?

(作擒楊林科。衆庄白)奸細已擒。(欒廷玉白)押回庄去。(衆下)

(石秀急上)(鍾離老人赶上。白)要往那里去?你可听擒了奸細,你去怎麽?(石秀白)公公,待去邦②他。(鍾離老人白)他的手段還弱,要你去帮他?你若去,只怕連你也當作奸細了。(石秀唱)

呀,**若不是老人家因果三生石,險些兒一網横波及,却教俺尋思無路出庄去。**

(鍾離老人白)我看你是個老實人,指你一條生路去罷。打此處往東,見了白楊樹往右邊走,都是活路了。如若走差了,須要被人拿住。(石秀白)如此,我去也。(鍾離老人白)如今天色以晚,行走得③,在我家歇息一夜,明日走罷。(石秀白)多謝公公。(唱)

謝深恩大德,謝深恩大德。謝你個週旋覆庇似拯溺。

(虚白下)

(三兒上。白)有趣,有趣!人逢喜是④精神爽,月到中秋分外明。爹爹開門來,是我來了。

(鍾離老人上。白)原來是你,爲何吃得這般大醉?倘被查夜的拿住,那還了得?(三兒白)什麽查夜的,他估的起拿我?只許我拿人家!(鍾離老人白)不要説醉話了。(三兒白)我可不醉,爹爹,我方纔看見一個壓魔道人,形貌異樣,被我拿話鈎住了他。

---

① 應爲“類”。
② 應爲“幫”。
③ 應爲“不得”。
④ 應爲“事”。

叫我三言兩語問住,露出破綻,原來是梁山泊奸細。爹爹,那人也是利害的。(鍾離老人白)怎麼利害?(三兒唱)

【園林好】假黄冠藏頭露尾,

(白)若不是欒教師手段呵,(唱)

怎猜破個中啞謎?魆地裡横拖倒曳。

(白)只爲拿了奸細,欒教師道我看庄有功,賞了一頓酒肉,一吊大錢。(鍾離老人白)这也罷了,你頭上爲何插着一隻鵝翎?(三兒白)你不知道,現今宋江引兵進庄,欒教師定下計策,暗發兵馬,四下合來,擒拿宋江。庄門上挑紅燈一盞爲號,宋江往東,灯往東指;宋江往西,灯往西指。又恐黑夜里認不出自己人馬,故插鵝翎爲號,插在頭上呵。(唱)

指一羽認軍旗。

(鍾離老人白)若無鵝翎呢?(三兒白)那還了得?(唱)

揮三尺奪頭盔。

(鍾離老人白)你醉了,扶你進去睡罷。(仝下)

(石秀白)唬死我也。方纔听他这些言語呵,(唱)

【沽美酒】火擦擦眉下急,醉中言恁明晰。那錦豹子生擒受嚇,還要看紅燈的礫。怎把俺哥哥凌逼,説什麼鵝翎表識,頭直上區分出入,待趁這雲深月黑,待拚孤拳獨力。

(鍾離老人上。白)客官,夜深更静,往那里去?(石秀白)嗄!老人家,我説來,你不要害怕。(唱)

俺呵,是伊家强敵、勁敵,石三郎聲名顯嚇。

(内喊介)(石秀唱)

呀,莽軍声如同霹靂。

(鍾離老人奪鎗下)(石秀白)呀,一徑行來,果然白楊樹在此。俺不免竟往右邊走去便了。(唱)

【尾声】白楊樹記真詳悉,我插號提鎗人不識,俺便似大胆將軍叫他吃一嚇。

(下)

石秀回報

(八傻儸、王英、孫二娘、黄信、秦明、花榮、林冲、公孫勝引宋江上。唱)

【引】興兵殄掃滅强梁,整頓軍威戰一場。

(白)昨日差石秀、楊林入庄,探听路徑。待他二人回來,説知虛實,然後点齊人馬,殺入庄中,擒獲三雄,踏平庄院,方遂我意也。(石秀上。唱)

【不是路】急走忙還,虎穴龍潭探一番。

(宋江白)兄弟回來了?(石秀唱)

奉差遣,兵勢紛紛難盡言。

(宋江白)祝家庄怎生動静?(石秀白)他們呵,(唱)

甚威嚴,兵排九里週圍遍,十面埋伏垓下般。

(宋江白)楊林兄怎麽樣了?(石秀白)楊林呵,(唱)

漏機關,祝氏三雄來交戰,失利遭擒身被纏,一時失陷。

(宋江白)嗄,有这等事?可恼。(唱)

【掉角兒】听伊言怒髮冲冠,頓教人豪氣胸填,恨殺伊祝氏凶頑,藐視我泰山觸犯,急忙的傳軍令集人馬親臨戰,搭救回旋。

(石秀白)待小弟庄中等等候。(宋江白)轉來,(唱)

那深林路險記取週全,這机關須当慎密暗引吾前。

(石秀白)得令。(宋江白)公孫先生與黄賢弟看守營寨,其餘衆頭領隨俺前往。(黄信、公孫勝下)(衆白)得令。(宋江白)就此起兵前去。(衆唱)

趁兵威風狂疾捲,搗狼窠踏平庄院。忙忙的殺奔庄前,奮雄師相持截戰,衆兒郎敢争先,殺教他胆戰心寒。兵如電轉急似雲煩,到庄前齊心奮勇各各争先。

(下)

(八庄兵引欒廷玉上。唱)

【好事近】機關密密預隄防,把賊兵誘至吾庄。盤蛇曲徑,教他亂走羊腸。

(白)你看宋江兵馬,已入我庄中,待我扯起紅燈,指引埋兵便了。

(唱)

登高策望,指伏兵各路遥望。

(合)

听喧閴喊震雲霄,舉紅灯一盞騰驤。

(舉紅燈科)

(四侍女、扈三娘上。唱)

相扶策應護山庄,顯紅裙扈氏三娘。無端巨寇興師來犯吾庄。

(白)紅燈已起,想是賊人已入庄中,不免率衆殺上前去。(唱)

黄昏夜良,笑狂徒已入天羅網。听喧閴喊震雲霄,舉紅燈一盞騰驤。

(下)

(三雄上。唱)

梁山賊衆任强梁,進吾庄自投羅網。身遭圍困,除非插翅逃亡。伏兵分派,看今朝定滅梁山黨。听喧閴喊震雲霄,舉紅燈一盞騰驤。

(下)

箭射紅燈

(八僂儸、王英、孫二娘、秦明、花榮、林冲引宋江上。仝唱)

【縷縷金】心急據①意煎熬,重地身輕入禍難逃。忽听庄中响連珠號炮。

(宋江白)花賢弟,我們大隊軍兵,都被阻在庄内,如今路多夜黑,何處奔逃?(花榮白)哥哥放心,我花榮只靠这張弓,一隻箭,保哥哥無事回营便了。如今只往南走,自然找着來路。(唱)

趁星光隐隐透松梢,共相覓歸道。

(宋江白)花賢弟,又走了許多路了,怎麼還不見庄門?(内喊介)

(宋江白)呀!你听追殺之声,四下雲集,如何是好?(唱)

---

① 應爲“遽”。

山中虎乍离巢，輕敵兵家忌自相招，黑夜难分辨定遭圈套。

(石秀上。白)哥哥，不要驚慌，俺石秀來也。(唱)

我偷消息走荒郊，忙向前來報。

(宋江白)兄弟，你來的正好，我們走差路，正在此心慌意亂，如何是好？(石秀白)哥哥，(唱)

【榴花泣】何須憂慮免心焦，且隨我走荒郊。莫愁火燎眉稍，箇中消息我已曉根苗。

(宋江白)你認得那條路好走？(石秀白)隨我來。(唱)

盤蛇徑遶，路生人不識庄中道。看白楊西靠，通衢認原險，隨步爲潮。

(内喊介)(三雄、八庄丁、四侍女、扈三娘上。戰介)

(八僂儸、王英、孫二娘、秦明、花榮、石秀追下。又上)(宋江白)阿呀，兄弟，黑暗之中，那追兵那里知道我們，怎麽知道我們到那里，他只管追着？(石秀白)阿呀，我幾呼①忘了，他軍中以此紅燈爲號。(唱)

他那里紅燈一盞向空挑，兵如蟻將波濤，四方俱望燈爲號，能除此不受煎熬。

(宋江白)这紅燈，怎麽除却便好？(花榮白)哥哥，要去此紅燈，有何难哉？今日看花榮的神箭也。(唱)

雕翎出弢，定叫他一盞紅燈落。

(花榮、宋江下)

(三雄、八庄丁、四侍女、扈三娘上。殺介)(丑作拔號介。下)

(宋江、花榮上。宋江白)果然去了這盞紅灯，彼軍大亂。(仝唱)

仗英豪，神箭無雙，小李廣一矢誇高。

(下)

(扈三娘、欒廷玉、三雄、僂儸、庄丁、林冲、王英、孫二娘、秦明、石秀上。戰介。下)

(欒廷玉、花榮上。对介)(欒廷玉唱)

【漁家傲】水泊賊跳，越果遭命煢何處潜逃？自擠將送死他方，不思維

---

① 應爲“乎”。

擅失窩巢。

(戰介)(花榮唱)

我花榮神箭誇奇妙,定教你身似燈飄。今番要見低高,斬賊怒氣方消。

(戰。下)

(僂儸、庄丁戰。下)

(花榮、扈三娘上。戰)(扈三娘唱)

【漁家灯】賊强梁試我霜刀,休要想黑夜潛逃。早離鞍拜伏求饒,望生幾少有分毫。

(戰介)(花榮下)

(石秀上。接戰)(扈三娘白)快些下馬受縛,我便饒你不死。(石秀白)那濺①婢休誇大口。(唱)

女裙釵不守門道,蠢妖嬈賣弄唇巧。

(扈三娘唱)

當遭揮掄寶刀,那管你輕盈体姣。

(戰下)

(三雄、庄丁、欒廷玉、僂儸、林冲、花榮、石秀、秦明、王英、孫二娘上。戰介)(欒廷玉等敗)(下)

(宋江白)衆僂儸,鳴金收兵,不可戀戰。

(八頭目上)(宋江白)衆位賢弟,黑夜之中,不辨路徑,难以交戰,且自收兵回寨,整頓人馬,再与他交戰便了。(衆白)得令。(仝唱)

【尾】紅燈一盞空中照,兵勢紛紛湧似潮,若不是石秀前來怎出巢?

(仝下)

---

① 應爲“賤”。